AF543917

Gabriel Tallent, geboren 1987 in New Mexico, wuchs in der Nähe von Mendocino mit zwei Müttern in einem sehr liberalen Umfeld auf. Nach seinem Universitätsabschluss 2010 führte er zwei Sommer lang Gruppen mit Jugendlichen durch die Wildnis der Nordpazifischen Küste. Gabriel Tallent lebt heute in Salt Lake City.

Mein Ein und Alles in der Presse:

»Ein Buch, das man mit angehaltenem Atem verschlingt.«
The Washington Post

»Eine unkonventionelle Heldin und die furchtlose Darstellung ihres Überlebenskampfes machen *Mein Ein und Alles* zum erfolgreichsten amerikanischen Debüt des Jahres 2017.« *The New York Times*

»Ein glänzender Roman mit einer außergewöhnlichen, unvergesslichen Heldin.« *The Guardian*

»Die Roman-Entdeckung des Jahres« *Hamburger Abendblatt*

»Der Begriff ›Meisterwerk‹ wird zu häufig benutzt, doch *Mein Ein und Alles* ist ohne jeden Zweifel eines.« *Stephen King*

Gabriel Tallent

Mein Ein und Alles

Roman

Aus dem Amerikanischen
von Stephan Kleiner

PENGUIN VERLAG

Die amerikanische Originalausgabe erschien 2017 unter dem Titel
My Absolute Darling bei Riverhead Books, New York.

Verlagsgruppe Random House FSC® N001967

1. Auflage 2020

Umschlag: bürosüd nach einem Entwurf Sabine Kwauka
Umschlagmotiv: Amen Moawd/EyeEm/Getty Images
Satz: GGP Media GmbH, Pößneck
Druck und Bindung: GGP Media GmbH, Pößneck
Printed in Germany
ISBN 978-3-328-10518-3
www.penguin-verlag.de

Dieses Buch ist auch als E-Book erhältlich.

für Gloria und Elizabeth

Eins

Das alte Haus kauert auf seinem Hügel, abblätternde weiße Farbe, Erkerfenster und von Kletterrosen und Gifteiche überwucherte hölzerne Spindelgeländer. Rosenausläufer haben Schindeln losgerissen, die nun zwischen den Trieben festhängen. Die geschotterte Auffahrt ist mit grünspanigen Patronenhülsen übersät. Martin Alveston steigt aus dem Truck, er dreht sich nicht zu Turtle um, die im Führerhaus sitzt, sondern geht zur Veranda hinauf. Die Planken unter seinen Kampfstiefeln tönen hohl, ein großer Mann in Flanellhemd und Levi's-Jeans, der die gläserne Schiebetür öffnet. Turtle wartet, lauscht dem Ticken des Motors, dann folgt sie ihm.

Im Wohnzimmer ist eines der Fenster verrammelt, Blech und anderthalb Zentimeter dickes Sperrholz sind am Rahmen festgeschraubt und mit Schießscheiben bedeckt. Die Einschusslöcher sind so dicht beieinander, dass es aussieht, als hätte jemand eine Flinte mit Kaliber .10 direkt vor die Scheiben gehalten und überall die Mitte herausgeschossen; die Hülsen schimmern in ihren zerklüfteten Höhlen wie Wasser auf dem Grund eines Brunnens.

Ihr Daddy öffnet am Herd eine Dose Bush's Beans und reißt ein Streichholz an seinem Daumen an, um die Flamme zu entfachen, die flackert und langsam zum Leben erwacht, brennendes Orange, das sich gegen die dunklen Redwoodwände, die unlackierten Küchenschränke, die fettverschmierten Rattenfallen abzeichnet.

Die Hintertür der Küche hat kein Schloss, nur Löcher für den Knauf und das Riegelschloss. Martin stößt sie mit dem Fuß auf und tritt auf die unfertige hintere Veranda hinaus, wo es auf den bretterlosen Balken von Zaunleguanen wimmelt und sich Brombeeren entlangranken, dazwischen Schachtelhalme und mit weichem Pfirsichflaum überzogene, säuerlich riechende Ackerminze. Mit gespreizten Beinen auf den Balken stehend, nimmt Martin die Bratpfanne von den abgeplatzten Schindeln, an die er sie gehängt hatte, um sie von den Waschbären sauberlecken zu lassen. Er dreht den Hahn mit einem rostigen Schraubenschlüssel auf und lässt Wasser in das gusseiserne Gefäß schießen, reißt büschelweise Schachtelhalme aus und schrubbt die schwierigen Stellen damit ab. Dann kommt er herein, stellt die Pfanne auf den Herd, und das Wasser zischt und spritzt. Er öffnet den unbeleuchteten olivgrünen Kühlschrank, nimmt zwei in braunes Einschlagpapier gewickelte Steaks heraus, zieht sein Daniel-Winkler-Messer aus dem Gürtel, wischt es am Oberschenkel seiner Jeans ab, pikst die Steaks nacheinander mit der Messerspitze auf und lässt sie in die Pfanne rutschen.

Turtle hüpft auf den Küchentresen – grießige Redwoodplatte, von alten Hammerabdrücken eingefasste Nägel. Sie zieht eine Sig Sauer zwischen den leeren Dosen hervor und öffnet den Verschluss ein Stück, um einen Blick auf das Messing in der Kammer zu werfen. Sie legt die Pistole an und dreht sich um, weil sie seine Reaktion sehen will. Er steht da, mit einer Hand an die Küchenschränke gelehnt, und lächelt müde, ohne aufzuschauen.

Als sie sechs Jahre alt war, hatte er ihr eine Rettungsweste zur Polsterung gegeben, hatte ihr gesagt, sie solle die heißen ausgeworfenen Hülsen nicht berühren, und sie mit einer .22er Ruger mit Kammerverschluss anfangen lassen, am

Küchentisch sitzend, die Waffe auf ein zusammengerolltes Handtuch gestützt. Grandpa musste die Schüsse auf dem Rückweg vom Schnapsladen gehört haben, denn er war in Jeans, Frotteebademantel und Lederslippern mit kleinen Lederquasten hereingekommen, im Türrahmen stehen geblieben und hatte gesagt: »Verdammt, Marty.« Daddy saß neben Turtle auf einem Stuhl und las Humes *Eine Untersuchung über die Prinzipien der Moral*. Er legte das Buch aufgeschlagen auf seine Schenkel und sagte: »Geh auf dein Zimmer, Krümel«, und Turtle ging die knarzende Treppe ohne Geländer und Setzstufen hinauf, aus gemasertem Redwood geschnittene Stiegen und gesplitterte, verzogene Treppenwangen aus schlecht nachbehandeltem Primärholz, so verdreht, dass sie die Nägel aus den Trittstufen zogen, die jetzt frei lagen und sich unter der Last bogen. Unter ihr die schweigenden Männer, Grandpas Blick auf sie gerichtet, die Kuppe von Martins Zeigefinger auf den vergoldeten Lettern des Buchrückens liegend. Doch selbst oben, auf dem Sperrholzbett ausgestreckt und den Armeeschlafsack über sich gezogen, hörte sie sie noch, hörte, wie Grandpa sagte: »Verdammt, Martin, so kann ein kleines Mädchen nicht aufwachsen«, und wie Daddy lange gar nichts sagte und dann: »Das ist mein Haus, vergiss das nicht, Daniel.«

Sie essen die Steaks nahezu schweigend, während sich in den großen Wassergläsern Sand absetzt. Auf dem Tisch zwischen ihnen liegt ein Kartenspiel, auf dessen Schachtel ein Narr abgebildet ist. Die eine Gesichtshälfte ist zu einem irren Grinsen verzerrt, die andere hängt finster herunter. Als sie fertig ist, schiebt sie ihren Teller von sich, und ihr Vater sieht sie an.

Sie ist groß für eine Vierzehnjährige, mit einem fohlenartigen Körper: lange Arme und Beine, breite, aber schlanke Hüften und Schultern, der Hals lang und sehnig. Das hervorstechendste Merkmal sind die Augen: blau, mandelförmig, in einem zu schmalen Gesicht mit breiten, spitzen Wangenknochen, und ihr schiefer Mund mit scheinbar zu vielen Zähnen darin – ein hässliches Gesicht, das weiß sie, und ein ungewöhnliches. Ihre Haare sind dick und blond mit sonnengebleichten Strähnen. Ein Muster aus kupferbraunen Sommersprossen überzieht ihre Haut. Ihre Handflächen, die Innenseiten ihrer Unterarme und ihrer Schenkel zeigen ein blaues Venengeflecht.

Martin sagt: »Geh deine Vokabelliste holen, Krümel.«

Sie zieht ihr blaues Heft aus dem Rucksack und schlägt die Seite mit den sorgfältig von der Tafel abgeschriebenen Vokabelübungen dieser Woche auf. Er legt die Hand auf das Heft, zieht es über den Tisch zu sich heran. Er beginnt die Liste zu lesen. »Ostentativ«, sagt er und schaut sie an. »Kasteien.« So geht er die Liste durch. Dann sagt er: »Also gut. Nummer eins. ›Der Punktpunktpunkt arbeitete gern mit Kindern.‹« Er dreht das Buch herum und schiebt es ihr hinüber. Sie liest:

1. Der __________ arbeitete gern mit Kindern.

Sie geht die Liste durch und lässt die Zehenknochen auf dem Boden knacken. Daddy sieht sie an, aber sie weiß die Antwort nicht. Sie sagt: »›Kriminelle‹, vielleicht ist es der ›Kriminelle‹.« Daddy hebt die Augenbrauen, und sie trägt es mit Bleistift ein:

1. Der Kriminelle arbeitete gern mit Kindern.

Er zieht das Buch über den Tisch und sieht es sich an. »Tja«, sagt er, »dann sieh dir mal Nummer zwei an.« Er schiebt ihr das Buch wieder hin. Sie sieht sich Nummer zwei an.

2. __________ Handlungen werden bei der Polizei angezeigt.

Sie hört ihn durch die gebrochene Nase atmen, jeder einzelne Atemzug ist ihr unerträglich, weil sie ihn *liebt*. Sie studiert sein Gesicht, jede seiner Regungen, und denkt: Los, du Luder, du schaffst das, du Luder.

»Guck mal«, sagt er, »guck mal«, und er nimmt ihren Bleistift und streicht *Kriminelle* durch und schreibt *Pädagoge* hin. Dann schiebt er ihr das Buch hinüber und sagt: »Krümel, was kommt bei Nummer zwei hin? Wir sind es doch gerade durchgegangen. Es steht alles da.«

Sie betrachtet die Seite, die von allen Dingen im Raum die geringste Bedeutung hat, ihr Kopf besetzt von seiner Ungeduld. Er bricht den Stift entzwei, legt beide Hälften vor das Heft. Sie beugt sich über die Seite, denkt: Dumm, dumm, dumm und Scheißversagerin. Er kratzt sich mit den Fingernägeln über die Bartstoppeln. »Okay.« Gebeugt vor Erschöpfung, zieht er einen Finger durch die blutige Pfütze auf seinem Teller. »Ist gut«, sagt er und wirft das Heft mit der Rückhand durchs Wohnzimmer. »Ist gut, das reicht für heute, das reicht – was ist nur mit dir los?« Dann, kopfschüttelnd: »Nein, ist schon gut, nein, das reicht.« Turtle sitzt schweigend da, Haarsträhnen hängen ihr ins Gesicht, und er klappt seinen Kiefer hinunter und nach links, wie um das Gelenk zu testen.

Er greift nach der Sig Sauer und legt sie vor ihr auf den Tisch. Dann zieht er das Kartenspiel über den Tisch, lässt es in seine andere Hand fallen. Er geht zu dem verrammelten Fenster, stellt sich vor die kugelgespickten Zielscheiben, schält das Kartenspiel aus seiner Schachtel, zieht den Pik-Buben heraus und hält ihn neben sein Auge, zeigt ihr die Vorderseite, die Rückseite, die Karte von der Seite. Turtle sitzt da, die Hände flach auf den Tisch gelegt, und sieht die Pistole an. Er sagt: »Sei kein kleines Luder, Krümel.« Er steht völlig reglos da. »Du bist ein kleines Luder. Willst du ein Luder sein, Krümel?«

Turtle steht auf, stellt sich breitbeinig hin, hebt das Korn auf Höhe ihres rechten Auges. Sie weiß, dass die Position des Visiers stimmt, wenn der Rand dünn wie eine Rasierklinge ist – neigt sich die Pistole nach oben, sieht sie einen verräterischen Schimmer auf der Oberfläche des Visiers. Sie korrigiert, bis dieser Rand zu einer dünnen, frei liegenden Linie geworden ist, und denkt: Vorsicht, Vorsicht, Mädchen. Im Profil ist die Karte ein daumennageldickes Ziel. Behutsam bewegt sie den Abzug, bis sie den zwei Kilo schweren Widerstand spürt, atmet ein, atmet mit der natürlichen Entspannung ihres Atems aus und drückt gegen diese zwei Kilo an. Sie schießt. Die obere Hälfte der Karte flattert in einer Ahornsamenspirale zu Boden. Turtle steht reglos da, abgesehen von leichten Zuckungen, die an ihren Armen hinunterjagen. Er schüttelt den Kopf, lächelt ein wenig und versucht es zu verbergen, fährt sich mit dem Daumen über die Lippen. Dann zieht er noch eine Karte und hält sie hoch.

»Sei kein kleines Luder, Krümel«, sagt er und wartet. Als sie sich nicht rührt, sagt er: »Gottverdammt, Krümel.«

Sie prüft den Hahn mit ihrem Daumen. Sie weiß, wie es sich anfühlen muss, wenn man die Pistole richtig hält, und gräbt in diesem Gefühl nach etwas Falschem. Der Rand der Kimme verdeckt sein Gesicht, der grün leuchtende Tritiumtropfen hat die Größe seines Auges. Ihr Ziel folgt ihrer Aufmerksamkeit, und einen Moment lang krönt sein blaues Auge den dünnen, flachen Horizont des Korns. Ihre Eingeweide schlingern und zucken wie ein Fisch am Haken, der das Weite sucht, und sie rührt sich nicht, der Abzug ist am Anschlag, und sie denkt: Scheiße, Scheiße, sie denkt: Schau ihn nicht an, schau ihn nicht an. Wenn er sie hinter Kimme und Korn sieht, lässt er es sich nicht anmerken. Behutsam bringt sie das Visier mit der zitternden, unscharfen Karte überein. Sie lässt ihren Atem langsam entweichen und schießt. Die Karte bewegt sich nicht. Sie hat sie verfehlt. Sie kann den Einschuss auf dem Zielbrett sehen, eine Handbreit von ihm entfernt. Sie entspannt den Hahn und senkt die Waffe. Schweiß liegt hell, wie Spitzenborte auf ihren Wimpern.

»Versuch's mal mit zielen«, sagt er.

Sie steht völlig reglos da.

»Versuchst du's noch mal, oder was ist hier los?«

Turtle spannt den Hahn und hebt die Waffe von der Hüfte vor ihr dominantes Auge, Kimme und Korn auf einer Höhe, ebenbürtige Lichtspalte zwischen ihnen, die Mündung so unbewegt, dass man eine Münze aufrecht auf das Korn stellen könnte. Die Karte dagegen bewegt sich ganz leicht auf und ab. Ein kaum spürbares Zittern folgt seinem Herzschlag. Schau ihn nicht an, denkt sie, schau ihm nicht ins Gesicht. Schau aufs Korn, schau auf den oberen Rand des Korns. In der Stille nach dem Pistolenschuss entspannt Turtle den Abzug, bis er klickt.

Martin dreht die unversehrte Karte in der Hand und untersucht sie demonstrativ. »Genau, wie ich es mir gedacht habe«, sagt er, wirft die Karte auf die Bodenbretter, geht zurück zum Tisch, setzt sich ihr gegenüber, nimmt das Buch, das er aufgeschlagen und mit dem Rücken nach oben auf den Tisch gelegt hatte, und beugt sich darüber. Auf dem verrammelten Fenster hinter ihm ballen sich die Einschusslöcher so dicht, dass man sie mit einem 25-Cent-Stück bedecken könnte.

Drei Atemzüge lang steht sie da und sieht ihn an. Sie lässt das Magazin herausgleiten, drückt die Patrone aus der Kammer und lässt sie in ihre Hand fallen, schließt den Verschluss wieder und legt die Pistole, das Magazin und die Patrone neben ihren schmutzigen Teller auf den Tisch. Die Patrone rollt mit einem Murmelgeräusch in einem ausladenden Bogen über den Tisch. Er befeuchtet einen Finger und blättert um. Sie steht da und wartet darauf, dass er zu ihr aufschaut, aber er tut es nicht, und sie denkt: Ist das alles? Sie geht hinauf in ihr mit dunklem, unlackiertem Holz getäfeltes Zimmer, wo sich die Gifteiche durch die Sprossen und den Rahmen des Fensters auf der Westseite schlängelt.

An diesem Abend wartet Turtle auf ihrer Sperrholzpritsche unter dem grünen Militärschlafsack und den Wolldecken und hört den Ratten zu, die in der Küche an den schmutzigen Tellern herumnagen. Manchmal hört sie das *klack klack klack* einer Ratte, die auf einem Stapel Teller hockt und sich am Hals kratzt. Sie hört Martin von Zimmer zu Zimmer gehen. An Wandhaken hängen ihr Lewis Machine & Tool AR-10, ihr Noveske AR-15 und ihre Remington 870 Pumpgun Kaliber .12. Jede Waffe hat einen eigenen Einsatzzweck. Ihre Kleider liegen sorgfältig zusammengelegt in den Regalen, die Socken sind in einer Reisetruhe am Fußende des Betts verstaut. Als sie einmal eine Decke nicht zusammengelegt hatte, hatte er sie im Garten verbrannt und gesagt: »Nur Tiere verwüsten ihr Zuhause, Krümel, nur *Tiere* verwüsten ihr beschissenes Zuhause.«

Am Morgen schließt Martin den Gürtel seiner Levi's, während er aus seinem Zimmer kommt, und Turtle öffnet den Kühlschrank und nimmt einen Karton mit Eiern und ein Bier heraus. Sie wirft ihm das Bier zu. Er setzt den Deckel auf die Kante der Arbeitsplatte, schlägt ihn ab, trinkt im Stehen. Sein Flanellhemd hängt offen um seine Brust. Seine Bauchmuskeln bewegen sich beim Trinken. Turtle schlägt die Eier gegen die Arbeitsplatte, hält sie dann in der Faust hoch, drückt den Spalt auf, lässt den Inhalt in ihren Mund fließen und wirft die Schalen in den 20-Liter-Komposteimer.

»Du musst mich nicht bringen«, sagt sie und wischt sich mit dem Ärmel über den Mund.

»Das weiß ich«, sagt er.

»Du musst wirklich nicht«, sagt sie.

»Ich weiß, dass ich nicht muss«, sagt er.

Er bringt sie zum Bus, Vater und Tochter, die den Furchen zu beiden Seiten des Mittelstreifens aus Zittergras folgen. Links und rechts die dornigen, nicht blühenden Rosetten der Stechdisteln. Martin drückt das Bier an seine Brust, knöpft mit der anderen Hand das Flanellhemd zu. Sie warten zusammen an der geschotterten, von Fackellilien und schlummernden Belladonnalilienzwiebeln gesäumten Haltebucht. Goldmohn hat sich im Schotter eingenistet. Turtle riecht die verrottenden Algen unten am Strand und den zwanzig Meter entfernten Mündungstrichter, stinkend vor Fruchtbarkeit. In der Buckhorn Bay ist das Wasser blassgrün, mit weißem Flor um die Felsnadeln herum. Weiter draußen tönt sich der Ozean zu einem blassen Blau, und die Farbe entspricht genau der des Himmels, kein Horizontstreifen, keine Wolken.

»Schau dir das an, Krümel«, sagt Martin.

»Du brauchst nicht zu warten«, sagt sie.

»Ist gut für die Seele, sich so was anzuschauen. Du schaust es dir an und denkst: gottverdammt. So etwas zu analysieren heißt, der Wahrheit näherzukommen. Du lebst am Rand der Welt, und du denkst, du lernst etwas über das Leben, wenn du dir anschaust, was da draußen ist. Und während du das denkst, vergehen Jahre. Weißt du, was ich meine?«

»Ja, Daddy.«

»Es vergehen Jahre, und du glaubst, irgendeine lebensnotwendige Arbeit zu tun, beim Betrachten die Finsternis auf Abstand zu halten. Und dann wird dir eines Tages klar, dass du keinen Schimmer hast, was zur Hölle du da eigentlich anschaust. Es ist absolut merkwürdig, und es ist anders als alles andere, und das ganze Gegrübel war völlig umsonst, jeder Gedanke, den du je hattest, ist an der Unerklärbarkeit dieses Dings vorbeigegangen, an seiner Größe und seiner Gleichgültigkeit. Jahrelang hast du die See betrachtet und geglaubt, sie würde irgendetwas bedeuten, aber sie bedeutet *gar nichts.*«

»Du musst nicht hier runterkommen, Daddy.«

»Gott, ich liebe diese alte Lesbe«, sagt Martin. »Sie mag mich auch. Du kannst es in ihren Augen sehen. Siehst du? Echte Zuneigung.«

Der Bus ächzt, als er den Fuß des Buckhorn Hill umrundet. Martin lächelt verschmitzt und prostet der in ihrem Carhartt-Overall und ihren Holzfällerstiefeln riesig wirkenden Busfahrerin mit seinem Bier zu. Sie starrt ihn an, ohne eine Miene zu verziehen. Turtle steigt in den Bus und geht nach hinten. Die Busfahrerin sieht Martin an, der strahlend an der Straße steht, das Bier über dem Herzen, und mit einem Kopfschütteln sagt: »Du bist ein echtes Vollweib, Margery. Ein echtes Vollweib.« Margery schließt die gummigesäumten Türen, und der Bus fährt ruckelnd an. Als sie aus dem Fenster schaut, sieht Turtle, wie Martin zum Abschied eine Hand hebt. Sie lässt sich auf einen freien Sitz fallen. Elise dreht sich um, legt ihr Kinn auf die Lehne und sagt: »Dein Dad ist so was von – *cool.*« Turtle schaut aus dem Fenster.

In der zweiten Stunde läuft Anna vor der Klasse auf und ab, die schwarzen Haare zu einem nassen Pferdeschwanz zusammengebunden. Hinter ihrem Pult hängt ein Taucheranzug, von dem es in einen Eimer hineintropft. Sie korrigieren Rechtschreibtests. Turtle beugt sich über ihr Blatt, klickt mit dem Zeigefinger auf ihrem Kugelschreiber herum, übt, einen Abzug zu betätigen, ohne Druck nach links oder rechts abzugeben. Die Mädchen haben dünne, schwache Stimmchen, und Turtle dreht sich auf ihrem Stuhl um, wenn sie kann, um ihre Lippen zu lesen.

»Julia«, sagt Anna zu Turtle, »würdest du bitte ›Synekdoche‹ buchstabieren und definieren? Und uns dann deinen Satz vorlesen, bitte?«

Obwohl sie den Test korrigieren und obwohl das Blatt eines anderen Mädchens genau vor ihr liegt, eines Mädchens, das Turtle auf eine aus dem Augenwinkel schielende und fingernägelkauende Weise bewundert, obwohl das Mädchen das Wort *Synekdoche* in seiner säuberlichen Schrift mit glitzernder Gelstiftfarbe dort aufgeschrieben hat, schafft Turtle es nicht. Sie setzt an: »S-I-N…«, und bricht ab, außerstande, einen Weg aus dem Labyrinth zu finden. Sie wiederholt: »S-I-N…«

Anna sagt sanft: »Na schön, Julia, das ist ein schwieriges Wort. Es heißt *Synekdoche*, S-Y-N-E-K-D-O-C-H-E, *Synekdoche*. Möchte uns jemand sagen, was das bedeutet?«

Rilke, dieses andere, viel hübschere Mädchen, hebt die Hand, bildet mit den pinken Lippen ein aufgeregtes O. »Synekdoche: eine Sprachfigur, in der ein Teil für das Ganze steht; ›die Krone ist erzürnt‹.« Turtle und sie haben die Arbeitsblätter getauscht, und Rilke sagt es aus dem Gedächtnis auf, ohne auf Turtles Blatt zu schauen, denn Turtles Blatt ist leer bis auf die erste Zeile: 1. Kriminelle. *Ungesetzliche. Kriminelle Handlungen werden bei der Polizei angezeigt.*« Turtle weiß nicht, was es heißen soll, wenn ein Teil für das Ganze steht. Das ergibt für sie keinen Sinn, und was *die Krone ist erzürnt* bedeuten soll, weiß sie auch nicht.

»Sehr gut«, sagt Anna. »Ein weiteres unserer Wörter mit griechischem Ursprung, so wie –«

»Ah!« Und Rilkes Hand schießt nach oben. »›Sympathisch.‹«

Turtle sitzt auf dem blauen Plastikstuhl, kaut auf ihren

Knöcheln herum, nach dem Schlamm vom Slaughterhouse Creek stinkend, in ein zerlumptes T-Shirt und Levi's-Jeans gekleidet, deren Beine sie über ihre blassen, mit trockenen Hautstellen überzogenen Waden hochgerollt hat. Unter einem Fingernagel ein rostfarbener Schmutzfleck von synthetischem Motoröl. Ihre Finger tragen seinen prähistorischen Geruch. Sie massiert das Schmiermittel gern mit bloßen Händen in den Stahl ein. Rilke trägt ihren Lipgloss auf; sie hat schon ein säuberliches kleines *x* neben jede leere Zeile von Turtles Arbeitsblatt gesetzt, und Turtle denkt: Guck dir die Schlampe an. Guck dir nur mal diese Schlampe an. Draußen ist der windgepeitschte Platz mit Pfützen gesprenkelt, der überflutete Straßengraben in aschfarbenen Lehm geschnitten, dahinter der Waldrand. Turtle könnte in den Wald gehen und würde nie gefunden werden. Sie hat Martin versprochen, es nie zu tun, nie wieder.

»Julia«, sagt Anna. »Julia?«

Turtle dreht sich langsam um, sieht sie an und wartet, lauscht.

Anna sagt sehr sanft: »Julia, wenn du bitte aufpassen würdest.«

Turtle nickt.

»Danke«, sagt Anna.

Als die Glocke zur großen Pause läutet, stehen alle Schüler gleichzeitig auf. Anna geht den Gang hinunter, legt zwei Finger auf Turtles Tisch und hält lächelnd einen Finger in die Luft, um ihr zu bedeuten, dass sie sie einen Augenblick lang sprechen möchte. Turtle sieht zu, wie die anderen Schüler nach draußen gehen.

»Also«, sagt Anna. Sie setzt sich auf einen der Tische, und die stille, wachsame Turtle, die Gesichter aufmerksam studiert, kann sie beinahe vollständig lesen; Anna mustert Turtle von oben bis unten: Ich mag dieses Mädchen, denkt sie und überlegt, was sie tun kann. Für Turtle ist das nicht im Geringsten nachvollziehbar, denn sie hasst Anna, hat ihr nie einen Grund gegeben, sie zu mögen, kann sich selbst nicht leiden. Du Nutte, denkt Turtle.

»Also«, sagt Anna noch einmal. »Was hast du für ein Gefühl?« Ihr Gesicht nimmt einen sanft fragenden Ausdruck an – sie beißt sich auf die Lippe und lässt ihre Augenbrauen nach oben klettern, während sich nasse Strähnen aus ihrem Pferdeschwanz lösen. »Julia?«, sagt sie. In Turtles Nordküstenohren hat Anna einen kühlen, affektierten Akzent. Turtle war nie südlich des Navarro River und nie nördlich des Mattole River.

»Ja?«, sagt Turtle. Sie hat das Schweigen zu lange andauern lassen.

»Was hast du für ein Gefühl?«

»Kein besonders gutes«, sagt Turtle.

»Hast du denn eine der Definitionen richtig?«, fragt Anna.

Turtle weiß nicht, was Anna von ihr will. Nein, hat sie nicht, und das muss Anna auch bewusst sein. Auf jede von Annas Fragen gibt es nur eine Antwort: dass Turtle unfähig ist.

»Nein«, sagt Turtle, »ich habe keine der Definitionen richtig. Das heißt, die erste habe ich: ›Kriminelle Handlungen werden bei der Polizei angezeigt.‹«

»Was meinst du, woran das liegt?«, fragt Anna.

Turtle schüttelt den Kopf – es lässt sich nicht mit Worten ausdrücken, und sie wird sich nicht dazu zwingen lassen, etwas anderes zu sagen.

»Wie wäre es«, sagt Anna, »wenn du irgendwann mal in der Mittagspause hierbleibst und wir zusammen ein paar Vokabelkarten schreiben?«

»Ich lerne ja schon«, sagt Turtle. »Ich weiß nicht, ob das was bringen würde.«

»Gibt es denn sonst etwas, das dir helfen würde?« So macht Anna das immer; sie stellt Fragen und tut so, als würde sie ihr Freiräume lassen, aber es gibt keine Freiräume.

»Ich weiß es nicht«, sagt Turtle. »Ich gehe alle Listen mit meinem Daddy durch –« Und da sieht Turtle Anna zögern, und sie weiß, dass sie einen Fehler gemacht hat, weil die anderen Mendocino-Mädchen das Wort *Daddy* nicht benutzen. Meistens nennen sie ihre Eltern beim Vornamen, oder sie sagen einfach *Dad*. Turtle spricht weiter. »Wir gehen sie zusammen durch, und ich glaube, ich müsste sie vielleicht einfach noch ein bisschen öfter alleine durchgehen.«

»Du meinst also, du müsstest dich nur noch ein bisschen mehr damit auseinandersetzen?«

»Ja«, sagt Turtle.

»Wie lernst du denn mit deinem Vater zusammen?«

Turtle zögert. Sie kann der Frage nicht ausweichen, aber sie denkt: Vorsicht, Vorsicht.

»Na ja, wir gehen die Wörter zusammen durch«, sagt Turtle.

»Wie lange denn?«, fragt Anna.

Turtle bearbeitet einen Finger mit ihrer Hand, lässt den Knöchel knacken, blickt stirnrunzelnd auf und sagt: »Ich weiß nicht – eine Stunde?«

Turtle lügt. Sie sieht Anna an, dass sie es merkt.

»Stimmt das wirklich?«, fragt Anna. »Ihr lernt jeden Abend eine Stunde?«

»Na ja«, sagt Turtle.

Anna sieht sie an.

»An den meisten Abenden«, sagt Turtle. Sie muss verheimlichen, dass sie die Waffen vor dem Feuer reinigt, während Martin neben dem Kamin sitzt und liest und der Schein des Feuers erst auf ihre Gesichter und dann in den Raum strömt, um schließlich über den Boden wieder zu den Kohlen zurückzuweichen.

Anna sagt: »Wir werden das mit Martin besprechen müssen.«

Turtle sagt: »Warte. Ich kann ›Synekdoche‹ buchstabieren.«

»Julia, wir müssen mit deinem Dad sprechen«, sagt Anna.

Turtle sagt: »S-I-N«, und bricht dann ab, denn sie weiß, dass das falsch ist, dass sie sich irrt, und sie hat nicht die geringste Ahnung, wie es danach weitergeht. Anna betrachtet sie kühl, forschend, und Turtle schaut zurück und denkt: Du Luder. Sie weiß, wenn sie stärker protestiert, wenn sie noch mehr sagt, wird sie irgendetwas verraten.

»Okay«, sagt Turtle, »okay.«

Nach der Schule geht Turtle zum Sekretariat und setzt sich auf eine Bank. Von der Bank aus blickt man auf den Empfang, den Schreibtisch der Schulsekretärin dahinter und ein kurzes Stück Korridor, das zu der grünen Tür des Schulleiterbüros führt. Hinter dieser Tür sagt Anna: »Gott schütze sie, Dave, aber dieses Mädchen braucht Hilfe, wirkliche Hilfe, mehr Hilfe, als sie von mir bekommen kann. Himmel noch mal, ich habe dreißig Schüler in dieser Klasse.« Turtle sitzt da und knackt mit ihren Fingerknöcheln. Die Rezeptionistin wirft ihr kurze, gequälte Blicke zu. Turtle hört nicht sehr gut, aber Anna redet laut und aufgeregt: »Meinst du, ich habe Lust darauf, mich mit dem Mann zu unterhalten? Hör zu, hör zu … Misogynie, Abschottung, übertriebene Vorsicht. Das sind *drei* starke Warnsignale. Ich möchte, dass sie zur Schulpsychologin geht, Dave. Sie ist eine Außenseiterin, und wenn wir nichts unternehmen, bevor sie auf die Highschool kommt, wird sie *noch weiter zurückfallen.* Wir müssen ihr jetzt helfen, zu den anderen aufzuschließen … Ja, ich weiß, das haben wir schon versucht, aber wir müssen es eben *weiter* versuchen. Und wenn es da *wirklich* ein Problem gibt …« Turtles Eingeweide ziehen sich zusammen. O Gott, denkt sie.

Die Sekretärin lässt einen Papierstapel lautstark auf den

Tisch fallen und geht den Korridor entlang zur Tür, während Schulleiter Green etwas sagt und Anna aufgeregt erwidert: »Niemand will das? Was heißt, niemand will das? Ich sage ja nur, dass es *Möglichkeiten* gibt ... Na ja. Nein. Nichts. Ich sage ja nur –« Und die Rezeptionistin steht vor der Tür, klopft, steckt den Kopf hinein und sagt: »Julia ist da. Sie wartet noch auf ihren Vater.«

Das Gespräch verstummt. Die Sekretärin geht an ihren Schreibtisch zurück. Martin drückt die Tür auf, sieht Turtle kurz an und geht zum Schreibtisch. Die Sekretärin sieht ihn durchdringend an. »Sie können einfach ...«, sagt sie und macht mit dem Papierstapel eine Bewegung zur Tür hin. Turtle steht auf und folgt ihm, vorbei am Schreibtisch und den Gang hinunter. Er klopft einmal und öffnet die Tür.

»Herein, herein«, sagt Schulleiter Green. Er ist riesig, mit einem rosa Gesicht und großen weichen rosa Händen. Das Fett hängt an ihm herunter und füllt seine khakifarbene Bundfaltenhose. Martin schließt die Tür und bleibt davor stehen, so hoch wie die Tür und beinahe so breit. Sein weites Flanellhemd ist nicht ganz zugeknöpft, und sein Schlüsselbein schaut darunter hervor. Die dicken, langen braunen Haare trägt er zu einem Pferdeschwanz gebunden. Sein Schlüsselbund schneidet sich durch die Hosentasche, sodass an manchen Stellen die weißen Fäden frei liegen. Selbst wenn Turtle es nicht wüsste, hätte sie gemerkt, dass er die Pistole dabeihat, hätte es an der Art und Weise gemerkt, wie er sein Hemd trägt, wie er sich hinsetzt, aber weder Schulleiter Green noch Anna kommt es in den Sinn; sie würden so etwas gar nicht für möglich halten, und Turtle fragt sich, ob es Dinge gibt, denen gegenüber sie blind ist, die aber von anderen Menschen gesehen werden, und was das für Dinge sein könnten.

Schulleiter Green nimmt eine Schüssel mit Schokoladenbonbons vom Tisch und hält sie zuerst Martin hin, der abwehrend die Handfläche hebt, und dann Turtle, die sich nicht rührt. »Wie war Ihr Tag?«, fragt er und stellt die Schüssel wieder auf seinem Schreibtisch ab.

»Ach«, sagt Martin, »ich hatte schon bessere.« So nicht, denkt Turtle, so geht das nicht, aber warum sollst du wissen, wie es geht, du bist schließlich nur ein Luder.

»Und wie geht es dir, Julia?«

»Gut«, sagt Turtle.

»Ah ja, nun, ich nehme an, das Ganze ist etwas anstrengend.«

»Also?«, sagt Martin und macht eine auffordernde Geste.

»Gut, reden wir darüber, ja?«, sagt Schulleiter Green. Die neuen Lehrer werden beim Vornamen genannt, aber Schulleiter Green ist eine Generation älter, vielleicht auch zwei. »Auch nach unserem letzten Gespräch hat Julia noch Schwierigkeiten im Unterricht, und wir sind etwas besorgt. Das Problem betrifft auch ihre Noten. Ihr Leseverständnis ist nicht, wie es sein könnte. Sie tut sich bei den Prüfungen schwer. Aber in unseren Augen ist das eigentliche Problem weniger eine Frage ihrer Fähigkeiten, es hängt vielmehr auch mit ihrer Einstellung zusammen. Wir glauben, sie hat den Eindruck, in der Schule vielleicht, nun ja, nicht sehr willkommen zu sein, und dass sie sich wohler fühlen, sich *dazugehörig* fühlen muss, um wirklich Fortschritte machen zu können. So stellt sich das Problem für uns dar.«

Anna sagt: »Ich arbeite schon eine ganze Weile mit Julia, und meiner Meinung nach –«

Martin unterbricht sie, beugt sich auf seinem Stuhl vor, verschränkt die Hände ineinander. Er sagt: »Sie wird nacharbeiten.«

Turtle schluckt ihre Überraschung hinunter; sie sieht Martin an und denkt: Was machst du denn? Martin soll Anna direkt ins Gesicht sehen, sie weiß, dass er das kann – ihr direkt ins Gesicht sehen und machen, dass sie sich zufriedengibt.

Anna sagt: »Julia scheint besonders mit Mädchen Probleme zu haben. Wir dachten – vielleicht wäre sie bereit, einmal mit Maya, unserer Schulpsychologin, zu sprechen. Viele Schüler finden es sehr stabilisierend, mit jemandem zu sprechen. Wir glauben, dass Julia davon profitieren könnte, hier in der Schule ein freundliches Gesicht zu haben, jemanden, dem sie sich anvertrauen kann –«

Martin sagt: »Sie können Julias Versetzung nicht davon abhängig machen, dass sie zu einer Schulpsychologin geht. Also, was können wir dafür tun, dass sie versetzt wird?« Er sieht Schulleiter Green an. In Turtle steigt Entsetzen auf, und sie kämpft es nieder, denn vielleicht begreift sie ja nicht und Martin schon. Was machst du nur, Daddy?, denkt sie.

Anna sagt: »Martin, ich glaube, das ist ein Missverständnis. Wir lassen Julia nicht die Klasse wiederholen. Weil uns kein Budget mehr für die Sommerschule zur Verfügung steht und die Fortbildungsschulen nur sehr begrenzte Kapazitäten haben, werden alle Schüler auf die Highschool weiterbefördert. Aber wenn sie die Mittelstufe ohne feste Freundschaften und mit ihrer jetzigen Lern- und Lesekompetenz verlässt, wird sich das erst auf ihren Highschool-Lehrplan und dann auf ihre Auswahlmöglichkeiten bezüglich des Colleges auswirken. Weshalb es so wichtig ist, diese Fragen jetzt, im April, anzusprechen, wo noch Zeit bleibt, bis das Schuljahr zu Ende geht. Julias Wohlergehen steht im Vordergrund, und wir sind der Meinung, dass ein wöchentliches Treffen mit einem Ansprechpartner in jedem Fall Teil der Lösung sein sollte.

Martin beugt sich vor, und sein Stuhl quietscht. Er stellt Blickkontakt mit Schulleiter Green her, hebt die Hände, wie um zu fragen: Wenn es keine Konsequenzen gibt, was zur Hölle machen wir dann hier?

Schulleiter Green sieht Anna an. Martin sieht sie an, als würde er sich fragen, warum man ihr den Blick zuwenden sollte. Dann schaut er schnell weg und sucht die Aufmerksamkeit von Schulleiter Green. Martin glaubt, dass Schulleiter Green das Sagen hat und dass er Schulleiter Green knacken kann. Anna erscheint Martin sowohl zu anstrengend als auch zu machtlos. Turtle weiß nicht, warum er so denkt. Bei keinem dieser Gespräche war Schulleiter Green je auch nur ansatzweise von Martin beeindruckt. Sie kann sehen, wie unerschütterlich er ist. Turtle weiß, dass er einen Sohn mit Down-Syndrom hat und seit weit über zwanzig Jahren Leiter dieser Schule ist und dass Martin nicht seine Sprache spricht. Nichts von dem, was Martin sagt, wird Schulleiter Green von irgendetwas überzeugen. Dieses Treffen findet nur aus Höflichkeit statt, und sein einziger Zweck ist zu zeigen, dass Turtle sich Mühe gibt und dass Martin sich mit ihren Lehrern Mühe gibt, und Martin macht es nicht richtig, sagt nicht die richtigen Dinge, versucht, Schulleiter Green zu irgendetwas zu nötigen, wie er ihn schon vorher zu nötigen versucht hat.

»Martin«, sagt Anna, »es liegt mir sehr viel daran, mit Julia zu arbeiten, und ich will *alles* tun, um sie auf die Highschool vorzubereiten, aber mein Einfluss ist begrenzt, solange Julia sich hier in der Schule nicht richtig einfügt und unkonzentriert ist.«

»Mr. Green«, sagt Martin, als würde er mit Anna diskutieren. Schulleiter Green legt die Stirn in tiefe Falten und wackelt ein bisschen auf seinem Stuhl hin und her, die Hände vor seinem riesigen Bauch gefaltet. »Julias schulischer Erfolg hängt nicht von besonderer Zuwendung oder therapeutischer Behandlung ab. So kompliziert ist es gar nicht. Ihr Lernstoff ist langweilig. Wir leben in aufregenden und schrecklichen Zeiten. Im Nahen Osten herrscht Krieg. Der Kohlenstoffanteil in der Erdatmosphäre wird bald 400 ppm betragen. Wir befinden uns mitten im sechsten großen Artensterben. Im nächsten Jahrhundert werden wir das Ölfördermaximum überschritten haben. Es kann gut sein, dass wir es jetzt schon überschritten haben, oder wir machen mit dem Fracking weiter wie bisher, was eine andere, aber nicht weniger ernste Bedrohung für das Grundwasser darstellt. Und all ihren Bemühungen zum Trotz könnten unsere Kinder ebenso gut glauben, dass das Wasser wie durch Zauberei aus dem Hahn kommt. Sie wissen weder, dass es unter ihrer Stadt eine Wasserschicht gibt, noch dass sie einen gefährlich niedrigen Stand erreicht hat, noch dass es keinen Plan gibt, wie man die Stadt mit Wasser versorgen soll, wenn sie einmal vollständig erschöpft ist. Die meisten von ihnen wissen nicht, dass fünf der letzten sechs Jahre die heißesten seit Beginn der Aufzeichnungen waren. Ich könnte mir vorstellen, dass das ihre Schüler interessieren würde. Ich könnte mir vorstellen, dass sie sich für ihre Zukunft interessieren. Stattdessen muss mein Kind Rechtschreibtests machen. In der *achten* Klasse. Wundert es sie da, dass sie mit dem Kopf woanders ist?«

Turtle schaut ihn an und versucht, ihn so zu sehen, wie Schulleiter Green und Anna ihn sehen, und sie hasst, was sie sieht.

Schulleiter Green sieht aus, als hätte er diesen Einwand schon einmal gehört, von anderen, die ihn entschlossener vorgebracht haben. Er sagt: »Nun ja, Martin. Das stimmt nicht so ganz. Die letzten Rechtschreibtests finden in der fünften Klasse statt. Unsere Achtklässler lernen Vokabeln griechischen und lateinischen Ursprungs, die den Schülern dabei helfen, die von Ihnen beschriebenen Phänomene zu verstehen und zu thematisieren.«

Martin starrt Schulleiter Green an.

Schulleiter Green sagt: »Es stimmt allerdings, dass sie in der Lage sein müssen, die Wörter korrekt zu buchstabieren.«

Martin beugt sich vor, und der Colt 1911 zeichnet sich in seinem Kreuz unter dem Hemd ab, und auch wenn sein Gesicht ruhig bleibt, demonstriert diese Bewegung seine physische Kraft und wirkt bedrohlich. Sitzen sich Schulleiter Green und Martin so gegenüber, wird klar, dass sie womöglich dasselbe wiegen, aber während Schulleiter Green weit über seinen Stuhl lappt, ist Martin massiv wie eine Mauer. Turtle weiß, bei diesem Treffen soll der Wille bekundet werden, sich mit ihren Anliegen auseinanderzusetzen. Martin scheint das nicht zu wissen. »Ich glaube«, sagt Martin, »wir sollten Julia erlauben, die Beziehungen zu ihren Mitschülern selbst zu steuern, wie sie es für richtig hält. Sie können einem Mädchen nicht vorschreiben, extrovertiert zu sein. Sie können ihr nicht vorschreiben, zu einer Therapeutin zu gehen, und sie können sie nicht pathologisieren, weil sie von einem öden Lehrplan gelangweilt ist und sich ausgeschlossen fühlt. An ihrer Stelle wären Sie und ich genauso gelangweilt und würden uns genauso ausgeschlossen fühlen. Ich werde ihr also nicht sagen – und ich werde ebenso wenig zulassen, dass es jemand anderes tut –, dass sie eine Sonderbehandlung braucht. Ich verstehe Ihre Bedenken bezüglich der hohen Anforderungen der Highschool, aber ich kann mich des Eindrucks nicht erwehren, dass diese Anforderungen ein nützliches Gegenprogramm zu dem todlangweiligen Spießrutenlauf aus Rechtschreibprüfungen und handlungsfreien Kinderbüchern sein werden. Welche Herausforderungen das kommende Jahr auch bringen mag, sie wird sich ihnen stellen. Aber ich verstehe Ihre Befürchtungen, und ich kann Ihnen hier und jetzt versprechen, dass ich mir mehr Zeit nehmen werde, mit Julia zu lernen und ihr zu helfen, sich die Lernkompetenz anzueignen, die ihr in Ihren Augen fehlt. Ich werde mir dafür Zeit nehmen, jeden Abend und an den Wochenenden.«

Schulleiter Green wendet sich an Turtle und sagt: »Julia, was denkst du denn darüber? Würdest du dich gern mit Maya treffen?«

Turtle sitzt wie versteinert da, die Hände ineinander geklammert, kurz davor, die Knöchel knacken zu lassen, den Mund geöffnet. Sie schaut von ihrem Daddy zu Anna. Sie möchte Anna beschwichtigen, kann Martin aber nicht widersprechen. Alle sehen sie an. Sie sagt: »Anna will mir wirklich helfen, und ich glaube, ich lasse es nicht wirklich zu.« Das scheint alle im Raum zu überraschen. »Ich glaube«, sagt Turtle, »ich muss mich ein bisschen mehr anstrengen und mir ein bisschen mehr von Anna helfen lassen, ihr vielleicht besser zuhören. Aber ich will zu niemand anderem gehen.«

Als das Gespräch beendet ist, steht ihr Daddy auf und öffnet Turtle die Tür, und dann gehen sie gemeinsam zum Truck und sitzen schweigend auf der Sitzbank. Martin legt die Hand an den Anlasser, den Blick auf das Seitenfenster gerichtet, und scheint über etwas nachzudenken. Dann sagt er: »Ist das alles, was du vom Leben erwartest? Eine ungebildete kleine Ritze zu sein?«

Er lässt den Truck an, und als sie vom Parkplatz fahren, wiederholt Turtle in Gedanken die Wörter *ungebildete kleine Ritze*. Seine Sichtweise wird ihr mit einem Mal klar, wie bei einer Konservendose, deren Inhalt sich schmatzend löst. Sie lässt Teile von sich namenlos und unerforscht, und dann, wenn er sie benennt, erkennt sie sich in den Wörtern genau wieder und hasst sich selbst. Er schaltet mit stillem, energischem Zorn. Sie hasst sich, hasst diesen unfertigen, unverputzten Spalt. Sie fahren die geschotterte Einfahrt hinauf, er parkt vor der Veranda und schaltet den Motor ab. Sie gehen die Stufen zur Veranda gemeinsam hinauf, und Daddy geht in die Küche, nimmt ein Bier aus dem Kühlschrank und schlägt es an der Kante der Arbeitsplatte auf. Er setzt sich an den Tisch und kratzt mit dem Daumennagel an einem Fleck herum. Turtle kniet sich hin, legt die Hände auf das ausgebleichte Indigoblau seiner Jeans und sagt: »Es tut mir leid, Daddy.« Sie lässt zwei Finger durch die frei liegenden weißen Fäden schlüpfen und legt eine Wange auf die Innenseite seines Schenkels. Er sitzt da, den Blick von ihr abgewandt, die Bierflasche mit Daumen und Zeigefinger umschlossen, und sie fragt sich verzweifelt, was sie tun kann, ein kleines Mädchen mit einer Ritze, mit einer Ritze und ohne Bildung.

Er sagt: »Ich weiß nicht mal, was ich sagen soll. Ich weiß nicht, was ich dir sagen soll. Die Menschheit löscht sich selbst aus – sie zerstört sich langsam, mit vereinten Kräften, *scheißt sich selbst ins Badewasser,* scheißt auf die Welt, nur weil sich niemand vorstellen kann, dass die Welt überhaupt existiert. Der Dicke da und die Schlampe, die begreifen nichts. Sie denken sich irgendwelche Hürden für dich aus und wollen dir vormachen, dass *das* die Welt ist; dass die Welt aus Hürden besteht. Aber das tut sie nicht, und du darfst nie, wirklich niemals glauben, dass es so ist. Die Welt besteht aus der Buckhorn Bay und der Slaughterhouse Gulch. Daraus besteht die Welt, und diese Schule ist bloß … Schatten, Ablenkung. Vergiss das niemals. Aber du musst aufpassen. Wenn dir ein Patzer unterläuft, nehmen sie dich mir weg. Was soll ich dir also sagen? Dass die Schule nichts bedeutet und du trotzdem mitspielen musst?« Er sieht sie an, schätzt ihre Intelligenz ab. Dann streckt er die Hand aus, packt sie am Kiefer und sagt: »Was geht nur in diesem kleinen Kopf vor?« Er dreht ihren Kopf von einer Seite auf die andere und sieht sie unverwandt an. Schließlich sagt er: »Verstehst du das, Krümel? Verstehst du, was du mir bedeutest? Jedes Mal, wenn du morgens aufstehst, rettest du mir das Leben. Ich höre deine kleinen Füße die Treppe herunterkommen und denke: Das ist mein kleines Mädchen, das ist es, wofür ich lebe.« Er schweigt einen

Augenblick lang. Sie schüttelt den Kopf, ihr Herz knirscht vor Zorn.

Abends wartet sie stumm, lauscht, berührt ihr Gesicht mit der kalten Klinge ihres Taschenmessers. Sie öffnet und schließt es geräuschlos, entriegelt das Liner-Lock mit dem Daumen und lässt den Sperrmechanismus langsam wieder herunter, um ein Klickgeräusch zu vermeiden. Sie hört ihn von Zimmer zu Zimmer gehen. Turtle schält Halbmonde von ihren Fingernägeln. Als er innehält, tut sie es ebenfalls. Er ist im Wohnzimmer, lautlos. Langsam, leise klappt sie die Klinge ein. Sie lässt ihre Zehenknochen an der Ferse des anderen Fußes knacken. Er kommt die Treppe herauf und hebt sie hoch, sie legt die Hände um seinen Hals, und er trägt sie die Treppe hinunter und durch das verdunkelte Wohnzimmer in sein Schlafzimmer, wo die Schatten der Erlenblätter an der Rigipswand im Mondlicht scharf und wieder unscharf werden, die Blätter selbst vor dem Fenster von dem dunkelsten, wächsernen Grün, in den rostschwarzen Dielenbrettern Risse wie Axtwunden, die unvollendete Verbindung zwischen Redwood und Rigipswand eine schwarze Fuge, die sich in die unerforschten Tiefen des Fundaments hinein öffnet, wo die dicken Primärholzbalken ihren Geruch nach schwarzem Tee, Flussbettsteinen und Tabak ausdünsten. Er legt sie hin, seine Fingerspitzen drücken Grübchen in ihre Oberschenkel, ihre Rippen öffnen und schließen sich, jede Mulde beschattet, jede Erhebung makellos weiß. Tu es, denkt sie, ich will, dass du es tust. Sie liegt da, jeden Moment darauf gefasst, während sie die kleine grüne, frisch gesprossene Erle vor dem Fenster anschaut und denkt, das bin ich, während ihre Gedanken geliertes, blutiges Mark sind im Leitungssystem ihrer hohlen Oberschenkelknochen und in den gepaarten, leicht gekrümmten Knochen ihrer Unterarme. Er kauert über ihr und sagt mit ehrfurchtsvoll belegter

Stimme: »Gottverdammt, Krümel, gottverdammt.« Er legt die Hände auf die stumpfen Hörner ihrer Hüftknochen, auf ihren Bauch, ihr Gesicht. Sie starrt ihn an, ohne zu blinzeln. »Gottverdammt«, sagt er und fährt mit seinen vernarbten Fingerspitzen durch das Gewirr ihrer Haare, und dann dreht er sie um, und sie liegt auf dem Bauch und wartet auf ihn, und sie will es und will es auch wieder nicht. Seine Berührung erweckt ihre Haut zum Leben, und sie schließt es im geheimen Theater ihrer Gedanken ein, wo alles erlaubt ist, ihrer beider Schatten auf dem Laken, ineinander verwoben. Seine Hand fährt an ihrem Bein hinauf, umschließt ihren Po: »Gottverdammt, gottverdammt«, sagt er, und seine Lippen wandern zu den Höckern ihrer Wirbelsäule hinauf, er küsst jeden einzelnen, verharrt auf jedem einzelnen, sein Atem erstickt vor Leidenschaft, und sagt: »Gottverdammt«, und ihre gespreizten Beine geben die Schwärze ihrer Eingeweide frei, und für ihn liegt dort ihre Wahrheit, das weiß sie. Er hebt ihre Haare an und drapiert sie auf dem Kissen, um ihren Nacken freizulegen, und er sagt: »Gottverdammt«, seine Stimme ein heiseres Flüstern, während seine Finger mit den übrig gebliebenen Härchen spielen. Ihr Hals ist gegen das Kissen gedrückt, mit papiernen, nassen Blättern gefüllt, als wäre sie eine kalte Sickerstelle im Herbst und das winterliche Wasser würde durch sie beide hindurchsickern, nach Pfeffer und Kiefernnadeln schmeckend, Eichenblätter und der grüne Geschmack von Wiesengras. Er hält ihren Körper für etwas, das er versteht, und hinterhältigerweise ist er das auch.

Als er schläft, steht sie auf und geht allein durchs Haus, hält sich die angeschwollene Muschi, um die sich lösende Wärme aufzufangen. Sie kauert sich in die Badewanne, betrachtet die kupfernen Armaturen, schöpft das kalte Wasser über ihren Körper, das derbe Spinnengewebe seines Spermas zwischen ihren Fingern, das selbst unter dem laufenden Wasser noch klebt und sich nur zu verdicken scheint. Sie stellt sich an das Porzellanwaschbecken, wäscht sich die Hände, und es sind die Augen ihres Vaters im Spiegel. Sie wäscht sich zu Ende, dreht an dem kreuzförmigen Kupferhahn und blickt in das mandelförmige, weiß durchzogene Blau und die schwarze Pupille, die sich selbstständig weitet und zusammenzieht.

Zwei

Als sich der Nebel aus dem noch von Tau qualmenden Gras hebt, nimmt Turtle die Remington 870 vom Wandhaken, entriegelt sie und zieht den Verschluss zurück, sodass die grüne Schrotpatrone sichtbar wird. Sie klappt die Flinte zu, legt sie über die Schulter und geht die Treppe hinunter und durch die Hintertür. Es beginnt zu regnen. Die Tropfen prasseln von den Kiefern herab und stehen zitternd auf den Nesselblättern und Schwertfarnen. Sie balanciert über die Balken der hinteren Veranda und steigt den von rauhäutigen Gelbbauchmolchen und Schlangensalamandern wimmelnden Hügel voller modernder Baumstämme hinunter. Ihre Fersen durchbrechen die klebrige Kruste aus Myrtenblättern und wühlen die schwarze Erde auf. Vorsichtig steigt sie in Serpentinen zur Quelle des Slaughterhouse Creek hinunter, wo der Frauenfarn schwarze Stängel und Blätter wie grüne Tränen hat, die Kapuzinerkresse mit ihrem frischen, nassen Kressegeruch in wirren Knäueln herabhängt, die Felsen mit Schnörkeln aus Ackerkraut verziert sind.

Die Quelle entspringt in einem bemoosten Winkel des Berghangs, und das Wasser hat ein Bassin in den gewachsenen Fels gegraben, einen zimmergroßen Brunnen mit kaltem, klarem, nach Eisen schmeckendem Wasser, den verwitterte, mit den Jahren federleicht gewordene Stämme wie ein Strohdach bedecken. Turtle setzt sich auf die Stämme, zieht ihre Kleider aus, legt die Schrotflinte darauf und gleitet mit den Füßen voran in das steinerne Becken – denn hier sucht sie ihren ganz eigenen sonderbaren Trost, und hier empfindet sie ihn als den Trost eines kalten Ortes, von etwas Klarem, Kaltem, Lebendigem. Sie hält den Atem an, lässt sich auf den Grund sinken, zieht die Knie zu den Schultern hoch. Ihre Haare schweben wie Seegras um sie herum, und sie öffnet im Wasser die Augen und schaut nach oben und sieht die sich auf der regengesprenkelten Oberfläche abzeichnenden Umrisse sich aalender Molche mit ihren gespreizten Zehen, ihren rotgoldenen, sich ihr ungeschützt entgegenstreckenden Bäuchen, ihren träge wedelnden Schwänzen. Sie sind gekrümmt, verzerrt, trüb, wie es Dinge unter Wasser sind, und die Kälte tut ihr gut, sie bringt sie zu sich selbst zurück. Sie durchbricht die Oberfläche, zieht sich auf die Baumstämme hoch und fühlt die Wärme zurückkehren, während sie den Wald um sich herum betrachtet.

Sie erhebt sich, steigt den Hügel vorsichtig wieder hinauf und läuft, einen Fuß vor den anderen setzend, im stärker werdenden Regen über die Balken der Veranda und dann in die Küche, wo das schwarzschwänzige Wiesel hochschreckt und aufschaut, eine Pfote über einem Teller voller alter Steakknochen erhoben.

Sie legt die Schrotflinte auf den Tresen, geht zum Kühlschrank, öffnet ihn und steht davor, nass, mit glatt auf ihrem Rücken und vereinzelt an ihrem Gesicht klebenden Haaren. Sie knackt Eier an der Arbeitsplatte auf, zerbricht sie über ihrem Mund und wirft die Schalen in den Komposteimer. Sie hört, wie Martin aus seinem Schlafzimmer kommt und den Flur entlanggeht. Er betritt die Küche und schaut an ihr vorbei durch die offene Küchentür in den Regen. Sie sagt nichts. Sie senkt die Hände auf die Arbeitsplatte und lässt sie dort liegen. Auf der Schrotflinte haben sich Wassertropfen gesammelt. Sie hängen an den geriffelten grünen Patronen im Munitionsetui des Gewehrs. »Also, Krümel«, sagt er und schaut an ihr vorbei. »Also, Krümel.«

Sie stellt den Eierkarton weg. Sie nimmt ein Bier heraus, wirft es ihm zu, und er fängt es auf.

»Zeit, dich zum Bus zu bringen?«

»Du musst nicht mitkommen.«

»Weiß ich.«

»Du musst nicht, Daddy.«

»Das weiß ich, Krümel.«

Sie sagt nichts. Sie steht am Tresen.

Im zunehmenden Regen gehen sie zusammen die Straße entlang. Wasser strömt die Einfahrt hinunter, überzieht die Spurrinnen mit Kiefernnadeln. Sie stehen am Ende der Einfahrt. Am bröckelnden Rand des Asphalts nicken Ruchgras und Plattährengras im Platzregen, Zaunwinde rankt sich an den Halmen hinauf. Sie können den Widerhall des Slaughterhouse Creek in dem Wasserdurchlass unter dem Shoreline Highway hören. Auf dem nickelgrauen Ozean befördern kleine schaumgekrönte Wellen Sahne an die schwarzen Brandungspfeiler.

»Schau dir das Miststück an«, sagt Martin, und sie schaut, ohne zu wissen, was er meint – die Bucht, den Ozean, die Brandungspfeiler, es ist nicht klar. Sie hört den alten Bus schalten, als er um die Kurve biegt. »Pass auf dich auf, Krümel«, sagt Martin düster. Der Bus kommt quietschend zum Stehen und stößt mit einem erschöpften Schnaufen und dem Schmatzen von Gummisäumen seine Türen auf. Martin grüßt die Busfahrerin, die Bierdose über dem Herzen haltend, nüchtern im Angesicht ihres Spotts. Turtle steigt die Treppe hinauf und geht durch den geriffelten, von Flächenleuchten im Boden erhellten Gummikanal, dessen Rillen jetzt mit Regenwasser gefüllt sind, die anderen Gesichter mattweiße Flecken, durcheinandergewürfelt in ihren dunkelgrünen PVC-Sitzbänken.

Der Bus legt sich in eine Kurve, und Turtle kippt seitwärts und fällt auf ihren freien Sitz.

Immer, wenn der Bus abbremst, fließt das Wasser unter den Sitzen und durch die Gummirillen des Gangs nach vorn, und die Schüler heben angewidert die Füße. Turtle sitzt da und sieht zu, wie das Wasser unter ihr hindurchläuft und einen pinken Fingernagel mit sich führt, der sich am Stück gelöst hat und kieloben auf dem Strom treibt. Rilke sitzt auf der anderen Seite des Gangs, die Knie an die Rücklehne gedrückt, über ihr Buch gebeugt, eine Haarsträhne zwischen Daumen und Zeigefinger hindurchziehend, bis nur noch ein Fächer aus Haarspitzen übrig ist, ihr roter London-Fog-Mantel noch voller Wassertropfen. Turtle fragt sich, ob Rilke ihn morgens vor der Schule angezogen und gedacht hat: Okay, aber ich muss diesen Mantel gut pflegen. Der Regen ist ungewöhnlich für die Jahreszeit, aber niemand spricht das an. Turtle glaubt, dass sich niemand außer ihrem Daddy Gedanken darüber macht. Sie fragt sich, was Rilke denken würde, könnte sie sehen, wie Turtle nachts unter der nackten Glühbirne in ihrem redwoodgetäfelten Zimmer mit dem auf den Buckhorn Hill hinausgehenden Erkerfenster sitzt, über das zerlegte Gewehr gebeugt, jedes Einzelteil mit Sorgfalt behandelt, und sie fragt sich, wenn Rilke das sehen könnte, würde sie es verstehen? Nein, denkt sie, natürlich nicht. Natürlich würde sie es nicht verstehen. Niemand versteht irgendwen.

Turtle trägt eine alte Levi's-Jeans über einer schwarzen Wollstrumpfhose von Icebreaker, ein feucht an ihrem Bauch klebendes T-Shirt, ein Flanellhemd, eine viel zu große olivgrüne Armeejacke und eine Baseballkappe mit Mesh-Einsatz. Sie denkt: Ich würde alles dafür geben, du sein zu können. Ich würde alles dafür geben. Aber das stimmt nicht, und Turtle weiß, dass es nicht stimmt.

Rilke sagt: »Deine Jacke gefällt mir echt gut.«

Turtle schaut weg.

Rilke sagt rasch: »Nein, ich meine – sie gefällt mir *wirklich*. Ich habe so was nicht, weißt du? Nichts in der Art – nichts Cooles, Altes.«

»Danke«, sagt Turtle und zieht die Jacke über die Schultern hoch, zieht die Hände in die Ärmel zurück.

»Du hast so einen Armeeladen-Kurt-Cobain-Look.«

Turtle sagt: »Danke.«

Rilke sagt: »Anna macht dich mit diesen Vokabeltests richtig platt, was?«

»Scheiß auf Anna, diese Scheißnutte«, sagt Turtle. Die Jacke liegt übergroß auf ihren Schultern. Ihre regennassen Hände mit den weißen Knöcheln hat sie zwischen die Schenkel geklemmt. Rilke stößt ein überraschtes Lachen aus, schaut nach vorn in den Gang und dann in die andere Richtung, zum Ende des Busses; ihr Hals ist sehr lang, die Haare fallen in glatten, schwarzen, glänzenden Strähnen an ihr herab. Turtle begreift nicht, wie es so glänzend, so glatt sein, wie es diesen Schimmer haben kann, und dann sieht Rilke wieder zu Turtle herüber, mit leuchtenden Augen, eine Hand auf den Mund gelegt.

»O mein Gott«, sagt Rilke, »o mein Gott.«

Turtle sieht sie an.

»O mein Gott«, sagt Rilke noch einmal und beugt sich verschwörerisch zu ihr herüber. »Das darfst du nicht sagen!«

»Wieso?«, sagt Turtle.

»Anna ist eigentlich echt nett, weißt du«, sagt Rilke, noch immer vorgebeugt.

»Sie ist eine Fotze«, sagt Turtle.

Rilke sagt: »Wollen wir mal was zusammen machen?«

»Nein«, sagt Turtle.

»Okay«, sagt Rilke nach einer Pause. »Danke für das Gespräch«, und sie wendet sich wieder ihrem Buch zu. Turtle schaut woandershin, auf den Sitz vor sich und dann aus dem mit Wasser überzogenen Fenster. Zwei Mädchen stopfen sich eine Glaspfeife. Der Bus zittert und ruckelt. Eher würde ich dich, denkt Turtle, vom Arschloch bis zu deinem kleinen Nuttenhals aufschlitzen, als deine Freundin zu werden. Sie hat ein Kershaw-Zero-Tolerance-Messer, von dem sie den Pocketclip entfernt hat und das sie tief in ihrer Hosentasche trägt. Du Luder, denkt sie, sitzt da mit deinem Nagellack und fährst dir mit den Händen durch die Haare. Sie weiß nicht einmal, warum Rilke das tut. Warum untersucht sie ihre Haarspitzen? Was gibt es da zu sehen? Ich hasse alles an dir, denkt Turtle. Ich hasse es, wie du sprichst. Ich hasse dein nuttiges Stimmchen. Ich höre dich ja kaum mit deinem hohen Quieken. Ich hasse dich, und ich hasse diese glitschige kleine Muschel zwischen deinen Beinen. Turtle sieht Rilke an und denkt: Gottverdammt, sie schaut wirklich ihre Haarspitzen an, als gäbe es da etwas zu sehen.

Als die Glocke zum Essen läutet, geht Turtle mit schmatzenden Stiefeln den Hügel hinunter zum Sportplatz. Die Hände in den Taschen vergraben, watet sie zum Fußballtor hinaus, und der Regen fegt in Böen über das geflutete Spielfeld. Der Wald um das Spielfeld herum ist schwarz vor Regen, die Bäume in der schlechten Erde vertrocknet und knorrig, spindeldürr. Eine Strumpfbandnatter gleitet über das Wasser, in wunderbar schlängelnden Bewegungen, den erhobenen Kopf nach vorn gereckt, schwarz mit langen grünen und kupferfarbenen Linien, einem schmalen gelben Kiefer, schwarzem Gesicht, leuchtenden schwarzen Augen. Sie überquert den überschwemmten Graben und ist verschwunden. Turtle will weg, will durchbrennen. Sie will Strecke machen. Abzuhauen, in den Wald zu gehen heißt, den Zylinder ihres Lebens zu öffnen, zu drehen und wieder zu verschließen. Sie hat es Martin versprochen, hat es versprochen und versprochen und versprochen. Er kann nicht riskieren, sie zu verlieren, aber, denkt Turtle, das wird er auch nicht. Sie weiß nicht alles über diese Wälder, aber sie weiß genug. Sie steht umschlossen auf dem weiten Spielfeld, schaut in den Wald hinaus und denkt: Scheiße. Scheiße.

Die Glocke läutet. Turtle dreht sich um und blickt zurück zur Schule auf dem Hügel über ihr. Flache Gebäude, überdachte Laufgänge, ein Pulk Mittelstufenschüler in Regenmänteln, aus verstopften Fallrohren strömendes Wasser.

Drei

Es ist Mitte April, fast zwei Wochen nach dem Treffen mit Anna. Blaubeeren haben den alten Apfelbaum erklommen und sich zu einer wild wuchernden Krone verschlungen. Wachteln stöckeln mit auf und ab hüpfendem Kopfschmuck in nervösen Grüppchen einher, Spatzen und Finken ziehen über den Stämmen ihre Kreise. Sie geht durch den Obstgarten und das mit Pflöcken versehene Himbeerfeld zu Grandpas Wohnwagen. Schimmel ist in Streifen an den Seitenflächen heruntergelaufen. Die Aluminiumabdeckung um die Fenster herum ist mit Moos abgedichtet. Aus Ansammlungen von Laubstreu sprießen Zypressentriebe. Sie hört, wie Rosy, Grandpas alte Dackel-Beagle-Mischlingshündin, sich aufrappelt und zur Tür kommt, sich schüttelt und ihr Halsband klimpern lässt. Dann wird die Tür aufgestoßen, und Grandpa steht im Türrahmen und sagt: »Hallo, Liebchen.«

Sie geht die Stufen hinauf und lehnt das AR-10 gegen den Türpfosten. Es ist ihr Gewehr, eine Flinte der Marke Lewis Machine & Tool mit einem U.-S.-Optics-Zielfernrohr mit 5- bis 25-facher Vergrößerung und einem Objektivdurchmesser von 44 Millimetern. Sie liebt es, aber es ist so verdammt schwer. Rosy springt mit flatternden Ohren auf und ab.

»Braves Mädchen«, sagt Turtle zu Rosy.

Rosy schüttelt sich aufgeregt und wackelt mit dem Schwanz.

Grandpa lässt sich an dem ausklappbaren Tisch nieder und gießt sich zwei Fingerbreit Jack Daniel's ein. Turtle setzt sich ihm gegenüber, zieht ihre Sig Sauer aus einem verdeckten Holster in ihren Jeans, nimmt das Magazin heraus und lässt die Pistole mit geöffnetem Verschluss auf dem Tisch liegen, weil Grandpa immer sagt, wenn ein Mann mit seiner Enkelin Cribbage spielt, sollten beide unbewaffnet sein.

Er sagt: »Bist du gekommen, um mit deinem Grandpa Cribbage zu spielen?«

»Ja«, sagt sie.

»Weißt du, warum du so gern Cribbage spielst, Liebchen?«

»Warum, Grandpa?«

»Weil es beim Cribbage um niedere tierische Instinkte geht, Liebchen.«

Sie sieht ihn an und lächelt ein wenig, weil sie keine Ahnung hat, wovon er redet.

»Ach, Liebchen«, sagt er. »Ich ziehe dich nur auf.«

»Ah«, sagt sie, und lässt ihr Lächeln sich über das ganze Gesicht ausbreiten, während sie sich leicht von ihm abwendet und ihren Daumen an die Zähne legt. Es ist ein schönes Gefühl, von Grandpa gehänselt zu werden, auch wenn sie nicht versteht, was er meint.

Er betrachtet die Sig Sauer. Er greift über den Tisch, legt eine Hand darauf, hebt sie hoch. Der Verschluss ist geöffnet, die Kammer liegt frei, und er untersucht sie auf Verunreinigungen, prüft mit einer Fingerkuppe, ob sie ausreichend geschmiert ist, wendet sie im Licht hin und her. »Pflegt dein Daddy die Pistole für dich?«, fragt er.

Sie schüttelt den Kopf.

»Pflegst du sie selbst?«, fragt er.

»Ja.«

Er legt den Fanghebel um und löst den Schlittenfang. Vorsichtig zieht er den Schlitten heraus und inspiziert die Laufschienen.

»Aber du feuerst das Ding nie ab«, sagt er.

Turtle greift sich ein Kartenspiel, schüttelt die Karten aus der Packung, teilt den Stapel in der Mitte, mischt und macht eine Bridge. Die mattierten Karten gleiten mit leichter Reibung übereinander. Sie klopft den Stapel fest auf die Tischplatte.

»Du schießt damit«, sagt er.

»Wieso geht es um niedere tierische Instinkte?«, fragt sie, teilt den Kartenstapel in der Mitte und betrachtet die Hälften in ihren Händen.

»Ach, ich weiß es nicht«, sagt er. »Das sagt man eben so.«

Sie nimmt die Pistole jeden Abend auseinander und reinigt sie mit einer Messingbürste und Baumwollläppchen. Grandpa begutachtet die sauberen, leicht abgenutzten Schienen und setzt dann den Schlitten wieder ein. Seine Finger zittern, als sie ihn gegen die Rückholfeder drücken. Er scheint vergessen zu haben, wie man den Fanghebel betätigt; er sitzt da und betrachtet zögernd die Riegel und Hebel, als würde er sich mit der Pistole nicht mehr zurechtfinden. Turtle weiß nicht, was sie tun soll. Sie sitzt da, die zwei halben Stapel noch in den Händen. Dann findet er den Fanghebel und versucht zweimal vergebens, den schwergängigen Metallgriff zu drehen, bis er ihn schließlich mit zitternden Händen einrasten und den Verschluss langsam nach vorn gleiten lässt. Er legt die Pistole beiseite und sieht Turtle an. Turtle mischt, macht eine Bridge und knallt die Karten vor ihn auf den Tisch.

»Tja«, sagt er. »Du bist nicht dein alter Herr, so viel steht fest.«

»Was?«, fragt Turtle neugierig.

»Ach«, sagt Grandpa, »schon gut, schon gut.«

Er streckt eine zitternde Hand aus und hebt die Hälfte der Karten ab. Turtle legt die beiden Hälften aufeinander und teilt je sechs Karten aus. Grandpa fächert die Karten vor sich auf und seufzt, nimmt mit Daumen und Zeigefinger kleine

Korrekturen vor. Turtle legt ihre Krippe ab. Grandpa seufzt wieder, umfasst den Whiskey mit seiner großen Hand und schwenkt ihn langsam in seinem Ring aus Kondenswasser, sodass die Specksteine leise gegen das Glas klirren.

Er kippt den Drink hinunter, zieht Luft durch die Zähne, gießt sich einen weiteren ein. Turtle wartet schweigend. Er kippt auch diesen hinunter und gießt sich einen dritten ein. Er sitzt da und lässt den Whiskey langsam im Glas kreisen. Schließlich sucht er zwei Karten aus und wirft sie in die Krippe. Dann hebt er vom Stapel ab, und Turtle zieht die Startkarte, die Herz-Königin, und legt sie aufgedeckt auf den Tisch. Er scheint etwas darüber sagen zu wollen, dass die Startkarte das Schicksal seines Blatts bestimmt hat, so als hätte ihm, diese Feststellung noch auf den Lippen, die Komplexität des Ganzen die Sprache verschlagen.

»Die Laufschienen der Pistole«, sagt er nach einer Minute, »sehen ziemlich gut aus.«

»Ja«, sagt Turtle.

»Nun ja, sie sehen ziemlich gut aus«, sagt Grandpa noch einmal zweifelnd.

»Ich öle sie immer«, sagt sie.

Grandpa blickt sich plötzlich fragend im Wohnwagen um. Sein Blick fährt an der Decke entlang, über die stellenweise abblätternde Täfelung aus Holzimitat, die schmuddelige kleine Küche. Im Gang liegt Schmutzwäsche auf dem Boden, und Grandpa legt die Stirn in tiefe Falten, während er all das betrachtet.

»Du bist dran«, sagt Turtle.

Grandpa zupft eine Karte zwischen den anderen heraus und wirft sie auf den Tisch. »Zehn«, sagt er.

Turtle spielt eine Fünf aus und rückt mit ihrem Stift auf dem Brett zwei Punkte vor auf fünfzehn.

»Grandpa?«, sagt sie.

»Zwanzig«, sagt er und zieht für das Paar zwei vor.

»Dreißig«, sagt Turtle und legt einen Buben ab.

»Passe.«

Turtle rückt eins vor und legt eine Königin ab. Grandpa legt mit gespielter Erschöpfung eine Sieben ab. Turtle spielt eine Drei aus und rückt auf zwanzig vor. Grandpa legt eine Sechs ab: »Hier, Liebchen«, sagt er, öffnet seinen Gürtel und zieht das alte Bowiemesser herunter. Das Gürtelleder ist glänzend schwarz abgewetzt von der Scheide. Er hält es ihr in der offenen Hand hin, wiegt es. »Ich benutze es nicht mehr«, sagt er.

Turtle sagt: »Leg das hin, Grandpa. Wir müssen noch auszählen, wie viel wir auf der Hand haben.«

»Liebchen«, sagt Grandpa und hält ihr das Messer hin.

»Zeig mir deine Karten«, sagt Turtle.

Grandpa legt das Messer vor ihr auf den Tisch. Der Ledergriff ist alt und speckig schwarz, der Stahlknebel dunkelgrau. Turtle greift über den Tisch, nimmt Grandpas Hand und zieht sie zu sich heran. Sie nimmt die vier Karten und schaut sie an: Pik-Fünf, Pik-Sieben, Pik-Zehn und die Startkarte, die Herz-Königin. »Tja«, sagt Turtle. »Tja.« Grandpa schaut nicht auf seine Karten, er sieht nur Turtle an. Sie bewegt beim Zählen den Mund. »Fünfzehn macht zwei Punkte, fünfzehn macht vier, die Straße macht sieben, und die Lange Farbe macht elf. Habe ich irgendwas übersehen?« Sie rückt mit seinem Stift elf Punkte vor.

Grandpa sagt: »Nimm es, Liebchen.«

Sie sagt: »Ich verstehe nicht, Grandpa.«

Er sagt: »Dir stehen auch ein paar Sachen von mir zu.«

Sie lässt einen Knöchel knacken, dann noch einen.

Er sagt: »Du wirst dich gut darum kümmern. Es ist ein gutes Messer. Wenn du das irgendeinem Hurensohn reinjagst, wird er es spüren. Dieses Messer ist von mir für dich.«

Sie zieht es aus der Scheide. Der Stahl ist mit den Jahren rauchig schwarz geworden. Oxidiert, wie sehr alter Karbonstahl es tut. Sie dreht die Klinge zu sich und blickt auf eine einzige ununterbrochene, nicht funkelnde Linie ohne Scharten oder Makel, eine schimmernde, polierte Schneide. Sie zieht die Klinge sanft an ihrem Arm entlang, und goldene Haare sammeln sich in einer Scheitellinie.

Er sagt: »Hol auch die Schleifsteine, Liebchen.«

Sie geht in die Küche, öffnet eine Schublade, nimmt das alte Lederbündel mit den drei Schleifsteinen heraus und geht damit zum Tisch zurück.

Er sagt: »Pfleg es gut.«

Sie sitzt stumm da und betrachtet die Klinge. Sie liebt es, Dinge zu pflegen.

Rosy, die zwischen ihnen auf dem Boden sitzt, richtet sich mit klimperndem Halsband auf. Sie schaut zur Tür, und dann ist ein lautes Klopfen zu hören. Turtle zuckt zusammen.

»Das dürfte dein Vater sein«, sagt Grandpa.

Martin öffnet schwungvoll die Tür und kommt herein. Der Boden jammert unter ihm. Er nimmt die gesamte Breite des Gangs ein.

»Menschenskinder, Dad«, sagt Martin. »Musst du wirklich vor ihr trinken?«

»Sie hat nichts dagegen, wenn ich einen Drink nehme«, sagt Grandpa. »Stimmt's, Turtle?«

»Menschenskinder, Daniel«, sagt Martin. »Natürlich hat sie nichts dagegen. Es ist nicht ihre Sache, etwas dagegen zu haben, es ist meine. Es ist meine Sache, etwas dagegen zu haben, und das habe ich auch. Deine Sache sollte es eigentlich auch sein, aber du machst es wohl nicht dazu.«

»Na ja, ich weiß eben einfach nicht, was daran so schlimm sein soll.«

»Ich habe nichts dagegen, wenn du mal ein Bier trinkst«,

sagt Martin. »Das macht mir nichts aus. Ich habe auch nichts dagegen, wenn du dir ein, zwei Fingerbreit Jack einschenkst. Aber es gefällt mir nicht, wenn du mehr trinkst. Das ist nicht gut.«

»Ich komme schon zurecht«, sagt Grandpa mit einer wegwischenden Handbewegung.

»Alles klar«, sagt Martin schmallippig, »alles klar. Komm, wir gehen nach Hause, Krümel.«

Turtle nimmt die Pistole, schließt den Verschluss, knallt das Magazin hinein, steckt die Waffe ins Holster. Dann steht sie auf, das Messer und das Bündel mit den Schleifsteinen in der Hand, und geht zur Tür, wo Martin einen Arm um ihre Schulter legt. Sie schultert das AR-10 und dreht sich zu Grandpa um. Martin bleibt zögernd in der Tür stehen, Turtle im Arm.

Er sagt: »Alles in Ordnung, Dad?«

Grandpa sagt: »Ich komme schon zurecht.«

Martin sagt: »Du willst wahrscheinlich nicht zum Abendessen rüberkommen?«

»Ach«, sagt er, »ich habe noch eine Pizza im Kühlfach.«

»Du kannst gern mitessen. Wir freuen uns, wenn du kommst, Dad. Stimmt's, Krümel?«

Turtle schweigt, sie will nicht hineingezogen werden, sie will nicht, dass Grandpa vorbeikommt.

Martin sagt: »Na ja, wie du willst. Wenn du deine Meinung ändern solltest, ruf einfach an, und ich komme mit dem Truck rauf und hole dich ab.«

»Ach, ich komme schon zurecht«, sagt Grandpa.

»Und, Dad«, sagt Martin. »Übertreib es nicht. Dieses Mädchen hat einen Großvater verdient. Alles klar?«

»Alles klar«, sagt Grandpa stirnrunzelnd.

Martin bleibt weiter zögernd im Türrahmen stehen. Grandpas Kopf zittert ein wenig, als er ihn ansieht, und Martin steht da, als würde er darauf warten, dass Grandpa etwas sagt, aber Grandpa sagt nichts, und Martin umfasst Turtles Schulter fester, und sie gehen zusammen hinunter, folgen der alten Schotterstraße durch den Obstgarten. Sie spürt ihn als große, schweigende Präsenz neben sich. Sie gehen durch den abendlichen Wald, vorbei an der Stelle, wo Grandpa immer seinen SUV abstellt. Blaubeerranken haben den Mittelstreifen überwuchert. Im Schotter sprießt wilde Kamille. »Nicht falsch verstehen, Krümel«, sagt Martin, »aber dein Großvater ist ein richtiger Kotzbrocken.«

Vater und Tochter gehen zusammen die Stufen zur Veranda hinauf und durchs Wohnzimmer. Turtle hüpft auf den Küchentresen und legt das Messer neben sich. Martin reißt ein Streichholz an seinen Jeans an, um den Gasbrenner anzuzünden, nimmt eine Pfanne von der Wand und macht sich an die Zubereitung des Abendessens. Turtle sitzt auf der Kante des Tresens. Sie nimmt die Pistole aus dem Holster, zieht den Schlitten zurück und versenkt vier Kugeln in einem einzigen Einschussloch. Martin blickt von dem Kürbis auf, den er gerade zerteilt, und sieht zu, wie sie ihr Magazin leert. Der Verschluss gleitet rauchend zurück, und er wendet seine Aufmerksamkeit wieder dem Hackblock zu, lächelt müde und schief, lächelt so, dass sie es sehen kann.

»Ist das das Messer von deinem Großvater?« Er wischt sich die Hände ab, streckt eine aus.

Turtle zögert.

»Was ist?«, sagt er, und sie nimmt das Messer und reicht es ihm. Er zieht es aus der Scheide, geht um den Tresen herum, stellt sich neben sie und dreht das Messer zum Licht. »Ich weiß noch, wie dein Großvater in seinem Sessel saß, als ich ein Kind war …«, sagt er. »Wenn er schlechte Laune hatte und Bourbon trank, warf er das Messer an die Tür. Dann stand er auf, holte es, setzte sich hin, schaute zur Tür und warf das Messer wieder. Es blieb stecken, und er ging zur Tür und holte es. Stundenlang ging das so.«

Turtle sieht Martin an.

»Guck mal«, sagt er.

»Nein«, sagt sie. »Warte.«

»Keine Sorge«, sagt er.

Er geht zu der Tür neben dem Kamin, die auf den Gang hinausführt, und schließt sie. Er kommt zurück und stellt sich parallel zur Tür auf. Er sagt: »Guck.«

Sie sagt: »Das ist kein Wurfmesser.«

»Von wegen«, sagt er.

Sie hält ihn am Hemd fest. »Warte«, sagt sie.

»Guck«, sagt er und scheint die Entfernung abzuschätzen. Er wirft das Messer in die Luft und fängt es am Messerrücken auf. Turtle sieht schweigend zu, die Finger in den Mund gesteckt. Martin holt aus und wirft das Messer. Es prallt von der Tür ab und fliegt gegen die Kaminplatten. Turtle springt hinterher, aber Martin ist schneller; er stößt sie zur Seite, nimmt es von den Feldsteinen des Kaminofens, beugt sich darüber, den Rücken zwischen Turtle und dem Messer, und sagt: »Ach, nichts passiert.«

»Gib es her«, sagt Turtle.

Martin dreht sich weg, über das Messer gebeugt, und sagt. »Nichts passiert, Krümel, nichts passiert.«

»Gib es her«, sagt Turtle.

»Moment noch«, sagt er. Turtle hört einen gefährlichen Klang in seiner Stimme und tritt einen Schritt zurück. »Warte einfach mal einen verdammten Moment«, sagt er und hält das Messer gegen das Licht, während Turtle wartet und ihr Kiefer vor Wut arbeitet. »Tja, Scheiße«, sagt er schließlich.

»Was?«

»Das ist dieser verdammte Karbonstahl, Krümel, das Zeug ist wie Glas.«

»Gib es mir«, sagt sie, und er gibt es ihr zurück. Die Klinge hat eine Scharte.

»Macht doch nichts«, sagt Martin.

»Scheiße!«, sagt Turtle.

»Dieser hochgekohlte Stahl ist für die Tonne«, sagt Martin. »Ich sag's ja, wie Glas. Darum werden Messer aus Edelstahl gemacht. Karbonstahl ist nicht zu trauen. Die Schneide ist saumäßig scharf, aber sie bricht und rostet. Ich weiß nicht, wie der Kerl es damit durch den Krieg geschafft hat. Viel geschmiert, wahrscheinlich.«

»Scheiße«, sagt Turtle, rot vor Wut.

»Komm, ich krieg's wieder hin.«

»Vergiss es«, sagt Turtle. »Ist schon gut.«

»Es ist nicht gut. Du bist wütend deswegen, mein Schatz. Ich krieg's wieder hin.«

»Nein, es ist mir egal.«

»Krümel«, sagt er. »Gib mir das Messer. Ich werde nicht dulden, dass du sauer auf mich bist, weil dieses Messer zerbrechlich ist wie ein Spielzeug. Ich habe einen Fehler gemacht, und ich kann das Messer wieder so hinkriegen, wie du es haben willst, so gut wie neu.«

Turtle sagt: »Auf so etwas muss man gut aufpassen.«

»Tja, das ist allerdings ziemlich bekloppt«, sagt Martin und lacht über ihre Wut. »Ich dachte immer, ein Messer sollte auf dich aufpassen. Ich dachte, das wäre der Sinn und Zweck des Ganzen.«

Turtle steht da und blickt auf die Dielenbretter. Es kommt ihr vor, als wäre sie rot bis zu den Haarspitzen.

»Gib mir das Messer, Krümel. Einmal über den Schleifstein gezogen, und die Macke ist verschwunden.«

»Nein«, sagt sie. »Es ist egal.«

»Ich sehe deinem Gesicht an, dass es nicht egal ist, also gib es mir, und ich mache es wieder gut.«

Turtle gibt ihm das Messer, und Martin öffnet die Tür und geht den Flur entlang am Badezimmer und der Diele vorbei in die Vorratskammer, wo sich an einer der Wände eine lange hölzerne Werkbank mit Zwingen und Schraubstöcken entlangzieht, über der Geräte an einer Werkzeugwand hängen. Die übrigen Wände säumen Waffenschränke, Edelstahlschränkchen voller Munition und gestapelte Kartons mit je 1000 Schuss Kaliber .223 und .308. Eine Wendeltreppe führt in den Keller hinunter, wo 20-Liter-Eimer voller Trockennahrung auf dem feuchtkalten, modrigen Erdboden stehen. Dort unten sind genügend Lebensmittel eingelagert, um drei Menschen drei Jahre lang ernähren zu können.

Martin geht zu einer an die Werkbank geschraubten Schleifmaschine und schaltet sie ein.

»Nein, warte«, sagt Turtle über das Dröhnen der Maschine hinweg.

Martin steht da und versucht, den Schleifwinkel abzuschätzen. »Gut«, sagt er. »Es wird wieder *gut.*« Er hält die Klinge an den Schleifstein. Es kreischt. Er taucht sie, begleitet von einem Zischen, in eine Kaffeekanne voller Mineralöl, bewegt sie wieder zum Schleifrad, hält sie ruhig, sein Gesicht vollends konzentriert, zieht sie über den Stein. Ein leuchtender Hahnenschwanz aus orangen und weißen Funken mit einem weiß ausfransenden Rand flattert auf. Hitzeflecken breiten sich auf dem Stahl aus. Er hebt die Klinge an, taucht sie wieder ins Öl, wendet sie in seiner Hand und hält sie noch einmal an die Schleifmaschine. Er inspiziert sie wieder, prüft sie mit dem Daumen, nickt und lächelt in sich hinein. Er schaltet die Schleifmaschine ab, und der Schleifstein rollt allmählich aus; durch irgendeine Fehlfunktion des Mechanismus hat der Klang des langsamer werdenden Schleifsteins eine leichte Unwucht, ein *wump-wump, wump-wump*. Er gibt ihr das Messer. Die Hochglanzpolitur der Klinge ist verschwunden, die Schneide schartig und uneben. Turtle dreht das Messer ins Licht, und tausend blinkende Funken stieben von den Kanten und Kerben in der Klinge.

»Du hast es zerstört«, sagt sie.

»Zerstört?«, sagt er gekränkt. »Nein, das liegt nur daran, dass … Nein, Krümel, das ist eine tausendmal bessere Schneide als die von Grandpa. Mit diesem Schleifstein bekommt man eine perfekte Schneide hin, mit hundert mikroskopisch kleinen Verzahnungen, die die Klinge erst so richtig scharf machen. Die Rasierklinge, die du vorher da dran hattest, so was ist nur für die Eitelkeit geduldiger Männer – für echte Tätigkeiten wie Schneiden taugt das nicht, Krümel … Schneiden ist nichts anderes, als etwas *durchzusägen*. So eine Spiegelpolitur, die taugt nur für einen Druckschnitt. Weißt du, was das ist, Krümel?

Turtle weiß, was ein Druckschnitt ist, aber Martin kann sich nicht zurückhalten.

Er sagt: »Ein Druckschnitt, Krümel, ist die einfachste Art von Schnitt – wenn du das Messer auf ein Steak setzt und *drückst*, ohne die Klinge darüber zu *ziehen*. Aber man *drückt* das Messer nicht einfach in ein Steak, Krümel, man *zieht* es hindurch. Was du vorher hattest, war nur ein besseres Rasiermesser. Im wahren Leben *zieht* man die Klinge durch etwas. So ist das beim Schneiden, Krümel, da brauchst du eine *unebene* Schneide. Diese Spiegelpolitur soll mit ihrer Schönheit von der wahren Aufgabe des Messers ablenken. Verstehst du … verstehst du? So eine Rasiermesserklinge ist etwas Schönes, aber ein Messer soll nichts Schönes sein. Dieses Messer ist gemacht, um jemandem die Kehle durchzuschneiden, und dafür brauchst du die mikroskopischen Verzahnungen, die ein grober Schleifstein hinterlässt. Du wirst schon sehen. Mit dieser Schnittkante geht das Ding durch Fleisch wie durch Butter. Bist du traurig, dass ich dir deine

Illusion zerstört habe? Diese Schneide war ein Schatten an der Wand, Krümel. Du musst aufhören, dich von den Schatten ablenken zu lassen.«

Turtle prüft die Schneide mit ihrem Daumen und sieht ihren Vater an.

»Da hast du verdammt noch mal was fürs Leben gelernt«, sagt er.

Sie wendet das Messer unsicher in den Händen.

Er sagt: »Du vertraust mir einfach nicht, oder?«

»Ich vertraue dir«, sagt sie, und sie denkt: Du springst hart mit mir um, aber du bist auch gut für mich, ich brauche Härte. Ich brauche deine Härte, weil ich nicht gut für mich selbst bin und du mich zwingst zu tun, was ich tun will, aber nicht für mich tun kann; und trotzdem, und trotzdem ... Manchmal bist du nicht rücksichtsvoll; da ist etwas in dir, etwas Rücksichtsloses, etwas beinahe ... Ich weiß es nicht, ich bin mir nicht sicher, aber es ist da.

»Hier«, sagt er, nimmt ihr das Messer ab und schiebt sie den Flur entlang in Richtung Wohnzimmer. Sie gehen wieder durch die Tür, und er zeigt auf einen Stuhl. »Stell dich da drauf.« Turtle sieht ihn an und steigt auf den Stuhl. Martin zeigt auf den Tisch, und sie steigt darauf, stellt sich zwischen die Bierflaschen, benutzten Teller und Steakknochen.

»Der Dachsparren da«, sagt er.

Sie schaut zu dem Dachsparren hinauf.

»Ich will dir etwas zeigen«, sagt er.

»Was denn?«, sagt sie.

»Spring an den Dachsparren, Krümel.«

»Was willst du mir zeigen?«

»Gottverdammt«, sagt er.

»Ich verstehe nicht«, sagt sie.

»Gottverdammt«, sagt er.

»Ich weiß, dass das Messer scharf ist«, sagt sie.

»Du weißt es aber anscheinend nicht.«

»Nein«, sagt sie. »Ich vertraue dir, ehrlich. Das Messer ist scharf.«

»Gottverdammte Scheiße, Krümel.«

»Nein, Daddy, es ist doch nur, weil es Grandpas Messer war und er enttäuscht sein wird.«

»Es gehört ihm nicht mehr, oder? Und jetzt häng dich an den Dachsparren.«

»Ich wollte versuchen, die Spiegelpolitur zu pflegen«, sagt sie. »Ich wollte es einfach nur versuchen, das ist alles.«

»Es spielt keine Rolle. Der Rost wird sowieso Löcher in den Stahl fressen, bevor das Jahr um ist.«

»Nein«, sagt sie. »Nein, wird er nicht.«

»Du musstest dich noch nie um so etwas kümmern; du wirst schon sehen. Und jetzt spring an den Dachsparren.«

»Warum denn?«

»Gottverdammte Scheiße, Krümel. Gottverdammte Scheiße.«

Sie springt und bekommt den Balken zu fassen.

Martin wirft den Tisch unter ihr um; das Kartenspiel, die Teller, Kerzen und Bierflaschen fallen zu Boden. Er stemmt sich mit der Schulter dagegen und schiebt ihn unter ihr weg, schiebt das ganze Geröll mit wie ein Bulldozer und lässt Turtle an dem Dachsparren über dem Boden baumeln.

Sie arrangiert ihre Finger um, bis sie sicher auf der Maserung liegen. Martin betrachtet sie von unten mit einem verzerrten, beinahe wütend wirkenden Gesicht. Er kommt zu ihr, stellt sich zwischen ihre Füße, dreht das Messer mal in die eine, mal in die andere Richtung.

»Kann ich runterkommen?«, fragt sie.

Er steht da und schaut zu ihr herauf; sein Gesicht versteift sich, sein Mund wird hart. Turtle, die zu ihm hinunterschaut, hat beinahe den Eindruck, dass es ihn wütend macht, sie so zu sehen.

»Sag es nicht so«, sagt er.

Dann hebt er das Messer, hält ihr die Klinge zwischen die Beine und blickt finster zu ihr herauf. Er sagt: »Häng doch einfach mal ein bisschen da oben ab.«

Turtle findet es nicht lustig. Sie schaut schweigend zu ihm hinunter. Er drückt das Messer nach oben und sagt: »Hoch mit dir.«

Turtle macht einen Klimmzug, legt das Kinn auf den splittrigen Balken und bleibt so hängen, während Martin unter ihr steht, aus dessen Gesicht alle Wärme und Freundlichkeit gewichen sind, der aussieht wie in einem hasserfüllten Tagtraum gefangen. Das Messer beißt in den blauen Stoff ihrer Jeans, und Turtle spürt den kalten Stahl durch ihren Slip.

Sie schaut hinüber zum nächsten Dachsparren und dem dahinter bis zur gegenüberliegenden Wand, jeder der Balken mit einer filzigen Staubschicht und Spuren von Wanderratten überzogen. Ihre Beine zittern. Sie lässt sich langsam herunter, aber Martin macht schroff und mahnend: »Äh«, und das Messer drückt gegen ihren Schritt. Sie zittert, schafft es nicht, sich wieder ganz an dem Balken hochzuziehen, und drückt ihr Gesicht an seine splittrige Flanke, lässt ihre Wange daran liegen. Sie streckt sich, denkt: Bitte, bitte, bitte.

Dann lässt er die Klinge sinken, und auch Turtle sinkt tiefer, unfähig, etwas anderes zu tun, zuckend und zitternd unter der Anstrengung, sich so langsam hinabzulassen, wie er das Messer senkt. Sie hängt an ihren gestreckten Armen und sagt: »Daddy?«

Er sagt: »Siehst du, das habe ich verdammt noch mal gemeint.«

Dann hebt er die Klinge allmählich wieder an und schnalzt warnend mit der Zunge. Sie macht einen ganzen Klimmzug, klemmt ihr Kinn an den Balken und hängt zitternd dort. Sie beginnt, sich langsam wieder hinunterzulassen, und Martin macht: »Äh«, um ihr Einhalt zu gebieten, verzieht sein Gesicht, als wäre es traurig, aber nicht zu ändern, auch wenn er es gern ändern würde.

Du Dreckskerl, du beschissener Dreckskerl, denkt Turtle.

»Das waren zwei«, sagt er. Er lässt die Klinge sinken, und Turtle lässt sich mit ihr sinken, und dann hebt er sie wieder und sagt: »Mit ein bisschen Ansporn klappt das mit den Klimmzügen ganz gut, hm?«

Er lässt sie quälend langsam herunterkommen. Sie macht zuerst zwölf, dann dreizehn. Sie hängt zitternd an ihren entkräfteten Armen, und Martin drückt mit der Klinge langsam und bedrohlich zu und sagt: »War's das schon? Hast du keine Kraft mehr? Dann versuch, noch welche zu finden, Krümel. Ich würde dir raten, welche zu finden. Probieren wir's mal mit *fünfzehn.*« Ihre Finger schmerzen, die Maserung des Holzes schneidet in ihr Fleisch ein. Ihre Unterarme fühlen sich taub an. Sie weiß nicht, ob sie noch einen schafft.

»*Auf* geht's«, sagt er. »Noch zwei.«

»Ich kann nicht«, sagt sie und weint beinahe vor Angst.

»Du glaubst, dass das Messer scharf ist, oder?«, sagt er. »Jetzt glaubst du es, oder?« Er macht eine sägende Bewegung mit der Klinge, und sie hört, wie sich der Jeansstoff zischelnd öffnet. Sie versucht, noch ein Quäntchen Kraft aufzutreiben, versucht, sich verzweifelt festzuhalten, und Martin sagt: »Ich glaube, du solltest dich lieber festhalten, Krümel. Du solltest lieber nicht loslassen, kleines Mädchen«, und dann schälen sich ihre Fingerspitzen von dem Balken, und sie fällt in das Messer.

Martin zieht es im letztmöglichen Augenblick unter ihr weg, und es schneidet ihr in den Schenkel und in die Pobacke. Sie landet auf ihren Fersen und steht breitbeinig und erschrocken da, blickt auf ihren Schritt, wo nichts zu sehen ist außer einem Schlitz im Stoff. Martin hält das unblutige, saubere

Bowiemesser in der Hand und hebt erstaunt die Brauen, während sich sein Mund zu einem Grinsen öffnet.

Turtle setzt sich auf den Hintern, und Martin beginnt zu lachen. Sie beugt sich vor, um durch den aufgetrennten Stoff zu schauen, und sagt: »Du hast mich geschnitten, du hast mich geschnitten«, aber sie kann den Schnitt weder fühlen noch sehen.

»Du hättest«, sagt Martin, bricht ab und krümmt sich vor Lachen. Er wedelt mit dem Bowiemesser, damit sie aufhört und er wieder zu Atem kommt.

»Du hättest –«, japst er.

Sie lehnt sich zurück und knöpft ihre Jeans auf. Martin legt das Bowiemesser auf die Arbeitsplatte, zieht ihre Hosenbeine in die Luft und schüttelt Turtle aus ihnen heraus. Sie landet auf dem Boden, richtet sich auf und beugt sich über ihre Schenkel, um den Schnitt zu sehen.

»Du hättest –«, sagt er. »Du hättest –«, und er kneift vor Lachen die Augen zu.

Turtle findet den Schnitt und eine haarfeine Blutspur.

Martin sagt: »Du hättest – *dein Gesicht sehen sollen.*« Er verzerrt sein eigenes Gesicht zu einer Fratze jugendlicher Fassungslosigkeit, reißt die Augen überrascht auf und sagt dann, mit einer Hand wedelnd, wie um allen Spott beiseite zu wischen: »Das wird schon wieder, meine Kleine, das verheilt. Aber nächstes Mal – *lass einfach nicht los!*« Damit bricht er wieder in Gelächter aus, und aus seinen zu Schlitzen verengten Augen quellen Tränen hervor, während er sich kopfschüttelnd und fragend an den Raum wendet: »Menschenskinder! Hab ich recht? Hab ich recht? Menschenskinder! Lass nicht los! Oder? Scheiße noch mal!«

Er kniet sich hin und legt die Hände um ihren nackten Schenkel, und als hätte er ihre Verzweiflung zum ersten Mal bemerkt, sagt er: »Ich weiß nicht, was dir solche Angst macht,

Baby, es ist ja kaum ein Kratzer. Hör mal, ich wollte dich doch nicht schneiden. Ich habe es unter dir weggezogen, oder? Und wenn du solche Angst hast, dann lass nächstes Mal eben nicht los, verdammt.«

»So einfach ist das nicht«, sagt sie hinter ihren Händen hervor.

»Ist es doch. Du lässt … *einfach nicht los*«, sagt er.

Turtle liegt flach auf dem Boden. Sie will in tausend Stücke zerspringen.

Er steht auf und geht durch den Flur ins Badezimmer. Er kommt mit einem Erste-Hilfe-Kasten zurück und kniet sich zwischen ihre Beine. Er reißt die Verpackung eines grünen Einwegwundschwamms auf und betupft den Schnitt. Er sagt: »Deswegen? Deswegen machst du dir Sorgen? Komm, ich kümmere mich darum, ist schon gut.« Er schraubt den Deckel von der antibiotischen Salbe und tupft sie auf die Wunde. Jede seiner Berührungen sendet Wellen der Empfindung durch ihren Körper. Er nimmt ein Pflaster aus der Verpackung, legt es flach auf ihre Haut und streicht es glatt, damit es gut festklebt. »Ist schon wieder gut, Krümel, siehst du, alles gut.«

Sie hebt den Kopf, und von ihrem Schamhügel bis zum Brustbein treten Muskelstränge hervor, dick wie ein Brotlaib. Sie sieht ihn an, und dann legt sie den Kopf wieder zurück und schließt die Augen, und sie spürt ihre Seele als einen Stängel Ackerminze, die in dem dunklen Fundament wächst, sich einem Schlüsselloch aus Licht zwischen den Dielenbrettern entgegenschlängelt, gierig und nach Sonne hungernd.

Vier

Es ist Freitag, und sie haben ein freitägliches Ritual. Turtle geht von der Bushaltestelle zu den beiden 200-Liter-Fässern, in denen sie ihren Müll verbrennen. Sie sind mit Regenwasser vollgelaufen, so wie sich jeder Eimer, jedes Fass und jeder Topf in ihrem Garten mit Wasser füllt und bis Juni immer weiter mit Wasser füllen wird, wobei das Wetter in letzter Zeit unberechenbar ist. Sie nimmt den quer über dem Fass liegenden Schürhaken, stößt ihn tief in das aschgraue Wasser und zieht eine an einem gebogenen Eisenbügel hängende Munitionsdose heraus. Sie öffnet die Dose und nimmt eine 9-Millimeter-Pistole der Marke Sig Sauer und ein Reservemagazin heraus. Eigentlich soll sie durch das ganze Haus gehen, von der Haustür bis zum letzten Zimmer, und es langsam und gründlich nach Scheiben absuchen. Aber der Ablauf langweilt Turtle, also geht sie die Stufen zur Veranda hoch und stößt die gläserne Schiebetür auf, die Pistole im Anschlag. Dort am Küchentisch stehen drei Trainingsscheiben, Sperrholzplatten auf Ständern aus Metallblech mit angetackerten Silhouetten, und Turtle nimmt sie sich nacheinander vor, tritt unter schnellen Doppelschüssen seitwärts aus dem Türrahmen, sechs Schuss in etwas weniger als einer Sekunde, und auf allen drei Zielscheiben sitzen die Einschusslöcher zwischen und leicht unter den Augen, so dicht beieinander, dass sie sich berühren.

Sie geht entspannt zu der Tür zum Flur, stellt sich auf die Kaminplatten daneben, öffnet die Tür mit einem leichten Stoß und bewegt sich in einem raschen Bogen auf die andere Seite des Türrahmens, drei Schritte zurück und dann seitwärts, sodass der Gang nach und nach in ihr Blickfeld rückt, und sie schießt auf jedes der drei Ziele aus Sperrholz und Metallblech, die eines nach dem anderen hinter dem Türpfosten zum Vorschein kommen, schnelle Doppelschüsse in die Nasenhöhle, betritt dann den Raum und verlässt schnell den tödlichen Trichter des Türbereichs. Im Schützenschritt an der Wand des Flurs entlang, ins Badezimmer: sauber – in die Diele, ein Schurke, zwei Schüsse: sauber – in die Speisekammer: sauber. Sie nimmt das Magazin heraus, ersetzt es durch das Reservemagazin und bewegt sich zu Martins Schlafzimmertür am Ende des Flurs vor. Der Flur ist zu eng, um sich mit ausgestrecktem Arm in den Raum hineinzudrehen, also stößt sie die Tür auf, macht drei rasche Schritte zurück in den Gang und schießt dabei – sechs Schüsse, zwei Sekunden, und als das Schussfeld frei ist, rückt sie wieder zur Tür vor, findet drei weitere Ziele und feuert nacheinander auf sie. Dann ist es still bis auf das heiße Messing, das durchs Schlafzimmer und durch den Flur rollt. Sie geht zur Küche zurück und legt die Sig Sauer auf den Tresen.

Sie hört Martin die Einfahrt heraufkommen. Er stellt den Wagen ab, stößt die Schiebetür auf, durchquert das Wohnzimmer und sinkt schwer auf das dick gepolsterte Sofa. Turtle öffnet den Kühlschrank, nimmt ein Red Seal Ale heraus, wirft es ihm zu, und er fängt es, klemmt sich den Verschluss zwischen die Backenzähne und öffnet die Flasche. Er setzt an und trinkt in langen, zufriedenen Schlucken. Dann schaut er wieder zu ihr und sagt: »Na, Krümel, wie war's in der Schule?«, und sie geht um den Tresen herum und setzt sich auf die Armlehne des Sofas; sie blicken beide auf die Asche im Kamin, als wäre da ein Feuer, das ihre Aufmerksamkeit fesselte, und sie sagt: »Schule eben, Daddy.«

Er fährt sich mit einem Daumennagel durch die Bartstoppeln.

»Müde, Daddy?«

»Nein.«

Sie setzen sich und essen gemeinsam zu Abend. Martin schaut stirnrunzelnd auf den Tisch. Sie essen schweigend weiter.

»Wie hast du dich beim Säubern angestellt?«

»Gut.«

»Aber nicht perfekt?«, sagt er.

Sie zuckt mit den Schultern.

Er legt die Gabel aus der Hand und betrachtet Turtle, die Unterarme auf den Tisch gelegt. Er hat das linke Auge zugekniffen. Das rechte ist geöffnet und strahlt. Zusammen vermitteln sie den Eindruck vollständiger und differenzierter Versunkenheit, aber als sie genauer hinsieht, findet sie es verstörend und sonderbar, und je stärker sie sich darauf konzentriert, desto fremdartiger erscheint ihr seine Miene, so, als wäre sein Gesicht mehr als nur ein einzelnes Gesicht und als versuchte es, der Welt zwei entgegengesetzte Gesichtsausdrücke zu bieten.

Er sagt: »Hast du oben nachgesehen?«

»Ja«, sagt sie.

»Krümel, hast du oben nachgesehen?«

»Nein, Daddy.«

»Es ist nur ein Spiel für dich.«

»Nein, ist es nicht.«

»Du nimmst es nicht ernst. Du kommst hier rein und schlenderst durch die Gegend, setzt deine Schüsse genau in die Augenhöhlen. Aber weißt du, in einem echten Feuergefecht kannst du dich nicht darauf verlassen, immer genau die Augenhöhle zu treffen, du musst vielleicht auf die Hüfte zielen – brich einem die Hüfte, Krümel, und er geht zu Boden und steht nicht wieder auf –, aber den Schuss magst du nicht, und du übst ihn nicht, weil du es nicht für notwendig hältst. Du meinst, du wärst unverwundbar. Du meinst, du würdest nie danebenschießen – du gehst ganz cool und relaxt hier rein, weil du zu selbstsicher bist. Du musst anfangen, die Angst zu spüren. Du musst lernen zu schießen, während du dir vor Angst in die Hose scheißt. Du musst dich dem Tod ausliefern, bevor du überhaupt anfängst, musst dein Leben als Stand der Gnade betrachten – dann und erst dann wirst du gut genug sein. Dazu dient die Übung.«

»Ich schieße immer noch gut, wenn ich Angst habe. Das weißt du doch.«

»Du schießt für den Arsch, Mädchen.«

»Selbst wenn meine Streuung am Arsch ist, ist sie immer noch bei fünf Zentimetern auf zwei Meter.«

»Es geht nicht um deine Zielgenauigkeit, und es geht auch nicht um deine Stärke oder um deine Schnelligkeit, denn all das hast du, und du meinst, darauf käme es an. Darauf kommt es *überhaupt nicht* an. Es geht um etwas ganz anderes, Krümel, es geht um dein Herz. Wenn du Angst hast, klammerst du dich an dein Leben wie ein verängstigtes kleines Mädchen, und das darfst du nicht, du wirst sterben, und du wirst voller Angst sterben, die Hosen so vollgeschissen, dass es dir an den Beinen hinunterläuft. Du musst so viel mehr als das sein. Denn die Zeit wird kommen, Krümel, in der es nicht mehr ausreicht, einfach nur schnell und präzise zu sein. Die Zeit wird kommen, in der deine Seele absolut überzeugt sein muss, und egal wie gut du zielst und wie schnell du bist, du wirst nur siegen, wenn du kämpfst wie ein Scheißengel, der auf die Scheißerde gestürzt ist, mit bedingungslosem, überzeugtem Herzen, ohne Zögern, ohne Zweifel, ohne Angst, ohne dass sich ein Teil von dir gegen den anderen stellt; das ist es, was das Leben am Ende von dir verlangen wird. Nicht technische

Meisterschaft, sondern Schonungslosigkeit, Mut und absolute Entschlossenheit. Du wirst es sehen. Also schlendere von mir aus herum, aber das ist nicht Sinn und Zweck der Übung, Krümel. Wir trainieren nicht deine Streuung. Wir trainieren nicht deine Treffsicherheit. Wir trainieren deine Seele.

Du sollst vor der Tür stehen und *glauben*, dass dich direkt dahinter die Hölle erwartet, du sollst glauben, dass dieses Haus voller Albträume steckt; all deine persönlichen Dämonen, all deine tiefsten Ängste. Danach suchst du das Haus ab. Das wartet am Ende des Flurs auf dich. Dein allerschlimmster verdammter Albtraum. Kein Pappaufsteller. Trainiere deine Überzeugung, Krümel, mach dich frei von Zögern und Zweifel, übe dich in absoluter Entschlossenheit, und wenn du irgendwann einmal durch eine Tür deine persönliche Hölle betreten musst, dann hast du eine *Chance*, eine *Chance* zu überleben.«

Turtle hat aufgehört zu essen. Sie sieht ihn an.

»Wie schmeckt dir die Cassolette?«, fragt er.

»Gut«, sagt sie.

»Willst du etwas anderes?«

»Ich habe doch gesagt, sie ist gut.«

»Menschenskinder«, sagt er.

Sie isst weiter.

»Schau dich an«, sagt er. »Meine Tochter. Mein kleines Mädchen.«

Er schiebt seinen Teller beiseite und sitzt da und sieht sie an. Nach einer Weile macht er eine Kopfbewegung in Richtung ihres Rucksacks. Sie geht hinüber, öffnet den Rucksack, holt das Heft heraus. Sie setzt sich ihm gegenüber, das Heft aufgeschlagen. Sie sagt: »Nummer eins: ›Erinnyen‹.« Sie verstummt, sieht ihn an. Er legt eine große, vernarbte Hand auf das offene Heft, zieht es über den Tisch. Blickt darauf.

»Na so was«, sagt er. »Sieh mal einer an. ›Erinnyen‹.«

»Was ist das?«, fragt sie. »Was heißt das, ›Erinnyen‹?«

Er blickt von dem Heft auf, seine Aufmerksamkeit ist ganz auf sie gerichtet, und sie ist gewaltig vor Zuneigung und etwas Geheimem. »Dein Großvater«, sagt er bedachtsam und fährt sich mit der Zunge über die Lippen, »dein Großvater war ein harter Mann, Krümel, er ist noch immer: ein harter Mann. Und weißt du, dass dein Großvater ... Ach, Scheiße, es gibt vieles, was dein Großvater nie gesagt oder getan hat. Dieser Mann hat etwas Gebrochenes an sich, etwas zutiefst Gebrochenes, und seine Gebrochenheit liegt in allem, was er in seinem Leben je getan hat. Er hat sie nie überwinden können. Und ich will dir sagen, Krümel, na ja, wie viel du mir bedeutest. Ich liebe dich. Ich mache Fehler, das ist mir klar, und ich habe dich enttäuscht, und ich werde es wieder tun, und die Welt, in der ich dich aufwachsen lasse ... das ist nicht die Welt, die ich mir wünschen würde. Es ist nicht die Welt, die ich mir für meine Tochter ausgesucht hätte. Ich weiß nicht, was die Zukunft dir und mir bringen wird. Aber es macht mir Angst, so viel kann ich dir sagen. Woran es dir auch immer fehlte, Krümel, was auch immer ich dir nicht geben konnte, du wurdest immer geliebt, Krümel, innig und bedingungslos. Und ich wollte dir sagen, dass du mehr erreichen wirst als ich. Du wirst besser und mehr sein als ich. Vergiss das nie. Also, auf geht's. Nummer eins: ›Erinnyen‹.«

Turtle erwacht im Dunkel vor der Dämmerung und denkt darüber nach. Über das, was er gesagt hat. Sie kann nicht mehr einschlafen. Sie sitzt am Erkerfenster, an dessen Scheibe die Dornen der Rosen kratzen, und blickt auf den Ozean hinaus. Was meinte er mit *Der Mann hat etwas Gebrochenes an sich?* Draußen ist es klar. *Du wirst besser und mehr sein als ich,* denkt sie und ruft sich seinen Gesichtsausdruck ins Gedächtnis, versucht zu verstehen, was er damit gemeint hat. Sie kann die Sterne über dem Ozean sehen, aber wenn sie nach Norden schaut, sieht sie die sich in den Wolken spiegelnden Lichter von Mendocino. Sie dreht sich um, die Füße auf dem Boden, die Ellbogen auf den Knien, und lässt den Blick durch ihr Zimmer streifen. Die Regale aus Betonschalsteinen und Holzbalken, in denen ihre Kleider ordentlich verstaut sind. Die an der Wand festgeschraubte Sperrholzpritsche mit dem Schlafsack und den gefalteten Wolldecken. Die Tür, der Messingknauf, das altmodische Schlüsselloch. Sie zieht ihre Jeans an, hängt Grandpas Messer an den Gürtel und nimmt noch ein verdecktes Holster. Nur für alle Fälle, nur für alle Fälle, sagt sie sich, geht zum Bett, greift darunter und zieht ihre Sig Sauer aus der Halterung. Sie schlüpft in einen dicken Wollpullover, über den sie noch ein Flanellhemd streift, steckt die Pistole ins Holster und durchquert barfuß den Flur.

Sie geht die Treppe hinunter, bleibt aber zögernd auf der untersten Stufe stehen, saugt die Einsamkeit des Hauses irgendwie in sich auf, so, als hätte es ihr etwas zu erzählen, die Generationen von Galvestons, die hier gelebt haben, und alle waren sie unglücklich, denkt sie, alle haben sie ihre Kinder streng erzogen, aber alle hatten sie etwas für sich.

Gleich am Ende des Flurs liegt Martin in seinem riesigen Redwoodbett, und der Mond wirft die Schatten der Erlenblätter an die Rigipswand, und sie stellt sich vor, wie er dort liegt, massiv, eine Hand auf der gewaltigen Brust. Sie geht in die Küche und öffnet langsam die Hintertür. Die Nacht ist klar. Das Mondlicht ist hell genug, um sehen zu können. Sie geht über die Balken, bleibt stehen und betrachtet das Frauenhaar. Sie kann den Bach riechen. Sie kann die Kiefern riechen. Sie kann ihre eingerollten, staubigen Nadeln riechen.

Sie schlängelt sich durch Myrten und rostbraune Farnwedel. Sie erreicht den steinigen Bach und watet ihn hinauf, die Füße taub vor Kälte. Die Bäume ragen schwarz in das sternenglitzernde Himmelsgewölbe auf. Sie denkt: Ich gehe jetzt zurück. Zurück in mein Zimmer. Ich habe es versprochen und versprochen und versprochen, er würde es nicht ertragen, mich zu verlieren. Im Osten schimmert der Fluss glasig im wild tobenden Dunkel. Sie steht da und atmet, nimmt die Stille lange in sich auf. Dann geht sie.

Fünf

Die Dämmerung ist noch Stunden entfernt, als sie aus der Slaughterhouse Gulch in einen Wald aus Stachelkiefern und Heidelbeeren hinaufsteigt, die sie im Dunkeln an dem Wachs auf ihren Blättern und dem fragilen Gewirr ihres Wuchses erkennt. Manchmal tritt sie auf mondbeschienene Lichtungen voller Rhododendren hinaus, die Blüten rosig und geisterhaft in der Finsternis, die Blätter ledrig, prähistorisch. Es gibt einen Teil von Turtle, den sie verborgen und unter Verschluss hält, dem sie nur eine diffuse und unkritische Art von Aufmerksamkeit widmet, und wenn Martin sich diesem Teil von ihr nähert, zahlt sie es ihm heim, indem sie sich wortlos und beinahe ohne Rücksicht auf irgendwelche Konsequenzen zurückzieht; ihr Geist lässt sich nicht mit Gewalt einnehmen, sie ist ein Mensch wie er, aber sie ist nicht er, und sie ist auch nicht lediglich ein Teil von ihm – und es gibt immer wieder stille, einsame Momente, in denen sich dieser Teil von ihr zu öffnen scheint wie eine nächtlich blühende Blume, um die kalte Luft zu trinken, und sie liebt diesen Augenblick, auch wenn sie sich dafür schämt, denn sie liebt auch ihn, und sie sollte sich nicht so darüber freuen, sollte sich nicht freuen, wenn er fort ist, sollte nicht das Bedürfnis haben, allein zu sein, aber sie nimmt sich trotzdem diese Zeit für sich, hasst sich dafür und braucht es zugleich. Es fühlt sich so gut an, diesen ungespurten Wegen durch die Heidelbeeren und Rhododendren zu folgen.

Sie läuft kilometerweit mit bloßen Füßen, isst Brunnenkresse, die in den Gräben wächst. Stachelkiefern und Douglastannen weichen verkümmerten Zypressen, Riedgräsern, Bärentrauben, gebeugten und uralten Küstenkiefern, die seit Jahrhunderten hier stehen und ihr nur bis zur Schulter reichen. Der Boden ist fest und aschfarben, mit einem Gewirr aus büscheligen, graugrünen Flechten überzogen, die Landschaft mit ausgedörrten Lehmkuhlen gespickt.

Im Morgengrauen, während die Sonne noch zwischen den Hügeln verharrt, klettert sie über einen Zaun und überquert die Rollbahn eines kleinen Flugplatzes; das Gelände ist verriegelt und still, die Piste gehört ihr allein. Sie ist etwas länger als drei Stunden unterwegs gewesen, durch das Unterholz gekrochen. Sie hätte Schuhe mitnehmen sollen, aber es ist nicht so wild. Sie ist so sehr an das Barfußgehen gewöhnt, dass sie eine Rasierklinge an ihren Fußsohlen schärfen könnte. Sie steigt über den Zaun auf die andere Seite und betritt eine andere, breitere Straße. Sie stellt sich mitten auf die doppelte gelbe Linie.

Ein Kaninchen bricht aus dem Unterholz, eine mattgraue Bewegung vor dem Schwarz. Turtle zieht die Pistole, legt in einer fließenden Bewegung an und schießt. Das Kaninchen fällt in die Scheinbeeren. Sie überquert die Straße und steht vor dem zappelnden, zierlichen Wesen zu ihren Füßen. Es ist kleiner, als sie gedacht hat. Sie hebt es an den Hinterläufen hoch, eine bloße Schicht aus weichem Fell über den Knochen, gelenkig und sehnig, in ihrer Hand vor und zurück schaukelnd.

Turtle kommt an eine alte, von Mahonien gesäumte Eisenbahntrasse voller abgefallener Blätter. Sie bleibt stehen und schaut auf das Flussbecken des Albion hinunter. Die Sonne hat sich eine Handbreit über den Horizont erhoben, und Lichtgarben fallen schräg durch die verkümmerten Bäume.

Die Straße windet sich unter ihr, folgt einem Grat mit dicht bewaldeten Schluchten zu beiden Seiten. Sie bewegt sich langsam voran, bleibt hin und wieder stehen, um die mit Seide ausgekleideten Höhlen der Spinnen im Prallhang zu betrachten, das Gras nach den grasfarbenen Fangheuschrecken zu durchkämmen, Steine am Straßenrand umzudrehen. Sie sieht Martin vor sich, wie er in der Küche steht, summend Pfannkuchen für ein samstagmorgendliches Frühstück zubereitet und damit rechnet, dass sie jeden Augenblick herunterkommt. Die Vorstellung bricht ihr das Herz. Er wird sich fragen, was er tun soll, während ihre Pfannkuchen kalt werden, und er wird am Fuß der Treppe stehen und hinaufrufen: »Krümel? Bist du wach?« Sie glaubt, er wird nach oben gehen und ihre Tür öffnen, in ihr leeres Zimmer schauen, seine Bartstoppeln mit dem Daumennagel kratzen, und dann wird er wieder hinuntergehen und die Teller und Pfannkuchen und die warme Erdbeermarmelade ansehen, die er auf den Tisch gestellt hat.

Der Morgen wird zum frühen Vormittag, und blaue, baumwollartige, unten abgeflachte Wolken schleppen Schatten über die baumbestandenen Hänge. Auf einer ausgetrockneten Lehmzunge macht die Straße eine Kehre und führt die östlichere zweier Schluchten hinab, wo ein Lehmabsatz das Tal überragt. Lange ausgetrocknete Spurrillen. Ein alter VW-Bus, dessen verrottende Reifen mit dem Boden verschmelzen und an dessen Fahrerseite Säckelblumen emporwachsen.

Turtle legt das Kaninchen auf die Erde, öffnet die rostige Tür des Transporters und entdeckt, dass er mit Orientteppichen vollgestopft ist. Sie zieht einen Teppich heraus, rollt ihn aus und findet nichts als Asseln und Wolfsspinnen. Sie geht zur Wagenfront, öffnet die Beifahrertür, setzt sich hinein und sieht sich sorgfältig im Fahrerbereich um. Ein seltsames, unregelmäßiges Quietschen ist zu hören. Es klingt wie eine lose Feder im Sitzpolster, aber das ist es nicht. Sie öffnet das Handschuhfach und findet zerfallende Straßenkarten und etwas längst Verfaultes. Sie beugt sich vor und zieht die Finger durch den Fußraum, wo sich die schimmelige Polsterung vom Fahrgestell hochwellt. Sie zieht Grandpas Bowiemesser aus dem Gürtel, schneidet den Teppich auf und klappt ihn zur Seite. Drei rosige, neugeborene Mäuse, so groß wie Turtles Fingerspitzen, liegen entlang einer hügeligen Teppichfalte, die Augen geschlossen, die Pfoten zu kleinen Fäusten geballt, und quieken blindwütig. Turtle breitet den Teppich wieder über die Mäuse.

Sie steigt aus dem Bus und geht zu dem am Boden liegenden Hasen hinüber. Sie bindet seine Läufe zusammen, schneidet ihn vom After bis zur Kehle auf, zieht ihm das Fell herunter wie eine blutige Socke und wirft es ins Gebüsch. Sie entfernt die Innereien und wirft sie dem Pelz hinterher. Dann macht sie aus trockenem Gras und Fallholz ein Feuer, spießt das Kaninchen auf und brät es, während sie abwechselnd in die Flammen und ins Tal schaut.

Eine Maus kommt aus dem Fahrgestell des VWs, und Turtle beobachtet, wie sie herumirrt. Die Maus klettert linkisch an einem Grastrieb hinauf, um an die Samen in ihren papiernen Hülsen zu gelangen, und der Sprössling biegt sich nach unten. Sie reckt die Schnauze, schnüffelt und öffnet schließlich das Maul, in dem eine Sichel aus Zähnen erscheint. Ihre Ohren sind klein und rund, und die Sonne scheint rosa hindurch, fängt sich in einer einzelnen, schlangenhaften rosa Ader in der Mitte jedes Ohrs.

Turtle zieht das Kaninchen vom Spieß, und die Maus nimmt Reißaus, täuscht links und rechts an und wechselt dann in einem verzweifelten Ansturm auf einen nahen Felsen die Richtung. Doch das erhoffte Versteck findet sich dort nicht, und sie umkreist panisch den Felsen. In einem letzten

Rettungsversuch presst sich die Maus an den Felsen und wartet japsend. Turtle bricht Rippen von der Wirbelsäule des Kaninchens, nagt das Fleisch ab und lässt den Saft an ihren schorfigen Fingern hinunterrinnen. Nach einer Weile kommt die Maus zurück und irrt über den Lehmabsatz, hebt eine winzige Hand, um sich an diesem oder jenem Grashalm abzustützen, zuckt beim Schnuppern mit den Barthaaren. Turtle isst zu Ende und wirft den Kadaver über den Rand des Vorsprungs in die Bäume unter ihr. Das Feuer schwelt. Sie sitzt mit gefalteten Händen da und sieht zu.

Sie muss aufstehen und nach Hause gehen. Sie weiß es, aber sie geht einfach nicht. Sie will hier draußen warten, auf diesem Lehmvorsprung über dem Flusstal, und den Tag an sich vorüberziehen lassen. Sie braucht Zeit, um hier zu sitzen und ihre Gedanken zu durchforsten wie Zuckererbsen in einem Abtropfsieb. Es ist nicht so wie bei Martin, der auf und ab geht und *überlegt* und *überlegt* und manchmal vor sich hin gestikuliert, während er über irgendetwas Kompliziertes nachdenkt. Der Tag erwärmt sich, wird zum Spätnachmittag, und noch immer geht Turtle nicht los, bewegt sich nicht.

Dann sieht sie eine Spinne. Sie hat die silbrige Farbe sonnengebleichten Treibholzes. Sie hockt düster am Eingang ihres Lochs, die Augen hinter einem Gewirr aus haarigen Beinen verborgen. Die Beine breiten sich aus und strecken sich vorsichtig aus der Höhle wie grausige, krauchende Finger. Turtle sieht keine Augen und kein Gesicht, nur diese zugreifenden Finger. Ein tastendes Vorankriechen. Die Maus kauert wenige Meter entfernt, über eine andere Samenschote gebeugt, ihr Hängebauch wölbt sich zwischen den Beinen. Als sie mit den Samen fertig ist, schaut sie nach unten, inspiziert die kurzen Haare auf ihrem rosigen Bauch, durchkämmt sie dann in einer jähen, dringlichen kleinen Suchbewegung mit den Fingern und taucht die Schnauze in ihren Bauch, um einen Augenblick lang konzentriert zu nagen.

Die Spinne bewegt sich behutsam voran. Fasziniert sieht Turtle zu, wie sie das Grasbüschel umrundet und näherkommt. Dann hört sie weiter unten ein Geräusch – jemand läuft am Gleisbett entlang, und sie denkt fieberhaft an Martin. Es ist gut möglich, dass er ihr hat folgen können. Es wäre nicht das erste Mal. Es ist sogar ziemlich wahrscheinlich. Sie erhebt sich langsam und lautlos, zieht dabei die Pistole aus dem Holster und schiebt den Verschluss zurück, um einen Blick auf das schimmernde Messing in der Kammer zu werfen, jede ihrer Bewegungen zügig und leise, doch dann hält sie inne und blickt auf die Spinne. Sie nähert sich der Maus von hinten, überwindet die letzten fünfzehn Zentimeter, richtet sich dann auf und versenkt zwei schwarze Haken in der Schulter der Maus. Die Maus zuckt krampfhaft, eines ihrer Hinterbeine rudert durch die Luft. Turtle hört weitere Schritte, aber sie kann ihren Blick nicht von der Spinne lösen, die die Maus rückwärts in ihre Höhle schleift, wo sie quer zwischen den von seidigen Netzen überzogenen Wänden zu liegen kommt. Turtle beißt auf ihre Knöchel und sieht zu, wie die Spinne halb wieder herauskommt, den Giftzahn in den Rücken der Maus geschlagen. Mit flinken Beinen dreht sie die Maus und zieht sie tiefer in die Höhle, wo sie mit zuckendem rosa Schwanz im Dunkel verschwindet.

Turtle nagt gequält an ihren Fingern. Die Schritte kommen näher, und sie huscht gebückt in den Wald und legt sich hinter einen gefällten Baumstamm. Ein schmaler, schwarzhaariger Junge in ihrem Alter oder etwas älter, fünfzehn oder sechzehn, kommt die Straße herunter, ohne auf seine Schritte zu achten. Er trägt einen Rucksack, Boardshorts und ein altes T-Shirt mit einer stacheldrahtumwickelten Kerze darauf und einem Wort, das sie nicht kennt. Er bleibt stehen, inspiziert den

Lehmvorsprung und kaut dabei auf dem Beißventil der Trinkblase herum. Er ist unerfahren. Die Boardshorts sind keine gute Idee. Seine Trailrunning-Schuhe haben keine Macke, der Rucksack ist neu. Er weiß weder, was er vor Augen hat, noch, wonach er sucht. Sein Blick streift einfach ziellos umher. Er wirkt begeistert.

Hinter ihm kommt ein zweiter Junge die Straße herunter. Er trägt einen modrigen, halb auseinanderfallenden alten Rucksack aus Leder und Cordura, an dessen Seitenwand ein Spanngurt eine große, aufgerollte blaue Plane hält. Der zweite Junge sagt: »Alter! *Alter!* Siehst du das? Ein Bus!« Er hat eine Dose mit Sprühkäse in der Hand, den er auf einen Butterfinger-Schokoriegel türmt. Sie richtet das Korn ihres Visiers auf die Dose. »Jacob! Alter!«, sagt er zu dem schwarzhaarigen Jungen. »Alter, warum schlafen wir nicht in diesem total kranken, übertrieben geilen Bus?« Er schiebt sich den Butterfinger in den Mund und kaut. Sein Grinsen ist so breit, dass sein Kiefer vortritt und seine schokoladeverschmierten Zähne zum Vorschein kommen. Er hat Schwierigkeiten, den ganzen Schokoriegel auf einmal zu essen; ein Stück flutscht ihm aus dem Mund, und er schiebt es mit einem Zeigefinger wieder zurück. Turtle sollte ihm einfach die Dose aus der Hand schießen.

Jacob lächelt, geht vor den Kohlen von Turtles Feuer in die Hocke und stochert mit einem Stock darin herum. Sie hat beide Jungen schon einmal gesehen, letztes Jahr, als sie in der achten Klasse waren und Turtle in der siebten. Der mit dem Schokoriegel heißt Brett. Sie müssten jetzt im ersten Highschool-Jahr sein, und Turtle weiß nicht, was sie hierher verschlagen hat, aber sie müssen ein ganzes Stück vom Weg abgekommen sein. Sie fragt sich, was der Schwarzhaarige denkt. Es schmerzt, ihn anzuschauen; er hat ein schönes, offenes Gesicht. Sie müssen auf einem Wochenendausflug sein. Sie haben sich von ihren Eltern herfahren lassen, um eine Nacht hier draußen zu verbringen und am nächsten Tag zurückzumarschieren, oder etwas in der Art. Jacob stellt seinen Rucksack ab und zieht eine Landkarte aus der äußeren Netztasche. Er streicht sie glatt und sagt: »Also.«

»Dieser Käse«, sagt Brett und hält die Dose hoch. Turtles Korn bleibt genau darauf. »Dieser Käse ist *krank*. Derbe geil, ohne Scheiß.« Er lehnt seinen Rucksack an eines der Räder des VW, legt sich, den Kopf darauf gestützt, auf den Boden und sprüht sich Käse in den offenen Mund. »Ich weiß, du glaubst es nicht, aber ich schwöre es, Alter, ich *schwöre.*«

Jacob schaut abwechselnd auf die Karte und ins Tal und sagt: »Mann, wir haben's wirklich nicht drauf.«

Brett sagt: »Nur weil er aus der Dose kommt, heißt das nicht, dass es kein ›echter‹ Käse ist, verstehst du?«

»Wir haben uns komplett, ich meine, wirklich *komplett* … ich will nicht sagen ›verlaufen‹, aber ich weiß wirklich nicht genau, wo wir eigentlich sind.«

»Du hast Käsevorurteile, das ist dein Problem.«

Jacob legt sich auf den Teppich, den Turtle Stunden zuvor ausgerollt hat. Er sagt: »Wir verfügen wirklich über *erstaunliche* Navigationsfähigkeiten.« Er öffnet seinen Rucksack und zieht ein Stück Jarlsberg-Käse und eine Focaccia heraus, die noch in ihrer Bäckertüte steckt. Brett und er essen abwechselnd davon, die Köpfe auf ihre Rucksäcke gestützt und auf dem Orientteppich ausgestreckt, aus dessen Gewebe sich kleine staubgraue Motten herauskämpfen. Sie beißen direkt von dem keilförmigen Käsestück ab.

»Lass uns hier zelten.«

»Wir haben hier kein Wasser.«

»Ich wünschte, wir hätten ein Mädchen hier«, sagt Brett grüblerisch und schaut in den Himmel hinauf. »Wir könnten sie mit unseren Navigationsfähigkeiten umgarnen.«

»Wenn sie blind wäre und keinen Orientierungssinn hätte.«

»Das ist krank«, sagt Brett, »einfach krank, ein blindes Mädchen so zu täuschen.«

»Ich würde eine Blinde als Freundin nehmen«, sagt Jacob. »Also, nicht nur, weil sie blind wäre. Ich meine – ich glaube, es würde gar keinen Unterschied machen.«

»Ich wäre bloß mit ihr zusammen, weil sie blind wäre«, sagt Brett.

»Echt?«

»Was wäre daran schlimmer, als sie auf ihre Intelligenz zu reduzieren?«

»Ihre Intelligenz ist ein untrennbarer Teil ihrer Persönlichkeit, aber ihre Blindheit sagt nichts darüber aus, wer sie eigentlich ist, und kann getrennt von ihrer Persönlichkeit betrachtet werden«, sagt Jacob. »Das heißt, sie ist kein *blindes Mädchen*. Sie ist ein Mädchen, *das zufällig blind ist.*«

»Aber«, sagt Brett, »aber, Alter! Sie kann doch nicht ernsthaft was für ihre Intelligenz. Das ist total oberflächlich, Alter.«

»Sie kann doch auch nichts für ihre Blindheit«, sagt Jacob angewidert.

»Außer sie hat sich die Augen bei einem Wutanfall rausgekratzt.«

»Du wärst mit einer zusammen, *die sich bei einem Wutanfall die Augen rausgekratzt hat?*«

»Da weißt du auf jeden Fall, dass sie Feuer im Arsch hat. Du *weißt* es einfach.«

»Das klingt nach einer Untertreibung.«

»Mir egal, Alter. Ich würde sie schon klarmachen.«

»Ich wette, sie ist ziemlich temperamentvoll.«

»Mädels müssen richtig schön wild sein, Jacob, sonst ist nach der neunten Klasse nichts mehr davon übrig.«

Turtle liegt im Gestrüpp, das Korn zuerst auf Bretts und dann auf Jacobs Stirn gerichtet, und denkt: Was zur Hölle?

Was zur Hölle? Sie machen es sich auf dem Teppich gemütlich und reißen Stücke von der Focaccia. Brett deutet auf die Landschaft. »Götter«, sagt er. »Ich wünschte nur, wir hätten noch mehr Sprühkäse.«

Nach dem Essen helfen sich die Jungen gegenseitig hoch und trotten plaudernd an der Jeepspur entlang in den Redwoodwald. Turtle erhebt sich, steht kurz da und schlüpft dann hinter ihnen in den Wald. Die Straße ist nur ein besseres Flussbett. Schlaksige braune Wurzeln ragen aus dem Prallhang. Sie laufen mehrere Stunden lang und erklimmen schließlich eine Lichtung mit einer aus Altholz gebauten Hütte. Die Hütte ist nicht beleuchtet, und ihre Tür steht offen. Turtle kauert sich hinter einen ausgebrannten, kohlschwarzen Baumstumpf, in den das Feuer eine Spirale gefressen hat, an der sich Pilze mit flachen braunen Kappen und Stümpfen wie Froschhälse entlangreihen. Das Licht nimmt ab, es wird allmählich Abend. Alles ist in tiefes Grün und üppiges Violett getaucht. Sie sieht zu, wie die Jungen die Lichtung betreten. Die Wolken sehen aus wie zu gestuften blauen Wachspfützen heruntergebrannte Kerzen.

Brett sagt: »Alter, *Alter*, was, wenn du da reingehst, und drinnen sitzt nur, keine Ahnung, ein missgebildeter Albinojunge im Schaukelstuhl und spielt auf einem *Banjo*?«

Jacob sagt: »Und er nimmt uns gefangen und zwingt uns, seinen Peyote-Pflanzen aus *Finnegans Wake* vorzulesen.«

Brett sagt: »Du darfst niemals irgendwem erzählen, dass meine Mutter uns dazu gezwungen hat. Niemals.«

Jacob sagt: »Wieso überhaupt *Finnegans Wake*? Was meinst du? Warum nicht *Ulysses*? Oder wieso nicht gleich *Die Odyssee*? Oder … oder *Die Brüder Karamasow*?«

»Ist doch klar, Alter – wenn du deinen Peyote-Pflanzen verrückte Russenscheiße vorliest, hast du am Ende einen schlechten Trip.«

»Okay, dann eben *Die Fahrt zum Leuchtturm*. Oder ... weißt du was? In dem Buch sterben Leute in Nebensätzen. Vielleicht D. H. Lawrence? Für die leidenschaftliche Art von Trip, inklusive Sex mit dem Wildhüter.«

»Alter, deine Stimme sagt: ›Guck mal, wie viele Bücher ich kenne‹, aber deine Augen sagen: ›Hilf mir.‹«

»Nein, weißt du, was gut wäre? Harry Potter.«

»Tja, wir werden wohl nie rausfinden, was hinter dieser Tür ist«, sagt Brett.

»Wir wissen es doch längst, Brett.«

»Tun wir das?«

»Das Abenteuer«, sagt Jacob. »Hinter jeder Tür wartet *das Abenteuer*.«

»Nur, wenn du statt ›hinter jeder Tür‹ ›hinter manchen Türen‹ meinst und statt ›Abenteuer‹ ›sodomitische Hinterwäldler‹.«

»Nee.«

»Alter. Es könnte gefährlich sein. *Richtig* und *ernsthaft* gefährlich.«

»Ist schon okay«, sagt Jacob und geht die Stufen hinauf und durch die Tür.

»Eine körperliche Bedrohung, Jacob«, ruft Brett ihm hinterher. »Auf eine ganz echte, ganz unlustige Art und Weise.«

»Komm schon!«

Turtle geht am Waldrand entlang durch das Unterholz um die Hütte herum. Bleib ruhig, denkt sie, bleib locker. Sie steigt auf die knarrende schwarze Veranda und blickt von dort in den Wald hinaus. Am Fuß der Veranda stapeln sich Wasserschläuche in großen schwarzen Rollen und 50-Pfund-Säcke mit Biodünger, und neben einem umgedrehten Eimer mit einer als Aschenbecher dienenden Kaffeedose darauf liegen Schlauchstücke und Verbindungstüllen. Die Veranda verfügt über ein Außenbad mit Toilette und Dusche. Der Abfluss ist grob aus den Redwooddielen ausgeschnitten worden, und ein PVC-Rohr führt zu einer Sickergrube. Neben der Toilette steht eine Dose Pabst Blue Ribbon, und als Turtle sie anhebt, hört sie das Ticken der Kohlensäure. Sie stellt das Bier ab, öffnet die Tür und betritt eine schmucklose Küche. Sie befindet sich jetzt auf der Rückseite des Hauses. Die Jungen sind auf der Vorderseite, durch eine Wand und eine geschlossene Tür von ihr getrennt. Sie kann sie hören.

»Alter«, sagt Brett. »Mir gefällt das nicht.«

»Meinst du, hier wohnt jemand?«

»Alter … *klar* wohnt hier jemand, das sieht man doch.«

»Und dieser Jemand liest *Das Rad der Zeit.*«

»Wahrscheinlich liest er es seinen Peyote-Pflanzen vor.«

»Das ist so cool. Lies ihnen einfach alle dreizehn Bücher vor oder wie viele es sind, wirf dir ein paar Buttons ein, und dann *schnall dich an.*«

Sie durchquert eine Art Wohnzimmer. Auf einem Arbeitstisch liegen Laubmesser, Gartenscheren und eine Ausgabe von Thomas Jeffersons gesammelten Essays. Neben einer 1,80 Meter hohen hölzernen und mit Schnitzereien verzierten Guanyin-Statue sind ungeöffnete Kartons voller Mülltüten aufgestapelt. An der Decke kreuzen sich Wäscheleinen aus weißer Baumwolle. Sie kommt in ein Schlafzimmer, in dem ein großes Himmelbett und eine Kommode mit einem Einmachglas voller Cannabis-Knospen, einem Stapel Robert-Jordan-Romane und einem Exemplar von *Überwinde dein Kindheitstrauma* darauf stehen.

Sie geht zur Hintertür zurück und schlägt sie zu, um den Jungen einen Schrecken einzujagen. Es funktioniert. Sie hört Brett flüstern: »Scheiße! *Scheiße!*«, und sie kann Jacob lachen hören. Sie stürmen aus dem Haus. Turtle schaut in den Wald, die Pistole in der Hand.

Die Straße endet an der Hütte, und die nervösen Jungen

flüchten in Richtung Süden, querfeldein ins Flusstal hinunter. Lange lauscht sie der Stille der Lichtung. Dann folgt sie ihnen. Sie gehen an einer hohen Zimthimbeerhecke entlang über eine mit Honiggras und Ruchgras bewachsene Lichtung. Turtle bewegt sich lautlos zwischen alten Baumstümpfen hindurch. Sie bleibt an einem großen Betonkreis im Gras stehen, neben dem sich eine Pumpe unter einer Plane abzeichnet.

Sie kann die Jungen hören, aber sie hört ihnen nicht zu. Bleibt stehen und guckt euch um, denkt sie. Sie geht halb in die Hocke, huscht flink durch das hohe Gras und denkt: O Gott, um Himmels willen, bleibt stehen und guckt euch um, ihr beiden. Sie sieht sie weiter vorn, neben einem halb von Farnkraut überwucherten Bach am Waldrand.

Sie öffnet den Mund, um ihnen etwas zuzurufen, aber dann sieht sie auf der anderen Seite des Bachs einen Mann in einer Tarnhose und einem Grateful-Dead-T-Shirt. Er trägt eine Halskette aus Hanfseil, an der ein großer, mit Silberdraht umwickelter Amethyst hängt, und ein Pumpgun Kaliber .20 über der Schulter. Der Mann ist klein und hat einen großen rundlichen Bauch und ein hellrotes Gesicht, das jahrelanger Sonnenbrand in Leder verwandelt hat. Seine Nasenspitze ist wächsern und knollig, mit kleinen roten Venen darauf. Er hat eine Flasche Zitronen-Echinacea-Tee in der Hand. Turtle hebt die Sig Sauer und schwenkt sie auf ihn. Das Korn auf seine Schläfe gerichtet, denkt sie: Nur wenn ich muss, nur wenn ich muss.

»Na, Jungs«, ruft er. »Wie geht's denn immer so?«

Brett richtet sich auf und blickt sich nach dem Mann um. Jacob sieht ihn zuerst und ruft zurück: »Uns geht es gut, wir haben uns nur ein bisschen verlaufen. Und Sie?«

Turtle spannt den Hahn, während sie durch die Pflanzen vorwärtsgeht. Ganz ruhig, denkt sie, ruhig und langsam, du Luder, und verbock das bloß nicht, mach das einfach genau richtig, jeden einzelnen Schritt, jeden Augenblick, mach nur das, was notwendig ist und sonst nichts, aber mach es ordentlich, und mach es richtig, du Schlampe.

»Woher seid ihr?«, fragt der Mann.

»Ich komme aus Ten Miles, und er ist aus Comptche«, sagt Jacob. Er geht auf den Mann zu und streckt die Hand aus. »Ich bin Jacob, und das ist Brett.« Sie schütteln sich die Hände, und Jacob sagt: »Erfreut, Sie kennenzulernen, Partner.«

Turtle kniet sich hinter einen Baumstumpf und richtet das Korn wieder auf die Schläfe des Mannes. »Alles klar, alles klar«, sagt der Mann und nickt. Er holt eine Dose Kautabak hervor, drückt einmal mit dem Daumen auf den Tabak, nimmt mit zwei Fingern eine beachtliche Menge heraus und schiebt sie sich unter die Lippe.

»Kaut ihr?«, fragt er.

»Nein«, sagt Brett.

»Nur zu besonderen Anlässen«, sagt Jacob.

»Ah«, sagt der Mann. »Na ja, dann fangt auch nicht damit an. Ich versuche gerade aufzuhören. Die mischen da Fiberglas rein. Ist das zu glauben? Also, Jungs, hört auf mich: Wenn ihr anfangen wollt – und es hat ja auch seine schönen Seiten –, dann bezahlt lieber ein paar Dollar mehr und kauft Bio-Tabak. Alles klar?«

»Alles klar«, sagt Jacob. »Klingt vernünftig.«

»Bio ist das einzig Wahre«, sagt der Mann. »Ohne die ganzen Chemikalien. Ich setze voll auf Bio. Noch besser, belasst es beim Marihuana. Wenn es kein Nylon gäbe, würden wir überhaupt nichts anderes rauchen.«

»Wo wir schon davon reden«, sagt Jacob, nimmt seinen Rucksack ab und stellt ihn auf den Boden. »Sie könnten uns nicht zufällig etwas verkaufen?«

»Na ja«, sagt der Mann und wendet die Kautabakdose in seinen Händen. Er runzelt die Stirn.

»Wenn nicht, macht es auch nichts«, sagt Jacob. »Es würde unserem Abenteuer nur ein bisschen zusätzlichen Spaß verpassen.«

»Das verstehe ich«, sagt der Mann nickend. »Manchmal hätte man gern was, um die Lauferei ein bisschen erträglicher zu machen, und es bringt die Details stärker raus, was? Man bemerkt Sachen, die einem sonst einfach nicht aufgefallen wären.«

»Genau das meinte ich«, sagt Jacob. »Ich merke, Sie sind ein ebenso kluger wie wortgewandter Mann.«

»Nun ja, ich würde einen Freund in Not ungern im Stich lassen«, räumt der Fremde ein.

»Sie sind mein Mann«, sagt Jacob.

»Ich kann was für euch tun«, sagt er nach kurzem Zögern.

Was zur Hölle?, denkt Turtle. Sie steht im Gras, die Pistole auf den Mann gerichtet. Jacob gibt dem Mann einen Zwanzig-Dollar-Schein, und der Mann öffnet eine Segeltuchtasche an seinem Gürtel und nimmt eine Teedose heraus. Er zieht den Deckel ab, schüttelt ein paar Knospen in seine Hand und reicht sie Jacob. Dann nimmt er eine aus dem Beinknochen eines Rehs geschnitzte Pfeife heraus. Die Knochenpfeife hat ein hölzernes Mundstück, aus dem Gelenkende ragt ein kleiner Pfeifenkopf. Er beginnt, eine weitere Knospe zwischen den Fingern zu zerbröseln und das Köpfchen damit zu stopfen, und sagt dabei: »Dieses Zeug dagegen, das ist kein Tabak, der süchtig macht wie nur was, wie Heroin, und der dich umbringt. Keine Ahnung, wieso ich je angefangen habe, Tabak zu rauchen. Ich versuche gerade aufzuhören. Daher der Kautabak, versteht ihr? Das einzige Problem, wenn man hier draußen Gras anbaut, ist, dass der Dünger nicht gut für die Lachse ist, selbst der Biodünger, und das nervt mich. Ich versuche, eine Lösung dafür zu finden. Eine andere Sache ist, dass wir hier Nagetiere und so haben, die aus dem Wald kommen und an den Stängeln der Pflanzen kauen, und die musst du entweder vergiften oder dich mit ihnen arrangieren. Ich arrangiere mich mit ihnen, und darum solltet ihr nur Zeug aus der Gegend kaufen. Die mexikanischen Züchter, denen ist das egal, es ist ja nicht ihre Heimat, richtig? Die legen einfach Rattengift aus, und das ist übel, einfach übel, es tötet die Frettchen, die Waschbären, die Wiesel, diese ganzen Viecher. Deswegen müsst ihr euer Zeug von Leuten wie mir kaufen. Leuten aus der Gegend. Kurbelt die Wirtschaft an und ist besser für die Umwelt. Wohin wollt ihr eigentlich?«

»Wir suchen nur einen Platz zum Zelten«, sagt Jacob.

Der Mann nickt, und unter seiner dicken Tabaklippe arbeitet es. »Ihr seid in Ordnung, Jungs, ihr seid in Ordnung. Ich kann euch einen Tipp geben.« Er schielt in Richtung Westen.

»Warum Fiberglas?«, fragt Brett plötzlich.

»Hm?«, macht der Mann. »Wie bitte?«

»Sie haben gesagt, die tun Fiberglas in den Tabak, aber warum sollte man so was tun?«

»Tja, das ist so«, sagt der Mann. »Das Fiberglas, das schneidet dir die Lippe auf, damit der Tabak schneller aufgenommen wird und süchtiger macht. Mit den ganzen abgepackten Lebensmitteln, die verkauft werden, ist es genauso. Traut nie einem Konzern, Jungs, und lasst vor allem nie einen Konzern euer Essen herstellen. Darum habe ich auch kein Auto, versteht ihr. Ich kann nicht mit gutem Gewissen ein Auto besitzen. Nicht, nachdem ich in Südamerika war und mit den Eingeborenen im Amazonasdschungel gelebt und gesehen habe, was die Petroleumindustrie da unten für einen Schaden anrichtet. Meiner Meinung nach sollten wir alle viel mehr Lebensmittel aus der Umgebung essen, viel mehr Gras rauchen und viel weniger Auto fahren. Und einander lieben. Das glaube ich. Gemeinschaft, Jungs, das ist der Schlüssel.« Er zündet die Knochenpfeife an und nimmt einen tiefen Zug.

Er bläst den Rauch aus und reicht die Pfeife an Jacob weiter. Sie stehen nickend da und lassen die Pfeife kreisen.

»Na ja«, sagt Brett, »ich bewundere das, aber ich muss mit dem Bus zur Schule fahren. Anders komme ich nicht hin.«

»Ich auch«, sagt Jacob, »wobei, manchmal fahre ich selbst. Aber Sie haben mich zum Nachdenken gebracht.«

Turtle weiß nicht, was sie tun soll. Sie schaut zu, entspannt den Finger am Abzug, aber sie lässt die Pistole nicht sinken. Nach einer nur vom genüsslichen Kauen des Fremden und den Jungen, die das Feuerzeug betätigen, unterbrochenen Stille sagt Brett: »Wo sollen wir von hier aus hingehen? Wir sind ein bisschen vom Weg abgekommen.«

Jacob sagt: »Unser Weg zum Ruhm war geschwind und frei, aber unser Ziel entzieht sich uns.«

Der Fremde nickt in Richtung der Schlucht. »Dort runter, immer am Wasser entlang«, sagt er, dreht sich um und nickt in die Richtung, aus der sie gekommen sind. »Oder den Weg zurück.«

»Führt uns das Wasser zu einer Straße?«

Der Mann nickt, entweder um die Frage zu bejahen oder um ihre Relevanz zu unterstreichen, Turtle weiß es nicht genau. Er sagt: »Da unten gibt es Straßen.«

»Alles klar«, sagt Jacob. »Danke für den Rat, Mann.«

»Ja, Alter, vielen Dank.«

»Haut rein«, sagt der Mann.

Brett und Jacob gehen den Hang hinunter und folgen dem Wasserlauf. Der Mann klopft die Pfeife aus, steckt sie weg, dreht sich um und kämpft sich wieder durch das Farndickicht. Turtle lässt die Sig auf ihn gerichtet, bis er verschwunden ist. Dann schaut sie nach Süden, in Richtung Schlucht. Der Plan ist nicht gut. Ich sollte besser zurückgehen, sagt sie sich. Dann denkt sie: Was würde Martin machen? Es wird nicht gut für mich ausgehen, aber scheiß drauf. Ich bin ein Mädchen, für das es immer schlecht ausgeht. Es beginnt leicht zu regnen, und Turtle streckt die Hände aus und sieht zum Himmel hinauf, wo sich riesige, unförmige Wolken auftürmen, und dann setzt der Regen richtig ein, nässt ihre Haare, ihr T-Shirt, und sie denkt: Tja, jetzt gibt's kein Zurück mehr.

Sechs

Turtle stellt sich im strömenden Regen auf einen umgestürzten Baumstamm; fünf Meter unter ihr hüpft der flackernde gelbe Strahl von Bretts Taschenlampe über die gefalzte, struppige Rinde der Redwoodbäume, über Schwertfarne, Zimthimbeeren, die schuppigen, geriffelten Stämme der Hemlocktannen, den angeschwollenen, über die Ufer getretenen Wasserlauf. Sie sucht sich einen Weg zu ihnen hinunter. Rinnsale, denen die Tannine die Farbe von Tee verliehen haben, schlängeln sich zwischen den knotigen Farnrhizomen hindurch, kreuzen Puppenhauswasserfälle, die Erde mit etwas Goldenem geschmückt, das kein Gold ist, sondern mikroskopisch kleine Mineralien, die die winzigen Pfützen rahmen und das wenige Licht reflektieren. Tausendfüßer werden vom Hochwasser unter den Baumstämmen hervorgespült und durch einen Kunstgriff der Strömung dutzendweise auf schlammige Lachen getrieben, wo sie gesammelt liegen bleiben, fast alle zusammengerollt, blau, gelb und glänzend schwarz.

Diese unfähigen, unfähigen Jungen, denkt sie. Sie muss weg, sie muss gehen, aber sie haben sich verirrt und werden es allein nicht diesen Hügel hinunterschaffen. Selbst für sie ist es leichter gesagt als getan, den Weg nach Hause zu finden. Im hellen Mondschein und bei klarem Himmel kurz vor der Morgendämmerung querfeldein zu laufen, ist etwas völlig anderes, als sich in dieser wolkenerstickten Schwärze zurechtzufinden. Keine einfache Sache.

Neben ihr sagt Brett: »Ich weiß nicht, Alter.«

Jacob sagt: »Ja. Ich weiß auch nicht, Mann.«

Turtle hockt sich auf ihren Baumstamm und zieht sich auf allen vieren lautlos zwischen die Farne zurück, kurz bevor Bretts Blick auf den Stamm fällt und er zu ihm hinübergeht, um sich daran zu lehnen und so das Gewicht seines Rucksacks ein wenig zu mindern.

»Weitergehen?«

Jacob schüttelt den Kopf, aber hier können sie auch nicht bleiben, so viel ist klar. Der Boden ist vollkommen matschig. Sag was, denkt Turtle, sag was zu ihnen, zeig ihnen den Weg, aber sie kann offenbar nicht. Der einzige Schimmer stammt vom trügerischen Licht der Glühwürmchen, nahezu dasselbe phosphoreszierende Grün wie das des Tritium-Visiers ihrer Sig Sauer, auf die sie jetzt ihre Hand legt und dabei denkt: Ich habe keine Angst vor diesen Jungen, und wenn ich meinen Weg durch die Finsternis finden muss, dann werde ich es auch. Aber sie hat Angst vor ihnen. Ihr Wille, diese überflutete Finsternis zu meistern, die Art und Weise, wie sie die Hand um den tröstenden Griff der Sig Sauer schließt, diesem Griff, der ihr zu verstehen gibt: *Niemand wird dir je wehtun,* sagt ihr, dass sie Angst vor den Jungen hat.

Jacob schultert seinen Rucksack, und sie steigen weiter den Hügel hinunter, folgen dem Wasserlauf, der sein schmales Bett verlassen und die Ufer überflutet hat, sodass die Jungen platschend durch knöcheltiefes Wasser waten. Ich warte ab, ob wir an eine Straße kommen, denkt sie. Wenn ja, muss ich gar nichts machen; sie gehen in eine Richtung und ich in die andere. Aber wenn keine Straße kommt, werden sie mich brauchen.

Sie steigen in einen Talkessel hinab, wo der kleine Fluss einen Teich bildet, bevor er über die morastigen, von Rohrkolben überwucherten Ufer tritt. Der Teich ist voller Chorfrösche, und als Brett den blassgelben Lichtstrahl über das

Wasser schwenkt, kann Turtle Hunderte von Augen sehen, die mit ihrer unverwechselbar gefurchten Form die Oberfläche durchbrechen.

»Gehen wir da lang«, sagt Jacob und macht eine Geste in Richtung Westen, vom Flusslauf weg, statt an ihm entlang. »Wenn wir dem Bach weiter folgen, wird es zu steil.«

»Alter«, sagt Brett, »der Bach bringt uns zur Straße. Das hat der Typ doch gesagt. Wir können nicht so gut spontan navigieren.«

»Habe ich dir jemals einen Grund gegeben, an *meinen* Navigationsfähigkeiten zu zweifeln?« Sie lachen. Jacob blickt in die Schlucht hinunter und sagt nickend: »Okay, Junge, okay, du willst genau an diesem Bach langgehen?«

»Ja«, sagt Brett. »So hat er es uns gesagt.«

»Alles klar, dann geh du vo–«

»Pssst!«, macht Brett, dreht sich um und schwenkt die Taschenlampe fast auf Turtle. Sie sitzt von Farnen umrankt da und grinst. Du Wichser, denkt sie freudig. Du Wichser! Was hat mich verraten?, denkt sie. Sie kann es auf ihrem Gesicht spüren, das Vergnügen, die vor Freude zu Schlitzen verengten Augen. Du Wichser, denkt sie, hast du mich gehört, hast du mich gesehen, eine Bewegung? Sie freut sich über sich selbst und über ihn, weil er sie beinahe gesehen hätte. Sie denkt: Aaah, aah, Mr. Sprühkäse ist doch nicht ganz blind.

Jacob sieht Brett an.

Brett sagt: »Sorry, Mann, ich hatte bloß so ein Gefühl, als ob … Keine Ahnung, einfach so ein Gefühl.«

»Was für ein Gefühl?«

»Da ist nichts«, sagt Brett und schwenkt die Taschenlampe über tropfende Farne, über das Dickicht aus Rohrkolben, beinahe über sie.

Du Dreckskerl, denkt sie, glücklich über ihn, du verfickter Dreckskerl. Sie freut sich unbändig.

Die Rucksäcke über die Köpfe erhoben, waten sie durch den Teich, trampeln einen Pfad durch die Rohrkolben. Sie erklimmen das schlammige Teichufer neben dem herabströmenden Wasserfall, und die beiden Jungen schauen in die Schlucht hinunter. Turtle sieht nicht, was sie sehen, aber Jacob beugt sich vor und sagt: »Das sieht ziemlich steil aus, Junge.«

Brett nickt.

Jacob sagt: »Okay.« Er nimmt seinen Rucksack ab und geht über die Kuppe. Brett reicht ihm die Rucksäcke nacheinander, und Jacob lehnt sie vorsichtig an den Hang. Dann steigt Brett hinunter. Sie helfen sich gegenseitig mit den Rucksäcken und verschwinden dann nach unten aus ihrem Blickfeld. Als sie fort sind, robbt Turtle ihnen durch das Wasser hinterher. Im Schlick am Grund des Teichs verästeln sich Wasserlilienknollen. Sie sind so dick wie Turtles Arme, geriffelt und geschuppt, mit einer Oberfläche wie noch geschlossene Pinienzapfen. Die Algenfäden fühlen sich wie dicke, nasse Spinnweben an. Sie erreicht das Ufer des Teichs und steigt hinaus. Dichte Vorhänge aus Wasser strömen an ihr hinunter. Die Schlucht unter ihr ist finster bis auf den blauen Schimmer von Jacobs Stirnlampe und die Lanze von Bretts Taschenlampe. Über das Rauschen des Regens und den tosenden Wasserfall hinweg kann sie ihre Rufe hören. Ihre Köpfe ragen aus den Farnen wie Ratten aus dem Wasser.

Brett bleibt stehen und dreht den Kopf in Turtles Richtung, und Turtle duckt sich in die Pflanzen. Jacob richtet seine Stirnlampe auf die Finsternis. Brett sagt: »Ich schwöre, ich hatte gerade … Ich hatte wieder so ein ungutes Gefühl.«

Sie liegt völlig reglos da und beobachtet die beiden genau.

»Was denn für ein Gefühl?«

»So ein Gefühl eben.«

Jacob watet auf sie zu, sucht das Gelände sorgfältig mit der Stirnlampe ab. »Hier ist nichts«, sagt er.

»Nur so ein Gefühl, so ein unheimliches Gefühl.«

Jacob bleibt stehen, dreht sich langsam im Kreis, späht ins Dunkel. Er blickt ratlos zu Brett zurück.

Brett sagt: »Wenn da nichts ist, dann ist da eben nichts.«

»Ich sehe nichts.«

»Ich hoffe bloß, es ist nicht der Typ.«

»Es ist nicht der Typ.«

»Ich hoffe bloß, er verfolgt uns nicht im Dunkeln oder so.«

Die Schlucht verjüngt sich und wird steiler, überbrückt von umgestürzten Redwoodbäumen, die Abhänge von Murgängen gefurcht. Fünf Meter weiter unten wird sie von einer undurchdringlichen Mauer aus Giftsumach abgeschnitten. Das Licht aus Bretts Taschenlampe wird erst fahl, nimmt dann ab und verlischt schließlich ganz. Er schlägt mit der Taschenlampe in seine Handfläche, und sie flackert kurz auf, das trübe Glimmen eines Leuchtfadens, bevor sie wieder verlischt. Turtle wartet nervös oben, sie denkt: Tu's einfach, Turtle. Sie denkt: Dir bleibt nichts anderes übrig, aber sie kann es trotzdem nicht. Sie wird sich auf alle viere niederlassen und Daddy um Verzeihung bitten müssen, ihn anflehen müssen, damit er sie vielleicht davonkommen lässt.

Sie hört, wie Brett die Taschenlampe aufschraubt und Monozellen in seine Hand fallen lässt. Er umschließt sie mit beiden Handflächen und pustet darauf.

Jacob sagt: »Wenn es wirklich eine Straße gibt, dann muss sie genau hier sein.«

»Scheiße«, sagt Brett. »Oh, Scheiße.«

»Anders geht es gar nicht.«

»Da müssten wir aber durch ganz schön viel Giftsumach durch.«

»Die Straße muss genau dahinterliegen.«

Brett beugt sich über die Taschenlampe, flüstert den Batterien zu: »Kommt schon, kommt schon, *kommt* schon.«

In der darauffolgenden Stille sind nur das sanfte Tappen des Regens auf den Blättern und das Knistern des nassen Bodens zu hören, der Klang des Flusses.

»Er hat gesagt, wenn wir hier langgehen, kommen wir genau auf die Straße«, sagt Brett betroffen.

»Wir müssen direkt davor sein«, sagt Jacob. »Wir müssen *verdammt noch mal* direkt davor sein.« Er steigt waghalsig den Hügel hinunter, hält sich an Farnen und Giftsumachtrieben fest, versinkt bei jedem Schritt im Schlamm. Turtle sieht, dass er es so niemals nach unten schaffen wird, und bevor sie sich zurückhalten kann, erhebt sie sich aus dem Gestrüpp, steigt auf einen Baumstamm über ihnen und sagt: »Warte.«

Beide drehen sich um und suchen das Dunkel nach ihr ab, und dann ist sie in Jacobs helles LED-Licht getaucht, steht im Bewusstsein ihrer eigenen Hässlichkeit, ihres schmalen Hundegesichts und ihrer strähnigen, nach Schlick und Kupfer riechenden Haare inmitten von Bärenklau und Nesseln, halb abgewandt, um das bleiche Oval ihres Gesichts zu verbergen. Einen Augenblick lang spricht niemand.

Dann sagt sie: »Habt ihr euch verlaufen?«

Jacob sagt: »Weniger verlaufen als vielmehr jegliches Wissen über unseren Aufenthaltsort eingebüßt.«

Brett sagt: »Wir haben uns verlaufen.«

Turtle sagt: »Ich glaube nicht, dass es da langgeht.«

Jacob schaut in die Schlucht hinunter. Das Licht schwenkt über das Gewirr aus Giftsumach, den Schlamm, das über den Boden strömende Wasser. Er sagt: »Ich weiß nicht, wie du darauf kommst.«

Brett fragt: »Ist unter uns eine Straße?«

»Ich weiß es nicht«, sagt sie.

Brett fragt: »Wer bist du?«

»Ich bin Turtle.« Sie steigt hinunter, stellt sich vor Jacob, ergreift seine ausgestreckte Hand und schüttelt sie.

»Jacob Learner«, sagt er.

»Brett«, sagt Brett, und sie schütteln sich die Hände.

Jacob sagt: »Was machst du denn hier?«

»Ich wohne hier in der Nähe«, sagt sie.

»Dann ist hier also eine Straße?«

»Nein«, sagt sie, »ich glaube nicht.«

Brett schaut verwundert auf den Abhang. »Hier wohnen Leute?«

»Klar.«

Jacob sieht wieder zu ihr, und wieder wird sie von dem blauen Licht geblendet. »Entschuldige«, sagt er und lenkt das Licht von ihr ab. »Kannst du uns runter zum Fluss führen?«

Turtle wendet den Kopf ab und schaut ins Dunkel.

Brett sagt: »Was ist los? Ist sie noch da?«

»Sie überlegt«, sagt Jacob.

»Haben wir sie verärgert?«

»Sie handelt wohlüberlegt.«

»Sie sagt immer noch nichts.«

»Okay, sie handelt *sehr* wohlüberlegt.«

»Kommt«, sagt Turtle und führt sie einen morastigen, quer zum Hang verlaufenden Weg entlang, während sie nach einer übersichtlicheren Stelle Ausschau hält.

»Ach du Scheiße«, sagt Brett. »Ach du Scheiße. Guck mal, wie die abgeht.«

»He!«, sagt Jacob. »Warte auf uns.«

Turtle führt sie über einige umgestürzte Redwoodbäume und steigt dann zwischen Riesentannen hindurch einen langen, abschüssigen Hang zum Fluss hinunter. Jacobs Licht wirft Turtles Schatten vor sie, während die Jungen ihr rutschend und krachend folgen.

Der Fluss hat seine Ufer überschwemmt, und als Turtle an ein großes Erlengestrüpp kommt, steht sie bis zur Hüfte im

Wasser. Lange Brennnesselpeitschen hängen in die Strömung und schwingen wie Seegras, überspülter Stinktierkohl ragt aus den Fluten, in jedem Winkel treiben Floße aus abgestorbenen Blättern, riesige Schaumkleckse kreiseln in schwarzen Strudeln.

»Heilige Kackscheiße auf Toast«, sagt Brett und pfeift.

»Da ist keine Straße«, sagt Jacob.

»Wir brauchen auch keine«, sagt Turtle.

»Du vielleicht nicht«, sagt Brett.

Jacob steht da, bis zur Hüfte in Schlamm gepackt, lacht und sagt zu einer langen Silbe gedehnt: »Mann.« Irgendwie ist sein Tonfall voller Humor und tiefem Optimismus, was Turtle so nicht kennt. Er fährt sich mit der Zunge genüsslich über seine schlammigen Lippen und sagt noch einmal: »O Mann«, als könnte er gar nicht glauben, welch ein Glück es ist, sich am Rande eines überfluteten Flusses so ganz und gar verirrt zu haben, und Turtle hat noch nie jemanden erlebt, der einem Unglück auf solche Art und Weise begegnet.

Brett sagt: »O Mann«, er sagt es anders, und dann sagt er: »Wir sind am *Arsch.*«

Turtle schaut von einem zum anderen.

»Wir sind am *Arsch*«, sagt Brett. »Wir kommen nie wieder heim. Wir sind am Arsch.«

»Ja«, sagt Jacob mit leiser Ehrfurcht, seinen Worten genüsslich Nachdruck verleihend. *»Ja.«*

Brett sagt: »Das ist echt ironisch. Vorhin war noch alles gut, wir hatten den perfekten Zeltplatz, aber *neeeiiin*, wir brauchten ja unbedingt Wasser.«

»Und siehe da«, sagt Jacob. »Hashtag Erfolg! Hashtag Sieg!«

»Wir brauchen einen Platz, wo wir uns verkriechen können«, sagt Brett und dann, an Turtle gewandt: »Weißt du, wo wir sind? Gibt es hier irgendwo einen Schlafplatz? Es ist alles voller Matsch, oder? Es gibt nicht einen Flecken ohne Schlamm.«

Es regnet immer noch stark, und allen, auch Turtle, ist kalt, und es gibt keine planen Flächen, nicht seit der Fluss über die Ufer getreten ist, und um einen Zeltplatz zu finden, müssten sie wieder auf den Hügel steigen, und auch wenn Turtle es schaffen würde, ist sie sich bei den Jungen nicht sicher.

»Mir ist so kalt«, sagt Brett. »Alter, mir ist so was von scheißkalt.«

»Es ist etwas frisch«, stimmt Jacob gut gelaunt zu und versucht, sich den Matsch aus den Augen zu wischen. Er steht steif da, wie jemand, der kalte Kleidung trägt und bei jeder Bewegung mit sandigem, nassem Stoff in Berührung kommt. Er sieht Turtle an, und dabei fällt ihm etwas ein. »Wie hast du uns gefunden?«

»Ihr seid mir einfach über den Weg gelaufen«, sagt sie.

Die Jungen sehen einander an und zucken mit den Schultern, wie um zu sagen, sie hätten schon Merkwürdigeres gehört.

»Kannst du uns helfen?«, fragt Brett. Er krümmt sich zitternd unter seinem Rucksack. Regen prasselt um ihn nieder. Jacob bemerkt, dass ein Giftsumachblatt an seiner Wange klebt, und wirft es angewidert ins Dunkel. Turtle kaut auf ihren Fingern herum und überlegt.

»Verdammte Axt«, sagt Brett, »du hast echt kein Problem mit Gesprächspausen, wie?«

»Was meinst du damit?«, fragt Turtle.

»Nichts«, sagt Brett.

»Du scheinst ziemlich geduldig zu sein«, sagt Jacob.

»Du lässt dich nicht hetzen«, sagt Brett.

»Du handelst wohlüberlegt«, sagt Jacob.

»Wohlüberlegt, genau. *Mit Bedacht*«, stimmt Brett zu. »Ich meine, wo hast du denn Zen-Buddhismus studiert?«

»Und war dein Zen-Meister das uralte, sich langsam bewegende Reptil, auf dessen Panzer das gesamte Universum ruht, bekannt und unbekannt, ergründet und unergründet?«

»Nennst du dich deswegen Turtle?«

»Ist das ein Kōan? Kannst du uns helfen? Und die Antwort darauf ist jetzt und in alle Ewigkeit: Schweigen.«

»Finster, Alter.«

Turtle wundert sich, dass sie sich trotz des kalten Sturzregens Zeit für ein solches Geplänkel nehmen, und dann denkt sie: Sie warten auf dich, Turtle. Sie warten auf dich und vertreiben sich damit die Zeit. »Hier lang«, sagt sie und führt die beiden wieder in den Wald hinein.

Im Dunkeln umrundet sie die größten Bäume, auf die Jacob sein Licht fallen lässt. Sie lässt die aneinandergedrängten Jungen hinter sich, wagt sich in alle Richtungen vor und kehrt zu ihnen zurück, wenn sie nicht findet, wonach sie sucht. Sie hofft auf einen ausgebrannten Redwoodbaum mit einem Hohlraum darin, aber das Beste, was sie findet, ist ein vor Ewigkeiten gekappter Stamm mit Axtkerben auf der Seite, auf der das Gerüst befestigt war. Sie schaut hinauf zum verborgenen oberen Ende des Stumpfs, und Jacob beobachtet sie, die Augen mit einer Hand vor dem Regen schützend, und folgt dann ihrem Blick. Über dem Albion Ridge am anderen Ufer des Flusses zucken Blitze, und Turtle zählt – drei Kilometer, bis der grollende Donner sie erreicht.

Sie klettert an der Rinde hinauf, umklammert den oberen Rand und lässt sich in die tiefe, kreisrunde Höhle fallen, die das verrottete Kernholz zurückgelassen hat. Der hohle Stamm hat einen Durchmesser von drei Metern und ist hoch genug, um darin zu sitzen, ohne über die Seitenwände schauen zu können. In der Mitte wächst eine einzelne Blaubeere in einem groben Kreis aus modrigem Holz, das das Wasser aufsaugt. Sie legt eine Hand um die Wurzel der Blaubeere, reißt sie aus und wirft sie ins Dunkel. Sie hilft Brett und Jacob hinauf, und sie beginnen, Laubstreu hinauszubefördern. Sie öffnet Bretts Rucksack, findet 30 Meter Fallschirmleine, noch zu dem festen Bündel zusammengewickelt, in dem sie verkauft wurde, und zupft das Bündel auseinander. Sie legt die Leine zweimal zusammen und zieht ihr Messer durch die Schlaufen, um vier Stücke zu je 7,50 Metern zu erhalten.

Sie breiten die blaue Plane aus, und Turtle führt die Fallschirmleine durch die Ösen an den Ecken. Dann springt sie von dem Stumpf hinunter, und Jacob folgt ihr, während Brett die Plane festhält. Sie wirft Brett eine Mittelstange hinauf, und er fixiert sie. Turtle wickelt die erste Leine um einen Baumstumpf, führt das lose Ende zu der stehenden Leine zurück und knüpft einen festen Topsegelschotstek, einen Schlingknoten, der an der nassen Leine hochgeschoben werden kann, aber noch während des Knüpfens fragt sie sich, ob ein Tarbuck-Knoten nicht besser gewesen wäre. Sie spannt eine Leine nach der anderen. Als sie bei der letzten ankommt, sieht sie, dass Jacob sie bereits gespannt und den Topsegelschotstek geknüpft hat. Wasser läuft an der Leine herab, sammelt sich über dem Knoten und fließt in einem einzigen Band herab. Das blaue Licht der Stirnlampe folgt dem Wasser auf der Fallschirmleine. Sie dreht den Knoten zwischen Daumen und Zeigefinger und stellt fest, dass er straff und ordentlich festgezogen ist. Jacob stellt sich neben sie.

»Du kanntest den Knoten schon?«, fragt sie.

»Nein«, sagt er, »ich habe nur gesehen, wie du ihn machst.«

Sie zupft an der Leine, die ein surrendes Geräusch von sich gibt. Sie sieht ihn an, weiß aber nicht, was sie sagen soll, denn er hat den Knoten gut geknüpft, im Dunkeln, ohne ihn zu kennen, und sie denkt: Man sollte ihm sagen, wie gut das ist, wie außergewöhnlich, aber sie weiß einfach nicht, wie man so etwas sagt. Sie löst Jacobs Knoten und knüpft den nächsten bewusst langsam. Sie macht einen Laufknoten weit oben an der stehenden Leine. Sie nimmt das lose Ende, legt es um einen Ast, zieht es durch den Laufknoten und macht einen Flaschenzug, indem sie es wieder nach oben führt. Sie zieht an der Leine, bis das Seil blasse Furchen in ihre Handflächen schneidet. Der Flaschenzug strafft das ganze Gefüge; die Plane ächzt unter der Spannung. Sie sieht ihn wieder an.

Regen läuft an seinem Gesicht hinunter, und er wischt sich über die Augen und nickt.

Sie sichert die Spannung mit Halbschlägen, die sie übertrieben langsam knüpft. Sie sieht ihn wieder an und zupft am Seil.

»Aaah«, macht er.

»Der Regen lockert die Leinen«, sagt sie.

Er nickt wieder.

Das ist der Unterschied zwischen Martin und mir, denkt sie, das ist der Unterschied – ich weiß, dass der Regen die Leinen lockert, und ich achte darauf, und Martin weiß, dass der Regen die Leinen lockert, und ihm ist es egal, und ich weiß nicht, warum, ich verstehe nicht, wie einem das egal sein kann, weil es wichtig ist, die Sachen richtig zu machen, und wenn das nicht stimmt, dann weiß ich nicht, was sonst stimmt.

Sie umrundet den Stumpf, prüft jede der Abspannleinen, zieht sie straff, fixiert die Enden mit Halbschlägen und denkt: Dieser gottverdammte Martin, und wie ich das büßen werde, wie ich auf die Knie gehen und darum flehen werde, nicht büßen zu müssen, und wie ich es trotzdem büßen werde.

»Es ist, als könnte sie im Dunkeln sehen«, sagt Brett.

»Kann sie auch«, sagt Jacob. »Man merkt, dass sie es kann.«

»Nein, als könnte sie wirklich *im Dunkeln sehen.* Und nicht nur ein bisschen.«

»Ja«, sagt Jacob. »Das meinte ich.«

»Was meinst du, wo sie gerade ist?«

»In ihrem Kopf«, sagt Jacob.

»Ich kann euch hören«, sagt Turtle. Sie klettert an dem Stumpf hoch und hilft Jacob nach oben.

»Sie redet nicht viel.«

»Nicht jeder rast auf Koffein durchs Leben, Brett«, sagt Jacob.

»He«, sagt Brett, »es ist gut für den Magen. Der Kaffee brennt die Geschwüre direkt von der Schleimhaut.«

»Worüber redet ihr?«, fragt Turtle.

»Über Kaffee«, sagt Jacob, »und darüber, wie er die Knochen mit Mineralien versorgt.«

»Stimmt das?«

»Nein«, sagt Jacob.

Drinnen haben sie sich eine Art dunkle, nasse Grotte mit einem Durchmesser von drei Metern und einer Höhe von vielleicht 1,20 Meter eingerichtet. Brett hat eine Zeltunterlage aus strapazierfähigem Plastik ausgebreitet, und jetzt kauert er zitternd am anderen Ende der Grotte in seinem Schlafsack, die Arme um sich geschlungen. Jacob packt seinen Rucksack aus. Er zieht eine dicht gestopfte Schlafsackhülle aus silikonbeschichtetem Nylon hervor und hält sie ihr hin.

»Was?«, sagt sie.

»Nimm meinen Schlafsack.«

»Auf keinen Fall.«

»Du zitterst.«

»Du auch«, sagt sie.

»Ich kann mit Brett löffeln«, sagt er.

Brett sagt: »Was?«

»Nimm den Schlafsack«, sagt Jacob.

»Nein«, sagt sie.

»Erstens schulden wir dir was«, sagt Jacob. »Ohne dich hätten wir nie einen trockenen Platz gefunden. Zweitens sagt Marc Aurel –«

Brett stöhnt. »Hätten sie das Tagebuch des Kaisers nur verbrannt, wie er es wollte«, sagt er. »Sollen wir uns wirklich an die Vorschriften eines Mannes halten, dessen letzte Vorschrift war, dass alle seine anderen Vorschriften zerstört werden sollten?«

»Marc Aurel sagt Folgendes«, fährt Jacob fort. »›Es gewährt dem Menschen Freude, wahrhaft menschlich zu handeln. Wahrhaft menschlich aber ist das Wohlwollen gegen seinesgleichen, Verachtung der Sinnenreize, Unterscheidung bestechender Vorstellungen, Betrachtung der Allnatur und ihrer Wirkungen.‹ Das hier – dir meinen Schlafsack zu leihen – erfüllt all diese Bedingungen. Bitte nimm ihn.«

Turtle sieht ihn ungläubig an.

»Was passiert jetzt?«, fragt Brett.

»Ich weiß es nicht«, sagt Jacob. »Vielleicht setzt sie einen Gesichtsausdruck auf?«

»Was?«, sagt Turtle.

»Bitte lass mich dir den Schlafsack geben.«

»Nein.«

Brett sagt: »Turtle, nimm den Schlafsack, im Ernst. Seine Verbindung zur Realität ist bestenfalls wackelig, also ist es gefährlich, sich mit ihm anzulegen. Niemand weiß, was die letzte Verbindungslinie kappt und ihn endgültig überschnappen lässt. Außerdem habe ich einen Schlafsack, den wir wie eine Art Decke ausbreiten können.«

Turtle schaut von einem zum anderen, nimmt dann den Schlafsack zögernd an und beginnt, ihn aus der Hülle zu schälen. Das Nylon ist von so guter Qualität, dass es sich weich wie Seide anfühlt. Der Schlafsack ist selbst genäht und hat keinen Reißverschluss. Sie schlüpft hinein. Der Regen trommelt auf das Plastikdach und erfüllt die Kammer mit seinem Geräusch. Sie kann ihren Atem in feuchten Wolken spüren, und sie reibt die kalten Hände aneinander, deren Fingerspitzen zu Rosinen geworden sind. Sie kann die Jungen im Dunkel hören, ihre unregelmäßigen Atemzüge, ihre Bewegungen, als sie unter dem einen Schlafsack zusammenrutschen.

Brett sagt: »Jacob?«

»Ja?«

»Jacob, meinst du, sie ist ein Ninja?«

Sie sagt: »Ich bin kein Ninja.«

Brett sagt: »Sie ist ein Ninja, oder, Jacob?«

»Ich bin kein Ninja«, sagt sie.

»Hmmm…« Brett druckst herum. »Hmmmm, gewissermaßen, doch, ja, eigentlich schon so eine Art Ninja.«

»Nein.«

»Wo ist deine Ninja-Schule?«, fragt Brett.

»Ich war auf keiner Ninja-Schule«, sagt sie.

»Sie hat einen Verschwiegenheitseid geleistet«, stellt Jacob fest.

»Oder vielleicht«, sagt Brett, »vielleicht haben sie ja auch die Tiere des Waldes unterrichtet.«

»Ich bin kein Ninja!«, schreit sie.

Die Jungen sitzen eine Zeit lang in gedämpfter Stille da. Dann sagt Brett, als wäre ihr Dementi der letzte Beweis für eine eigentlich weit hergeholte Theorie: »Sie ist ein Ninja.«

Jacob sagt: »Aber besitzt sie auch übernatürliche Fähigkeiten?«

Die Jungen reden auf eine Weise, die sie verstörend und aufregend findet – wunderlich, ein wenig feierlich, albern. Auf die wenig sprachgewandte Turtle mit ihrem nach innen gerichteten, zirkulär arbeitenden Verstand wirken ihre sprachlichen Fertigkeiten geradezu schwindelerregend. Sie fühlt sich herrlich einbezogen in diese Sphäre von Dingen, die sie sich wünscht, innerlich leuchtend vor lauter Möglichkeiten. Euphorisch und nervös sieht sie ihnen zu und nagt dabei auf ihren Fingern herum. Ihr öffnet sich eine neue Welt. Sie denkt: Diese Jungen werden da sein, wenn ich auf die Highschool komme. Sie denkt: Wie wäre das wohl – dort Freunde zu haben, Freunde wie sie? Sie denkt: Jeden Tag aufstehen und in den Bus steigen, und dann was? Ein neues Abenteuer. Und ich müsste nur den Mund aufmachen und sagen: ›Helft mir mit den Aufgaben‹, und sie würden mir helfen.

Die Jungen schlafen allmählich ein. Turtle liegt ihnen gegenüber und denkt: Ich liebe ihn, ich liebe ihn so gottverdammt heftig, aber, aber lass mich draußen bleiben. Lass ihn hinter mir herkommen. Wir werden ja sehen, was er macht, oder? Das hier ist ein Spiel, das wir spielen, und ich glaube, er weiß, dass wir es spielen; ich hasse ihn für etwas, für etwas, das er tut, er geht zu weit, und ich hasse ihn, aber ich bin unsicher in meinem Hass, meine Schuldgefühle, meine Selbstzweifel, mein Selbsthass sind zu groß, um es ihm übel zu nehmen; das bin ich, eine gottverdammte Schlampe; deshalb mache ich mich wieder schuldig, nur um zu sehen, ob er wieder etwas so Schlimmes macht; damit ich sehe, ob es richtig ist, ihn zu hassen; ich will es wissen. Also haust du ab und fragst dich: Soll ich ihn hassen? Und wenn du zurückkommst, wirst du wohl die Antwort haben. Entweder reagiert er auf deine Abwesenheit so, dass du ihn lieben kannst, oder er reagiert jenseits von jeder Vernunft, und das ist dann der Beweis, aber in diesem Spiel – und das weißt du, Turtle – ist er dir immer voraus. Er wird dich anschauen und genau wissen, wie weit er gehen kann, und er wird dich bis an den Rand bringen und sich dann zurückziehen; aber vielleicht auch nicht, vielleicht geht er zu weit, oder vielleicht ist er auch gar nicht so berechnend.

In ihrem Kreuz beginnt es zu jucken. Sie fährt mit der Hand am Bund ihrer Jeans entlang und findet den Holzbock direkt über dem Gummizug ihres Slips. Sie fühlt seinen perlweichen Körper.

»Brett?«, haucht sie, öffnet den Gürtel ihrer Hose, legt das Holster ab und schiebt es tiefer in den Schlafsack, um es zu verbergen. »Jacob?«

»Ja?«, haucht Jacob zurück.

»Habt ihr eine Pinzette?«

»Brett hat eine«, sagt Jacob. »In seiner Tasche.« Sie hört, wie Jacob sich im Dunkel aufsetzt. Er wühlt schier endlos in der Tasche, bevor er sie findet.

»Hab sie«, sagt er. »Zecke?«

»Ja, Zecke«, sagt sie.

»Wo ist sie?«

»Ganz unten an meinem Rücken.«

»Alles klar«, sagt er.

»Allein komme ich nicht dran«, sagt sie.

»Alles klar.«

Sie rollt sich auf den Bauch, schiebt die Jeans nach unten und ihr T-Shirt nach oben, um ihr Kreuz freizulegen. Jacob kriecht leise zu ihr, um den schlafenden Brett nicht zu wecken. Ihre Wange ruht auf dem kalten schwarzen Plastik der Zeltunterlage. Jacob kniet sich neben sie. Er schaltet die Stirnlampe ein, und sie werden in ihrem blauen Schein gebadet.

»Ich habe das noch nie gemacht«, sagt er.

»Du musst den Kopf erwischen«, sagt sie.

»Dreht man im Uhrzeigersinn?«, fragt er. »Ich habe gehört, sie bohren sich hinein. Ihre Mundwerkzeuge sind wie ein Bohrer geformt.«

»Nein. Sie würgt ihren Mageninhalt heraus, wenn du anfängst. Zieh sie einfach mit einem Ruck heraus, wenn du es schaffst«, sagt sie.

»Okay«, sagt er. Er legt ihr eine Hand ins Kreuz, umrahmt die Zecke mit Daumen und Zeigefinger. Seine Hand ist warm und zuversichtlich, ihre Haut sirrt elektrisch. Ihre Sicht ist beschränkt auf die schwarze, schmutzige, Falten werfende

Zeltunterlage, aber ihre Konzentration liegt ganz auf ihm, unsichtbar, über sie gebeugt.

»Tu's einfach«, sagt sie.

Er schweigt. Sie spürt, wie sich die Pinzette um die Zecke schließt. Die Enden kneifen in Turtles Fleisch, und dann spürt sie das Ziehen.

»Hast du sie ganz erwischt?«, fragt sie.

»Ich habe sie«, sagt er.

»Hast du sie ganz erwischt?«

»Ich habe sie ganz, Turtle.«

»Gut«, sagt sie. Sie zieht ihr T-Shirt herunter und rollt sich wieder auf den Rücken. Sie hört, wie Jacob die Zecke mit den Enden der Pinzette zerquetscht. Der Regen trommelt auf die straff über ihnen gespannte Plane. Jacob schaltet die Lampe aus, und Turtle hört den beiden zu, dort im Dunkel mit ihr.

Sieben

Mit klopfendem Herzen schreckt Turtle aus dem Schlaf hoch und wartet, lauscht, die Augen trocken, der Mund ledrig vor Wassermangel. Jemand hat die Mittelstange umgetreten, und auf dem Grund der durchhängenden, halb mit Wasser vollgelaufenen Plane bilden versunkene Blätter einen schwarzen Kreis aus Mulm. Sie wartet, atmet, fragt sich, wovon sie aufgewacht ist, ob Martin draußen steht, neben diesem Baum, mit seiner automatischen Schrotflinte. Langsam, lautlos zieht sie die Sig Sauer und hält sie an ihre Wange, der Stahl richtiggehend warm von der im Schlafsack gefangenen Hitze. Sie hört ihre eigenen angestrengten Atemzüge. Beruhige dich, denkt sie, aber sie kann sich nicht beruhigen und beginnt, schwerer zu atmen, und sie denkt: Das ist nicht gut, das ist gar nicht gut.

Etwas fällt ins Wasser, und Turtle zuckt zusammen, sieht ein faustgroßes Objekt wie einen Kometen durch das Wasser auf sie zuschießen, die Plane berühren und davontreiben. Sie wartet, die Pistole mit zitternden Händen an das Gesicht gepresst. Es ist ein Kiefernzapfen, wahrscheinlich von einer Stachelkiefer. Davon ist sie aufgewacht: von den Zapfen, die in das Bassin fallen und auf die Plane schlagen. Sie atmet tief durch und zuckt wieder zusammen, als ein zweiter Zapfen in das Wasser eintaucht und mit abnehmender Geschwindigkeit auf sie zukommt. Er berührt die Plane und treibt dann nach oben und davon. Kleine Kräuselwellen breiten sich auf der

Wasseroberfläche aus. Ihre Schatten fließen über die Jungen, die Schlafsäcke, die Rucksäcke, das Durcheinander dieses kleinen Kobens. Sie denkt: Ich liebe alles, was ihnen gehört, weil es ihnen gehört, ich mag es, wie hier alles mit Sachen vollgestopft ist, das Wirrwarr und die Unordnung, alles so feucht und warm, und sie denkt: Ich liebe es. Sie drückt die Füße gegen das nasse Nylon von Jacobs Schlafsack. Sie liegt da, ihre Muskeln entspannen sich, und als sie so weit ist, steckt sie die Pistole ins Holster und wartet, die Hände an den Hals gelegt, den Blick auf das Wasserbecken über ihr gerichtet. Sie will die Pistole ziehen, erträgt es nicht, ohne sie dazuliegen, und sie legt eine Hand an den Griff und berührt den nicht gespannten Hahn, und sie denkt: Lass es, lass es, und sie nimmt die Hand weg und liegt da und lauscht dem Wasser über ihr und dem Wald dahinter.

Sie denkt: Für einen Moment war ich sicher, dass er es ist, ich wusste bloß nicht, wie weit er gehen und wie wütend er sein würde. Sie denkt: Er hat es immer geschafft, mich zu überrumpeln. Als sie wieder ruhig geworden ist, klettert sie hinaus, windet sich umständlich durch einen Spalt zwischen der Plane und dem Stumpf. Ihre durchnässten Jeans kleben an ihren Schenkeln, als sie sich oben auf den Stamm setzt und von dem Wasser in der Plane trinkt.

Sie lässt sich von dem Stumpf fallen und setzt sich auf einen umgestürzten, mit durchscheinenden, wie missgebildete Ohren aussehenden Pilzen überzogenen Baumstamm. Sie zieht ihr Messer und beginnt, Dornen und Splitter aus ihren schwieligen Füßen zu entfernen. Um sie herum wächst Haselwurz zwischen den Wurzeln der Redwoodbäume, die Blätter dunkelgrün und herzförmig, die violetten Blüten mit ihren aufgesperrten Rachen und leberfarbenen Hauern tief im Laubwerk vergraben. Sie legt die Faust an die Stirn. Wenn ihnen etwas zustößt, denkt sie, was machst du dann, Turtle?

Du vergisst, wer du bist, und du denkst, du könntest jemand anderes sein. Es wird damit enden, dass du verletzt wirst, dass Martin verletzt wird, und, Gott steh dir bei, dass diese Jungen verletzt werden, und das ist das Schlimmste, aber irgendwie scherst du dich nicht so um das Risiko, das sie eingehen, weil sie bei dir sind. Du denkst anscheinend, dass es das Risiko wert ist, und das zeigt, dass du nicht klar denkst, denn es ist das Risiko nicht wert, nicht für sie, und das würden sie dir auch sagen, wenn du sie fragen würdest, wenn du ihnen erklären würdest, wie weit dein Daddy gehen könnte. Ich weiß, dass er mir gefolgt ist, denkt sie, und die einzige Frage ist, ob er mich hier finden könnte, und ich wette, er könnte, aber ich weiß es nicht genau. Ich finde keine eindeutige Antwort darauf, denkt sie, denn manchmal, wenn ich an ihn denke, kommt es mir vor, als wäre er zu allem imstande. Er wäre imstande, denkt sie, diesen Jungs wehzutun. Das weiß sie, und sie denkt: Denk nicht dran.

Sie denkt: Es ist jetzt hell genug. Ich würde den Weg zurückfinden, und es wäre nicht einmal schwer, nur – was gibst du auf, wenn du das tust? Sie denkt: Du weißt genau, was du aufgibst, und die Frage ist, was du aufs Spiel setzen willst. Wenn es hart auf hart kommt, denkt sie, würde ich einiges aufs Spiel setzen. Ich würde diese Jungs aufs Spiel setzen, nur für mich, und für sie spielt es keine Rolle, sie merken es gar nicht, und ich sage es ihnen auch nicht. Wenn sie es herausfinden, finden sie es heraus, denkt sie, und das Risiko gehe ich ein, weil ich ein Luder bin.

Irgendwann kriecht Jacob hervor und klettert mühsam an der Seite des Stumpfs herunter. Er setzt sich neben sie und betrachtet ihre Füße, die klein und quälend stark gewölbt sind. Sie sehen beinahe wie gedrechselt aus oder wie behauen, deutlich zeichnen sich harte, unnachgiebige Sehnen und Knochen ab. Ihre Hornhaut hat die Umrisse eines Flussbetts und ist gemasert wie ein Fingerabdruck. Jacob schaut einen Augenblick lang hin. Sie freut sich, ihn zu sehen, und sie freut sich umso mehr wegen des Risikos, das sie eingeht, um es möglich zu machen. Er weiß nicht, worauf er sich eingelassen hat, und es macht ihr den Moment, in dem sie neben ihm auf dem Baumstamm sitzt, wertvoll.

Er sagt: »Hm, das ist merkwürdig attraktiv.« Er macht eine Kopfbewegung zu ihrem Fuß hin, dessen Hornhaut sie mit der Messerspitze bearbeitet. Sein Tonfall ist arglos, aber voller Humor, und sie muss unwillkürlich lächeln. Sie weiß nicht, ob er sich über sie lustig macht oder über sich selbst, und dann, gleich nachdem sie gelächelt hat, begreift sie es.

Sie erstarrt, mit dem Messer in der Hand über ihren Fuß gebeugt; sie spannt ihren Kiefer an, ist sich ihres Hundegesichts und ihrer hässlichen Haut ganz und gar bewusst. Ihre Blässe ist hässlich und ungleichmäßig, das weiß sie, eine sommersprossige, halb durchsichtige Blässe, die ihre erbärmlich kleinen, milchig-ungebräunten Brüste beinahe blau wirken lässt. Sie fühlt sich von Makeln umschlossen und will sich an Jacobs Neckerei beteiligen, so, als wäre ihre Widerwärtigkeit ein Streich, den sie sich selbst spielt. Sie lächelt ihr schiefes Halblächeln und will zugleich in Stücke zerspringen, weil sie sich vorgenommen hat, nicht mitzuspielen, wenn jemand gemein zu ihr ist, aber dieser Junge hat sie so aus dem Konzept gebracht, dass sie ihren Vorsätzen nicht treu bleiben kann.

Seine Art, sie anzusehen, gibt ihr das Gefühl, das Allerwichtigste auf der Welt zu sein. Sie sitzt vornübergebeugt da und denkt: Ritze, Ritze, Ritze, dieser unschöne Spalt zwischen ihren Beinen, unfertig gelassen aus Achtlosigkeit oder mit Absicht. Dahinter zeigt sich ihre ganze Sonderbarkeit, dort liegt sie offen, wird deutlich, und sie begreift es jetzt: Die Ritze ist ungebildet – dieses Wort entblößt alles, was sie über sich selbst in ihrem Inneren verknotet und verschnürt hat; eingefallen, so fühlt sie sich – jedes einzelne bittere, nuttige Stück von ihr zusammengefallen und eins geworden mit diesem abscheulichen muschelförmigen Ding.

Er sagt: »Wo geht es jetzt lang, Mogli?«

»Wollt ihr, dass ich euch helfe?« Sie sieht ihn noch immer an, bereit loszulassen, aber nicht bereit, sich würdelos zu verabschieden. Sie bittet um etwas, und er gibt es ihr, allein durch seinen Gesichtsausdruck, der offen und freigiebig und bedauernd ist.

»Ja. Absolut.«

»Noch keinen Ausschlag vom Giftsumach«, bemerkt sie.

»Das wird nicht lustig«, sagt er.

»Ja«, sagt sie. »Ich kann helfen.«

Er sagt: »Also, es geht mich ja nichts an, aber …«

»Ja?«

»Aber mir ist gerade aufgefallen, dass du eine Pistole hast.«

»Ja.«

»Warum?«, fragt er.

Sie beugt sich vor und spuckt in den Mulm. »Weil ich es kann.«

»Na ja, das stimmt«, sagt er, »aber bist du … Meinst du, du musst vielleicht jemanden erschießen?«

»Es ist eine Vorsichtsmaßnahme«, sagt sie.

»Ist es das wirklich?«, sagt er. »Wer eine Pistole besitzt, für den besteht ein neunmal höheres Risiko, von einem Familienmitglied erschossen zu werden statt von einem Einbrecher.«

Sie knackt unbeeindruckt mit einem Knöchel.

»Tut mir leid«, sagt er milder. »Ich will dich nicht herausfordern oder kritisieren, überhaupt nicht, ich will nur deine Sichtweise hören. Das ist alles. Ich glaube nicht ernsthaft, dass du von einem Familienmitglied erschossen wirst.«

Bevor sie etwas erwidern kann, stöhnt Brett, beginnt sich zu regen und steckt den Kopf unter der Plane hervor.

Sie brechen das Lager ab. Jacob entknotet die Leinen, hält die zerfaserten Enden über ein Feuerzeug, dreht das Nylon zwischen Daumen und Zeigefinger und formt eine schwarze Knolle. Sie schütteln die Plane aus, und Brett und Turtle falten sie zu einem langen Rechteck zusammen. Jacob rollt die Seile auf seinen Schenkeln. Turtle verschnürt sie mit Halbschlägen und bindet sie am Rucksack fest. Dann stellt sie sich in den Stumpf und wirft ihnen ihre Sachen hinunter, und sie packen alles in die Rucksäcke.

Sie folgen dem nördlichen Flussufer, essen Focaccia und Käse, laufen auf breiten Alleen zwischen den Bäumen hindurch, die rostfarbenen Nadeln vom rieselnden Wasser wellenförmig geordnet.

Bald kommen sie an eine gewundene Asphaltstraße mit Teernähten, wo die Risse im Pflaster geflickt wurden. Scheiße, denkt sie, ich schiebe den Moment nur hinaus, aber er wird kommen, und dann werden wir sehen. Er wird fair zu mir sein oder unfair, und wenn er fair ist, dann wird es schwierig. Sie kommen an einen Redwoodbaum mit einer großen Maserknolle, in die jemand die Wörter ZUR RIVENDELL-QUELLE geschnitzt hat. Sie haben weder Autos noch andere Menschen gesehen. Die Welt gehört ihnen allein.

Brett sagt: »Ich glaube, hier macht meine Mutter Massagetherapie.«

»Du meinst, sie ist jetzt gerade da?«, fragt Jacob.

»Wahrscheinlich. Sie arbeitet so ziemlich jeden Tag. Wenn sie einbestellt wird.«

»Meinst du, sie fährt uns nach Hause?«

»Klar.«

Sie folgen der Abzweigung bis zu einem Parkplatz mit großen blau-goldenen Tontöpfen, in denen Falscher Einhorn wächst, und einem hohen Redwoodtor. Ein Dutzend heruntergekommener Autos. Brett öffnet einen Ford Explorer mit dem Schlüssel, der an dem verschließbaren Tankdeckel hängt, und sie verstauen ihre Taschen. Am Rückspiegel baumelt ein Traumfänger, die Mittelkonsole ist voll mit Ölen, Sonnencreme, Handcreme und Lippenbalsam. Auf dem Armaturenbrett stapeln sich ungeöffnete Rechnungen. Jacob zieht sein schlammiges T-Shirt aus, knüllt es zusammen, wirft es in den Fußraum der Beifahrerseite und zieht sich ein sauberes Humboldt-T-Shirt an.

Turtle sagt: »Ich gehe dann mal.« Sie wirft einen Blick zurück auf den Wald und weiß, dass es Zeit wird.

»Aber du kannst nicht gehen«, sagt Brett.

»Warum?«

»Was ist, wenn wir das Tor aufmachen«, sagt Jacob, »und dahinter ist alles voller Zombies?«

»Was?«

»Sollten wir gezwungen sein, die postapokalyptische Einöde Nordkaliforniens zu durchstreifen, brauchen wir dich als die wortkarge, pistolenschwingende Königin unserer Gemeinschaft.«

»Ich glaube, sie bräuchte eher eine Kettensäge für den Nahkampf«, sagt Brett.

»Für Zombies«, sagt Turtle, »hätte ich am liebsten eine .308, aber wenn wir die Beine in die Hand nehmen müssen, lasse ich mich auf .223 runterhandeln.«

»Aber im Ernst, wie wär's mit einer *Kettensäge?*«, sagt Brett.

»Die Kette würde herunterspringen«, sagt Turtle.

»Dann ein Samuraischwert.«

»Wenn wir von Zombies reden«, sagt Turtle, »würde ich auf jeden Fall einen Tomahawk nehmen und das ganze Gewicht, das für die Pistolenmunition draufgehen würde, in mehr .223-Patronen stecken.«

»Eine Schrotflinte«, sagt Jacob.

»Da kann man nicht genug Munition mitnehmen. Für jede Schrotpatrone, die du trägst, kannst du drei oder vier Gewehrpatronen tragen. Außerdem lässt sich eine Schrotflinte nicht schnell genug laden.«

Jacob sagt: »Könntest du dir nicht eine automatische Schrotflinte besorgen, eine mit so einem Magazin, wie es sie für Gewehre gibt?«

»Klar«, sagt Turtle, »aber Gewehrpatronen sind metallummantelt und für Magazine geeignet. Schrotpatronen verformen sich unter Druck und verklemmen, wenn man sie im Magazin lagert. Außerdem sind automatische Waffen immer heikel. Wenn man viel schießen, viel tragen und unterwegs nach Muni suchen muss, ist .223 unschlagbar.«

»Siehst du, ohne dich würden wir es niemals schaffen. Komm mit«, sagt Jacob. »Bitte.«

»Bitte?«

Sie grinst. »Ihr würdet es schaffen.«

»Nicht ohne dich.«

»Sie kommt mit«, sagt Brett. »Ich seh's ihr an.«

»Ich komme mit.«

Am Tor ziehen sie an der Klingelschnur und stehen dann zu dritt beisammen und diskutieren, wie sie sich für die bevorstehende Apokalypse bewaffnen sollen, Turtle barfuß, die Jeans zu den Knien hochgerollt und schwer von trocknendem Schlamm. Ein Mann mit freiem Oberkörper und einer Hose aus Hanffaser öffnet die Tür. Auf seine Brust ist ein Buddha über sich brechenden Wellen tätowiert, und die Haare hängen ihm in zigarrendicken Dreadlocks bis zur Hüfte herab.

»Hey, Bruder«, sagt er zu Brett. »Sieht aus, als wärt ihr vom Wetter überrascht worden.«

»Hey, Bodhi – ja, das kann man wohl so sagen.«

»Suchst du deine Mutter?«

»Ja, wir dachten, sie könnte uns vielleicht nach Hause fahren.«

»Und wer sind die beiden?«

»Mein Kumpel Jacob, und das ist Turtle, die zukünftige pistolen- und kettensägenschwingende Königin des postapokalyptischen Amerika.«

»Tatsächlich?«, sagt Bodhi interessiert. »Also, Jacob, Turtle, dann kommt mal rein.« Er führt sie über eine Wiese und zwischen hohen Glaspyramiden hindurch in einen Redwoodwald, in dem moosbewachsene Hütten und mit dampfendem Wasser gefüllte Badewannen im Stil von Redwoodfässern stehen. Irgendwo muss es eine heiße Quelle geben, die die Luft mit mineralischem Duft erfüllt. Sie gehen an einer Gruppe nackter Frauen vorbei, was Jacob äußerst peinlich zu sein scheint, denn sein Blick geht hinauf zu den Schindeldächern, den Bäumen, überallhin. Sie kommen an einem weiteren Badefass vorbei, in dem sich drei nackte Männer aalen und eine Glasbong rauchen.

Sie folgen Bodhi zu einem Häuschen mit einem moosbewachsenen Schindeldach, von dessen Sims Teufelszwirn herabhängt, und betreten einen warmen Innenraum mit einem Holzofen in einer Ecke. Eine nackte Frau hockt im Schneidersitz auf einem hölzernen Podest und isst Kirschtomaten aus einer lackierten Holzschüssel. Jacob starrt sie überrascht an. Die Frau hat olivenfarbene Haut, drahtiges schwarzes, von Hanfschnüren zusammengehaltenes Haar, ein hübsches, offenes Gesicht, große Brustwarzen, weiche braune, mit Gänsehaut überzogene Warzenhöfe, einen Bauch, der irgendetwas zwischen weich und fest ist, und gesund wirkende, aber etwas schlaffe Haut. Aus ihrer Muschi hängen zwei kleine Fleischlappen heraus. Turtles eigene Muschi ist so schmal und kompakt wie eine Seeanemone, die sich zurückgezogen hat, um auf die Ebbe zu warten.

Brett sagt: »Leute, das ist Caroline, meine Mutter. Mom, könntest du vielleicht –«, und die Frau sagt: »Julia Alveston?«

Brett und Jacob drehen sich erstaunt zu Turtle um.

Turtle sagt: »Was?«

Brett sagt: »Mom … könntest du … könntest du bitte eine Hose anziehen?«

Caroline sagt: »Ach, mein Mädchen, ich habe dich nicht mehr gesehen, seit du so groß warst.« Sie hält eine Hand neunzig Zentimeter über den Boden. »Helena, deine Mutter, war meine beste Freundin, und Jungejunge, ich kann euch sagen, sie war vielleicht … na ja.«

Turtle fühlt sich augenblicklich abgestoßen. Sie denkt: Sprich nicht über meine Mutter, du Fotze, du Fremde.

Bretts Mutter wendet sich jetzt an die Jungen. »Was war los?«, sagt sie.

Brett sagt: »Mom, könntest du –«

»Natürlich«, sagt sie, steht auf und zieht eine Hanfhose mit Kordelzug an, während die Jungen abwechselnd erzählen, was passiert ist.

Jacob sagt: »Sie ist plötzlich einfach so aufgetaucht.«

»Sie war einfach im Dunkeln, ohne Taschenlampe, ohne Rucksack, ohne Schuhe, ohne alles, und kam bestens klar, so, als könnte sie im Dunkeln sehen.«

»Im strömenden Regen und in der stockfinsteren Nacht.«

»Du müsstest mal ihre Füße sehen. Sie hat Hornhaut … *unglaublich*.«

»Sie geht einfach immer barfuß.«

»Sie ist nicht anfällig für Kälte.«

»Oder für Schmerzen.«

»Nur für Gerechtigkeit.«

»Wir glauben, sie ist vielleicht ein Ninja.«

»Was sie abstreitet.«

»Aber das muss sie natürlich.«

»Wenn sie behaupten würde, ein Ninja zu sein, wüssten wir, dass sie keiner ist.«

»Ich würde die Ninja-Theorie nicht als in Stein gemeißelt bezeichnen, aber es liegt definitiv im Bereich des Möglichen.«

»Auf alle Fälle hat sie uns aus der finsteren Schlucht geführt.«

»Sie kann im Dunkeln sehen.«

»Sie kann über Wasser gehen.«

»Sie macht ihr Ding, so wie sie es für richtig hält. Sie bleibt einfach stehen und guckt, und du sagst so: ›Was gibt's denn da zu sehen?‹, aber sie guckt einfach weiter, und du sagst: ›Äh, wird's dir nicht langsam langweilig?‹ Aber das liegt daran, dass sie eine Zen-Meisterin ist.«

»Sie ist sehr geduldig.«

»Gespräche mit ihr könnten als *eher langsam* bezeichnet werden.«

»Ich bin übrigens im Raum«, sagt Turtle.

»Sie ist *bedachtsam*, aber da ist noch etwas anderes, etwas Ungewöhnlicheres.«

»Sie ist weniger bedachtsam als vielmehr wachsam.«

»Ja … *ja*! Wachsam. Du stellst ihr eine Frage, und sie, sie *betrachtet* dich einfach nur, und du machst: ›Äääähm?‹, und wenn du lange genug wartest, dann kommt auch eine Antwort.«

»Sie kann Knoten knüpfen, und sie kennt sich im Wald aus.«

»Die Tiere sprechen mit ihr und erzählen ihr ihre Geheimnisse.«

Als sie fertig sind, sagt Caroline: »Okay, Jungs, das war sehr anschaulich.« Dann wendet sie sich Turtle zu. »Wie geht's denn deinem Vater?«

»Gut«, sagt Turtle.

»Arbeitet er viel?«

»Nicht zu viel«, sagt Turtle.

»Hat er eine Freundin? Ich wette, ja.«

»Nein«, sagt Turtle.

»Nein?«, sagt Caroline. »Er war eigentlich immer einer, der eine Frau in seinem Leben braucht.« Sie lächelt. »Ein echter Charmeur, dein Vater.«

»Nein, es gibt keine Frau in seinem Leben«, sagt Turtle in leicht bedrohlichem Tonfall.

»Tja, tut mir leid, das zu hören. Es muss einsam sein, da oben auf dem Hügel.«

»Weiß ich nicht«, sagt Turtle. »Grandpa ist da, der Obstgarten und der Bach; und dann hat er noch seine Pokerrunde.«

»Na ja«, sagt Caroline, »Menschen ändern sich. Aber dein Vater war einer der attraktivsten Männer, die ich je kennengelernt habe. Ich wette, er ist es immer noch.«

»Mom«, sagt Brett verärgert, »das ist eklig.«

»Er sah echt gut aus«, sagt Caroline, »und er war ein intelligenter Mann. Ich dachte immer, er würde viel erreichen.«

»Hat er nicht«, sagt Turtle.

»Er hat dich großgezogen, und was für ein starkes Mädchen du geworden bist«, sagt Caroline. »Wobei ich sagen muss, dass du halb verwildert aussiehst.«

Darauf erwidert Turtle nichts.

Caroline sagt: »Also, Julia, sie sind ein paar Kilometer von hier auf dich gestoßen?«

Turtle nickt.

»Das klingt, als wäre es mitten im Nirgendwo gewesen.«

»Ich war im Wald spazieren«, sagt Turtle.

»Wo bist du los?«

»Was?« Turtle legt die Hand hinter das Ohr und beugt sich vor.

»Von wo aus bist du losgegangen?«

»Von zu Hause.«

»Du bist vom Buckhorn aus hierher marschiert?«

»Ja, bin ich«, sagt Turtle. »Ich bin durch die Slaughterhouse Gulch hoch, über den Flugplatz und dann oben am Albion entlang, sozusagen hinter den Häusern vorbei.«

»Tja, Süße, du siehst auf jeden Fall mitgenommen genug dafür aus. Das müssen viele Kilometer gewesen sein. Ohne Wasser? Ohne Essen?«

Turtle öffnet und schließt ihren Kiefer. Sie schaut zu Boden.

Caroline sagt: »Ich sorge mich bloß um dich, Süße. Was hast du denn mitten in der Nacht da draußen gemacht? Was meinst du, wie weit ist das von deinem Zuhause weg?«

»Weiß ich nicht«, sagt Turtle.

»Brett«, sagt Caroline, »vielleicht willst du Jacob mal die Glaspyramiden zeigen?«

Die Jungen blicken sich an, Brett macht mit dem Kopf eine *Komm-mit*-Geste, und sie gehen beide hinaus. Turtle steht in der Mitte des Raums, ringt die Hände und schaut auf den Sockel von Carolines Podest.

»Weißt du«, sagt Caroline, »dass ich beinahe deine Taufpatin geworden wäre?«

Turtle knackt mit einem Knöchel, hebt den Blick zu Caroline und glaubt, eine verschwommene Erinnerung an sie zu haben. Sie hat das Gefühl, sich vorsichtig verhalten und ihr eigenes kleines Leben auf dem Buckhorn Hill schützen zu müssen.

»Damals haben deine Mutter und ich es ganz schön krachen lassen, und ich sage dir, als wir ein bisschen älter waren als du, waren wir viel im Wald unterwegs, und es ging nur darum, mit Jungs zu knutschen und LSD zu klinken. Nach der Schule sind wir immer runter ans Kap, und da stand so eine Zypresse an den Klippen zwischen Big River Beach und Portuguese Beach. Wir haben die Füße über die Klippen baumeln lassen und auf die versteckten kleinen Buchten und hinaus zu den Inseln geschaut und *geredet* und *geredet* und *geredet.*«

Turtle schweigt. Sie denkt: Dieses Luder. Dieses Luder.

»Hast du auf der Schule gute Freundinnen?«

»Nein.«

»Gar keine?«

»Nein.«

»Wie gefällt es dir dort?«

»Ganz gut.«

»Aber es gibt doch hoffentlich irgendwelche Frauen in deinem Leben?«

Turtle sagt nichts.

»Und Martin? Ich wette, er kümmert sich ganz ausgezeichnet um dich.«

»Ja. Das tut er.«

»Er kann einem einfach alles erklären, wenn er will.«

»Ja.«

»Er kann gut mit Worten umgehen, stimmt's?«

»Ja, das kann er.«

»Er ist der fantasievollste Mensch, den ich je kennengelernt habe. Göttin, er konnte lesen! Und reden! Oder?«

»Ja.« Turtle lächelt.

»Er ist ein guter Mann«, sagt Caroline, »aber wenn er wütend ist, kann er ganz schön zulangen, was?«

Turtle fährt sich mit der Zunge über die Zähne. Sie sagt: »Was?« Sie denkt: Du Luder, du Nutte. Das ist so ein Trick der Erwachsenen, sie lassen dich ganz viele Fragen beantworten, und dann fragen sie dich etwas über deine Familie. Turtle kennt das schon. Frauen sind am Ende immer Fotzen. Ganz egal, wie es anfängt. Sie haben immer irgendein Hühnchen zu rupfen.

Caroline sitzt mit überkreuzten Beinen auf ihrem Hocker und betrachtet Turtle mit gelassener Aufmerksamkeit, und

Turtle denkt: Du Luder. Du verdammte Hure. Ich wusste, dass das kommt, und es ist gekommen.

»Na ja«, sagt Caroline, die ihren Fehler bemerkt hat und zurückrudert, »er hatte immer ein ganz schönes Temperament.«

Turtle steht da.

»Ich weiß noch, als wir im Grunde noch Kinder waren, noch ... ach, Göttin, er war eben temperamentvoll. Mehr will ich ja gar nicht sagen, nur dass er manchmal eben ziemlich temperamentvoll war. Und wie ist er heute so?«

»Ich muss los«, sagt Turtle.

»Warte«, sagt Caroline.

Turtle vertreibt jede Gefühlsregung aus ihrem Gesicht, aber nicht ganz aus ihrer Körperhaltung, und sie denkt: Guck mich an. Du weißt, dass ich das ernst nehme. Guck mich an. Wenn du jemals versuchst, ihn mir wegzunehmen, wirst du schon sehen.

»Habe ich etwas Falsches gesagt?«

»Ich weiß nicht, wovon Sie reden.«

»Julia, Süße, ich will nur wissen, wie die Dinge bei euch zu Hause stehen. Ich kann dir gar nicht sagen, wie oft ich in all den Jahren an dich gedacht habe. Wie oft ich dachte, ich sehe dich im Bioladen einkaufen oder auf der Post vor mir in der Schlange stehen oder übers Heider Field laufen. Und ich war mir nie sicher, weil ich natürlich gar nicht wusste, wie du aussiehst. Und jetzt, wo du da bist ... na ja, bist du es so eindeutig. Du siehst genauso aus wie deine Mutter.«

Turtle sagt: »Mein Daddy würde mich niemals anfassen.«

»Ich weiß, Süße, ich bin doch bloß neugierig«, sagt Caroline. »Weißt du, deine Mutter und ich waren so eng miteinander. Da darf ich mir doch meine Gedanken machen. Du und ich, wir würden uns kennen, wenn sie noch am Leben wäre, und Brett und du, ihr wärt aufgewachsen wie Bruder und

Schwester, aber stattdessen kenne ich dich überhaupt nicht. Ich kann mir nicht helfen, ich finde, das ist eine komische Wende des Schicksals, weißt du, dass sie uns verlassen hat und du aufgewachsen bist, ohne mich überhaupt zu kennen. Und gute Göttin, Mädchen, du brauchst auch Frauen in deinem Leben.«

Turtle starrt Caroline an und denkt: Ich habe noch nie eine Frau getroffen, die ich mochte, und ich werde niemals so wie du oder wie Anna sein; ich werde immer direkt und hart und gefährlich sein und keine raffinierte, lächelnde, tricksende Fotze wie du.

»Ach, Süße«, sagt Caroline. »Lass mich dich nach Hause fahren. Ich würde gern mal wieder mit Martin reden. Es ist ewig her.«

»Ich weiß nicht«, sagt Turtle.

»Ach, mein Schatz, ich kann dich doch nicht kilometerweit nach Hause laufen lassen. Das geht einfach nicht. Wenn es dir lieber ist, rufe ich deinen Vater an, und er kann kommen und dich abholen, aber es ist eine Stunde Fahrt, und ich würde dich viel lieber selbst bringen.«

Turtle denkt: Ich werde mit dieser Frau im Auto sitzen und mit den Sachen, die sie über Martin denkt. Aber sie will sehen, wie Caroline mit Martin redet. Sie will dabei sein, sie will halb wissen, was Caroline denkt, und halb nicht.

Acht

Es ist kurz vor Sonnenuntergang, als sie an die Abzweigung zu Turtles Haus kommen. Caroline fährt die über 500 Meter lange Wellblechschotterpiste so stramm hinauf, dass der Explorer zwischen den Spurrillen hin und her springt. Sie sagt immer wieder: »Schau dir das an, Julia. Göttin, wenn du wüsstest, wie es hier früher aussah.« Die Jungen pressen ihre Gesichter und Hände an die Scheiben und schauen fasziniert auf die Felder hinaus. Der Zufahrtsweg läuft am nördlichen Rand des Hügels entlang, und zu ihrer Linken ragen zahlreiche Küstenkiefern über der Slaughterhouse Gulch auf, die unterhalb von ihnen in westlicher Richtung verläuft. Über sich können sie gerade eben das Haus auf dem Gipfel des Hügels ausmachen, dessen Fenster schwarz sind. Rechts von ihnen erstrecken sich Felder bis hin zum Obstgarten, dahinter, vor ihnen versteckt, die Himbeerfelder und Grandpas Wohnwagen. Ein Bach bahnt sich seinen Weg durch das Gras, nur an dem Saum aus Zimthimbeeren und Haselnüssen zu erkennen. Turtle denkt: Wir werden sehen, wie es läuft, aber solange sie da sind, wird er mich gut behandeln.

Caroline fährt langsamer, schaut auf das Pampasgras am Straßenrand und sagt: »Diese Wiese war früher Daniels ganzer Stolz. Ich weiß nicht, wie viele Stunden er damit verbracht hat, sie zu pflegen, und weißt du, damals war das hier alles Lieschgras – nur Lieschgras, so weit das Auge reichte. Aber er hat es ganz schön schleifen lassen, was?«

Auf dem warmen Schotter liegende Rehe springen auf und flüchten sich ins Gras. Sie sieht Turtle an und sagt: »Du wächst in einem Dschungel auf, hm?«

»Guckt mal!«, ruft Brett. »Guckt mal!« Sie sehen ein flacheres, dicht mit Flughafer bewachsenes Stück des Hügels, nicht weit vom Obstgarten entfernt, auf dem sieben Türen im Kreis stehen, ohne Wände oder Rahmenwerk dazwischen. Raben sitzen auf den Oberbalken, die Köpfe geneigt, um den die Auffahrt heraufkommenden Explorer zu beobachten.

Caroline schaut zu Turtle herüber und dann zum Haus hinauf, wo die weißen Rosen zwischen den Fenstern zum ersten Stockwerk hochgeklettert sind, das von Gifteiche umrankt ist, die lange, krause grün-rote Triebe hoch in die Luft reckt. »Schau dir das an«, sagt Caroline, »schau dir das an. Schau dir diese ganzen Rosen an. Als ich zum letzten Mal hier war – wie lange ist das her, über zehn Jahre –, sah es hier völlig anders aus, Julia. Die Rosen waren alle beschnitten und an Spaliere gebunden, das Haus war frisch gestrichen, auf dem Feld wuchs kein Fitzelchen Unkraut, und die Einfahrt war frisch geschottert. Ich kann gar nicht glauben, wie sehr es sich verändert hat. Von diesen Rosen kennt man nicht mal die Kultursorte. Es war mal ein Rosenspezialist hier, um sie zu untersuchen und Ableger zu ziehen. Deine Ururgroßmutter liebte Rosen und hatte alle möglichen verschiedenen Arten, auch welche, die nur hier in Mendocino zu finden waren und die jetzt als ausgestorben gelten, nur dass es sie hier vielleicht noch gibt. Und auf der Veranda standen Kübel, große glasierte Kübel voller Salat- und Kohlköpfe, Zwiebeln, Kürbisse und Artischocken, und da drüben« – sie zeigt auf die Terrasse vor dem Schlafzimmer –, »da drüben standen Bienenkörbe.«

»Oh«, sagt Turtle, »die Bienenkörbe hat Grandpa noch. Die stehen draußen im Obstgarten.«

»Und der Obstgarten war auch längst nicht so verwildert. Tragen die Bäume überhaupt noch?«

»Nicht wirklich«, sagt Turtle. Sie betrachtet den Obstgarten, die Bäume, die Jahr für Jahr ausschlagen, ohne beschnitten zu werden, dicke Brocken aus Flechtwerk in einem Meer aus Brombeeren.

»Der Obstgarten war mitten auf einer Rasenfläche, ich meine, das war ein richtiger Rasen, den dein Großvater immer regelmäßig gemäht hat. Und jetzt schau ihn dir an. Schau ihn dir einfach mal an. Die Bäume sehen fürchterlich aus. Ich meine, sie sehen wirklich mitleiderregend aus. Ach, mein Schatz.«

Turtle steckt die Finger in den Mund. Es gefällt ihr nicht, wie Caroline redet, so, als wäre ihr Daddy daran schuld, dass die Bäume nicht mehr tragen, dass das Feld voller Unkraut ist, und was sie nicht sagt, ist, dass Grandpa das ganze Geld aufgebraucht hat, dass ihre Mutter gestorben ist und dass Martin Turtle alleine aufzieht, dass er sich mit Gelegenheitsjobs über Wasser hält, so gut er kann, und einfach nicht in derselben Situation ist, wie es Grandpa vielleicht war, als Grandma noch lebte und er in Rente war und Geld hatte.

Martin sitzt in einem Adirondack-Stuhl, ein Red Seal Ale in einer Hand, und beobachtet sie. Sein .45er Colt 1911 liegt auf der Armlehne, und an der Rückenlehne ruht eine Saiga-Schrotflinte. Abendlicht scheint vom funkelnd blauen Ozean her schräg über den Hügel.

»Bleibt im Auto, Jungs«, sagt Caroline zu Jacob und Brett, die den großen Mann auf der Veranda durch die getönten Scheiben beäugen. Er erhebt sich langsam, schiebt sich die Colt-Pistole in den Hosenbund und geht gemächlich die Stufen hinunter. Caroline lässt ihre Scheibe herunter, und Martin kommt an die Flanke des SUV, steckt den Kopf durch das Fenster, das schmaler ist als seine Schultern, und stützt sich mit den Ellbogen auf die Tür, sodass das Auto zur Seite sackt.

Turtles Blick verschwimmt vor Aufregung, und die Haare auf ihren Armen und Beinen, auf ihrem Kopf, in ihrem Nacken stellen sich auf, gefolgt von einem Kälteschauer, der über ihren Körper läuft. Er schaut ins Wageninnere, sieht Caroline direkt an. Sie schweigt einen Augenblick lang, und er scheint zu verarbeiten, was er sieht, bevor sich ein schiefes Grinsen auf seinem Gesicht ausbreitet.

»Na so was, Caroline«, sagt er. »Gott, wie schön, dich zu sehen.«

»Martin, ich habe deine Tochter gefunden.«

»Hättest du nur ihre Mutter gefunden«, sagt er. Caroline öffnet und schließt den Mund, ohne zu wissen, was sie darauf erwidern soll, aber Martin fährt fort; geradezu freundlich, beinahe so, als wollte er sie beruhigen, nickt er zu Julia hinüber, sagt: »Dieses Kind«, und wechselt einen verschmitzten Blick mit Caroline, einen so verschwörerischen, humorvollen Blick, dass sie unwillkürlich lächeln muss.

»Marty«, sagt sie und versucht, streng zu klingen, »sie war weit draußen in Little River, schon fast in Comptche.«

»Na ja«, sagt Martin, »für sie ist das ein Katzensprung. Unter uns gesagt, lässt sich das Kind einfach nicht aufhalten, Caroline. Sie ist schon mal an einem Tag fünfzig Kilometer querfeldein gelaufen. Sie ist halb Helen Macfarlane und halb Wildkatze, einfach nicht kaputt zu kriegen. Unter uns gesagt, Caroline, es ist fast wie im Märchen. Du könntest ihr die Kniesehnen durchschneiden und sie mitten im Busch aussetzen, und wenn du wieder vorbeikämst, würdest du feststellen, dass sie sich mit den Wölfen zusammengetan und ein Königreich gegründet hat. Als ganz kleines Kind ist sie schon zum Markt in Little River gelaufen. Ich rede von einem Kind in Windeln, barfuß, und die Mädchen an der Kasse haben ihr immer ein Stück Butter zu essen gegeben und mich angerufen. Als sie ein bisschen größer war, ist sie einmal den ganzen Weg zum Ten Mile River gelaufen, bevor ich sie gefunden habe. Aber wenn man ihr deswegen die Hölle heißmacht, vergrault man sie nur, stimmt's, meine Kleine?« Turtle lächelt, als er sie so nennt, und schaut dann rasch weg. Martin ist in Redelaune. Er spricht weiter. »Gott, Caroline« – er fährt sich mit den Fingern durchs Haar –, »du siehst noch genauso aus wie vor zehn Jahren, weißt du das?«

»Ach, hör auf«, sagt Caroline und muss lächeln.

»Ganz genauso«, sagt Martin.

»Ein paar graue Strähnen mehr«, sagt Caroline.

»Steht dir aber gut«, sagt Martin und richtet seine Aufmerksamkeit auf ihren drahtigen, graumelierten Wuschelkopf. »Das ist das Einzige, was dich älter macht als Mitte zwanzig. Das kommt von der Seeluft und deinem olivbraunen Teint.«

»Wie geht's dir?«

»Bist du sicher, dass nicht irgendwo ein Bild von dir hängt«, fragt Martin, »auf dem du von Tag zu Tag älter und fieser aussiehst?«

»Ganz sicher«, sagt Caroline.

»Dann lebst du einfach gut. Was mich angeht«, sagt Martin und wendet den Blick vom Auto ab und der über dem Ozean versinkenden Sonne zu, »mir ging es nie besser.«

»Nun ja«, sagt Caroline.

»Nun ja«, sagt Martin, der einen Unterton heraushört, »ich habe meine Tochter. Und *Gott*, das wäre für jeden mehr als genug. Wie du siehst, hält sie mich ganz schön auf Trab. Wenn man darin kein Glück findet, in einem Mädchen wie diesem, Himmel, dann wüsste ich nicht, wofür es sich zu leben lohnt. Sie bedeutet mir alles, Caroline. Und schau sie dir an, eine echte Schönheit ist sie auch noch, oder?«

»Ja, das ist sie«, sagt Caroline, die sich in Bezug auf Turtles Schönheit nicht ganz so sicher zu sein scheint.

»Weißt du, du kannst mit ihr nicht so hart ins Gericht gehen, sie ist genauso wie du damals, nur bis jetzt ohne die Jungs und das Psilocybin.«

»Das habe ich ihr auch gesagt«, sagt sie lachend. »Genau das habe ich auch zu ihr gesagt!«

»Weil es stimmt. Schau sie dir doch an. Ich hoffe, du warst nicht zu streng mit ihr«, sagt Martin, und die beiden Erwachsenen taxieren Turtle.

»Aber ich könnte deinen Rat gebrauchen«, sagt Martin.

»Wie kann ich helfen?«, sagt Caroline.

Martin blickt auf den Ozean hinaus, die Augen zusammengekniffen, als würde er etwas weit in der Ferne Liegendes beschreiben. »Krümel«, sagt er und schweigt dann einen langen Augenblick, um sich seine Darstellung genau zu überlegen, »tut sich schwer mit der Schule. Nicht mit allem, aber mit Englisch. Mit ihren Vokabellisten.«

Auf der Rückbank herrscht Stille, dann quietschen Federn, als Jacob sich vorbeugt, um zuhören zu können. Turtle nagt an ihren Fingen, wütend darüber, dass er das vor ihren Freunden anspricht.

»Ach, na ja«, sagt Caroline mit einem mitfühlenden Seitenblick zu Turtle, »haben wir damit nicht alle unsere Schwierigkeiten?«

Martin quittiert das mit einem langsamen, humorlosen Nicken.

»Meiner Erfahrung nach kann man nichts weiter tun, als ihnen da irgendwie durchzuhelfen, auch wenn das weiß Göttin nicht einfach ist. Martin, das ist mein Sohn Brett.«

Brett beugt sich vor, Martin steckt den Arm durch das Fenster und lächelt ihn an, den Kiefer vorgeschoben, das Flanellhemd aufgeknöpft, und sie schütteln sich die Hände.

»Schau an«, sagt Martin, »was für ein großer hübscher Junge.« Sein Blick kehrt zu Caroline zurück. Sie scheint in seinem Gesicht nach etwas zu suchen, das nicht da ist. Sie sitzt von Turtle abgewandt, und Turtle weiß nicht, was sie denkt, aber sie weiß, dass Caroline sich verstellt, dass sie beunruhigt ist und etwas aus ihm herauszukitzeln versucht. Turtle sieht Martin an und fragt sich, ob er das weiß, und sie glaubt ihm anzusehen, dass er es tut. Caroline sagt: »Ich sollte öfter vorbeikommen, Martin. Ich wäre gern ein Teil ihres Lebens.«

»Natürlich«, sagt Martin.

»Meine Nummer ist immer noch dieselbe«, sagt Caroline.

»Wirklich?«, sagt Martin. »Du hast immer noch dieselbe Nummer? Okay, dann habe ich sie.«

»Es ist sogar noch dasselbe Haus.«

»In der Flynn Creek Road? An das Haus kann ich mich *sehr* gut erinnern. Ist es immer noch von Braunen Einsiedlerspinnen befallen?«

»Du musst jedes Stück Feuerholz gegen einen Pfosten hauen, bevor du es reinholst.«

»Guck an«, sagt Martin erstaunt. »Na ja, deine Nummer habe ich jedenfalls, und ich rufe dich an.«

»Das würde mich freuen«, sagt Caroline.

»Komm, Krümel«, sagt Martin, und Turtle öffnet die Tür, klaubt aber etwas mit den Zehen auf und lässt es unbemerkt ins Gras fallen, bevor sie aussteigt. Sie dreht sich kurz nach den Jungen um, schließt die Tür und tritt vom Wagen zurück. Caroline winkt Martin noch einmal zu, wendet den SUV, fährt die Einfahrt hinunter und lässt Turtle und Martin zurück, die nebeneinanderstehen und den dreien hinterherblicken.

Martin geht schweigend zu seinem Adirondack-Stuhl zurück und setzt sich. Er nimmt seine Zigarre von der Armlehne, zündet sie an, pafft und blinzelt durch den Rauch. Er zieht an der Zigarre und steckt sie sich zwischen zwei Finger. Turtle geht die Verandastufen hinauf und setzt sich auf seine Knie, und er zieht sie in die Tiefe des Stuhls hinein, legt einen großen, nach Tabak riechenden Arm um sie, rafft ihr Haar in seiner Hand und sie schweigen lange. Die Hand auf ihrer Schulter macht eine Bewegung zu den Feldern am Fuß des Hügels hinüber.

»Als du noch klein warst«, sagt er, »du kannst nicht mehr als zwanzig Kilo gewogen haben, da hat deine Mutter dich immer draußen spielen lassen. Du warst weit draußen auf dem Feld, am Rand des Obstgartens, und das Gras war hoch in dem Jahr, so hoch wie du. Und ich gehe zum Rauchen auf die Terrasse und gucke, wo du bist, und ich kann dich gerade so sehen, da unten mit deinem Spielzeugmonster, einem kleinen Godzilla. Du hast ihn durch das Gras marschieren lassen, und ich konnte dich kaum erkennen. Und keine zehn Meter von dir entfernt, halb im Gras versteckt, saß der größte Berglöwe, den ich je gesehen habe. Saß da und hat dich beobachtet. Der größte Hurensohn, den ich je gesehen habe, Krümel.«

Sein Arm liegt auf ihrer Schulter, und die Umarmung ist ungewöhnlich sanft, aber Turtle kann seine Stärke darin fühlen. Er zieht Luft durch die Zähne und schüttelt den Kopf, wie er es macht, wenn ihm etwas wehtut. Er sagt: »Also bin ich ins Haus gegangen, habe das Gewehr geholt, bin wieder auf die Veranda, und von der verdammten Katze war nichts zu sehen.« Sie sitzt da und riecht ihn, in seiner Umarmung eingeschlossen, schaut über die Felder und denkt über das Gesagte nach. Wo das Feld noch gesund ist, sind die Lieschgrashalme alle gleich hoch, grün und vom Wind geschüttelt. Der Flughafer reckt sich mit gewölbten Rispen und zitternden Ährchen in die Luft. Sie weiß, bald wird die Wiese von Unkraut überwuchert sein. Sie schaut auf die Terrassendielen und bemerkt seine orangen und lehmgrauen Stiefelabdrücke. Sie sitzt da und betrachtet sie, und dann richtet sie ihre Aufmerksamkeit auf den aschfarbenen Lehm zwischen den Stollen seiner Stiefel. Solchen Lehm gibt es ihres Wissens nach nirgends auf dem Grundstück.

Er dreht sie auf seinem Schoß herum, sodass er sie ansehen kann. Er sagt: »Gottverdammt, Krümel. Ich bin auf die Veranda gekommen und habe durchs Visier geschaut und konnte die Katze nicht sehen. Es war Sommer, und das Gras war so gelb, wie es dann immer wird, und die Katze hatte fast dieselbe Farbe. Ich wusste, sie war da draußen, aber in dem hohen Gras konnte ich sie nicht sehen. Ich stand nur da, Krümel, und ich wusste, diese Scheißkatze ist da draußen, und hätte ich nach dir gerufen, wäre sie vielleicht hochgeschreckt und auf dich losgegangen. Dich konnte ich sehen. Du bist einfach durchs Gras gekrabbelt, und ich stand da, und ich … ich wusste einfach nicht, was ich machen soll.«

Sie legt die Arme um seinen Hals und drückt ihr Ohr an die Flanellbrust seines Hemds. Sie spürt seine Bartstoppeln, riecht den Rauch der Zigarre, das malzige Aroma des Biers. Lehm klebt am Rand der Treppe, wo er den Schlamm aus dem Profil seiner Schuhe gekratzt hat, Lehm und spröde kleine Heidelbeerblätter.

Martin sagt: »Ich weiß nicht, ob du begreifst, was ich dir sagen will, Krümel. Ich dachte, ich könnte dich verlieren. Und ich wusste nicht, was ich machen soll. Ich dachte, ich dachte … Weißt du, was ich dachte, Krümel? Ich dachte, dass ich dich nie verlieren könnte, dich nie gehen lassen könnte. Du gehörst zu mir. Aber ich bin vielleicht nicht immer da. Ich bin vielleicht nicht immer schnell genug oder schlau genug, Krümel. Und die Welt ist ein schlimmer Ort. Sie ist wirklich ein verdammt schlimmer Ort.«

»Was ist dann passiert?«

»Du bist aufgestanden«, sagt er. »Du bist einfach aufgestanden und hast ins Gras geschaut, mit dem gottverdammten Spielzeug in der Hand, und ich wusste, du schaust die Katze an, mein Gott, du musst sie direkt angeschaut haben. Ich stand am Rand der Veranda, und ich konnte sie im Gras einfach nicht entdecken. Sie war wie unsichtbar.« Er saugt Luft durch die Zähne. Adern stehen auf seinen glatten Unterarmen hervor und schlängeln sich über seine Handrücken. Seine Knöchel sind lederne Knoten, seine Finger mit Narben schraffiert. Sie blickt auf die mit Schmieröl und Rost befleckten Knie seiner Jeans hinunter, streckt die Hand aus und knibbelt an einer schorfartigen Epoxidharzkruste. Die Hosenbeine sind an den Knöcheln mit Schlamm und Blättern verklebt. Aus einer Stofffalte lugt die winzige, halb verschlossene rosa Vase einer Bärentraube mitsamt dem lippenstiftartigen Blütenstängel hervor.

Er sagt: »Diese Mistviecher können sich so klein machen und einfach warten. Das Drecksvieh. Ich bin am Rand der Veranda auf die Knie gegangen und habe dich im Sucher gefunden und das Fadenkreuz genau auf dich gerichtet. Zuerst dachte ich, ich könnte die Katze erwischen, bevor sie dich kriegt. Und dann dachte ich, ich töte dich lieber selbst, als dich ihr zu überlassen, als dich von ihr ins Gras schleppen und ausweiden zu lassen. So machen sie es nämlich. Sie packen dich mit dem Maul und den Vorderpfoten, und dann schlagen sie mit den Hinterpfoten zu, um dich auszuweiden. Und ich wollte verdammt sein, wenn ich es so weit kommen lasse. Ich habe das Fadenkreuz genau auf deine Schläfe bewegt, und das wäre es gewesen – *pffft* und ein roter Sprühnebel. Bevor dich diese Katze aufschlitzt.«

»Hattest du die Katze gesehen, Daddy?«

»Nein. Du hast einfach kehrtgemacht und bist den Hügel hochmarschiert und zur Veranda gekommen, und ich wusste, das Drecksviech ist da draußen und wartet nur darauf, dich mir wegzunehmen. Du bist gekommen und hast dich an mein Hosenbein geklammert, und ich stand bloß da, bis du nach drinnen gegangen bist. Es wurde dunkel, und du bist rausgekommen und hast gesagt, du hättest Hunger.«

»Hättest du mich wirklich erschossen?«

»Du bist mein kleines Mädchen, Krümel. Du bedeutest deinem alten Herrn alles, und ich werde dich niemals gehen lassen, aber ich weiß es nicht. Es ist wohl schwer zu sagen, was das Richtige ist.«

»Du und ich«, sagt Turtle, »gegen den Rest der Welt.«

»So ist es«, sagt er.

»Tut mir leid, dass ich weggelaufen bin, Daddy.«

»Wohin bist du denn gelaufen?«

»Nach Osten«, sagt sie, »nach Osten, oberhalb vom Albion. Da wächst Redwood, Daddy.«

Er nickt und schaut in Richtung Osten. »Da draußen wird Gras angebaut, und ich glaube nicht, dass die Züchter einem Kind etwas antun würden, aber ihre Hunde schon. Und es sind Menschen, Krümel, und wie das mit Menschen so ist, sind nicht alle von ihnen gut. Nimm dich in Acht. Ich glaube, es ist besser, wenn du nicht noch mal so wegrennst. Aber diesmal lasse ich es dir durchgehen.«

»Daddy«, sagt sie, »auf einem Kamm hoch über dem Albion habe ich eine Tarantel gesehen.«

Er hält sie eine Zeit lang. Dann sagt er: »Nein, Krümel, da oben gibt es keine Taranteln.«

»Doch, Daddy, ich habe eine gesehen. Sie war so groß wie meine Hand.«

»So eine Spinne hast du dort nicht gesehen, Krümel.«

»Aber, Daddy –«

»Krümel«, sagt er.

»Ja, Daddy.«

Sie sitzen auf dem Adirondack-Stuhl, Turtle auf seinem Schoß, in seinem Arm, und sie betrachten die Wolken, die in Reihen auf sie zukommen. Die untergehende Sonne beleuchtet einen Kranz aus aquamarinblauem und violettem Meer. Die Felsnadeln ragen als beinahe schwarze Umrisse auf. An ihren weiß gewaschenen Flanken warten die Kormorane, die Flügel der untergehenden Sonne entgegengestreckt. Sein Bizeps hat eine größere Spannbreite als ihre Hände vom Daumen bis zum kleinen Finger. Die quer darüber verlaufenden Adern sind dicker als ein Fingerabdruck von ihr.

Sie hüpft von seinen Knien hinunter, und er steht auf und schaut zu ihr herunter, und ein Zucken durchläuft sein Gesicht. Er lässt sich auf ein Knie nieder und nimmt sie in die Arme. »Gott«, sagt er. »Gott. Himmelherrgott, Krümel. Nimm dich in Acht. *Mein Gott.*« Er hält sie fest, und sie steht da, ihre Taille von seinen Armen umfangen. »Wie groß du bist«, sagt er, »wie stark. Mein Ein und Alles. Mein Ein und Alles.«

»Ja«, sagt sie.

»Nur meins?«

»Nur deins«, sagt sie, und er presst seine Wange gegen ihre Hüften, presst sie eindringlich an sie, blickt zu ihr herauf, die Arme um ihr Kreuz geschlossen.

»Versprochen?«, sagt er.

»Versprochen«, sagt sie.

»Von niemandem sonst?«

»Von niemandem sonst«, sagt sie.

Er saugt ihren Duft tief ein, schließt die Augen. Sie lässt sich von ihm halten. Weil er sie nicht gefunden hat, hat sie geglaubt, er habe nicht nach ihr gesucht. Sie hat angenommen, er habe einfach darauf gewartet, dass sie zu ihm zurückkehrt. Aber jetzt steht sie da, von seinen Armen umschlossen, schaut auf seine schlammigen Stiefelabdrücke und denkt: Du bist hinter mir hergekommen und hast mich nicht gefunden. Sie hat immer geglaubt, er könne sie überall finden, könne jede ihrer Bewegungen besser als sie selbst vorausberechnen. Sie denkt: Es wäre besser gewesen, du hättest es mir gesagt, Daddy, und wir hätten darüber gelacht. Du hättest einen Scherz darüber machen können. Du hättest sagen können:

›Wie groß und stark du bist, wie spurlos deine Wege sind.‹ Sie denkt: Du hättest etwas sagen sollen, statt mich diesen Matsch sehen und mich selbst darauf kommen zu lassen, dass du mir gefolgt bist und mich nicht erwischt hast und dass dir darum nichts anderes übrig blieb, als hierher zurückzukommen und auf mich zu warten. Sie denkt: Ich hätte dich nicht dafür verachtet, wenn du es mir einfach gesagt hättest.

Manchmal wacht sie nachts auf und liegt stumm da und kaut auf der gefütterten Baumwolle ihres Schlafsacks herum. Dann steht sie auf, öffnet das Fenster und steigt in den Fensterrahmen, wo der Mond auf ihre nackten Beine scheint. Sie klettert aus dem Fenster und an den Rankstangen der Rosen, die dick sind wie knotige Handgelenke, in den verschlammten Garten hinunter und huscht im Dunkeln zwischen die Pflanzen. Der Bewegungssensor schaltet das Licht ein, und sie liegt da und atmet den nassen Duft von zerdrücktem Rettich und Ruchgras ein.

Die Tür zum Vorbau des Schlafzimmers öffnet sich, und Martin kommt heraus, stellt sich auf die kleine Schlafzimmerveranda an der Südseite des Hauses und schaut aufs Feld hinaus. Er hat ein Gewehr über die Schulter gelegt, aber sie kann nicht erkennen, welches es ist. Durch das Scheinwerferlicht, das sie anstrahlt, ist er fast nicht auszumachen, wie eine Gestalt, die unmittelbar neben der Sonne steht. Er wartet dort, breitbeinig und geduldig, und sie kann sich seine bedächtigen Atemzüge vorstellen, während er auf das Feld blickt. Sie vergräbt ihr Gesicht, sodass das Weiße in ihren Augen im Gras versteckt ist, und atmet, wartet auf ihn und weiß, dass er sie nicht sehen wird. Sie denkt: An der Geschichte mit der Katze hat etwas nicht gestimmt. Er sieht die Dinge nicht, wie sie sind, sieht nicht klar.

Martin geht wieder nach drinnen. Sie hört die Tür zuschlagen. Sie atmet stotternd aus und gleitet durch den Flughafer, sucht mit den Fingerspitzen, bis sie findet, wonach sie gesucht hat, was sie beim Aussteigen auf der Beifahrerseite heimlich ins Gras geschleudert hatte.

Sie findet es, hält es an ihr Gesicht und atmet hinein. Dann macht sie sich auf den Rückweg, und der Bewegungssensor wird wieder aktiviert. Sie überbrückt die Distanz schnell, legt sich das T-Shirt um die Schultern, damit sie die Hände frei hat, und erklimmt die Wand. Sie klettert um ein Fenster herum und tritt in die von den Wänden des Eingangsbereichs und des ersten Stockwerks gebildete Innenecke, klettert auf das Dach des Eingangsbereichs und dann an der Seitenwand des Hauses entlang zu ihrem Fenster. Sie hört, wie Martins Tür auffliegt, hört ihn auf die südliche Veranda herauskommen. Er wird vom Eingangsbereich verdeckt. Über ihr ragt das Erkerfenster neunzig Zentimeter weit aus der Wand heraus. Sie klammert sich an die Rankstangen daneben und darunter, schaut zum Fenster hinauf und hört Martins Schritte, und dann springt sie hoch und nach hinten. Sie greift nach dem Fensterbrett und hängt mit einer Hand daran; ihre Füße baumeln in der Luft. Sie bekommt die andere Hand an das Fensterbrett, schlüpft durchs Fenster und landet matschverschmiert auf dem Boden. Sie hält den Baumwollfetzen in der Hand. Unter ihr tritt Martin in den Garten. Schwer atmend späht sie über das Fensterbrett hinweg. Er steht neben dem Müllfass, schaut ins Gras hinaus, dreht sich dann um und mustert das Haus. Als er fort ist, lässt sie sich gegen die Wand sinken.

Es ist Jacob Learners T-Shirt. In der Mitte ist eine mit Stacheldraht umwickelte Kerze abgebildet. Darüber ein Sternenbogen. Auf dem T-Shirt steht AMNESTY INTERNATIONAL. Sie sitzt da und kaut auf ihren Fingern herum, die nackten Beine auf dem kalten Holzboden gespreizt, umgeben von den matschigen Abdrücken ihrer Fersen. Sie legt die Hände auf das T-Shirt.

Neun

Kaum hat Turtle die Himbeeren hinter sich, hört sie, wie Rosy sich aufrappelt und zur Tür kommt, sich schüttelt und ihr Halsband klingeln lässt. Grandpa öffnet und schaut zu ihr herunter. »Liebchen«, sagt er, »kannst du mir mit der Pizza helfen?«

Sie lehnt das Gewehr an den Türpfosten, zieht die Pizza geschickt aus dem Ofen und setzt sie auf einem Schneidebrett ab. Sie nimmt das Kochmesser, das Grandpa ihr hinhält, prüft es mit dem Daumen und teilt die Pizza in Stücke.

»Hm, gut«, sagt er und betrachtet das mit Käse verklebte Messer. »Hm, gut.«

»Grandpa«, sagt sie, »du musst auch mal was anderes essen als immer nur Pizza.«

»Ach, das ist schon in Ordnung«, sagt er. »Das ist schon in Ordnung. Ich bin lange darüber hinweg, mir Gedanken über meine Gesundheit zu machen, Liebchen.«

Sie setzen sich an den Tisch. »Kommt nicht oft vor, dass du zum Abendessen vorbeischaust«, sagt Grandpa. Er meint es als Frage.

»Nein«, sagt Turtle.

Er hält ein mit gekühlten Specksteinen gefülltes Bourbon-Glas in einer Hand. Seine Wangen hängen herunter, was ihn griesgrämig aussehen lässt. Sie nimmt die Sig Sauer aus dem Holster, entfernt das Magazin, zieht den Verschluss zurück und legt die Pistole auf den Tisch. Sie riecht nach Schießpulver.

Der entblößte Lauf ist mit Pulverrückständen übersät, der Rahmen sieht aus wie geräuchert, ihre Fingerspitzen sind schwarz vor Pulver, der Abzugfinger glänzt messingfarben. Sie schiebt die Kartenschachtel beiseite, klopft die Karten mit einer schnellen Bewegung auf den Tisch und mischt sie.

»Hm«, sagt er. »Sag mir bitte, dass du sie nicht mit zur Schule genommen hast.«

»Ich habe sie nicht mit zur Schule genommen«, sagt sie, hebt ab, mischt und teilt aus.

Er nimmt seine Karten auf. Sie zittern in seiner Hand und geben ein papiernes Knattern von sich. Er sagt: »Die Kiefern auf der Nordseite der Schlucht sterben neuerdings ab, und weiter in Richtung Albion, wo der Highway die Biegung macht, sterben noch mehr. Mag sein, dass es dieser Bergkiefernkäfer ist, von dem alle reden, Liebchen, ich weiß es nicht.«

Turtle legt in die Krippe ab. Diese Kiefern sind schon lange abgestorben.

Grandpa sortiert seine Karten mit zittriger Hand.

»Das Jahr geht langsam zu Ende«, sagt er.

Sie hebt den Blick und sieht ihn an. Sie weiß nicht, was er meint. Er sortiert seine Karten.

»Was wollte ich …«, sagt er einen Augenblick später.

»Ich weiß es nicht.«

Seine Augen sind gelb. Er fährt sich mit der Zunge über die Lippen.

»Na, was wollte ich denn sagen?«

»Die Kiefern, das Ende des Jahres, aber das Jahr geht noch nicht zu Ende, Grandpa.«

»Na, das weiß ich doch«, sagt er. Das Spiel ruht, während er überlegt. Schließlich sagt er: »Die Bienen sterben. Sechs Bienenstöcke, Liebchen, und fünf davon sind tot.«

Sie sagt nichts.

»Ich weiß nicht, woran es liegt.« Er schaut finster. »Irgendwelche Milben, irgendwas. Vielleicht ist es meine Schuld.«

»Es ist nicht deine Schuld«, sagt sie.

»Vielleicht habe ich …« Er macht eine Handbewegung. »… was vergessen.«

»Du hast nichts vergessen.«

»Sechs Bienenstöcke«, sagt er, »und fünf davon tot, die Larven in ihren Waben eingeschlossen. Die Arbeiter kommen einfach nicht zurück, und ich weiß nicht, wieso. Ich muss irgendwas falsch gemacht haben.«

Sie wartet darauf, dass er ablegt.

»Weiß nicht, was es sein kann. Ach. Ach. Das Ende des Jahres. Findet da nicht immer irgendwas statt?«

»Grandpa, es ist Mai.«

»Irgendwas findet doch immer am Jahresende statt.«

»Ich habe keine Ahnung, wovon du sprichst.«

»Der große Abschlussball«, sagt Grandpa.

»Nicht der große Abschlussball«, sagt sie, denn den gibt es nur auf der Highschool. Ihr Tanzabend ist am 16. Mai, in weniger als zwei Wochen. Der letzte Schultag ist am 10. Juni.

»Soso«, sagt Grandpa und legt in die Krippe ab. Turtle hebt die Karten ab, Grandpa zieht die Startkarte, einen Buben, und Turtle lässt ihn dafür zwei vorrücken. Das Spiel läuft wieder. »So«, sagt er, »soso.« Er nimmt seine Karten auf, legt eine Acht ab.

Turtle legt eine Sieben ab und rückt zwei vor.

Grandpa legt eine Neun ab und rückt für die Folge 7–8–9 drei vor.

»Und gehst du zum Tanzabend?«

Sie lacht. Er nickt zu der SIG Sauer hinüber, eine Geste, die sehr an Martin erinnert.

»Unfassbar, dass er dich damit herumlaufen lässt«, sagt er.

»Ja?«, sagt Turtle.

»Unfassbar, wie der Mann dich aufwachsen lässt.«

»Er liebt mich«, sagt Turtle.

Grandpa schüttelt den Kopf.

»Er liebt mich sehr«, sagt Turtle.

»Mach das nicht, Liebchen.«

»Was?«, sagt Turtle.

»Verdreh die Dinge nicht so. Du kannst das eine nicht gegen das andere ausspielen, Liebchen, also fang gar nicht erst so an.«

Sie lässt die Knöchel knacken und denkt: Entschuldige, es tut mir leid.

»Das ist unsere Stadt. Es ist *deine* Stadt. Die Leute hier sind *deine Leute*. Und du schleppst dieses Ding mit dir herum.« Er umfasst das Whiskeyglas fester, sein Blick wird härter und härter, und obwohl sich sein Aussehen kaum oder gar nicht verändert, scheint es irgendwie, als würde sich seine Bitterkeit langsam darin verfestigen. Er greift nach einer Flasche Tabasco und beginnt, es auf die Pizza zu schütten. Dann nimmt er ein Stück, hält es in seinen zitternden Händen und legt es wieder ab. Er nimmt seine Karten auf, und sie spielen schweigend weiter. Sie kann in seinem Gesicht sehen, dass er nicht begreift und dass er wünschte, er täte es.

Nach einer Weile sagt er: »Gibt's denn da keinen Jungen?«

»Es gibt keinen Jungen.«

Jetzt hebt Grandpa den Kopf und sieht sie sehr forschend an.

»Was willst du damit sagen?«

»Es gibt keinen Jungen. Das ist alles, was ich sagen will.«

»Hast du Probleme in der Schule? Wirst du gehänselt?«

»Nein«, sagt sie.

»Das ist gut.« Er gießt sich Whiskey nach. Sie drehen die Krippe um, zählen ihre Punkte, legen die Karten ab und werten sie aus. Grandpa sammelt mühevoll alle Karten ein und mischt sie. Sie spielen eine Runde. Er gießt sich Whiskey nach, betrachtet das Glas. Sie legen die Karten ab, vergeben die Punkte für die Krippe. Er sagt: »Wenn du gehen würdest, was würdest du dann anziehen?«

»Ich gehe nicht«, sagt sie.

»Mir gefällt der Gedanke nicht, dass du nicht gehst.«

»Tja, Grandpa, dann muss ich wohl zum Tanzabend gehen.«

»Ah«, sagt er. »Gibt es da einen Jungen?«

»Klar«, sagt sie. »Klar gibt es einen Jungen.«

Grandpas Augen verknittern vor Freude. Er kann gar nicht aufhören zu lächeln. Er sitzt da und fährt sich mit der Hand über das Gesicht, versucht aufzuhören, weil er weiß, dass er wie ein Idiot aussieht, und sie kann sehen, dass er fürchtet, es ihr damit zu verderben, aber er kann nicht aufhören zu lächeln, also sitzt er da und tut so, als würde er nicht lächeln, und schaut mit vor Freude zusammengekniffenen Augen in seinen Whiskey.

»Das kleine Schlitzohr«, sagt Grandpa.

»Du kennst ihn nicht. Er ist sehr nett.«

»Er ist ein kleines Schlitzohr«, sagt Grandpa. Er kann nicht aufhören, in seinen Whiskey zu lächeln. Er fährt sich noch einmal mit der Hand durch das Gesicht. Er lässt das Lächeln kurz verschwinden, dann kehrt es auf der linken Gesichtshälfte zurück, und er schwenkt den Whiskey im Kondenswasser.

»Tja, dann wirst du ein Kleid brauchen, Liebchen.«

»Kein Kleid«, sagt sie, die beiden Hälften des Kartenspiels in den Händen. Es fühlt sich an, als könnte alles passieren. Es fühlt sich an, als würde ihr die ganze Welt offen stehen. Dann sagt Grandpa: »Martin ist doch nie, er ist doch nie handgreiflich geworden, oder?«

»Nein«, sagt Turtle.

»Natürlich nicht. Natürlich nicht.« Er hebt das Glas,

betrachtet das schräg durch den Whiskey fallende Licht, leert es. Er stellt es auf den Tisch. Das Kartenspiel scheint er vergessen zu haben.«

»Sag ihm, er soll dir ein Kleid kaufen.«

»Ein Kleid«, sagt sie und lacht.

»Ein Kleid. Pass auf, ich sage dir, was du sagen musst. Wie du es anstellst«, sagt Grandpa und nickt. »Das wird ihm gefallen. Du sagst ihm: ›Ich will zum Tanzabend.‹ Darauf sagt er irgendwas. Dann sagst du: ›Daddy, du musst mir ein Kleid kaufen.‹ Dann sagst du keinen Ton mehr darüber, das war's, du erwähnst es nie mehr und tust so, als hättest du den Plan aufgegeben, bis er mit dir ein Kleid kaufen geht, und dann sagst du nichts über den Tanzabend, und du sagst nichts über irgendeinen Jungen. Es geht nur um das Kleid und um dich und ihn. Und wenn es so weit ist, gehst du einfach. Du fragst nicht um Erlaubnis. Du gehst einfach. Und dann kommst du nach Hause und sagst nichts, und es ist, als wäre der Tanzabend eine Sache zwischen dir und ihm gewesen und als hätte es nie einen Jungen gegeben.«

Turtle mischt die Karten, teilt aus, sitzt da und betrachtet die beiden kleinen Stapel. Weder Grandpa noch Turtle drehen die Karten um. Sie denkt: Scheiße, das könnte sogar klappen, aber es gibt keinen Jungen, und es wird kein Kleid geben, und dann denkt sie: Du vergisst, wie dein Leben aussieht, Turtle, und das darfst du nicht vergessen, du musst an der Wirklichkeit dranbleiben, denn wenn du hier jemals rauskommen solltest, dann nur, weil du gut aufgepasst und umsichtig gehandelt und alles richtig gemacht hast. Dann denkt sie: Hier rauskommen, Scheiße, du bist so niederträchtig, und du weißt nicht mal, was du glauben sollst, außer dass du ihn liebst, und alles andere ergibt sich daraus.

Sie nehmen ihre Karten auf. Turtles Blatt taugt nichts. Sie wird abwarten, was sie mit der Startkarte anfangen kann, aber ihr Blatt an sich taugt nichts. Vielleicht kann sie etwas daraus machen, wenn sie gut spielt, aber wenn ihr Blatt nicht gut ist, ist immer Reue mit im Spiel, denn was sie in die Krippe abgelegt hat, hätte sie vielleicht noch brauchen können, und man weiß nie im Voraus, wie das ausgeht, aber es führt auch kein Weg daran vorbei. Sie ordnet ihre Karten und überlegt, ob sich daraus irgendetwas machen lässt und was wohl die Startkarte sein wird. Grandpa schwenkt langsam seinen Whiskey, und die Specksteine stoßen klirrend gegen das Glas. Turtle wartet darauf, dass er spielt, aber er spielt nicht.

Als sie am Abend aus dem Obstgarten herauskommt und das Haus erblickt, stehen dort ein weiterer SUV und Wallace McPhersons oranger VW Käfer in der Einfahrt. Sie duckt sich ins Gras und zieht die Pistole. Sie kann die Schatten der Männer um den Tisch herum sehen, und sie denkt: Er wird übel drauf sein, ganz sicher wird er das. Sie reißt etwas Ampfer aus und kaut die säuerlichen Blätter. Dann steht sie auf, geht auf die Terrasse und betritt durch die Glasschiebetür das Haus. Martin sitzt mit Wallace McPherson und Jim Macklemore an dem mit Bierflaschen vollgestellten Tisch. In den Aschenbechern liegen ausgedrückte Joints und Zigarren. Martin teilt gerade die Karten zum Pokern aus. Sie sehen Turtle an, und Martin haut mit einem Knall wie von einem Pistolenschuss auf den Tisch. »Da bist du ja«, sagt er.

»Ich war draußen bei Grandpa«, sagt Turtle.

»Draußen bei Grandpa«, sagt Martin zu Wallace McPherson. »Wir machen uns Sorgen um sie, weil sie nicht nach Hause kommt, aber sie ist nur draußen bei ihrem Grandpa. Ihrem geliebten, heißgeliebten Grandpa. Ich hätte mir keine Gedanken machen sollen. Was kann es schon schaden, seine gesamte Freizeit mit einem hartherzigen Psychopathen zu verbringen? Einem Mann ohne Visionen, der in einem düsteren, miefigen Wohnwagen hockt? Einem Wohnwagen, der nach Jack Daniel's und nach seinen giftigen Träumen stinkt, nach den armseligen Ausdünstungen eines verbitterten, hasserfüllten kleinen Verstands? Sie verbringt doch nur Zeit mit ihrem lieben alten Grandpa, während der sich zu Tode säuft.«

Wallace McPherson sieht Turtle entschuldigend an. Sein Stuhl kippelt auf den Hinterbeinen. Sein schwarzer Bart ist sauber getrimmt und zu zwei Spitzen gezwirbelt.

»Ihrem lieben alten Grandpa«, sagt Martin zu Wallace, »dem freundlichsten Mann unter der Sonne. So einen Mann hätte jeder gern um seine Tochter herum.« Er schlägt wieder mit der Hand auf den Tisch und sieht Turtle an.

»Was hast du jetzt vor?«

»Ins Bett gehen.«

»Ins Bett. Aha.«

Jim Macklemore sagt: »Das ist eine ziemlich große Knarre für ein kleines Mädchen, oder?«

Turtle sieht ihn unbewegt an.

»Mit einem großen ... Was hast du da für ein Visier?«

Turtle weiß nicht, warum sie es ihm sagen sollte.

»Kannst du damit überhaupt schießen?«

Sie antwortet nicht.

»Triffst du auch irgendwas?«

Sie steht da und kaut auf dem Sauerampfer herum.

»Na ja«, sagt er und schüttelt langsam den Kopf. »Vielleicht, vielleicht auch nicht.«

Martin sagt nichts.

Turtle geht leise hinauf in ihr Zimmer. Sie nimmt ihre Werkzeugkiste herunter, breitet ein Handtuch aus und setzt sich mit gekreuzten Beinen darauf. Sie zieht die Sig Sauer, nimmt den Schlitten von der Pistole ab und legt sie in zwei Stücken vor sich. Sie hebelt die Rückstoßfederführungsstange heraus. Sie nimmt einen Schraubenzieher aus der Werkzeugkiste und entfernt die Polymergriffe, um den Hahnsporn und die

Schlagfeder freizulegen. Sie hört, wie Wallace unten aufsteht und sagt: »Ich glaube, ich mache mich mal auf den Heimweg.« Dann halblautes, unverständliches Gewitzel, Gelächter, das Geräusch von Wallace, der seinen Mantel anzieht, das Flüstern und zweifache Schmatzen der gleitenden Glastür, Wallace' Schritte auf der Treppe und im Gras, der Anlasser und das Wenden des Käfers in der Einfahrt. Turtle beugt sich über ihr Handtuch und stemmt mit pulverschwarzen Fingern Teile der Pistole heraus. Sie bindet ihre Haare zu einem festen, hohen Pferdeschwanz zusammen und löst nach und nach alle Nocken und Federn. Sie kennt sie alle, und sie legt sie sorgfältig auf das Handtuch. Sie hört Jim und Daddy unten reden. Ihre Stimmen klingen gedämpft, und das Gespräch ist von langen Pausen unterbrochen. Sie versteht die Wörter nicht, aber den Tonfall hört sie sehr gut. Sie steht auf und geht den Gang hinunter. Sie legt sich auf den Bauch und schiebt sich bis zum Treppenabsatz, der kein Geländer hat, nur eine Zarge aus gesplitterten Redwoodbrettern, geschwärzt vom Alter und von Schweiß. Sie kriecht bis zu diesem Balken, legt ihre Wange daran und lauscht.

»Deine Kleine …«

»Herrgott«, sagt Martin.

»Ein ganz schöner Wildfang.«

»Herrgott«, sagt Martin noch einmal.

»Sie sieht genauso aus wie ihre Mutter.«

»Und überhaupt nicht wie ich«, sagt Martin.

Jim sagt: »Es sind die Augen.« Es folgt eine lange Pause, während sie beide überlegen. Dann sagt Jim: »Kalte blaue Augen, voller Mordlust und Boshaftigkeit.« Er lacht über seinen eigenen Witz. Martin haut auf den Tisch und lacht. Beide Männer verstummen. Turtle rollt sich auf den Rücken, blickt an die Decke und hört weiter zu.

»Ihre Mutter hat gesagt, es war ein Berglöwe.«

»Was?«

Wieder langes Schweigen. Turtle hört das spröde, rissige Geräusch, als Martin mehrmals die Lippen öffnet und schließt, zum Sprechen ansetzt, ohne etwas zu sagen. Dann sagt er, begleitet von einem Lachen wie ein Raunen: »Sie hat immer gesagt, sie hätte im Schlafzimmer geschlafen, und ich hätte draußen Bretter zurechtgeschnitten, um die Wand im oberen Schlafzimmer neu zu verschalen. Das untere Schlafzimmer hat einen Vorbau mit einer Veranda. Sie meint, ich hätte die Tür aufgelassen.«

»Kein Scheiß?«

Stille. Vielleicht nickt Martin. Leise Geräusche von seinen Lippen, eine Art Klicken, das er mit der Zunge macht, wenn er nachdenkt oder sich in Erinnerungen verliert.

»Jedenfalls meinte sie, als sie aufwachte, hätte der Berglöwe bei ihr im Bett gelegen, zweieinhalb Meter lang vom Kopf bis zum Hinterteil.

»So eine große Katze habe ich noch nie gesehen«, sagt Jim, »aber ich wohne auch nicht hier draußen wie ihr.«

»Das ist eine große Katze.«

»Sie hat dich immer gern aufgezogen.«

Erneutes Schweigen, dann: »Sie hat gesagt, das gottverdammte Viech ist auf sie draufgeklettert, hat ihr die Zähne um den Hals gelegt und es von hinten mit ihr getrieben. Sie meinte, es hätte so etwas wie einen Haken an seinem Ding gehabt, so eine Art Stachel.

Jim lacht und haut auf den Tisch. »Ach du Scheiße. Sie hatte es echt faustdick hinter den Ohren, was?«

»Zum Totlachen«, sagt Martin trocken.

Wieder folgt langes Schweigen. Dann sagt Jim: »Sie ist ganz klar deine Tochter, durch und durch. Das Mädchen besteht nur aus Pisse, Essig und Mordlust, die ganzen, was, fünfzig Kilo? Sie ist ganz klar deine Tochter.«

Abermals langes Schweigen, und dann sagt Martin: »Herrgott.«

»Weißt du«, sagt Jim, »am meisten mache ich mir Gedanken über die Mädchen, die in dieser Welt aufwachsen. Weißt du? Bei Jungs ist es was anderes, was kann da schon passieren. Aber bei deiner Tochter …« Er nimmt das Kartenspiel mit einem papiernen Kratzen auf, schlägt es auf die Tischkante. »Deine Julia. Dieses Mädchen. Irgendein Arschloch, ja? Der Scheißer … der Scheißer kann einem nur leidtun, der es mit ihr zu tun kriegt.« Jim hustet ein Lachen aus.

»Das finde ich überhaupt nicht komisch«, sagt Martin.

»Ich weiß, ich weiß«, sagt Jim rasch.

»Es sind Wichser wie du«, sagt Martin ganz leise. »Fette Wichser, denen nie etwas Schlimmes passiert ist und die meinen, es reicht, sich einfach gut zu verhalten. Aber die Wahrheit ist, Jim, es kann alles passieren, und manchmal spielt es keine Rolle, wie gut du dich verhältst.«

»Das weiß ich, natürlich, das stimmt schon«, sagt Jim.

»Und darum ist es nicht lustig. Ich habe alles für sie getan, was ich konnte, aber sie ist nur ein vierzehnjähriges Mädchen, Jim.«

»Ich weiß. Tut mir leid«, sagt Jim.

»Man weiß nie, was kommt. Der Ausgang ist immer ungewiss.«

»Natürlich. Tut mir leid, Martin.«

»Und Herrgott, die Sorgen halten dich nachts wach. Du fragst dich nur, in was für einer Welt sie da aufwächst und was aus ihr werden wird. Gott, es ist schrecklich. Und ich wünschte, es wäre, wie du sagst. Aber die Wahrheit ist, dass es gar keine Rolle spielt, wie zäh du bist.«

Sie liegt auf dem Boden, hört ihrem Daddy zu, dessen Stimme voller Schmerz ist, und schaut dabei zu den Deckenpaneelen hinauf. Sie fügen sich nahtlos ineinander und spannen sich, ein Brett am anderen, über die fast vollständig im Dunkeln liegende Decke, und sie sind alle wunderbar in ihrer Sonderbarkeit und ihrer Einzigartigkeit, und Turtle denkt: Das Leben ist schon komisch; wenn man sich so umschaut, wenn man richtig hinschaut, kann man sich fast darin verlieren, und sie denkt: Stopp, du denkst schon wie Martin. Unten wird wieder lange geschwiegen.

»Das war echt schauderhaft«, sagt Jim nach einer Weile.

»Gott«, sagt Martin.

»Scheiße, Marty, denk nicht so viel an sie.«

»Gott«, sagt Martin wieder. »Manchmal vergesse ich es fast.«

»Denk nicht so viel an sie. Es ist vorbei.«

Ein Geräusch, als Martin seinen Stuhl verschiebt. Der Tisch knarrt, als er die Unterarme darauflegt und sich vielleicht abstützt. Er sagt: »Und du fragst dich einfach: Was erzählst du einem Mädchen, was erzählst du ihr über die Welt, was erzählst du ihr über das Leben? Was erzählst du ihr?«

»Ach, Scheiße, Martin, ich weiß es nicht.«

»Die Temperatur könnte in den kommenden Jahrzehnten um drei Grad steigen, und das sind nicht einfach nur ›steigende Temperaturen‹, das ist eine Naturkatastrophe. Meinst du, wir können das aufhalten? Die Leute glauben ja nicht mal an Fettleibigkeit, und *die* können sie im Spiegel sehen. Sie kriegen nicht mal ihren eigenen gottverdammten Körper in den Griff. Was meinst du, wie viele Menschen an Herzverfettung sterben? Eine ganze Menge. Wie viel Prozent aller Amerikaner sind übergewichtig – siebzig? Und die Hälfte davon ist krankhaft dick? Und was meinst du, kann dieser Mensch, dieser Durchschnittsamerikaner, irgendwas in den Griff bekommen? Nein. Verdammt noch mal nein. Also wird die Natur, die sie vor lauter Straßen und Tankstellen und Schulen und Gefängnissen gar nicht mehr sehen können, die verdammte Natur, die wichtiger und schöner ist als alles, was dieser Durchschnittsamerikaner in seinem ganzen Leben je gesehen oder begriffen hat, die Natur wird zugrunde gehen, und wir werden sie zugrunde gehen lassen, und es gibt keine Möglichkeit, sie zu retten. Verdammte Scheiße.«

»Optimismus?«

»Optimismus, Scheiße«, sagt Martin. »Frag doch einfach mal jemanden, was er machen würde, wenn das Ende käme. Frag doch einfach mal, und unter denen, die du fragst, wird es eine ganze Reihe geben, die dir sagen, dass sie einfach sterben würden, und auch von denen, die es nicht sagen, werden es viele meinen. Die Leute wollen leben, solange das Leben einfach ist. Wenn es mal nicht mehr einfach ist – tja.« Schweigen. Sie sitzen eine Zeit lang da, und dann fährt Martin mit den Fingernägeln über die Maserung des Holzes und sagt mit krächzend rauer, tiefer Stimme: »Tja, ich sage dir, worauf die Frage eigentlich abzielt: Was machst du, wenn es hart auf hart kommt? Und das Leben *wird* hart werden. Das Leben wird hart werden, und zu sagen, dass man nicht darum kämpfen wird – tja. Wie soll man mit solchen Leuten verkehren? Gar nicht. Ihr Leben beruht nur auf vorgespiegelten Tatsachen, ihr vorgebliches Handeln ist nichts als Tücke, eine soziale Lüge, und sie als Menschen zu betrachten, ist reiner Fetischismus. Wo soll da Optimismus herkommen? Sie werden nicht mal für sich selbst kämpfen – meinst du, sie werden für die Welt außerhalb ihrer selbst kämpfen? Eine schwer vorstellbare, schwer verständliche Welt? Sie verfügen nicht mal über die Sprache, um sie zu verstehen. Sie sehen keine Schönheit in ihr. Und weißt du, was der Beweis dafür ist? Das Ende naht – und wir warten alle ab und schaukeln uns die Eier.«

»Ach, Scheiße, Marty.«

»Weißt du, was ich glaube? Sie wollte einfach nicht mehr.

Es wurde zu schwierig, und die Scheißkopfschmerzen wurden zu heftig, und sie hat einfach aufgegeben.«

»Denk nicht so viel an sie«, sagt Jim.

»Warum nicht?«

»Du hast doch selbst gesagt, es kann alles passieren. Es kann einfach Zufall gewesen sein. Sie hat es nicht so gewollt. Das weißt du doch.«

»Scheiße, ich weiß überhaupt nichts.«

»Lass uns über was anderes reden.«

»Das kann wohl niemand wissen«, sagt Martin, »aber, Scheiße, man fragt sich schon manchmal.«

»Es war ein Unfall, und selbst wenn nicht, wüsste ich nicht, was es für einen Unterschied macht.«

»Es ist ein Unterschied.«

»Nein, Marty, das finde ich nicht.«

»Für einen Schwanzlutscher bist du ein guter Kerl. Weißt du das, Jim?«

»Ich bin kein Schwanzlutscher.«

»Auch als republikanische Schwuchtel voller Selbsthass ist man immer noch eine Schwuchtel. Nur dass man dazu noch ein blinder, selbstbetrügerischer Hurensohn ist.«

»Ich frage mich wirklich, warum du nicht mehr Freunde hast.«

Turtle wartet, aber es kommt nichts mehr, und sie zieht sich kriechend vom Treppenabsatz zurück, steht auf und geht leise und an ihren Fingern nagend in ihr Zimmer. Sie legt sich hin und blickt auf das Rechteck aus Mondlicht, das das Fenster auf den Boden zeichnet. Sie denkt: Du weißt nicht, was du gehört hast, du weißt es nicht, also hör auf, und du weißt nicht, was sie gemeint haben, also hör auf, Turtle, hör auf.

Zehn

Es hat gerade erst zu dämmern begonnen. Lange, nasse Rotschwingelstängel beugen sich über sie. Turtle liegt da und schaut durchs Visier. So nah am Gewehr, kann sie die Schmiere und die Pulverrückstände riechen. Die Wiese um sie herum ist taubeschwert, der Nebel plätschert den Hang herunter. Als es wärmer wird, entwirren sich die langen, vom Tau niedergedrückten Stängel und springen plötzlich mit wippenden Fruchtständen auf. Es sind noch keine Wolken am Himmel bis auf eine einzelne, ferne Lenticularis, die der Wind in Strähnen zerpflückt hat. Turtle stellt die Entfernung ein und liegt da, die Wange an den Schaft geschweißt. Die Schießscheibe auf ihrem Ständer wirkt weit entfernt. Nie im Leben würde ich einen solchen Schuss machen, denkt sie. Es gibt keinen Grund dafür. Bei fünfhundert Metern steht man auf und geht weg. Ich wette, eine Menge Leute meinen, sie könnten auf fünfhundert Meter schießen, und ich wette, es gibt nur ganz wenige, die es wirklich können. Also steh einfach auf und geh, und lass es darauf ankommen. Aber wahrscheinlich, denkt sie, geht das nicht immer. Sie dreht die Beleuchtung herunter, und die laserroten Linien des Fadenkreuzes werden schwarz. Sie drückt ab. Das Gewehr spuckt die heiße Patronenhülse ins Gras. Das Ziel macht *bamm* und schwingt heftig an seiner Aufhängung hin und her, und Turtle grinst, weil sie so ein Glück gehabt hat, den kniffligen Schuss gleich beim ersten Versuch hinzubekommen. Sie schießt noch einmal, und die Zielscheibe macht *bamm* und schwingt, und Turtle wartet darauf, dass sie herunterfällt, und sie schießt noch einmal, und die Zielscheibe schwingt wieder hoch, und Turtle lächelt. Die .308-Hülsen liegen eine an der anderen rauchend im nassen Gras. Glucksendes Gelächter hinter ihr. Sie fährt herum. Martin kommt das Feld herauf; seine Jeans kleben ihm an den Schienbeinen, und er hält ein Bier vor der Brust. Er kommt und legt sich neben sie. »Scheiße«, sagt er voller gedehnter Freude, schüttelt den Kopf, berührt nachdenklich seine trockenen Lippen und besieht sich die Sache aus allen Richtungen, bereit, etwas dazu zu sagen, aber er tut es nicht, ein Moment, in dem sich all seine Wünsche erfüllt haben, und daneben all die Zweifel, all die Mühen, die es gekostet hat, dorthin zu kommen, der ganze Aufwand, und sie sieht, wie sich der Moment verfinstert. »Scheiße«, sagt er, wendet den Blick von dem geschwungenen Hügel ab und schaut an der Sonnenlinie vorbei zu den glänzenden Wellen, dorthin, wo sie sich brechen und den unsichtbaren Kies erreichen.

»Wie ist sie gestorben?«, fragt Turtle.

Er wendet sich ihr zu, sprachloses Erstaunen im Blick. »Wie sie gestorben ist?« Er schüttelt den Kopf, befragt stumm und staunend sie, den Moment, die Zielscheibe am Schießstand, berührt seine Lippen mit der Kuppe seines Daumens. »Das weißt du nicht? Wie kann es sein, dass du das nicht weißt? Es kommt mir vor, als hätte ich es dir schon hundert Mal erzählt. *Tausend* Mal.«

»Nein«, sagt sie.

»Scheiße«, sagt er. Er verstummt und denkt darüber nach. »Wirklich nicht?«

»Ich habe es noch nie gehört.«

»Scheiße, da kannst du mal sehen«, sagt er und deutet mit einer Handbewegung die Vergeblichkeit des Ganzen an. Er knickt einen grünen Stängel ab und beginnt, die Ährchen herauszupulen. Nass kleben die Hülsen an seinen Fingerspitzen. Schließlich sagt er: »Tja, sie ist nach Seeohren tauchen gegangen und nie zurückgekommen.«

»Wirklich?«, sagt Turtle.

»Gleich da draußen an der Buckhorn Cove.« Er macht eine Kopfbewegung in Richtung der Bushaltestelle, des Ozeans, der schwarzen, von Wellenbrechern eingegrenzten Felsnadeln. »Sie ist allein gegangen, frühmorgens. Es war ein schöner Tag. Kein hoher Seegang. Um die Mittagszeit bin ich zum Strand hinunter, habe ihr Boot gefunden und bin hinausgeschwommen. Sie war weg.«

»Was ist mit ihr passiert?«

Martin streicht prüfend über seinen Kiefer.

»Sie ist getaucht und einfach nie wieder hochgekommen?«

»So ist es.«

»Könnte es ein Hai gewesen sein?«

»Es könnte alles gewesen sein.« Er trinkt von seinem Bier, führt es im Liegen umständlich an den Mund. »Es tut mir leid, Krümel. Wenn es schon einen von uns erwischen musste, dann hätte ich es sein sollen. Ich wünschte, ich wäre es gewesen. Sie war alles, was ich hatte. Na ja. Nicht alles.«

Er steht auf und geht. Sie legt ihr Gesicht ins Gras. Dann rappelt sie sich auf, steckt das Reservemagazin in ihre Gesäßtasche und folgt ihm zum Haus. Sie gehen zusammen die Verandastufen hinauf, und er schmeißt seine Bierflasche ins Feld. Sie geht zum Kühlschrank, nimmt ein Red Seal heraus, wirft es über den Tresen, und er fängt es und öffnet es an der Kante der Arbeitsplatte. Sie steht vor dem offenen Kühlschrank, knackt Eier direkt in ihren Mund, leert den Karton, wirft ihn weg. Sie warten schweigend. Er bietet ihr sein Bier an. Sie trinkt davon und wischt sich den Mund an ihrem Ärmel ab.

»Sollen wir runtergehen?«

»Du musst mich nicht bringen.«

»Ich weiß, Krümel. Ich weiß es.«

Sie nickt. Sie gehen zusammen hinunter. Sie warten an der geschotterten Haltebucht.

»Du musst nicht hier warten, Daddy.«

»Schau dir dieses große Scheißluder von einem Meer an, Krümel.« Die Kormorane stehen mit gespreizten Flügeln auf geweißten Felsen, der Sonne zugewandt. Gischt hüpft aus dem Blasloch auf Buckhorn Island. »Es ist alles sinnlos«, sagt er, und sie weiß nicht, warum es einen Sinn haben oder warum man einen Sinn darin suchen sollte, und sie versteht nicht, warum man es sich anders wünschen sollte, als es ist, oder warum man sich wünschen sollte, dass es mit einem selbst zu tun hat. Es ist einfach da, und ihr hat das immer genügt. Der Bus kommt schnaufend um die Kurve, biegt in die geschotterte Haltebucht ein, öffnet die mit Gummi ummantelten Türen, Martin salutiert der Busfahrerin mit seinem Bier, und Margery blickt geradeaus auf die Straße. Turtle geht zwischen den grünen PVC-Sitzen hindurch. Niemand schaut sie an, und sie schaut niemanden an.

Sie wartet nicht, bis der Bus bei der Mittelschule ist. Stattdessen steht Turtle zusammen mit den Highschool-Schülern auf und steigt an der ersten Haltestelle in der Stadt aus. Sie steigt den Hügel hinunter und geht hinaus zur Landzunge. Sie weiß nicht, wohin sie will, nur, dass sie nicht zur Schule gehen kann und dass nichts an ihrem Leben stimmt und dass sie fort muss, ihre Gedanken ordnen muss. Mehr als alles andere wünscht sie sich, wieder auf den schlammigen Abhängen über dem Albion verirrt zu sein. Eine entgegenkommende Joggerin bleibt vor Turtle stehen, stützt eine Hand auf die Knie, nimmt mit der anderen die Sonnenbrille ab und wischt sich dann mit der Rückseite des Handgelenks den Schweiß von der Stirn. Es ist Anna, die zu Atem zu kommen versucht; sie trägt pinke

Laufshorts und ein blaues Tanktop und hat ihre schwarzen Haare zu einem Pferdeschwanz zusammengebunden.

Sie sagt: »Julia? Was machst du denn hier?«

Turtle sagt: »Oh, Scheiße.«

»Julia?«, sagt Anna nochmals überrascht.

»Leck mich doch am Arsch«, sagt Turtle.

»Ist alles in Ordnung?«

»Was machst du denn hier?«, sagt Turtle.

»Ich jogge«, sagt Anna.

»Aber müsstest du nicht in der Schule sein?«

»Müsstest *du* nicht in der Schule sein?«, sagt Anna. »Ich habe erst um halb eins Unterricht. Aber du hättest doch jetzt Mathe bei Joan Carlson, oder nicht?«

»Ja«, sagt Turtle.

»Was ist denn los?«, sagt Anna.

»Nichts … Es geht mir gut«, sagt Turtle.

»Ist alles in Ordnung?«, sagt Anna, kommt näher und mustert sie eingehend.

»Scheiße, warum kann nicht ein einziges Mal was klappen?«, sagt Turtle.

»Was?«

»Warum soll ich zur Schule gehen?«, sagt Turtle. »Warum soll ich überhaupt gehen?«

»Was?«, sagt Anna.

»Warum soll ich gehen? Habe ich vielleicht einen einzigen deiner beschissenen, dummen Kacktests bestanden? Du nimmst mich zur Seite und machst mir die Hölle heiß: ›Ach, Julia, warum hast du den Test nicht bestanden?‹, aber ist es nicht *völlig klar*, warum ich den Scheiß nicht bestanden habe? Was soll ich denn darauf antworten? Du willst, dass ich dich anlüge. Ich lüge nicht gern. Ich glaube, es gibt gute Gründe dafür, *nicht* zu lügen, und es gefällt mir nicht, dass ich in deinem Unterricht dazu angestiftet werde. Ich muss raus, und *natürlich* läufst du mir über den Weg – ›Oh, warum bist du denn nicht in der Schule, Julia?‹ Leck mich doch, du hinterhältiges Luder. Ich kacke in der Schule ab, weil ich zu nichts zu gebrauchen bin, Anna. Darum. Da hast du deine Antwort.« Sie hebt ratlos die Hände und lässt sie wieder sinken. »Ich habe es versucht und versucht und versucht, und ich habe *versagt*, und ich werde immer und in allem versagen.«

Anna steht vor ihr, noch immer außer Atem, die Hände in die Hüften gestemmt. Turtle kann den Duft der Frau ihr gegenüber riechen, der das Tanktop am nassen Bauch klebt – es ist ein gesunder, verschwitzter Joggerduft. Anna wischt sich wieder übers Gesicht, keucht und scheint über Turtles Worte nachzudenken. »Julia, warum denkst du das?«, fragt sie.

»Natürlich«, sagt Turtle, »natürlich. *Natürlich* musst du das sagen. Ich hasse diese Fragen. Warum ich das denke? Weil es *stimmt*. Es ist so eindeutig wahr, so offensichtlich, dass ich nicht kapiere, wieso du mich das überhaupt fragst. Du fragst mich das nur, weil du nichts beizusteuern hast außer offenen Fragen, aber daraus lernt man nichts, das bringt nichts. Warum ich das denke? Ich denke es, weil es stimmt. Du *weißt*, dass es stimmt.«

»Glaubst du wirklich, dass das stimmt?«

»O verfickter, verkackter Scheißgott«, sagt Turtle. »Was ist dein Problem?«

Anna wird knallrot. Selbst ihre Ohren werden rosa. Sie wendet den Blick ab, schaut in Richtung Ozean, den Mund geöffnet, als wäre sie geschlagen worden. Einzelne Strähnen haben sich aus ihrem festen, hohen Pferdeschwanz gelöst, und Wassertröpfchen hängen an den Spitzen. »Du hast recht, Julia«, sagt sie. »Das hab' ich vermasselt. Du hast mir gesagt, was du nicht magst, und ich habe es direkt wieder getan.« Die Straße führt aus der Stadt hinaus, wo sie niedrige, weiße Gebäude mit holzgedeckten Giebeldächern und lebkuchenartigen

Verschalungen und vom Alter bräunlich-schwarz gebrannte Wassertürme sehen können. Gegenüber der Stadt eine ausgedehnte, von Baccharishecken gesäumte Küstenebene, gebeugte, verwilderte Zypressen, der Ozean, karge Felsnadeln voller Vogelschwärme. Anna schnauft tief durch, sie weiß offenbar nicht, was sie sagen soll. Turtle sieht sie an und hat das Gefühl, nicht atmen zu können, als wäre ihre Brust hochgeschnürt und eng. Sie wartet darauf, dass Anna es versaut, und Anna scheint sich zusammenzunehmen und zu denken: Versau es nicht, Anna. Turtle denkt: Ich bin am Arsch. Ich habe zu viel gesagt, und ich bin so am Arsch, dass es schon nicht mehr lustig ist, und ich habe alles kaputtgemacht, und sie wird auf jeden Fall das Jugendamt anrufen.

Anna sagt: »Julia, weißt du, was ich denke?«

Turtle wendet verlegen den Kopf ab, und Anna fährt errötend fort: »Das war rhetorisch gemeint, es war keine echte Frage, Julia. Was ich sagen will, ist, dass du dich meiner Meinung nach irrst damit, was immer du da glaubst. Es hat ein Missverständnis gegeben. Ich beobachte dich jeden Tag, und ich weiß, dass du klug bist. Ich weiß, dass du deine Gedanken für dich behältst und dir mit deinen Aufgaben keine Mühe gibst, und darum hast du Schwierigkeiten – aber das heißt nicht, dass du dumm bist. Es heißt, dass du, zumindest im Unterricht, nervös und schüchtern bist.«

»Das kannst du nicht wissen«, sagt Turtle. »Ich habe es nicht drauf. Ich habe nichts drauf. Ich *kann's einfach nicht.* Das ist, als würde man sagen: Ich bin gut in Mathe, aber ich kann kein Mathe. Ich bin nicht schlau, Anna.«

»Wenn du im Unterricht nur ein bisschen Mut beweisen würdest –«

»Ich bin mutig«, sagt Turtle.

»Das meinte ich nicht«, sagt Anna rasch. »Das war das falsche Wort, ich meinte nicht Mut.« Sie sieht sich um, verdreht ein wenig die Augen, und Turtle sieht es erstaunt mit an und denkt: Verdreht sie die Augen, weil ich so dumm bin und sie so frustriere, oder macht sie das, weil sie will, dass das hier gut läuft, und sie sich für ihren Fehler schämt? Turtle weiß es nicht.

Anna spricht weiter. »Hör mal, Julia, du kommst zur Schule, und dann sitzt du da und starrst aus dem Fenster. Du hörst nicht zu. Du übst nicht. Du hast keine Freunde, und du fühlst dich unsicher, und dann kommt die erste Frage des Tests, und du glaubst, die Antwort nicht zu wissen, und dann versuchst du es gar nicht erst, du hörst einfach direkt auf, denkst dir: ›Ich weiß es nicht‹ und sitzt da und hasst dich selbst. So wirkt es von außen. Das ist meine Theorie, aber ich glaube, in der Hälfte der Fälle *weißt du die Antwort,* und du wärst dir sogar noch sicherer, wenn du lernen würdest, und du könntest diese Tests ausfüllen, wenn du nur diesen Moment der Angst durchbrechen könntest. Du sagst, du hättest dir alle Mühe gegeben und hättest es versucht, aber das stimmt nicht …« Sie merkt, dass sie etwas Falsches gesagt hat, und verstummt.

Turtle steht da und weiß nicht, was sie sagen soll.

»Es tut mir leid, dass ich das gesagt habe, ich meinte nur, dass –«

»Ich weiß, was du gemeint hast«, sagt Turtle.

»Na ja, ich wollte das nicht sagen«, sagt Anna. »Es war falsch ausgedrückt. Ich meine nur, wenn du es versuchst, schaffst du das auch. Du musst dich nur ein bisschen hineinknien.«

»Das glaubst du wirklich?«

»Du wirst das meistern. Versuch es einfach.«

»Ich versuche es doch schon.«

»Nein, tust du nicht«, sagt Anna und beißt sich sofort auf die Lippe. »Ach Mensch«, sagt sie. »Ich meine, dass –«

»Nein, ist schon gut«, sagt Turtle.

»Ist es nicht. Es tut mir leid, Julia ... Verdammt, heute ist nicht mein Tag! Was ich meinte, ist, dass du dich anstrengen musst und dich nicht frustrieren oder abschrecken lassen darfst. Ich glaube nämlich, du kommst zur Schule und glaubst, schlecht in der Schule zu sein, und darum *bist* du auch schlecht in der Schule. Aber du bist nicht schlecht in der Schule.« Anna streckt spontan den Arm aus und greift nach Turtles Händen. Sie hält sie und sagt: »*Versuch* es einfach. *Versuch* es.«

»Ist gut«, sagt Turtle.

Anna lässt instinktiv los. »Entschuldige«, sagt sie.

»Schon in Ordnung.«

»Entschuldige«, sagt Anna noch einmal. »Wir sollen die Schüler nicht anfassen.«

»Du bist ein Luder. Weißt du das?«

Anna wirkt verletzter, als Turtle für möglich gehalten hätte. Ihr Gesicht verschließt sich, und Turtle wird ganz elend zumute.

»Ja«, sagt Anna. »Nun, ich mag dich sehr, Julia.«

Turtle sagt: »Kann ich dich was fragen?«

Anna geht zu einem der Balken aus druckimprägniertem Holz, die die Straße säumen. Sie setzt sich darauf. Sie stützt die Ellbogen auf die Knie, blickt in die Grasebene hinaus und fragt: »Was denn?«

»Weißt du, ob ich einen von der Highschool mit zum Tanzabend nehmen kann?«

»Was?«

»Kann ich einen von der Highschool mit zum Tanzabend nehmen?«

»Klar«, sagt Anna. »Er muss nur unter siebzehn sein, und die Eltern müssen ihr Einverständnis geben.«

»Es gibt da einen Jungen, den ich gern mitnehmen würde«, sagt Turtle. Sie pflückt einen Sauerkleestängel und steckt ihn in den Mund. Er schmeckt herb und frisch und knackt hörbar.

»Wer ist es denn?«

»Muss mein Vater einfach nur einen Zettel unterschreiben?«

»Ja«, sagt Anna. Sie sieht Turtle eindringlich an.

»Du glaubst, mein Vater schlägt mich«, sagt Turtle.

»Ich bin um dich besorgt. Du zeigst einige der typischen Anzeichen. Übertriebene Vorsicht. Abschottung. Misogynie.

»Was ist Misogynie?«

»Frauenfeindlichkeit.«

»Er schlägt mich nicht«, sagt Turtle. Sie schaut Anna an, um zu sehen, ob sie ihr glaubt; sie selbst glaubt es und erträgt den Gedanken nicht, dass es Menschen gibt, die etwas anderes glauben.

»Weißt du, dass meine Mutter gestorben ist?«

»Ja.«

»Sie ist gestorben, und er ist wohl nie richtig darüber weggekommen.«

Anna starrt sie an. Turtle denkt: Ich kann mich nicht erinnern, dass er mir auch nur ein einziges Mal wehgetan hätte, und sie kann es wirklich nicht. Sie denkt: Und was war mit dem Messer? Und sie denkt: Das war gar nichts, und das Messer war gar nichts, es ist doch bloß ein Messer, und es sagt nichts über Fürsorglichkeit aus oder darüber, wer du später einmal sein wirst.

»Ich weiß, was mit ihm ist«, sagt Turtle. »Er leidet immer noch. Er leidet sehr. Aber er ist mir gegenüber nie handgreiflich geworden.«

»Ist gut«, sagt Anna.

»Ich weiß, dass du denkst, er hätte mir wehgetan«, sagt Turtle, »und es fällt mir schwer, mit dir zu reden, weil ich weiß, dass du das denkst.« Turtle denkt: Ich weiß nicht, ob mir der Tod meiner Mutter überhaupt wehgetan hat. Sie denkt: Wenn ja, fühle ich es nicht, und ich fühle den Verlust nicht, und ich fühle gar nichts dabei, überhaupt gar nichts, und wenn mir etwas wehtut, dann weil Martin mir wehgetan hat, aber ich könnte fast glauben, dass es an diesem Schicksalsschlag liegt und nicht an seiner Grausamkeit. Dann denkt sie: Du bist dabei, dein Wesen zu zerstören, und wenn du einmal anfängst zu lügen, wirst du immer weiter lügen und dir Sachen einreden, weil es dir in den Kram passt, und wenn es erst mal so weit ist, wird es schwer, damit aufzuhören. Das sagt Grandpa doch immer. Wenn man einmal angefangen hat, alles zu verdrehen, bekommt man es vielleicht nie wieder richtig hingedreht. Vielleicht ist es wie mit dem Gehör, es kommt nicht wieder zurück, und du schwindest mit jedem Tag ein bisschen mehr.

Anna betrachtet Turtle jetzt ganz genau, und Turtle merkt, dass es beinahe so ist, als würde sie die Wahrheit sagen, und dass Anna nicht genau weiß, was sie darauf antworten soll. Anna ist gut darin, ein Mädchen anzuschauen und zu beurteilen, aber Turtle hat sich beinahe alles von der Seele geredet, und es ist, als wäre es wahr und als wäre die Wahrheit überraschend für Anna. Die Wahrheit und wie sie sie ausgesprochen hat.

»Oh, Julia. Es tut mir so leid, das zu hören. Das muss furchtbar schlimm sein.«

»Ich dachte, du solltest das wissen.«

»Julia, du bist großartig.«

Turtle sagt nichts.

Anna sagt: »Du bist sehr außergewöhnlich, weißt du das? Du hast eine außergewöhnliche Art zu denken. Ist gut, Julia, ist gut, das ist fair; das ist fair, und es muss ärgerlich sein, wenn jemand argwöhnisch ist. Du bist so unglaublich klug. Ich merke, dass du deinen Vater liebst, und solche Mutmaßungen müssen dich wütend machen, und ich möchte, dass du mit mir sprechen kannst, ich möchte deine Lehrerin sein können. Ich habe also verstanden, dass dein Vater trauert und dass es zu Hause schwierig ist, aber nichts Unrechtes passiert. Das habe ich verstanden, und das respektiere ich. Aber lass mich nur eins –«

»Nein.«

»Lass mich das sagen«, sagt Anna.

»Tu's nicht.«

»Wenn es jemals aus dem Ruder läuft, bin ich für dich da. Ruf mich an, oder komm vorbei, egal zu welcher Tages- und Nachtzeit. Du kannst mich von überall anrufen, ich komme vorbei und hole dich ab, ohne Fragen zu stellen. Alles klar? Und du kannst bei mir bleiben, solange du willst, und ich stelle keine Fragen, bis du von dir aus anfängst zu reden, in Ordnung?«

»Du hast mir nicht zugehört«, sagt Turtle. »Das wird nicht passieren.«

»Das hoffe ich auch«, sagt Anna. »Aber ich werde da sein. Das hast du verstanden, oder?«

»Ich habe dich verstanden«, sagt Turtle. »Hast du mich verstanden?«

»Ich habe dich verstanden, und ich glaube, dass du die Wahrheit sagst. Aber auch wenn du mich aus irgendeinem Grund angelogen haben solltest, wenn du das Gefühl hattest, mich anlügen zu müssen, müsste es dir nicht unangenehm sein. Du könntest mich trotzdem anrufen, und ich würde es dir nicht verübeln.« Turtle denkt: Du misstrauisches Luder. Es ist wahr, was ich dir gesagt habe, es ist alles wahr, sogar ich glaube, dass es wahr ist, und während sie das denkt, lächelt sie Anna an, spürt, wie sie sie voller Zuneigung anlächelt, so wie sie immer Zuneigung für Menschen empfindet, die ihr das Leben schwer machen, sie lächelt und knackt mit den

Knöcheln, und Anna sagt noch einmal: »Ich habe dich verstanden.« Einen Moment lang lässt sie es dabei bewenden, dann sieht sie Turtle wieder skeptisch an und sagt: »Tag und Nacht, und ich sorge dafür, dass es dir gut geht, Julia.«

Turtle sitzt da und hasst sie, diese Frau ihr gegenüber; du Luder, denkt sie, aber sie lächelt dabei und ist sich des hässlichen Ausdrucks auf ihrem eigenen schmalen Hundegesicht bewusst.

Anna sagt: »Soll ich dich zur Schule fahren?«

Turtle sieht sich verlegen um. »Ja«, sagt sie.

Sie gehen schweigend wieder die Straße hinunter. Es ist windig, und der Sturm drückt die Grashalme und den Baccharis mal in die eine, mal in die andere Richtung. Anna fährt einen blauen Saturn, auf dessen Dach ein Kajak auf einem Kajakträger festgeschnallt und dessen Außenspiegel auf der Beifahrerseite mit Klebeband fixiert ist. Auf der Motorhaube steht ein Graureiher, über 1,20 Meter hoch, blaugrau mit einer struppigen Brust und sauberen, mit lamellenartigem Gefieder überzogenen Flügeln. Als er die beiden sieht, erhebt er sich in die Luft und fliegt über die Landzungen.

Anna steigt zuerst ein und entriegelt von innen Turtles Tür. Turtle muss ein Küchensieb mit violetten Trauben vom Beifahrersitz nehmen, und Anna schichtet Bücher- und Papierstapel um. Dann steigt Turtle ein und zieht die Tür zu, die aber nicht richtig schließt. Anna nimmt ein am Boden befestigtes Gummiseil, führt es über Turtles Beine nach oben und bindet es an einer in die Tür gebohrten Ringschraube fest. Am Rückspiegel baumeln in Gras und Lederriemen gewickelte Glückssteine und stoßen aneinander. Über die Vordersitze sind Strandtücher gebreitet. Die Rückbank ist umgeklappt und mit Plastikfolie ausgelegt, auf der zwischen schwarzen Sandkörnern ein halb getrockneter Badeanzug liegt. Anna betätigt den Anlasser mehrere Male, bevor der Wagen anspringt.

Dann legt sie den Rückwärtsgang ein, indem sie sich fest auf den Schalthebel stützt, und sie warten.

»Was ist los?«, fragt Turtle.

Dann hört sie, wie die Kupplung greift, und das Auto ruckt und macht einen Satz nach hinten. Anna schaltet in den ersten Gang, und der Wagen rollt ruckelnd und unter unvermittelten Motorgeräuschen über den mit Schlaglöchern übersäten Parkplatz. Anna fährt die Little Lake Road hinauf und hält auf dem Lehrerparkplatz. Sie bleiben noch einen Augenblick im Auto sitzen, Turtle mit dem Küchensieb auf dem Schoß. Sie sieht sich im Auto um. Sie denkt: Es ist ein bisschen wie unser Haus: vernachlässigt, und dann denkt sie, aber das stimmt nicht, denn das Auto fühlt sich wie ein Zuhause an, und ich weiß nicht genau, ob das für unser Haus genauso gilt, und dieses Auto fühlt sich bewohnt an, und ob das für das Haus gilt, weiß ich auch nicht. Sie denkt: Das ist schon komisch, oder? Ich mag Sachen, die gut erhalten und gepflegt sind, aber das hier ist etwas anderes. Sie denkt: Warum hängt man so an einem Auto, das längst hinüber ist? Sie denkt: Das mag ich auch. Schließlich sagt Anna: »Tja, ich finde es nicht gut, dass du die Schule geschwänzt hast, aber ich finde es gut, dass wir uns unterhalten konnten.«

Turtle presst die Lippen aufeinander und schaut zu Anna hinauf. Anna schließt die Hände um das Lenkrad, öffnet sie, schließt sie wieder.

»Was?«, sagt Turtle.

Die Pausenglocke läutet, die Türen fliegen auf, und Kinder strömen heraus. Turtle kann die Grünfläche vom Auto aus nicht sehen, aber sie stellt sich vor, wie Schüler Rucksäcke von den Schultern rutschen lassen und sich hinsetzen, um Pausenbrote zu essen und sich zu unterhalten. Andere gehen zur Bibliothek oder zum Sportplatz oder zu den Basketballplätzen.

»Na los«, sagt Anna, »du hast Pause.«

»Was?«, sagt Turtle noch einmal.

Anna seufzt. Sie sieht zu Turtle herüber. Sie sagt: »Es ist bescheuert. Aber weißt du, dass Rilke gemobbt wird?«

Turtle nickt.

»Sie ist neu in der Gegend, und sie hat etwas Besserwisserisches an sich und schmeichelt sich bei den Lehrern ein.« Anna seufzt wieder, und Turtle sieht sie an. Sie ist etwas schockiert, dass das, was die Schüler wahrnehmen, auch von den Lehrern bemerkt wird. Anna sagt: »Manchmal würde es schon reichen, wenn jemand sagen würde: ›Hey, das ist nicht in Ordnung.‹«

Turtle beäugt Anna ungläubig von oben bis unten. Anna wendet erst den Blick ab, sieht Turtle dann wieder an und sagt: »Ich wünschte einfach, du könntest ... Weißt du, ich wünschte, du würdest es manchmal hinkriegen, da zu sein und einfach zu sagen: ›Hey, hört auf damit.‹ Diese Mädchen sind feige. Ich weiß nicht, ob du je mit deinen Mitschülern sprichst. Ich glaube, sie sind dir ziemlich egal, aber sie respektieren dich, Julia. Du hast etwas Besonderes. Ich weiß, dass du keine *Freunde* hast, keine richtigen, aber sie nehmen dich wahr. Es ist dein Auftreten. Du hast so eine gewisse, so eine Art ... Du bist kein Mädchen, das irgendjemand zu mobben versuchen würde. Du hast wohl einfach Ausstrahlung. Ich glaube, mit einem einzigen Wort könntest du dem Ganzen ein Ende bereiten. Und du brauchst Hilfe bei der Rechtschreibung, und Rilke könnte dir dabei helfen. Es scheint mir einfach eine gute Gelegenheit zu sein.« Sie sieht Turtle wieder an.

Turtle hat nichts zu sagen.

Abends sitzt Turtle im Schneidersitz vor dem zerlegten AR-10, der aus dem Verschlussgehäuse entfernte Verschlussträger rot schimmernd im Schein des Feuers, von Schloss,

Nocken und Schlagbolzen befreit. Sie hat das Carbonatlösungsmittel in ein Whiskeyglas geschüttet. Es ist äußerlich nicht von Whiskey zu unterscheiden. Turtle tunkt ihren Lappen hinein und denkt: Was, wenn Anna recht hat und ich Angst habe zu scheitern? Sie denkt: Muss es mich wundern, dass Anna mir das Gleiche sagt wie Martin – dass ich Angst habe zu scheitern und mich deshalb zu sehr fürchte, um es überhaupt zu versuchen? Muss es mich wundern, dass sie beide das Gleiche in mir sehen, mein Zaudern, meine lähmenden Selbstzweifel? Sie denkt: Jeder macht Fehler, und wenn du keine Fehler machen willst, kommst du nie über den Anfang hinaus, du musst aufhören, Angst zu haben, Turtle. Du musst üben, rasch und überlegt zu handeln, sonst hat dich das Gezauder irgendwann am Arsch.

Am Morgen darauf kommt sie die Treppe herunter, stellt sich in die Küche und knackt Eier in ihren offenen Mund, und als Martin, sein Hemd zuknöpfend, durch den Flur in die Küche kommt, wirft sie ihm ein Bier über den Tresen. Er fängt es, hakt es am Rand der Arbeitsplatte ein, schlägt den Kronkorken ab.

»Du musst mich nicht bringen«, sagt sie.

Er trinkt, atmet aus, hält die Flasche über seinem Herzen.

»Ist in der Schule alles in Ordnung?«

Sie zerdrückt ein Ei, lässt sich den Inhalt in den Mund laufen, wirft die Schale in den Eimer.

Während der Hausaufgabenbetreuung unter Aufsicht von Mr. Krebs berührt sie die Buchstaben ihrer Vokabeln mit einem Schlagbolzen, den sie zwischen Daumen und Zeigefinger dreht. Hinter ihr sitzt Rilke in ihrem roten Mantel von London Fog, für den es eigentlich zu warm ist. Vor ihr Elise, die sich zu Sadie beugt und mit ihr spricht; beide nichts als blondes Haar und Cherry-Lipgloss, böse Blicke und bestickte

Jeans mit passenden Tanktops, Elises rot, Sadies blau, und Elise sagt: »Sie ist so ein *Miststück*. Ich meine, *im Ernst,* so ein *Mist*stück. Und ich kann dir auch sagen, wieso: Erstens mal ist ihr Vater Bulle, zweitens mal müsste ihr Name eigentlich ›Rilk*ie*‹ ausgesprochen werden, und drittens mal macht sie sich so *Honig* und *Jojobaöl* oder so in die Haare. Ich weiß nicht mal …« Turtle wartet ab, was Elise nicht mal weiß, aber der Gedankengang bricht ab. Elise weiß nicht mal. Turtle fühlt sich verloren. Mehr als alles andere fühlt sie sich verloren und gleichgültig; es ist, als würde sie einen Vokabelsatz lesen, der keinen Sinn ergibt. »Rilke macht sich Jojobaöl in die Haare, und Elise *weiß nicht mal.*« Was ist Jojoba?, denkt Turtle. Eine Walart? Elise schreibt Rilkes Namen auf einen Zettel mit einer Nachricht und sagt: »Sie stopft sie aus. Ist doch völlig klar, dass sie sie ausstopft. Ich meine, ihre Mutter hat ihr diesen Push-up-BH gekauft, damit die Jungs sie mögen, weil ihre Mutter nicht checkt, dass *niemand* sie mag und dass jeder sieht, wie falsch und hässlich ihre falschen, ausgestopften Titten sind« – sie faltet den Zettel zusammen, streicht ihn mit dem Daumen glatt, frischt ihren Lippenstift auf und drückt einen spöttischen, entzückten Kuss darauf – »wenn sie durch die Gegend latscht und dabei ihren ausgestopften BH vor sich herschiebt wie eine *Prinzessin*. Aber ich habe sie gesehen, und sie sind *gar nichts*. Sie sind *erbärmlich*. Es sind winzig kleine Babytittchen, *schrumplig* und *eklig*, mit lauter schwarzen Haaren um die Nippel rum.« Sadie kann nicht mehr aufhören, hinter ihren vorgehaltenen Händen zu lachen. »Es ist einfach so was von klar, dass sie die ganze Nacht *heult*, weil in der Schule alle so gemein zu ihr sind, und sich wahrscheinlich Jojobaöl in die Nippelhaare kämmt, damit sie samtweich sind und Anna schön dran lutschen kann.« Turtle hat die Sig Sauer im Kreuz, weswegen sie ihr Flanellhemd trägt. Der Zettel wird zwischen zwei Fingern vorgehalten wie eine Zigarette, und er geht von Hand zu Hand bis nach ganz hinten zu Rilke, die ihn auffaltet und sich lesend darüberbeugt. Sie beugt sich immer weiter vor, ohne ein Geräusch zu machen. Sie trägt den Mantel, denkt Turtle, weil sie sich schämt.

Nachmittags steht Turtle auf der obersten Stufe der Treppe. Das geöffnete Patronenlager der Schrotflinte raucht, im Garten hängen in gleichmäßigen Abständen mit Schrotkörnern gespickte Pappschilder. Martin sitzt in dem Adirondack-Stuhl. Turtle sagt: »Ich möchte gern zum Tanzabend.«

Martin fährt mit dem Daumen an seinem Kiefer entlang und sieht sie weiter an.

»Ich möchte, dass du mir ein Kleid kaufst«, sagt sie. Sie sieht ihn an und denkt: Ich hoffe, du begreifst, was wir beide zusammen haben, wir beide hier auf dem Hügel, und ich hoffe, das ist für dich genug, denn für mich ist es alles.

Er sagt nichts, und sie legt die Flinte auf die Balustrade und geht in den Garten hinaus. Sie sammelt die Pappschilder ein und trägt sie zur Veranda zurück. Sie beugt sich darüber, misst die Streuung mit einem Maßband und trägt Munitionsart und Streuung sowie den Abstand in Fünf-Meter-Schritten in ein Notizbuch ein. Martin sieht ihr zu, ein aufgeschlagenes Buch auf dem Schoß. Als sie die Zahlen aufgeschrieben hat, nimmt sie das Notizbuch und das Gewehr, betritt das Haus und geht in ihr Zimmer. Sie schließt die Tür und lehnt sich dagegen. Sie nimmt Jacobs T-Shirt heraus und breitet es auf den Dielenbrettern aus. Es gibt nichts anderes auf der Welt, denkt sie. Getrockneter Schlamm hat das T-Shirt an manchen Stellen steif werden lassen, und es riecht nach blattgrünen Zimthimbeeren, und es riecht auch nach Jacob, und sie denkt: Absoluter Wille und absolute Zielstrebigkeit, aber sie weiß nicht einmal zur Hälfte, was sie tut oder warum sie es tut, und sie kennt ihre eigenen Gedanken nicht.

Turtle träumt, dass sie fällt. Dass sie fällt und dass sich ein Schuss aus der Schrotflinte in ihren Händen löst, und es ist dieses Gefühl, dieser Ruck, der sie hochschrecken lässt, sodass sie aufrecht im Bett sitzt, stumm, heftig atmend, einem fernen Piepgeräusch lauschend, dem Klang ihrer absterbenden Hörzellen. Das Haus riecht nach feuchtem Holz und Eukalyptus. Der Schlafsack ist verknittert und verschwitzt, an manchen Stellen schwarz vor Schmieröl. Sie wartet, lässt sich langsam und lautlos auf die Pritsche zurücksinken. Er öffnet die Tür, und sie achtet darauf, sich nicht zu bewegen. Das Mondlicht zeichnet das rechteckige Fenster auf den Boden.

Er hebt sie mit schwieligen, trockenen Händen hoch, und sie windet sich in seinem Griff, macht ein kleines maunzendes Geräusch, und er hält sie fest, zieht sie aus dem Schlafsack und lässt sie auf den Boden gleiten, wo sie liegen bleibt. Einen Augenblick lang schweigt er, berührt sie nicht, greift nicht nach ihr, sondern kniet neben ihr im Dunkel.

Sie spürt, wie er ihren Widerstand überschätzt und falsch auslegt, so wie er es immer tut, er überinterpretiert, aber sie bleibt aus Gehässigkeit und Rücksichtslosigkeit stumm, sie denkt: Soll er es doch überinterpretieren, soll er doch denken, dass mehr dahintersteckt. Sie liegt da und schaut den Boden entlang, auf das durchs Fenster fallende Mondlicht und den schwachen Schein des Feuers, der durch die Tür dringt. Er erhebt sich, durchquert den Raum, stellt sich ans Fenster und blickt auf den dunklen Hügel.

Sie weiß selbst nicht, was mit ihr nicht stimmt, aber sie spürt es, und sie will nicht zugeben, dass sie nicht weiß, woher das Gefühl kommt oder ob es trügt, also bleibt sie weiter stumm und reglos auf dem Boden liegen und klammert sich an einen Kummer, den sie nicht ausdrücken kann, nicht einmal in Gedanken. Sie wünschte, sie könnte Anna sagen, dass sie nicht durch ihn so geworden ist. Dass nicht er die

Schuld an ihrer Ängstlichkeit, ihrer Zurückgezogenheit und ihrem Mädchenhass trägt.

»Was ist?«, fragt er, dreht sich um, lässt sich auf ein Knie herunter und streicht ihre Haare hinter ihr Ohr zurück. »Was ist?«

Sie beißt die Zähne aufeinander.

»Komm schon«, sagt er in einem gefährlich ungeduldigen Tonfall, der ihre Entschlossenheit nur noch wachsen lässt. »Sprich mit mir«, sagt er, noch immer neben ihr kniend. Sie liegt reglos da. »Krümel«, sagt er, »lass die Spielchen.«

Als sie nicht antwortet, steht er auf und geht zu ihrem Bett hinüber. Zu ihren Gewehren an den Wandhaken. Ihrer säuberlich zusammengelegten Wolldecke. Dem Schlafsack mit dem geöffneten Reißverschluss. Er hebt den Schlafsack an, hebt jede der Decken an, wiegt sie in seinen Händen. Er geht um das Bett herum, setzt sich ans Fußende. Er öffnet die Reisetruhe. Turtle richtet sich erschrocken auf. »Aaah«, macht er und presst die Lippen zu einem dünnen Strich zusammen. Er beugt sich vor, durchwühlt den Inhalt der Truhe und zieht das T-Shirt heraus. Er hält es wie etwas, von dem er nicht weiß, was es ist, führt es an sein Gesicht und riecht daran. Turtle sieht ihm vom Boden aus zu. Er erhebt sich und geht aus der Tür, das T-Shirt über einen Arm gelegt, und einen Augenblick lang tut sie gar nichts. Dann springt sie auf, rennt hinter ihm her und kreischt: »Nein, Daddy, nein!«

Sie folgt ihm in den schlammigen Garten. Das bewegungsgesteuerte Licht fällt auf die überschwemmte Einfahrt und die Schwärze dahinter, den zwischen ihren Zehen schmatzenden Schlamm und das eisige Gras unter ihren Füßen. Ihr Vater geht zu den 200-Liter-Fässern, in denen sie ihren Müll verbrennen, und er greift in das bis zum Rand stehende Wasser, und mit einem von Aschewasser benetzten Arm zieht er den Schürhaken heraus und lässt das T-Shirt an seinem ausgestreckten Arm vom Zinken des tropfenden Hakens baumeln. In der anderen Hand hält er eine Flasche Butan, mit der er das T-Shirt schweigend von oben bis unten bespritzt, und sie rennt zu ihm, schmeißt sich auf ihn und trommelt mit den Fäusten auf seine Brust. Er stemmt die Füße auf den Boden und lässt es über sich ergehen, während das T-Shirt das Butan aufsaugt. Dann klappt er das Benzinfeuerzeug auf und hält die Flamme an den schmutzigweißen Stoff. Mit einem Geräusch, als würde jemand nach Luft schnappen, fängt das T-Shirt Feuer, und Turtle hält inne und sieht zu, wie der Stoff schwarz wird und Rußflocken mit kleinen Glutpunkten darin in der Luft aufsteigen. Sie kreiseln kurz, sinken dann und überziehen verglühend das Gras und den Matsch. Das T-Shirt ist nicht ganz vollständig verbrannt, und er schleudert es mit dem Haken verächtlich ins Wasser. Es treibt kurz auf der Oberfläche, dann geht es unter.

»Du gehörst *mir*«, sagt er, schwingt den Schürhaken und trifft sie am Arm, und sie landet bäuchlings im Matsch, ihr linker Arm ist taub, die Schulter fühlt sich wie gebrochen an, und sie versucht aufzustehen, bekommt eine Hand unter ihren Körper und stemmt sich hoch, und er setzt einen Stiefel auf ihren Rücken und drückt sie zu Boden. Er hebt den Schürhaken, und sie denkt: Hau ab, Turtle, hau ab, wenn dir dein Leben lieb ist, *hau ab*, aber der Stiefel hält sie fest, und sie denkt: Du musst ... du musst, aber sie kann sich nicht bewegen, und er lässt den Schürhaken auf die Rückseite ihrer Schenkel niederkrachen, und sie bäumt sich zuckend auf.

»*Mir*«, sagt er mit brechender Stimme. Ihre Hände harken durch den Matsch, während sie sich unter seinem Stiefel herauszuziehen versucht und es ihr nicht gelingt. Sie darf ihn nicht noch einmal mit dem Schürhaken zuschlagen lassen, sie darf es nicht. Ihr ganzer Körper ist schmerzerfüllt. Es ist das Einzige, woran sie denken kann, und in Gedanken wiederholt sie es immer wieder – nein, nein, nein –, und das Einzige ist ihre Hilflosigkeit, die ihr ganzes Gehirn mit gedankenloser Panik verschließt, und ihm scheint es völlig gleichgültig zu sein, er beugt sich über sie und drückt mit dem Absatz zu. »Du gehörst mir«, sagt er, »du kleines Luder, du gehörst *mir.*«

»Daddy, bitte«, sagt sie, die Hände wie zum Gebet gefaltet, das Gesicht in den Matsch gedrückt, »nicht, bitte nicht, Daddy, *bitte nicht.*« Aus dem Augenwinkel kann sie ihn nicht gut erkennen. Seine Silhouette ist gebeugt, zögernd, und sie wartet und denkt, dass er fertig ist, und dann sieht sie ihn den Arm heben, und der Schrecken fühlt sich an, wie auf einen unter Strom stehenden Draht zu beißen, unerträglich, und er schlägt mit dem Schürhaken fest auf ihre Schenkel, und ihr Körper versteift sich und bäumt sich auf.

»Bitte«, sagt sie.

»Hör mir zu, Julia Alveston. Hör mir zu«, sagt er, und er stößt den Schürhaken vorwärts, hakt den Zinken unter ihren Kiefer und hebt ihr Gesicht aus dem Matsch. »Falls du glaubst, ich hätte nicht gemerkt, dass du *anders* bist. Falls du glaubst, ich hätte nicht gemerkt, dass du dich mir entziehst. Falls du glaubst, ich hätte nicht längst Verdacht geschöpft.«

»Nein«, sagt sie.

»Du gehörst mir«, sagt er, wirft den Schürhaken in das Aschewasser und entfernt sich ein Stück von ihr. »Steh auf«, sagt er. Turtle versucht es mühsam. Sie bekommt eine Hand unter sich, stützt sich auf ein Knie. »Steh verdammt noch mal auf«, sagt er ganz leise. Sie glaubt nicht, dass sie aufstehen kann, und dann denkt sie: Stell dich auf die Füße, Turtle. Stell dich hin. Sie klammert sich an die Seite des Müllfasses, dass ihre Knöchel weiß hervortreten, und steht auf.

»Jawohl, steh verdammt noch mal *auf*«, sagt er zu ihr. Sie richtet sich auf. »Geh in dein Zimmer«, sagt er, »und wenn wir das noch mal diskutieren müssen, wenn ich jemals auch nur das kleinste Zögern in dir sehe, den kleinsten Zweifel, glaub mir, dann *ficke* ich dich mit diesem Schürhaken.« Sie setzt sich humpelnd in Bewegung. Unter Mühen schafft sie es die Verandatreppe hinauf. Martin sagt: »Ach, Krümel?«

Sie bleibt stehen. Sie kann sich nicht umdrehen. Es fällt ihr schwer, überhaupt stehen zu bleiben.

Er sagt: »Lass dich nie wieder so fallen. Hast du verstanden? Es ist mir egal, ob du von einem verdammten *Laster* angefahren wirst. Du landest auf den Füßen. Hast du gehört, Krümel?«

Sie nickt schlapp. Sie geht durch die offene Schiebetür zurück ins Haus und beginnt, die Treppe hinaufzugehen, die unverletzte Schulter an die Wand gelehnt, leise Schmerzensschreie ausstoßend. Sie humpelt in ihr Zimmer, schließt die Tür und lässt sich ganz langsam auf ihr Bett sinken. Sie schließt die Augen, und rot-goldene Finsternis erblüht hinter ihren Lidern. Das bin ich, denkt sie. Das bin ich. Dieser Mensch bin ich, und hier lebe ich. Sie denkt: Mein Daddy hasst mich. Dann denkt sie: Nein, das ist nicht fair. Sie schläft ein, während sie darüber nachdenkt.

Als die Dämmerung ihr Fenster mit grauem Licht berührt, müht sich Turtle aus dem Bett. Sie stützt sich auf die Reisetruhe, vornübergebeugt, atmet schmerzerfüllt durch die zusammengebissenen Zähne, aber sie bleibt stehen. Ich werde nicht fallen, denkt sie. Mit bedächtigen, mühevollen Schritten geht sie zur Tür. Nur unter großer Anstrengung schafft sie es die Treppe hinunter, Schritt für Schritt, mit schmerzverzogenem Gesicht. Als sie die Küche betritt, steht Martin in der offenen Tür und blickt auf die hintere Veranda hinaus. Sie öffnet den Kühlschrank und nimmt ihren Eierkarton und ein Bier heraus. Sie dreht sich um und wirft ihm das Bier zu. Er fängt es und öffnet es mit den Zähnen, das Gesicht zu einer Grimasse verzogen, als er auf den Kronkorken beißt. Er trinkt und hält die Flasche vor der Brust. Turtle nimmt ein Ei aus dem Karton, knackt es in ihren Mund, wirft die Schale auf den Kompost. Martin kommt zu ihr herüber und bietet ihr das Bier an. Sie trinkt und fährt sich mit dem Ärmel über den Mund. Er nimmt die Flasche zurück, trinkt und atmet befriedigt aus. Sie geht unter Schmerzen zu ihrem Rucksack hinüber, kniet sich hin und zieht unter Mühen ihre alten Kampfstiefel an. Sie plagt sich mit der Schiebetür, die sie nur mit der rechten Hand öffnet, und geht die Auffahrt zum Bus hinunter. Er folgt ihr nach draußen und ans Ende der Auffahrt. Zusammen stehen sie an der Straße.

»Du musst nicht mitkommen«, sagt sie.

»Nein«, sagt er.

In der nahezu vollkommenen Stille des Morgens lehnt sie sich an den Briefkasten, schniefend und das Gesicht verziehend. Als der Bus kommt, zieht sie mit ihrem hinkenden Gang zu beiden Seiten des Gangs Blicke auf sich. Sie bewegt sich vorsichtig, legt die Hände auf die Sitzlehnen. Sie kommt an Rilke vorbei, und Rilke dreht sich um, sieht sie an und sagt: »Julie? Ist alles okay?«

Turtle bleibt stehen, und Hass steigt in ihr auf, Hass auf Rilke, die schön ist und hübsche glatte Haare hat, weich und glänzend vor Honig und Jojobaöl, die von ihren Eltern geliebt wird und die all die Haarklammern und Lipgloss-Fläschchen und anderen Dinge hat, die sie je brauchen wird, Rilke, der alles so leichtfällt, Rilke, die ohne Zweifel auf die Highschool gehen und Jacob und Brett und alle anderen mit ihrem glänzenden kleinen Verstand und ihren bunten kleinen Stiften und ihrer gewissenhaften, fleißigen Art faszinieren wird, diese Rilke, die ein verzaubertes Leben führt, die in der unergründlichen Ordnung der Dinge über Turtle steht, und Turtle hasst es, dass diese Rilke sie schwach und müde sieht, dass sie sieht, dass ihr Daddy sie hasst, dass Turtle nie mit einem Jungen zusammen sein wird, nie irgendetwas haben wird, und Turtle dreht sich langsam um, sieht Rilke mit einer versteinerten Grimasse aus Ekel und Verachtung an und sagt: »Was weißt du denn schon, Tittenmaus?«

Eine Welle aus Gelächter wogt durch die Zuhörer im Bus, und Turtle sieht die Aufeinanderfolge von Verwirrung, Wut und schließlich Schmerz, und Rilke legt die Arme um sich, zieht ihren roten Mantel über die Schultern hoch, beugt sich über ihr Buch und bewegt die Lippen, als wollte sie etwas sagen, ohne dass ihr etwas einfällt.

Turtle wendet sich ab und geht weiter, und sie denkt: Das bin ich nicht, ich bin nicht so ein Mensch, das ist Martin, Martin macht so was – er hat ein Talent dafür, das zu finden, was du am meisten an dir hasst, und ihm einen Namen zu geben. Sie denkt: Gott, das klang so viel eher nach Martin – höhnisch, herablassend – als nach mir. Sie humpelt den Gang hinunter, setzt sich und drückt ihr Gesicht in den PVC-Sitz vor ihr. Sie denkt: Das ist der Teil von ihm, den ich am meisten hasse, der Teil, der mir zuwider ist, und ich habe selbst danach gegriffen, und es ging ganz einfach. Mein Gott, denkt sie, mein Gott. Dann denkt sie: Na und, was soll's, dann bin ich eben misogyn. Ich konnte Frauen sowieso noch nie ausstehen.

Anna stellt sich vor die Klasse und sagt: »Nummer eins. ›Prekär‹. Bitte buchstabieren, definieren und in einem Satz verwenden. Turtle setzt den Stift aufs Papier. Sie denkt: Du kannst das nicht, und dann denkt sie: Was, wenn du nie umgeworfen worden wärst und immer versucht hättest aufzustehen, und statt ein kleines Luder zu sein, hättest du dafür gekämpft, und sie denkt: Du hast Grandpas Messer, er hätte es dir nie gegeben, wenn er dich nicht für eine Kämpfernatur, sondern für einen Feigling gehalten hätte, selbst wenn du feige gewesen bist und es auch wieder sein wirst, vielleicht ist das nicht alles, was du jemals sein wirst, und was, wenn du nicht zulassen würdest, dass dich irgendwer umschmeißt?, und sie denkt: Es würde ganz schön viel Mut erfordern, mehr zu sein, als Martin mir zutraut. Vielleicht muss ich nicht sein, was ich in seinen Augen bin, und vielleicht würde er mich so oder so hassen. Vielleicht wird er mich hassen und lieben, egal, was ich tue, und es spielt gar keine große Rolle. Was zerbrichst du dir den Kopf, der Unterschied ist, dass du heute gelernt hast und bereit bist. Du hast noch nie gelernt, und mit Heldentum hat noch keiner irgendwas erreicht, der nicht vorher die Arbeit erledigt hat. Sie denkt: Arme Turtle, dein Leben ist so schwer. Warum fängst du nicht an zu heulen? Sie denkt: Warum gehst du nicht und heulst dich aus und tust einfach nie mehr irgendwas, um es besser zu machen, und triffst dich nie mehr mit Jacob. Dann kannst du einfach heulen und heulen, wie es kleine Luder wie du eben machen. Sie setzt den Stift aufs Papier und schreibt.

1. Prekär. Schwierig, unangenehm. Ein feiges kleines Luder zu sein, macht deine Lage erst richtig prekär.

Sie lächelt das Blatt an und schaut zu Anna auf, noch immer lächelnd. Turtle denkt: Siehst du, du musst einfach nur aufhören, es zu vermasseln. Sie denkt: Oh, der Satz wird dir gefallen, Anna. Oh, der wird dir gefallen.

Anna steht vor der Klasse und sagt: »›Renitent‹. Bitte buchstabieren, definieren und in einem Satz verwenden. *Renitent.*« Turtle schreibt:

2. Renitent. Stur und aufmüpfig. Ich bin eine renitente Schülerin, und es hat mir viel Ärger eingebracht, aber andererseits auch Vorteile, und darum fällt es mir schwer, damit aufzuhören.

Während der restlichen Prüfung ist Turtle konzentriert und mit Freude bei der Sache. Als sie fertig sind, werden die Blätter getauscht. Turtle gibt ihr Blatt Taz, und bei der ersten Frage hebt Taz die Hand. Er sagt: »Anna? Ich weiß nicht, ob dieser Beispielsatz angemessen ist.« Er sieht Turtle an. »Ich weiß nicht, ob er passt.«

Anna steht mit erhobenen Augenbrauen vorn und wartet darauf, den Satz zu hören.

»Ich weiß nicht, ob ich das vorlesen soll«, sagt Taz.

Anna geht zu ihm und beugt sich über seine Schulter. Sie lacht. Sie sieht Turtle an. Sie sagt: »Ja, Taz, ich verstehe, was du meinst. Sie hat das Wort in korrekter Weise verwendet, also bekommt sie den Punkt, und Julia, ich würde dich nach dem Unterricht gern sprechen.«

Turtle weiß schon, dass sie nicht mit Anna sprechen wird. Wenn sie es tut, wird Anna ihre Verletzungen bemerken.

»Was hat sie geschrieben?«, fragt Elise.

»Ja«, sagt Rilke, »wie lautet der Satz?«

Anna hebt den Kopf, lässt den Blick über die Klasse schweifen und sagt: »Das spielt keine Rolle. Nächstes Wort. ›Renitent‹. Wer möchte?« Turtle schaut immer wieder zu Taz hinüber, um zu sehen, ob sie den Test bestanden hat; sie sieht zu, wie er mit zusammengekniffenen Lippen ein *K* wie *Korrekt* neben jedes Wort setzt und auf den oberen Rand des Blattes 15/15 schreibt. Turtle sieht Anna an, ein kurzer, triumphierender Blick, und sie denkt: Siehst du, du Schlampe, du Nutte, aber dann bricht sie ab, denn Anna hat die ganze Zeit über an sie geglaubt. Es war Turtle, die nicht an sich geglaubt hat, und auch wenn Turtle Anna nicht mag, wird sie keine Lügen über sie verbreiten. Tja, denkt sie. Du hattest anscheinend recht, aber das heißt nicht, dass ich dich leiden kann. Als die Glocke läutet, sammelt Anna die Arbeitsblätter ein und geht zu ihrem Schreibtisch zurück. Sie beugt sich über den Stapel und liest mit einem Grinsen im Gesicht. Während alle Schüler aufstehen und ihre Rucksäcke unter den Tischen hervorziehen, steht Turtle auf, humpelt in das Gedränge hinein und verlässt den Klassenraum, bevor Anna sie aufhalten kann.

Am Abend liegt sie, auf einen Ellbogen gestützt, auf dem Perserteppich vor dem Feuer und liest sich die Vokabeln für die nächste Woche durch. Das Feuer lodert im Herzen des Zimmers, und die Ecken bleiben für Turtles vom Licht geblendete Augen dunkel. Zwischen den Kaminplatten und dem Boden klafft ein fünf Zentimeter breiter Spalt, weil das Haus auf seinen Stützpfeilern aus Redwood im Laufe der Zeit vom Kamin abgewandert ist. Über ihr starrt Martin in die Flammen. Seine Aufmerksamkeit ist gebündelt, die Pupillen zu Nadelstichen geschrumpft, das Gesicht verwittert wie altes Wurzelholz.

Turtle beugt sich wieder über ihre Übungen. Dann bricht sie ab, dreht sich um und beobachtet zwei braune, goldgesprenkelte Salamander, die vom Feuer davonkriechen. Vorsichtig und unbeholfen umrunden sie die Kaminplatten, langsam und offenbar unverletzt. Turtle blickt kurz zu Martin hinüber und dann wieder zu den Salamandern. Sie klaubt sie vom Boden auf und trägt die feuchten, glitschigen Tiere nach draußen und über das Feld zu dem mit Planen abgedeckten Holzstapel. Sie bückt sich und setzt sie zwischen den Holzklötzen ab, wo sie weiterkrabbeln. Überall um Turtle herum, in der Schlucht und auf dem Feld, tönt der Chor der Frösche. Sie blickt zum Haus zurück, wo das Feuer einen schwachen Schimmer quer über das Fenster wirft, und sie blickt in Richtung des dunklen Ozeans und des Highways, der hinter dem geschwungenen Hügel verborgen liegt.

Elf

Grandpa wartet draußen vor dem Schulsekretariat, an die Schindeln gelehnt. Er trägt Jeans, seine kleinen Lederslipper mit den kleinen Lederquasten und die große Carhartt-Jacke, in deren Tasche eine Flasche Jack Daniel's in einer Papiertüte steckt. Mittelschüler strömen an ihm vorbei auf den Rasen vor der Schule, wo die Busse halten werden. Rilke rennt unter »Hey, Tittenmaus!«-Rufen von der Bibliothek zum Bus. Turtle hinkt zu ihrem Grandpa. Sie stehen in einem Windkanal zwischen zwei Häusern. Er schaut zu ihr hinunter, legt ihr einen Arm um die Schultern und zieht sie zu sich heran. Turtle verzieht das Gesicht vor Schmerzen, atmet in seine Brust, sein verrauchtes Flanellhemd, seine lange Unterhose. Links auf seiner Brust ist ein Kaffeefleck. In der Brusttasche stecken die Butterscotch-Bonbons, die er so mag. Seit den Schlägen ist eine Woche vergangen, aber die Blutergüsse sind noch da, und Turtle schämt sich dafür. Er trägt eine Truckermütze mit der Aufschrift VETERAN, und sie streckt den Arm aus, nimmt sie ihm vom Kopf und setzt sie sich selbst auf.

»He, Liebchen«, sagt er.

»Hey«, sagt sie, schaut lächelnd zu ihm auf, klappt den Mützenschirm nach oben und dreht ihn zur Seite. Sie ist nicht überrascht, ihn zu sehen, aber es ist trotzdem nicht gut. Das passiert, wenn sie nicht zu seinem Wohnwagen kommt. Er geht zu dem kleinen verklinkerten Spirituosenladen am Fuß des Hügels, und dann fährt er zur Mittelschule hinauf und wartet an der Mauer, wo sie an ihm vorbeimuss, um zum Bus zu kommen. Er lässt sie nie lange los.

Er führt sie zu seinem rostigen Chevy auf dem Lehrerparkplatz. Sie humpelt. Grandpa bemerkt es nicht. Rosy hüpft auf und ab und reckt ihr glückliches, dümmliches Gesicht ins Beifahrerfenster. »Ach, mein altes Mädchen«, sagt Grandpa und öffnet die Tür, während Rosy auf der Sitzbank herumrennt und sich mit der Zunge übers Gesicht fährt. Turtle steigt ein und stellt ihren Rucksack in den Fußraum. Grandpa hat einen großen Becher voller Sonnenblumenkerne und eine Flasche Tabasco in die beiden Flaschenhalter gesteckt. Rosy krabbelt ungeschickt auf Turtles Schoß und wedelt aufgeregt mit dem Schwanz. Ihre Krallen sind schmutzig und zu lang.

»Wie war es in der Schule?«, fragt Grandpa.

»Gut«, sagt sie. Grandpa legt einen Gang ein, und sie fahren vom Parkplatz und zwischen Zypressenhecken hindurch die Little Lake Road entlang, biegen an der Kreuzung links ab und fahren auf den Shoreline Highway auf. Turtle beugt sich vor, greift unter den Sitz und zieht Starthilfekabel, alte Pullover und den darunterliegenden Revolver Kaliber .357 in seinem Lederholster hervor. Sie lässt die Trommel herausspringen, dreht sie, schaut durch den Lauf und lässt die Trommel wieder einschnappen. Grandpa öffnet seinen Mantel, zieht die Jack-Daniel's-Flasche in der Papiertüte heraus, klemmt sie sich zwischen die Beine, dreht den Verschluss ab und nimmt einen Schluck.

»Hast du eigentlich schon diesen Jungen zum Tanzabend eingeladen?«

»Nein«, sagt sie.

Er dreht sich zu ihr um. »Nein?«, sagt er.

»Nein«, sagt sie.

»Das ist nicht gut«, sagt er.

»Ich hab's verkackt«, sagt sie.

Sie fahren aus der Stadt, über die Big River Bridge und auf dem Highway 1 am Van Damme Beach vorbei. Es geht zur Buckhorn Cove zurück. Es sind nur sechs Kilometer, eine Fahrt von sechs Minuten, aber sie werden länger brauchen. Grandpa fährt langsam um die Kurven, die Papiertüte klemmt zwischen seinen Beinen. Er fährt immer langsam, wenn er betrunken ist. Am Strand zieht ein einsames Mädchen in einem Taucheranzug ein Kajak über den Kies, und Turtle muss an Anna denken.

»Wie denn verkackt?«, fragt er und sieht sie an.

»Ich bin einfach zu feige«, sagt sie.

»Du bist nicht feige. Du bist so einiges, aber feige bist du nicht.«

»Ich hab den Schwanz eingezogen.«

»Ist denn noch Zeit?«

Turtle lehnt sich aus dem Fenster. Der Tanzabend ist in einer Woche. Ihre Haare flattern, verheddern sich und wehen wie Luftschlangen hinter ihr her. Sie gibt drei Schüsse auf ein Wildwechsel-Schild ab; zwei der Kugeln landen im schwarzen Körper des Rehbocks, die dritte direkt daneben.

»Schieß nicht aus dem Auto, Liebchen«, sagt er ohne Ärger in der Stimme.

»Wie war Martin, als er so alt war wie ich?«, fragt sie.

»Er war ein wildes Kind. Hat immer irgendwelchen Blödsinn gemacht und war nicht zu bändigen. Aber eins kann ich dir sagen. Er hat deine Mutter geliebt, *Junge*, er hat sie mehr geliebt als alles andere. Diesen bleichen Hungerhaken. Helena. Ja, ja. *Helena*, und alle nannten sie Lena.« Grandpa nippt an der Flasche.

Sie biegen in eine Haltebucht am Fuß des Buckhorn Hill ein, direkt am unteren Ende ihrer Einfahrt. Grandpa betätigt die Feststellbremse und stellt den Motor ab. Er steigt aus, hält

Rosy die Tür auf und sagt: »Und hopp, und hopp.« Rosy sieht ihn an und schüttelt sich bei jedem »hopp« aufgeregt.

Turtle holt einen orangen Eimer von der Ladefläche und geht mit Grandpa den Sandsteinweg zum Strand hinunter. Die Klippen sind dicht mit dünnen, geneigten Akeleistängeln bewachsen. Der Slaughterhouse Creek ergießt sich aus einem Durchlass in eine Schlammsuhle, in der Braunalgen eingeschlossen sind, ausgebleicht und weich wie verkochte Nudeln. In der Brandung schlagen die großen blauen, »Bowlingkugeln« genannten runden Wackersteine gegeneinander.

Grandpa muss Rosy zum Strand hinunterlocken, indem er sich auf die Knie schlägt und »Komm schon, mein Mädchen« sagt. Bei jedem Klatschen macht Rosy einen Satz nach vorn, überlegt es sich dann aber doch anders. Als sie schließlich vom Weg in den Sand hüpft, rennt sie in einem schnellen, aufgeregten Kreis um die beiden herum.

Sie arbeiten sich zusammen durch den Sand. Draußen in der Bucht liegt eine von Buchweizen und Habichtskraut überwucherte und von Brandungshöhlen untertunnelte Insel mit einem Blasloch, aus dem weißes Wasser in die Höhe schießt. Grandpa und sie kommen zu diesem Strand, so weit Turtle zurückdenken kann. Hier ist ihre Mutter gestorben, und irgendwo dort draußen knirschen ihre Knochen zwischen den Wackersteinen. Turtle dreht sich nach Grandpa um. Der Wind fährt in seine feinen grauen Haare und bläst sie in die Luft. Er macht ein sehr finsteres Gesicht, aber nicht weil er unglücklich wäre, sondern weil seine Wangen so nach unten ziehen.

Sie erklimmen einen steinernen Damm, der in die Brandung hinausführt, und stehen direkt über dem Wasser. Das Gestein ist schwarz wie Gusseisen, und alte Gezeitenbecken haben krustige Salzringe darauf hinterlassen. Über ihnen auf den Sandsteinklippen entspringen Quellen, und Wasser überzieht den Stein mit Pfaden aus zotteligen grünen Algen, auf denen winzige Frösche sitzen und den Ozean beobachten. An der Spitze dieses langen Steinarms wächst ein Wald aus kniehohen Seepalmen. Sie gehen weiter bis zu einem tiefen, über schmale unterirdische Kanäle mit dem Ozean verbundenen Bassin voll strudelndem Wasser.

Das Becken ist 1,80 Meter breit, fünf Meter tief und voller pelziger violetter Kalkrotalgen und knolliger Miesmuscheln. In den Ritzen drängen sich Krabben aneinander, die größte fünfzehn Zentimeter breit von Ellbogen zu Ellbogen, die kleinste von der Größe eines 10-Cent-Stücks, schwarz gestreift, mit rosa Scheren, die Gelenke von einem knorpeligen Gelb. Wenn die Wellen ihre Körper freigeben, knacken sie mit ihren gelbbärtigen Kiefern und plätschern im Wasser.

Grandpa und Turtle sitzen am Rand des Bassins und blicken in die dunkle Tiefe hinab. Rosy hoppelt einen Augenblick lang um den Felsen herum, lässt sich dann erschöpft neben Turtle fallen und präsentiert ihren rosigen, mit struppigem Fell bedeckten Bauch. Turtle beginnt nach Flöhen zu graben, pflückt sie aus dem Fell und schnippt sie in das Becken, wo sie die ginblaue Oberfläche kräuseln und winzige, spastische Kreise drehen, bis eine Groppe aus dem undurchdringlichen Dunkel aufsteigt und sie nach unten rupft. Der Fisch wirkt alt wie die Welt selbst – mit einem gewaltigen, mürrischen Kiefer, dessen Gelenke aus dem Gesicht hervortreten, und riesigen, grüblerischen, halb geschlossenen Augen. Turtle fragt sich, ob er den kalten Sog der Höhlen dort unten spürt, und falls ja, ob er jemals diesen dunklen Tunneln hinunter in die Schwärze gefolgt ist, wo jede Anemone ihre klebrigen, sanft leuchtenden Tentakel ausstrecken würde und er den ganzen entsetzlichen, unbeleuchteten Unterbau seiner Welt sehen könnte.

Grandpa hält ihr die Hand hin. »Was macht das alte Messer, Liebchen? Passt es gut auf dich auf?«

Turtle wirft einen langen missmutigen Blick in das Bassin. Schließlich zieht sie das Messer, wirft es mit einer kurzen Drehung in die Luft, fängt es an der Klinge auf und hält es Grandpa mit dem Griff voraus hin. Er beugt sich zu ihr herüber, nimmt es und untersucht die vom Schleifstein angeritzte Klinge. Er prüft sie mit dem Daumen. »Tja, tja«, sagt er. Der Messerrücken ist voller Rostgruben.

Er soll wissen, dass sie das Messer wertschätzt und dass sie darauf aufpassen *wollte.* Das soll er begreifen. »Tut mir leid wegen der Klinge«, sagt sie.

Grandpa zuckt mit den Schultern, als würde es keine Rolle spielen, aber als er an ihr vorbei auf die Wellen hinausschaut und dabei wie ein alter Mann die Augen zusammenkneift, spiegelt sein Gesicht auf subtile Weise seinen Schmerz wider, eine schicksalsergebene und komplizierte Art des Verletztseins.

Sie überlegt, ihm zu sagen, dass Martin es ihr weggenommen und an den Schleifstein gehalten hat, aber sie sagt nichts, weil es nichts gibt, was sie sagen könnte, und weil sich ihr Grandpa noch nie von Entschuldigungen und Erklärungen hat beeindrucken lassen. Sie vermutet, dass er mehr oder weniger weiß, was passiert ist, wenn er das Messer anschaut. Sie reibt Rosy weiter den Bauch, und Rosy hebt ein Bein, damit Turtle ihn besser erreichen kann, und rudert damit leicht durch die Luft.

Grandpa sagt: »Dieser alte Hund, ach, Rosy, hast du denn gar keine Würde? Schau dich an, Rosy, du Schlampe – dreh dich wieder um.« Rosy hebt den Kopf, verdreht die Augen, um Turtle ansehen zu können, und versucht zweimal, an ihrem Arm zu lecken, bevor sie sich wieder fallen lässt.

Grandpa reicht ihr das Messer zurück, den Griff voran.

Turtle steckt es beschämt zurück in seine Scheide. Dann steht sie auf und nimmt den Eimer. Grandpa bleibt sitzen und sagt, den Blick auf das Bassin gerichtet: »Hör mal, Liebchen, das macht nichts, wichtig ist doch nur – Mein Gott, guck dir dieses *Monster* an.«

Turtle dreht sich um und folgt Grandpas Blick. Eine riesenhafte Krabbe ist auf dem Grund des Bassins erschienen, tellergroß kämpft sie sich durch die Pflanzen auf dem Boden, wedelt mit aufgerichteten Scheren durch das Wasser.

»Herrgottsakra«, sagt Grandpa, »hast du schon mal so eine Krabbe gesehen?«

Turtle zieht ihr T-Shirt über den Kopf, öffnet den Gürtel, steigt aus der Hose und taucht in das kalte Wasser ein. Sie hört, wie Grandpa ihr hinterherruft, aber sie lässt sich in den zunehmenden Druck und die Wirbel hinabsinken. Sie spürt die kalten Wasserströme und Sogkräfte der Tunnel im Fels um sie herum. Unter Schmerzen paddelt sie mit den Beinen, und dann öffnet sie in der beißenden, trüben grünen Brühe die Augen. Sie kann die dunklen, verzerrten Umrisse der Krabbe ausmachen, die seitwärts über den Fels trudelt, und sie jagt ihr nach, tritt mit den Füßen aus, um unten auf dem Grund zu bleiben, und legt die Hände auf den kalten, harten Panzer, macht im Wasser einen Überschlag und steigt, umgeben von ihren eigenen Haaren, in einem schartigen, gewundenen Tunnel aus schwarzem Fels auf, in dem klaffende Fenster abwechselnd Wasser ausspucken oder wieder einsaugen und sich die Algen mit diesem schweren Atem rhythmisch hin- und herbewegen. Ein Lichtspiel verwandelt die Oberfläche des Bassins in einen wackelnden Spiegel. Wenn sie nach oben schaut, müsste sie eigentlich ihren Grandpa sehen können, der sich über das Becken beugt, aber sie sieht ihn nicht. Sie sieht nur den dunklen Tunnel, der immer weiter nach oben führt und sich dann öffnet wie in eine andere Welt, einen

Reifen aus wogendem, plätscherndem Silber, der ihr so fremd ist wie das Herz eines Sterns. Es ist, als wäre dieser spiegelnde Reifen eine Luke, durch die sie in ein anderes Leben durchbrechen könnte.

Sie schließt die Augen und tastet sich allein anhand ihrer Erinnerung an das Gesehene nach oben, erzeugt in ihren Gedanken diese wackelnde Silberscheibe, und dann wuchtet sie sich hindurch, schnappt im hellen Tageslicht nach Luft, zu allen Seiten von schwarzem Fels umgeben. Fernab von ihr donnert der Ozean gegen die Klippen, und die Steine mahlen in der Brandung. Über ihr beugen sich Grandpa und Rosy Seite an Seite über den Rand, beide mit dem gleichen überraschten, ängstlichen Gesichtsausdruck, geöffnete Münder und weit aufgerissene, unruhig hin und her schießende Augen.

Grandpa sagt: »Hier rein, Liebchen, hier rein«, und hält ihr den Eimer hin. Schwer atmend und mit einem schiefen Grinsen im Gesicht lässt Turtle die Krabbe in den Eimer fallen. »Guck dir das an«, sagt Grandpa und macht einen Schritt nach hinten, und auch Rosy weicht vom Rand des Bassins zurück. »Das nenne ich mal eine Krabbe, verdammt noch mal, das nenne ich wirklich mal eine Krabbe.« Turtle steckt bis zum Hals im strudelnden Wasser, die Haare kleben ihr am Kopf, sie ist glatt wie eine Robbe. Ihre Beine schmerzen. Sie hält sich am Rand des Beckens fest und paddelt so wenig wie möglich, bleibt tief genug unter Wasser, um ihre lila-grünen Schultern zu verbergen.

Grandpa sieht sie an und sagt: »Wenn du noch ein paar Miesmuscheln herausholst, haben wir ein Abendessen beisammen.« Er reicht ihr das Messer, und sie nimmt es und klemmt es sich zwischen die Zähne. Sie greift die Muscheln mit einer Hand und schneidet mit der anderen die haarigen Verankerungen durch. Als der Eimer zu einem Viertel gefüllt ist, reicht sie ihn Grandpa nach oben, stemmt sich dann aus dem Becken und richtet sich in ihrem pinken Schlüpfer auf, das Messer zwischen den Zähnen.

Grandpas Knie knacken, als er wankend aufsteht. Er sagt: »Julie, dreh dich um.«

Turtle sagt: »Was?«

»Julie, was ist das?« Er kommt zu ihr, berührt ihren Arm an der Stelle, wo der Bluterguss von dem Schürhaken eine schwarz-grüne Linie bildet, der erste Schlag, mit dem Martin sie niedergestreckt hat.

»Das ist nur ein blauer Fleck, Grandpa«, sagt sie.

»Dreh dich um«, sagt er.

»Grandpa«, sagt sie.

»Dreh dich um, Liebchen«, sagt er.

Sie dreht sich um, und er sagt: »O mein Gott.«

»Das sind nur blaue Flecken.«

»O mein Gott«, sagt er. »O mein Gott.«

»Grandpa, das ist nichts, ich spüre es überhaupt nicht.«

»O mein Gott«, sagt er und lässt sich schwankend auf den Felsen zurücksinken.

Sie geht zu ihren Jeans, hebt sie auf, faltet sie auseinander und zieht sie ruckweise hoch.

Er sagt: »Woher hast du die?«

»Es sind einfach nur blaue Flecken.«

»Woher?«

»Es ist gar nichts«, sagt sie, »wirklich.«

»Himmelherrgott, die sehen aus wie von einer Eisenstange.«

»Es ist nicht schlimm.«

»Mein Gott«, sagt er.

Sie schließt den Knopf ihrer Jeans und zieht den Reißverschluss hoch.

»Grandpa«, sagt sie, »es macht mir nichts aus, es ist nicht schlimm, wirklich nicht.«

»Was ist da passiert?«

»Gar nichts«, sagt sie. »Es ist nicht schlimm, wirklich nicht.«

»Na schön, Liebchen«, sagt er und erhebt sich mühsam. »Ich bringe dich heim.«

Sie gehen zurück zum Truck. Turtle humpelt stark. Ihre nassen Beine kleben an den Jeans, ihr Schlüpfer zeichnet sich als feuchter Umriss auf dem Stoff ab, der Eimer schlägt beim Laufen gegen ihre Knie. Rosy galoppiert voran und kommt dann wieder angetapst, um sich mit einem schlabberigen Grinsen steifbeinig vor sie zu stellen.

»Du alter Köter«, sagt Grandpa.

Sie gehen den Pfad zurück zum Highway hinauf, und Turtle stellt den Eimer in den Fußraum und steigt ein. Die Krabbe kriecht auf den Miesmuscheln herum. Grandpa lockt Rosy mühsam in den Truck zurück und steigt dann selbst ein. Er startet den Motor, lässt ihn im Leerlauf tuckern, lehnt sich zurück, schließt die Hände um das Lenkrad, öffnet sie, schließt sie wieder und sagt: »Mein Gott.«

Sie fahren auf den Highway und biegen nach wenigen Metern in den ausgefahrenen Schotterweg zu ihrem Haus ein. Der voranpreschende Truck hüpft immer wieder aus den Spurrinnen, und die Krabbe klackert im Eimer herum, während sich Rosy erschöpft zusammenrollt und Turtle mit kleinen Bewegungen ihrer Augenbrauen flehentlich anschaut. Grandpa nimmt einen tiefen Zug aus der Jack-Daniel's-Flasche und fährt mit einer Hand. Hin und wieder schaut er zu Turtle herüber, die die Hände zwischen die Beine geklemmt hat und durch das Beifahrerfenster auf das Feld und die Küstenkiefern blickt.

Als sie die Gabelung erreichen, an der Grandpas Staubstraße gleich hinter dem Obstgarten zu den Himbeerfeldern abzweigt und die andere Straße hinauf zum Haus führt, hält Grandpa an. Turtle nimmt den Eimer und steigt aus. Grandpa beugt sich vor und sagt: »Sag Martin, ich komme heute zum Abendessen.« Turtle bleibt neben dem Truck stehen. Sie kann sich nicht entsinnen, dass Grandpa jemals zum Abendessen gekommen wäre. Sie nickt nur.

Dann fährt er los, und Turtle steht mit dem Eimer in der Hand da und schaut ihm hinterher. Sie nimmt ihre an den Schnürsenkeln zusammengebundenen Stiefel und hängt sie sich um den Hals. Dann hinkt sie über den Hügel davon, und der Eimer schlägt gegen ihr Bein, und sie denkt: »Du Fotze, du leichtsinnige, du leichtsinnige, leichtsinnige, leichtsinnige.«

Zwölf

Auf das Porzellan der riesigen Klauenfußwanne sind grüne Flutlinien gekritzelt. Die kupfernen Armaturen und Rohre ragen aus kruden Löchern in den Redwoodbrettern, schartige Öffnungen, die zu Spinnenhöhlen geworden sind voller Spinnweben, wattebällchenartiger Eibeutel und den Hüllen alter Spinnen, die von einer einzelnen, riesigen Schwarzen Witwe verfolgt wurden, so aufgedunsen, dass sie beim Durchqueren des Raums ihren Körper hinter sich herschleppt und Spuren im Staub hinterlässt, ein Wesen, das Martin »dieses giftige Luder Virginia Woolf« nennt.

Über der Wanne geht ein Panoramafenster auf die Slaughterhouse Gulch hinaus. Die Kiefern hängen voller Flechten, die Brombeeren klettern aus dem Schwertfarn empor. Das Fenster ist schlecht abgedichtet, der Fenstersturz breiig und schwarz vor Fäule. Rote Pilze sprießen auf dem Fensterbrett. Unter ihren rissigen Hüten schimmert es weiß.

Sie hört, wie er die Einkäufe auf dem Küchentisch abstellt und das Badezimmer betritt. Er setzt sich auf den Holzstuhl neben dem Waschbecken, zwei Flaschen Old-Rasputin-Bier in einer seiner großen Hände. Sie lässt sich so tief in die Wanne sinken, dass nur ihr Kopf herausschaut und die lila-grünen Schultern unter der Oberfläche verborgen sind.

Er seufzt, setzt die Kronkorken auf die Armlehne des Stuhls und schlägt mit der offenen Hand nacheinander darauf. Dann legt er die Stiefel auf den Rand der Wanne, blickt an Turtle vorbei auf die Kiefern in der Slaughterhouse Gulch, klemmt sich das eine Bier zwischen die Schenkel und hält ihr das andere hin. Er nickt ihr aufmunternd zu. Sie nimmt es, trinkt davon und sieht ihn böse von der Seite an. Er sitzt da, sammelt seine Gedanken und fährt sich dabei mit den Fingern durch die Bartstoppeln, was ein unregelmäßiges Kratzgeräusch erzeugt. Er sagt: »Krümel, ich habe Mist gebaut, okay?«

Sie lässt sich tief in die Wanne sinken und sieht ihn prüfend an.

Er sagt: »Krümel ... Manchmal bin ich kein guter Mensch. Weißt du, ich gebe mir Mühe. Für dich.« Er faltet die Hände, öffnet sie, präsentiert seine Handflächen.

Sie sagt: »Inwiefern ›kein guter Mensch‹?«

Er sagt: »Tja, Krümel, ich glaube, das liegt in der Familie.«

Sie trinkt noch einmal von dem Bier, schaufelt sich nasse Haarsträhnen aus dem Gesicht. Sie liebt ihn. Wenn er so aussieht und sie merkt, dass er sich für sie Mühe gibt, ist ihr sogar sein Schmerz kostbar. Sie erträgt es nicht, wenn ihn etwas enttäuscht, und wenn sie könnte, würde sie ihn in ihre Liebe einhüllen. Sie stellt das Bier zwischen den Pilzen ab. Sie möchte es ihm sagen, aber sie bringt es nicht über sich.

Turtle sagt: »Grandpa sagt, er will zum Abendessen vorbeikommen.«

»Oh, das ist gut, das ist gut«, sagt Martin. »Ich habe ein paar Rinderknochen mitgebracht, und ich habe die Miesmuscheln und die fette Krabbe gesehen. Das reicht für ein richtiges Festmahl.«

Turtle kleckst Shampoo in ihre Hand. Sie seift ihre Haare damit ein.

»Krümel«, sagt er, »du bist so ein verflucht schönes Menschenkind. Schau dich nur an.«

Turtle lacht und blickt mit schaumigen, hoch aufgetürmten Haaren zu ihm auf. Daddy bedeutet ihr näher zu kommen, und sie beugt sich vor, und er greift mit seinen starken Fingern in ihre Haare und arbeitet sich mit den Fingerkuppen auf ihrer Kopfhaut voran. Sie schließt die Augen, das Gesicht zur Decke gekehrt, von der Spinnweben wie Schärpen herabhängen. »Gott, Krümel«, sagt er und seift sie weiter mit dem Shampoo ein, »du bist das Schönste, was es auf der Welt gibt. Habe ich dir das jemals gesagt? Einfach das Allerschönste.« Sie hebt die Arme zur Decke, streckt sie, und das Wasser rinnt in zittrigen Tropfen an ihren Unterarmen hinunter und in ihre Achselhöhlen, und sie denkt, dass es so guttut, sich so angenehm und behaglich anfühlt.

Martin hört auf, ihre Haare einzuseifen, und sie liegt da, den Nacken auf den Wannenrand gelegt, und schaut zur Decke, und er beugt sich über sie und küsst sie zuerst auf das eine Augenlid und dann auf das andere. Er sagt: »Ich liebe dieses Augenlid und dieses auch.« Er küsst sie auf den Nasenrücken. »Und diese Nase.« Er küsst sie auf die Wange. »Und dieses Gesicht!« Sie legt ihm die seifigen Arme um den Hals. Sein stoppeliger Kiefer kratzt an ihrem glatten.

Er weicht zurück und sagt: »Ach, Krümel, es tut mir leid, es tut mir so leid.«

»Ist schon gut, Daddy«, sagt sie.

»Du verzeihst mir?«

»Ja«, sagt sie, »ich verzeihe dir.«

Sie lässt sich ins Wasser zurückgleiten, denkt darüber nach und schreckt zugleich vor dem Gedanken zurück, was passieren wird, wenn Grandpa zu sagen versucht, was er gesehen hat, und sie weiß, dass sie es ansprechen sollte. Martins Fehltritte sind ein Geheimnis zwischen ihnen beiden, und es kommt ihr vor, als hätte sie diese Vertraulichkeit zerstört. Sie erträgt nicht, dass jemand anderes Fehler sieht, die er gemacht hat. Sie erhebt sich aus dem Wasser, rafft ihre Haare und wringt sie aus.

Sie steigt aus der Wanne und sieht ihr Spiegelbild im Panoramafenster; hinter ihr beugt sich Martin auf seinem Stuhl vor, kneift die Augen zusammen, kratzt sich mit dem Daumen über die Seite seines Kiefers, und beide sehen sie Turtle an, ihre langen, mit einem Gitter aus schwarz-grünen Blutergüssen überzogenen Beine. Sie nimmt ein Handtuch vom Ständer, wickelt sich darin ein und geht mit hinkenden kleinen Schritten an ihm vorbei. Er dreht sich um und sieht ihr nach. Sein linkes Auge wirkt trauriger als das rechte, sein Gesicht ist von Liebe und Trauer gefurcht. Sie geht die Treppe hinauf, um sich anzuziehen, jede ihrer Poren mit seiner Liebe angefüllt, es macht sie groß und glücklich, und sie denkt rachsüchtig: Komme, was wolle. Sie muss sich bücken, um ihre Kleider aus den Regalen zu nehmen, wobei sie behutsam und unter Schmerzen ausatmet, und sie zieht sich vorsichtig an, lässt sich viel Zeit dabei, und als sie fertig ist, steht sie da, schaut aus dem Fenster und beißt sich auf die Lippen. Nein, denkt sie, es kommt nichts dabei raus. Sie blickt auf den Hügel, der an manchen Stellen ein elegant geschwungener Bogen aus Wiesenlieschgras und Plattährengras, an anderen mit unkrautartigem Baumbewuchs zur Steppe verkommen ist, auf die blühenden violett-weißen Radieschen unten an der Straße. Sie kann sich nicht vorstellen, dass sich ihr Leben in irgendeiner Weise ändern könnte, sie kann sich nicht vorstellen, wie dieser Abend zu irgendetwas führen sollte, sie kann sich nicht vorstellen, was schiefgehen sollte. Ihr ganzes Leben und sein bisheriger Verlauf, die Menschen, die Teil davon sind, all das erscheint ihr so unabänderlich, und es mag Probleme geben, und es werden vielleicht Worte gewechselt werden, aber sie werden keine Konsequenzen haben.

Sie geht die Treppe hinunter, Martin ist nicht in der Küche. Sie entdeckt ihn in der Vorratskammer, inmitten der Waffenschränke, der voller Gerätschaften hängenden Werkzeugwand, der Stahlregale mit den Munitionskisten, der Kartons voller Schrotpatronen, einer Palette mit an der Wand aufgestapelten Tontauben. Sie lehnt mit schräg gestellter Hüfte am Türpfosten. Martin taucht eine Hand in das schmutzig pinke Wasser im Metzgereimer, zieht die triefenden, blutigen Rinderknochen heraus und legt sie neben die Tischsäge. Er schaltet die Säge ein, und sie springt mit einem Rattern an, das zu einem Brüllen anschwillt. Martin schiebt die Knochen nacheinander in das Sägeblatt, drückt sie behutsam mit Daumen und Zeigefinger am Blatt entlang, schaut mit zusammengekniffenen Augen in den Sprühnebel aus feinem weißem Staub und blutigen Wassertropfen. Die Knochen brechen auseinander und fallen auf die Tischplatte, und Martin lässt die Säge laufen, bis er jeden einzelnen Knochen der Länge nach durchgeschnitten hat. Er trägt sie in die Küche, spült im Waschbecken den Knochenstaub ab, legt sie in eine Bratpfanne und schiebt sie in den Ofen.

Dann greift er die lebendige Krabbe mit einer Zange und schiebt sie hinterher. Turtle hört die Krabbe über die Bratpfanne trippeln. Er leert den Eimer mit den Miesmuscheln in ein blaues Emaillesieb und macht sich mit gedankenverloren gerunzelter Stirn daran, ihre Bärte abzuschrubben, indem er eine in jede Hand nimmt und ihre geschlossenen Lippen der Breite nach aneinander reibt wie in einer kruden Imitation eines Kusses. Turtle hat ihn nie glücklicher gesehen als in diesem Moment; hin und wieder wirft er ihr einen Seitenblick zu, und vergnügte Fältchen erscheinen um seine Augen. Er gießt Sahne und Geflügelbrühe in einen Tiegel und lässt sie bei geringer Hitze köcheln. Er schneidet auf dem Küchenbrett Frühlingszwiebeln, mahlt groben schwarzen Pfeffer mit einer uralten Pfeffermühle, viertelt eine Zitrone und quetscht sie aus. Er leert die Pfanne mit den Muscheln in den Tiegel, lehnt sich an den Tresen und sieht Turtle an.

Er setzt einen zweiten Tiegel auf den ersten, um die Muscheln im Dampf zu garen. Sie lauschen der im Ofen herumscharrenden Krabbe.

Er findet ein rostfleckiges Brotmesser und mustert es, an den Tresen gelehnt. »Ja, gottverdammt«, sagt er, »guck dir das an, ich benutze das Scheißding nicht mal, und es ist trotzdem verrostet.« Turtle presst die Lippen aufeinander. Er röstet das Brot in einer Edelstahlpfanne. Er bereitet einen Teller mit Radieschen, Knoblauch, Frühlingszwiebeln und Petersilie vor, die er in Zitronensaft, Olivenöl und Meersalz wendet. Sie warten schweigend, Daddy mit Blick auf die kochenden Muscheln, Turtle im Schneidersitz auf dem Boden. Nach einer Weile öffnet er den Ofen, nimmt die Bratpfanne heraus, schichtet die Knochen mit einer Zange auf dem Küchenbrett zu einem Gitter, fischt die zusammengekrümmte, tote Krabbe hinten aus dem Ofen und legt sie rücklings neben die Knochen. Er serviert das geröstete Brot und stellt das Küchenbrett in die Mitte des Tisches. Entlang der Schnittflächen der Schenkelknochen ist das Fett zu einer graubraunen Haut versengt, während das Mark ölig und flüssig in den Hohlräumen kocht und sich die Haut darüber kräuselt und kreucht wie etwas Lebendiges.

»Räum den Scheiß mal beiseite«, sagt er zu Turtle, und sie steht auf und fängt an, die Bierdosen, Schrotpatronen, Aschenbecher und verschiedenen Bücher vom Tisch zu räumen: *Eine Abhandlung über die Prinzipien der menschlichen Erkenntnis, Sein und Zeit* und *Die Vorsokratiker* von Jonathan Barnes. In der Küche schüttet Martin die Muscheln in eine tiefe Schüssel, Turtle holt das zusammengewürfelte Silberbesteck und verteilt es, und Martin holt Keramikschalen und Teller mit dicken Fett- und Staubringen von einem hohen Regal. Er säubert sie mit einem Geschirrtuch und sagt bedeutungsvoll: »Niemand soll sagen, ich hätte für unseren gelehrten Patriarchen nicht das beste Porzellan herausgeholt, Krümel, das soll wirklich niemand sagen!«

Turtle sagt: »Du hast ganz schön viel gekocht, Daddy.«

»Weiß Gott«, sagt er.

In einem anderen Teil des Hauses geht eine Tür auf. Nicht die Schiebetür, die vom Wohnzimmer auf die Terrasse führt, die Tür, durch die Turtle und Martin ein und aus gehen, sondern die große eichene Eingangstür mit den gusseisernen Querlatten, die zur Diele mit der gewölbten Decke aus dunklen Redwoodpaneelen, dem alten Kronleuchter und den mit Bärenschädeln behängten Wänden führt. Am Ende des Flurs hängt eine Elchbüste, die ein Auge verloren hat. Sie hören, wie Grandpa die Diele durchquert und den Flur betritt, und dann erscheint er in der Tür.

»Daniel«, sagt Daddy. »Durch die Vordertür bist du, glaube ich, noch nie gekommen.«

Grandpa sagt: »Hör mal, Martin –«

»Setz dich«, sagt Daddy und zeigt auf einen der Stühle am Tisch. »Ich habe dir die Muscheln gekocht. Und Dad – nächstes Mal nimm bitte die Wohnzimmertür, okay?«

Turtle findet es überhaupt nicht seltsam, dass Grandpa durch die Vordertür hereingekommen ist. Es ist eine Formalität, die Turtle genauso gut versteht wie Martin, der sie aber ins Lächerliche gezogen hat, als wäre es ein Fehler gewesen und keine Formalität, und Turtle sitzt da und sieht ihn an, in der Hoffnung, dass er nicht auch Grandpa ins Lächerliche ziehen wird, und sie sieht auch, dass er will, dass die Sache gut läuft, dass er nicht will, dass Grandpa sie so formell behandelt, und Turtle hat Angst.

Grandpa blickt von Turtle zu Daddy, und Daddy wirft ihr einen verschwörerischen, mokanten Blick zu. Es gefällt Turtle nicht, wie Grandpa dort in der Tür steht. Komm rein, denkt sie, sei nicht so hart, Grandpa, komm rein und lass es gut sein. Sie weiß, dass Grandpa es nicht einfach gut sein lassen kann, dass er in ihren Augen alles verlieren würde, wenn er es gut sein ließe, aber das ist alles, was sie sich von ihm wünscht. Sie wüssten, dass sie beide kein Rückgrat haben, aber das wäre auch gar nicht so schlimm. Genau das ist es, was Martin über sie gesagt hat und was Anna über sie gesagt hat: dass sie ängstlich ist, dass sie zum Zaudern neigt, aber obwohl sie das weiß, will Turtle, dass es so läuft. Es macht ihr nichts aus, wenn sie ihrer Schwäche nachgibt und Grandpa genauso rückgratlos ist. Dann ist es eben so, und sie essen einfach alle drei zu Abend.

»Martin«, sagt Grandpa.

»Gute Güte, Dad, jetzt setz dich mal und iss was«, sagt Martin. »Ich dachte, du liebst Muscheln.«

»Fangt ohne mich an.« Er sagt es grimmig und vorwurfsvoll, und Turtle weiß, er wird gar nichts gut sein lassen.

»Von wegen – setz dich und iss ein bisschen Knochenmark.«

Grandpa zieht einen Stuhl zurück und setzt sich darauf. Es kommt ihr vor, als hätte sie ihr ganzes Leben lang gehofft, er sei der Mann, für den sie ihn hielt, und nicht der, für den Martin ihn hielt, und jetzt will sie, dass er einfach nur dasitzt und gar nichts sagt. Martin deutet auf das Knochengitter, die geriffelten, wie gedrechselte Holzschnecken aussehenden Kondylen, das in den Röhren blubbernde Mark, das mit Sehnen glasierte Gebein. »Iss ein bisschen Mark«, sagt er noch einmal, schabt sich etwas ab und streicht es auf seinen Toast. Mit der Gabel nimmt er sich etwas Radieschen mit Petersilie und beißt krachend hinein.

»Martin – hör zu«, sagt Grandpa, beugt sich vor und stützt die Arme auf den Tisch.

»Kein Knochenmark? Soll ich dir ein Bier holen?«

»Ich will kein Bier.«

»Komm, ich hole dir ein Bier«, sagt ihr Daddy. »Ich versuche, immer ein paar Flaschen von deinem Bier dazuhaben. Ich weiß, dass du dieses billige, geschmacksfreie Zeug magst. Guter Whiskey und beschissenes Bier, das ist Daniel Alveston.«

»Setz dich hin, gottverdammt«, sagt Grandpa. Martin geht zum Kühlschrank, öffnet ihn und beugt sich suchend vor. Er kommt mit einer Flasche Bud Light zurück und sagt: »Siehst du, ich habe immer ein Bier für dich da, Daniel.« Er schlägt es am Rand der Tischplatte auf, und Grandpa sitzt da und sieht ihn an; er hat die Hände über dem Bauch verschränkt, und seine hängenden Wangen verwandeln seinen düsteren Blick in unzugängliche Unzufriedenheit. Martin steht da und hält Grandpa das Bier hin, dessen Schaum überläuft und an der Flasche hinunterrinnt, aber Grandpa nimmt es nicht. Er sagt: »Ich will dein Bier nicht, Martin.«

Daddy stellt das Bier neben Grandpas Teller. Er zieht seinen Stuhl zurück und setzt sich. Er sagt: »Tja, das Mark geht heute nicht gut weg, aber na ja, ich hab's versucht.«

»Es liegt nicht am Mark«, sagt Grandpa und sieht die Krabbe an, die ihre toten Beine in die Luft streckt.

»Ich kann dir ein überbackenes Sandwich machen.«

»Ich bin nicht zum Essen gekommen, Marty. Hör zu –«

»Zuhören? Ach was. Trink dein Bier, Dad. Es sieht albern aus, wenn du es bloß vor dir rumstehen lässt.«

»Martin, ich muss es dir sagen – so zieht man kein Kind auf.«

»Du Hurensohn«, sagt Martin. »Du Hurensohn. Meinst du, das wüsste ich nicht? Du *Wichser*. Du kommst *hierher*, um *mir* zu sagen, dass man *so*, dass man *so* kein Kind aufzieht?«

Grandpa streckt die Hand nach seinem Bier aus, und es kippt um, schlittert über den Tisch in Martins Schoß, und

Martin greift es sich, sagt: »Was zum –«, und die schäumende Flasche rutscht ihm aus den Händen und fällt wieder in seinen Schoß, und er versucht aufzustehen und wirft dabei seinen Stuhl um, stürzt fast darüber, und dann steht er da, und Bier tropft von seinen Ärmeln und seinem Hemd, während die Flasche auf dem Boden verschnörkelte Kreise zieht und im Rhythmus ihres herausspritzenden Inhalts gegen den Tresen schlägt. Martin schüttelt seine nassen Hände aus und sagt: »Herrgott! Herrgott!« Er geht steifbeinig in die Küche, nimmt die Haushaltstücher herunter, rollt sie aus, reißt einige ab, betupft sein durchnässtes Hemd und seinen klatschnassen Schoß, zieht sich das nasse Flanellhemd vom Körper und wirft es über die Teller hinweg auf die Arbeitsplatte.

Grandpa sagt: »So zieht man kein Kind auf, so nicht.«

»Herrgott«, sagt Martin und schaut an sich hinunter.

»Martin«, sagt Grandpa.

»Was?«, sagt Martin.

»So zieht man kein Kind auf.«

»Herrgott, Dad«, sagt Martin, öffnet den Kühlschrank und nimmt sich noch ein Bier heraus. Er schlägt den Kronkorken ab. »Herrgott«, sagt er. »Sag's mir doch noch mal, Dad. Sag mir noch mal, dass man so kein Kind aufzieht.«

»Du sollst das wissen, Martin.«

»Ich weiß es«, sagt Martin, kommt an den Tisch und stellt das neue Bier darauf. »Herrgott, Daddy«, sagt er und schüttelt sich immer noch Schaum von den Händen, den Blick auf sein durchnässtes Hemd gerichtet.

»Ach, gottverdammt, Martin«, sagt Grandpa. »Verdammte Scheiße, hör mir zu.«

»Ich gebe mein Bestes, Daniel. Mein verdammt noch mal Allerbestes.«

»Hör zu, Martin«, sagt Grandpa. »So kann es nicht weitergehen.«

»Ach ja?« Martin sammelt sich. »Ist das so, Dad?« Er sagt es mit einem Unterton, den Turtle nicht versteht, und Turtle schaut rasch vom Tisch weg und wiederholt es im Geiste, bildet sein Gesicht, seine Miene, den Tonfall nach: *Ist das so, Dad?*, quetscht den Unterton heraus, und dann schaut sie schnell wieder zu ihnen zurück.

Grandpa sagt: »Und schau dich an, Martin. Schau dich mal hier um. Du willst doch nicht, dass deine Tochter so aufwächst.«

Martin sieht Grandpa an, eines seiner Augen halb geschlossen.

»Sie könnte eine ganz tolle junge Frau sein«, sagt Grandpa.

Martin öffnet den Mund, schaut zur Seite, fasst sich an den Kiefer.

»Martin –«

»Ich weiß es, Dad.«

»Sie kann –«

»Dad! Ich weiß es, gottverdammt. Meinst du, ich würde nicht verdammt noch mal genau darum kämpfen? Meinst du, ich würde mir nicht genau das sagen, wenn ich morgens aufstehe? Kümmere dich einfach um dieses Mädchen, und sie wird es einmal besser haben als du, Martin, sie wird ein erfüllteres Leben haben. Ihr Leben wird nicht wie deins sein. Behandle sie einfach richtig, und es wird alles ihr gehören, die ganze Welt, alles.«

Grandpa sitzt mit düsterem Gesicht da.

»Meinst du, das wüsste ich nicht? Meinst du, ich würde nicht dafür kämpfen? Mit den wenigen verdammten Mitteln, die ich habe, Dad. Mit allem, was ich habe, Dad. Und ich weiß, dass es nicht perfekt ist. Ich weiß, dass es nicht mal genug ist, dass sie mehr verdient hat, aber ich weiß nicht, was zur Hölle ich machen soll. Ich liebe sie, und das ist mehr, als ich je von dir hatte.«

Grandpa sagt: »Hör zu – das Mädchen hat Blutergüsse auf dem Oberschenkel, heftig wie nur was. Blutergüsse. Schwarz wie nur was. Blutergüsse, Martin, die aussehen, als wärst du dem Mädchen mit einer Eisenstange zu Leibe gerückt. Ich frage dich. Ich frage dich, Martin.«

»Halt den Mund«, sagt Martin.

Grandpa legt die Stirn in tiefe Falten. Seine Gesichtshaut ist gelb verfärbt, die hängenden Wangen aus Altmännerfleisch sehen beinahe wie Speckschwarten aus. Er sagt: »Ich werde dich dieses Mädchen nicht länger aufziehen lassen, und wenn du klug bist, wirst du –«

»Halt dein verdammtes Maul«, sagt Martin. Er kratzt mit dem Daumen am Rand der Tischplatte herum und sieht dann wieder Grandpa an. »Du weißt nicht, wovon du verdammt noch mal –«

Grandpa sagt: »Sie hat Blutergüsse –«

»Halt dein verdammtes Maul.«

»Es sieht aus, als hättest du –«

»Geh zurück in deinen Wohnwagen, Alter.« Martin macht eine Handbewegung in Turtles Richtung. »Du hast keine Ahnung.« Er sieht Turtle unverwandt an. Sie warten, bis er weiterspricht. »Und ich anscheinend auch nicht. Und sie bestimmt genauso wenig. Oh, sie mag dich. Sie liebt dich. Stimmt doch, Krümel?«

Sie schweigt.

»Krümel – hast du deinen Grandpa lieb?«

Turtle hört die abkühlenden Beine der Krabbe knacken.

»Krümel?«

»Ich habe ihn lieb, Daddy.«

»Siehst du? Siehst du? Aber du wirst nicht mit einer Whiskeyfahne hier reinkommen, hier in mein Haus kommen und mir erzählen, sie hätte Blutergüsse. Das machst du nicht.«

»Marty, du musst dir für Julia doch etwas anderes wünschen. Nicht das hier, Marty. Nicht das.«

Martin sitzt da und fährt mit den Fingerkuppen an seinen Bartstoppeln entlang. Er sagt: »Tja ... *Scheiße*. Wie ich sehe, hat Krümel jetzt dein Messer.« Er streckt die Hand aus, und Turtle zieht das Messer aus ihrem Gürtel und gibt es ihm. Er wiegt es in der Hand. Er sagt: »Weißt du, wie viele Kehlen er mit diesem Messer durchgeschnitten hat?«

Turtle schaut auf ihren Teller.

»Zweiundvierzig, oder?«

»Zweiundvierzig«, bestätigt Grandpa.

»Korea, Krümel. Und irgendwann haben sie ihn dann auf die Jagd nach Eindringlingen in die demilitarisierte Zone geschickt, und die armen kleinen Scheißer, diese armen kleinen Scheißer hatten keine Ahnung, dass ein blutrünstiger Scheißpsychopath aus einer Wildnis am anderen Ende der Welt, ein Mann, dessen Vorfahren im Westen von Amerika Jagd auf Indianer gemacht haben, im Gebüsch sitzt und auf sie wartet. Wie hätten sie das kapieren sollen? Ich glaube, so viel Spaß hattest du nie wieder im Leben.«

Grandpa sagt nichts. Sein Kiefer zittert.

»Am liebsten hat er sich von hinten an die armen kleinen Scheißer angeschlichen, irgendeinen kleinen Scheißer, der von der Regierung und den erdrückenden sozioökonomischen Zwängen genötigt wurde, in den Krieg zu ziehen, und Daniel schleicht sich von hinten an und schneidet ihm mit dem Messer fast den Kopf ab. Stimmt's nicht? Den Arm von hinten um den Hals legen, das Kinn hochdrücken und dann mitten durch die dicken Arterien auf der linken Seite. Stimmt's nicht?«

»Es war Krieg, Martin.«

»Und dann geben sie dir eine Repetierbüchse und schicken dich nach Vietnam. Stimmt's nicht? Und dieser Hurensohn kommt am liebsten ganz nah an dich ran, schießt dir mit einer Kaliber .12 schön weit unten in den Rücken und guckt zu, wie du wegzukriechen versuchst, und dann kniet er sich auf deinen Rücken und schneidet dir deinen verschissenen Hals durch. Die M12, das war eine gute Büchse, oder? Damals schon antik, aber das beste Gewehr, das sie je gemacht haben.«

Grandpa sagt nichts.

Martin klatscht die Hände auf den Tisch. »Wofür! *Wofür* habt ihr in diesem Krieg gekämpft? Hat dich das überhaupt gekratzt? Hast du dich dafür interessiert, hast du überhaupt kapiert, wofür ihr gekämpft habt? Scheiße, nein. Scheiße, Scheiße, Scheiße, *nein*. Du hattest einfach Spaß daran.«

»Ich wusste, warum ich kämpfe, Martin.«

»Vielleicht.«

Martin legt das schwere Messer auf den Tisch, und Turtle nimmt es in die Hand. »In dem Ledergriff steckt eine Menge Blut, das sich nicht rauswaschen lässt, stimmt's nicht?«

Grandpa senkt den Kopf auf die Brust, als würde er schlafen. Seine Wangen hängen an seinem Gesicht herunter und verstärken seine düstere Miene.

»Tja«, sagt Martin, »Krümel muss stolz sein, das Messer zu haben. Ein echter Familienschatz. Und Daniel, du solltest dir vielleicht mal klarmachen, dass diese Familie eine harte Seite hat. Und dir vielleicht mal Gedanken darüber machen, was das für deine Enkelin bedeutet.« Martin beugt sich zur Seite und spuckt auf den Fußboden.

Turtle schaut auf die Pfütze aus Fett und Sahne auf ihrem Teller.

»Das spielt alles keine Rolle«, sagt Grandpa gewichtig.

»Das spielt alles *keine Rolle*?«, wiederholt Daddy ungläubig. »Das spielt alles keine Rolle? Worauf ich hinauswill, ist, dass sie ihr ganzes Leben lang geliebt wurde. Und Liebe habe ich von dir nie bekommen.«

»Ich kann das Kind nicht bei dir lassen. Ich kann es nicht.«

»Reden wir darüber«, sagt Daddy. »Sind es die Blutergüsse, über die du dir Gedanken machst?«

»Es sind die Blutergüsse und dieser ganze Die-Welt-geht-zu-Ende-Blödsinn.«

»Das ist kein Blödsinn, Dad«, sagt Martin.

»Es ist Blödsinn, und so zieht man kein Kind auf, nicht indem man so tut, als würde die Welt untergehen, nur weil du es gern so hättest.«

»So zieht man kein Kind auf? Wenn du nicht glaubst, dass die Welt in großen Schwierigkeiten steckt, Dad, dann hast du nicht richtig aufgepasst. Die Elche, die Grizzlys und die Wölfe sind schon verschwunden. Die Lachse so gut wie. Die Redwoodbäume sind erledigt. Die Kiefernbestände sterben hektarweise. Deine Bienen sind tot. Wie konnten wir Julia in eine Welt setzen, die so am Arsch ist? In dieses sterbende, vergewaltigte, verrottende Abbild dessen, was hätte sein sollen? Wie genau soll man ein Kind in einer Gesellschaft von ichbesessenen Wichsern aufwachsen lassen, die die Welt, in der es hätte aufwachsen *sollen*, vergeudet und zerstört haben? Und wie soll sie je mit solchen Menschen übereinkommen können? Gar nicht. Darüber lässt sich nicht verhandeln. Es gibt keine Alternative. Sie töten die Welt, und sie werden die Welt immer weiter töten, und sie werden sich niemals ändern und niemals aufhören. Ich kann nichts tun, und sie kann nichts tun, um deren Meinung zu ändern, weil sie nicht zum Denken fähig sind, weil sie unfähig sind, die Welt als etwas zu begreifen, das außerhalb von ihnen liegt. In ihren Augen haben sie jedes Recht dazu. Und du willst mir erzählen, meine Wut auf solche Leute, auf so eine Gesellschaft wäre *Blödsinn*? Du sagst, so kann man kein Kind aufziehen, und ja, das weiß ich. Aber was soll ich denn sonst machen?«

»Gottverdammt, Martin, du kannst sie doch nicht immer weiter …« Er verstummt.

Martin sagt: »*Was* kann ich nicht?« Er sieht Turtle mit wildem Blick an. Grandpa stammelt. Er findet nicht das richtige Wort. Turtles Mund ist geöffnet, und sie steckt ihre Handfläche hinein und beißt fest darauf. Sie spürt das Lächeln, das wie etwas Schreckliches auf ihrem Gesicht liegt.

Martin beugt sich vor. Er sagt: »Na, weißt du, was du sagen willst, Dad?«

»Ja«, sagt Grandpa. »Ja.«

»Na, was denn?«

»Na ja, ich wollte sagen –«

»Ja?«

»Na ja, äh, ich … ich meinte nur …«, sagt Grandpa.

Martin sieht Turtle an. Grandpa spricht undeutlich vor sich hin.

»Dad?«, sagt Martin.

»Ist schon gut«, sagt Grandpa. »Ach … ach … schon gut.«

»Was? *Was?*«

Grandpas gutes Auge wechselt von ihr zu Martin, über dem rechten hängt ein schweres Lid, und er richtet sich würdevoll auf seinem Stuhl auf. Er öffnet den Mund und sagt kaum verständlich: »Ich glaube … ich wollte nur sagen, dass … man so … so … so …« Er bricht ab.

»Was, Dad?«

»Dass man so …«

Sie warten.

»Ach, vergiss es«, sagt Grandpa wütend. »Vergiss es.«

»Kein Kind aufziehen kann?«, sagt Martin. »Dass man so kein Kind aufziehen kann?«

»Ja«, sagt Grandpa und verstummt. Mit jedem Wort sprüht Speichel aus seinem Mund. Turtle studiert sein Gesicht genau.

Die rechte Hälfte scheint einzuschlafen. Das Lid ist geschlossen. Es öffnet sich einmal schläfrig und gibt den Blick auf die weiße Sichel der Lederhaut frei, um sich ebenso schläfrig wieder zu schließen und geschlossen zu bleiben. Daddy wartet, vorgebeugt, den Blick auf Grandpa gerichtet.

Grandpa sagt: »Kein … kein …«, und scheint das richtige Wort nicht zu finden.

»Kein Kind?«, sagt Daddy.

»Ach«, sagt Grandpa, »ach, schon gut.« Er streckt über den Tisch hinweg eine Hand nach ihr aus und sagt: »Ich …«, und findet nicht die Worte, um zu sagen, was er noch sagen wollte. Er sagt: »Ich …«, und ringt sichtlich mühsam nach Worten, öffnet und schließt den Mund.

»Was zum Teufel, Dad«, sagt Daddy.

»Ich wollte …«, sagt Grandpa. »Ich …«

Martin sagt: »Scheiße, was zur Hölle?«

Grandpa steht auf, stößt dabei seinen Stuhl um, neigt stark zur Seite, und Martin springt auf, greift nach Grandpas Hemd, und Grandpa schlägt hart auf dem Boden auf.

»Krümel«, sagt Daddy, »ruf einen Krankenwagen. Sofort.«

Turtle bleibt wie angewurzelt sitzen und sieht ihren Großvater, der halb mit dem Stuhl verschlungen daliegt, entsetzt an. Er rollt sich mühsam auf die Seite. Er schaut zu Turtle herauf. Seine rechte Gesichtshälfte ist schlaff, die Haut hängt in Vorhängen aus altem Fleisch hinunter, das wie verschüttetes altes Wachs aussieht. Er sagt: »Liebchen … Liebchen …« Er macht einen schwächlichen Versuch, die Hände unter den Körper zu bekommen.

»Ruf einen Krankenwagen, Krümel.« Martin geht um den Tisch herum und kniet sich neben Grandpa. Seine Stiefel knarren.

Turtle steht auf und geht zu dem Telefon an der Wand, hebt ab und wählt. Martin hilft Grandpa von dem umgekippten

Stuhl auf. Er sagt: »Du Scheiß… Du verdammter Scheiß… Gottverdammt, Daniel. Gottverdammt.«

Jemand sagt: »Notrufleitstelle, um was für einen Notfall geht es bitte?«

»Äh«, sagt Turtle. »Um was für einen Notfall geht es, Daddy?«

»Schlaganfall«, sagt er.

»Warte … warte … warte, Julie …«, sagt Grandpa immer wieder. Er murmelt vor sich hin und sucht nach dem richtigen Wort.

»Was, warten? Dad. Worauf sollen wir denn warten?«

»Ach, schon gut.«

»Was siehst du?«, sagt Martin.

Turtle nimmt die Hand von der Muschel und sagt: »Warten Sie.«

»Ich warte«, sagt die Stimme aus der Telefonzentrale.

»Schlaganfall!«, schreit Martin sie an.

»Schlaganfall«, sagt Turtle.

»Und Sie sind in …«, sagt die Stimme und nennt ihre Adresse.

»Ja«, sagt Turtle.

»Ach, Martin«, sagt Grandpa. »Ich wollte sagen … sagen, dass … Was ich meinte, war …«

Daddy kniet da und hält Grandpas Hände und schaut auf ihn hinunter, und er sagt: »Was? Daniel? *Was* wolltest du mir sagen? Was denn?«

Turtle hat ihren Vater noch nie so verzweifelt gesehen.

»Miss?«, sagt die Stimme. »Miss?«

»Warten Sie«, sagt Turtle. Sie will, dass alle aufhören. Sie will, dass alles langsamer geht. Sie braucht einfach mehr Zeit. »Warten Sie«, sagt sie.

»Können Sie mir sagen, was genau passiert ist?«

»Ruhe!«, sagt Turtle. »Warten Sie einfach!«

»Miss –«

Turtle drückt das Telefon an ihre Brust und sieht zu. Martin hält Grandpas Hände und sagt: »Was ist denn, Daniel? Was wolltest du sagen? Was siehst du? Sag mir, was du siehst.« Sie lässt das Telefon fallen, geht zum Tisch und setzt sich neben Martin. Er kniet über Grandpa und sagt: »Sag mir, was passiert, Dad. Sag mir, was du siehst.« In der Ecke hängt das Telefon an seiner Schnur, und die Stimme sagt: »Miss? Miss? Sie müssen bitte am Telefon bleiben.«

Grandpa wendet sich ihr zu und hebt den Kopf vom Boden. Turtle rückt näher an ihn heran. Er murmelt, sucht nach ihrem Namen, findet ihn nicht, öffnet und schließt den Mund. Er sagt: »Julie ... Ich kann nicht ...«

»Gottverdammt, Daniel! Was ist denn? Was? Was?«

Martin packt Grandpa am Kinn, und sie sehen sich an.

»Was hast du ... Was wolltest du ...?«, sagt Martin.

»Julie ...«, sagt Grandpa.

»Krümel, geh nach oben«, sagt Martin.

»Es tut mir leid«, sagt sie. Sie sieht Grandpa in die Augen. »Es tut mir so leid. Es tut mir leid.«

Grandpa sieht sie an. Was er sagen will, bleibt ihr verborgen. Sein Zentrum sickert aus ihm heraus, seine Substanz, er sagt die Dinge, die er gewohnheitsmäßig sagt, aber er sagt nicht, was er meint, und er kann nicht ausdrücken, was er meint.

»Los!«, sagt Martin, und sie steht auf und rennt die Treppe hinauf und denkt, es wird nichts passieren. Er wird schon wieder. Sie rennt in ihr Zimmer, lehnt sich an die Wand, ringt nach Luft und lauscht. Unten hört sie Martin sagen: »Sag mir, was du siehst, Dad. Sag mir, was du gemeint hast.« Sie wartet in der quälenden Stille, versucht, ihren Atem zu beruhigen. Sie hat Angst, wegen ihres klopfenden Herzens, wegen ihrer Atemgeräusche zu verpassen, was Grandpa sagt, aber sie dürstet nach Luft. Unten ein kratzendes Geräusch, etwas bewegt sich, und Turtle hört auf zu atmen, lauscht. »Ach, ich sehe … ich sehe …«, sagt Grandpa lallend, und seine Füße kratzen über den Boden, er bewegt sich im Liegen, und Martin sagt: »Daniel, schau mich an … Ich … Ich bin's, Martin. Martin. Schau mich an.« Und Grandpa sagt: »Ach, schon gut.« Ungläubig sagt Martin: »Was? Was?« Es folgt eine lange Stille, in der Turtle ihren keuchenden Atem zu beruhigen versucht und auf jedes Geräusch von unten lauscht, aber da sind keine Geräusche, und dann spricht Martin mit leiser, heiserer Stimme, gedämpft von Ehrfurcht oder irgendetwas anderem. »Du Dreckskerl«, sagt er. »Du gottverdammter Dreckskerl.« Dann ein langer Moment der Stille. Turtle steht mit dem Rücken zur Tür, lauscht, dosiert ihre Atemzüge, um sie zu beruhigen. Dann hört sie den Krankenwagen, sieht ihn die Einfahrt heraufkommen. Sie hört die fremden Männer unten reden. Sie rufen sich Zahlen zu, die sie nicht versteht, reden miteinander, und Turtle geht in ihrem Zimmer auf und ab, geht zum Fenster hinüber und sieht, wie Grandpa auf einer Bahre hinausgetragen und auf dem matschigen Platz vor dem Haus in den Krankenwagen geladen wird. Daddy spricht mit den Sanitätern, dann steigt er in den Truck und folgt dem Krankenwagen die Einfahrt hinunter. Turtle bleibt allein zurück, in den Fensterschacht gelehnt, von dem Gestrüpp aus Rosen und Gifteiche umrahmt.

Dreizehn

Spätabends donnert Martins Truck die geschotterte Einfahrt herauf, und Turtle erwacht im Fenster aus ihrem Traumzustand, die Hände um die mit Gänsehaut überzogenen Schultern gelegt. Vorsichtig steigt sie aus dem Fensterschacht, geht die Treppe hinunter und stellt sich auf die Veranda. Martin geht zu den Stufen, tritt fest mit dem Fuß dagegen und setzt sich dann. Er zieht eine Schachtel Zigaretten heraus, klopft eine in seine Hand, zündet sie an. Er zieht daran. Sie setzt sich neben ihn, er gibt ihr die Zigarette und klopft sich eine zweite in die Hand. »Tot bei Ankunft«, sagt er. »TBA.« Er räuspert sich und sagt im gedämpften, affektierten Tonfall des Arztes: »›Daniel hat einen schweren Schlaganfall in der linken mittleren Hirnschlagader erlitten. Es begann als Hirninfarkt, was bedeutet, dass sich in der Arterie, die für die Versorgung der linken Hirnhälfte und des Sprach- und Bewegungszentrums zuständig ist, ein Blutgerinnsel gebildet hat. Wie das Gerinnsel entstanden ist, wissen wir nicht. Aber die Blutgefäße im Hirn von Alkoholikern sind sehr fragil, schließlich ist eines geplatzt, und Blut ist in das Hirngewebe eingedrungen.‹ Es war offenbar schmerzhaft, aber es ging schnell. Nicht, dass er einem das hätte sagen können. Der erste, der Hirninfarkt, der war nicht schmerzhaft. Da hat er gar nicht gemerkt, was passiert. Der zweite Schlag dagegen, der mit der Hirnblutung, der war schmerzhaft, aber da fehlten ihm schon die Worte, um es auszudrücken. Da war er nur mit den stärksten Kopfschmerzen aller Zeiten in seinem eigenen Verstand eingesperrt, wenn auch nur ganz kurz. ›Als hätte Gott zugeschlagen‹, hat der Arzt gesagt.« Martin bläst Rauch aus dem Mundwinkel. »Hurensohn«, sagt er. Sie sitzen nebeneinander. Er pult Schotterkörner aus den Dielenbrettern der Veranda und schnippt sie in die von Endivien und Gänsefuß überwucherte Einfahrt. Sie sitzt schweigend da und denkt daran, wie der Krankenwagen den Shoreline Highway entlangfährt, vorbei an Buchten und Landzungen im Wechsel, und sie hier wartet. Sie denkt: Ich habe ihn umgebracht. Der Gedanke kommt ihr so schnell und so schmerzhaft, dass sie vor Widerwillen fröstelt und mit den Zähnen knirscht, und wieder denkt sie: Ich habe ihn umgebracht. Ihre eigene Bedeutungslosigkeit lastet drückend auf ihr – dass ausgerechnet sie diejenige ist, die Grandpa schließlich umbringt, wo er doch so viel anderes überlebt hat, und es kommt ihr vor, als wäre ihre eigene Beziehung zu Grandpa oberflächlich im Vergleich zu seiner Beziehung zu Martin, und wenn Grandpas Beziehung zu ihr weniger belastet war, dann nur, weil sie weniger tief war. Grandpa war so hart zu Martin, weil Martin ihn ganz gefordert hat, so wie Turtle Martin ganz fordert. Und es gab etwas, das Martin von seinem Vater gebraucht hätte. Irgendeine unbeantwortete Frage.

Daddy steht auf und tritt wieder gegen die Setzstufe der Verandatreppe. »Scheiße!«, schreit er. Er dreht sich um und schaut den Hang hinunter und schreit: »Scheiße!« Dann geht er mit schweren Schritten nach drinnen, und Turtle sitzt allein auf der dunklen Veranda, bis er mit einem Zwanzig-Liter-Kanister Benzin zurückkommt. Er steht kurz da, und dann geht er an ihr vorbei durch den Obstgarten zu Grandpas Wohnwagen auf dem Himbeerfeld.

»Warte«, sagt sie.

Er dreht sich um und schaut zu ihr zurück, und seine Züge werden weicher, die Stirn vor Schmerz zerfurcht, und er steht da, den Benzinkanister in einer Hand, hängende Schultern, das linke Auge weniger weit geöffnet als das rechte, und er sagt ganz sanft und mit großem Nachdruck: »Ach, Krümel. Ach, mein Ein und Alles.« Er stellt den Benzinkanister ab und geht auf sie zu. Sie steht völlig sprachlos auf der Veranda. Er nimmt sie in die Arme.

Sie sagt: »Ich will sterben.«

»Ach, Krümel«, sagt er.

Sie sagt: »Ich hasse mich. Ich *hasse* mich.«

»O nein«, sagt er und umschließt sie fester mit seinen Armen. Er fährt mit den Fingerspitzen zwischen ihren Rippen hindurch, folgt den Vertiefungen. Unter seinem Griff spannen sie sich an und lockern sich wieder. Sie fühlt sich klein in seinen Armen. Sie spürt, wie sich ein Ausdruck von Schmerz und Verlust auf ihrem Gesicht festsetzt, und sie sagt noch einmal: »Ich will sterben.«

»Ach, Krümel«, sagt er in ihren Nacken hinein. Er saugt Luft durch die Zähne ein, ein schmerzerfülltes Geräusch, das sein Bedauern ausdrückt. »Er hat sich selbst umgebracht. Das ist dir hoffentlich klar. Er hat sich umgebracht, und keiner von uns beiden konnte etwas dagegen tun. Scheiße, ich hasse ihn dafür.«

»Nicht«, sagt sie leise und ist überrascht, wie angespannt ihre eigene Stimme klingt.

Er erzittert, die Arme noch um sie geschlossen. Sie drückt ihr Gesicht in seine Schulter, und er hält sie so, eine Hand um ihren Hinterkopf gelegt.

»Ich wünschte, es wäre verdammt noch mal anders gewesen«, sagt er. »Ich wünschte, du hättest den Grandpa gehabt, den du verdienst, statt den, den du hattest. Aber jetzt sind wir beide auf uns gestellt. Komm.«

Er lässt sie los, nimmt ihre Hand und führt sie durch den Obstgarten zum Wohnwagen, und als sie ankommen, erscheint Rosy aufgeregt kläffend im Fenster. Martin öffnet die Tür und tritt ein, und Rosy trippelt über den Linoleumboden. Turtle folgt ihm die Treppe hinauf und bleibt in der Tür stehen. Die Dinge, die sie in Grandpas Wohnwagen sieht, sind jetzt alle wichtig und bedeutsam für sie – sie scheinen mit seiner Gegenwart angefüllt zu sein, und zugleich sind sie geschrumpft, wirken auf schreckliche, schmerzhafte Weise heruntergekommen. Sie betrachtet den schäbigen Klapptisch mit dem billigen Cribbage-Brett, in dem noch die Plastikstifte von ihrem letzten Spiel stecken, das Kartenspiel auf dem Tisch, und sie sieht die Papiertüte, die Grandpa als Mülltüte benutzt hat und in der stapelweise zusammengefaltete Tiefkühlpizzakartons liegen. Da ist der winzige, hässlich senffarbene Ofen. Sie schaut zum Schlafzimmer am Ende des Flurs, sieht die stockige Viskosebettwäsche, den schwarzen Schimmel auf dem Fensterbrett aus rostigem Aluminium unter dem genarbten Kunststofffenster. Gott, denkt sie, hat es hier schon immer so schlimm ausgesehen? Sie geht zu den Schränkchen und öffnet eines. Darin stehen eine Flasche Jack Daniel's, zwei Whiskeytumbler, ein Wasserglas aus Plastik und sonst nichts. Die Auskleidung des Schränkchens löst sich an manchen Stellen ab, und darunter kommt die billige Hartfaserplatte zum Vorschein. Gott, denkt sie. Sie öffnet den Kühlschrank, in dem ein paar AA-Batterien neben einem Behälter mit Kaffeesahne liegen. Gott, denkt sie mit zunehmendem Schmerz. Sie lehnt sich an die Arbeitsplatte. Der Schmerz kommt in dumpfen Wellen, gefolgt von der Einsicht, dass er tot ist, einer Einsicht, die mehrere Schichten zu haben, die tief zu gehen scheint, einer Einsicht, in der sie tiefer und tiefer versinken könnte wie in immer tieferem Wasser, in dem der Druck immer weiter zunimmt. Der Schmerz sitzt in ihrem Magen und ihrer Lunge, erfüllt sie mit Selbstekel und Selbsthass. Sie steht in dem schmuddeligen Wohnwagen und denkt: Ich will sterben. Ich will wirklich sterben. Nur meine Feigheit hält mich zurück.

Sie sieht Martin an und schüttelt den Kopf.

»Er kann nicht weg sein«, sagt sie.

Martin spannt den Kiefer an. Er sieht sich auch um. Er macht eine Handbewegung. »Mein ganzes Leben lang«, sagt er, »war er so ein großer Mann. Er war mein *Vater*. Aber guck dich mal hier um. Er war immer überlebensgroß. Er hat mir immer gesagt, ich würde ihm niemals das Wasser reichen können. *Das hat er zu mir gesagt.* Guck dich hier um.« Martin muss sich bücken, um durch die Tür zu gehen. Im Schlafzimmer richtet er sich wieder auf und spielt an der billigen Hartfasertür herum. Er greift nach oben, steckt die Hand in einen Spalt zwischen Wand und Decke und zieht eine Hartfaserplatte zur Seite, unter der billiger Dämmstoff zum Vorschein kommt. Er hebt die geborstene Platte von der Wand, lässt die Hände sinken und blickt zu Turtle herüber. Er sagt: »Ich weiß nicht, was er dir alles erzählt hat, aber du wirst über uns beide hinauswachsen. Du wirst mehr sein, als er je war. Und mehr als ich. Lass dir von niemandem – von niemandem, weder von mir noch von Grandpa noch von dir selbst – etwas anderes einreden. Guck dich hier um.« Er hebt den Zwanzig-Liter-Kanister mit Benzin vom Boden auf und schraubt den Verschluss ab.

»Nicht«, sagt sie.

Er sieht sie an, schüttelt den Kopf und gießt Benzin über das Bett. Geduckt geht er rückwärts durch die Tür und übergießt dabei den Teppich mit Benzin. Er erreicht die Küche und kippt es über den Tisch, die Stühle, die Schränke und Arbeitsflächen.

Turtle packt Rosy am Halsband und trägt den aufgeregten Hund aus dem Wohnwagen, während Martin weiter Benzin in den Gang schüttet. Turtle kniet sich inmitten der Himbeeren hin und hält Rosy am Halsband fest, und sie sieht zu, wie Martin den ganzen Wohnwagen in Benzin tränkt. Er kommt die Treppe herunter und stellt sich neben sie. Er steckt die Hände in die Taschen, sucht nach seinem Feuerzeug und lacht bitter und leise.

»Was ist?«

»Weißt du, Krümel, ich habe mein halbes Leben in Angst vor diesem Mann verbracht. Gott.« Er schnappt nach Luft. Es ist ein fremdartiges, unerwartetes Geräusch, wie ein Schluckauf. Er findet sein Feuerzeug und holt es hervor, steht da und betrachtet es in seiner Handfläche, und dann schaut er sich nach etwas um, womit er das Feuer entfachen kann. Er sagt: »Ach, aber zu dir war er immer gut, oder?«

Turtle nickt. »Ja«, sagt sie, und ihre Eingeweide ziehen sich zusammen, so unzulänglich ist ihre Antwort.

Martin steht da und schüttelt den Kopf. »Gott. Das ist wohl gut so. Ich weiß nicht, warum ich dich nie daran gehindert habe, zu ihm zu gehen. Ein Mädchen muss wohl seinen Großvater um sich haben. Gott. Ich dachte, er hätte mich genug verletzt, aber ich sage dir, dich mit ihm zusammen zu sehen, das war noch mal was ganz anderes. Ich sage dir was: Wenn du als Kind mit so jemandem als Vater aufwächst, wirst du einen Großteil deines Lebens damit verbringen, dir einzureden, dass es nicht an dir liegt, denn ich kann dir sagen – mich hat er nicht nett behandelt. Er war ein richtig sadistisches Arschloch, Krümel. Du musst also ziemliche Überzeugungsarbeit leisten. Und das ist schwer, weil du natürlich erst einmal annimmst, dein Vater hätte einen Grund, dich zu hassen. Du willst das beinahe glauben. Irgendwie ist das leichter, als seinen Hass für unerklärlich zu halten. Für ein Kind ergibt das keinen Sinn. Ich sage dir, das ist nicht ohne. Und dann sehe ich, dass er bei dir der geduldigste Mensch ist, Krümel.

Ich habe ihn dafür gehasst. Ist das nicht merkwürdig? So viele Jahre später. Ich dachte, er hätte mich genug verletzt. Tja.«

Er dreht sich um. Er reißt ein Büschel Gras aus, klappt das Feuerzeug auf und hält es an das Gras, aber das Gras entzündet sich nicht. Es schmort und weicht schwarz von der Flamme zurück und brennt nicht. Er sieht sich um. Turtle steht neben ihm. Er sagt: »Ich hätte ein bisschen Papier mitnehmen sollen.«

Martin schaut auf den benzingetränkten Teppich drinnen. »Tja«, sagt er. Er geht darauf zu, und die Flamme des Feuerzeugs verlischt. Er beugt sich vorsichtig in den Wohnwagen, legt eine Hand auf die Arbeitsplatte und hält das Feuerzeug an den durchweichten Teppich. Er drückt auf das Reibrad und macht einen Satz nach hinten, weil er damit rechnet, dass der Teppich mit einem Mal in Flammen aufgeht. Nichts geschieht. Martin fasst sich frustriert und verärgert an den Kiefer, betätigt das Benzinfeuerzeug noch einmal und wirft es nach drinnen, in eine stehende Benzinpfütze. Das Feuerzeug geht in der Luft aus und landet mit einem klatschenden Geräusch.

»Ja, Scheiße«, sagt Martin. Er steigt wieder in den Wohnwagen, hebt das Feuerzeug auf, hält es zwischen Daumen und Zeigefinger und schüttelt das Benzin herunter.

»Ich würde nicht dieses Feuerzeug nehmen, Daddy.«

Er schüttelt den Kopf in stummem, bitterem Amüsement. »Scheiße, das ist echt zum Totlachen«, sagt er.

Er steigt aus dem Wohnwagen, geht um ihn herum, und Turtle folgt ihm mit Rosy im Schlepptau. Sie stehen zwischen hohen Himbeersträuchern hinter dem Wohnwagen, und Martin kriecht unter das Fahrwerk und greift nach einer Zwanzig-Liter-Propangasflasche, die am Gasanschluss des Wohnwagens hängt. Er schraubt sie ab, schleift sie um den Wohnwagen herum, wuchtet sie durch die Tür. Unter dem

Wohnwagen sind noch zwei weitere Gastanks, und er holt sie nacheinander und reiht sie im Flur des Wohnwagens auf. Er kommt und stellt sich neben Turtle, zieht die .45er aus dem Gürtel. Er spannt den Hahn mit dem Daumen und drückt ab.

Die Gasflasche macht *ping*, und die Kugel hinterlässt eine sichtbare, blitzende Narbe in dem weißen Lack. Martin feuert noch einmal und dann ein drittes Mal, und die Schüsse schlagen glänzende kleine Dellen in den Stahl. Martin hört auf zu schießen. Er schaut zu Turtle, die in den Himbeeren kniet und Rosy festhält.

Er steigt wieder in den Wohnwagen, der unter seinem Gewicht ächzt. Er geht um die Benzinpfützen herum zu einer der Flaschen und dreht den Hahn auf, aber es ist kein ausströmendes Gas zu hören. Er kaut auf seinen Lippen herum. Dann schlägt er sich an den Kopf. »Das Ventil«, sagt er und meint das Ventil, das das Ausströmen von Gas verhindert, solange die Gasflasche nicht an eine Leitung angeschlossen ist. Er steigt wieder herunter, kriecht noch einmal unter den Wohnwagen, nimmt den Gasanschluss, zieht sein Daniel-Winkler-Messer und durchtrennt die Leitung mit einem einzigen Schnitt. Er geht zurück in den Wohnwagen und schraubt den Gasanschluss an die Flasche, worauf Gas durch die abgetrennte Leitung zu strömen beginnt. Er steigt über die Gasleitung hinweg, geht die Treppe hinunter und scheucht Turtle mit einer Geste vom Wohnwagen weg. Sie sieht, wie die Gaswolken den Wohnwagen füllen und aus der Tür wabern.

Das austretende Gas überzieht den Boden mit trichterförmig um die auf dem Teppich liegende Gasleitung angeordneten frostigen Lachen, und dann erhebt sich der Schlauch selbst in die Luft und fegt über die Arbeitsplatten hinweg. Frost klettert an den Schränken hinauf, die Verkleidung beginnt, sich zu wellen, und das Holzimitat wölbt und biegt sich von den Hartfaserplatten weg. Martin reibt jetzt sein

Feuerzeug an seinem Hemd sauber, schüttelt das Benzin herunter, und Turtle weicht zurück und zieht Rosy am Halsband mit sich mit. Rosy bellt mehrmals aufgeregt und sieht Turtle mit hochgezogenen Augenbrauen lächelnd an. Martin klappt sein Zippo auf, und mit einem Mal steht das ganze Feuerzeug in Flammen. »Scheiße«, sagt er, »Scheiße!«, und er wirft es in den Wohnwagen, dreht sich um und rennt, seine verbrannte Hand schüttelnd, auf die Wiese.

Einen Augenblick lang geschieht nichts. Propangas strömt als sichtbarer weißer Dampf aus der offenen Tür.

Martin sagt: »Verfluchte Scheiße, das kann doch nicht wahr sein.«

Dann brandet Feuer aus der Tür und fegt in Bodennähe über das Gras hinweg. Martin bedeckt seine Ohren mit den Händen. Die Fenster bersten, und die Verkleidung löst sich in Streifen von den Rahmen. Dann folgt eine zweite Explosion, und Feuer bohrt sich in den Himmel, irgendetwas schießt aus der offenen Tür, und einen Moment lang glaubt Turtle, es sei ein Rabe, der vor den Flammen davonfliege und genau auf sie zukomme, und dann wirft Martin sich gegen sie, die Hände noch auf den Ohren, und sie fällt auf den Boden, während etwas an ihr vorbeizischt. Die Flammen fallen in sich zusammen, und darunter bleibt nur der stetig weiterbrennende Rumpf des Wohnwagens zurück. Turtle sieht eine Stahlplatte in der Tür liegen – der entrollte Mantel einer Propangasflasche. Hinter sich sieht sie den haubenförmigen Aufsatz, der wie eine Kanonenkugel von der Flasche geschossen ist. Sie hört nichts. Sie schaut zu Martin. Er sagt etwas zu ihr. Dann ein hartes, schrilles Piepen in ihrem linken Ohr. Auf dem rechten: nichts. Sie hebt die Hand zum Ohr. Sie sieht ihn wieder an, die Hand am rechten Ohr, und er redet. Er lacht unbändig. Sie schaut nach unten und sieht Rosy wild bellen, den Blick auf den Wohnwagen gerichtet, vor dem sie steifbeinig zurückweicht. Sie stehen gemeinsam da und sehen ihm beim Brennen zu, während sich die grünen Himbeersträucher kräuseln und sich geschwärzt vor den Flammen zurückziehen. Hier und da flammt das Gras auf. Turtle schaut zu ihrem Daddy und wieder zurück zu dem brennenden Wohnwagen. Lange starren sie gebannt in die Flammen. Allmählich hört Turtle ihren Vater durch das Piepgeräusch. Sie hört die Flammen. Ihr ist schwindelig. Ihr rechtes Ohr kommt ihr leer vor, geräuschlos, als wäre es dauerhaft verloren.

»Ich will sterben«, sagt Turtle. Sie hört ihre eigene Stimme verzerrt und wie unter Wasser. Sie öffnet den Mund und schließt ihn wieder, fasst sich an die Kieferknochen unter ihren Ohren, aber da ist nichts.

Martin macht eine Bewegung, als wollte er sich vom Feuer abwenden, aber es ist, als könnte er den Blick nicht davon lösen. Turtle setzt sich hin, die Hände noch immer an den Ohren. Die Hitze des Feuers trocknet ihre Haut aus. Wären die Himbeeren nicht schon so nass, würden sie brennen. Das Gras steht stellenweise in Flammen. Martin scheint es nicht zu kümmern. Der giftige Geruch von brennenden Schränken, Hartfaserplatten und Dämmmaterial liegt in der Luft. Sie sitzen zusammen im Gras. Er redet, und sie kann ihn durch das nervtötend hohe, monotone Piepen undeutlich hören. Rosy bellt, rennt im Kreis, hüpft auf und ab. Sie weicht zurück und kommt wieder her.

»Komm her, Krümel«, sagt er.

Sie kommt zu ihm. Er sieht sie an, studiert ihr Gesicht. Was er dann sagt, hört sie nicht, und sie sieht ihn verständnislos an. Schweiß bildet Rinnsale in dem Staub auf seinem Gesicht. Er sagt: »Bist du *fertig* mit deinem alten Herrn, Krümel?«

»Nein«, sagt sie.

»Du Fotze«, sagt er. Er gräbt die Fingerspitzen in ihren Kiefer. »Was denkst du hinter dieser kleinen Maske?«

Sie versteht kaum, was er sagt. Sie betrachtet sein Gesicht, liest seine Lippen. Ihr ist übel. Da ist eine Empfindung in ihrem Schädel, in ihrem rechten Ohr, sehr schmerzähnlich, aber kein richtiger Schmerz. Sie öffnet und schließt den Mund.

»Gottverdammt«, sagt er und sieht ihr unverwandt ins Gesicht. Sie hört nicht genau, wie er es sagt, aber sie sieht seinen Mund das Wort bilden. *Gottverdammt.* Er steht reglos im Licht des Feuers, als würde er in einen Brunnen hinabschauen. »Was bist du? Was *bist* du, und was geht in deinem kleinen Schlampenkopf vor?« Sie schüttelt nur den Kopf, zittert unter dem zwingenden Griff seiner Hände, zwischen denen er ihren Kopf hält, als könnte er ihn zerquetschen, während er ihr tief in die Augen blickt. »Was geht in deinem kleinen Kopf vor?«, sagt er. »Und wie soll ich das jemals herauskriegen?«

Sie schließt die Augen. In der Schwärze jagen Farben über ihre Lider. Sie sieht den brennenden Wohnwagen als roten Umriss. Rote und orange Schlieren. Über allem liegt der andauernde hohe Piepton. Sie könnte die Augen geschlossen halten und sich in diesem monotonen Klang verlieren. Er ist emotionslos und konstant. Martin drückt ihren Hals, und sie schlägt die Augen auf und sieht ihn an.

»Du bist so schrecklich nach innen gewandt«, sagt er. »Schau dich an. Du bist so ein gottverdammt hübsches kleines Ding. Deine gottverdammten Augen. Ich schaue hinein und sehe … nichts. Es heißt, wenn man jemandem in die Augen schaut, erkennt man ihn, es heißt, die Augen sind das Fenster zur Seele, aber wenn ich dir in die Augen schaue, bleibt für mich alles dunkel, Krümel. Für mich sind sie schon immer dunkel geblieben. Wenn da irgendetwas in dir ist, kann man es nicht lesen, man kann es nicht erkennen. Deine Wahrheit, wenn es überhaupt eine gibt, verbirgt sich hinter einer unüberbrückbaren und nicht zu schließenden epistemologischen Lücke.«

»Es tut mir leid, Daddy«, sagt sie. Sie muss sich anstrengen, um ihn durch den konstanten Hochton zu hören; ihr Inneres ist völlig ausgehöhlt. In ihrem linken Ohr klingt seine Stimme blechern und weit entfernt.

»Ich glaube, du bist dir nicht mal im Klaren darüber«, sagt er, lockert seinen Griff und weicht vor ihr zurück.

Sie fühlt sich wie ausgeweidet. In ihrem Inneren ist nichts, sie hat nichts zu sagen, kann nichts denken, nichts fühlen. Falls sie Trauer in sich trägt, merkt sie es nicht. Es kommt ihr vor, als hätte man etwas aus ihren Eingeweiden gezogen, mit Wurzeln und allem Drum und Dran, eine Erle, und dort, wo sie stand, ist jetzt eine übelerregende Leere, aber das ist alles, was sie fühlt, keine Trauer, nichts. Sie könnte jemandem fürchterlich wehtun, wenn sie nur wollte. Sie könnte alles tun, sie könnte jemandem grenzenlosen Schmerz zufügen, aber sie will jetzt nur die Augen schließen und mit ihren Gedanken über diese Leere fahren, wie man mit der Zunge über das Loch fährt, das ein gezogener Zahn hinterlassen hat. Wenn sie könnte, würde sie machen, dass dieser schreckliche, unausgesetzte Piepton in ihren Ohren aufhört.

»Ich habe alles aufgegeben für dich«, sagt er. »Ich würde dir alles geben, Krümel. Aber willst du das? Willst du, dass sie Jagd auf mich machen? Denn das *werden* sie. Wenn diese Lehrerin jemals Lunte riecht. Wenn dieses fette Arschloch von Schulleiter es herausfindet, wenn irgendwer anfängt, Fragen zu stellen, wenn es jemals irgendwer herausfindet. Willst du das?«

Sie blickt zu ihm auf, und es kümmert sie nicht. Sie kann ihn kaum hören, sie weiß nicht genau, was er sagt. Sie betrachtet sein Gesicht, und sie weiß, es ist ernst, aber sie kann den Ernst nicht spüren, er dringt nicht zu ihr durch.

»Es tut mir leid, Daddy.«

»Willst du das?«

Sie sagt: »Ich will sterben.«

»Und selbst wenn du es niemandem sagst, wenn du dir nicht das Geringste anmerken lässt, wenn du es mit keiner Silbe erwähnst, aber irgendjemand, wer auch immer, kommt zu mir und macht auch nur die kleinste Andeutung in der Richtung, dann schneide ich dir deinen kleinen Hals auf, und das wird verdammt noch mal eine wunderschöne Sache. Dann sehen wir, ob man dich kriegen kann. Dann wissen wir es. Denk mal darüber nach. Du hängst mit drin, du kleines Luder. Dann werden wir sehen, was in deinen Augen für ein Licht brennt, welcher unbeschreibliche kleine Funke darin verlischt. Dann können wir zuschauen, wie deine gottverdammten kleinen Hornhäute austrocknen wie Fischschuppen.«

Sie kann ihm nicht folgen. Sie ist mit den Gedanken woanders. Sie denkt: Ist es das, was ich vorhatte, als ich durch die spiegelnde Oberfläche hinauf in diese andere Welt gekrochen bin, wollte ich mich ihm so mitteilen, dass er nicht ausweichen konnte, und so, dass es schwierig, ganz, ganz schwierig wäre, mich dafür verantwortlich zu machen? Wollte ich das, und wenn ja, wusste ich es, und wenn ich es wusste – welcher Teil von mir ist das, und wie steht sie zu mir, die da das Faulige vom Festen trennt und die Hohlräume in meinem Verstand erahnt, nur erahnt, und ist sie immer noch hier bei mir?

Sie kann ihn kaum hören. Würde sie den Kopf abwenden, würde sie gar nichts hören. Das Nachbild des brennenden Wohnwagens liegt quer über ihrem Sichtfeld. Das Dunkel ihrer Gedanken wird davon erhellt und von dem andauernden hohen Piepton belebt.

»O Gott«, sagt er. »Krümel, ich verzehre mich nach dir. Nach der unerreichbaren Wahrheit in dir. Direkt unter der Oberfläche. Und wenn ich dich anschaue, dann gibt es Momente … in denen ich beinahe, *beinahe* – Gott. Gott.«

Sie wartet dort im Gras, spürt, wie sich all ihre Gedanken unaussprechbar in ihr stauen. Martin steht auf und geht davon. Sie senkt den Kopf und lässt ihre Haut in der Hitze trocknen, lauscht dem Piepton, während Rosy zusammengerollt neben ihr liegt.

Die Brise kommt am frühen Morgen und hängt Tautropfen an die Ruchgrashalme. Turtle hält Rosy, beide zittern sie, und Turtle will nicht aufstehen, umschließt den Körper des Hundes mit ihren Armen. Rosy fühlt sich knochig an, der Bauch weich, die Haare kurz. Die Bäume um die Kreuzung herum sind von einem düsteren roten Schein erleuchtet. Als sie die schwerfällige Rosy von ihrem Schoß ins Gras schiebt und sich unter Krämpfen erhebt, riecht Turtle nach verbranntem Plastik. Sie legt die Hand über ihr rechtes Ohr, nimmt sie wieder weg, merkt kaum einen Unterschied.

»Hallo?«, sagt sie. Ihre Stimme klingt entfernt und fremd. »Hallo?« Sie steht auf der Lichtung, sperrt den Mund weit auf, bewegt die Kiefer hin und her. Rosy schaut zu ihr herauf. Sie sagt: »Hallo?«, und Rosy macht einen kleinen Hüpfer, wie um sich in Bewegung zu setzen, aber dann weiß sie nicht, was sie tun soll, bleibt stehen und schaut weiter zu Turtle herauf, und Turtle weiß nicht genau, wie laut sie spricht, aber sie kann ihre Stimme hören. Sie denkt: Ich habe keine Ahnung, wie viel übrig ist. Rosy beobachtet sie, die Augenbrauen zu Spitzen erhoben. Die Hündin hält inne, gähnt, sieht sich um, setzt sich, schaut wieder zu Turtle, die noch immer auf der Lichtung steht, den Blick auf den verwüsteten Wohnwagen, den Rand des Obstgartens, den Wald, das rund um den Wohnwagen geschwärzte Gras gerichtet. Sie blickt zum Himmel hinauf, der klar und blau ist. Sie will sterben.

Turtle dreht sich um und schleppt sich durch das taunasse Gras. Sie erreicht das Haus, steigt mühsam die Stufen zur Veranda hinauf, öffnet die Glastür und sieht Martin in dem dick gepolsterten Sessel sitzen, die Füße flach auf dem Boden, die Arme flach auf den Armlehnen. Er starrt in den mit Asche gefüllten Kamin, ein aufgeschlagenes Buch auf dem Schoß. Als Turtle an ihm vorbeigeht, hofft sie einen Augenblick lang, dass er etwas sagt und sie ihr Hörvermögen anhand seiner Stimme messen kann, aber er sagt nichts. Rosy bleibt an der Schwelle stehen. Turtle öffnet den Mund, um ihn etwas zu fragen, nur damit sie seine Stimme hört, aber sie überlegt es sich anders.

Sie geht ins Badezimmer. Rosy folgt ihr zögerlich, mit auf den Bohlen klickenden Krallen, und sieht sich scheu um. Turtle dreht den Duschhahn auf, und Rosy bleibt direkt vor der Badewanne stehen. Als Turtle den Plastikvorhang um die Wanne herumzieht, beginnt die Hündin zu winseln. Turtle steckt ihren Kopf unter die Brause und lauscht dem Wasser. Sie stellt sich vor, wie Wasser durch ihr geplatztes Trommelfell in die Windungen ihres Innenohrs sickert. Rosy läuft einige Male im Kreis, lässt sich dann auf den Boden fallen, legt den Kopf auf die Pfoten und schaut. Turtle denkt: Hat er das alles wirklich gesagt? Oder habe ich mich verhört? Sie erinnert sich daran, wie er sich über Grandpa gebeugt und gesagt hat: *Sag mir, was du siehst.* Sie denkt: Hat er das wirklich gemacht, hat er das oder etwas Ähnliches gesagt? Sie weiß es nicht mehr. Sie steht da, lässt ihre Hände seitlich herabhängen, und das Wasser läuft über ihren Kopf, und sie denkt: Ich wünschte, ich könnte etwas fühlen. Sie ist mit Flohbissen übersät.

Als sie aus der Dusche kommt, telefoniert Martin. Sie verfolgt seine Mundbewegungen; er sagt: »… für Ihre Anteilnahme. Sie kommt heute nicht zur Schule. Ja. Ja …« Dann sagt er etwas, das sie sich nicht zusammenreimen kann. Er telefoniert offenbar mit der Schule. Sie müssen angerufen haben, um ihm zu sagen, dass sie nicht zum Unterricht erschienen ist. Sie steht da und imitiert seine Mundbewegungen, um herauszufinden, was er sagt, und Martin merkt es, steht auf, tritt neugierig von der Wand weg, die Stirn in Falten gelegt, und formt mit den Lippen die Worte »Was zum Teufel machst –«, und sie wendet sich ab, hebt Rosy hoch und geht mit dem zappelnden, um sich tretenden Hund die Treppe hinauf. Sie friert am ganzen Körper.

Turtle zündet eine Kerze an. Sie schließt ihre Tür. Sie sucht Rosy nach Flöhen ab, die sie mit Daumen und Zeigefinger packt und in die heiße Wachspfütze legt. Das Wachs verbrennt ihre Fingerspitzen, die Flöhe treiben dahin, eingeschlossene schwarze Punkte, Rosy gähnt und zeigt ihre gelblichen Zähne. Irgendwann in der Nacht wacht Turtle auf, weil Rosy jault und an der Tür kratzt. Sie geht mit ihr nach unten und in den Garten hinaus, aber Rosy läuft weiter, durchquert mit nervös zuckendem Schwanz den Obstgarten, kämpft sich auf ihren kurzen Beinen hechelnd durch das Gras, bis sie die Lichtung erreicht, wo sie stehen bleibt, gähnt und Turtle ansieht, und Turtle sagt: »Ach, Rosy, ach, du alter Hund.« Sie nimmt sie auf den Arm und trägt sie zurück.

Am nächsten Tag kommt Rosy mit ihr zusammen die Treppe hinunter und steht in der Küche, während Turtle Eier aus dem Karton nimmt und hinunterschüttet. Martin kommt aus seinem Zimmer und knöpft sein Flanellhemd zu. Sie wirft ihm ein Bier zu, und er fängt es und schlägt es an der Arbeitsplatte auf. Sie gehen nebeneinander in den Spurrillen, gefolgt von Rosy, die mit dem Schwanz wedelt und winselt, und sie stehen in der geschotterten Haltebucht und betrachten die Felsnadeln und die Horizontlinie. Sie sagen nichts. Schließlich das erschöpfte Keuchen des Busses, die sich mit dem Geräusch schmatzender Gummischürzen öffnenden Türen, Martins Gruß an die in ihrem Overall und ihren Holzfällerstiefeln riesig wirkende Busfahrerin, Turtle, die im

Unterricht sitzt und zuzuhören versucht und nichts hören kann, aber alles in ihr Heft einträgt, was Anna an die Tafel schreibt, jedes Wort, die am Rand des Sportplatzes sitzt und zu den Bäumen hinausschaut, ihr Inneres nach dem kleinsten bisschen Gefühl auslotet und nichts findet und schließlich Turtle auf der Heimfahrt, auf den grünen PVC-Bänken des Busses, den Blick auf das von Seetang durchbrochene Meer gerichtet, die Schwimmkörper und Wedel, die die Oberfläche aufwühlen, und sie wundert sich über seine Fremdheit, die sie manchmal aus den Augen verliert, weil es immer da ist, tagein, tagaus, aber was diese eine Sache angeht, seine Fremdheit, hat Martin recht gehabt. Nach der Busfahrt geht Turtle die geschotterte Einfahrt hinauf, und Rosy ist nicht im Haus, und sie geht durchs Gras und an der alten Badewanne mit den Klauenfüßen vorbei und durch den Obstgarten zu der Lichtung bei den Himbeeren, und dort sieht sie Rosy im Gras liegen, und sie hebt die Hündin hoch und trägt sie zurück zum Haus. Turtle sitzt Martin gegenüber, Besteck kratzt über Teller, und Rosy winselt in der Ecke, und Martin sieht die Hündin an, und Turtle sagt: »Ich gehe Hundefutter kaufen«, und Martin sieht die Hündin weiter an und sagt schließlich: »Nein, das mache ich.«

Jeden Tag geht Turtle über das Feld und durch den Obstgarten zur Lichtung, wo Rosy wartet, und jeden Tag trägt sie Rosy zum Haus zurück, und schließlich kommt Martin mit einem Sack Trockenfutter aus Mendocino zurück. Sie füllen eine Schüssel damit, und Rosy steht da, lässt den Kopf über der Schüssel baumeln, kommt dann wieder zu Turtle, sieht sie bekümmert an, geht wieder zur Schüssel, lässt ihren Kopf traurig darüber baumeln und schleicht mit gesenktem Kopf wieder zurück zu Turtle und schaut zu ihr herauf, sodass das Weiße in ihren Augen sichtbar wird, und Turtle sagt: »Was machen wir bloß mit dir, Rosy? Was machen wir bloß mit dir?«

Er bringt Papiere mit nach Hause, die während des restlichen Abendessens seine ganze Aufmerksamkeit erfordern. Er legt den Daumen an eine Augenbraue, beschwert sich aber nicht, füllt, ihr in dem vom Feuer erleuchteten Wohnzimmer gegenübersitzend, eine Zeile nach der anderen aus, ein ausblutendes Steak auf einem blauen Keramikteller von sich weggeschoben. An einem solchen Abend fragt Turtle: »Wird er beerdigt oder verbrannt?«, und er blickt von seinen Formularen auf, die Hände auf den Tisch gestützt, und sagt: »Dein Grandpa wollte nichts weiter, als in ein Loch geschmissen zu werden und darin zu verrotten. So viel dazu.«

Frühmorgens steht Turtle, von Rosys Kratzen geweckt, auf der Veranda und schießt im grellen Halogenlicht der Strahler Tontauben. Sie zieht wild an der Reißleine der Wurfmaschine, hebt die Bockbüchsflinte an ihre Schulter, dann der befriedigende Knall des Gewehrs, und die Wurfscheibe wird im Halogenlicht zu sprühendem, orangem Staub. Sie dreht sich um und sieht Martin mit undurchdringlichem Gesichtsausdruck in der Tür lehnen, und in diesem Moment merkt sie, und sie weiß nicht, wie lange es schon so ist, dass das Piepen in ihrem linken Ohr aufgehört hat. Als Martin sich umdreht und in sein Schlafzimmer geht, trottet Turtle durch das kalte, taunasse hohe Gras und findet Rosy auf der Lichtung neben dem ausgebrannten Rumpf des Wohnwagens. Sie hebt die Hündin hoch und trägt sie in ihr Zimmer. In der Nacht wacht sie wieder auf, weil Rosy an der Tür kratzt, und Turtle geht nicht mir ihr nach unten, und Rosy hört nicht auf zu kratzen und zu winseln.

Dann holt Martin Turtle eines Tages von der Schule ab und fährt mit ihr zum Friedhof von Little River. Sie parken am Straßenrand und gehen durch das rostige Tor, und sie sehen zu, wie der Sarg in den Boden gesenkt wird. Die Seiten bestehen aus sandiger Küstenerde, rau und uneben wie ein auseinandergerissener Keks. Der Sarg ist schlicht. Die Kälte lässt ihre Zahnkronen schmerzen.

Martin sagt: »Eigentlich wollte ich eine Pappkiste.«

Der Mann, der vornübergebeugt die Sargwinde bedient, blickt kurz auf. Martin sagt: »Man ist gesetzlich verpflichtet, einen Sarg auszuwählen, und die sind alle nicht billig.« Der Sarg ist mit einer dicken Lackschicht überzogen, und Turtle ist von seiner Düsternis beeindruckt, aber er sieht kein bisschen aus, wie Grandpas Sarg aussehen sollte, und sie kann und will nicht glauben, dass Grandpa darin liegt, und sie steht da und sieht zu, wie der Sarg in der unerbittlich schwarzen Erde versinkt.

»Man hat mir nicht erlaubt«, sagt Martin, »dass ich meinem Vater einen Sarg mache. Man braucht eine Zulassung, um legal einen Sarg zu bauen, aber ich hätte mir sehr gewünscht, einen machen zu können. Hier wird eigentlich niemand mehr beerdigt. Es gibt keinen Platz mehr, aber dein Großvater hatte diese Grabstelle schon vor langer Zeit gekauft. Und diese.« Er macht eine Kopfbewegung zu dem schwarzen Grabstein daneben, und Turtle kniet sich hin und liest: VIRGINIA ALVESTON, und Martin sagt: »Krümel, ich darf dir deine Großmutter vorstellen.« Die Grabstelle ist mit Löwenzahn bedeckt. Das Gras ist vom Küstenwind zerzaust und hat das für Küstengras typische unkrautartige Aussehen, und Turtle steht an dem Grabstein und kann sich keinen Reim darauf machen, und sie schaut zu Martin hinauf. Er sagt: »Keine Sorge. Du bist kein bisschen wie sie, und du hättest sie nicht gemocht, wenn du sie gekannt hättest. Die Frau hatte ein Herz aus Stein. Du bist durch und durch wie deine Mutter, und wenn du irgendetwas von Virginia in dir trägst, dann ist es diese puritanische Ader, die du manchmal hast. Sie hat alles aufgehoben und nie etwas weggeworfen. Die Dielenbretter hat sie gewaschen, indem sie einen Eimer

Wasser darüber geschüttet hat. Die Tischbeine sind alle weggefault. Sie wäre bestimmt stolz auf dich gewesen, wenn sie dich je kennengelernt hätte.«

Sie tritt von dem Grabstein weg und schaut in Grandpas Grab hinunter. Martin legt ihr einen Arm um die Schulter, und sie spürt, wie sich seine Rippen im Rhythmus seines Atems ausdehnen und zusammenziehen, und sie blickt an ihm hinauf und sieht die Arterien, die sich wie Kabel an dem dicken Stamm seines Halses entlangschlängeln und mit seinem Herzschlag pochen. Sie sind die einzigen Anwesenden bei der Beerdigung. Nebel dringt durch die Baumreihen am westlichen Rand des Friedhofs. Als der Sarg abgesenkt ist, beugt Turtle sich darüber und wirft die Akeleien hinunter, die sie am Zaun abgeschnitten hat, und Martin sieht sie an, geht auf der anderen Seite des Lochs behutsam auf die Knie, wirft eine Handvoll Erde hinein, schüttelt den Kopf, steht auf und legt ihr einen Arm um die Schulter, und sie gehen zusammen fort. Turtle kann sich nicht vorstellen, dass Grandpa eine Frau gehabt hat. Er war immer sein eigener Herr und Martin auch. Sie kann sich im Alveston-Haushalt keine andere Frau als sich selbst vorstellen. Sie fragt sich, wer diese Frauen waren, wie sie gewesen sein mögen. Virginia Alveston, denkt sie, das ist ein guter Name, eine Frau mit einem Herz aus Stein. Sie denkt: Das ist eine Frau, die die Böden nass gewischt und das Haus sauber gehalten hat. Ich wusste nicht, wer sie war, und ich habe von ihren Tellern gegessen.

Martin parkt in der Einfahrt, und sie steigt wortlos aus und folgt dem Weg an der Wanne vorbei und durch den Obstgarten, wo sie Rosy wieder am Wohnwagen vorfindet. Sie liegt im Gras, den Kopf auf die Pfoten gelegt, kratzt manchmal nach einem Floh, und Turtle setzt sich neben sie und betrachtet den ausgebrannten Wohnwagen und kratzt Rosy unter ihrem Halsband. Rosy stellt die Augenbrauen steil auf, hebt den Kopf nicht, sieht Turtle aber liebevoll an, und schließlich hebt sie doch den Kopf, öffnet das Maul, lässt die Zunge heraushängen und lächelt das Mädchen an, und Turtle sagt: »Was machen wir bloß mit dir, Rosy, du alter Hund?«

Dann kommt der letzte Schultag, und nach der feierlichen Verabschiedung steigt Turtle unten an ihrer Einfahrt aus dem Bus. Sie findet die schlafende Rosy auf dem Feld beim Wohnwagen. In der Nähe versammeln sich Raben in den Bäumen, krächzen untereinander hin und her und beobachten den Hund. Turtle kniet sich neben Rosy, die im Schlaf tritt und zuckt und dann still daliegt. Ihr Atem scheint Turtle sehr schnell zu gehen, und Turtle legt ihr eine Hand an die Flanke und schaut zu den Bäumen hinaus. Sie bringt es nicht über sich, die Hündin zurückzutragen, und sie bringt es nicht über sich, sie zu wecken, und sie geht allein zum Haus zurück, und Martins Truck ist nicht da. Sie geht durch das leere Wohnzimmer und hinauf in ihr Zimmer und setzt sich auf ihre Schlafpritsche. Sie denkt: Für den Moment wird er dort wohl klarkommen, der alte Hund.

Vierzehn

Sie wartet bis zum Abend. Sie reibt mit dem Gewölbe des einen Fußes über den Rücken des anderen. Die Haut ist trocken und ledrig, und wenn sie den Fuß beugt, wellt sich die Sohle stark. Die Haut ist gemasert wie das Wurzelholz einer Kiefer, und in der Hornhaut sind Löcher wie die entlang der Flutlinie. Sie erliegt der Stille, und als sie aufwacht, ist es dunkel, und er ist immer noch nicht da. Er ist jeden Abend nach Hause gekommen, solange sie lebt, und sie spürt instinktiv, dass sie verlassen wurde. Sie hat ihren Grandpa mit ihrer Feigheit und Ichbesessenheit umgebracht, und jetzt hat ihr Vater sie aus demselben Grund verlassen. Sie sitzt da, den Rücken an die Wand gelehnt, und kaut auf ihren Knöcheln herum, lauscht ins Haus hinein, lauscht, um sich zu vergewissern, aber sie ist sich sicher. Durch das offene Fenster weht eine Brise herein und schüttelt die Gifteiche. Wo die Ranken den Fenstersturz durchstochen haben, sind sie braun und knotig wie Schwarzdrosselfüße. Der Wind wirbelt durch das dunkle Zimmer, in dem Turtle zitternd, ängstlich sitzt. Sie will aufstehen und durch das Haus gehen, aber sie tut es nicht. Sie wartet. Unten wird die Hintertür vom Wind aufgestoßen und schlägt gegen die Hauswand. Sie hört die Erlenblätter über den Küchenboden huschen.

Als Turtle noch klein war und mit ihrem Grandpa spazieren ging, fragte sie ihn immer: »Was ist das?«, und er antwortete: »Sag du mir, was es ist«, und sie erzählte ihm etwas darüber. Sie zog einen Flughaferhalm durch ihre Hand, dessen gespaltene Blütenstände zwei Spitzen und zwei lange, gebogene schwarze Barthaare hatten. Sie hatten eine hübsche dartpfeilartige Form, die anschwoll und sich dann zur Spitze hin verjüngte. Die untere Hälfte jedes Blütenstands war in weichen, goldenen Flaum gekleidet, sehr plastisch, leicht wie der Pelz einer Hummel, aber glatt an der geschwollenen Ähre anliegend. Die langen schwarzen Grannen fühlten sich rau an. Sie mochte es, wie sich in ihrer Hand die Hülsen von der Spreu lösten. Er sagte immer: »Wenn ein Liebchen den Namen von etwas kennt, meint es, es wüsste alles darüber, und sieht es sich nicht mehr an. Aber ein Name verrät gar nichts, und wer sagt, er würde den Namen von etwas kennen, der sagt, dass er gar nichts weiß, weniger als nichts.« Er sagte immer gern: »Du darfst nie den Namen mit dem Ding an sich verwechseln, denn es gibt nur das Ding selbst, und der Name ist nur ein Trick, ein Trick, um dir im Gedächtnis zu bleiben.« Sie denkt daran zurück, wie sie vorausrannte, stehen blieb und zu Grandpa zurückkam, der sich im Gras und auf dem unebenen Boden vorarbeitete. Erst, wenn sie ihm sagen konnte, wo etwas wuchs und was es war, erzählte er ihr mehr darüber, enthülste es in seinen Fingern und sagte: »Das hier, Liebchen, ist das Ährchen, und das sind die Spelzen, siehst du, wie lang die sind? Das ist die Granne. Siehst du, wie sie unten korkenzieherförmig ist und oben gekrümmt? Schau dir weiter alles so genau an. Schau so weiter, so, als würdest du es nicht kennen, als wolltest du herausfinden, was es wirklich ist. So bleibt das Liebchen schön still, wenn es durchs Gras geht. Du musst dir die Dinge immer, immer anschauen, um herauszufinden, was sie sind, Liebchen.« Was Namen anging, hatte er allerdings unrecht. Oder zumindest halb unrecht. Sie bedeuten etwas. Es bedeutete etwas, wenn er sie Liebchen nannte. Ihr bedeutete es alles.

Sie denkt: Ich gehe besser mal die Hündin holen. Dann denkt sie: Ach, lass sie. Sie wartet, und das Warten und ihre Stille ersetzen echte Trauer durch Disziplin, und trotzdem versenkt sie sich darin, die Wange auf den Boden gelegt, langsam atmend lässt sie die Stunden verstreichen, und jede Stunde ist wie die erste, jeder Atemzug wie der letzte, während sie den Silberfischen zusieht, die durch die fusseligen Ritzen zwischen den Bohlen irren, und eine Empfindsamkeit in ihr erwacht, die sie lange nicht zugelassen, in der Schwebe gehalten hat, und sie spürt ihn, spürt den Schmerz, der sich in ihr sammelt, aber er spielt mit ihr Ochs am Berg, und wenn sie ihn ansieht, ist er weit weg und bewegt sich nicht, aber wenn sie sich in Gedanken abwendet, wenn sie dort auf dem Boden liegt und über die Dielenbretter schaut und an gar nichts denkt, dann fühlt sie ihn näherkommen, bis er sie ganz durchströmt und die Trauer die unbeaufsichtigte Leere in ihr ausfüllt wie wilde Radieschen, die auf einem leeren Bauplatz wachsen. Er hat ganze Regionen in ihr entdeckt, von denen sie nichts gewusst hatte.

Am Morgen geht Turtle mit wankenden Schritten durch die leeren Flure und Zimmer, und das Blut beginnt schmerzhaft wieder in ihren Beinen zu zirkulieren. Vom Sitzen tut ihr der Rücken weh. Sie steht im Wohnzimmer, betrachtet die Sofas, die offene Küchentür – jeder Gegenstand in dem stillen Haus mit seiner Gegenwart befrachtet. Sie geht nach draußen und lässt die Tür offen stehen. Die Kiefern auf dem Kamm schwanken im Wind, die Apfelbäume im Obstgarten zittern, das Wiesengras wird von den Böen niedergedrückt. Sie geht barfuß durch den Obstgarten und kommt bei der Lichtung mit dem aschebedeckten Wohnwagen heraus. Die Raben haben das Gras an einer Stelle geplättet, und Rosy liegt mit gespreizten Hinterbeinen in ihrer Mitte. Als Turtle auf sie zukommt, krähen sie und flattern vor ihr auf. Sie haben der Hündin die Eingeweide aus dem Arschloch gezogen. Ihr Fell ist hässlich verfilzt, und die Leiche wimmelt von Fliegen. Die Augen sind verschwunden. Turtle kniet sich ins Gras und bedeckt ihren Mund mit ihrem zusammengeknüllten T-Shirt. Die Raben sehen von den Bäumen aus zu. Turtle fühlt sich selbst wie ausgeweidet. Rosys Innereien trocknen als wurmfarbene Bänder in der Sonne.

Als sie abends eine Dose aus dem Regal nimmt, findet sie einen Grassamen auf dem Deckel. Sie holt mit Zeitungspapierfetzen umwickelte Dosen herunter. Die Etiketten sind abgenagt, und die Dosen stinken nach Urin. Sie stapelt sie auf der Arbeitsplatte. Das Nest ist in der hinteren Ecke des Schranks. Sie wäscht die Dosen im Spülbecken, öffnet eine und sitzt da und löffelt die Bohnen direkt aus der Dose, elend vor Schmerz. Sie rechnet jeden Moment damit, den Truck die Einfahrt heraufkommen zu hören, aber jeder weitere Moment bringt nur die Stille des leeren Hauses. Sie wartet in ihrem Schlafzimmer, das Kinn auf die Knie gestützt, die Hände um die Schienbeine gelegt, die Augen geschlossen. Ich will sterben, sagt sie sich. Ich will sterben.

Sie geht die Treppe hinunter und ruft in das finstere Haus: »Daddy?« Sie ruft noch einmal, aber er ist nicht da, und sie geht den Flur entlang und stößt die Tür zu seinem Schlafzimmer auf. Sie schaltet das Licht ein, steht in der Tür und schaut ins Zimmer. Die Laken sind zerwühlt. Kleider liegen verstreut auf dem Boden. Sie setzt sich aufs Bett. Sie denkt an Grandpas brennenden Wohnwagen. Sie denkt: Ich gebe dir die Schuld. Ich gebe dir die Schuld daran. Sie weiß nicht genau, was sie meint. Es hatte sich nicht nach einem Abschied angefühlt. Es hatte sich wie ein Exorzismus angefühlt. Der Beistelltisch ist mit halb leeren Bierflaschen und in Kronkorken ausgedrückten Zigaretten übersät. Sie hält eine der Flaschen gegen das Licht. Tote Fliegen schwimmen darin. Sie denkt: Du meinst, du wüsstest etwas. Du kennst den Namen von jemandem, und du meinst, du wüsstest etwas über ihn, oder er ist dir vertraut, und du schaust nicht mehr hin, weil du meinst, du hättest das alles schon mal gesehen. Das nennt man Blindheit, Liebchen. Schau genau hin. Schau so weiter, so, als würdest du es nicht kennen, als wolltest du herausfinden, was es wirklich ist. Sie stellt die Bierflasche ab. Martin hat an Namen geglaubt. Sie lagen beide voll daneben. Alle beide. Sie schiebt die Flaschen, die Kronkorken und den Aschenbecher in den Mülleimer. Sie steht auf und zieht die verdrehten Laken ab. Die alten Flecken wie zu unregelmäßigen Umrissen getrocknete Kaffeeflecken mit ausgebleichter Mitte. Warum das so ist, weiß sie nicht, vielleicht aus demselben Grund, aus dem das Salz in Gezeitenbecken in Form von konzentrischen Kreisen zurückbleibt. Vielleicht suchen alle Dinge nach ihrem Rand und weichen vor ihrer Mitte zurück und sterben auf diese Weise. Die äußeren Hüllen von Flaschen, von verstreuten und zerlumpten Kleidern, von diesem stillen Schlafzimmer, diesem leeren Haus. Sie zerrt die Matratze vom Bett. Zwischen den Latten des Rosts hängen Spinnweben. Sie geht zum Bücherregal und hebelt ein Buch zwischen den anderen heraus, dessen Oberfläche mit einer Staubhaut bedeckt ist. Sie schlägt die stockfleckigen Seiten auf. Brombeeren haben in ihren Innereien Wurzel geschlagen, Erlen, Schafgarbe und Ackerminze haben sich aus dem Dunkel hervorgequält, wie Samen es manchmal tun, Brombeerranken durchwirken das Gitternetz ihrer Lungen, und würde sie den Mund öffnen, könnte sie die Stängel als faseriges Gewirr ausspeien. Ein namenloses Elend liegt auf ihr. Sie denkt: Schau weiter, Liebchen. Schau so weiter, so, als würdest du es nicht kennen. Sie beginnt, Bücher aus dem Regal zu ziehen. Sie zerrt an dem Bücherregal, aber es bewegt sich nicht. Sie geht durch den Flur, holt die Brechstange, schiebt sie hinter das Regal und stemmt. Die Befestigungselemente werden wie Pfahlwurzeln aus dem Putz gezogen, die galvanisierten Nägel krümmen sich quietschend. Eine Bücherflut ergießt sich, und das Regal kippt um.

Sie geht durch den Flur zur Vorratskammer, hebt die Kettensäge vom Boden auf und lässt sie mit einem einzigen festen Zug an der Reißleine an, als sie das Schlafzimmer betritt. Sie hält das Sägeblatt an das Bücherregal und fährt dann durch das schöne dunkle Kirschholz, das in langen Streifen an ihr vorbei auf die zerwühlten Laken fliegt. Sie sägt durch die Seiten in die darunter aufgetürmten Bücher. Konfetti aus zerfetztem Papier stiebt auf und flattert durch die Luft. Sie hievt die rauchende Säge zu Daddys Bett hinüber und hält das Blatt an den Rahmen, und das Bett bricht auseinander und fällt in sich zusammen, und mit der Säge in einer Hand zieht sie das Kopfteil von der Wand weg und sägt es durch. Das Telefon klingelt, und sie geht hin und reißt es aus der Wand. Schwer atmend steht sie im Schlafzimmer und betrachtet das zerstörte Mobiliar, die zerwühlten Laken. Sie lässt die Säge ausgehen und stellt sie neben ihren Füßen ab.

Sie holt eine Schaufel und eine Spitzhacke aus dem Keller und geht damit durch die Diele nach draußen. Der Scheinwerfer schaltet sich mit einem Klicken ein. Sie geht zwischen den Erlen und Holunderbeeren hindurch, begleitet von Scheinwerfern, die sich beim Betreten jedes neuen Stücks Dunkelheit einschalten und alles mit grellem Halogenlicht anstrahlen. Sie hebt zwischen den Kiefern eine Grube aus. Eine Art von Mehltau oder sonstigem Pilzbefall hat ganze Äste und Bäume absterben lassen. Sie durchtrennt die knorrigen Wurzeln mit der Spitzhacke, gräbt kontinuierlich und sorgfältig weiter und richtet sich zwischendurch auf den Knien auf. Sie gräbt lange. Die Grube muss nur für das ausreichen, was am Ende übrig bleibt, die Trümmer, die Asche, die zusammengeschmolzenen Überreste von Sprungfedern und Schrauben. Manchmal unterbricht sie die Arbeit, um mit den Schultern zu rollen und die eine Hand mit der anderen zu massieren. Dann fährt sie fort. Als sie fertig ist, setzt sie sich an den Rand des Lochs und rührt mit ihrem Messer Chilisoße in eine Dose Bohnenmus, das sie direkt von der Klinge isst. Sie wischt das Messer an ihrem Schenkel ab und wirft die Dose in die Grube.

Sie zerrt die Bettwäsche und die Matratze nach draußen. Sie zerrt den zersägten Rahmen und das Kopfteil nach draußen. Sie zerrt den Schreibtisch und das Bücherregal aus Kirschholz nach draußen. Die Schnittflächen glänzen in der Finsternis. Sie öffnet die Truhe; sie ist voller Bilder von ihr und ihrer Mutter. Sie kippt die Truhe aus und stochert mit dem Messer in den Fotos. Sie räumt sie wieder in die Truhe und geht damit nach draußen. In einer Schublade findet sie ein Scheckbuch mit einem Scheck über 205 Dollar und drei Umschläge voller Bargeld, Stapel von Hundertern, Fünfzigern, Zwanzigern. Sie zählt es ab; es sind 4620 Dollar, die sie mit dem Scheckbuch auf den Küchentresen legt. Die Rechnungen, Kontoauszüge und Formulare trägt sie alle zur Grube. Sie holt eine rote Schubkarre aus dem hohen Gras, pumpt den Reifen auf, rollt sie in die Küche, schaufelt Teller von der Arbeitsplatte, kippt alle Schubladen nacheinander aus und stellt die leeren an die Wand. Sie nimmt die Bratpfannen und den Schmortopf, trägt sie zur Feuerstelle, stapelt sie in der Asche aufeinander, reißt die Seiten von *Die Brüder Karamasow* aus, knüllt sie zusammen, türmt sie auf und schichtet das Anzündholz zu einem kleinen Zelt auf. Dann beugt sie sich vor und bläst in die Kohlen, um sie anzufachen.

Sie geht zu dem Sofa an der Feuerstelle, legt sich darauf, lässt die Handflächen über das Polster gleiten. Dann steigt sie herunter, hebt die Axt vom Boden auf, steht schweißglänzend da, die Jeans und Stiefel voller sandiger Erde, und lässt die Axt auf die Rückenlehne des Sofas niederkrachen. Sie arbeitet mit rhythmischer Sorgfalt, bis es auseinanderbricht, und zieht dann ihr Messer durch die Polsterung. Sie schneidet und reißt, trennt den Stoff von seinen Klammern ab, bis der Rahmen des Sofas zum Vorschein kommt. Im Schuppen pumpt sie vierzig Liter Benzin aus dem unterirdischen Tank, trägt die Stahlkanister nach draußen, klettert auf den Stapel und leert sie von seiner zerknautschten Matratze aus über die zerstörten Regale und die Überreste der Truhe und des Bettes. Sie zündet den Stapel an und sieht zu, wie er hoch auflodert und ölig schwarz brennt.

Sie arbeitet die ganze Nacht lang. Am Morgen kniet sie sich vor den Feldsteinkamin und zieht die Pfannen mit dem Schürhaken aus der Feuerstelle. Sie sind mit einer Kruste aus schuppiger, roter Asche überzogen und sehen zerstört, vom Feuer verwüstet und verrostet aus. Als sie in der heißen Asche danach fischt und sie nacheinander auf die Kaminplatten zieht, fürchtet sie, sie seien im Feuer oxidiert. Sie holt eine große Griswold-Pfanne heraus, legt sie auf die Veranda, nimmt den Schlauch und lässt Wasser über die Pfanne schießen. Das verbrannte Fett löst sich in Klumpen ab. Der bloße Stahl darunter ist sauber und glänzend, makellos und nicht verbogen, so gut wie am ersten Tag. Sie hält sie ins Licht.

Fünfzehn

Von Turtles Zuhause nach Mendocino sind es sechseinhalb Kilometer am Shoreline Highway entlang in Richtung Norden. Sie geht täglich dorthin und sucht nach Jacob. Sie folgt der Böschung über der Straße, isst Löwenzahn und Krausen Ampfer. Sie reißt Disteln aus, hält sie mit dem Saum ihres Flanellhemds, um die Dornen abzuschneiden, reibt dann mit dem Daumen die Erde von ihren gewundenen Wurzeln und kaut nachdenklich auf den Stängeln herum. Autofahrer halten an und fragen, ob sie Hilfe braucht, ob sie mitfahren will, und sie steht da, kratzt mit einem Stiefel über den Asphalt und sagt, sie wolle sich mit ihren Freunden treffen und gehe gern zu Fuß. Ein Typ, der sich zum Beifahrerfenster hinüberlehnt, um mit ihr zu sprechen, fragt: »Isst du da … eine Distel?« Turtle sieht ihn an. Er fragt: »Ist da überhaupt was Essbares dran?« Sie schüttelt den Kopf, nein, eher nicht. Er sieht sie durchdringend an. Turtle richtet sich auf, tritt von der Tür seines Trucks zurück und geht die Böschung hinauf in den Wald. Er ruft ihr etwas hinterher, aber sie versteht es nicht.

Auf der Big River Bridge bleibt sie stehen und sucht den Strand nach ihnen ab. Stromwirbel haben sandige Vertiefungen in das steinige Südufer des Flusses gegraben, und tief in diesen Kuhlen ruht das Wasser, zähflüssig wie Gel und saphirblau unter den bewegten oberen Lagen. Ein paar Leute gehen an der Flutlinie entlang, aber die Jungen sind nicht dabei.

Sie folgt der Straße in die Stadt, stellt sich auf den hohen Betonbordstein vor der Buchhandlung Gallery und schaut die Straße hinauf.

Am Abend geht sie nach Hause, kocht ihre Brennnesseln in einem Kupfertopf, in dem die Blätter Seite an Seite schwimmen, während sie im Schneidersitz auf der Veranda sitzt und Seetangfäden isst, die sie kistenweise am Strand gesammelt, mit dem Schlauch abgespritzt und zum Trocknen auf die Wäscheständer aus Edelstahl gelegt hat. Mit einem Paar Essstäbchen lotst sie eines der Brennnesselblätter von den anderen weg, zieht es mithilfe der Stäbchen langsam durchs Wasser und hebt das tropfende Blatt aus dem Topf. Mit übereinandergeschlagenen Beinen auf der Arbeitsplatte sitzend, pustet sie auf das dampfende Blatt, wartet, schiebt es sich in den Mund.

Das Gebälk ächzt, der Wind heult in den Schindeln, die Rosen kratzen am Fenster, und sie sitzt in der Stille des Hauses. Ihr Kopf ist völlig leer, und wenn er es nicht ist und sie ihn nicht leer bekommt, wiederholt sie im Geiste immer wieder kleine Sätze, um die Gedanken auszulöschen. Da musst du durch, denkt sie immer wieder, bis die Wörter ihre Bedeutung verlieren. Sie klappt ihr Noveske auf und zieht mit Fingern, die ölig sind wie die eines Mechanikers, den Verschlussträger heraus. Der Schlagbolzen klebt vor Pulverresten, und sie schiebt ihn in ihre Backentasche, lutscht den Stahl sauber, taucht einen Lappen in whiskeyfarbenes Lösungsmittel, nimmt den pulverschwarzen Bolzen in die Hand und denkt: Da musst du durch, damusstdudurch, musstedurch, mussedurch. Die Brunnenpumpe geht aus. Dann flackert eines Abends das Licht auf. Sie hebt den Kopf. Das Licht geht aus. Ein knatterndes Kreischen wie von einem Schweißgerät ertönt. Turtle nimmt ihre Schrotflinte und schaltet das Taktische Licht der Waffe ein, während sie durch den dunklen

Flur zur Speisekammer geht. Sie öffnet den Sicherungskasten und schwenkt den Lichtstrahl darüber. Die meisten Sicherungen sind durch korrodierte, geschwärzte Cent-Stücke ersetzt worden. Sie sind uralt und mit einer dicken weißen Kruste überzogen. Eines von ihnen raucht, und geschmolzenes Kupfer läuft in langen Tropfen davon herunter. Sie knipst die Hauptsicherung aus und kappt die Stromversorgung damit komplett. Dann nimmt sie den Feuerlöscher und geht in das dunkle Wohnzimmer zurück, wo sie wartet und überlegt, was sie tun soll, wenn das Dämmmaterial Feuer fängt. Sie verbringt Stunden im Pumpenhaus mit seinen zwei grünen Wasservorratstanks, betätigt den Aluminiumhebel der Pumpe mit der Hand und holt das Wasser aus dem Brunnen unten in der Schlucht in die Tanks herauf, die die Freispiegelleitungen des Hauses versorgen. Sie sitzt da, allein, die nackten Füße auf dem Betonboden, und pumpt und pumpt. Sie sitzt auf den Felsen am Buckhorn Beach, bricht Seeigel auf, fischt ihre Eingeweide heraus, barfuß, die Augen auf den Ozean gerichtet, und spült ihre orangen Keimdrüsen in einem Sieb ab. Sie wirft eine Handvoll Seeschnecken wie Würfel vor sich, hebt eine zwischen Daumen und Zeigefinger hoch, wartet darauf, dass sich die Schnecke entspannt, und als sie es tut, schiebt sie den Schlagbolzen durch den schwarzen waffelartigen Fuß in den muskulösen Körper und zieht die Schnecke aus ihrem Gehäuse. Sie trägt die anderen in einer Falte ihres Hemds nach Hause, bleibt stehen und zieht das Messer aus der Scheide, um eine dicke weiße Fenchelwurzel auszugraben. Im kochenden Wasser klappern die Schneckenhäuser auf dem Boden des Topfs. Manchmal wacht sie zur kühlsten Nachtzeit auf und kriecht aus ihrem Schlafsack, um sich ans Fenster zu setzen. Sie ist krank vor Angst, sagt sich: Die Einsamkeit ist gut für dich, Mädchen, sagt sich: Das ist nicht mal Einsamkeit, das ist was anderes.

Sie sitzt mit gekreuzten Beinen im Fenster, und die kühle, vom Ozean heraufwehende Brise beißt in die eingeschlafenen Glieder.

Als sie eine Woche lang nach ihnen gesucht hat, geht sie zum Portuguese Beach am westlichen Ende der Main Street in Mendocino, und da sind sie. Jacob watet durch die Brandung, und Brett sieht von der Flutlinie aus zu und sprüht sich Schlagsahne in den Mund. Turtle geht die Treppe zum Strand hinunter, vorbei an den vor Riesenwellen warnenden Schildern des Park Service. Die vorstehenden Sandsteinklippen sind von Bastard-Amarant überwuchert und mit Girlanden aus Kapuzinerkresse behängt, die sich mit Quellwasser verflechten. Turtle folgt einer geschlängelten Flutlinie aus toten Quallen zum Strand und setzt sich neben Brett. »Hey«, sagt sie.

»Ach du Scheiße!«, ruft Brett begeistert.

Jacob dreht sich um und sagt: »Ach du Scheiße!«

»Beaver, du bist es!«

»Sie heißt Turtle!«, sagt Jacob.

»Turtle!« Brett wirft sich auf sie, und Turtle lacht, als er sie niederringt und »Du! Du!« sagt. Er drückt sie in den Sand. »Du!«, sagt er.

Jacob sagt: »Wo warst du?«

»Haben dich die Avengers zu Hilfe gerufen?«

»Du siehst *super* aus!«

»Aber dünn!«

»Wie war dein Sommer bis jetzt?«

»Du hast uns gefehlt!«

»Im Ernst, Alter, hast du *wirklich*.«

»Zu Hause«, sagt sie. »Ich war einfach nur zu Hause.«

Sie tragen beide Boardshorts, keine Schuhe und keine T-Shirts. Brett hat Sonnenbrand auf Nase, Wangen und Ohren. Sand klebt an ihren Schienbeinen, und ihre Haare sind zerzaust. Sie sieht ihre Schuhe auf einem Baumstamm weiter oben am Strand, ihre Bücher, ihre T-Shirts.

»Komm schon«, sagt Jacob und stapft vom Wasser herauf. »Wie lange haben wir uns nicht gesehen?«

Turtle weiß es nicht.

Brett sagt: »Alter! Von Mitte oder Ende April oder so bis, äh, heute. Keine Ahnung, was wir für ein Datum haben.«

»Siebter Juli.«

Sie sagt: »Können wir über was anderes reden?«

»Klar. Zum Beispiel darüber, wie Bretts Mutter nackt auf dem Podest saß.«

»Darüber haben wir nie gesprochen.«

»Und das könnte genau die richtige Entscheidung gewesen sein.«

»Denn was soll man auch groß dazu sagen.«

Jacob zündet einen Joint an, nimmt einen Zug und reicht ihn an Brett weiter. Sie setzen sich, an einen sandigen, splittrigen Redwoodstamm gelehnt, den Blick auf das Meer gerichtet. Es ist hell, das Wasser blitzt, und sie kneifen alle die Augen zusammen. Die Luft ist klar, und es scheint, als könnten sie bis zum anderen Ende des Pazifiks sehen.

»Also, wie geht's dir?« Brett hält den Rauch in der Lunge, nickt und reicht den Joint an sie weiter. Sie blickt darauf hinunter.

Sie sagt: »Gut. Ich hatte eine gute Zeit.«

»Willst du darüber reden?«, sagt Jacob.

»Alter! Sie hat's doch grad gesagt.«

»Ja«, sagt sie.

»Aber ist alles in Ordnung bei dir? Kann ich das wenigstens fragen?«

»Ja«, sagt sie.

Jacob nimmt den Joint entgegen und sieht sie mit zusammengekniffenen Augen an. »Isst du überhaupt was?«

»Hey«, sagt sie.

»Hey«, stimmt Brett zu.

»Ich frage ja nur.«

»Komm mit uns, Turtle«, sagt Brett.

»Was?«

»Turtle. Diese ganze Highschool-Sache ist irgendwie … ein bisschen … na ja, ein kleines bisschen lahm.«

»Nein …«, sagt Jacob entrüstet.

»Doch«, sagt Brett. »Ausgesprochen lahm.«

Turtle sagt nichts.

»Die Highschool ist *hammermäßig*«, sagt Jacob.

»Mmm …«, macht Brett. »Mmm … ist das wirklich so?«

»Brett will, dass wir durchbrennen und Piraten werden.«

»Alter! Du sagst das nicht richtig.«

»Was habe ich denn falsch gesagt?«

»Wenn du es so sagst, klingt es voll bescheuert.«

»Okay, wie soll man es denn sagen?«

»Nicht so! Das hört sich kindisch an. Turtle wird mich für kindisch halten.«

»Wie sagst du es denn?«

»Ich will, dass wir durchbrennen und *Piraten werden*!«

»Du hast recht. Das klingt viel weniger kindisch.«

»Was meinst du, Turtle?«

»Nein«, sagt Turtle.

»Das ist hart, Leute. Echt hart.«

»Mir gefällt's hier«, sagt Turtle.

»Jacob, erzähl's ihr.«

»Was denn?«, fragt Turtle.

»Erzähl's ihr. Bitte, Jacob?«

»Was denn?«, fragt sie noch einmal.

»Draußen im Pazifischen Ozean«, sagt Jacob, »treibt eine gigantische Insel aus Müll, so groß wie Texas. Eine rotierende Masse aus Plastikflaschen, Styroporboxen, Verpackungschips,

Plastiktüten, die sich auf den Rümpfen halb versunkener Schiffe auftürmen. Brett will, dass wir dort hingehen und Piraten werden.«

»Du sagst es nicht richtig.«

»Brett will, dass wir dort hingehen und *Piraten werden*!«

»Sag mir, dass das nicht *geil* klingt.«

»Es klingt nicht geil«, sagt Turtle. Turtle weiß nicht, warum irgendjemand den Wunsch haben sollte, aus Mendocino wegzugehen. Sie hat auch die Touristen nie verstanden. Sie weiß nicht, welchen Sinn das haben soll.

»Wobei …«, sagt Jacob.

»Jetzt kommt's«, sagt Brett.

»Staatenbildung«, sagt Jacob, »hat schon einen gewissen Appeal, oder?«

»Nein«, sagt Turtle. »Hat es nicht.«

»Eine glorreiche Republik zu gründen«, sagt Jacob.

»Hmmm«, macht Turtle skeptisch. »Klingt eher schwierig.«

»Das Strandgut einer scheiternden Zivilisation zurückzuerobern und aus der Asche ein neues Utopia zu schaffen.«

»Meine Eltern waren Utopisten«, sagt Brett. »Jetzt sind sie geschieden, und meine Mutter ist ständig müde. Sie sagt, sie ist einfach ausgepowert. Sie sagt: ›Brett, mein Schatz, ich bin ausgepowert.‹ Die Hände tun ihr weh. Sie ist Heilmasseurin. Aber sie hat Arthritis. Ich sage euch, das kann nicht das Ziel sein. *Piraten* – das ist das Ziel.«

»Wir könnten Mehlwürmer züchten«, sagt Jacob, der Gefallen an der Idee findet, »in unserer Styroporwüste. Die können sich komplett von Plastik ernähren. Ich sehe es schon vor mir: Tagsüber züchten wir unsere Mehlwürmer, und nachts lesen wir uns unter den Sternbildern eines fremden Himmels gegenseitig Platon vor, begleitet vom gewaltigen Mahlen eines ganzen Kontinents aus Plastikflaschen, die in der Strömung herumgewirbelt werden, und dem ätherischen Flüstern von Einkaufstüten, die über die aufgeschütteten Plastikdünen wirbeln.«

Turtle sagt: »Ich glaube, ihr stellt euch die Müllinsel spannender vor, als sie eigentlich ist.«

Brett sagt: »Wenn wir wirklich hundert Kilometer voller Mehlwürmer hätten, würden wir sie nachts bestimmt hören. Wie sie kauen. Und kauen.«

»Wir könnten in riesigen Netzen aus aneinandergeknüpften Plastiktüten Fische züchten.«

»Ich sehe schon vor mir, wie wir als wilder, unzivilisierter Stamm schwertschwingender Ökopiraten, robust und gutaussehend und nicht minder visionär, auf den Rücken unserer riesenhaften Streitleguane die Mehlwurmödnis durchqueren.«

»Streitleguane?«

»*Natürlich* Streitleguane.«

»Wenn man mal darüber nachdenkt, gibt es dort wahrscheinlich schon Leguane, die in diesem kargen, postmodernen Galapagos hausen, jede Generation etwas plastiktütenfarbener als die vorherige.«

»*Alter.*«

»Und durch Rhizofiltration könnten wir Nuklearmüll aus dem Ozean rückgewinnen und in gigantischen Verbundglas-Tetraedern lagern, die das Wasser um unsere Insel herum langsam erwärmen würden, sodass wir noch mehr Fische züchten könnten.«

»Stellt euch die fruchtbaren, urangewärmten Lagunen vor, so reich an Zuchthummern und Seetang, von patrouillierenden Lachsschwärmen umgeben und tief im Inneren erhellt von mysteriösen, grün schimmernden Pyramiden, die an endlos langen, quietschenden Ankerketten hängen, während sich unsere edlen, wenn auch aufbrausenden reptilischen Streitrösser an den Plastikgestaden in der Sonne aalen.«

Der Wind pickt vereinzelte Strähnen aus ihrem Haar und peitscht sie ihr ins Gesicht. Sie bleiben an ihren spröden Lippen hängen. Sie zupft sie ab, klemmt sie sich hinter ein Ohr. Wenn es dort draußen wirklich eine Müllinsel von der Größe von Texas gibt, dann ist es einfach ein beschissener, rettungslos verlorener Ort. Aber das muss sie ihnen nicht sagen.

Während sie die Main Street wieder hinaufgehen, diskutieren sie darüber, ob man auf einem Leguan reiten könnte, wenn er groß genug wäre, ob es angemessen wäre, einen Dreizack in der Hand zu tragen, und ob riesige, mit Nuklearmüll gefüllte Verbundglas-Tetraeder die ozeanweiten Strömungen durcheinanderbringen und zu einem Massensterben führen könnten. Sie gehen zu Lipinskis Juice Joint, und als Turtle die Kreidetafel mit den Preisen sieht, fängt sie an, mit den Knöcheln zu knacken. Jacob zieht seinen Geldbeutel heraus, streicht die Scheine glatt und sagt: »Keine Sorge, Turtle«, und Brett sagt: »Der Film über uns könnte *Für eine Handvoll Mehlwürmer* heißen«, und Jacob sagt: »Hey, Dean, wir gründen eine eigene Republik, hättest du Interesse?«, und der bärtige, bedächtige Barista sagt: »Gibt's da Touristen?«, und Brett sagt: »Nein«, und der Barista sagt: »Und Gras?«, und Brett sagt: »Als Piraten werden wir uns natürlich in erster Linie an Rum berauschen, aber ja«, und Jacob sagt: »Wir werden in flachen, mit Nuklearmüll beheizten Lagunen psychotrope Meereskröten züchten, an denen man lecken kann, um high zu werden«, und Dean sagt: »Was?«, und weil Turtle nichts bestellt, sagt Jacob: »Sie nimmt die Falafel. Glaube ich jedenfalls. Der Kapitalismus hat sie verstummen lassen«, und Dean sagt: »Die verdammten Touristen sind schuld. Es war natürlich schon immer schlimm, aber wir sind schon wieder in der *New York Times* erwähnt worden. Ich habe gelesen, in Mendocino bekommt man für hundert Dollar nur Sachen im Gegenwert von zweiundachtzig Dollar oder so«, und Brett sagt: »Das ergibt überhaupt keinen Sinn. Mit hundert Dollar kann man grundsätzlich Sachen im Wert von hundert Dollar kaufen«, und Dean sagt: »Die verdammten Touristen sind schuld«, und Brett sagt: »Gut, Dean, ich verstehe ja, dass du die Touristen nicht magst, aber sie können nicht an Problemen schuld sein, die ihrem Grundsatz nach unmöglich sind.«

Sie setzen sich auf der Terrasse an einen Holztisch im Schatten eines Wasserturms. Der Zaun ist von Ackerwinde überwuchert. Dean bringt drei Mochaccino-Becher nach draußen. Er trägt die Gläser mit der hoch wie Eiscreme aufgetürmten schaumigen Mischung, an denen Eissplitter herunterrinnen, alle zusammen in seinen Händen. Sie essen die Fladenbrote mit dem kleckernden Falafel-Gurken-Gemisch und diskutieren darüber, ob man in riesigen Tanks aus zusammengeschweißten Plastikflaschen wohl tatsächlich Lachse züchten und ob man sie mit Mehlwürmern füttern könnte, die sich ausschließlich von Plastik ernährt haben. Das Problem, sagt Jacob immer wieder, seien nicht die Mehlwürmer an sich, sondern der Umstand, dass sie zu giftigen Käfern heranreiften. Turtle hat noch nie Kaffee getrunken, und er lässt ihre Hände zittern. Ihr Fladenbrot fällt auseinander, und sie muss sich immer wieder die Finger sauberlecken, den Blick auf die Jungen gerichtet, um ihrem Gespräch zu folgen.

Jacob sieht Turtle an. »Willst du zu mir mitkommen?«

»Ja«, sagt sie.

»Musst du deinen Vater anrufen?«

»Nicht nötig«, sagt sie.

»Nein?«, sagt Jacob.

»Nein«, sagt sie.

Um siebzehn Uhr treffen sie sich mit Jacobs Schwester Imogen, die in einem Café in der Stadt arbeitet, und fahren mit ihr nach Hause. Ihre Füße und Schienbeine sind immer noch mit einer dünnen Sandschicht bedeckt. Die Jungen steigen beide hinten ein. Turtle fährt auf dem Beifahrersitz neben Imogen mit, die sie neugierig ansieht. Jacob beugt sich zwischen die Sitze vor, um sie einander vorzustellen. »Turtle, Imogen. Imogen, das ist die kettensägen- und pistolenschwingende, zenbuddhistische, heutige und zukünftige Königin des postapokalyptischen Amerika.«

»Freut mich«, sagt Imogen und fährt aus der Parklücke.

»Sie wird hart, aber gerecht regieren.«

»Als ihre Berater werden wir sie zu strikter Gerechtigkeit anhalten.«

»Aber niemand kann die ihr wesenseigene stoische Härte vollends zähmen.«

»Und wie hast du meinen bekloppten Bruder kennengelernt?«

Turtle sagt nichts.

»Ach, komm schon, wie habt ihr euch kennengelernt?«

Turtle wendet sich zu Jacob um. Beide Jungen lesen, Brett mit einem Science-Fiction-Roman von David Gerrold an die Beifahrertür gelehnt, Jacob aufrecht sitzend, *Die Ilias* in der Hand.

Sie fahren eine Zeit lang schweigend weiter.

»Also, Jacob – ist das das Mädel, das dir dein blödes, verirrtes Leben gerettet hat, als ihr euch im Wald verlaufen hattet?«

»Wir hatten uns nicht verlaufen.«

»Es hat sich aber so angehört, als hättet ihr euch verlaufen. Extrem verlaufen, würde ich mal sagen.«

»Hatten wir nicht. Wir wussten genau, wo wir sind. Wir wussten nur nicht, wo die Straße ist.«

»Also hattet ihr euch verlaufen.«

»Wir hatten uns nicht verlaufen.«

Imogen sagt: »Also, äh … Turtle, wie gefällt es dir in der Schule?«

»Gut.«

»Wo wohnst du denn?«

»Little River.«

»Ah, gleich südlich von hier! Landeinwärts oder an der Küste?«

»Küste.«

»Gefällt es dir da?«

Turtle antwortet nicht.

Sie überqueren den Noyo und fahren durch Fort Bragg, den fünfzehn Kilometer nördlich von Mendocino gelegenen Ort. Sie fahren weiter, am MacKerricher State Park vorbei und über den Ten Mile River, und verlassen dann den Highway. Sie sind einen langen Tagesmarsch vom Buckhorn Hill entfernt. Jacobs Haus ist ein modernes Redwoodgebäude am Ende einer langen, gewundenen schwarzen Auffahrt. Es ragt über dem Nordufer des Flusses auf und ist von Küstengrasland umgeben.

»Ihr wohnt in einer *Villa*?«, sagt Turtle.

»Es ist keine Villa«, sagt Imogen.

»Hey!«, sagt Brett. »Hey, Turtle. Ich wohne in einem asozialen Wohnwagen. Also kannst du dich privilegiert fühlen, Kumpel.«

»Ich kann was?«

»Es hat vielleicht fünf Schlafzimmer, Leute.«

»Wie hast du mich genannt?«

»Schnauze, Jacob. Es ist eine Villa.«

»Hast du mich gerade ›Kumpel‹ genannt?«

Brett sagt: »Wir haben Erkundigungen über dich eingezogen, Frollein. Vor ein paar Jahren wurde ein Grundstück, das an eures angrenzt, aber nur 0,12 Hektar groß ist, für 1,8 Millionen Dollar verkauft. Ihr habt 24 *Hektar* mit Seeblick in einer der teuersten Lagen in ganz Amerika.«

»Streng genommen ist es keine der teuersten –«, sagt Jacob.

»Aber es ist die beste!«, sagt Brett! »Die beste!«

»Aber –«, sagt Turtle.

»Klappe!«

»*Ja*«, sagt Jacob. »Ja. Und *das hier* ist keine Villa.«

»Schnauze, Jacob.«

Sie fahren in eine große, saubere, leere Garage mit vier Stellplätzen.

»Okay, Kinder«, sagt Imogen beim Aussteigen, »viel Spaß bei … was auch immer ihr vorhabt.«

Jacob zeigt Turtle das Haus. Für ihn ist es nichts. Er kennt das alles. Turtle findet es unglaublich. In allen Zimmern gehen deckenhohe Fenster auf windgepeitschte Klippen und das Ten-Mile-Mündungsgebiet hinaus. Die Arbeitsplatten und die Kochnische in der Küche sind aus schwarzem Granit, an Deckenregalen hängt Kochgeschirr aus Edelstahl, die Hackblöcke sind aus Ahorn. Alles ist sehr sauber. Turtle will alles davon haben.

»Wo habt ihr euer Werkzeug und so?«

In der Garage war nichts zu sehen gewesen.

»Werkzeug?«

»Na, du weißt schon – Werkzeug«, sagt sie.

»Ach so, Mom hat einen ganzen Haufen Werkzeug in ihrem Atelier. Schweißbrenner und so was.«

Sie sagt: »Was macht ihr denn, wenn irgendwas kaputtgeht?«

Jacob sieht sie lächelnd an, als würde er darauf warten, dass sie den Satz beendet. Dann sagt er: »Du meinst, äh … Willst du wissen, welchen Klempner wir anrufen? Ich könnte meinen Vater fragen.«

Turtle steht da und sieht ihn an.

Sie durchqueren einen Flur mit einem deckenhohen Glaskasten voller zeremonieller indianischer Körbe.

Turtle bleibt stehen und betrachtet die kleinen gesprenkelten, feinmaschig geflochtenen Körbe, bis Brett und Jacob am

Ende des Korridors ankommen, sich umdrehen und auf sie warten. Im Wohnzimmer führt eine hohe Wendeltreppe mit direkt an einem lackierten Kiefernstamm festgeschraubten Trittstufen aus Eiche zu Jacobs und Imogens Zimmern hinauf. Eine ganze Wand seines Zimmers wird von einem einzigen Bücherregal eingenommen, die oberen Fächer erreicht man über eine Leiter. An den übrigen Wänden und auf den Beistelltischen stapeln sich weitere Bücher, manche aufgeschlagen, mit Eselsohren und zahlreichen Anmerkungen versehen. Das Muster aus hellen und dunklen Noppen des beigen Teppichs verrät, dass er noch am Morgen gestaubsaugt wurde.

Turtle setzt sich aufs Bett und sieht sich um.

»Schon, oder?«, sagt Brett.

»Ja«, sagt Turtle.

»Was?«, sagt Jacob.

»Schon«, sagt Turtle bedeutungsvoll.

»Sein Vater hat das Patent auf einen Fehlerfindungsprozess bei Silizium-Mikrochips.

»Was sind Silizium-Mikrochips?«

»Du weißt schon … dein Telefon.« Jacob hält sein Telefon hoch.

»Ah.«

»Seine Mutter macht nackte Weiber.«

»Was?«

Jacob sagt: »Sie macht Aktfiguren. Durch ihre prononcierte Körperlichkeit und die überzogene Darstellung ihrer menschlichen Idiosynkrasien erinnern sie an Rodins Skulpturen. Bei einigen hat sie das Gefäßsystem durch Waldreben ersetzt.«

»Sie sind nie da. Brandon ist meist in Utah, wo sie die Siliziumscheiben herstellen – keine Ahnung, wieso, wahrscheinlich, weil Utah allen am Arsch vorbeigeht –, und Isobel ist in der globalen Kunstszene unterwegs.«

»Sie sind nicht *nie* da.«

»Sie denken, Imogen kümmert sich um ihn.«

»Tut sie auch.«

»Tut sie nicht. Sie lässt ihn selbst zur Schule fahren. Er hat keinen Führerschein. Sein Essen muss er sich selbst machen. Dünnen Haferschleim und Porridge. Eigentlich ist er so eine Art Oliver Twist.«

»Manchmal fährt sie mich.«

»Sie gehen auf dieselbe Schule, und sie nimmt ihn nicht mal mit.«

»Dienstags und donnerstags fängt ihr Unterricht später an als meiner.«

»Das ist Kindesmisshandlung.«

»Lüge. Alles Lüge.«

»Imogen zwingt ihn, sich mit einem Pappschild an Straßenkreuzungen zu setzen, auf dem ›Ausgesetztes Kind bittet um Spende‹ steht. Abends nimmt sie ihm dann das ganze Geld ab und gibt es für Lipgloss und Musik aus.«

Jacob verdreht die Augen.

Später essen sie an einem Klauenfußtisch aus Mahagoni mit seinen Eltern zu Abend. Durch die Fenster schaut man auf den Strand, wo sich ein Kreis aus Möwen erhebt und auseinanderfällt und Braunalgen sich in der Brandung ineinander verheddern. Brett hat ein Bein unter das andere gezogen und sitzt nur halb auf seinem Stuhl, so, als wollte er jeden Moment aufstehen und davongehen, um irgendetwas zu suchen. Turtle schaut immer wieder zu Brandon und Isobel Learner hinüber und dann auf ihren Teller. Brandon ist ein dünner, schweigsamer Mann in einem weißen Hemd und einer langen Hose. Zu Beginn des Essens rollt er sorgfältig die Ärmel nach oben. Turtle rafft ihre Haare, zieht den Schlagbolzen aus dem Mund und bohrt ihn durch ihren Pferdeschwanz. Isobel Learner blickt kritisch in ihr Glas Rotwein. Über ihren Jeans und ihrem T-Shirt trägt sie ein mit einem Gürtel zusammengebundenes Kleid. Sie hat schwarze, grau gesträhnte Haare und trägt kleine silberne Ohrringe mit blauen Steinen.

»Und, Turtle«, sagt Isobel, »wie war dein Sommer bis jetzt?«

Sie essen Gelbflossen-Thun auf einem Wildreisbett mit gegrilltem Bimi.

»Ganz gut«, sagt Turtle.

Isobel hat die körperliche und geistige Arbeit für diesen Tag hinter sich und ist auf freundliche, weinselige, entspannte Art neugierig. Ihre Hände haben schwarze Flecken wie von Pulverrückständen, aber es ist irgendetwas anderes.

»Was macht dein Vater denn beruflich?«

»Was?« Turtle beugt sich vor, um besser hören zu können.

»Dein Vater – hat er einen Beruf?«

»Wie bitte?«

»Mom«, sagt Jacob, »du nuschelst in dein Glas.«

»Ah« – sie setzt das Glas ab – »was macht dein Vater beruflich, Turtle?«

»Er, äh …«, sagt Turtle, »er arbeitet als Tischler. Aber er liest viel.«

Isobel neigt das Weinglas und hält den Rotwein gegen das Weiß ihrer Serviette. »Sieh dir das an«, sagt sie. »Turtle, Schatz«, sagt sie. »Komm mal her. Siehst du das? Den Meniskus? Der Meniskus ist … Hast du Physik in der Schule? Ja, siehst du diesen ganz schmalen Ring, wo der Wein am Glas angetrocknet ist?«

Der Wein ist von einem tiefen Dunkelrot. Ein rasierklingendünnes Oval wie der schmalste, sandige Rand eines Teichs zieht sich um den Glasrand, und wo er verblasst, hat der Ring die Farbe von Tee.

»Siehst du dieses gebrochene Braun wie von einem Apfel, den man draußen liegen gelassen hat?«

»Ja«, sagt Turtle.

»Das ist die Oxidation. Sie entsteht durch das Alter des Weins.«

»Das ist Rost?«

»Wie Rost, ja.«

Isobel stellt das Glas ab, steht unvermittelt auf und kommt mit weiteren Weingläsern aus der Küche zurück, deren Stiele sie zwischen den Fingern hält. Sie verteilt sie und gießt in jedes ein.

»Schatz«, sagt Brandon, »ist das wirklich eine gute Idee?«

»Ja.« Isobel schiebt Brett ein Glas zu, dann Turtle, Jacob und Imogen. Turtle hebt ihres an, hält es vor die weiße Tischdecke. Sie schaut zu Isobel hinüber, und Isobel demonstriert, wie man das Glas schwenkt und dann die Nase an den Wein hält. »Was sagst du?«, fragt sie.

»Wozu?«, sagt Turtle und schnuppert an dem Wein.

»Welche Obstsorte?« Isobel lächelt Turtle an und beugt sich zu ihr vor. Sie hat einen schiefen Zahn, der zum Vorschein kommt, wenn sie lächelt.

»Ah«, sagt Jacob und schwenkt sein eigenes Glas. »Große, reife Sommerbrombeeren, die sich in Napa an einen weißen Lattenzaun lehnen, und der Winzer tritt gerade auf die Veranda, eine Tasse French Roast in der Hand –«

»*Njet!*«, schneidet ihm Isobel das Wort ab. »Ich weiß, was du im Schilde führst, Mister. Aber sie kommt gut allein zurecht.« Ihr eindrucksvoller Blick schwenkt auf Turtle, die mit dem Glas vor sich dasitzt, und dann auf Brett. »Was meinst du, Turtle? Ich liebe diesen Namen. Turtle? Turtle! Herrlich. Ist er dir bei einer Zeremonie erschienen, oder trägst du ihn von Geburt an?«

»Äh«, sagt Turtle.

»Ist schon gut. Schwenk das Glas, Schatz.«

Turtle schwenkt ihr Glas.

»Was riechst du?«

»Ich weiß es nicht.«

»Streuobst – Apfel, Birne, Steinobst? Schwarze Früchte – Brombeere? Rote Früchte – Himbeere, Erdbeere? Kirsche? Leder? Waldboden? Strenges Wildaroma?«

»Sie lässt sich nicht gern unter Druck setzen.«

»Ich setze sie nicht unter Druck. Blaue Früchte – Blaubeere? Säuerlich-herb? Frisch vom Obststand? Nach ein paar Tagen auf dem Küchentresen? Oder marmeladig – in einem Kuchen verbacken?«

Isobel wartet auf ihre Antwort. Sie hat nichts Bedrohliches an sich.

»Trauben«, sagt Brett. »Vergorene Trauben.«

»Schwarze Früchte«, sagt Turtle, »aber frisch. Frische Brombeeren. Traubenkirsche. Eine Spur von ... so was wie Kapuzinerkressenblüte«, sagt Turtle.

»Pfeffer! Ja! Schwarze Früchte und Gewürz«, sagt Isobel und lehnt sich in ihrem Stuhl zurück, »ein Hauch Kirschholz, riechst du das? Als würde man auf frische Kirschholzhackschnitzel beißen.« Sie vergräbt ihr Gesicht in dem Wein und inhaliert. Ein subtiles Mienenspiel läuft über ihre Augen und Brauen, der nüchterne Ausdruck einer Comedienne; sie weiß genau, wie amüsant sie ist, und sie hat Spaß daran.

»Gut«, sagt Brandon und greift nach Turtles Glas, »dann können wir den Wein ja vom Tisch nehmen.«

Jacob stürzt seinen hinunter, bevor Brandon ihn wegnehmen kann.

»Ach, lass das Mädchen doch probieren, Brandon«, sagt Isobel. Brandon lässt die Hände sinken und sieht Isobel an. Turtle hat immer gewusst, dass andere Menschen anders aufwachsen als sie. Aber sie hatte, denkt sie, keine Ahnung, *wie* anders. Sie hebt das Glas, kostet den Wein. Er schmeckt schärfer, als er riecht. Er scheint ihren ganzen Mund zu füllen.

Isobel sieht sie eindringlich an. Turtle zieht die Nase kraus. Sie schmeckt die Brombeeren, dort in der Mitte, und dann eine Art Konsistenz, wie Isobel sagte, als hätte sie in den Rand eines Bücherregals aus Kirschholz gebissen.

»Am Gaumen?«, fragt Isobel.

»Bäh«, sagt Turtle, »öch.«

»Na ja«, sagt Isobel und lehnt sich lächelnd zurück, »sie hat ja noch Zeit.«

Am Abend bringt Brandon sie zu ihrem Zimmer, in dem ein Mahagoni-Doppelbett mit einer Leinenbettdecke steht. Er zeigt ihr das angeschlossene Badezimmer, beugt sich über die Badewanne und zeigt ihr, wie die Dusche funktioniert und wo sie Shampoo und Zahncreme findet. Sie hören, wie sich die Jungen weiter unten im Gang mit Kissen schlagen und lachen.

»Jacob sagt, du hast deinem Vater gesagt, dass du hier bist?«, fragt Brandon.

»Ja«, sagt Turtle. »Natürlich.«

»Gut. Gut.«

Sie warten schweigend. Brandon sagt: »Du redest nicht viel, oder?«

Turtle weiß es nicht.

»Das ist gut.« Er lächelt.

Turtle lässt kleine Fältchen um ihre Augen erscheinen.

»Jacob sagt, du lebst in etwas, äh, liberalen Umständen«, sagt er und führt sie aus dem Bad. Turtle hat keine Ahnung, was er meint. »Was er sagte, war, nun ja, er sagte, wir sollten dich deswegen nicht behelligen, denn du seist ein Ismael auf dem weiten blauen Meer der Teenagerzeit. Und ich wollte nur sagen, weißt du, dieses Zimmer ist immer da, für den Fall, dass du so etwas wie Queequegs Sarg brauchst, um nicht unterzugehen, weißt du.«

Sie versteht vielleicht nicht, was Brandon sagt, aber sie

kann seine Absicht genau deuten, indem sie sich seinen Gesichtsausdruck vor Augen führt.

»So ist es nicht«, sagt sie.

»Ah – nun, gewiss«, sagt Brandon. Es ist ihm unangenehm. Er klopft auf das Bett. »Das ist Viscoschaum. Angeblich der beste, den es gibt. Und du bist hier, äh, in jedem Fall immer willkommen. Wir tun wohl alle, was wir können.«

Nachts liegt Turtle im Bett und lauscht in das Haus hinein. Unten läuft irgendein Gerät, der Wasserenthärter oder der Kühlschrank. Sie schaut an die verspachtelte Decke. Sie denkt, dass die Jungen wahrscheinlich noch wach sind und reden, aber sie kann sie nicht hören. Sie zieht die Decke vom Bett und auf den Boden. Sie kann Betten nicht leiden. Sie legt sich auf den Teppich, den Kopf in ihre Armbeuge gebettet.

Am Morgen fährt Imogen die drei nach Mendocino, und sie verbringen den Tag am Strand. Sie gehen zu Lipinski's und essen auf der Terrasse zu Mittag, lassen einen Joint kreisen und trinken Moccachinos. Tage vergehen auf diese Weise; Turtle läuft nach Hause oder wird von Imogen gefahren und trifft sich morgens mit den anderen am Big River Beach oder am Portuguese Beach. Manchmal nimmt Caroline sie von Mendocino zu Bretts Wohnwagen in der Flynn Creek Road mit, wo die Plastikwaschbecken, die Dusche und die Toiletten mit Mineralrückständen verkrustet sind und das Wasser nach Schwefel und Kalzium riecht. Im Wohnzimmer steht eine Voliere, in der drei Papageien Schulter an Schulter sitzen und zusehen, wie die Menschen an einem Resopaltisch zwischen Rechnungen, Werbeprospekten, einer alten Nähmaschine und einem einzelnen Einmachglas voller Knöpfe zu Abend essen.

Beim Essen starrt Caroline Turtle unverwandt an.

»Hör auf, sie anzustarren, Mom«, sagt Brett.

»Ich starre sie nicht an«, sagt Caroline.

Sie essen irgendeine Art Schmortopf.

»Ich freue mich einfach, dass sie da ist«, sagt Caroline. Sie beugt sich vor: »Und, wie geht es Martin?«

»Ganz gut«, sagt Turtle.

»Hat er irgendwelche Projekte anstehen?«

»Ähm«, sagt Turtle, »nein, eigentlich nicht.«

»Er schien *immer* irgendein Projekt zu haben. Damals. Irgendwas bauen. Irgendwas recherchieren. Was macht er denn im Moment?«

Turtle beißt sich auf die Lippe und blickt um sich. »Meist lesen.«

»Tja, er hat schon immer viel gelesen. Weißt du, ich bin froh, dass du da bist. Ich dachte schon, wir würden dich nie mehr zu Gesicht kriegen. Er hat nie angerufen. An dem Abend, als wir dich nach Hause gebracht haben, hat er gesagt, er würde anrufen, aber ich habe nichts mehr von ihm gehört«, sagt Caroline, »und unter seiner alten Nummer ist niemand mehr zu erreichen.«

»Wirklich nicht?«, sagt Turtle. Sie weiß, dass es so ist.

»Nein«, sagt Caroline. »Habt ihr eure Nummer ändern lassen?«

»Die Telefonleitungen«, sagt Turtle, »laufen durch den Obstgarten, und manchmal verheddert sich ein Ast darin, oder es dringt Wasser ein.«

»Oh«, sagt Caroline. »Hat er das mal dem Telefonanbieter gemeldet?«

»Es passiert nur manchmal«, sagt Turtle.

»Wovon ernährt ihr euch denn so?«

»Mom«, sagt Brett.

»Wir trinken viel Brennnesseltee«, sagt Turtle, »und essen Löwenzahn.«

»Brennnesseltee«, sagt Caroline, »ist voll mit Vitaminen und Mineralien, und natürlich hat er auch eine leicht abortive

Wirkung, aber darüber musst du dir wohl keine Gedanken machen. Und, baut er noch an?«

»Anbauen?«, sagt Turtle. »Nein.«

»Warte mal«, sagt Jacob, »*was* für eine Wirkung?«

»Anbauen?«, wiederholt sie.

»Kümmert er sich um dich?«, fragt Caroline. »Ist alles in Ordnung?«

»Moment mal – er hat angebaut?«, fragt Turtle.

»Nein, natürlich nicht ... Ich wollte nur, nein«, sagt Caroline. »Ich meinte nur ... Wo war er denn? Wenn du jetzt schon hierherkommst, würde ich wenigstens gern mit ihm sprechen. Er muss doch irgendwie zu erreichen sein. Habt ihr darüber gesprochen, welche Kurse du nächstes Jahr belegst?«

Turtle schüttelt den Kopf.

Sie mag es, abends mit Imogen und Jacob im Auto zu fahren. Sie hat immer einen langen Tag hinter sich und ist müde. Meist geht sie abends nach Hause. Isobel bekommt nichts davon mit. Sie ist zu sehr mit anderen Dingen beschäftigt. Sie interessiert sich immer sehr für Turtles Meinung, redet gern mit ihr, aber sie hält Turtles Lebensumstände zumindest dem Anschein nach nicht für ungewöhnlich und kümmert sich nicht darum, ob Turtle nach Hause geht oder nicht. Aber Brandon hat insgeheim ein Auge darauf. Caroline auch. Außerdem erschöpfen die Jungen sie. Es tut gut, über den Topf mit dem kochenden Tee gebeugt dazusitzen und allein mit den Gedanken zu sein, die sich dann einstellen. Sie mag die Jungen, aber mit ihnen zusammen zu sein, strengt sie an. Sie hat noch nie so viel Zeit mit anderen Menschen verbracht. Sie nähren sich beide am Enthusiasmus des anderen. Turtle aber zehren sie aus. Sie kann nicht genau sagen, wie sie sich fühlt, wenn sie allein die Treppe hinaufgeht, zurück in ihr verdunkeltes Haus, auf gewisse Art in den Trost zurückkehrt und in die Geborgenheit – aber auch in den Kummer. Das

Haus fühlt sich auf eine ganz bestimmte Weise an, wenn sie heimkehrt. Es ist dasselbe Haus, und sie kennt es, aber es sieht anders aus als je zuvor. Sie wird im Schneidersitz auf den Kaminplatten kauern, das Feuer entfachen, getrocknete Seetangstreifen essen und der Stille lauschen, während der Feuerschein vor ihr aufsteigt und in das leere Wohnzimmer sickert.

Sechzehn

Als sie am nächsten Tag den Toyota 4Runner die Einfahrt heraufkommen hört, zieht sie ihre Jeans an, zieht den Gürtel durch die Schlaufe des Messers, schlüpft in ein T-Shirt und ein Flanellhemd. Dann legt sie ihre Decken zusammen, legt sie neben die Kaminplatten und öffnet die Tür. Es ist Jacob, diesmal ohne Imogen. Er steht auf der Veranda und schaut an ihr vorbei, und sie sieht ihm dabei zu, wie er die gebohnerten Dielenbretter und die sauberen Arbeitsflächen, die gereinigte Feuerstelle, die an Haken entlang der Küchenwand aufgehängten Pfannen betrachtet. Das Wohnzimmer riecht nach Pulverlöser und Öl.

Er sagt: »Das gefällt mir. Spartanisch.«

»Es ist nicht spartanisch«, sagt sie.

»Okay«, sagt er, »leicht minimalistisch.«

»Das Wohnzimmer ist einfach so«, sagt sie.

»Okay«, sagt er, »es gefällt mir.«

»Das hoffe ich.«

»Wo ist Käpt'n Ahab?«

»Weg.«

Er hebt eine am oberen Ende zusammengerollte Papiertüte hoch und sagt: »Meine Eltern glauben, ich bin bei Brett. Brett ist bei seinem Vater in Modesto. Ich habe Sachen zum Picknicken mitgebracht.«

»Hast du schon mal Aal gegessen?«

»Ich wusste nicht, dass wir Aale haben, aber jetzt, wo

ich es weiß, frage ich mich, warum wir nicht *sofort* Aale essen.«

In der Küche nimmt sie eine Pfanne von der Wand und ein Stück Butter aus dem warmen Kühlschrank. Dann geht sie an ihm vorbei auf die Veranda und holt eine Dose mit Feuerzeugbenzin und einen Eimer. Zusammen gehen sie den Hügel hinunter, an einer tiefen, klares Wasser führenden und mit Johannisbeeren und Zimthimbeeren bewachsenen Schneise im Gras entlang. Frösche hüpfen vom Gras ins Wasser. Sie gehen durch einen Erlenhain. Jacob streckt den Arm aus, um sich ein Erlenblatt zu greifen, und sein T-Shirt rutscht nach oben und gibt den Blick auf seinen goldbraunen Bauch frei. Zwei zwischen den Erhebungen seiner Hüftknochen gelagerte Mulden, der obere Rand eines sauber gestutzten, jungenhaften V, das in seiner Hose verschwindet. Diese Vertiefungen erfüllen sie mit einer quälenden Begierde, einem Gefühl, als wäre etwas im Begriff zu geschehen, so, als ob man von einer Treppenstufe auf die nächste hinuntertritt. Einen Augenblick lang kann sie nicht wegschauen.

Sie ducken sich unter dem Stacheldrahtzaun hindurch, überqueren den Highway und steigen zum Buckhorn Beach hinunter, einer breiten Sichel aus schwarzem Kies und weißer Gischt, Basaltdämme mit Quarzeinschluss und grünen Wellen zwischen Gärten aus großen runden Rollsteinen. Buckhorn Island liegt dreißig Meter hinter der Flutlinie zwischen den zwei gebogenen Landzungen, die die Bucht bilden, und der Rücklauf der sich zurückziehenden Wellen strömt durch die Höhle der Insel, wo er auf die in Stromrichtung nachfolgenden Wellen trifft. Die Insel dröhnt wie eine Trommel, wässriger weißer Nebel schießt aus dem Blasloch und behängt die Kiefern auf der Insel mit Gischt, das Wasser klatscht auf den Fels. Am südlichen Ausläufer der Bucht steht eine Redwoodvilla, vor der ein Gärtner mit einem Rasenmäher auf und ab geht. Das sind Turtles nächste Nachbarn, einen fünfzehnminütigen Fußmarsch von ihrem Haus entfernt. Sie hat sie noch nie gesehen. Es ist stürmisch. Jenseits der sicheren Bucht bricht sich die Brandung an den kahlen, felsigen Inseln, mit denen die Küste hier übersät ist.

Sie stellen die Picknicktasche hinter einen Treibholzstamm, und Jacob zieht die Schuhe aus, krempelt die Hosenbeine hoch und trägt den Eimer zu den Felsen hinaus. Wenn sich die Wellen an der Insel brechen, fließt das Wasser in die Gezeitenbecken, steigt an und zieht sich wieder zurück. Der Wasserstand ist noch zu hoch, als dass sich gute Gezeitentümpel bilden könnten. Sobald sie einen Stein hochheben, schlängeln sich die Aale durch Kanäle, Becken, Seegrasfelder davon, und Turtle und Jacob tauchen die Hände in enge Mündungen voller Turbanschnecken. Als Jacob seinen ersten Aal herauszieht, schiebt der den Kopf zwischen seinen Fingern hindurch, das Maul geöffnet, und windet sich aus seiner rechten Hand, und Jacob fängt ihn mit der linken, und er gleitet ihm aus der Faust und sucht das Weite, schlängelt sich mit einem irrwitzigen Tempo über den Fels, und Jacob springt ihm hinterher, und dann ist das Tier unter dem nächsten Stein verschwunden. Er stemmt sich mit der Schulter dagegen, und Turtle hilft ihm. Sie wuchten den Stein zur Seite, und die stille Oberfläche des darunterliegenden Tümpels beginnt sich zu kräuseln, als Aale in alle Richtungen davonstieben. Turtle greift mit beiden Händen hinein und beginnt den Eimer zu füllen, und Jacob treibt einen der Aale in eine Sackgasse. Es ist ein ölig-schwarzes Monstrum, einen halben Meter lang und dick wie ein Gartenschlauch. Er hebt ihn aus dem Tümpel, aber der Aal flutscht ihm aus der geschlossenen Hand, und Jacob lässt sich auf die Knie fallen, greift nach ihm, hebt ihn hoch und lässt ihn wieder fallen. Das Tier schießt über den glatten blauen Fels und verschwindet unter einem Stein von der Größe eines

Weinfasses. Jacob drückt eine Schulter gegen den Stein, aber er lässt sich nicht wegschieben.

Die Aale sind schwarz mit seetangbraunen Tigerstreifen, hundeartigen Gesichtern und vorstehenden Kiefern. Turtle hat schon ein Dutzend in ihrem Eimer. Jacob und sie finden schillernd grüne Tausendfüßer, gehörnte Meerzitronen mit entfalteten filigranen Kiemen, porzellanene Verkrustungen von Posthörnchenwürmern. Sie schieben weitere Steine zur Seite. Manchmal ist das Wasser darunter unbewegt, und die Schnecken klackern über die perlmutternen Teppiche, die Einsiedlerkrebse hieven ihre rosa-blauen Gliedmaßen in ihre rosa-blauen Turbanschneckenhäuser zurück, die mürrisch dreinblickenden Schildfische, die sich am Stein festgesaugt haben, sind selbst steinfarben. Dann wieder lassen die knochigen Rücken der Aale den Tümpel erzittern. Jacob verfolgt einen von ihnen durch einen Kanal, greift durch den Meersalat, treibt ihn gegen eine Wand, lässt ihn entkommen, hebt ihn mit einer Hand hoch, lässt ihn in einen knietiefen Tümpel voller Seeigel fallen.

»Okay«, sagt Turtle zu ihm, »diesmal fängst du einen.«

»Diese Art von Freude müssen Grabräuber empfinden, wenn sie Särge aufbrechen, um zu sehen, was darin ist.«

Turtle sagt: »Was?«

»Weißt du, die Steine zur Seite zu schieben, ist wie … das ist, als würde man eine Luke öffnen, die ins Unbekannte führt. Wir könnten einen dieser Steine zur Seite schieben und darunter … alles Mögliche finden.«

»Was?«, sagt Turtle. »Nein. Du bleibst da stehen, und ich scheuche sie in deine Richtung.«

»Was empfinden sie wohl dabei?«

»Gar nichts«, sagt Turtle. »Das sind Aale.«

»Es müssen nicht zwingend Aale sein.«

»Es sind ganz offensichtlich Aale.«

»Das stimmt.«

Jacob kniet sich an einen Zulauf, und Turtle zieht einen Stein zur Seite. Darunter stieben die Aale auseinander, und Turtle treibt Jacob die blitzenden, sich schlängelnden Tiere zu. Sie wallen in seinen Zulauf, und Jacob versucht, ihnen den Weg abzuschneiden, und dann fängt er einen, zieht das Tier mit dem peitschenden Kopf mit einer Hand aus dem Wasser. Dann weicht mit einem gurgelnden Sauggeräusch das gesamte Wasser aus ihrem Gezeitentümpel.

Sie schauen beide verblüfft hinein. Sie stehen auf, Jacob fuchtelt mit dem Aal, und Turtle denkt: Was war das denn? Dann beschleicht sie ein ungutes Gefühl, und sie hebt den Kopf. Das Meer um sie herum ist verschwunden. Es hat sich hinter die Insel zurückgezogen, und die Seetangbetten und Gezeitentümpel liegen nackt und knisternd da. Jedes Strudelloch und jeder Stapel von Bowlingkugeln gibt einen lang gezogenen schlürfenden Ton von sich, als das Wasser in den Ozean zurückgesaugt wird.

Jacob sagt: »Turtle«, und dann springt er auf und rennt los. Turtle läuft ihm barfuß hinterher, rutscht auf einem nassen Stein aus und landet auf allen vieren. Jacob bleibt stehen, dreht sich um und sieht sie an. Er hebt den Blick. Dann ist sie unter Wasser, wird über den felsigen Untergrund gespült. Das Gefühl, das sie übermannt, ist Überraschung. Alles Tun und Denken schnurrt zu nichts zusammen. Sie befreit sich aus ihrem Körper und wird zu etwas Weitem, Riesigem, Schrankenlosem. Der Seetang um sie herum entfaltet sich und hängt kopfüber herunter. Lichtstrahlen brechen hoch oben durch die Oberfläche. Das Wasser wirkt unbewegt, gleichförmig und blau, aber in den schrägen Strichen aus Sonnenlicht sieht sie grießigen Sand und Kelp-Krabben vorbeiströmen.

Ihr Vorwärtssturm verlangsamt sich. Der Druck auf ihren Ohren steigt. Das Licht wird schwächer. Sie wird in der nachlassenden Strömung festgehalten. Sie spürt die Veränderung, als Wasser aus der gefluteten Höhle zurück ins Meer strömt. Die Unterströmung schält Sand in langen, gewellten Streifen vom Grund. Turtle denkt: Schwimm, du Luder. Dann wird sie nach hinten gezogen und hilflos über den felsigen Grund geschleift, Bowlingkugeln springen aus ihren Mulden und hüpfen hinter ihr her. Das mahlende Grollen ist so gewaltig, dass jedes individuelle Geräusch ausgelöscht wird.

Sie kämpft sich verzweifelt an die Oberfläche, durchbricht sie inmitten von sahnig aufgetürmtem, weißem Wasser und füllt ihre Lungen mit Luft. Die schwarze Wand von Buckhorn Island ragt hart neben ihr auf, beängstigend nah, schimmernde blaue Muscheln an den Fels gerändelt wie lauter porzellanene Rasierer. Einmal an der Wand entlanggestreift, und sie wird es vielleicht nicht schaffen, das weiß sie. Sie kann Jacob nirgends sehen, aber der Strand vor ihr ist überschwemmt, das Treibholz tost gegen die Klippen. Er kann auf keinen Fall entkommen sein. Er ist hier irgendwo, sie kann ihn bloß nicht sehen. Das Wasser zieht sich immer noch zurück, während zugleich neue Wellen ans Ufer drängen, sodass die ganze Bucht von wirren, verwickelten Strömungen durchzogen ist. Es schwappt und wälzt sich wie Wasser, das in einem Eimer getragen wird.

Sie taucht. Der mit Steinen übersäte Boden ist direkt vor ihr – sie sind in drei, vier Meter tiefem Wasser. Sie kann Jacob an der Oberfläche sehen. Er treibt schlaff dahin, Blut fällt wie Luftschlangen von ihm herab. Sie fasst ihn an den Haaren und zerrt ihn hoch.

»Atme!«, schreit sie. »Atme!« Er holt Luft und erbricht sich sofort. Sie hält ihn fest. Buckhorn Island ist dicht hinter ihnen. Sie werden dorthin gezogen. Eine riesige Menge Wasser ist in die Bucht gespült worden, und jetzt fließt alles zurück ins Meer, strömt an der Insel vorbei durch die engen, felsigen Kanäle, die die Bucht sonst schützen. Jacob und sie müssen es an den Strand schaffen. Werden sie mit der Ebbe hinausgezogen, dann werden sie sich in dem ungeschützten Skulpturengarten aus gewundenen schwarzen Felsen wiederfinden, mit denen die Küste hier übersät ist.

Auf der gebogenen Landzunge mit der Redwoodvilla über ihnen geht immer noch der Gärtner mit dem Rasenmäher auf und ab.

»Jacob, kannst du schwimmen?«

Er nickt. Sie taucht, und er folgt ihr. Zusammen bewegen sie sich mit festen Schwimmstößen über die blauen Steine am Grund; lange Algenpeitschen fliegen an ihnen vorbei. Sie kommen nicht gegen die Strömung an. Atemlos keuchend durchstößt sie die Oberfläche. Dann bricht eine zurückströmende Welle über ihnen, und Jacob wird schreiend in den gierigen Schlund des Steintunnels der Insel gesogen. Sie senkt sich unter die Oberfläche und folgt ihm in die Höhle unter der Insel. Sie tauchen zusammen auf. Der Wellengang wirft ihnen Wasser über das Gesicht. Turtle ringt nach Luft. Sie füllt ihre Lungen. Sie schaukeln auf und ab, das Plätschern des Wassers und ihr Atem hallen wider, und Turtle schaut nach oben. Sie befinden sich in der von den Gezeiten ausgehöhlten Kammer inmitten der Insel.

Sie kann die hellen Halbkreise der von unregelmäßigen Wogen versperrten Zugänge auf beiden Seiten sehen. Eine Seite geht zum Strand hinaus. Vor der anderen liegt das offene Meer. Wasser bildet an den Wänden Wirbel und tropft dröhnend von der gewölbten Decke. Es ist hüfttief und hat die Farbe von altem Glas. Über ihnen tut sich die Mündung des Blaslochs auf, von der Girlanden aus Kapuzinerkresse herabhängen, die Blüten in einem gebrannten Rot gefärbt. Der Boden ist mit braunen Seetangfedern bedeckt, und riesige orange Seesterne hängen überall an den Felsen. Die

Seetangwedel wehen in den gegenläufigen Strömungen vor und zurück.

»Scheiße«, sagt Jacob, und sie dreht sich um. Eine Wand aus Wasser rauscht durch den Höhleneingang herein.

»Nein«, sagt sie. Sie dreht sich um. Durch den gegenüberliegenden Eingang schwillt eine zweite Wand aus Wasser an, und die beiden Wände laufen aufeinander zu. Die eine kommt vom Meer her, und die andere ist der Rücklauf vom Strand. »Nein, nein, nein«, sagt sie. Ihre Gedanken sind grün und gelb vor Angst. Sie denkt: Wir werden sterben, und ihr Zwerchfell hebt und senkt sich stoßweise mit ihrem Schluchzen. Sie legt ihr Kinn auf seine Schulter. Sie denkt: Wir sterben, wir sterben jetzt gleich. Das Wasser steigt um sie herum, reicht ihnen bis zur Brust, und dann wird sie von der Welle getroffen, durch den Seetang geschleudert und auf wundersame Weise inmitten schwebender Kronleuchter aus Wasser und langen, baumelnden Zöpfen blühender Kapuzinerkresse in die Luft geschwungen. Ihr Gehirn und ihre Eingeweide schmerzen vor Furcht. Sie streckt die Hand aus, um sich für den Aufprall zu wappnen, und wird gegen die Wand geklatscht. Ihre Finger brechen, ihr Arme knicken ein, und sie wird über zehn Meter Fels kielgeholt, rotiert im Wasser um die eigene Achse, bedeckt ihr Gesicht mit den Unterarmen und schlägt, begleitet vom explosiven Bersten brechender Muschelschalen, hart gegen den Stein. Etwas spricht mit ihr, jemand direkt hinter ihr flüstert in ihr Ohr: Du stirbst nicht, halt durch, du stirbst nicht, und Turtle selbst denkt: Du Luder, du Ritze, halt gefälligst durch, lass nicht los, lass niemals los.

Dann sind sie aus der Höhle heraus. Turtle schwimmt mit kräftigen Zügen. Das Wasser schwappt über ihren Kopf, und die Wellen brechen um sie herum. Der Strand, die Bucht und Buckhorn Island liegen hinter ihr. Um Jacob und sie herum wird das Meer zu grünen Hügeln aufgeworfen, die zerfließen und sich an gekrümmten schwarzen Felsen brechen. Seetangwedel steigen aus dem undurchdringlichen Grün auf, breiter als ihre Hände, mit schimmernden Pinselstrichen dunkel- und goldbraun bemalt. Jacob und sie sind in das Labyrinth der kleinen Inseln und schwarzen Felsen hineingezogen worden, die gleich vor der Küste liegen. Sie kämpft sich Zug um Zug durchs Wasser. Sie empfindet keinen Schmerz, keine Anstrengung. Sie erhascht einen Blick auf Sand, Kies, blaue Steinwände. Es ist eine Insel, irgendein namenloses Stück Fels hundert Meter vor den Uferklippen mit einer kleinen sandigen Einbuchtung auf der Westseite. Sie kämpft sich durch die Brandung, und eine Woge hebt sie auf die rauen blauen Steine des kleinen Strands der Felsnadel. Sie wirft sich nach vorn und zieht sich aus dem abfließenden Wasser, dann dreht sie sich um und watet zurück, um Jacob aufzuhelfen.

Siebzehn

Zusammen stapfen sie den Strand hinauf zum steinernen Fuß der Insel und kraxeln verzweifelt vom Wasser weg, eine Kletterpartie von sechs oder sieben Metern über den feuchten blauen Fels, der unter ihnen bröckelt, die Risse mit Schwärmen zitternder Schaben verfugt. Turtle erklimmt ein überschwemmtes, mit schwammartigem, dichtem Seegras bedecktes Plateau, legt sich hin und erbricht sich. Der Gipfel der Insel besteht aus zehn Metern struppigen, mit ausgebleichten kleinen Vogelknochen übersäten Grases. Sie kriecht auf den Ellbogen an den Rand und sieht sich um. Die Insel ist auf einer Höhe mit den Uferklippen. Dazwischen hundert Meter schwarzer Felsen, von der Brandung überspült, sich schemenhaft unter dem blaugrünen Wasser ausdehnender Stein. Von einem Punkt zum anderen betrachtet, sieht es beinahe aus, als könnten sie zum Ufer schwimmen, aber wenn sich die Wellen in diesen Kanälen brechen, ist es etwas ganz anderes. Sie liegt im Gras und denkt: Wir sind am Arsch. Dann denkt sie: Wir sind nicht am Arsch. Wenn irgendjemand mit so was klarkommt, dann du. Wo ist dein Mumm?

Jacob liegt mit dem Gesicht nach unten neben ihr, die Hände unter der Brust verschränkt, zitternd und speiend. Sie ist sich sicher, dass er eine Gehirnerschütterung hat. Sie hatte selbst schon öfters eine und kennt das Gefühl. Blut läuft in großen Mengen in seine Haare. Auf seinem Gesicht und im Gras um ihn herum ist Blut. Solche übermäßig starken

Blutungen verbindet sie mit Kopfverletzungen. Er wird sich erholen. Was sie angeht, ist sie sich da nicht so sicher.

»Können wir dorthin schwimmen?«

Sie sieht ihn an. Sie weiß nicht einmal, ob sie aufstehen kann.

»Okay, dachte ich mir.«

Hoch über ihnen steht eine einzelne Wolke am Himmel, die sich zu weißen Fäden verdünnt. Sie schält ihre Hände aus den blutigen Falten ihres T-Shirt und betrachtet sie. Die Nägel sind aus ihren fleischigen Betten gebrochen. Durch die rechte Handfläche läuft ein tiefer Schnitt. Die drei kleinsten Finger ihrer linken Hand sind gebrochen. Alle außer dem Zeigefinger. Sie steckt die Hände in die Achselhöhlen und liegt so da, beide schützend an sich gedrückt. Es tut weh zu atmen.

»Was machen wir, Turtle?«

Eine Hälfte seines Gesichts ist mit Sand verklebt, die Zähne sind blutumrandet. Er hat sich vollgespien.

»Turtle?«

»Ja?«

»Schaffen wir das?«

Ihr Mund ist voller Sand. Sie sagt: »Wir müssen meine beschissenen, gottverdammten Scheißdrecksfinger schienen.«

Er fängt wieder an, sich zu erbrechen. Sie liegt im Gras und sieht zu, wie sich die einzelne Wolke dreht und ihre Form ändert. Irgendwann sagt er: »Das klingt, als sollten wir es besser einem Arzt überlassen.«

Darauf erwidert sie nichts.

Der Wind fegt über den Gipfel der Insel. Jacob geht in Gedanken seine Einwände durch. Sie kann ihm dabei zusehen. Er zittert immer wieder krampfartig.

»Okay«, sagt er schließlich.

»Okay?«

»Okay.«

»Wir brauchen Stöcke für einen Streckverband«, sagt sie. »Breite Baumwollstreifen, zwei bis drei Zentimeter breit und zwanzig, dreißig Zentimeter lang.«

Jacob steht schwankend auf. Turtle liegt ganz still da und verzieht das Gesicht. Jacob geht auf der Insel umher. Er ist unsicher auf den Beinen. Schließlich sagt er: »Hier gibt es nicht besonders viele Stöcke.« Sie hört, wie er einige der kleinen, im Gras verstreuten Knochen prüft, aber sie sind ausgebleicht und mürbe. Schließlich sagt er: »Wie wäre es mit einem Stift? Ich habe einen in der Hosentasche.«

»Der ist noch da?«

»Na ja, es waren mal drei.«

»Nimm mein Messer.«

Er kommt zu ihr herüber. Sie liegt ganz still. Er öffnet die Schnalle und zieht das Messer aus der nassen Scheide. Er schneidet den Stift durch und sagt: »Das war mein Glücksstift. Damit habe ich einen richtig guten Aufsatz über Angela Carter geschrieben.«

»Jetzt brauchen wir mehrere Baumwollstreifen.« Sie richtet sich auf, und sie schneiden die Streifen von ihrem nassen Flanellhemd.

Vorsichtig zieht sie die gebrochene Hand aus ihrer Achselhöhle und streckt sie aus.

»Ach du Scheiße«, sagt Jacob.

Unter der Haut stehen die Knochen kantig hervor. Ihr Ringfinger ist offensichtlich aus seiner Verankerung gerissen.

»Wie kannst du da so locker bleiben?«

»Was?«

»Ich meine, drehst du nicht vollkommen durch?«

»Jacob.«

»Du brauchst einen Arzt.«

»Zieh den Finger gerade zu dir, gleichmäßig und fest.«

»O Gott.«

»Keine falsche Scheu. Zieh ordentlich an dem Luder.«

Er nimmt ihren gebrochenen kleinen Finger in die Hand und sagt: »O Gott, das ist schlimm, o Gott, das ist wirklich schlimm, das ist ein ganz, ganz schlimmes Gefühl.«

Turtle schaut zum Himmel. Ein Gefühl gespannter Erwartung durchströmt ihren Körper, und sie spürt, wie ihre Haare kribbeln und sich aufrichten.

»Jetzt?«

»Ja, jetzt.«

»Okay«, sagt er.

»Warte!«, sagt sie.

Er sieht sie an. Sie atmet tief durch. Sie zittert vor Angst.

»Mach jetzt bloß keinen auf Kissenbeißer, Jacob«, sagt sie.

»Ich weiß nicht, was das bedeutet.«

»Mach es einfach beim ersten Mal ordentlich.«

»Ich werd's versuchen.«

Sie stößt Luft durch die gespitzten Lippen aus, zittert und bebt.

»Okay: jetzt.«

Jacob zieht, und der Finger streckt sich mit dem hörbaren Knirschen von Knochen. Turtle zischt zwischen ihren aufeinandergebissenen Zähnen hindurch. Jacob schreit auf, als sich der Finger einrenkt. »Hurensohn!«, sagt sie. Sie schwitzt, keucht. »Hurensohn!«, sagt sie noch einmal und sieht ihn geradezu nötigend an. Jacob legt die abgeschnittene Stifthälfte an den begradigten Finger und wickelt behutsam einen breiten Baumwollstreifen darum.

»Du hast Glück, dass du nicht gestorben bist.«

»Weiß ich.«

»Ich meine es ernst, Turtle.«

Sie sieht ihn ausdruckslos an, versucht zu verstehen, wie sie es sonst meinen könnte, wenn nicht ernst.

»So, wie du über diese Steine geschleift wurdest.«

»Ich weiß.«

»Ich kann gar nicht glauben, dass du lebst.«

Sie sagt nichts.

»Ich glaube, du bist ganz schön hart im Nehmen.«

Danach liegt Turtle im Gras und versucht sich zu sammeln. Durch den Schmerz beim Schienen der Finger fühlt es sich an, als wäre der denkende Teil von ihr verschwunden, und sie braucht ihn zurück. Jacob sagt: »Also, ich habe mir diesen kleinen Strand mal von oben angesehen. Ich glaube, er ist größtenteils ungefährlich. Ich glaube, wir könnten da hinuntersteigen. Die Wellen kommen nicht sehr weit hoch. Da unten gibt es Treibholzstämme und Netzschwimmer mit ein bisschen Nylonschnur daran und Algen, und es liegen ein paar Plastikflaschen herum. Ich glaube, daraus können wir ein Floß bauen.«

»Das Wasser steigt noch«, sagt sie.

»Dann warten wir lieber ab.«

Sie schließt die Augen vor Schmerzen.

»Ich bin ein bisschen besorgt.« Er lässt den Blick über die Wasserfläche schweifen. »Wenn wir ein Floß bauen, müssen wir eine schwierige Entscheidung treffen.«

Turtle sagt: »Darüber habe ich gerade nachgedacht. Wenn wir genau auf die Uferklippen direkt vor uns zuhalten, können wir bei Flut nicht mit dem Floß anlegen, weil der Strand dann unter Wasser steht und wir an den Klippen zerschellen. Aber bei Ebbe kommen wir nicht über die Felsen. Also müssen wir versuchen, es zur Buckhorn Bay zurückzuschaffen. An der Insel vorbei.

Jacob überlegt. »Klar – das ist die eine Sache. Aber die Frage ist auch: Bist du Jim, und ich bin Huck? Oder bist du Huck, und ich bin Jim? Diese Bezüge sind etwas verzwickt und vielleicht schwer aufzulösen. Denn in gewisser Weise bin ich der Gefangene einer einschränkenden und autoritären, kapitalistischen Geisteshaltung, aber auch du könntest gewissermaßen eine echte Gefangene im Wortsinn sein. Es ist also schwer zu sagen. Wir werden es ausbaldowern müssen.«

»Was?«

»Na ja, ich meine nur, dass … ach, schon gut.«

»Wovon redest du?«

»Von gar nichts. Ich war bloß kindisch und naiv. Darum habe ich kein Twitter.«

»*Was?*«

»Ich … ich halte jetzt den Mund.«

Als sich die Flut am Nachmittag zurückzieht, suchen sie sich einen Weg hinunter zum Strand, und Turtle setzt sich auf einen Baumstamm mit Blick nach Westen. Der Strand aus grobkörnigem, mit Geröll durchsetztem Sand liegt in einer kleinen Einbuchtung in der westlichen Klippenwand der Insel und ist auf drei Seiten von schrägen, sechs Meter hohen, blauen Sandsteinwänden umschlossen. Der Strand ist nur etwa drei Meter breit und erhebt sich steil aus dem Wasser. Mit jeder zurückweichenden Welle taumeln die Steine aus ihren Betten und rollen übereinander, begleitet von einem Geräusch, als würde die Welt mit den Zähnen knirschen. Der Wind weht quer zur Öffnung der Einbuchtung und bildet an den Felswänden Wirbel. Schaum wird in Böen in die Luft gewirbelt und zu spillerigen Wirbelwinden verrührt, die an der Flutlinie entlangtaumeln. In der Grauwackenwand, die die Rückseite der Einbuchtung bildet, klafft ein dreieckiger Riss, der Eingang einer Höhle. Sie muss sich durch die ganze Insel ziehen, denn manchmal spuckt sie plötzlich Meerwasser aus. Jacob stochert mit den Füßen in dem aufgehäuften Treibholz und ruft Turtle zu, was er findet: »Eine Sprite-Dose!« Dann: »Turtle! Eine Zweiliterflasche Cola!«

Er kommt herüber und setzt sich neben sie. Er zittert. Seine Zähne klappern. Trotz der vielen Sonne können sie die Kälte nicht abschütteln, die bis in ihre Knochen gedrungen zu sein scheint. Sie sind beide noch nass.

»Was können wir machen?«

»Ich weiß es nicht.«

»Was können wir damit anfangen?«

»Ich weiß es nicht«, sagt sie.

»Na ja, was müssen wir denn als Nächstes machen?«

»Wir müssen ein Feuer machen.«

»Okay. Warum?«

»Na ja, wir kommen heute nicht mehr nach Hause. Wenn uns nicht jemand holen kommt, und ich glaube nicht, dass uns jemand holen kommt. Und wenn wir die Nacht überstehen wollen, brauchen wir ein Feuer.«

»Du glaubst nicht, dass wir die Nacht überstehen?«

»Nicht ohne Weiteres. Wir brauchen Wasser, Jacob. Und mit einem Feuer können wir Trinkwasser machen. Und so ungeschützt, wie wir sind, wird uns außerdem kalt werden. Nicht kalt genug, um zu sterben, aber kalt genug, um zu leiden.«

»Können wir nicht zwei Stöcke aneinanderreiben, um ein Feuer zu machen?«

»Hier ist alles nass.«

»Können wir mit dem Messer an den Steinen Funken schlagen?«

»Mit einem Bogenbohrer könnten wir vielleicht ein Feuer machen.«

»Wie stehen die Chancen, dass das klappt?«

»Schlecht«, sagt sie.

»Versuchen wir's!«

»Wir müssen nachdenken. Wir müssen uns sicher sein. Bevor wir irgendwas machen, müssen wir uns sicher sein.«

»Ich bin aufgeregt.«

Sie schweigt.

»Wir müssen *irgendetwas* versuchen. Und da deine mühsame Buchstäblichkeit uns nicht erlauben wird, Funken aus deinem versteinerten Herzen zu schlagen, sollten wir versuchen, eine richtige und echte Lösung zu finden.«

»Okay.«

»Wunderbar.«

»Ich bin nicht mühsam buchstäblich.«

»Ich weiß.«

Turtle setzt sich in eine Sichel aus Sonnenlicht am Strand, die Hände unter die Achseln geklemmt, und erklärt, was sie brauchen, um einen Bogenbohrer zu bauen, während Jacob ihr Treibholz zur Prüfung vorlegt. »Wir brauchen eine biegsame Rute für den Bogen an sich, die wir mit einem Streifen von deinem T-Shirt bespannen. Dann mehrere gleich harte Holzstücke für eine Spindel und Feuerholz. Dann ein Handstück – das ist weniger wichtig.« Sie erklärt ihm, wie man den Bogen mit einem Gordingstek verzurrt. Sie sagt: »Lockerer. Noch lockerer. Ja, so. Die Bogensehne wird als Schlinge um die Spindel gelegt, und man dreht die Spindel durch Sägebewegungen mit dem Bogen.«

»Okay …?«

»Der Bogen muss also gebogen werden, bis er *fast* bricht.«

»So?«

»Genau. Und jetzt binde ihn mit noch einem Gordingstek fest.«

Irgendein spitzes Knochenstück bewegt sich in ihrem Finger, und sie zieht schwitzend Luft durch die Zähne.

»Alles gut?«

»Wir brauchen eine Spindel. Irgendwas Hartes.«

Sie sieht zu, wie er das Treibholz durchstöbert.

»Ich merke nicht, ob es trocken ist«, sagt er und schaut auf seine Hände, die zu aufgekratzt und sandig sind, um Feuchtigkeit zu fühlen.

»Halt es an dein Gesicht.«

Er hält sich ein Holzstück prüfend ans Gesicht und sieht sie ausdruckslos an. Er weiß es nicht.

»Du bist nutzlos«, sagt sie und hebt das Kinn.

Er hält es ihr an die Wange und sagt: »Ich bin *nicht* nutzlos.«

Sie schließt konzentriert die Augen. »Zu nass. Aber es ist alles nass.«

»Was ist hiermit?«, sagt er und hebt ein weiteres Holzstück auf.

»Das ist Redwood.«

»Und?«

»Wir suchen nach einer feinen, festen Holzfaser. Drück mit dem Fingernagel hinein. Da, siehst du, wie weich der Hurensohn ist? Nutzlos.«

»Okay. Das ist gut. Sprich weiter.«

Sie macht eine Kopfbewegung in Richtung eines Stücks, das sie herausgesucht hat. »Die Spindel wird zwischen Feuerbrett und Handstück festgehalten. Sie hat am oberen Ende eine Spitze, die sich frei am Handstück dreht wie eine Kreiselspitze. Das untere Ende muss als rundes Verbindungsstück möglichst genau in die Vertiefung im Feuerbrett hineinpassen. Durch dieses abgerundete Ende der Spindel, das sich in der Mulde im Feuerbrett hin und her dreht, wenn du den Bogen wie eine Säge bewegst, entsteht die Glut.«

Er hebt die Spindel auf und beginnt, damit zu arbeiten.

»Feine Späne«, erklärt sie. »Eher wie beim Fingernägel schneiden als beim Tischlern.«

Jacob wischt sich Blut aus den Augen.

»So. So geht das.«

»Das ist ja geil«, sagt er.

»Halt den Mund und konzentrier dich.«

Sie sieht zu, wie er die Spindel schnitzt und mit der

Messerspitze ein Loch in das Feuerbrett bohrt. Er breitet die Überreste seines T-Shirts und ihres Hemds auf einem Treibholzstamm aus und macht Zunder in Form von gerollten Flusen, indem er mit der Klinge über den Stoff schabt. Für die Kienspäne bricht er Holzsplitter aus den Stämmen und legt sie zum Trocknen aus. Als er fertig ist, ist es spät am Nachmittag, das Licht fällt schräg auf ihre kleine Strandkerbe, Quallen und Seetang hängen in den klaren blauen Wogen und zeichnen sich als Umrisse gegen den Horizont ab. Das Wasser ist weiter gestiegen. Eine einzelne Welle rauscht an den anderen vorbei und klettert knisternd den Strand herauf bis zu ihren Füßen. Selbst als sie der Welle beim Versickern im Sand zusieht, ziehen sich Turtles Eingeweide zusammen.

»Die Flut?«

»Die Flut.«

Sie klettern wieder auf den Gipfel der Insel und drücken sich im struppigen Gras aneinander. Der Gipfel ist ungeschützt, und der Wind schneidet durch ihre feuchten Kleider. Sie schätzt die Zeit auf ungefähr sechs Uhr nachmittags; die Flut wird ihren Höchststand kurz nach Sonnenuntergang erreichen, um neun oder zehn Uhr abends. Sie frösteln beide. Das Wasser wird sehr hoch steigen. Die größten Wellen machen Turtle sehr nervös. Jacob sagt: »Sollen wir jetzt versuchen, das Feuer anzumachen?«

»Nicht bei diesem Wind.«

»Ich glaube, wir müssen ein Floß bauen.«

»Vielleicht«, sagt sie.

Die Sonne verschmilzt mit dem Horizont, der zunehmende Mond steigt im Südosten auf, steht der Sonne am Himmel fast genau gegenüber, ein oder zwei Tage bis zum Vollmond. Es ist kalt. Gegen Sonnenuntergang flaut der Wind ab, dann frischt er wieder auf. Jacob fällt in einen unruhigen Schlaf, stöhnend und zitternd, und Turtle klammert sich mit schmerzenden

Händen an ihn, um sich zu wärmen, saugt die warme, feuchte Luft ein, die er ausatmet, doch sie kann nicht schlafen. Der Wind entzieht ihr alle Wärme, und sie liegt da und erduldet schweigend, bitter jeden Moment, legt sich hin und wieder die Hände auf die Ohren, wenn der Schmerz übelerregend bis in ihre Hörschnecken, in ihre Kieferknochen sickert. Sie kann nicht schlafen, aber ihre Gedanken steigen in fiebrige Phantasmen hinab, die sie nicht vor den Qualen der Kälte erlösen. Sich selbst eng und fötengleich umschlingend, während ihr Rücken schmerzt und die Kälte sie durchdringt, fühlt sie sich allem beraubt, nackt und leer. Sie kriecht durchs Gras und schaut auf den Strand hinunter. Das steigende dunkle Wasser hat den Sand verschluckt. Die Treibholzstämme rollen gegen die Klippen wie Nudelhölzer. Sie kann die Gischt ausmachen, wo sich die Wellen an der Insel brechen. Sie liegt da und flucht im Stillen. Die tiefen Schnitte in ihrem Rücken, wo die Wellen sie gegen das Muschelbett geschleudert haben, sind geschwollen und pochen. Das Gefühl ist ihr vertraut, dieses charakteristische Anschwellen einer Wunde, die nicht auf dem Weg der Besserung ist, sondern sich verschlimmert. Die Schnitte müssen schmutzig sein, mit Baumwollstückchen, Muschelschalen oder Sonstigem verkrustet. Sie muss raus aus der Kälte, aus dem Wind in einen sauberen, warmen, vom Feuerschein erhellten Raum. Sie kriecht wieder zu Jacob, drängt sich an ihn und saugt so viel Wärme auf, wie sie kann. So vergehen Stunden. Als Turtle hört, wie aus dem dröhnenden, krachenden Brechen der Wellen an den Uferklippen wieder das Rauschen und Mahlen wird, weckt sie ihn.

»Jacob.«

»Was?«, sagt er.

»Wir müssen aus dem Wind raus.«

»Turtle«, sagt er, »was, wenn noch eine Welle ...?«

»Ich kann nicht«, sagt sie mit klappernden Zähnen. Sie

geht voran, und Jacob hält sich an ihrem Ellbogen fest, als sie sich mit tauben, blutigen Füßen einen Weg zum Strand suchen. Das Wasser steht noch immer beängstigend hoch. Der Sand ist nass.

»Jacob«, sagt sie, »mir ist scheißkalt.«

»Das kommt vom Wind«, sagt er. »Ohne den Wind und die Gischt ließe es sich aushalten.«

»Wir müssen ein Feuer machen.«

Er schweigt lange. Turtle sitzt in der Hocke, die Arme um sich geschlungen. Sie kann sein Gesicht lesen, während er seine eigenen Zweifel zu verwerfen versucht.

»Okay«, sagt er. »Sag mir, was ich machen soll.«

Sie zeigt Jacob, wie man das Feuerbrett mit dem Zeh fixiert, wie man die Spindel zwischen Feuerbrett und Handstück festhält und mit dem Handstück behutsam und gleichmäßig Druck ausübt, wie man den Bogen so bewegt, dass sich die Spindel vor- und zurückdreht, vor und zurück. Dann steht sie auf und setzt sich zu ihm, um mit ihm zu üben. »Langsamer – mit Ruhe und Geduld. Nicht schneller oder langsamer werden. Nur gleichmäßige Bewegungen, vor und zurück, vor und zurück. So.« Sein Atem geht im Rhythmus der Sägebewegungen, vor und zurück, und sie ermahnt ihn: »Gleichmäßig, gleichmäßig.«

Er gerät aus dem Takt und lässt die Spindel aus der Mulde springen.

»Gottverdammt«, sagt sie zitternd. »Hör mir zu, Jacob: langsam. *Vorsichtig*. Du musst das richtig machen.«

Gelassen setzt er den Bohrer zusammen und legt wieder los.

Turtle sagt: »Denk nicht darüber nach. Wenn du darüber nachdenkst, ist es vorbei. Pass auf, aber denk nicht darüber nach, steck dein Hirn in die Brotdose und mach dich einfach an die Arbeit, ein Teil von dir weiß, wie es geht, und diesem Teil musst du es vollkommen überlassen.«

Sie legt sich in den nassen Sand, von der Kälte gequält, aber nun vor dem Wind geschützt. Sie spürt ihren Herzschlag in ihrem geschwollenen Rücken und den gebrochenen Fingern, die mit Blut und Salz in ihrer Achselhöhle festbetoniert sind. Ihre Lippen teilen sich mit einem knisternden Geräusch, die Zunge wälzt sich hörbar in ihrem Mund. Ihre Augen sind verklebt, und sie zwinkert mühsam, um klarer zu sehen. Ihr Gesicht ist taub. Der Mond steht noch immer im Südosten, von der Insel verdeckt. Sie sagt sich: Es tut vielleicht weh, aber du bist noch lange nicht tot, Mädchen. Wenn du aufhörst zu zittern, dann weißt du es. Aber du bist noch dabei. Die Wolken über ihr leuchten gespenstisch und silbrig, und sie kann ihre rauchartige, flaumige Struktur erkennen. Wo sich die Wellen aufwerfen, kann sie das Silber an ihrer Oberfläche sehen; der Strand selbst liegt schwarz und lichtlos im Schatten der Insel. Jacob beugt sich konzentriert über den Bogen.

»Jacob«, sagt sie.

Er sagt nichts.

»Jacob, du musst das hinkriegen.«

»Ich versuch's ja.«

»Verkack das nicht.«

Die Kälte und ihre eigene Nutzlosigkeit überkommen sie wie Panik. Könnte sie ihre Hände benutzen, würde sie es hinbekommen. Gott, denkt sie zitternd, warum musst du jetzt anfangen zu schwächeln, Turtle?

Er rutscht wieder ab, und sie zischt: »Gottverdammte Scheiße. *Konzentrier dich.* Pass auf, du verwöhnter, nutzloser, eierloser …«

Sie sieht ihm voller flehentlicher Dringlichkeit zu.

»Es tut mir leid«, sagt er.

»Scheiße, Scheiße, Scheiße«, sagt sie. Ihre Stimme klingt heiser, bitter. »Jacob, du musst dich da reinknien.«

»Es tut mir leid.«

»Oh«, sagt sie, »es tut dir leid? Scheiße, Jacob. Scheiße.«

Sie könnte sterben. Sie könnte hier auf dieser Insel sterben, verletzt, dehydriert, vom Wind ausgelaugt und zu guter Letzt von der Kälte und der Nässe erledigt. Sie könnte sterben wegen seiner Unfähigkeit. Das muss sie ihm klarmachen, und zugleich will sie ihm keine Angst einjagen, also sieht sie ihm innerlich kochend und mit vor Wut zugeschnürter Kehle zu. »Du erbärmliches Stück Scheiße«, sagt sie, von Zittern unterbrochen. Die Wörter werden von einer tiefen Grube in ihrem Inneren ausgespuckt.

»Ich glaube, es ist zu nass«, sagt er.

»Du nutzloses, nutzloses erbärmliches Luder«, sagt sie.

»Es tut mir leid.«

»Es tut dir leid? Das wird verdammt noch mal nicht reichen, nicht mal annähernd.«

Turtle denkt: Er weiß nicht, wie es geht, und er braucht dich. Wenn du das nicht begreifst, bist du für euch beide nutzlos. Wenn du es ihm nicht sagen, ihm nicht erklären kannst, wie es geht. Sie liegt bibbernd im Sand.

»Hör mir zu«, sagt sie. »Jacob, du musst das hinkriegen. Du hast keine Wahl, Jacob.«

»Ich versuch's«, sagt er.

»Ich versuch's«, jammert sie zurück.

Was mache ich denn da?, denkt sie wie im Albtraum.

»Kriegst du gar nichts im Leben geregelt, oder sind es nur die wichtigen Sachen?«

»Ich glaube, es ist vielleicht zu nass, so wie du meintest.«

Sie denkt: Er hat recht. Natürlich hat er recht. Sie denkt: Du musst ihm helfen. Sie sagt: »Das Werkzeug ist nicht das Problem. Ein nutzloses Stück Scheiße zu sein – das ist das Problem.«

»Turtle, ich muss ehrlich sagen, es sieht nicht so aus, als würde es klappen. Es liegt nicht nur daran, dass bei der Nässe keine Funken zustande kommen. Weil das Holz nass ist, zerkrümelt es auch, bevor man genügend Reibung erzeugen kann.«

»Das klingt«, sagt sie, »als müsstest du langsam mal aufhören, es zu verkacken.«

Sie denkt: Was ist mit dir los? Sie liegt im kalten Sand. Antworten kommen ihr in den Sinn, die sie hinunterschluckt, und sie denkt: Du musst das hinkriegen, und du musst es behutsam angehen. Sie denkt: Es liegt jetzt an dir, es liegt wirklich an dir, du musst ihm etwas sagen, und es muss das Richtige sein, und es könnte dir das Leben retten. Sie sagt: »Einmal hat mein Daddy mich Klimmzüge an einem Dachsparren machen lassen, und er …« Ihre Stimme versagt, sie stockt, weiß nicht, was sie sagen soll, kann nicht glauben, dass sie erzählt, dass er – was? Sie weiß es selbst nicht. Sie sagt: »Er hat mir das Messer zwischen die Beine gehalten. Sodass ich beim Loslassen …« Wieder weiß sie nicht, *was* beim Loslassen? »Und er … er …« Ein Schrecken befällt sie, während sie es erzählt, beinahe eine Art Ungläubigkeit, als könnte sie nicht glauben, dass sie es tut, als könnte sie nicht glauben, dass man überhaupt darüber sprechen kann. »Und er, er wollte, dass ich Klimmzüge mache, und ich habe sie gemacht. Du kommst an einen Punkt, wo der nächste Klimmzug *verdammt* wehtut. Du denkst, du könntest so lange Klimmzüge machen, bis du irgendwann eben keinen mehr schaffst. Dass du dich nicht dazu *zwingen* müsstest, Klimmzüge zu machen. Weil du, na ja, ein Messer zwischen den Beinen hast. Aber so ist es nicht. Jeder Klimmzug ist trotzdem eine bewusste Entscheidung, und du brauchst Disziplin dafür, und du brauchst Mut. Du denkst: Diesen Klimmzug muss ich nicht machen. Du *willst* aufgeben. Und du fängst an zu denken, dass es vielleicht eine gute Idee wäre, weil die Schmerzen durch das Festhalten an dem Dachsparren irgendwann größer sind als die Todesangst.

Weil die Schmerzen dann aufhören würden. Weil das Festhalten … weil es … Da ist dieses schlimme, wirklich *schlimme* Gefühl der Unsicherheit, eine Unsicherheit, die so wehtut, bei der es dir so das Arschloch zusammenkneift, dass du irgendwann … Es klingt furchtbar, aber es ist einfacher loszulassen und von dem Scheißmesser aufgeschlitzt zu werden, als zu versuchen, sich weiter festzuhalten, sich zu quälen und *nicht zu wissen*, was als Nächstes passiert. Das ist mutig. Dein Scheißleben in deine eigenen Scheißhände zu nehmen, wenn das das Schwerste ist, was du machen kannst. Daran denkt keiner. Alle meinen, sie würden das Richtige tun, aber das stimmt nicht. Sie kapieren nicht, wie beängstigend das ist. Wie schwer es ist. Niemand begreift das, wenn er es nicht selbst erlebt hat. Wir erleben es jetzt gerade, Jacob, und du wirst das Richtige tun, *obwohl* du Angst hast und *obwohl* es wehtut.«

Er hört ihr zu, während er vor und zurück sägt und der Bogen die Spindel dreht.

»Lass nicht los«, sagt sie.

Er schweigt, atmet im gleichmäßigen Rhythmus des Bogens, vor und zurück. An seinem Atem hört sie, wie erschöpft er ist. Seine rechte Hand bewegt sich vor und zurück, während die linke gleichmäßigen Druck auf das Handstück ausübt. Sie sieht ihm lange zu. Sie treibt losgelöst in ihren Gedanken. Sie denkt: Bleib wach. Sie fühlt sich wie im Sand angepflockt. Am Strand laufen die Wellen auf und ziehen sich wieder zurück, und gegen ihren Willen und trotz der in ihre Knochen eindringenden Kälte schläft sie ein, und als sie aufwacht, fühlt sie sich halb tot, und der Mond thront über der Insel, das Licht ist von der Wasserlinie heraufgekrochen wie eine bleiche Flut, ist über sie gekrochen und noch nicht auf Jacob geklettert, der im Dunkel kauert. Das im Sand steckende Messer wirft einen langen Schatten. Durch das

Rauschen und Mahlen des Ozeans hindurch hört sie eine Art keuchendes Wispern, und sie begreift, dass er immer wieder flüstert: *Komm schon, komm schon,* und dass die abgehackte Aussprache mit seinem Atem und den Bewegungen des Bogens korrespondiert. Beim Drehen der Spindel breitet sich ein oranger Schimmer aus und zieht sich wieder zurück, beleuchtet ihn von unten, sein ganzer Körper unter der Kraft seines Willens gekrümmt. Blut tropft von seinen Haarspitzen, und das aufkeimende Licht der Glut fängt sich in den blutverschmierten Vertiefungen und Flächen seines Gesichts. Turtle studiert seine beschatteten Züge, entdeckt darin eine Farbe, ein Rot, das so dunkel ist wie Schwarz, wie das Nachbild einer Farbe. Sie hat noch nie einen Menschen auf diese Weise gesehen und hat keine Worte dafür. Es ist, als hätte er jeden Zweifel in sich erstickt, als wäre sein Verstand allein von der Möglichkeit eines Feuers erfüllt, während die Spindel in ihrer Mulde raucht und orange glühender Staub von der Kerbe in den Zunder fällt. Turtles Eingeweide ziehen sich erwartungsvoll zusammen.

Dann zerbricht der Bogen mit einem Krachen, und Jacobs Wispern wird zu einem *Nein, nein, nein,* und er wirft den zerbrochenen Bogen weg und klemmt sich die Spindel zwischen die Handflächen und rollt sie, vor und zurück, atmet: Komm schon, Baby, komm schon, Baby, ohne es zu sagen, und dann sieht sie, was er sieht: Der Zunder hat zu schwelen begonnen. Er wirft die Spindel beiseite, hebt ein qualmendes Büschel aus Gras und Flusen auf, dreht es um, hält es in die kalte Luft der Bucht. Der Schimmer breitet sich über dem Sand aus, umschließt sie beide mit seinem wirbelnden roten Licht, Jacob in der Intimität völliger Konzentration über den Zunder gebeugt, dem er Leben einhaucht, und Turtle, die daliegt, die Hände in den Achselhöhlen gefangen. Es kommt ein Moment, in dem sie weiß, dass der Zunder zu brennen anfängt, und sie öffnet den Mund in schmerzhafter Aufregung und denkt: O mein Gott, o mein Gott, und dann verblasst der Zunder an der nassen Ozeanluft zu einem trüben Orange, die Flusen verglühen, rauchen und werden weiß, und dann verlischt das Feuer. Jacob, der vor Verwunderung auf den Hintern gefallen ist, umschließt den erloschenen Zunder mit den Händen, und sie zieht ihn an sich und nimmt ihn in die Arme, und sie versenkt ihre unverletzten Finger in seinem Fleisch, gräbt sie in ihn ein, und er lässt sich von ihr halten, und so warten sie das Ende der kalten Nacht ab.

Achtzehn

Als Turtle erwacht, hängen Wassertropfen an ihren Wimpern. Sie zwinkert sie beiseite und erhebt sich aus ihrer kalten Sandkuhle. Ihr geschwollener Rücken pocht und fühlt sich krank an. Ihre Hände sind an ihrem T-Shirt festgekrustet. Nebel hat alles verschlungen. Sie hört, wie die Wellen die Rollsteine einbringen und wieder hinausbefördern. Sie kann nur die dunkle Flutlinie ausmachen, sonst nichts. Die Sonne ist nicht zu sehen, nur ein diffuses graues Licht, der Sand glatt und schwarz bis auf die Sanddollars. Der Tau kondensiert an den schrägen Klippenwänden über ihnen und tropft in stetem Rhythmus um sie herum. Turtles Haare sind nass davon.

Sie steigt zum Gipfel der Insel hinauf. Die Pflanzen sind mit Tau überzogen. Sie legt sich mit dem Gesicht nach unten in das taunasse Gras, und es befeuchtet ihre Haut. Zitternd und bebend legt sie ihren trockenen Mund an die Grasstängel und saugt die Flüssigkeit von den Halmen. Das Wasser schmeckt köstlich. Sie dreht sich im kalten, nassen Gras auf den Rücken. »Jacob«, krächzt sie. »Jacob!« Ihre Stimme trägt nicht, und sie kriecht an den Rand der Insel und krächzt zu ihm hinunter, bis er aufwacht und sich wild umblickt, bevor er nach oben schaut. Sie grinst ihn an. Blut rinnt ihr von den Lippen über das Kinn.

»Wow«, sagt er mit brechender Stimme. »Das ist der Klang, aus dem Albträume gemacht sind.« Er klaubt ihre Sachen zusammen und steigt zu ihr herauf.

Sie liegen da und beugen Grasstängel in ihre Münder, lutschen Tau von den Halmen. Unter ihnen erklimmt das Wasser den Strand. Turtle entdeckt einen kleinen ölig-schwarzen, mit Bruchstücken von Krabbenpanzern durchsetzten Kothaufen.

»Jacob«, sagt sie.

Er robbt durch das Gras zu ihr.

»Was ist das?«

Sie schält eine Hand aus der blutigen, sandverkrusteten Rinde ihres T-Shirts und stochert mit einem Vogelknochen in dem Kothaufen.

»Waschbärkot.«

»Gibt es Waschbären auf der Insel?«

Sie vergräbt ihr Gesicht darin, atmet tief ein, verschließt die Augen gegen den Muff.

»Blaue Früchte?«, sagt Jacob. »Eine ledrige Note? Strenges Wildaroma?«

»Es ist feucht«, sagt sie, von einer großen, wohltuenden, hoffnungsvollen Freude erfüllt.

»Mittelschwere Tannine?«, sagt Jacob.

»Vorgestern. Zunehmender Dreiviertelmond, beinahe Vollmond.«

»Es ist nicht allgemein bekannt, aber du besitzt eine sonderbare, poetische und assoziative Intelligenz. Ich stelle mir gerade vor, wie sich die Wellen an den Felsen brechen und dieser Waschbär im Schein eines zunehmenden Dreiviertelmondes einen abseilt.«

»Heute Nacht ist er voll. Oder fast voll.«

»Ich wünschte, ich wüsste, was du damit sagen willst.«

»Ich weiß, wie wir nach Hause kommen.«

Sie kriechen zum landeinwärts gelegenen Rand der Insel, wo sie im Gras liegen und in den Nebel hinausschauen. Stängelige, blühende Sukkulenten mit blau bestäubten Schuppen schmiegen sich in den Sandstein. Die Brandung ist milder als am Vortag. Die Insel sitzt an der Spitze eines langen, unter Wasser liegenden Felskamms. Mehrere dieser Felskämme ziehen sich durch die Untiefen. Sie sind ganz schwarz, mit grünblauen, mit Seetang ausgestopften Furchen dazwischen.

»Kannst du dich an die Gezeiten gestern erinnern?«, fragt Turtle. Sie dreht sich im Gras um, schaut zu den Wolken hinauf, zählt die Gezeitenwechsel an ihren Fingern ab. »Du bist morgens um kurz vor sieben zu mir gekommen. Ungefähr um neun sind wir hier gelandet, und das Wasser war am Steigen. Gegen elf stand es am höchsten, und das war nicht sehr hoch. Wir sind auf dem Gipfel geblieben, weil wir Angst hatten. Irgendwann am Nachmittag, sagen wir, gegen drei, kam dann die Ebbe. Das Wasser war vielleicht sechzig Zentimeter hoch. Da sind wir runter zum Strand gegangen. Wir haben Material für den Bogenbohrer gesammelt. Dann mussten wir wieder hoch, weil eine heftige Flut kam. Das Wasser war einen Meter fünfzig, einen Meter achtzig hoch, und der Höchststand war gestern Abend gegen zehn erreicht, vielleicht auch erst um Mitternacht. Das sind drei Gezeitenwechsel. Nach Mitternacht setzte wieder Ebbe ein. Da habe ich dich geweckt. Wir sind wieder runter zum Strand, und du hast versucht, mit dem Bogenbohrer Feuer zu machen, und als es nicht geklappt hat, sind wir am Strand eingeschlafen. Aber was wir nicht gemerkt haben, war, dass die Ebbe die ganze Nacht über angedauert hat. Es war die stärkste Ebbe bis dahin, das Wasser stand extrem niedrig. Kurz vor Sonnenaufgang müsste es am niedrigsten gewesen sein. Es war wahrscheinlich dreißig Zentimeter bis einen halben Meter unter null. Das ist ungefähr anderthalb Meter unter dem jetzigen Stand.«

Jacob starrt auf die Felsen. »Die meisten Felsen sind gerade mal dreißig Zentimeter unter Wasser.«

»Genau.«

»Man könnte … man könnte über die Felsen ans Ufer laufen. Scheiße, man könnte sogar durch die Untiefen waten.«

Trockene, verschleimte Falten in ihren Lippen reißen auf und beginnen zu nässen.

»Du meinst also, während wir geschlafen haben, ist eine Landverbindung zwischen uns und dem Festland zum Vorschein gekommen, und wir haben es verpasst? Wir haben frierend, leidend, sterbend am Strand gelegen, und dabei hätten wir einfach aufstehen und nach Hause laufen können?«

»Wir hätten sie von hier aus nicht sehen können, weil der Strand zum Meer und wahrscheinlich tiefem Wasser hinausgeht. Wir hätten in Richtung Ufer schauen müssen, von der anderen Seite der Insel aus. Aber ja – wir haben nicht geschaut, wir haben es nicht gewusst, wir haben nicht nachgedacht, und wir haben es verpasst.«

»Du hättest die Nacht beinahe nicht überstanden, Turtle.«

Sie nickt. Es war ein simpler Fehler, der sie um ein Haar beide das Leben gekostet hätte.

»Und diese extrem starke Ebbe kommt heute Nacht wieder?«

»Ja.«

Sie warten zusammen im nassen Gras, bis sich der Nebel lichtet. Turtles Gesicht beginnt zu brennen, und sie sieht, dass die Haut an ihren Armen weiß glänzt und aufplatzt. Sie bedeckt ihr Gesicht mit ihrem Flanellhemd und späht durch einen Winkel. Die Sonne steht hoch und leicht südwestlich am Himmel. Das Licht blitzt und funkelt auf dem Meer. Turtle betrachtet es.

»He«, sagt sie. »Meintest du nicht, du hättest eine Getränkedose gefunden?«

»Ja?«

»Kannst du sie holen?«

»Klar«, sagt er.

Sie nimmt die Sprite-Dose und beginnt, den schimmernden, konkaven Boden mit ihrem Hemdsaum zu polieren. Sie stippt mit ihrem nassen Zeigefinger ein wenig Erde auf und poliert ihn damit zu einer spiegelnden Fläche. Sie klemmt die Dose umgekehrt in ihre Kniekehle, den Boden zur Sonne geneigt. Dann nimmt sie das Vogelnest aus Zunder und hält es über den Hohlspiegel. Ein heller Lichttropfen erscheint, der im Rhythmus von Turtles zittrigen Händen zuckt und blendende, sich überkreuzende Schleifen darauf malt, und sie bewegt den Zunder auf den Hohlspiegel zu, bis sich der Lichtpunkt zu einer Nadelspitze aus weiß glühendem Licht verdichtet. Nach fünfzehn Minuten raucht der Zunder. Hellrote Glut erscheint zwischen den Fäden. Sie hebt das Bündel hoch und pustet darauf, um das Feuer anzufachen. Sie legt den brennenden Zunder ins Gras und nimmt die Kienspäne zur Hand, die sie vom Treibholz geschnitten haben.

Jacob sagt: »Verdammt.«

Sie grinst breit. Jacob sammelt in der Bucht Treibholz, bevor es von der Flut überschwemmt wird, und hackt es mit dem Bowiemesser klein. Sie zeigt ihm, wie man mit einem Treibholzknüppel auf das Messer schlägt, um es als eine Art Spaltkeil einzusetzen. In steter Arbeit spaltet Jacob ganze Stämme zu Kienholz, und als die Flammen hoch genug sind, lässt sie ihn die Sprite-Dose mit Wasser füllen. Mit einer langen, hohlen Braunalgengeißel bindet sie sie an eine Flasche, schneidet die halbkugelförmige Wurzel der Alge ab und macht daraus eine Tülle, die sich über die Dose ziehen lässt. Sie stellt die Dose ins Feuer. Der Dampf steigt in den biegsamen Schlauch und kondensiert in der Plastikflasche. Die ersten kleinen Schlucke schmecken salzig. Dann schmeckt es gut. Sie liegen da und hüten das Feuer, gebannt von der meditativen Destillation des Wassers.

»Wart's ab«, sagt Jacob, »wenn du in deinem ersten

Highschool-Jahr einsam und ängstlich auf der kargen, windumtosten Insel des Englischunterrichts gestrandet bist, auf den Felsen von *Der scharlachrote Buchstabe* zerschellt, werde ich dich an der Hand nehmen und sagen: ›Hab keine Angst. Der Dreiviertelmond nimmt zu. Der Kot ist feucht und duftet nach Immergrüner Bärentraube.‹ Und du wirst sprachlos sein.«

Turtle gibt sich Mühe, nur ganz leicht zu lächeln.

»Es kommt mir vor, als hätte ich einen ganz schönen Sonnenbrand. Wie sehe ich aus?«

Sie sieht ihn an, und kleine Fältchen bilden sich um ihre Augen.

»Schlimm, was?«

»Ja, schlimm.«

»Dieser Fluchtplan sollte besser funktionieren. Meine Altvorderen erwarten mich am Montag von Brett zurück.«

»Werden sie nicht sauer sein?«

»Wahrscheinlich schon. Wenn sie mein Gesicht sehen. Ich kann meine Mutter schon hören: ›Willst du an Hautkrebs sterben?‹«

»Aber sie werden dir doch hoffentlich nichts antun, oder?«

Er lacht. Dann hört er auf zu lachen.

»Was ist?«, fragt sie.

»Nichts.«

»Sag schon.«

Er schüttelt nur den Kopf. Den größten Teil des Tages verschlafen sie. Sie hüten das Feuer und trinken becherweise Wasser. Das Meer verschluckt den Strand und weicht wieder zurück. Rauchartige Wolkenwälle erscheinen am Horizont, und die Sonne erhebt sich unter ihnen, eine weit entfernte, blutrote Faust.

»Meinst du, dein Vater hat recht damit«, sagt er, »vom Gesellschaftsvertrag zurückzutreten?«

»Ich weiß es nicht.«

»Aber was glaubst du?«

»Wenn es passiert, wenn es wirklich passiert, können wir das Haus nicht verteidigen.«

Daraufhin schweigt Jacob. Irgendwann nach langer Zeit legt er sich ans Feuer und schläft ein. Turtle sitzt auf der Insel, und es kommt ihr vor, als wäre sie auf gleicher Höhe mit der untergehenden Sonne. Der Mond hängt im Osten, bricht sich über dem Festland, ein tieferes, rauchigeres Rot. Wogen von weindunklem Wasser erheben sich um sie herum und rauschen vorbei, sammeln sich, während sich der Festlandsockel unter ihnen neigt, ihre langen, gebeugten Rücken rot und violett poliert. Sie brechen an den Uferklippen, errichten mondhohe Gischttürme und reißen sie wieder ein. Sie hält Wache, als sich die Nacht senkt und der Mond den Himmel erklimmt.

Irgendwann in dieser Nacht, im Dunkel, hört sie am Zischen und Mahlen der frisch freigelegten Steine, dass die Ebbe einsetzt. Jacob schläft seinen erschöpften Schlaf. Sie sitzt im Schneidersitz da und wartet den Mond ab. Er wird über den Himmel ziehen und im Westen zu versinken beginnen, bevor sie losgehen können. Die Erschöpfung steigt und fällt in ihr wie eine eigene Flut, und sie denkt: Du bleibst schön ruhig sitzen und hältst die Augen auf und wartest. Sie denkt: Du wartest. Du wartest, du Luder, und du hältst die Augen auf, du wirst den richtigen Augenblick nicht verpassen. Sie denkt: Das bleibt dir wenigstens, du hast dich selbst, und damit kannst du machen, was du willst, Turtle. Der rauchige rote Mond rollt durch die Nacht, und als sein Licht von Südwesten her schräg auf die Insel fällt und einen langen silbernen Pfad auf das Wasser zeichnet, steht sie auf und geht zum landeinwärts liegenden Rand der Insel. Steinsporne erheben sich als lange, diagonale Schrägstriche vom Grund des Ozeans, nass und mit schimmerndem Mondlicht überzogen. Die Insel thront wie eine Burg am Ende ihres Dammwegs, das westliche Ufer fällt zu der kleinen Bucht hin ab, der tiefes Wasser gegenüberliegt. Sanft weckt sie Jacob, indem sie sein Gesicht berührt und seinen Namen sagt.

Sie steigen zum Strand hinunter. Die Insel gründet in einem riesigen schwarzen Gezeitenbecken. Der Sandstrand fällt schräg ab und endet im kalten, unbewegten Wasser. Jacob hat Angst. In der Tiefe ein schwaches Glimmen. An der Oberfläche die gesprenkelten Reflexionen des Sternengewölbes. Sie waten Hand in Hand ins Wasser hinaus, zitternd vor Kälte, und dann lassen sie sich los, springen hinein und schwimmen, beide verwundet, haltlos zappelnd. Jacob zieht sich keuchend auf den nächstgelegenen Felssockel. Turtle klettert hinter ihm hinauf, hält inne, erstarrt. Ein Kamm aus schwarzem Fleisch durchbricht die Oberfläche, und sie streckt ihre unverletzte Hand aus und legt sie auf eine geschuppte Flanke. Das Tier macht kehrt und taucht unter, und Turtle kann seine Größe nicht abschätzen. Sie wartet, und die Flanke ragt wieder aus dem Wasser auf, und sie legt die Hand darauf und spürt eine enorme Stärke, einen festen, muskulösen Körper unter den Schuppen. Jacob steht hinter ihr auf dem Felsen und schaut, und Turtle macht einen Schritt zurück ins Wasser. Die Dunkelheit und das Mondlicht bewegen sich in schlüpfrigen Mustern über die Oberfläche.

»Turtle«, sagt Jacob warnend.

Sie schaut in das dunkle Wasser. Sie macht einen zweiten Schritt von dem Felsen hinunter, und etwas streift ihr Bein, etwas umkreist sie, und sie fühlt seine Flanke an sich vorüberziehen – ein Meter achtzig, vielleicht länger.

»Was machst du denn?«, fragt er.

Sie schaut zu ihm hinauf, als wäre ein auf ihr liegender Zauber gebrochen, und steigt wieder aus dem Wasser. Die

Felsen sind glitschig und schwer zu erklimmen, und Turtle und Jacob bleiben auf den sandigen Verbindungen zwischen den Felszungen, hüfttief im Wasser. Krabben bewegen sich zu beiden Seiten über die Felsen, zeichnen sich vor dem blauschwarzen Himmel ab, neigen sich behutsam zur Seite, die Scheren in die Luft erhoben, während die Beine auf dem Stein klicken. Das Wasser wird tiefer und felsiger. Hand in Hand bewegen sich Turtle und Jacob stockend vorwärts, tasten sich voran, immer auf der Hut vor Seeigeln.

Trotzdem brauchen sie keine zwanzig Minuten, um zu einem kleinen Privatstrand unterhalb des Hauses von Turtles Nachbarn zu gelangen. Eine Redwoodtreppe führt hinauf zu einer breiten Rasenfläche mit Monterey-Zypressen und einem großen Nixenbrunnen mit Unterwasserbeleuchtung. Unweit von ihnen die Redwoodvilla der Nachbarn mit ihren über die gesamte Fassade reichenden Panoramafenstern, ein leeres Zimmer, leere Sofas, ein Tisch, aus der Küche einfallendes Licht.

Sie folgen einer Schotterstraße zum Highway. Ein einzelnes Auto bremst ab, als es an ihnen vorbeifährt, die Scheinwerfer schneiden durch Zittergras und Flughafer, lassen sie hell aufleuchten, dann ist es verschwunden. Sie gehen an der Straße entlang, lauschen dem stillen Ozean. Auf dem grasbewachsenen Mittelstreifen humpeln sie ihre Einfahrt hinauf und durch die Tür. Jacob hinterlässt blutige Fersenabdrücke auf den Bohlen. Sie schlafen auf dem Fußboden ihres Zimmers, auf Wolldecken und unter ihrem Schlafsack, halten sich gegenseitig im Arm, erschöpft, wecken den anderen jedes Mal, wenn sie aufstehen, um Wasser zu trinken, es in großen Schlucken die trockenen Kehlen hinunterspülen, aufseufzen und dastehen und dem Knarzen des alten Hauses lauschen.

Neunzehn

Jacob weckt sie früh. »Los, los, los«, sagt er und scheucht sie vom Boden auf, wo sie mit dem Gesicht nach unten liegt und in die Decken hinein protestiert. »Los«, sagt er, »du musst gewaschen werden und etwas essen, und ich muss nach Hause. Los, los. Ich weiß, du bist aufgeregt. Meine Eltern kommen bald vom Flughafen, und wenn ich nicht da bin, gibt es ernste Probleme.« Er zieht sie hoch. Er hat Pfannkuchen mit Haferflocken gebacken. Sie liegen auf einem Teller auf dem Küchentresen. »Es gibt keinen Strom«, sagt er, »aber das weißt du wahrscheinlich. Ich habe die Eier in einem Glas Wasser getestet. Sie schienen zwar nicht ganz perfekt, aber in Ordnung zu sein. Du warst länger nicht einkaufen, oder? Aber es herrscht auch nicht gerade Mangel an unverderblichen Lebensmitteln.« Sie setzt sich auf einem Handtuch auf den Fußboden des Badezimmers, die linke Hand vor sich gelegt, zusammengekrümmt und gebrochen wie eine an der Flutlinie zurückgebliebene Krabbe. Jacob hat die Hausapotheke unter dem Waschbecken gefunden, eine Schüssel mit Wasser erhitzt und die Wundschwämme, Spülspritzen, Schienen und Mullbinden ausgebreitet. Er liest sich die Anweisungen auf den Schwämmen und Salben durch. Turtle sieht mit ausdruckslosem Gesicht ungläubig zu. »Okay, okay«, sagt er und reibt sich die Hände, bereitet sich auf das Kommende vor. Er zieht Latexhandschuhe an und beginnt, den sandverkrusteten Flanellhemdverband abzuschneiden. Ihr kleiner Finger kommt zum Vorschein. Jacob sagt: »Puh. Oh … okay. Also gut. *Wow.*«

»Es geht mir gut«, sagt sie am Thermometer vorbei.

Er zieht ihr das Thermometer aus dem Mund und betrachtet es stirnrunzelnd. »37,3. Du hast Fieber.«

»Ich bin immer ein bisschen wärmer«, sagt sie. Jacob hat einige der Pfannkuchen mit Erdnussbutter bestrichen. Sie nimmt einen vom Teller, klappt ihn in der Mitte zusammen und beißt hinein.

»37,3 ist nicht normal.«

»Hmmm«, sagt sie und nimmt einen weiteren Bissen. »Für mich schon.«

»Wir müssen ins Krankenhaus, Turtle.«

»Die Pfannkuchen sind nicht übel«, sagt sie.

Jacob füllt die Spritze mit heißer Seifenlauge aus einem Kupfertopf und beginnt, die Wunde abzuspülen. Das Wasser läuft rosa in die Schüssel.

»Also – was hast du gegen Krankenhäuser?«

»Mein Daddy mag sie nicht.«

»Wo ist er denn?«

Mit der freien Hand nimmt sie sich noch einen Pfannkuchen.

»Dann hat Detektiv Marlowe ihn noch nicht gefunden«, sagt er. »Und du hast Angst, wenn das Jugendamt davon Wind bekommt, nehmen sie dich mit.«

Sie hat nichts zu sagen. Auf dem Pfannkuchen ist etwas zu viel Erdnussbutter, und sie muss heftig kauen.

»Vielleicht wäre es besser, wenn sie dich mitnehmen würden.«

»Das glaubst du nicht wirklich«, sagt sie nach einer heldenhaften Schluckbewegung.

»Nein«, sagt er. »Ich glaube, das System ist wahrscheinlich komplett beschissen und kafkaesk. Ich glaube, du willst damit nichts zu tun haben. Aber ich glaube auch, dass du einen Arzt brauchst.«

»Keinen Arzt«, sagt sie.

»Wenn ich *dir* nicht zutraue, deine eigenen Entscheidungen zu treffen, dann weiß ich nicht, wem sonst. Aber bitte – Turtle. Lass uns ins Krankenhaus fahren.«

»Nein.«

»Ich bitte dich.«

Sie schweigt.

»Ich *bitte* dich.«

Es gibt nichts zu sagen.

»Wenn du dein gesamtes Vertrauen zu mir zusammennimmst – ändert das nichts an deiner Meinung?«

Sie sagt nichts.

»Kennst du Bethany?«, sagt er. »Ihre Eltern sind auf Meth. Darum hat Will, der an der Highschool Philosophie unterrichtet, sie bei sich zu Hause aufgenommen, und eine Zeit lang hat sie bei seiner Familie gelebt, und jetzt wohnt sie mit einem Schulfreund in der Little Lake Road. So ist Mendo. Alle hassen das System. Die Hälfte von uns baut Gras an, und die andere Hälfte sind alternde Hippies. Stimmt doch, oder? Und dann gibt es noch welche wie meine Eltern, die von auswärts ins Silicon Valley gezogen sind und an das Sozialwesen glauben, aber seiner gegenwärtigen unterfinanzierten, durch Bürokratie gelähmten Ausprägung missbilligend gegenüberstehen und sich wünschen, dass es von Google übernommen und von Skandinaviern finanziert wird. Was ich sagen will, ist Folgendes: Es wird dich niemand melden. Niemand will, dass du in irgendeine staatliche Einrichtung kommst. Sie werden sich um dich kümmern. Caroline würde es sofort tun. Meine Eltern genauso. Ich will also sagen, wenn wir Will anrufen, das ist der Lehrer, von dem ich gesprochen habe – oder verdammt noch mal irgendeinen Lehrer, wenn es einen gibt, dem du vertraust –, und er dich ins Krankenhaus bringt und dem Arzt sagt, dass du seine Schülerin bist, dann wird niemand das Jugendamt rufen. Und du bist im Handumdrehen wieder aus der Klinik raus.

»Und die lassen mich wieder hierherkommen?«

Jacob zögert.

»Ich will nicht von meinem Daddy weg«, sagt sie. »Und ich glaube auch nicht, dass er das zulassen würde.«

»Du musst hier weg, Turtle.«

»Er ist mein Daddy.«

»Was du mir da erzählt hast, war nicht ohne.«

»So schlimm war's auch wieder nicht.«

»Du könntest das irgendeinem Lehrer erzählen, und du wärst hier raus.«

Sie schweigt.

»Du könntest es irgendeinem Lehrer erzählen, und du könntest *augenblicklich* bei mir wohnen, meiner Schwester jeden Abend am Esstisch vernichtende Blicke zuwerfen, alles über Wein lernen und alles über die *faszinierenden* Reisen meines Vaters nach Lehi, Utah, erfahren – wo sich immer irgendein packendes Drama um die Fehleranalyse bei Silizium-Mikrochips abspielt, inklusive abteilungsübergreifender Liebesgeschichten und sich danebenbenehmender Chemieingenieure, irgendwelche verzwickten Geschichten darüber, wie dieser und jener Fehler übersehen wurden. Wir haben ein Zimmer für dich frei, und Isobel würde dich dafür bezahlen, dass du ihr im Atelier aushilfst. Das klingt doch nicht schlecht, oder?«

Sie kaut auf ihrer Lippe herum.

»Er hätte dich richtig verletzen können.«

»Hat er aber nicht«, sagt sie. »Und wird er auch nicht.«

»Ich fürchte, doch.«

»Du hast keine Ahnung, wovon zur Hölle du da redest. Er will mir nicht wehtun. Er liebt mich mehr als das Leben. Er ist nicht immer ganz perfekt. Manchmal ist er nicht der, der er gern wäre. Aber er liebt mich mehr, als jemals irgendwer geliebt wurde. Ich glaube, das gleicht alles andere aus.«

»›Nicht immer perfekt‹?«, wiederholt Jacob. »Turtle, dein Vater ist ein riesiger … ein gigantischer … ein *kolossaler* Vollidiot, einer der größten, die jemals das Zitronenstrauchmeer befahren haben, ein fundamentaler Urtrottel, dessen Idiotie in ihrer Tiefe und Gründlichkeit den Verstand aussetzen lässt und die Vorstellungskraft übersteigt. Wobei Marc Aurel natürlich sagt, wir sollten andere nicht dafür verachten, dass sie uns wehtun. Er sagt, wir sollten anerkennen, dass sie aus Ignoranz handeln – mitunter sogar gegen ihren eigenen Willen –, dass sowohl wir als auch der andere in nicht allzu ferner Zukunft tot sein werden und dass uns dieser Mensch nicht wirklich wehgetan hat, weil er uns nicht in unseren Wahlmöglichkeiten beschränkt hat. Und ich glaube, er hat recht. Du brauchst ihn nicht zu hassen. Aber du müsstest, könntest, solltest wahrscheinlich vielleicht wirklich darüber nachdenken zu gehen. Und damit meine ich, du solltest ins Krankenhaus gehen. Denn nur irgendein narzisstischer Soziopath könnte etwas dagegen haben, dass du jetzt einen Arzt aufsuchst. Wenn du jemandem wirklich am Herzen liegst … dann wäre das seine erste Sorge, wenn er sehen würde, was ich sehe. Jeder da draußen würde sagen: ›Scheiß drauf, meine Tochter hat Schmerzen, sie hat komplizierte Brüche in drei Fingern, wir fahren ins Krankenhaus.‹«

Er ist mit ihrem kleinen Finger fertig, trägt antibiotische Salbe auf und wickelt Mullbinden darum. Dann legt er die Schiene darüber und fixiert sie mit Klebeband. Er blickt zu ihr auf. »Nächster Finger«, sagt er. »Bereit?«

»Du weißt nicht, wovon du redest.«

»Ich glaube, ich weiß es schon so ungefähr.«

»Tust du nicht.«

Er schneidet die Baumwollwickel ab, und der linke Ringfinger kommt zum Vorschein, geschwollen, der Nagel schwarz. Mit der Spülspritze lenkt er einen dünnen Wasserstrahl darauf, und zu ihrer beider Überraschung löst sich der Nagel vom Bett und baumelt nur noch an einigen bleichen Fleischfäden.

»Verfickte Scheißdreckshurensohnfickscheiße«, sagt Turtle.

»Was soll ich machen?«

»Reiß ihn ab.«

»Ich kann ihn doch nicht abreißen, verdammt.«

»Reiß das Scheißding ab.«

Er packt den Nagel mit einer Pinzette, schneidet ihn mit einer Operationsschere ab und lässt ihn ins Wasser fallen.«

»Hurensohn«, sagt sie.

»Sprich weiter. Das Reden scheint dir zu helfen.«

»Scheiße«, sagt Turtle. »Scheiße, Scheiße, Scheiße.«

»Sehr gut! Und jetzt mal im ganzen Satz.«

»Du kennst ihn nicht.«

»Turtle. Das sieht echt schlimm aus.«

»Jacob, du hast ihn nur ein einziges Mal getroffen und das nur kurz.«

»Du meinst, als Caroline dich nach Hause gebracht hat?«

»Natürlich meine ich das. Was meinst du denn?«

Er fixiert die letzte Schiene.

»Ich dachte die ganze Zeit, ich würde deine Fingerknochen herausragen sehen, aber ich glaube, es sind alles geschlossene Brüche, und die Schnittverletzungen sind nur oberflächlich. Was gut ist. Glaube ich. Ich weiß es nicht. Weißt du, wer es wissen würde? Ein *Arzt*.«

»Jacob – hast du ihn noch ein anderes Mal getroffen?«

»Das war's mit deinen Händen. Jetzt zeig mal deinen Rücken.«

»Jacob?«

Sie versucht, ihr T-Shirt über den Kopf zu ziehen, aber es klebt an ihr fest. Sie zuckt vor Schmerz zusammen und legt sich auf das Handtuch. Jacob nimmt die Kleiderschere und beginnt, das T-Shirt abzuschneiden. Er schneidet vom Saum zum Halsausschnitt und versucht, es anzuheben, aber es hängt in blutigen Plaketten an ihr, und er geht langsam vor, weicht die Schorfe mit der Spülspritze auf und zieht es dann ab.

»Du *musst* ins Krankenhaus. Das T-Shirt ist in die Wunde gedrückt worden.«

»Du hast noch nicht mal mit ihm geredet.«

»Ich habe mit ihm geredet. Hat er dir das nie erzählt? Ich bin nach der Schule von Mendocino hierhergelaufen. Dein Vater hat auf der Veranda Bier getrunken und Descartes gelesen. Ich bin hochgegangen und habe gesagt, ich würde zu dir wollen.«

Turtle schweigt.

»Er hat gesagt, du wärst bei deinem Großvater, und ich habe ihn auf Descartes angesprochen, und er meinte, er würde etwas über den ontologischen Gottesbeweis lesen. Er hatte eine merkwürdige, interessante Ansicht zu dem Beweis –«

»Wann war das?«

»Kurz nachdem wir uns kennengelernt haben. Ende April, Anfang Mai. So um den Dreh. Es war kurz vor dem Abschlussball, und ich dachte –«

»Hast du ihm deinen Namen gesagt?«

»Ja.«

»Hat er gefragt, wie du dich schreibst?«

»Ein paar von den Schnitten sind echt tief, Turtle.«

»Hat er gefragt, wo du wohnst?«

»Ja, hat er.«

»Warum hast du mir das nie erzählt?«

»Hast du deswegen Ärger bekommen?«

»Nein«, sagt sie.

»Das sieht richtig schlimm aus, Turtle. Wie konntest du … Warum hast du mir nicht gesagt, dass du so stark verletzt bist?«

Sie liegt auf dem Boden und lässt ihn die Wunden ausspülen und Muschelschalen entfernen. Ende April, denkt sie. Anfang Mai. Das muss gewesen sein, als sie bei Grandpa gewesen ist und er gesagt hat, sie solle nach dem Kleid fragen. Sein Timing war so schlecht gewesen. Und ihres auch. Sie kann es fast nicht glauben. Jacob zieht lange Baumwollstreifen aus den Wunden auf ihrem Rücken. Sie denkt: Er ist hergekommen und hat mit Martin geredet, und ich wusste nichts davon. Gott, denkt sie.

Als er fort ist, geht sie in Martins Zimmer und nimmt sich das Telefonbuch. Eine Seite ist mit einem Eselsohr versehen. Es gibt mehrere Larners und Lerners, aber nur einen Eintrag für Learner. *Learner, Brandon & Isobel, 266 Sea Urchin Drive.* Der Name ist durch einen einzelnen blauen Strich am Rand markiert. Turtle steht da, das Telefonbuch in der Hand. Jacob hat mit Martin geredet. An dem Tag, als Grandpa ihr erklärt hat, wie sie nach dem Kleid fragen solle, hat er mit Martin geredet. Vielleicht hat Jacob Martin auf den Abschlussball angesprochen. Als sie ihn dann auf den Tanzabend angesprochen hat, hat Martin eins und eins zusammengezählt, ohne es sich anmerken zu lassen. Er hat auf ein Zeichen von ihr gewartet. Er ist in ihr Zimmer gegangen, und sie hat sich aus seinem Griff gewunden. Da hat er gemerkt, dass es ernst ist, und gottverdammt, wie vorausahnend er gewirkt hat. Wie überrascht sie gewesen ist, als sie im Gras gelegen hat und Martin immer wieder mit dem Schürhaken auf sie eingeschlagen hat. Es ist ihr vorgekommen, als könnte er in ihr Herz schauen, aber so ist es nicht gewesen; er hat es gewusst. Er hat Jacob getroffen, hat mit ihm geredet und es vor ihr verheimlicht. Grandpa hat gewollt, dass sie zu dem

Tanzabend geht. Jacob redet mit Martin, Martin zählt eins und eins zusammen, und als Turtle zögerlich ist und sich ihm entzieht, weiß er, was zu tun ist. Dann der Gezeitentümpel in der Buckhorn Cove. Grandpas Tod. Martins Verschwinden. Und warum das alles?, denkt sie. Wegen eines Jungen, denkt sie. Nein, denkt sie, wegen dem, wofür ein Junge steht.

Turtle geht durch den Flur und in den Keller. Sie öffnet die Schränke und nimmt die Flasche heraus, die sie am besten kennt: CTZ. Sie steht da und schaut zu den Medikamenten hinauf. Cotrimoxazol hat sie schon genommen, gegen Harnwegsinfektionen. Sie betrachtet die Flasche. Sie hat das Geschehene noch nicht verarbeitet. Martins einzelner blauer Strich neben der Adresse war für sie bestimmt. Sie weiß, was er bedeutet: Wenn ich dich nicht in den Griff kriege, dann ihn. Jacob bedeutet für ihn gar nichts; aber ihr Zweifeln, ihr Abirren – das ist echt. Sie nimmt die Karte mit Martins Notizen zu CTZ heraus. Sie liest sie zum dritten Mal. Sie nimmt drei der 80-mg-Tabletten. Sie wird sie zweimal täglich nehmen. Dann nimmt sie die Levofloxacin-Schachtel heraus. Seine Anmerkungen lauten: *Anthrax-Inhalation 500 mg 60 Tg; Pest u.a. 250–750 mg alle 24 Std.* Sie zieht die Folie mit den 250-mg-Tabletten in ihren herausgeprägten Plastikblasen aus der Packung und nimmt zwei. Mit dem Antibiotikum in der Hand geht sie die Treppe wieder hinauf. Du darfst Jacob nicht mehr treffen, denkt sie. Du darfst ihn da nicht hineinziehen, du darfst nicht zulassen, dass ihm etwas zustößt. Ihr Großvater ist durch einen solchen Fehler gestorben. Und jetzt will Jacob, dass sie geht. Es hat alles keinen Sinn. All das Gerede, Jacobs Gerede, all ihre Überlegungen, all das hat keinen Sinn, und das, worauf es ankommt, hat sich schon in ihr festgesetzt, und es wird sich nicht ändern, und sie wird sich nicht davon abbringen lassen. Sie legt sich bäuchlings auf eine Wolldecke neben den Kamin. Ihre Gedanken steigen wie Luftblasen in der Düsternis ihres Verstands auf. Sie sieht ihren kleinen Finger in seiner schaumstoffummantelten Aluminiumschiene im Rhythmus ihres Herzschlags pulsieren. Ihr Rücken ist ein alter, halb verfaulter Schwamm, der sich mit schmerzhaft heißem Wasser vollsaugt. Sie denkt: Als er es herausgefunden hat, als ihr bloßes Nachdenken, ihr Zögern ihm den Beweis geliefert hat, hat er sie auf den schlammigen Boden gedrückt. Sie weiß noch, wie hilflos sie sich gefühlt hat. Daran erkennt sie, wie ernst es ihm ist. Sie denkt: Du kannst Jacob nicht beschützen. Dann denkt sie: Nein, in Wirklichkeit kannst du es, aber du willst nicht.

Nach dem Aufwachen stellt sie sich an den Tresen und isst Jacobs Pfannkuchen vom Teller. Sie schluckt die Tabletten, trinkt ein Glas Wasser. Sonnenlicht strömt durch das Fenster, und sie lehnt sich an den Tresen und betrachtet die kreiselnden Staubpartikel, die alle einen verwischten Schweif hinterlassen wie Kometen. Sie geht ins Bad, setzt sich, an die Wand gelehnt, auf den Boden und lutscht am Thermometer, und als sie es abliest, ist ihre Temperatur immer noch bei 37,3 Grad. Sie legt die Faust an die Stirn. Es ist alles in Ordnung, Turtle, denkt sie. Du bist nur ein bisschen mitgenommen.

Sie nimmt das Antibiotikum so regelmäßig, wie sie kann. Morgens braut sie sich einen Brennnesseltee und geht damit auf die Veranda, um auf den Ozean zu schauen. Mehrmals in der Woche kommt Jacob mit Papiertüten voller Lebensmittel vorbei, die unter seinen Armen klemmen und von seinen Handgelenken herabhängen, und Turtle, im Schneidersitz vor dem Kamin auf dem Boden sitzend, die Hände um einen Becher Tee gelegt, hebt den Kopf und sieht ihn bewundernd an. Das erste Mal ist er nur einen oder zwei Tage nach ihrer Heimkehr gekommen, und er hat Neuigkeiten gebracht: »Meine Eltern sind *ausgeflippt*, als sie mein Gesicht gesehen haben! Du hättest sie sehen sollen! ›Waaaas ist passiiiiiiieeeeert?!‹ Und als ich ihnen erzählt habe, dass ich aufs Meer hinausgetrieben wurde und du mich gerettet hast, hat meine Mutter gesagt: ›Es ist sehr gefährlich, in die Brandung zu springen, um einen Ertrinkenden zu retten‹, und ich habe gesagt, du hättest keine Angst vor Gefahren, sondern die Gefahr hätte Angst vor dir, und sie haben gefragt, wo Brett währenddessen war, und ich habe gesagt, er wäre auch hinausgetrieben worden, hätte aber seine Sprühkäsedose dabeigehabt und sich durch einen Sprühstoß in Sicherheit gebracht.«

»Also hast du gelogen«, sagt Turtle.

»Ich habe Brett die ganze Geschichte am Telefon erzählt – er war *stinksauer*! Er meinte nur: ›Ich verpasse immer alles!‹ –, ich habe ihm gesagt, wir wären aufs Meer hinausgetrieben worden und es wäre gewesen, wie in einem mit Glasscherben gefüllten Swimmingpool wilden Sex mit einem Rudel orgiastischer Nashörner zu haben, und du hättest ein Feuer gemacht, indem du unheilvoll auf den spiegelnden Boden einer Aludose gestarrt hättest, bis der Hohlspiegel deine unbändige Willenskraft zu einem weiß glühenden Funken reiner Turtle-Wut gebündelt und verstärkt hätte, der alles hätte entflammen können, selbst die Herzen unvorsichtiger Highschool-Schüler.«

»Was hat er dazu gesagt?«

»Er musste zugeben, dass das funktionieren könnte.«

»Ich wünschte, du würdest nicht lügen.«

»Und dann habe ich ihm erzählt, wie du den dunkelsten Zeitpunkt der zweiten Nacht abgewartet hast, bis kurz vor Sonnenaufgang, und dann, als der Mond den Horizont berührte, die Arme ausgebreitet und dem Meer befohlen hast, es solle sich teilen, und dass es sich so schnell und so weit spreizte wie die Beine seiner Mutter, und wir liefen über den Meeresgrund, wo sich Seeungeheuer in den Tümpeln aalten und dich mit ihrem Sirenengesang lockten, und du wolltest in die Schwärze hinabsteigen und dich zu ihnen gesellen, bis ich deine Hand nahm und dich fortführte. Es schien fast, als würde er mir nicht glauben.«

Als die Schnitte in ihrem Rücken zu dicken rosa Kielen vernarbt sind, geht sie mit Jacobs Familie einkaufen, drückt sich verlegen vor den Auslagen der Geschäfte herum, während Isobel auf Sommerkleider zeigt und sagt: »Ach, darin würdest du so *gut* aussehen! Ach, aber du hast die perfekte Figur für ein Kleid. Ach, schau dir das hier an! Ach, bitte, bitte, Turtle! Ich kaufe dir ein Eis! Alles, was du willst!«, und Turtle massiert ihre knotigen Finger, während Isobel auf Jacob einredet: »Jacob, sag ihr, sie soll es anziehen!«, und Jacob hebt die Hände und sagt: »Ich habe keine Macht über sie, und selbst wenn, würde ich sie nicht für Kleider verschleudern«, und Imogen sagt: »Ich weiß schon, wie du sie verschleudern würdest«, und Isobel sagt: »Imogen!«

Und als sie später von einem Laden zum anderen ziehen, verkündet Imogen: »Ich gehe mit ihr zu Understuff! Kumpel braucht einen BH.«

»Das machst du nicht«, sagt Jacob.

»Das mache ich doch, du Ködel«, sagt Imogen.

»Ich bin kein Dödel«, sagt Jacob.

»Die sozialen Netzwerke werden alle Fotos von ihr sperren, und sie wird keine Freunde haben, und dann wird sie sich einsam mit Wein aus dem Pappkarton zu Tode saufen, und ihre Hunderte von Katzen werden sich anpirschen und ihr Gesicht auffressen. Das kannst du ihr nicht wünschen, Jacob.«

Turtle sagt: »Was?«

Am Ende steht Turtle allein im Ankleideraum des Dessousgeschäfts. Es kommt ihr alles so nobel vor. Der Raum ist unbehaglich groß und der Teppich ungewohnt. Die Wände sind mit Seide behängt. Imogen und Isobel werfen BHs über die Tür, und Turtle steht drinnen, hält sie in der Hand und legt sie auf den Stuhl, während sie ihr durch die Tür hindurch beschreiben, wie der BH sitzen muss. Sie zieht ihr T-Shirt aus, kommt aber nicht mit dem Verschluss zurecht. Ihre linke Hand bewegt sich noch ungelenk. Sie möchte nicht, dass die beiden ihren zerschundenen Rücken sehen. Sie mag ihr schmales, hässliches Gesicht im Spiegel nicht. Sie hat Schrägstriche als Wangenknochen, zusammengekniffene Augen. Ihre langen blonden Haare sind dick und unbändig wie Fell und teilweise verfilzt. Sie steht starr da und verzieht das Gesicht. Sie hört, wie draußen Imogen und Isobel auf Jacob einreden und wie Jacob sagt: »Sie ist *schüchtern*, Leute!« Sie steht im Ankleideraum. Sie hält den BH hoch. Das spielt alles keine Rolle, denkt sie. Sie beschäftigen sich mit bedeutungslosen Dingen, sie sehen nicht, worum es geht, und sie sehen nicht, worauf es ankommt. Sie denkt: Wenn es das ist, was andere Leute haben, dann beneide ich sie nicht darum.

Als Isobel schließlich klopft, ruft sie: »Einen Moment!«

Allein in ihrem ererbten Haus, wartet sie mit einer Öllampe am Feuer und schaut in die Flammen, lauscht dem Wind, stellt sich vor, wie die Brombeerranken durch die Dielenbretter gekrochen kommen und ihre grünen Schlingen um ihre Schultern werfen. Jeder dieser Tage ist gut, und jeder Tag könnte der letzte sein, obwohl es scheint, als würde er vielleicht nie zurückkommen. Es scheint, als könnte dies ihr Leben sein. Jeden Tag zögert sie hinaus, es Jacob zu sagen. Ihr ist bewusst, dass ihr Verhalten falsch, dass es selbstsüchtig ist. Aber es ist immer dasselbe falsche und selbstsüchtige Verhalten gewesen, seit sie die Jungen über dem Albion getroffen hat. Sie hat immer gewusst, dass sie sie damit in Gefahr bringt. Sie fühlt sich beinahe wohl damit zu wissen, was sie tun sollte, und es nicht zu tun. Sie massiert Olivenöl in die pinken Wunden ein. Ihre Freude ist umfassend und ziellos. Es lagert sich Schicht um Schicht unter ihrer Haut an und verwebt ihre Poren miteinander. Sie schläft in Wolldecken gehüllt vor dem Feuer. Eines Nachts steht sie mit wunden, schmerzenden Brüsten auf, geht ins Bad und sitzt dort auf der Toilette, und als sie hinunterschaut, sieht sie, wie sich ein Blutfaden in die Schüssel abspult. Sie hält ihre Fingerkuppen an ihre Muschi, und als sie sie wieder hebt, sind sie mit ihrer Menarche verschmiert. Sie steckt sie in den Mund und lutscht sie sauber, und dann legt sie die Faust an die Stirn und weint um sich selbst und um Martin. Etwas hat geendet. Sie ist zu dünn gewesen, ihr Körper hat zu wenige Reserven gehabt. Sie beugt sich über ihre nackten Knie und schluchzt. Sie will nicht, dass sich irgendetwas ändert. Sie will nicht, dass etwas verloren geht.

»Du machst mich fett«, sagt sie am nächsten Tag zu Jacob. Er grinst und räumt ihre Lebensmittel in die Schränke. Er ist sorglos. Er denkt, sie macht Witze. Er denkt, es wird immer so weitergehen. Er freut sich, ihr mit ihren College-Bewerbungen helfen zu können. Er steht in der Küche, die Einkäufe sind auf der Arbeitsplatte ausgebreitet, auf dem Hackblock blutet ein dickes Stück Lammfleisch aus, der Schmortopf steht auf dem heißen Herd, und er zermalmt Knoblauchzehen mit der Messerklinge, entfernt die Haut, zerkleinert sie mit einer Leichtigkeit und einer entspannten Gewandtheit in häuslichen Dingen, die ihr völlig fremd ist, eine Art Wunder. Er sagt: »Ich bin in George Eliot verliebt! Mein Gott! *Middlemarch!* Das nenne ich mal ein verdammtes *Buch*! Was für ein Buch! Sie schreibt in so einem wunderbaren, ausschweifenden, *großzügigen* Stil; sie schreibt so, wie ich meine Briefe an den Kongress gern schreiben würde, weißt du?« Sie sieht ihm zu und kann sich vorstellen, wie Isobel ihn instruiert, ein Glas Wein auf der Arbeitsplatte, während sie alle gemeinsam, Isobel, Jacob, Brandon und Imogen, das Gericht kochen, das Jacob jetzt für sie kocht, und in der geduldigen Gelassenheit, mit der er durch die Küche kreist, erkennt Turtle ein Erbe reiner Liebe. Wenn Jacob hier bei ihr ist, wächst das Verlangen, ihn zu berühren, wird förmlich zur Notwendigkeit, und sie lässt diese Augenblicke an sich vorüberziehen, sitzt im Schneidersitz neben ihm, unfähig, irgendetwas anderes zu tun als zuzusehen, bis die schiere Untätigkeit sie durch den nicht auszuhaltenden Augenblick trägt. Wenn er gegangen ist, wird sie dasitzen und ins Feuer schauen, verliebt in das ungestillte Verlangen, und manchmal wird sie an etwas denken, was er gesagt hat, und dann wird sie grinsen und sich, immer noch grinsend, auf den Decken vor dem Feuer zurücklehnen.

Diese Glücksmomente streifen die Grenze zum Unerträglichen. Sie weiß, dass es nicht von Dauer sein wird, und sie denkt: Du darfst nie vergessen, Turtle, wie es war, hier, ohne ihn. Du musst das Gefühl festhalten, musst festhalten, wie gut es sich anfühlt. Dich erinnern, dass sich alles so sauber angefühlt hat und so gut. Nichts daran war verdorben. Aber auch, wie anstrengend es war, denkt sie. Nichts ist so anstrengend wie eine anhaltende, ununterbrochene Verbindung zu den eigenen Gedanken. Sie denkt: Spielt es eine Rolle, ob es anstrengend ist? Es spielt keine Rolle. Es ist trotzdem besser. Turtle Alveston, nimmst du dieses Nichts und diese Leere und diese Einsamkeit an? Sie denkt: Nimmst du all diese einsamen Nächte an, und wirst du dich für den Rest deines Lebens damit und nur damit begnügen?

Zwanzig

Eines Morgens geht sie mit einer Tüte voller kleiner, bitterer Äpfel aus dem Obstgarten zum Buckhorn Beach hinunter. Sie setzt sich in den Windschatten eines Treibholzstamms. Es herrscht Ebbe, und das Wasser strudelt in der Bucht. Der Wind bläst von Norden her und wirbelt dreißig Zentimeter hohe Sandaufschlämmungen auf, die jede Strömung sichtbar machen. Möwen drängen sich im Schutz der nördlichen Klippen aneinander. Wo Treibholzstämme quer zum Wind liegen, sammeln sich Sandwirbel in ihrem Windschatten und türmen sich zu schrägen Ebenen, die sich dem Umriss des Baumstamms anpassen. Ein unausgesetztes schabendes Zischen ist zu hören.

Hinter jeden Seetanghaufen schneidet der Wind ein V, hinterlässt einen Keil, in dem sich Rindensplitter und Stücke von getrocknetem Seegras ansammeln, wirbeln und in sich zusammenfallen, sich zu Kugeln zusammenzupfen. Manchmal kreiseln lange Algenstränge oder Treibholzäste aus den Wirbeln und fliegen, sich überschlagend, quer durch die Bucht und in Richtung Süden davon. Sie schaut zum Strand hinauf. Martin kommt auf sie zugelaufen, in Kampfstiefel, Levi's 501 und ein Flanellhemd gekleidet, die Augen vor dem böigen Wind schützend, der das Hemd wie ein Pflaster an seine Brust heftet. Das Licht beleuchtet ihn schräg von hinten. Der Strand ist von einem sandigen Blau, die Klippen dunkelbraun, und Martins Schritte schleudern Sandklumpen in den Wind. Er kommt bis auf zehn Meter an sie heran, breitet die Arme weit aus, seine Anwesenheit hier eine schreckliche Übertretung, und das liebt sie an ihm, sie sitzt da und sieht ihn an, seine langen Haare vom Wind um sein großes, ansehnliches Gesicht gepeitscht, breitschultrig und riesenhaft wie immer. Sie steht auf, klopft sich den Sand vom Hintern und läuft in seine Arme. Er riecht nach Zigarren und Motoröl. Sie stehen umschlungen da. Dann fasst Martin sie am Arm, und alles ist wie vorher. Er geleitet sie vom Strand nach oben, und sie folgen der Staubstraße die Uferklippen hinauf. Martins Truck steht neben dem Highway am unteren Ende der Auffahrt.

Er lenkt den Wagen auf den Highway und fährt verwegen schaltend auf die Stadt zu, heftig schneidet er die Kurven, schaut zu ihr herüber und kaut auf seiner Unterlippe herum. Im Fußraum liegt, an den PVC-Sitz gelehnt, ein kurzläufiges AR-15. Das Verschlussgehäuse ist von Hand ausgefräst worden, um das Gewehr zu einer vollautomatischen Waffe zu machen. Die Zündlöcher in dem frei liegenden Verschlussträger sind verschmutzt. Sie sitzt neben dem Gewehr und neben ihm, und sie denkt an diese Momente der Einsamkeit, die ihr ein solches Vergnügen bereitet und ihre Poren verwoben haben, die aber so schmerzhaft, so unerträglich gewesen sind, dass sie sich nicht bewusst dafür entscheiden könnte, wenn sie die Wahl hätte. Im geschlossenen Innenraum des Wagens kann sie ihn riechen, spürt das immense Gewicht, mit dem er ausgestattet ist, eine Präsenz wie ein Brunnen neben ihr im Innenraum des Trucks mit seinem eigenen süßlichen Geruch nach Multifunktionsöl und im Aschenbecher ausgedrückten schlechten Zigarren.

»Krümel«, sagt er, »ich habe Mist gebaut. Gott, ich weiß es.« Sein Kiefer ist angespannt. Er fährt mit halsbrecherischer Geschwindigkeit, aber konzentriert, schaltet, tritt aufs

Gaspedal, überholt in einer schlecht einsehbaren Kurve ein Auto, lässt den Motor aufheulen, zieht in seine Spur zurück, schaltet, wartet, schaut beinahe wütend zu ihr herüber und dann hinaus auf die Straße, das Lenkrad umklammert, den Schalthebel umklammert, noch ein Seitenblick zu ihr, schiefes Lächeln voller Reue, immer wieder blitzt er dort neben ihr am Rand von Turtles Gesichtsfeld auf, zieht ihre gesamte Aufmerksamkeit auf sich, und er sagt: »Scheiße, es ist nicht deine Schuld. Es war … Herrgott, weißt du noch, wie er aussah?«

»Nein«, sagt Turtle.

»*Ehrfurchtsvoll.* Er sah ehrfurchtsvoll aus. Erinnerst du dich?«

»Nein.«

»Du siehst aus wie er. Weißt du das?« Sie starrt geradeaus, Klippen, Leitplanke, riesiger, funkelnd blauer Ozean, ein Seetangbett, dann ziehen sich die Uferklippen, westlich von ihr dahin, und der Ozean ist von Wohnhäusern, Gasthöfen und den hängenden Holzschildern der Gasthöfe, von Redwoodzäunen und schönen alten Zypressenbäumen verdeckt. Er schaltet einen Gang hinunter, fährt einen Hügel hoch, vorbei an einem Eukalyptushain, wirft einen kurzen Blick auf sie. »Ich bin durchgedreht, Krümel. Ich bin *durchgedreht.* Der Blick in seinem Auge, Gott, dieser Blick. Ich sehe ihn immer noch vor mir. Schmerzhaft, hat der Arzt gesagt, schmerzhaft und schnell, aber danach sah es nicht aus. Er sah aus, als hätte er etwas begriffen, und zwar nichts Gutes, Krümel, nichts Gutes, sondern etwas … Ich habe hundert Mal darüber nachgedacht. Tausend Mal, mehr als das, und ich weiß nicht, was ich daraus lernen soll. Er war mein Vater, und er hat zu mir hochgeschaut, und er muss ein bestimmtes Gefühl gehabt haben, dieses besondere, nicht bezifferbare Gefühl, in die gottlose Finsternis hinein zu verlöschen, und es ist – Gott,

Krümel. Ich habe ihn sterben sehen. Ich habe ihn *umgebracht*, Krümel. Wäre ich es anders angegangen … Hätte ich anders mit ihm geredet, freundlicher.«

Turtle kann immer noch nicht zu ihm aufschauen. Seine sich immer wieder um das Lenkrad schließenden Hände, auf dem Schalthebel verankert, die riesigen, fleckigen Schenkel seiner Levi's-Jeans, Risse im PVC, gelbes Dämmmaterial, rostige Sprungfedern, braune Gummimatten im Fußraum, Kiefernnadeln in den Furchen und Rillen der Matten. Er sieht sie an und sagt: »Ich bin durchgedreht und abgehauen, und *Scheiße*, Krümel. Ich meine … bei all der Verachtung, die ich für ihn empfunden habe, bei all der Verachtung, die ich für seine Schwächen hatte … Ich bin *abgehauen*. Mein alter Herr … Ich glaube, er hatte bei mir eine einzige Chance. Er hat von mir wirklich nur eine Chance *bekommen*. Ich habe nie verstanden … *wer* er war. Ich glaube nicht, dass er mich geliebt hat, oder wenn, dann nur auf eine kaputte Art. All die Fehler, die er gemacht hat … Ich habe ihm das zum Vorwurf gemacht und mir gedacht: Ich werde diese Fehler *niemals* machen. Sein Leben ist kein Leben, und die Fehler, die er gemacht hat, hat er gemacht, weil er feige und hartherzig war, ein erbärmlicher, bigotter, hasserfüllter, ungeduldiger, tatteriger … Ach, was mein Vater alles *war*, Krümel. Ein Versager, ein alkoholabhängiger Hurensohn, ein Mörder. Und ich, ich war jung und hatte *kein bisschen* Mitgefühl. Ich würde diese Fehler *niemals* machen. Ich wollte mich von allem, was er war, distanzieren, und nicht nur das, ich glaubte auch, es zu *können*. Es gab keine Rettung – ich war nicht wie du, ich habe nicht zugehört, mir war alles egal. Ich hatte kein Verständnis. Und Scheiße, Krümel, trotz all seiner Schwächen und trotz allem, was er am Ende falsch gemacht hat, kam er zu dir, er hat sich Sorgen um dich gemacht, er wollte alles geben, und wo war ich?«

Sie schaut auf seine Schulter, das Flanellhemd, seinen Gürtel, sein Gürtelmesser von Daniel Winkler, den Sitz, den Aschenbecher, auf die Straße vor ihnen, dann hoch, sein Kiefer, der sich zornig von links nach rechts bewegt. »Ich hatte Angst, und ich habe es verschissen, und ich weiß nicht, wie … Gott! Wie konnte ich zu dem werden, der ich bin, eingefahren, so ängstlich wie er, so eingefahren wie er, unnachgiebig *wie er*, und ich hasse es, ich wollte nie so sein, und ich dachte … Scheiße! Ich sah ihn in die gottlose Finsternis hinuntersteigen, und ich sah dich … sah dich, und weißt du, was du bist? Das einzige Göttliche in einer finsteren und gottlosen Welt, und ohne dich nichts als Nihilismus. Verstehst du das?«

Er sieht sie an. Sie betrachtet den Ozean, die im Wind schwankenden Rotschwingel auf den Uferklippen. Nein, denkt sie. Nein, es kann nicht sein, dass ich letzten Endes so bin wie du. Das kann nicht sein. Die Teile von dir, von denen ich mich abwende, von denen werde ich mich immer abwenden, und ich werde nicht am Ende merken, dass ich bin wie du. Sie formt mit den Händen einen Keil, schiebt ihn zwischen ihre zusammengepressten Schenkel und bleibt so sitzen.

Sie frühstücken auf der Terrasse des MacCallum House über der windumtosten Mendocino Bay. Der Kellner bringt ihnen mit Lachskaviar überhäufte und mit Kresseblüten und Erbsensprossen garnierte Frühstücks-Burritos heraus. Auf Martins Gesicht breitet sich eine Miene aus, die sie nicht deuten und auch nicht innerlich nachbilden kann. Die Unterarme auf dem Tisch, die Gabel in einer Hand und das Messer in der anderen, beugt er sich zu ihr vor, ganz auf sie konzentriert, und sagt: »Schau dich an. Mein Gott.« Sie sagt nichts. Die Frauen um sie herum tragen Sommerkleider, die Männer weiße Anzughemden. Turtle weiß nicht, ob es Touristen sind oder Silicon-Valley-Übersiedler, die hier ihre Sommerhäuser haben. Martin nimmt nichts davon wahr, nur sie. Turtle trägt alte Kampfstiefel, eine olivgrüne Militärhose, einen schwarzen Sport-BH und ein Muskelshirt. Haarsträhnen wehen ihr immer wieder ins Gesicht und bleiben an ihren Lippen haften. Martin begutachtet sie wie jemand, der seinen Mund nach Geschwüren absucht. »Na los«, sagt er, »probier deinen Burrito.« Sie nimmt die Gabel in die Hand, betrachtet den aufgehäuften orangen Kaviar. »Du bist das Schönste, was es gibt«, sagt er. »Das ist meine Meinung. Alles an dir ist perfekt, Krümel. Jede Einzelheit. Du bist dein eigenes platonisches Ideal. Jeder Makel, jeder Kratzer arbeitet deine Schönheit und Wildheit in unnachahmlicher Weise heraus. Du siehst aus wie eine Najade. Du siehst aus wie ein Mädchen, das von Wölfen aufgezogen wurde. Weißt du das?« Sie schneidet ihren Burrito auf, und Bratkartoffeln und Rührei quillen heraus, die sie mit den Zinken der Gabel auf dem Teller zusammenschiebt.

»Hast du schon mal von Aktaion gehört?«

»Nein«, sagt sie.

»Aktaion war ein junger Jäger, der in die Wildnis hinausging und an einen Waldtümpel kam, in dem die jungfräuliche Göttin und ihre Dienerinnen badeten.« Er blickt auf den Ozean hinaus, kaut auf seiner Lippe herum, und dann sieht er sie an, sein ganzes Gesicht leuchtet vor Vergnügen auf, und zum Ausdruck seiner Zufriedenheit seufzt er durch die Nase. »Artemis, dieses Luder. Artemis. Als Strafe dafür, dass er sie gesehen hatte, verwandelte Artemis Aktaion in einen Hirschbock. Er wurde von seinen eigenen Hunden gejagt und zerfleischt. Gottverdammt, du siehst genau so aus, wie sie ausgesehen haben muss. Gib mir deine Hand.« Sie beugt sich vor, und er nimmt ihre Hand, umschließt sie fest mit seiner eigenen. »Gottverdammt, ist das schön, dich zu sehen. Gottverdammt, ist das schön.«

Turtle wartet darauf, dass er die gebrochenen Finger sieht, aber er sieht sie nicht. Er streicht mit dem Daumen über ihre Handfläche, sieht sie eingehend an, seine Augen blau, die Regenbogenhäute von weißen Fäden durchzogen, das dicke schwarze Haar zu einem Pferdeschwanz zusammengebunden, noch immer wild, aber dünner werdend, die Säume seiner Kopfhaut sichtbar, die Haut um seine Augen herum rissig wie splittriges Holz, tiefe Schlieren unter seinen Augen, noch immer ein großer Mann, aber kleiner jetzt, vermindert und gebeugt, seine körperliche Präsenz noch immer mit einer enormen und besonderen Schwere ausgestattet, aber weniger Ehrfurcht gebietend, so, als würde er sich in sich selbst zurückziehen, nicht mehr ganz der Mann, der sich vor einen Türrahmen stellen und ihn mit seinen Schultern beinahe vollständig ausfüllen konnte. Sie warten, er streichelt ihre Hand und sieht sie an, und sie weiß nicht, was er in ihrem Gesicht sieht, aber er sitzt da und studiert es, und es scheint ihn zu schmerzen, er blickt auf den Ozean hinaus, und sie kann sehen, wie er seine ganze Geduld zusammennimmt, kann sehen, wie er mit sich selbst diskutiert, kann sehen, wie er sagt: *Gönn ihr doch mal eine kleine Pause,* und er schaut sie wieder an und sagt: »Krümel?«

»Ja«, sagt sie. Sie denkt: Du wirst auf deine Disziplin und deinen Mut vertrauen, und du wirst sie niemals sein lassen und nie aufgeben, und du wirst stärker sein, unerbittlich und mutig und hart, und du wirst niemals so dasitzen und auf dein Leben schauen, wie er es tut, du wirst für den Rest deines gottverdammten Lebens stark und rein und kalt sein, und das sind Lektionen, die du nie vergessen wirst.

Er wartet darauf, dass sie etwas sagt, und sie weiß nicht, was sie sagen soll. Er erwartet etwas von ihr, irgendeine Antwort. Sie weiß nicht mehr, was er gesagt hat. Er lässt ihre Hand los und lehnt sich zurück, beinahe verärgert, beinahe ungeduldig, und sie nimmt die Kresseblüte von ihrem Teller und dreht sie zwischen ihren Fingerspitzen und weiß nicht, was er von ihr erwartet.

»Warum?«, sagt sie, weil sie es nicht begreift. »*Warum* hattest du Angst?«

Er schaut auf die Mendocino Bay hinaus. »Ich weiß nicht, ob ich es richtig ausdrücken kann, selbst mir gegenüber. Wenn ein Elternteil stirbt, Krümel, kann einem das schon unter die Haut gehen.«

Sie quittiert es mit einem Nicken, versteht es aber noch immer nicht, weiß, was es mit ihr gemacht hat, die Trauer, die Art und Weise, wie es ihr in die Knochen gefahren ist, aber sie hatte keine Angst empfunden, und sie versteht es nicht – Angst wovor? – und schaut zu ihm auf und weiß, weiß genau, wie wenig sie ihn versteht.

»Wo warst du?«

Er macht eine Kopfbewegung in Richtung ihres Burritos. »Isst du das vielleicht mal?« Sie nimmt die Gabel wieder in die Hand und senkt dann den Kopf, weil es ihr unangenehm ist, wenn man ihr beim Essen zuschaut. Er sagt: »Im Norden. Ich bin nach Norden gefahren. In den Osten von Oregon und Washington und dann nach Idaho und Wyoming.«

»Was hast du erlebt?«

»Nichts«, sagt er.

»Warum dann?«

Er schüttelt den Kopf. »Ich habe einfach Scheiße gebaut.«

»Ah«, sagt sie.

»Nimmst du mich zurück?«

Sie betrachtet den aufgeschlitzten Burrito, der seinen Inhalt über ihren Teller ergießt; sie will nichts essen, ihr ist übel vor Angst und auch vor Aufregung. Sie wünscht sich *so sehr*, dass er zurückkommt. Er hat so vieles an sich, so viel Tiefe, und sie wünscht sich das zurück, seine Kraft und seine Schwere und alles, was er ihr nimmt, aber sie trauert noch immer um den Verlust, um das Mädchen, das allein in diesem Haus gewesen ist, das seine Bücherregale zersägt und seine Kleider verbrannt hat, und sie glaubt, dass es nicht an ihr ist, Ja oder Nein zu sagen – es ist sein Haus, sie ist sein Mädchen, er könnte jederzeit zurückkommen, sie weiß es, und er weiß es auch.

»Na«, sagt er und nickt ihr wieder zu, »wie schmeckt's dir?«

»Gut«, sagt sie.

Sie zahlen und gehen zum Truck zurück. Sie fahren zum Haus und parken in der Einfahrt. Auf der Terrasse ist ein Mädchen, das Gesicht in die Hände gestützt, zerzauste schwarze Haare, mit blauen Flecken übersäte Streichholzärmchen. Das Mädchen ist neun oder zehn Jahre alt und wiegt vielleicht dreißig Kilo. Als Martin aus dem Wagen steigt, hebt sie den Kopf und rennt auf ihn zu. Er hebt sie unter den Achseln hoch und schwenkt sie lachend herum. Dann geht er mit ihr zu Turtle, den Arm um ihre Schulter gelegt.

»Krümel«, sagt er, »Das ist Cayenne.«

Cayenne späht zwischen ihren Haaren hindurch. Sie kratzt sich mit einer schwieligen Ferse am Schienbein.

Turtle mustert sie. »Wer bist du?«, fragt sie.

Das Mädchen wendet nervös den Blick ab.

Turtle sagt: »Wer ist das?«

»Das ist Cayenne«, sagt Martin wieder.

»Wo kommt sie her?«

»Sie ist aus Yakima.«

Turtle lässt ihre Knöchel knacken. Das hatte sie nicht gemeint.

»Das ist in Washington«, sagt Martin.

»Hau ab«, sagt Turtle zu dem Mädchen. Das Mädchen zögert, und Turtle sagt: »Hau … *verdammt noch mal* … ab.«

Cayenne wirft Turtle einen schrecklich finsteren Blick zu und rennt dann zur Schiebetür und ins Haus.

»Was macht die hier?«

»Wir passen eine Zeit lang auf sie auf.«

»Wieso?«

»Komm mal her«, sagt Martin.

Turtle geht auf ihn zu, und er legt die Arme um sie, legt sein Gesicht an ihren Hals und atmet ihren Duft ein.

»Gott, wie du riechst«, sagt er. »Freust du dich, dass ich wieder da bin?«

»Ja, Daddy«, sagt sie. »Ja, das tue ich.«

»Bist du noch mein kleines Mädchen?«, fragt er. Sie schaut zu ihm auf, und er lächelt schief. »Schau dir dieses gottverdammte Gesicht an. Bist du, oder?«

Sie studiert ihn. Etwas in ihr ist hart wie die Steine in der Brandung, und sie denkt: Es gibt einen Teil von mir, an den du niemals, wirklich niemals herankommen wirst.

Er sagt: »Schau dich an.« Er legt ihr die Hände um den Hals, hält ihre Haare sittsam in ihrem Nacken fest, und in seinen Augen ist beinahe etwas wie Hass auf sie zu sehen, und sie denkt: Tu es. Tu es, verdammt noch mal. Ich will, dass du es tust.

»Es tut weh«, sagt er, »dich auch nur anzusehen. So schön bist du. Es schmerzt, dich anzusehen.« Sein Griff um ihren Hals wird fester und lockert sich wieder. Sie denkt daran, wie sie mit Jacob über den Grund des Meers gelaufen ist, an die Anemonen, die sich verschalkt haben wie Knöchel, um auf die Flut zu warten, und an den tief liegenden Tümpel mit der kreisenden, unsichtbaren Kreatur darin. Sie will sein Mädchen sein, Jacobs Mädchen, und sie will, dass ihr das genommen wird. Sie steht da und blickt zu Martin auf, und sie denkt: Nimm mir alles. Nimm mir meine Würde und alles andere, lass mir nichts.

Am Abend trägt Turtle ihre Decken die Treppe hinauf, stellt sich in ihren alten Türrahmen und blickt in ihr altes Zimmer. Sie geht zu ihrem Sperrholzbett und kann ihren eigenen mit Schweiß und Talg aufgemalten Restschatten sehen. Sie breitet die zusammengerollten Decken auf den Dielenbrettern aus, kniet sich ans Fußende und streicht sie glatt. Turtle geht wieder aus dem Zimmer, schlägt die Tür zu, bleibt davor stehen.

Sie geht die Treppe hinunter in das unbeleuchtete Wohnzimmer, wo Cayenne mit untergeschlagenen Beinen auf dem Küchentresen sitzt. Martin wiegt Turtles Bratpfanne in der Hand, wendet sie im Licht hin und her.

»Die hast du ordentlich ausgehärtet, was?«, sagt er.

»Ja«, sagt sie.

»Sieht nicht anders aus als vorher.«

Sie tritt neben ihn, fährt mit den Fingerspitzen über die schwarze, wie lackiert wirkende Oberfläche und sagt: »Die eingebrannte Schicht war vorher zu dick und ist abgeplatzt. Ich habe sie in Kohle gepackt und das ganze alte Bratfett runtergebrannt. Dann habe ich sie mit Bio-Schmalz neu eingebrannt. So kann das aussehen, wenn man sich Zeit nimmt.«

Er schüttelt den Kopf, greift in eines der Kirschholzregale, holt das Rapsöl heraus und gießt es in langen Schnörkeln in die Pfanne, die er dann langsam nach links und rechts neigt, um das Öl darin zu verteilen, und wieder auf die Flamme stellt.

Cayenne sieht schweigend zu. Manchmal blickt sie Turtle an, manchmal Martin. Im Dunkeln ist ihr Gesichtsausdruck kaum zu erkennen – am ehesten wirkt er nachdenklich. Sie hat ein klotziges ovales Gesicht, einen vorstehenden Kiefer, abgerundete, klobige Wangenknochen. *Biss zum Morgengrauen* liegt aufgeschlagen auf ihrem Schoß. Turtle empfindet nichts, wenn sie das Mädchen ansieht. Nichts. Es ist wie die

Mulde, wo ein Zahn sein sollte. Sie denkt: Diese Fehler sind nicht deine Fehler. Du wirst niemals so sein wie er. Niemals.

Martin öffnet eine Kühlbox, die er auf den Boden gestellt hat, nimmt zwei in Fleischerpapier eingeschlagene Steaks heraus, klatscht sie auf das Gusseisen und starrt sie dann unverwandt an. Er greift in seine Hosentasche und nimmt eine Handvoll Kleingeld heraus, stochert mit dem Daumen darin herum, sondert ein 50-Cent-Stück aus und schnipst es Cayenne zu, die es auffängt. Er steckt das restliche Kleingeld wieder ein, geht aus der Küche, durchquert das Wohnzimmer und stellt sich an die Wand.

»Komm her«, sagt er zu Turtle.

Turtle geht zu ihm. Er zieht seine Colt-1911-Pistole aus dem Holster und gibt sie ihr. Er sagt: »Hast du geübt?«

»Nein«, sagt Turtle.

»Du hättest üben sollen.«

Turtle schaut zu dem Mädchen auf der anderen Seite des Raums mit der Münze in der Hand. Sie sieht Martin an. Das mit der Pfanne war ein Fehler gewesen, sie hat zu viel gesagt.

»Ich will nicht mitmachen«, sagt Cayenne.

»Schau dich an«, sagt Martin feixend. »Du weißt doch gar nicht, was wir vorhaben! Halt sie höher.« Cayenne hebt die von Daumen und Zeigefinger gerahmte Münze und blickt zwischen Turtle und Martin hin und her.

»Das kann nicht dein Ernst sein«, sagt Turtle.

Sie sieht ihn an.

»Ich will nicht mitmachen«, sagt Cayenne wieder.

»Dir passiert nichts, meine Süße«, sagt Martin. »Das wird Spaß machen.«

»Ich habe nicht geübt«, sagt Turtle.

»Alles gut«, sagt er, »Daddy ist da«, und er lacht über ihr Gesicht.

»Das kann nicht dein Ernst sein«, sagt Turtle noch einmal. Sie sieht das mit gekreuzten Beinen auf dem Tresen sitzende Mädchen an. Eine einzelne schwarze Haarsträhne hängt Cayenne ins Gesicht, und das Mädchen tut nichts, um sie zu entfernen. Das einzige Licht in der Küche kommt von der blauen Flamme hinter ihr, die sich horizontartig an der Unterseite der Pfanne ausbreitet.

Turtle sagt: »Das ist nicht dein Ernst.« Sie lässt das Magazin herausgleiten und lässt den Verschluss geöffnet. Im schummrigen Licht glitzert der entblößte Lauf vor Messingablagerungen, und das ist ein schlechtes Zeichen. Sie weiß, dass er mitunter billige Übungsmunition und wiedergeladene Patronen benutzt, also drückt sie die erste Kugel mit dem Daumen aus dem Magazin. Es ist 15 Gramm schwere Federal-Premium-HST-Hochdruckmunition Kaliber .45. Viel zu stark.

Sie schaut ihn an, um zu sehen, ob er es immer noch ernst meint, und das tut er. Sie schiebt das Magazin hinein, schließt den Verschluss, nimmt ihre Schusshaltung ein. Martin stellt sich hinter sie und legt die Hände auf ihre Arme. Er korrigiert ihre Hüft- und dann ihre Schulterstellung. Er sagt ihr ins Ohr: »Mach dich ein bisschen locker. Entspann dich. So. Ruhig.«

Turtle bringt Kimme und Korn überein und richtet ihr Augenmerk dann vom Visier auf die von Cayennes kleinem Daumen und Zeigefinger eingerahmte Münze; sie sieht unvorstellbar winzig aus, nicht mehr als ein silbriges Blitzen im Dunkel. Das Mädchen sieht sie genau an und schließt dann die Augen; ihre Brust hebt sich im steten Rhythmus ihres Atems, und die Münze bewegt sich mit jedem Atemzug leicht auf und ab. Cayenne hat ihr Buch auf die Arbeitsplatte sinken lassen, und ihre Finger wandern darauf zu, berühren es, als suchten sie darin Schutz.

Hinter der Münze kann Turtle die Küchentür sehen, deren blaue Farbe in Streifen abblättert, und in dem offenen Kreis, wo der Türknauf sein sollte, einen einzelnen Stachelleguan, den Kopf erhoben, die Kehle gerade eben sichtbar und mit Rehzecken gespickt wie mit blauen Sesamkörnern, die kielförmigen Halsschuppen wie Dornen aufgestellt, die Umrisse der stacheligen Stirngrate perfekt sichtbar in diesem Schlüsselloch aus Abendlicht.

Turtle atmet durch und richtet ihre Aufmerksamkeit wieder auf das Visier, lässt das Mädchen verschwimmen, bringt das Korn genau mit der Aussparung der Kimme überein und konzentriert sich auf den oberen Rand des Visiers, den sie auf dem unscharfen silbernen Blinken der Münze platziert. Nie ist ihr die geringe Schärfentiefe des menschlichen Blicks bewusster. Es ist ihr nicht möglich, das Mädchen und ihr Visier gleichzeitig scharf zu sehen. Martin sagt ihr ins Ohr: »Nicht denken. Steck dein Hirn in deine Brotdose und mach dich an die Arbeit. Nicht denken. Nur zielen. Nur schießen.«

Turtle schwenkt die Pistole weg, findet ein abgeplatztes kleines Stück Farbe an der Tür, fünfzehn Zentimeter links und fünfzehn Zentimeter oberhalb der Münze, und schießt. Das Federal-Premium-HST-230-Grain-Geschoss verlässt die Waffe mit einem lauten, explosionsartigen Geräusch und heftigem Rückstoß und lässt ein Stück Holz von der Tür absplittern. Cayenne zuckt zusammen, lässt die Münze aber nicht fallen, und Turtle bringt den Lauf wieder unter Kontrolle, atmet durch, findet das Einschussloch und schießt noch einmal, und ein zweites Holzstück splittert ab, zwei oder drei Zentimeter links neben dem ersten, und Cayenne zuckt wieder zusammen und schnappt nach Luft, die Münze hüpft unfreiwillig in ihrer Hand, ihre Augenbrauen sind aneinandergeschraubt, kleine horizontale Linien erscheinen dazwischen, und die Münze zittert. Turtle bringt die Pistole zur Ruhe, um ein drittes Mal zu schießen, betätigt den Abzug, und nichts passiert.

Sie blickt auf die Oberseite der Pistole und sieht eine vereinzelte Hülse im Auswurffenster. Wenn sich der Verschluss nicht schließt, spürt sie den Unterschied normalerweise im Rückstoß und hört ihn an dem veränderten, flacheren Schussgeräusch. Sie passt nicht auf. Sie ist nicht konzentriert.

»Die Pistole ist verschmutzt«, sagt sie zu Martin.

»Du hast Gummiarme«, sagt er und meint, dass der Mechanismus nicht korrekt arbeitet, weil sie die Waffe nicht fest genug hält.

»Nein«, sagt sie. »Vielleicht sind es Messingrückstände, vielleicht liegt es am Magazin, vielleicht ist sogar der Auszieher kaputt.«

»Oder es liegt an deinen Gummiarmen.«

Sie senkt die Pistole und lässt Martin die Einschüsse in der Tür inspizieren und die Streuung von zwei, drei Zentimetern feststellen. Er versteht, was sie meint. »Tja«, sagt er, »das wäre ziemlich scheiße gewesen, was?«

»Ja«, sagt Turtle.

»Sie hat vorbeigeschossen«, sagt Cayenne. Turtle merkt, dass das Mädchen versucht, ruhig zu klingen, aber ihr Tonfall ist trotzdem gepresst und nervös. Als keiner von beiden reagiert, sagt sie noch einmal: »Sie hat vorbeigeschossen.«

Turtle geht zum Tresen und stellt sich neben das Mädchen. Sie entnimmt das Magazin, holt die eingeklemmte Hülse heraus, lässt den Schlitten vorspringen. Dann lädt sie die Pistole neu und öffnet den Verschluss einen Spaltbreit, um zu sehen, ob die hellen Messinghülsen richtig im Patronenlager sitzen. Sie legt die Pistole aus der Hand. So dicht an Cayenne, kann sie hören, wie abgehackt der Atem des Mädchens klingt. Seit Turtle sie in der Einfahrt gesehen hat, hat sie ein Paar pinke Socken angezogen. Vielleicht ist ihr der Holzboden zu kalt. Die Socken sind Cayenne zu groß, die ausgebeulten Fersen hängen an den Knöcheln des Mädchens, die Zehenboxen sind unregelmäßig hervorgeschoben. Turtle wendet sich wieder Martin zu. »Ich reinige dir die Pistole nachher. Sie ist verschmutzt.«

»Nein«, sagt er und kommt wieder in die Küche, »sie ist nicht verschmutzt.«

»Ich habe Hunde gesehen«, sagt sie, »deren Arschlöcher sauberer waren als diese Pistole.«

Martin geht lachend zurück zur Pfanne, prüft die Nachgiebigkeit der Steaks mit seiner Fingerkuppe, vergleicht sie mit dem Fleisch seiner eigenen Handfläche, presst Daumen und Zeigefinger aufeinander, um die Festigkeit eines blutigen Steaks zu simulieren. Er zieht sein Gürtelmesser, wendet sie mit dem Klingenblatt und schüttelt den Kopf. Das Fleisch löst sich wunderbar von der schwarzen, ausgehärteten Oberfläche. »Du Luder«, sagt er, schaut mit zusammengekniffenen Augen in die Pfanne, den Mund halb geöffnet, halb grinsend, wischt das Blatt des Messers am Schenkel seiner Jeans ab und steckt es wieder in die Scheide.

Cayenne nimmt tiefe, ruhiger werdende Atemzüge. Turtle kann das Mädchen riechen; ihren ungewaschenen Körper, den kindlichen Schweiß, den Rauch von Martins Zigarren in ihrer Kleidung.

Mit einer zitternden Hand streicht Cayenne eine Haarsträhne zur Seite, die sich in ihren Wimpern verfangen hat. Ihr schweißgetränktes T-Shirt klebt an ihrem Brustbein. »Sie hat vorbeigeschossen«, sagt sie wieder, sieht die beiden an und wartet auf eine Reaktion. Vater und Tochter stehen in der dunkler werdenden Küche, aufeinander konzentriert.

»Sie hat nicht vorbeigeschossen«, sagt Martin. »Sie hat das getroffen, worauf sie gezielt hat, und was sie demonstrieren wollte«, erklärt er, als würde er mit einem Idioten reden, »war, dass die Streuung zu groß ist. Sie kann ihre Schüsse nicht dicht genug am Ziel platzieren.« Er geht zu der Tür, misst den Abstand zwischen den Einschusslöchern mit Daumen und Zeigefinger; es sind knapp zweieinhalb Zentimeter.

»Ah«, sagt Cayenne, immer noch sichtlich verwirrt.

»Halt das Scheißding hoch«, sagt Martin verärgert und dreht sich um.

»Ich denke –«, sagt Cayenne.

»Halt das Scheißding hoch.«

Cayenne hält die Münze hoch.

»Krümel muss sich bloß mehr anstrengen.« Er dreht sich um und sieht Turtle an. »Krümel«, sagt er zu ihr und meint, dass sie es noch einmal versuchen soll.

»Ich werde nicht treffen«, sagt Turtle.

»Nein«, sagt Martin. »Du kriegst das schon hin.«

Cayenne schaut zwischen ihnen hin und her. »Ich denke, ich denke, die Streuung ist zu groß«, sagt sie.

»Keine Sorge«, sagt Martin, »keine Sorge. Krümel ist genial, was das angeht. Sie kriegt das hin.« Er sieht Turtle an und sagt: »Krümel? Setz es nicht in den Sand.«

»Daddy«, sagt Turtle, »du kannst das nicht ernst meinen.«

»Noch ein Versuch«, sagt er und hält einen Finger hoch.

»Aber –«, sagt Turtle.

»Kein Aber«, sagt Martin und durchquert den Raum. Die Steaks zischen in der Pfanne.

»Ich habe eine Sig Sauer«, sagt sie, »eine 9-Millimeter, sauber und geölt, mit Hornady-115-Grain-FTX-Muni.« Die Patronen wiegen halb so viel wie die .45er-Geschosse mit 230 Grain.

»Diese ist völlig in Ordnung«, sagt er und wiegt die Colt-Pistole in der Hand.

»Ist sie nicht. Sie ist verschmutzt. Ich traue dem Auszieher nicht über den Weg.«

»Wo ist denn dein Rückgrat? Positive Geisteshaltung, Krümel.«

»Herrgott«, sagt Turtle.

»Krümel«, mahnt er sie.

Turtle geht durch den Raum. Er stellt sich neben sie, hält ihr die Pistole hin. Sie nimmt sie, entlädt sie, spannt den Hahn mit dem Daumen und zielt. Sie betätigt den Abzug und achtet genau darauf, ob sich das Korn bewegt. Die Waffe gibt einen Leerschuss ab, das Korn bleibt unbewegt, als wäre es in einem Schraubstock eingespannt. »Ich habe meine Zweifel wegen dieser Pistole«, sagt sie, obwohl ihre ruhige Hand und die Leichtgängigkeit des Abzugs sie ermutigt haben. Sie setzt das Magazin wieder ein und lädt die Pistole durch. Sie legt die Hände um den Griff, vereinigt sie miteinander, legt die Daumen in Löffelchenstellung wie zwei Liebende unter den Schlitten. Sie zielt mit der Pistole auf die Münze und atmet aus.

»Trägst du so was neuerdings?«, sagt Martin.

Turtle hält inne, schaut zu ihm hinüber.

»Einen schwarzen BH«, sagt er, »und ein weißes Unterhemd? Du musst doch bessere Klamotten haben als so was.«

Cayenne, die auf den Schuss gewartet hat, schnappt nervös nach Luft, als er nicht kommt. Sie kneift die Augen zusammen.

»Woher hast du den BH? Ich habe dir den nicht gekauft.«

»Nein«, sagt sie.

»Wo hast du ihn denn dann gekauft?«, fragt er.

»Können wir das später besprechen?«

»Sag mir, woher du diesen BH hast«, sagt er.

»Ich habe ihn gekauft«, sagt sie.

»Tja, der ist fürchterlich.«

»Ich brauchte einen BH«, sagt sie. »Was hätte ich denn machen sollen?«

»Tja, das ist ein fürchterlicher BH.«

»Ich wüsste nicht, dass du dich darum gerissen hättest, mir einen zu kaufen.«

»Weil du nie Titten hattest.«

»Das stimmt nicht.«

»Es stimmt. Weißt du, warum ich weiß, dass es stimmt? Weil ich dir einen BH gekauft hätte, wenn du Titten gehabt hättest, darum.«

»Ich hatte Titten.«

»Nein. Denn wenn du Titten gehabt hättest, hätte ich dir einen BH gekauft.«

»Tja, jetzt habe ich jedenfalls welche.«

»Wenn man das Titten nennen kann.«

Turtle sieht ihn an.

Er sagt: »Drückst du irgendwann mal ab, oder was machen wir hier?«

»Ich will das nicht, Daddy«, sagt sie.

»Du kannst das, meine Süße. Mein Liebling. Mein Ein und Alles. Nimm dir Zeit, und mach es richtig; steck dein Hirn in deine Brotdose und entspann deinen Körper; drück den Abzug durch, ohne zu ruckeln, lass es sanft ablaufen; denk dran, dass der Rückstoß kommt, und vergiss ihn dann wieder; konzentrier dich bis zu dem Herzschlag *nach* dem Schuss. Woran denkst du?«

»An nichts«, sagt sie, obwohl es nicht stimmt.

»Genau«, sagt er, »an nichts.«

Turtle leert ihren Geist. Sie ist konzentriert. Die Flugbahn einer Kugel ist nicht ganz flach. Sie steigt ein klein wenig an und sinkt dann wieder. Turtle stellt ihr Visier auf zwanzig Meter ein; auf diese Entfernung kann sie damit rechnen, dass sie ein wenig niedriger schießt. Aber wenn er das Visier auf vierzig Meter eingestellt hat, würde sie zwei bis drei Zentimeter höher schießen. Es kann auch sein, dass er das Visier auf sechs Meter eingestellt hat. Sie kann ihn nicht fragen. Sie kann nur schätzen. Sie drückt den Abzug, bis sie Widerstand spürt, und bringt den oberen Rand des Korns genau mit dem oberen Rand der Münze überein, die minimal auf und ab schwankt, weniger als sechzig Millimeter Abweichung, aber Turtle visiert die Münze am höchsten Punkt der Schwankung an und wartet dann darauf, dass das Mädchen einatmet und die Münze sich wieder hebt.

»Vermassel es nicht«, sagt Martin warnend.

»Ich kann das nicht«, sagt sie.

Er sagt: »Mein Ein und Alles.«

Auf der anderen Seite des Raums kneift Cayenne die Augen fest zusammen und weint stumm; Rotz läuft ihr aus der Nase. Haarsträhnen kleben an ihrem Gesicht. Turtle blendet all das aus ihren Gedanken aus, lässt das Mädchen verschwimmen und sieht nur noch das Korn klar vor sich, ein flacher Stahlhorizont, den sie genau auf der unscharfen Münze platziert, und sie spürt in ihren Knochen, dass ihr der Schuss gelingen wird, trotz der unvertrauten und verschmutzten Waffe, deren Lauf vor Messingspänen wie Waschgold glitzert, trotz der Hochdruckmunition, trotz Martin, der ihr in den Nacken atmet. All ihre alten Gewohnheiten stellen sich wieder ein, und das Visier steht felsenfest und folgt ihren Absichten. Die Münze erreicht die Spitze ihres Zyklus, Turtle drückt den Abzug durch, und Cayenne stürzt schreiend vom Tresen.

»Scheiße!«, sagt Martin überrascht. Ein ungläubiger Schauder läuft über Turtles Rücken. Martin und sie stehen da und sehen Cayenne an, die zappelnd auf dem Küchenboden liegt und die Hand an die Brust drückt. Turtle denkt immer wieder: Ach du Scheiße. Die Schreie des Mädchens werden von abgehackten, japsenden Atemzügen unterbrochen.

Martin steht reglos da, und Turtle geht in die Küche. Cayenne liegt bäuchlings auf dem Fußboden, die verletzte Hand unter ihrer Brust gefangen. Sie wirft den Kopf wild hin und her. Ihre Schreie verklingen zu einem Keuchen. Turtle denkt: Ach du Scheiße. Ach du Scheiße.

Martin kommt ihr hinterher. Wimmernd und keuchend rollt sich Cayenne langsam auf die Seite. Martin beginnt nach dem 50-Cent-Stück zu suchen. Es liegt in der Bratpfanne. Er geht hinüber, zieht es heraus und legt es auf die Arbeitsplatte.

Turtle und Martin warten, die zusammengekrümmte Cayenne zwischen sich. Das Mädchen bleibt stumm, eine Hand an die Brust gedrückt, die andere ausgestreckt, die Finger in den splittrigen Fußboden gekrallt. Ein heller Klagelaut geht von ihr aus.

Turtle macht zwei Schritte in die Küche hinein, umfasst den Rand des Spülbeckens, beugt sich darüber, glaubt, sich übergeben zu müssen. Martin berührt Cayenne mit seiner Stiefelspitze. »Alles klar?«, sagt er. Von dem Mädchen kommt nichts außer Japsen. Turtle dreht sich um und schaut zu dem Kind. Der Anblick des bebenden kleinen Brustkorbs quält sie. In der Lücke zwischen den Haaren des Mädchens und dem Ausschnitt ihres T-Shirts kann Turtle die vorstehenden Höcker ihrer Wirbelsäule und die feinere, kürzere Nackenbehaarung erkennen. Martins Knie knacken, und das Leder seiner Stiefel knarzt, als er sich hinkauert und ihr eine Hand auf die Schulter legt.

»He, Süße, alles klar?«, sagt er.

Cayenne schüttelt den Kopf, den sie in die Armbeuge gesteckt hat.

»Sag mir, was passiert ist«, sagt er.

Cayenne schüttelt wieder den Kopf.

»Wo hat sie dich denn getroffen?«

Cayenne erzittert. Ein heftiger Schauder durchläuft ihren Körper. Turtle umklammert den Rand des Spülbeckens so fest, dass ihre Knöchel weiß hervortreten.

»Am Finger?«, rät Martin. »Hat sie dir in den Finger geschossen?«

Dann, als hätte sie plötzlich die Sprache wiedergefunden, fährt das Mädchen auf, streckt ihm ihr Gesicht entgegen, den Kiefer vorgeschoben, die Augen weit aufgerissen, und schreit: »Ich will zu meiner Mom!«

»Süße«, sagt er und streckt ihr seine Hand entgegen.

»Ich will zu meiner Mom!«, ruft sie mit zitternden, flatternden Rippen, aber sie lässt zu, dass er ihre Hand nimmt. An ihrem T-Shirt sind rote Kleckse. Martin umfasst ihre verletzte Hand mit seinen beiden Händen, und Turtle kann sehen, dass das erste Glied ihres Zeigefingers abgeschossen wurde und nur ein blutiger Stumpf übrig geblieben ist.

»Ich will zu meiner Mom!«, schreit Cayenne ihn an und erforscht sein Gesicht nach einer Antwort. Sie scheint ganz vom Schmerz und zugleich von der Bestürzung darüber eingenommen, dass Martin und Turtle stumm bleiben. Aber Turtle hat nichts zu sagen. Cayennes Schreie beschämen sie.

Martin sagt: »Krümel, schau dich mal um und versuch, ihren Finger zu finden.«

Bei diesen Worten heult Cayenne auf, dann schreit sie wieder: »Ich will zu meiner Mom!« Sie keucht und zittert. Ihre Augenbrauen ziehen sich wütend zusammen.

Turtle blickt sich in der Küche um. Sie legt sich auf den Bauch und späht seitwärts über die Dielenbretter, unter den überstehenden Rändern der Küchenschränke hindurch. Vielleicht hat der Finger schlicht aufgehört zu existieren.

Martin sagt: »Alles wird gut, meine Süße.«

Das Mädchen schließt eine Faust um den Finger. Blut rinnt zwischen den Knöcheln hervor und tropft an ihrem Handgelenk hinunter. Sie schüttelt stumm den Kopf, ihr Mund zuckt krampfartig, die Augen sind fest verschlossen. Eine einzelne Linie wandert an ihrem Unterarm hinunter, und Turtle sieht ihn an und ist erstaunt, wie dünn er ist. Sie könnte ihn mit Daumen und Zeigefinger umschließen.

Martin sagt: »So ist es gut, halt einfach den Druck aufrecht, halt den Druck aufrecht, und wir lassen ihn ein bisschen bluten, das wird wieder, das ist gar nichts, das kleine Stückchen Finger brauchst du überhaupt nicht, das wird schon wieder. Krümel? Die Steaks sind wahrscheinlich am Verkohlen. Könntest du sie vom Herd nehmen?«

Turtle geht zum Küchentresen. Cayenne wimmert. Turtle nimmt zwei Teller vom Küchenregal. Sie zieht ihr Messer, spießt die Steaks nacheinander auf und lässt jedes auf einen Teller fallen.

Cayenne schreit wieder: »Ich will zu meiner Mom!«, und Turtle hält mitten in der Bewegung inne, lauscht und fährt dann fort, als hätte Cayenne nichts gesagt. Sie dreht die Flamme ab. Sie sieht Cayenne an, die aufrecht dasitzt und vor und zurück schaukelt. Die Augen des Mädchens sind geschwollen, Tränen nässen ihren Ausschnitt. Martin sagt: »Du warst so *tapfer*, du warst so *gut*, das *wird* wieder.«

Turtle geht mit den beiden Tellern auf die Veranda. Der Hang ist da, der Ozean. Sie steht im aufziehenden Dunkel. In der Küche steigert sich das helle Wimmern des Mädchens zu einem Schreien. Martin versucht, die Wunde zu verbinden. Turtle stellt die Teller auf den Armlehnen der Adirondack-Stühle ab und setzt sich. Sie sieht einen kleinen Punkt auf Martins Steak, stippt ihn mit dem Finger auf und betrachtet ihn. Es sieht aus wie ein zerbrechliches, trübes Stück von einer Plastikflasche. Sie schnipst es weg.

Als Martin nach draußen kommt, legt er das 50-Cent-Stück auf ihre Armlehne. Es ist verbogen, mit einer einzelnen schwarzen Einkerbung knapp neben der Mitte, von Bratfett aus der Pfanne umrandet. Turtle nimmt es in die Hand und schaut ihn an. Er zuckt mit den Schultern, um ihr zu bedeuten, dass er nicht weiß, was genau passiert ist. Er nimmt seinen Teller in die Hand und blickt auf den Ozean hinaus. Dann sagt er: »Vielleicht, vielleicht ist die Kugel von der Münze abgeprallt und hat ihren Finger getroffen.«

Turtle nickt.

Er sagt: »Das war einfach Pech.«

Turtle sieht ihn an.

Er sagt: »Damit war nicht zu rechnen.«

»Was?«

»Es war nicht damit zu rechnen.«

»Wirklich nicht?«

Er sieht sie an. »Du hast die Münze genau getroffen.«

»Damit war nicht zu rechnen?«, wiederholt Turtle.

Ihr Zorn scheint Martin zu verwundern. Er sagt: »Sie hätte ihr direkt aus den Fingern fliegen müssen. Sie ist ja kein *Schraubstock*. Sie kann eine Münze nicht so festhalten, dass es einen *Querschläger* gibt. Sie hätte ihr direkt zwischen den Fingern wegfliegen müssen.«

»Es war wirklich«, sagt Turtle, »überhaupt nicht damit zu rechnen?«

»Warum bist du wütend auf mich?«, sagt er, als wäre es unbegreiflich. »Du hast die Münze getroffen. Genau in der Mitte. Sie hätte ihr direkt aus den Fingern fliegen müssen. Es kann nicht sein, es kann überhaupt nicht sein, dass sie die Münze so festgehalten hat, dass die Kugel abprallt und ihren Finger trifft.«

Turtle öffnet den Mund, um etwas zu sagen. Sie schließt den Mund, wendet ihre Aufmerksamkeit wieder dem Ozean zu. Sie sagt: »Du hast da drin ziemlich unbeeindruckt gewirkt.«

»Wieso?«, sagt er.

Sie sagt: »Das Mädchen hat Schmerzen.«

Martin sagt: »Weißt du, manche Leute glauben, Schmerz sei der Ausweg aus dem Solipsismus.«

»Was?«

»Das Problem ist, dass wir keinen Beweis dafür haben, dass

auch andere Menschen lebendig und bei Bewusstsein sind wie wir. Aufgrund der unmittelbaren Erfahrung unserer eigenen Gedanken, unserer Empfindungen, dieses nicht messbaren *Gefühls*, am Leben zu sein, wissen wir, dass wir ein Bewusstsein haben, aber wir können nicht das Bewusstsein anderer erfahren, und daher ... und daher wissen wir nicht sicher, dass sie leben, dass sie *wirklich leben*, dass sie ihr Leben auf die gleiche Weise erfahren wie wir das unsere. Vielleicht sind wir der einzige echte Mensch, umgeben von leeren Hüllen, die sich wie Menschen verhalten, aber kein Innenleben haben wie wir.

Die Vorstellung der Philosophen ist, dass du dich jemandem gegenübersetzt und anfängst, ihm mit einem Hammer die Finger zu brechen. Du beobachtest seine Reaktion. Er schreit. Er drückt seine Hand an die Brust. Du leitest daraus ab, dass er Schmerzen hat.

Aber was wirklich passiert, wenn du jemandem von Angesicht zu Angesicht gegenübersitzt, der Schmerzen hat, was dann wirklich passiert, ist, dass die Kluft zwischen dir und ihm offenbar wird. Sein Schmerz bleibt dir vollkommen unzugänglich. Es könnte genauso gut eine Pantomime sein.

Wenn der andere keinen Schmerz empfindet – wenn ihr euch einfach nur über Hume oder Kant unterhaltet –, kannst du dir weismachen, dass zwischen euch ein Austausch von Ideen und Gefühlen stattfindet. Aber jemanden zu sehen, der solche Schmerzen hat, macht, sobald deine Überraschung nachgelassen hat, die unüberbrückbare Kluft sichtbar, die deinen eigenen menschlichen Verstand von allen anderen, fremden Persönlichkeiten trennt. Es verdeutlicht die wahre und tatsächliche – nicht die *gesellschaftliche* und *gedachte* – Beschaffenheit menschlicher Interaktion. Kommunikation ist ein dünner Firnis, Krümel.«

Turtle schaut auf ihr Steak. Sie schneidet ein Stück ab,

steckt es in ihren Mund und beginnt zu kauen. Martin isst in stummer Gedankenverlorenheit, blickt düster hinaus auf den gesplitterten Sonnenuntergang, den sich verfinsternden Ozean, den geschwungenen Hang, die sich im Zwielicht schwarz-grün verfärbenden Küstenkiefern.

»Die Leute verurteilen diese Betrachtungsweise, Krümel. Sie halten es für Wahnsinn, auf der tief greifenden Vereinzelung des menschlichen Geistes zu beharren. Aber in der Praxis nimmt es jeder als Tatsache. Wir würden keine gesellschaftliche Hierarchisierung zulassen, wenn wir nicht auf einer grundsätzlichen Ebene wüssten, dass wir vom Elend der anderen Menschen abgeschnitten sind. Und das sind wir: Es betrifft uns nicht im Geringsten. Diese Arschlöcher reden, als würde es sie kümmern, aber das ist eine soziale Lüge, und wenn du aufmerksam durchs Leben gehst, wirst du merken: Du bist verdammt noch mal auf dich allein gestellt. Die Gesellschaft wird dir nie helfen. Dieser Schulleiter, diese Lehrerin, die kümmern sich insoweit um dich, als es ihr Job ist, aber in Wahrheit ist es ihnen scheißegal, Krümel. Sie nehmen dich nicht wahr. Als unabhängiges Individuum mit Gedanken und Nöten und einem eigenen Verstand nehmen sie dich nicht wahr.«

Das Innere von Turtles Steak ist blutrot. Erstaunlich, wie es sich vor dem Messer spreizt. Blut und Fett bilden auf dem Teller eine Pfütze. Das Fleisch hat einen starken, wildartigen Eigengeschmack. Für Turtle hatten Cayennes Schmerzen in ihrer Bedeutsamkeit und unfassbaren Dringlichkeit alles andere in den Hintergrund treten lassen.

»Was ist?«, fragt Martin.

»Nichts«, sagt sie.

Er sitzt da, kaut und sieht sie an.

»Schmeckt's dir nicht?«

»Doch, es schmeckt«, sagt sie.

Er schaut auf seinen Teller. Er schneidet ein Stück ab, spießt es mit der Messerspitze auf, streckt es ihr entgegen. Sie betrachtet es.

»Och«, sagt er, »jetzt komm schon.«

»Nein«, sagt Turtle, »ich habe keinen Hunger.«

»Ach komm, natürlich hast du Hunger.«

»Danke, ist schon gut.«

»Sie wird wieder. Das war so gut wie gar nichts. Ein kleines Stückchen von der Fingerkuppe.«

»Scheiße.«

»Nein, zerbrich dir nicht den Kopf darüber. Es war wirklich nur die Fingerspitze.«

»Scheiße.«

»Iss dein Steak.«

»Mir ist übel«, sagt Turtle.

»Dir ist nicht übel«, sagt er.

Sie öffnet den Mund, und er schiebt die Messerspitze in den Käfig ihrer Zähne hinein. Sie schließt den Mund um die Klinge und sieht ihn an, die Messerspitze an ihrer nassen Zunge, und dann kratzen ihre Zähne über den Stahl, als er die Klinge langsam wieder aus ihrem Mund zieht. Den Blick auf ihn gerichtet, beginnt sie zu kauen.

»Ich begreife es nicht«, sagt er. Er nimmt die verbogene Münze zwischen Daumen und Zeigefinger, umrahmt sie, wie Cayenne es getan hat. Er zeigt auf die schwarze Einkerbung. »Du hast die Münze getroffen«, sagt er. »Ich wusste, dass du sie triffst, und du hast sie getroffen. Ich verstehe bloß nicht, was passiert ist. Es ist einfach … einfach höhere Gewalt.«

Turtle sieht ihn schweigend an.

Er dreht die Münze in der Hand, schüttelt den Kopf. »Einfach höhere Gewalt«, sagt er schließlich.

Nach dem Abendessen geht sie in ihr Zimmer und rollt sich in ihre Decken ein. Das Mädchen ist unten, sie liegt mit ihrem bandagierten Finger vor dem Feuer auf ihrem Schlafsack. Wie ihr dieses Haus vorkommen muss. Turtle lauscht Martin, der von einem Zimmer ins andere geht, und irgendwann frühmorgens kommt er die Treppe herauf und öffnet ihre Tür.

»Komm, wir gehen spazieren«, sagt er.

Sie liegt still da.

»Ich weiß, dass du nicht schläfst«, sagt er.

Sie setzt sich auf, und er sagt: »Immer dasselbe mit dir, Krümel.«

Sie ist sich seiner Anwesenheit deutlich bewusst, als sie ihre Armeehose anzieht, ihre bleichen Schenkel in die Hosenbeine schiebt und die Hose über ihre Hüften zieht. Er lehnt in der Tür, ausdruckslos, die Augen im Dunkel verborgen. Zusammen gehen sie die Treppe hinunter und an Cayenne vorbei, die in ihrem Schlafsack vor dem Kamin liegt, die verletzte Hand wie einen Vogel an ihre Brust gedrückt. Sie gehen durch die Schiebetür und über die Veranda auf das taunasse Feld. Er scheint von einer Art sprachloser Ehrfurcht ergriffen zu sein. Als sie durchs Gras gehen, werden ihre Hosen bis zur Hüfte nass. Sie kommen zu den Türen, die ohne ein umgebendes Gebäude mitten auf dem Feld stehen und einen groben Kreis bilden, drei von ihnen aufgebrochen, vier unversehrt. Martin geht zu einem Türpfosten, lehnt sich daran, lässt die Tür in ihren rostigen Scharnieren aufschwingen. Sie schauen zurück zum Haus, das eindrucksvoll und düster auf dem Hügel sitzt, die weißen Schindeln von Rosen und Gifteiche belagert. Turtle kann ihr eigenes Fenster mit den Rosenstängeln sehen, die den Rahmen erklommen haben und sich nach dem Inneren strecken. Sie kann die großen Panoramafenster des unteren Schlafzimmers sehen. Westlich davon wölbt und hebt sich der Ozean. Sie schaut zu Martin hinüber. Er lehnt in der Tür, spielt mit dem Knauf, den Blick auf etwas in mittlerer Distanz gerichtet.

»Wie geht es ihr?«, fragt Turtle.

»Ganz gut«, sagt Martin. »Gib ihr ein paar Tage, und sie wird schon wieder. Sie ist nicht wie du. Gott. Du konntest auf Eisennägeln herumkauen.«

Turtle geht in die Mitte des Kreises und stellt sich dorthin, auf allen Seiten von Türen umgeben. Martin spielt mit dem antiken Glasknauf, öffnet und schließt die Tür, schiebt den Riegel vor. Die Stille zwischen ihnen dauert lange an. Der Wind fegt über sie hinweg, die Grashalme winden sich in stiller, einsamer Zusammenkunft umeinander, und unten am Strand schließt sich die Brandung um die Steine, und Turtle sieht ihren Vater mit wehenden Haaren an.

Er sagt: »Tja, Scheiße.«

Turtle denkt: Er war weg, und du hattest Zeit, dich zu sammeln, und du hast dich ein bisschen gesammelt, du hast dich genug gesammelt. Du hast jetzt die Wahl, und rede dir nicht ein, es wäre nicht so. Dieser Moment kommt vielleicht nie wieder, und es wird in deinem Leben vielleicht nicht viele solche Momente geben, aber du könntest es jetzt tun. Du hattest vielleicht nicht viel Zeit, nicht so viele Nächte für dich allein, wie du gern gehabt hättest, aber mehr hast du nicht gebraucht, und jetzt hast du die Wahl. Geh weg, Turtle. Geh einfach weg von ihm, und wenn er dir folgt und dich nicht gehen lassen will, dann bringst du ihn um. Er hat dir alles gegeben, und du musst nichts weiter tun, als zu gehen. Weißt du noch, wie das Blut durch deine Adern geflossen ist wie kühles, klares Wasser? Du könntest diesen Ort wiederfinden; es wäre mühsam, aber es wäre gut. Nichts und niemand kann dich davon fernhalten; nur du selbst kannst dich ins Dunkel zurückbringen, nur du selbst kannst das. Er kann es nicht, mach dir da nichts vor. Also geh, Turtle. Denk an deine Seele und geh.

Er kommt mit großen Schritten auf sie zu und schlägt ihr

heftig gegen den Kiefer, und während sie in einer Wolke aus Blut rückwärtstaumelt, empfindet sie vor allem Erleichterung. Er packt sie an den Haaren, zerrt sie hoch und schleudert sie gegen die geschlossene Tür, und sie hält sich mit einer Hand am Türrahmen fest und mit der anderen am Knauf, sucht daran Halt, ihr Gesicht an den Pfosten gedrückt, während er ihr die Hose herunterzieht, und sie denkt: Gott sei Dank, verdammte Scheiße, und er zieht ihr die Armeehose auf die Schenkel hinunter, und während er die Gürtel seiner Jeans öffnet, kommt ein Moment, in dem sie auf ihn wartet, an den Türpfosten geklammert, die Hose um die Schenkel zusammengeknäult, ihre Fotze vor ihm entblößt, und er steht hinter ihr, sein heißer Atem in ihrem Nacken, und sie dreht den Kopf und schaut über die Schulter auf ihn, die Augen so zusammengekniffen, dass die Stoßzähne ihrer Wimpern sein Gesicht beschatten, und sie sieht ihn voller Liebe an, voller echter Liebe, und Martin, die Faust in ihren Haaren verknotet, stößt sie in die Tür hinein, und die Maserung des Holzes überzieht ihre Wange mit Striemen.

Sie spürt etwas Angestrengtes, etwas Überehrgeiziges in seinen Bewegungen, seinen Fingern, die durch ihre Haare fahren, sie packen und an ihnen reißen. Sein Gesicht ist in Konzentration erstarrt, so, als wollte er seine Aufmerksamkeit durch sie hindurch auf irgendein hinter ihr liegendes Prinzip lenken, während er sie voller Verzweiflung gegen die geschlossene Tür mahlt, jede Bewegung ein fortlaufender, wiederholter Ausdruck seiner Verachtung. Er würde sie auslöschen, wenn er könnte. Er zieht an ihren Armen, ihren Haaren, so, als wollte er sie auseinanderreißen, und sagt dabei immer wieder: »Du Schlampe, du Fotze«, und diese Wörtern, haben etwas Sinnentleertes und Gebetsmühlenartiges an sich. Turtle wendet ihr Gesicht dem Holz zu, schließt die Augen, die Hand zwischen den Beinen, grinsend vor Schmerz, zwei

Finger um seinen Schwanz gelegt, sein Hodensack an ihren Fingern zu einer runzligen Limette zusammengezogen, und Turtle scheint über sich hinauszuwachsen, aus sich heraus, bereit zu sterben in diesem Augenblick, bereit, annulliert zu werden, und sie spürt seinen Hass auf sie, eine zehrende, unerträgliche Getriebenheit, und Turtle gibt ihr nach, öffnet sich ihr, jeder einzelne ihrer Gedanken besitzergreifend und schwarz. Er bäumt sich auf und krampft, er umklammert ihren Hinterkopf, ihre Schulter, gräbt seine Finger tief hinein, und Turtle schließt die Augen, ihr ganzer Körper zusammengepresst. Ihre Haare kleben an ihren Wangen fest, als sie ihr Gesicht von der Tür wegdreht, es in ihren eigenen Bizeps drückt und aufschreit. Martin tritt zurück, und sein Sperma läuft aus ihr heraus und an ihrem Bein hinunter, und sie fängt etwas davon in ihrer hohlen Hand auf und richtet sich auf, schwankt wegen der noch um ihre Schenkel gewickelten Armeehose und zieht sie halb herauf, sodass sie noch immer offen steht, aber jetzt auf ihren Hüften sitzt, und sie wendet sich zu ihm um. Er steht vornübergebeugt, schwer atmend, die Augen geweitet wie vor Erstaunen über das Geschehene. Turtle fühlt sich kalt und gelöst, ihr Fleisch all seiner Wärme beraubt, ihr Herz tief in ihrem Inneren kühl und wild und unbezwingbar. Martin zieht die Pistole und hält sie ihr unters Kinn, sein Atem strömt abgehackt und dampfend durch seine Kiefer.

Er sagt: »Das könnte es gewesen sein. Nur du und ich und dann nichts … nichts …« Es ist, als könnte er ihre Augen nicht fixieren, er schaut an ihr vorbei und dann auf ihren Mund, ohne ihrem starren Blick zu begegnen. Er fährt sich mit der Zunge über die Lippen, eine unbewusste Geste von Schmerz oder von Genuss, und dann sieht er sie plötzlich mit verzerrtem Gesicht an, alle Zähne entblößt, die Lippen zurückgezogen.

Er hebt ihr Kinn mit der Pistole an, und sie lässt ihn, folgt ihm mit den Augen, während er ihr Gesicht nach oben drängt. Er sagt: »Ich brauche dich. Ich brauche dich so sehr. Und das hier, das könnte unsere Welt sein, Krümel. Scheiß auf alles andere. Das könnte es sein. Ich würde dich erledigen und dann mich selbst. Das verdammte Haus abfackeln. Das ganze Scheißding abfackeln, und das wär's dann. Gottverdammt, ich bin so müde, Krümel. Ich will es so zu Ende bringen, Krümel, du und ich, ein perfektes Ende. Ich hätte dich durch und durch, für immer und ewig. Du weißt es, du weißt es in diesem Augenblick, dass es kein Zurück gibt. Wir stecken zu tief in dieser Sache drin, und ich bin kein Stück vorangekommen. Ich habe drei Monate ohne dich verbracht, und ich wusste, ich wusste jeden Tag, dass ich das Falsche tue. Wir können nicht davor wegrennen, und wir können auch nicht so weitermachen. Also beenden wir es zusammen. Hier und jetzt.«

Er bewegt die Pistole von ihrem Kinn zu ihrer Stirn und schaut dabei starr auf einen Punkt zwischen ihren Augen hinunter, und sie erwidert seinen Blick, zitternd jetzt, ein Beben, das in Schüben kommt und wieder abebbt, und um sie herum bewegt sich das Gras wie ein Ozean.

»Du willst mich umbringen«, sagt sie, einfach um es zu sagen.

Daraufhin erzittert er. Er tritt von ihr weg und legt die Hände, von denen eine noch die Pistole hält, an die Schläfen. Dann beugt er sich über das Gras, als müsste er sich übergeben. »Scheiße!«, sagt er und schüttelt den Kopf. »Scheiße!«, sagt er. »Scheiße!«

Er hält sich die Pistole unter das eigene Kinn, schaut hinauf in den dunklen Himmel mit den silbrig leuchtenden Unterseiten der Wolken. Dann, weil er vergessen hat, dass eine Kugel in der Kammer sitzt oder weil er etwas Dramatisches tun will, zieht er den Schlitten geräuschvoll durch, und Turtle hört, wie die Patrone eingeklemmt wird. Er gibt ein wütendes Geräusch von sich, sieht die Pistole an, inspiziert sie im Dunkeln. »Scheiße«, sagt er ungläubig und schlägt mit dem Ballen seiner Hand auf das Gehäuse.

»Du hättest sie reinigen müssen, das ist alles.«

Er schüttelt den Kopf. »Sprich nicht so mit mir«, sagt er. »Sei kein kleines Luder. Nicht gerade jetzt. Nicht *jetzt.*«

Turtle sagt nichts.

»Scheiße«, sagt Martin. Er schaut durch das Auswurffenster. Allein an dem Geräusch hat Turtle gemerkt, dass die Pistole eine zweite Patrone in die Kammer befördert hat, ohne die erste auszuwerfen. Sie weiß, dass sie die verklemmte Patrone beseitigen kann, aber sie unternimmt nichts, um zu helfen. Martin untersucht die halb im Patronenlager sitzende Kugel und versucht mit verzerrtem Gesicht, den festsitzenden Schlitten durchzuziehen. »Das Scheißding klemmt«, sagt er, als könnte er es selbst nicht glauben. Turtle schämt sich für ihn. Martin schlägt mit dem Handballen auf die Pistole, damit sich im Inneren etwas löst. »Okay«, sagt er und blickt um sich. »Scheiße. Okay.« Er schaut auf, nickt jetzt, bewertet die Situation neu, beißt sich auf die Unterlippe, schwer atmend vor Frustration. »Wir machen weiter wie immer.«

Turtle spuckt ins Gras und geht über das Feld auf das Haus zu, das einsam und finster auf seinem schwarzen Hügel thront.

Einundzwanzig

In dieser Nacht liegt Turtle auf dem Fußboden ihres Zimmers, bäuchlings, das Kinn auf die Hände gestützt, einen Fuß in den anderen gebettet, schaut in die Flamme ihrer Öllampe und denkt: Er ist zurückgekommen, und alles hat sich verflüchtigt. Die ganzen Träume von dem Mädchen, das du hättest sein können. Weg. Du dachtest schon immer, dass es an ihm liegt. Aber du wolltest ihn zurück. Du hängst mit drin. Du warst mal ein Kind, aber jetzt bist du keins mehr, und was man einem Kind verzeihen würde, kann und wird man dir nicht verzeihen. Du hättest ein Scheißkondom benutzen sollen, denkt sie. Sie weiß nicht genau, wie es kommt, aber die Dinge haben sich verändert. Sie denkt: Vielleicht lag es immer an dir. Vielleicht ist da etwas in dir. Etwas Niederträchtiges. Du hast es gewollt oder hast es dir gewünscht. Natürlich hast du das. Du hast ihn da hineingezogen, als du noch ein Kind warst, und deine Mutter hat es begriffen, und als sie es begriffen hat, hat sie sich umgebracht, und jetzt kommt er nicht mehr aus der Sache raus. Er schaut dir in die Augen und will sterben.

Turtle könnte in tausend Stücke zerspringen. Es sind schlechte Gedanken, schmutzige Gedanken. Wenn man es so betrachtet, denkt sie, sieht man, dass Martin sein Leben lang die Hand nach Grandpa ausgestreckt hat, nach irgendeinem Zeichen getastet hat, und dass Grandpa ihn verdammt noch mal einfach nur gehasst hat. Dein Vater wuchs in totalem, vernichtendem, von Selbsthass erfülltem Elend auf, und so lebt er. Aber er hat dich geliebt. Er hat dich ohne Ende geliebt. Wie er diese Liebe in sich gefunden hat, wirst du vielleicht nie erfahren. Deine ganze Stärke kam von ihm. Der Funke in dir, der Glaube an dich selbst, wie stark er auch immer sein mag, alles, was in dir der Niedertracht widersteht, das alles kam von ihm. Für sich selbst hatte er das nie übrig, aber für dich hat er es gefunden. Und du musst doch davon ausgehen, dass er eine Vorstellung davon hatte, worauf er dich vorbereitet hat und was er vielleicht würde aufgeben müssen. Sie zittert. Und vielleicht, denkt sie, vielleicht wirst du es schaffen. Und wenn du es schaffst, denkt sie, dann, weil er dir alles gegeben hat. Das ist das Beste an ihm.

Am Morgen kommt sie die knarzende Treppe herunter und findet Cayenne noch schlafend am Feuer vor, auf die Seite gerollt, leicht zusammengekrümmt, die Knie angezogen, die Fersen beinahe am Hintern, die Hände verschränkt und an die Brust gedrückt. Turtle geht leise in die Küche. Weil sie das Mädchen nicht aufwecken will, nimmt sie ihren Kupfertopf von seinem Fleischerhaken, so leise sie kann, und statt den Wasserhahn aufzudrehen, nimmt sie die noch auf der Arbeitsplatte stehenden Wassergläser und lässt ihren Inhalt an der Innenseite des Topfs hinunterrinnen. Sie reißt das Streichholz an ihrem Daumennagel an, entzündet den Brenner. Sie zieht sich auf die Arbeitsplatte, hockt sich im Schneidersitz darauf und wartet. Sie betrachtet das Mädchen. Sie denkt: Gottverdammt. Die schlimmstmögliche Interpretation ist, dass Martin das Mädchen ausgesucht hat, weil es ihm um Kinder geht. Aber das glaubt Turtle nicht.

Als das Wasser zu kochen beginnt, beginnt sich Cayenne zu regen, erwacht, richtet sich an der Wand auf. Sie sitzt vornübergebeugt da, hält ihren Finger mit der anderen Hand. Sie sieht Turtle schweigend an. Nach einer Weile nimmt sie ihr

Buch, schlägt es auf, beugt sich darüber. Turtle hasst ihr kleines Fotzengesicht.

Turtle sagt: »Was liest'n da?«

Das Mädchen schaut mit leerem, mürrischem Blick zu ihr herauf.

»Was liest du denn da?«, fragt Turtle.

»Biss zum Morgengrauen.«

»Das sehe ich.«

»Ah.« Das Mädchen starrt sie an.

»Ich meine, worum geht's da?«

Als versuchte sie sich zu erinnern, blättert sie zu der Stelle, an der sie stehen geblieben war; die Seite ist mit einem Eselsohr markiert. »Halt um so …«, sagt sie.

Turtle gießt Tee aus dem Topf in ihren gusseisernen Becher.

»Weißt du«, sagt Cayenne, »ich wollte gar nicht zu meiner Mutter. Nicht wirklich. Ich war bloß so angepisst. Ich habe das bloß gesagt, weil ich so angepisst war.«

Turtle denkt: *Ich war bloß so angepisst.* Das Mädchen ahmt jemanden nach, irgendeinen Mann, den sie kennt, den Freund ihrer Mutter, irgendwen, der das gesagt hat. Ich habe es nicht so gemeint. *Ich war bloß so angepisst.*

Turtle sagt: »Ja.«

Martin kommt aus seinem Schlafzimmer in die Küche und stellt sich neben sie an den Tresen. Er schaut in ihren mit Brennnesselblättern gefüllten Kupfertopf, nimmt dann einen Kessel und füllt ihn mit Wasser. Er beginnt die Küchenschränke nach Kaffee zu durchsuchen, aber es ist keiner da, und schließlich geht er zu den Einkaufstüten, die er auf dem Boden hat stehen lassen, nimmt eine blaue Dose mit Instantkaffee heraus und schüttet etwas davon in die Kaffeepresse. Turtle wartet darauf, dass jemand etwas sagt, aber niemand tut es. Das Wasser im Kessel beginnt zu kochen, und er gießt es in die Kaffeepresse und wartet, schaut unverwandt in die dicke schwarze, bröselige Kaffeesatzkruste, die oben auf dem Gefäß schwimmt. Cayenne schlägt eine Buchseite um. Turtle sieht das Mädchen wieder an und will etwas sagen, aber es scheint nichts zu geben, was sie sagen könnte.

Martin legt beide Hände auf die Arbeitsplatte und beugt sich darüber. »Ich habe nachgedacht«, sagt er, »und ich glaube, wir müssen ihn noch mal aufmachen.«

»Was?«, sagt Turtle. Martin geht ins Wohnzimmer, kniet sich neben Cayenne und streckt die Hände aus. Sie reicht ihm ihre verletzte Hand. Er dreht sie um.

»Ich konnte mir die Wunde gut ansehen, als ich sie verbunden habe. Der Knochen war gesplittert und das Fleisch drumherum stark geprellt und vielleicht sogar verbrannt, und ich glaube nicht, dass sich die Haut wieder über der Wunde schließen kann. Ich glaube, wir müssen den Finger aufschneiden, den Knochen bis zum ersten Glied abtrennen und ihn dann wieder zunähen, damit die Haut über der Kuppe verheilen kann.«

»Nein«, sagt Cayenne. Sie zieht ihre Hand zurück und hält sie an ihre Brust. »Nein. Das darfst du nicht.«

Martin scheint sie nicht zu hören.

»Okay«, sagt Turtle.

Cayenne schiebt sich mit den Fersen rückwärts, rutscht über die Dielenbretter, bis sie an die Wand stößt. Sie drückt die verletzte Hand an ihre Brust. Sie sagt: »Nein. Nein. Nein. Nein. Nein. Nein. Nein.«

»Pass auf sie auf«, sagt er, steht auf und geht hinaus.

Das Mädchen zittert am ganzen Körper. Sie sagt: »Du lässt doch nicht zu, dass er das macht, oder?«

Turtle wendet den Kopf ab; sie schämt sich für das Mädchen. Dann folgt Turtle, statt bei ihr im Wohnzimmer zu bleiben, Martin den Flur entlang zur Vorratskammer. Er sagt: Es gibt so ein chirurgisches Werkzeug, um Knochen zu kürzen, aber ich weiß nicht, wie man es nennt, und ich habe keins.

Weißt du, ich wollte immer mehr medizinische Instrumente anschaffen, aber es fehlt einfach immer an der verdammten Zeit oder am Geld, Krümel, und jetzt schau dir das an – alles, was ich habe, sind Drahtscheren, Seitenschneider und so ein Zeug.«

»Muss das wirklich sein?«

»Ja, es muss sein. Ich habe gestern Abend darüber nachgedacht. Wenn wir die Hautlappen nicht über der Fingerspitze zusammennähen können, wird es nicht verheilen. In einem der Bücher, die ich unten hatte, ist ein Schaubild – es nennt sich Fischmaulamputation, weil man das Ende des Fingers so zurechtschneidet, dass es wie ein Fischmaul aussieht. Natürlich muss man auch das ganze innere Gewebe wegschneiden, weil sich die Amputation sonst an der Spitze ausstülpt oder ›aufpilzt‹. Wir müssen nur auf beiden Seiten des Fingers einen tiefen Schnitt machen, ihn aufklappen, den Knochen ausschaben, das überschüssige Gewebe wegschälen und wieder zunähen. Ich habe ein Haut-Naht-Set, das kriegen wir also ohne Probleme hin.«

Turtle sagt: »Ist das wirklich so einfach?«

Er sieht sie an. »Warum sollte es das nicht sein?«

»Was ist, wenn es irgendwelche anatomischen Einzelheiten gibt, die wir nicht kennen? Oder einfach irgendwas, woran wir nicht gedacht haben?«

»Hör mal, Krümel, es ist ein Finger. Es ist keine banale Geschichte, aber es ist auch kein Hexenwerk.« Martin nimmt sich eine Taschenlampe und klappt die Kellerluke auf, und sie folgt ihm die Wendeltreppe hinunter zu den mit Planen abgedeckten Paletten mit Zwanzig-Liter-Eimern. Er öffnet die Aluminiumschränke, schwenkt den Strahl der Taschenlampe über die Reihen von Blisterverpackungen und Arzneiflaschen und nimmt ein Glasfläschchen mit einer Zehn-Milliliter-Einzeldosis 25-prozentiger Lidocain-Salzsäure-Lösung heraus, dreht es um und schaut auf das Haltbarkeitsdatum. »Abgelaufen«, sagt er und schüttelt das Fläschchen, »aber schauen wir mal. Flockt nicht aus. Kein Epinephrin, was gut ist. Damit wird es gehen.«

»Wie wäre es mit etwas, das breiter wirkt?«

»Du meinst, um sie auszuknocken?«

»Ja«, sagt Turtle.

»Das braucht sie nicht. So was habe ich nicht, und sie braucht es auch nicht. Wir könnten vielleicht ein bisschen tierärztliches Ketamin besorgen, aber das würde dauern, und bei einem Mädchen ihrer Größe wäre das sowieso noch gefährlicher.«

»Wird das wirklich funktionieren?«

»Ja«, sagt er.

»Bist du sicher?«

»Ja«, sagt er.

Sie gehen zusammen die Treppe hinauf. Er geht ins Badezimmer und kommt mit dem Eimer mit dem Erste-Hilfe-Zubehör heraus. Das Skalpell und das Nahtmaterial sind steril verpackt, aber der Seitenschneider, die Gefäßklemmen, die Pinzetten und die Operationsschere sind alle unverpackt, und er wirft sie in den kochenden Tee. Er öffnet den Gefrierschrank, um Eis herauszuholen, aber es gibt keinen Strom, und der Gefrierschrank funktioniert nicht, und er nimmt den Eiswürfelbehälter mit den Wasserzeilen darin und wirft ihn ins Waschbecken, und er sieht Turtle verdrossen an. Cayenne sieht schweigend zu, die Hand an die Brust gedrückt.

»Ich will nicht«, sagt sie.

Martin wendet sich einer Kühlbox auf dem Fußboden zu, die jetzt mit abgestandenem Wasser gefüllt ist, nimmt eine Bierflasche heraus, deren Etikett sich abgelöst hat, und schlägt sie an der Arbeitsplatte auf. Er lehnt sich mit dem Rücken an den Küchentresen und betrachtet das Kind, das tropfende

Bier, von dem er gelegentlich einen Schluck nimmt, locker zwischen Daumen und Zeigefinger haltend. Die kochenden Instrumente klappern auf dem Boden des Topfs.

»Ich will nicht«, sagt Cayenne noch einmal. »Ich will nicht.«

Er gießt den Tee in ein Sieb. Die Instrumente dampfen. Er geht mit dem Sieb zu Cayenne hinüber.

»Ist das Sieb sauber?«, fragt Turtle.

»Klar. Es ist sauber.«

»Hast du schon mal Lidocain gespritzt?«

»Scheiße, nein«, sagt er.

»Und sind zehn Milliliter genug?«

»Es ist eine ganze Flasche. Das ist ganz bestimmt genug.«

»Wir wissen nicht, wie es wirkt, wenn es abgelaufen ist.«

»Krümel, du machst sie nur unnötig nervös.«

»Es ist abgelaufen?«, fragt Cayenne vom Wohnzimmer aus.

»Nein, meine Süße, das ist eher so eine Art Mindesthaltbarkeitsdatum. Es ist nicht wirklich abgelaufen. Die müssen das nur aus rechtlichen Gründen draufschreiben.«

Turtle sagt: »Ich will nur, dass du das richtig machst. Wenn wir es schon machen, sollten wir es auch richtig machen. Was ist mit dem Ketamin?«

»Scheiße«, sagt Martin, »wir *werden* es richtig machen. Dieser Ketamin-Scheiß ist teuer. Wir wollen das Mädchen nicht versehentlich euthanasieren, und sie braucht keine Vollnarkose, wenn es nur um ihren gottverdammten Finger geht. Wenn wir Eis hätten, könnten wir ihn einfach mit Kälte betäuben, aber wir haben keins. Das Lidocain ist perfekt. Mit dem Lidocain wird es gehen.«

»Was heißt ›euthanasieren‹?«, fragt Cayenne.

»Krümel, hol ein Handtuch zum Unterlegen, eine Schüssel mit Wasser und eine Spülspritze.« Als Turtle die Sachen geholt hat, schaut Martin zu ihr herüber und sagt: Weißt du, jetzt könnten wir wirklich einen Tisch gebrauchen.«

Turtle sagt nichts. Martin sagt: »Gib mir deine Hand, Cayenne.«

Cayenne drückt sie an ihre Brust. »Nein«, sagt sie.

Martin sagt: »Komm schon, Süße.«

Das Mädchen schüttelt den Kopf. Martin seufzt und schaut Turtle an. Turtle weiß nicht, was sie tun soll.

Das Mädchen sagt: »Ich will nicht.«

»Du musst.«

»Das heilt von selbst.«

»Manche Wunden vielleicht schon, aber diese nicht. Gib mir die Hand.«

»Ich verspreche, dass es von selbst heilt«, sagt sie. »Ich *weiß* es.«

»Cayenne«, sagt er.

»Ich versprech's, ich versprech's, ich versprech's«, sagt sie.

»Ich warne dich, Mädchen.«

Turtle denkt: Ich warne dich, Mädchen. Sie beißt sich auf die Lippe. Der Satz wandert durch sie hindurch und erfüllt ihr Inneres mit angenehmer Qual.

»Cayenne«, sagt Martin.

»Nein, ich mach's nicht«, sagt sie. »Das darfst du nicht. Du *darfst* nicht. Nein! Nein! Nein!«

»Ich zähle jetzt bis drei«, sagt Martin.

»Ich mach's nicht«, sagt Cayenne. Sie weint. »Ich habe Angst. Ich habe Angst, Marty.«

»Eins.«

Ihre Augen sind zusammengepresst. Ihr Gesicht ist rot. Sie schluchzt und schüttelt den Kopf. »Du machst mir Angst«, sagt sie. »Du machst mir *Angst*.«

Eines Tages wird Turtle erklären müssen, wie sie das zulassen konnte.

»Zwei«, sagt Martin.

Cayenne und Martin zögern. Cayennes Blick ist schreckerfüllt. Sie scheint selbst nicht zu wissen, was sie tun wird. Martin ist unerbittlich. Es ist, als wollte keiner von beiden herausfinden, was bei drei passiert.

»Drei«, sagt Martin, und Cayenne wirft ihren Kopf nach vorn. Martin packt sie am Handgelenk und steckt die Subkutanspritze in die Schwimmhaut zwischen Zeige- und Mittelfinger. Cayenne schreit auf, und Turtle sieht, wie sich seine Hand schmerzhaft um das Handgelenk des Mädchens schließt, als er den Kolben herunterdrückt. Er zieht die Nadel heraus, steckt sie in die andere Seite des Knöchels und drückt den Kolben bis zum Anschlag durch.

»So«, sagt er, »das war doch halb so schlimm.«

Cayenne hat Tränen in den Augen. Sie beißt die Zähne aufeinander.

»Reiß dich zusammen«, sagt er. »Schau dich an. Du bist nicht wie Krümel.«

»Nicht wie Krümel?«, sagt Cayenne. Sie versteht nicht.

»Der Teufel hat ihre Seele geholt«, sagt Martin. »Und hat sie innen hohl zurückgelassen.«

»Halt den Mund«, sagt Turtle. »Du machst sie nur wirr.«

»Ich bin nicht wirr«, sagt Cayenne, und dann schaut sie Turtle an, um zu sehen, ob sie wirklich innen hohl ist. Martin beginnt, den Mullverband abzuschneiden. Darunter kommt der zerfetzte Stumpf des Fingers zum Vorschein, dessen Kuppe direkt unter dem Nagelbett abgetrennt wurde. Das Fleisch ist rosa und von schwarzrotem Schorf umrandet. Er beginnt, den Finger zu waschen, und Cayenne murrt und jammert und versucht, die Hand wegzuziehen, aber Martin zieht sie wieder an sich. Als er den Finger gewaschen hat, zieht er das Zopfgummi aus Cayennes Haaren und wickelt es als Venenstauer um die Wurzel des Fingers, indem er es in Schlaufen um ein Paar Gefäßklemmen legt, bis der Finger weiß zu werden beginnt.

»Das tut *weh*, Marty«, sagt sie.

»Das schnürt das Blut ab. Du willst doch, dass ich sehe, was ich mache, oder? Also.«

»Marty, es tut *weh*.«

»Und«, sagt Martin, »wie läuft's bei dir, Krümel?«

Turtle studiert seinen Gesichtsausdruck, unfähig zu antworten.

»Aber die Stromrechnung zu bezahlen hast du nicht auf die Reihe bekommen, oder?«

»Die Hauptsicherung ist rausgedreht. Es hat irgendwo einen Kurzschluss gegeben.«

»Aha. Ich repariere es.«

Cayennes Finger wird durch den Venenstauer wächsern und blutleer. »Also gut«, sagt er. »Drück ihre Hand runter.« Turtle drückt die Hand des Mädchens auf ein Handtuch.

»Ich habe Angst«, sagt Cayenne. »Ihr macht mir Angst.«

»Ein Indianer kennt keinen Schmerz«, sagt Martin.

»Was?«, sagt Cayenne verwirrt. »Was?«

»Was ist los mit dir?«, sagt Turtle und presst das Handgelenk des Mädchens auf den Boden.

Martin beginnt, die Reste des Fingernagels abzuschneiden, und Cayenne öffnet den Mund und schreit. Der Schrei ist unerträglich grell und hört nicht auf. Ihr Körper versteift sich, und sie wirft sich gegen Turtle, und obgleich Turtle viel größer ist, kann sie sie nicht halten. »Sei still«, sagt Martin. »Krümel, sorg dafür, dass sie still ist! Um Gottes willen, Cayenne, halt deine verdammte Schnauze.« Cayenne verstummt und schnappt nach Luft. Ihre Hand krümmt und windet sich. Turtle kann sie nicht fixieren. »Du spürst das doch gar nicht«, sagt Martin. »Mach deine verdammten Augen zu. Du spürst gar nichts.«

»Doch, ich spüre es.«

»Hör zu …«, sagt Martin und verstummt. »Hör zu«, sagt er, »ich weiß, dass du Angst hast, Süße. Ich weiß es. Und ich weiß, dass das wohl ganz, ganz schlimm aussieht. Aber wir müssen das machen. Hörst du mich?«

Das Mädchen schaut zu ihm auf.

»Hörst du mich, Cayenne?«

»Ja.«

»Wir müssen das machen, und du wirst mithelfen. Denn wenn wir das nicht hinkriegen, muss ich mit dir zu der Tankstelle fahren, wo ich dich gefunden habe, und dich wieder abgeben.«

»Nein«, sagt Cayenne.

»Tja, dann musst du jetzt ganz tapfer sein. In Ordnung?«

Cayenne kneift die Augen zu. Ihr kleines Gesicht zieht sich konzentriert zusammen. Sie rümpft die Nase. Er stößt das Skalpell in ihr Fleisch und schneidet von der rechten Seite des Fingers herauf zur Spitze und auf der linken Seite wieder hinunter. Cayenne wehrt sich schwächlich. Turtle hält die Hand des Mädchens auf dem Handtuch fest.

Martin schiebt das Skalpell unter den Hautlappen. Durch den Venenstauer ist die Blutung schwach, so wie der Milchsaft, der aus einer abgebrochenen Seidenpflanze rinnt. »Das«, sagt Martin und neigt das Skalpell, um den Blick auf einen von dünnem Blut glitschigen Halbmond aus flachem, rosigem Gewebe freizugeben, »ist die Nagelwurzel, Krümel. Es ist die germinale Matrix, die den Nagel hervorbringt.« Er schneidet sie ab.

Cayenne bäumt sich auf. »Nein nein nein nein nein«, sagt sie. Ihre Worte sind von abgehacktem, schluchzendem Japsen unterbrochen. Rotz läuft ihr aus der Nase. Haare kleben ihr im Gesicht. Ihre Augen sind zusammengekniffen. Der Finger des Mädchens ist so klein, dass winzige, filigrane Bewegungen erforderlich sind. Er schiebt das Skalpell in die blutige, gelbe Masse, bahnt sich sorgfältig einen Weg um ein von Blut überspültes Objekt herum.

»Ruhig«, sagt Martin. »Ruhig, Mädchen.«

»Stopp! Stopp! Ich spüre es«, schreit Cayenne.

»Halt den Mund.«

»Vielleicht sollten wir noch warten«, sagt Turtle.

»Sie ist hysterisch. Sie spürt überhaupt nichts.«

»Trotzdem«, sagt Turtle. »Vielleicht Ketamin.«

»Tja, jetzt haben wir angefangen«, sagt Martin. Er legt einen Knochen frei, klein wie ein Stück einer Bleistiftmine. Cayennes Augen sind geschlossen, und Adern treten auf ihrer Stirn hervor. Ihr keuchender Atem geht rasch und flach. Turtle kann den Knochen des nächsten Fingerglieds darunter erkennen. Martin löst die obere Hälfte der Haut ab, um ihn freizulegen. »Knips den ab«, sagt er.

»Das ist nicht dein Ernst«, sagt Turtle.

Cayenne wimmert.

»Knips ihn ab«, sagt Martin. »Knips das Ding ab.«

Turtle betrachtet den winzigen, gelblich-weißen Höcker. »Knips ihn ab, Krümel«, sagt Martin.

»Ich kann nicht«, sagt sie.

»Knips ihn ab«, sagt er. »Schau sie nicht an. Ich habe dir gesagt, sie spürt nichts.«

Turtle nimmt den Seitenschneider, öffnet die angeschrägten Schneiden und schließt sie über dem Ende des Knochens. Sie hebt sie an und lässt das abgetrennte Knochenstück auf das Handtuch fallen. Dann hört Turtle Autoreifen die geschotterte Auffahrt heraufrollen.

»Verfickte Scheiße, nicht jetzt«, sagt Martin. »Wer zur Hölle ist das?«

»Weiß ich nicht«, sagt Turtle. »Woher soll ich das wissen?«

»Na, wer kommt denn sonst so vorbei?«

»Niemand«, lügt Turtle.

»Verarsch mich nicht, Krümel, wer kommt hierher? Ach«, sagt er, »sag bloß, das ist dein kleiner Freund. Na, lass ihn bloß mal hier reinkommen. Lass ihn mal reinkommen und das hier sehen, und dann werde ich mit ihm ein Gespräch führen, dass er nie vergessen wird.«

Turtle steht auf und geht zur Glastür. Sie sieht Jacobs 4Runner die Einfahrt heraufkommen. Martin zupft an Cayennes Fleisch und stutzt es mit einer Schere zurück. »Scheiße«, sagt Turtle. Sie hört die Musik, die aus seinen Lautsprechern dröhnt, »Psychotic Girl« von The Black Keys. Sie hört, wie er draußen parkt, und das Ratschen der Handbremse. Sie fühlt sich wie gelähmt. Alles, was sie denken kann, ist: Nicht so. Nicht jetzt und nicht so. Sie stößt die Schiebetür auf, tritt auf die Veranda und zieht die Tür fest hinter sich zu. Jacob hat auf dem Schotterplatz neben Martins Truck geparkt. Martin und Cayenne kann er aus diesem Winkel nicht sehen, aber wenn er auf die Veranda kommt, sieht er sie. Jacob stellt den Motor ab, die Musik verstummt, und er geht vorn um den SUV herum und lehnt sich an die Motorhaube. Turtle verlässt die Veranda und tritt auf die Einfahrt hinaus. Sie fühlt sich wie ausgehöhlt.

»Na«, sagt er.

»Na«, sagt sie.

»Ich habe dich heute bei der Einschreibung vermisst.«

»Was?«

»Die Einschreibung an der Highschool. Sie ist heute. Alle tragen sich für die Veranstaltungen ein, und die Lehrer und Oberstufenschüler heißen die Neuen an der Schule willkommen. Es werden Kennenlernspiele gespielt. Es ist ein Überbleibsel aus unserer Hippie-Vergangenheit. Nichts Weltbewegendes, aber ich dachte, du kommst. Ich nehme mal an, da gibt es einen Zusammenhang.« Er deutet auf Martins Truck.

Sie starrt ihn an.

»Ich bin nicht der Einzige, der dich vermisst hat«, sagt er.

Sie steht schweigend da. Er sieht wie ein Pappaufsteller von sich selbst aus.

»Das wird nicht funktionieren«, sagt er.

Sie hat keine Ahnung, wovon er redet.

Er breitet die Arme aus, wie um die Blödsinnigkeit von etwas zu umspannen, wie um sie zur Vernunft zu bringen. »Hast du nicht daran gedacht, wie sehr sich Caroline darauf freut, dich bei der Einschreibung zu sehen? Sie ist seit Wochen aus dem Häuschen deswegen. Sie will, dass Brett und du euch für dieselben Wahlkurse einschreibt. Sie glaubt, Werken könnte dir Spaß machen. Und jetzt wechselst du auf irgend so eine Schule in Malta, Idaho? Idaho? Was zur Hölle, Turtle?«

Turtle geht auf ihn zu. Er ist wie ein Fragment eines Lebens, das sie vor langer Zeit hat aufgeben müssen, seine reine Präsenz fremd und unangemessen.

»Ich meine«, sagt Jacob, »komm schon. Auf einmal ist es so … Brandon, Isobel, Caroline meinten nur so: ›Wo ist Turtle?‹, und ich meinte nur: ›Keine Ahnung.‹ Was …« Er breitet wieder die Arme aus. »Was geht ab?«

»Jacob, du darfst nicht mehr herkommen.«

»Was?«

»Geh, Jacob. Du musst gehen, und du darfst nicht mehr wiederkommen. Ich muss mich hier um ein paar Sachen kümmern. Du kannst mir nicht helfen, und ich will auch nicht, dass du mir hilfst. Wenn du mich liebst und mir vertraust, dann gehst du.«

Er gestikuliert, scheint nicht zu wissen, wie er darauf antworten soll. »Was? Wovon redest du?«

»Jacob«, sagt sie.

»Was?«

»Ich will, dass du gehst.«

»Das reicht mir nicht.« Er macht wieder eine Handbewegung in Richtung von Martins Truck. »Ich meine – willst du wirklich nach Idaho gehen? Wechselst du wirklich dahin? Zwingt dich dein Vater zu dem Umzug? Oder hat er bloß den Schulwechsel beantragt und gehofft, dass die Unterlagen verlorengehen und es keiner merkt? Denn das wird nicht funktionieren. Und weißt du, warum nicht? Weil es Menschen gibt, denen du nicht egal bist, Turtle.«

»Jacob, ich habe es dir gesagt. Ich muss mich hier um ein paar Sachen kümmern.«

»Ich meine, was ist denn dein Plan?«

»Du hörst mir nicht zu.«

»Komm schon«, sagt Jacob. »Das ist doch bescheuert. Ich meine, steig doch einfach mit mir ins Auto und lass dich einschreiben. Wir wissen schließlich beide, dass du nicht aus Mendocino weggehst.«

»Jacob, du musst gehen.«

»Nein.«

»Jacob«, sagt sie. »Hör mir zu.«

»Nein, Turtle. Die Sache ist ganz einfach! Ich meine ... das ist doch bescheuert! Lass uns gehen und –«

»Du verwöhnter Wichser«, sagt sie. Sie packt sein T-Shirt und zieht ihn an sich heran. »Ich weiß nicht, wovon zur Hölle du redest, aber es ist nicht einfach. Es ist überhaupt nicht einfach, und du haust besser auf der Stelle ab. Hörst du mir zu? Tu nicht so, als wüsstest du alles, wenn du in Wirklichkeit *gar nichts* weißt. Und sag mir nicht, was ich zu tun habe. Und jetzt verschwinde gefälligst von meinem Grundstück.« Sie schubst ihn gegen den SUV und sagt: »Kehr in dein armseliges, blutleeres kleines Leben zurück. Ich werde meins hier weiterleben. Und sag mir nie, was ich tun soll, nicht so, nie wieder.«

»Okay«, sagt er. »Okay, ich gehe. Aber wenn du glaubst, ich würde nicht wiederkommen –«

Sie spuckt in den Schotter zwischen ihnen. Er steigt langsam in den Wagen, startet den Motor, sieht sie durch die Windschutzscheibe an. Er wendet und braust die Einfahrt hinunter. Sie bleibt noch ein wenig stehen. Du opferst immer mehr. Du opferst einfach immer so weiter. Was du willst, denkt sie, ist, keine Wahl mehr zu haben. Aber, denkt sie, er hat recht. Er hat recht, was dich angeht, und darum kannst du ihn nie wiedersehen. Er hat recht, was Martin angeht, und wenn du ihn wegen Cayenne fragen könntest, würde er wissen, was zu tun ist. Scheiße, denkt sie. Er hat recht? Du meinst, er hat recht? Er weiß nichts davon. Ich bin alles, was Martin hat, und ich kann ihn damit nicht alleinlassen. Ich kann es nicht. Sie denkt: Wenn dein Daddy klarsieht, dann will er dir alles geben, und wenn er es nicht tut, wenn er nicht sieht, dass du ein eigener Mensch bist und deine eigene Persönlichkeit hast, dann will er, dass du mit ihm untergehst. Wie sollte Jacob irgendetwas davon wissen, wie sollte Jacob recht haben, was Martin angeht? Martin hat mehr Schmerz, mehr Mut in sich, als Jacob jemals verstehen könnte. Sie schauen dich an und wissen, was du tun musst. Geh, sagt er. Lauf weg. Aber sie betrachten es nicht von deinem Standpunkt aus. Sie wissen nicht, wen du zurücklassen würdest und was dir das alles bedeutet hat. Sie können es nicht wissen. Sie haben nur ihre eigene Sichtweise. Und Jacob hat nur insoweit recht, als er sagt, was jeder andere sagen würde, als wäre es so unkompliziert, aber er versteht es nicht. Er missversteht es komplett, er wird es nie verstehen, und diese Welt, denkt Turtle, war nicht so gut zu dir, dass du ihr irgendetwas schuldig wärst. Auch wenn alle irgendetwas glauben, auch wenn alle außer dir es glauben, heißt das nicht, dass du dich irrst.

Drinnen beugt sich Martin umständlich über Cayennes gespreizte Hand und vernäht die Wunde. »Gott«, sagt er. »War das dein kleiner Freund? Ich würde ihn zu gern mal treffen, weißt du?« Cayenne lehnt an der Wand, ihr T-Shirt in den Mund gestopft, das Gesicht verkrampft. Ein Auge öffnet sich, rollt in seiner Höhle und richtet sich auf Turtle, die Haut darum schmerzverknittert.

»Halt den Mund«, sagt sie. »Ich weiß, dass du ihn getroffen hast.« Sie sieht, wie sich sein Gesicht verhärtet, und denkt: Wenn du ihm jemals wehtust, schneid ich dich auf wie einen Fisch, zieh dir die Eingeweide mit beiden Händen raus und lass dich so liegen. Martin zieht die Nadel durch den blutigen, sich runzlig zusammenziehenden Rand der Wunde.

Zweiundzwanzig

Turtle liegt in einer Wanne mit kaltem Wasser und schaut zu den Deckenbrettern hinauf. Seit der Amputation ist eine Woche vergangen. Die Schule hat ohne sie angefangen. Sie legt die Hände auf die Ränder der Badewanne, stemmt sich hoch, geht zum Waschbecken, kniet sich davor, durchsucht die Sachen unter dem Waschbecken, bis sie einen Einwegrasierer findet, und steht wieder auf. Ihre Beine sind so gut wie unbehaart, aber sie zieht die Klinge an ihrem Schienbein herauf, und dann hält sie inne, betrachtet die Klinge und denkt: Was machst du da, Turtle, was machst du da, und sie geht zum Waschbecken, nimmt Martins Rasierschaum, sprüht sich etwas davon in die Hand und steht tropfend da, schäumt ihre Schamhaare ein und trennt sie dann sanft von der Haut. Als sie fertig ist, geht sie zur Toilette, setzt sich, wirft den Rasierer auf den Boden und legt den Kopf in die Hände.

Sie kommt aus dem Badezimmer in die Küche. Martin hat die Wand aufgerissen und eine Dämmschicht aus altem Zeitungspapier und geschwärzte Kabel freigelegt. Er sitzt auf einem umgestülpten Zwanzig-Liter-Eimer, reißt die Dielenbretter mit einem Kuhfuß heraus und raucht dabei eine Zigarre. Lange, von Ratten angefressene Kabelstränge liegen neben einem Widerstandsmessgerät auf dem Boden. An seinem Eimer lehnt eine Küchenzange. Die Hintertür wird von einer Kreissäge offen gehalten. Turtle steht in Levi's-501-Jeans und T-Shirt da und reibt sich die Haare mit einem Handtuch trocken. Im Wohnzimmer hat Cayenne die Bandschleifmaschine umgedreht und spitzt damit zu einem ihr allein bekannten Zweck Stöcke an. Sie arbeitet mit einer Hand und drückt die andere, verwundete an sich. Sie scheint völlig in ihrer Beschäftigung aufzugehen. Turtle weiß nicht, was zur Hölle sie da macht.

»Ach, Krümel«, sagt Martin, »heute Abend kommen die Jungs zum Pokern vorbei. Ich glaube, es ist besser, wenn sie nicht mit Cayenne herumhängen. Du solltest vielleicht Grandpas Auto nehmen, mit ihr in die Stadt fahren und ihr für ein paar Stunden Mendocino zeigen. Gegen elf, wenn die Jungs weg sind, könnt ihr zurückkommen.«

»Sie hasst mich«, sagt Turtle.

»Sie hasst dich nicht«, sagt Martin. Er nimmt die Küchenzange, greift damit in die Wand, zieht eine tote Ratte heraus und schleudert sie durch die offene Tür in die Schlucht.

»Sie hasst mich, und zwar zu Recht.«

»Das legt sich schon.«

Turtle sieht Cayenne an, die sie durch den Lärm des Bandschleifgeräts nicht hören kann. Das Mädchen sollte Ohrstöpsel tragen. Im Wohnzimmer sind weitere Bohlen herausgerissen worden. Sie liegen zusammen mit den Haufen aus der Wand gehackter und durch den Kurzschluss geschwärzter und verkohlter Zeitungen neben Cayenne aufgestapelt. Martin war Möbel kaufen. Ein neues Bett für das Schlafzimmer und einen neuen Wohnzimmertisch, der jetzt mit Drahtspulen, Bierflaschen, Zigarren und benutzten Tellern bedeckt ist. Auch ein Stapel Rechnungen und der Brief von der Gemeindeverwaltung liegen darauf. Martin hat ihn nicht beantwortet. Turtle ist sich sicher, dass jemand ihrer Abwesenheit von der Schule nachgehen wird. Martin hat deswegen nichts unternommen. Es scheint ihm egal zu sein. Sie schaut wieder zu ihm. Sie hasst ihn mit einer solchen Intensität, dass es ihr schwerfällt, ihn anzusehen. Er beugt sich zur Wand vor und reißt die Kabel aus ihrer Verankerung.

Turtle verbringt den Tag mit Tontaubenschießen auf der Veranda. Am Abend geht sie mit Grandpas Schlüsseln, der Remington 870 und einem Starthilfegerät durch den Obstgarten. Sie kommt zu der Stelle, an der die verbrannten Überreste des Wohnwagens dem Himbeergestrüpp erliegen. Sie schließt den Truck auf, setzt sich auf die alte PVC-Sitzbank und betrachtet den Wohnwagen durch die gesplitterte Windschutzscheibe. In einem der Getränkehalter steckt ein großer Becher voller Sonnenblumenkerne und in dem anderen eine Flasche Tabasco. Einen Moment lang wird sie überwältigt von den Erinnerungen an Grandpa, an die Cribbage-Spiele, daran, dass er seine Pizzen immer mit Tabasco gewürzt hat. Sie öffnet und schließt die Hände um das Lenkrad, versucht, den Motor anzulassen. Der Motor tuckert eine Zeit lang vor sich hin, dann springt er an, und sie legt den Rückwärtsgang ein, wendet auf dem grasbewachsenen Feld und fährt zum Haus, ohne zurückzuschauen, zwei Finger an ihren Kiefer gelegt, als wäre er wund. Sie kann Auto fahren, aber sie ist noch nie ohne Martin gefahren, und sie lässt den Wagen langsam rollen. Sie parkt neben Daddys Truck, lässt den Motor laufen und geht in das unbeleuchtete Haus. Cayenne liest am Feuer. Sie stupst das Mädchen mit dem Fuß an. »Komm«, sagt sie.

Cayenne blickt nicht auf. Ihr Zeigefinger ist fest mit Verbandsmull umwickelt und mit ihrem Mittelfinger zusammengebunden, damit sie ihn nicht benutzt. Sie liegt auf dem Bauch, auf ihr Buch konzentriert. Sie lässt die Füße in der Luft baumeln und ignoriert Turtle.

Turtle berührt die nackte Schulter des Mädchens mit ihrer Stiefelspitze. Das Mädchen blickt mit steifer, mürrischer Miene zu ihr auf.

»Du kommst mit.«

»Was?«, sagt Cayenne. So antwortet sie immer. Turtle sieht sie an, sagt irgendetwas, und das Mädchen erwidert ihren Blick und fragt: »Was?«

»Scheiße noch mal, steh auf.«

Das Mädchen markiert die Seite mit einem Eselsohr und hievt sich hoch. Sie macht alles mit einer Hand.

»Was liest du denn da?«

»Was?«

»Das ist ein anderes Buch, oder?«

Das Mädchen klappt das Buch zu, betrachtet den Umschlag.

»Hat er dir das gekauft?«

»Na und?«

»Komm«, sagt Turtle und fasst das Mädchen am Oberarm, und Cayenne kommt eher wie eine Puppe als ein Kind hinter ihr her, und sie schubst sie auf den Beifahrersitz des Wagens. Turtle steigt auf der Fahrerseite ein.

»Wo fahren wir hin?«

»Weiß ich nicht«, sagt Turtle, »aber hier können wir nicht bleiben.« Sie will das Mädchen für ihren Hass auf sie bei den Haaren packen und gegen das Fenster schlagen. Sie will in den kleinen Verstand dieser Fotze greifen und diesen Hass ausdrücken, wie man einen Kerzendocht ausdrückt, und sie denkt: Du darfst mich nicht hassen, du darfst nicht denken, was du über mich denkst.

»Alles klar.« Cayenne sagt es mürrisch, so, als würde sie nicht wirklich zustimmen, sagt es voll bitterer, hasserfüllter, passiv-aggressiver Resignation, so wie ihre Mutter oder ihre Tante oder sonst irgendwer jeden neuen Umstand quittiert hat.

»He«, sagt Turtle. »He, benimm dich hier nicht wie eine kleine Fotze.«

Das Mädchen sitzt da und schaut in sein Buch.

»Willst du irgendwas Bestimmtes sehen?«

Cayenne schüttelt den Kopf.

»Dachte ich mir«, sagt Turtle.

Turtle legt einen Gang ein und fährt auf die Straße. Sie biegt nach Norden auf den Küsten-Highway ab, ohne eine genaue Vorstellung davon zu haben, wohin sie fährt. Jacob ist in der vergangenen Woche nicht gekommen. Um nicht nach Norden zu fahren, zu Jacob, biegt sie in östlicher Richtung auf die am Stanford Inn und dem Ravens Restaurant vorbeiführende Comptche Ukiah Road ein. Links von ihnen fallen die Hänge nach Big River hin ab. Das Licht dringt grün-violett durch die Bäume. Turtle weiß noch immer nicht genau, wohin sie fährt. Das Mädchen sitzt schweigend neben ihr. Sie kommen an einigen Warnschildern vorbei und erreichen dann einen langen Straßenabschnitt, dessen linke Fahrspur abgerutscht ist. Zwischen den Bäumen unter ihnen sind verstreute Asphaltplatten zu erkennen. Die Straße verengt sich auf eine Spur, der Turtle langsam folgt, während sie beide den zerklüfteten Rand des Asphalts im Auge behalten. Dann geht es durch den Ort Comptche, eine Handvoll Häuser an der Straße, ein Redwood-Schulgebäude mit ein paar Basketballkörben, ein Gemischtwarenladen und die Kreuzung mit der Flynn Creek Road. Turtle bleibt auf der Comptche-Straße, und sie schlängeln sich die Hügel hinauf, vorbei an Farmen, engere und schwierigere Straßen entlang. Sie fährt langsam. Ihre einzige Möglichkeit, mit diesem Problem umzugehen, besteht darin, sich im Geiste an ihr Ich von vor einigen Jahren zu wenden. Das ist keine gute Idee, aber ihr fällt nichts anderes ein. Sie biegen in einen von tiefen Spurrillen durchzogenen Weg aus mit Eichenblättern bedecktem orangem Lehm ein. Sie folgen ihm vierhundert Meter lang, bis sie an ein gelbes Tor der Forstverwaltung kommen, vor dem Turtle parkt.

Sie steigt aus, bleibt stehen. Sie steckt Grandpas Tabasco ein, überprüft das Magazin der Schrotflinte und schultert sie.

Dann geht sie um den Wagen herum zur Tür des Mädchens, öffnet sie und sagt: »Komm. Wir gehen zu Fuß weiter.«

Cayenne starrt sie an.

»Los, komm«, sagt Turtle.

Das Mädchen rührt sich nicht. Sie verzieht keine Miene.

»Gott«, sagt Turtle. »Gott im Himmel.«

Sie lässt die Tür offen und die Scheinwerfer eingeschaltet und läuft los. Einen Augenblick später springt das Mädchen aus dem Wagen und folgt ihr. Turtle dreht sich um, wartet, und sie gehen gemeinsam weiter. Der Weg ist mit abgestorbenen Ästen übersät. Schösslinge sprießen aus dem Mittelstreifen. Sie kommen an eine breite Haltebucht, an der aufgeschichtetes Altholz und Stapel von Bitumenschindeln unter hoch aufragenden Redwoodbäumen verrotten, und am Ende eines morastigen Hügels über einem Bach ist eine einzelne Hütte auf einer Lichtung zu sehen, deren Dachrinnen mit Flechten behangen sind, die Schindeln mit Moos verfugt und voller Rabenkot, mit einzelnen Stücken nackter, fleckiger Dachpappe dazwischen. Jacob und Brett haben ihr diesen Ort gezeigt. Irgendein von den Eigentümern aufgegebenes Bauprojekt.

»Julia«, sagt Cayenne. »Was machen wir hier?«

»Komm.«

Turtle geht zu einem Holzhaufen – eine Art von Außenverkleidung, die jetzt mit Redwoodnadeln bedeckt ist. Sie hockt sich hin, schiebt die Fingerspitzen unter eines der Holzbretter und hievt es zur Seite. Das Brett darunter ist mit verrottendem, von den Spuren irgendeines Kriechtiers durchzogenem Mull bedeckt. Tausendfüßer suchen schlängelnd Deckung. Cayenne kommt zu ihr, starrt mit mürrischem, unterdrücktem Interesse auf sie herunter. Turtle stemmt das nächste Brett zur Seite, und auch dieses ist leer bis auf einen einzelnen kupfergoldenen Schlangensalamander, zehn Zentimeter lang, mit einer Haut so weich und feucht wie ein Auge und winzigen, geradezu verkümmerten Beinchen. Turtle deutet auf den Salamander, und Cayenne schürzt die Lippen. Turtle hebt auch dieses Brett zur Seite und stellt es behutsam ab. Zwischen diesen Brettern sind Erde, Blätter und weiße Kriechwurzeln eingequetscht, und Turtle will gerade das nächste Brett wegstemmen, als sie den Skorpion sieht: groß, mit gelben gegliederten Beinen, der Körper tief schwarz gefärbt wie alter Schorf. Auf dem Rücken türmen sich winzige Skorpiönchen, jeder so weiß und feucht wie ein Ameisenei, mit den beiden kleinen schwarzen Punkten der Lateralaugen und dem einzelnen kleinen schwarzen Punkt des Medianauges.

Turtle hebt das Tier an seinem stacheligen Schwanz hoch. Sie nimmt ihr Messer vom Gürtel und zieht es wie eine Rasierklinge über den Rücken des Skorpions, schabt die Baby-Skorpione in das Laubstreu. Sie fallen wie Salzkörner auf das Brett und krabbeln in alle Richtungen davon, blendend weiß vor dem mulchigen Hintergrund. Der Skorpion windet sich unter dem Messer, peitscht hin und her, krümmt seinen Rücken und schlägt verzweifelt mit seinen Zangen um sich, sein ockerfarbenes Mundwerkzeug öffnet und schließt sich.

Cayenne schnappt nach Luft. »Pass auf!«, sagt sie.

Turtle hält den Skorpion ins Scheinwerferlicht, das durch die Windungen seiner Eingeweide leuchtet. Cayenne kommt näher heran. Der Skorpion wehrt sich, rudert mit den Beinen durch die Luft, krümmt sich zusammen und fällt wieder zu seiner ganzen Länge herab. Turtle senkt den peitschenden Skorpion in ihren Mund, reißt den Schwanz ab und wirft ihn zwischen die verstreuten, wuselnden Skorpiönchen. Sie kaut, schiebt das peitschende Spinnentier von einer Reihe Mahlzähne zur anderen, knackt das Integument auf. Turtle schluckt.

»O mein Gott!«, sagt Cayenne.

»Willst du mal probieren?«

»O mein Gott!«, sagt Cayenne noch einmal.

»Komm schon.«

»Nein!«

»Probier doch mal.«

»Nein!«, sagt Cayenne.

»Bist du dir sicher?«

»Ich weiß nicht.«

»Sei keine Muschi«, sagt Turtle.

»Okay, okay«, sagt Cayenne. »Vielleicht.«

Der nächste Skorpion ist größer, sein Panzer narbig und rostfarben. Er dreht sich verwirrt nach links und rechts, krümmt dann den Rücken und präsentiert Zangen und Schwanz. Die Giftblase ist eitrig gelb, der Stachel selbst ein dünner schwarzer Haken. Wo die Platten seines rostfarbenen Panzers aneinanderstoßen, ist das Integument mit Chitinwarzen strukturiert.

Turtle nimmt das Tabasco aus ihrer Gesäßtasche und schüttet einen Spritzer auf den Skorpion, der zusammenzuckt. Sie sagt: »Magst du scharfe Soße?«

»Das ist eklig«, sagt Cayenne und schlägt die Knie aneinander, legt die Fingerspitzen aneinander.

»Ja?«, sagt Turtle.

»Ich glaube einfach nicht, dass wir das machen«, sagt Cayenne, aber sie sagt es aufgeregt, geradezu drängend.

»Davon kriegst du Haare auf den Eierstöcken«, sagt Turtle.

Cayenne lacht erstaunt und nervös auf. Dann sagt sie: »Ich mag scharfe Soße.«

»Alles klar«, sagt Turtle. Sie schüttet noch mehr Tabasco auf den Skorpion, der seine Scheren schwenkt, sie öffnet und schließt und sich bereit macht, mit dem Schwanz zuzustechen. Im Scheinwerferlicht sieht das Tabasco sehr hell aus.

»Willst du ihn hochnehmen, oder soll ich?«

»Mach du.«

Turtle packt den Skorpion am Schwanz und schwingt ihn in die Luft. Triefend vor Tabasco, schlägt er mit den Scheren nach ihr, die gegliederten, grillengelben Beine rudern spinnengleich durch die Luft, senken sich eines nach dem anderen in einer reflexartigen Laufbewegung. Mit seinem dringlichen Zucken schleudert er Tabascotropfen von sich. Turtle hält ihn hoch.

Cayenne sagt: »O Gott.«

Turtle sagt: »Du packst das.«

»O Gott.« Sie tänzelt nervös und aufgeregt davon, kommt zurück.

»Mach schon«, sagt Turtle. Der Skorpion hebt die Scheren, versucht sich zusammenzurollen, um Turtles Finger zu erreichen. Seine Augen sitzen als kleine schwarze Punkte auf seiner rostroten Panzerung. Sie schimmern im Scheinwerferlicht.

»Ich kann nicht!«, sagt Cayenne und hüpft auf und ab.

Der Skorpion streckt sich nach Turtle und rollt sich dann zu seiner vollen Länge ab, triefend, mit roten Tröpfchen, die von seinen Zangen rinnen. Cayenne öffnet den Mund, nähert sich dem Skorpion von unten und schließt den Mund um ihn.

»Beiß auf den Schwanz«, sagt Turtle. »Beiß das Ding ab.«

Cayenne beißt die Zähne aufeinander, der Schwanz zwischen Turtles Fingern löst sich ab, und Turtle schnippt ihn in den Mulm. Cayenne zögert, den Mund fest geschlossen.

»Kauen!«, sagt Turtle. »Kauen!«

Cayennes Augen treten hervor. Sie kaut heftig und schluckt. Turtle klopft ihr auf die Schulter. Das Mädchen stützt die Hände auf die Knie, keuchend und verstört.

»Geht's?«, sagt Turtle.

»Gott!«, sagt sie und fasst sich mit den Fingerspitzen der unverletzten Hand ans Herz. »Ich bin so aufgeregt, dass mir das Herz wehtut! Im Ernst!«

Turtle lacht, und dann lacht auch Cayenne.

»Das war so eklig!«

»Nein. Nein. Es war gut.«

»Komm, wir bringen Martin einen mit!«

»Ist gut«, sagt Turtle. Sie stemmen Bretter zur Seite, bis sie einen weiteren Skorpion finden, und diesen trägt Turtle zum Wagen und lässt ihn in den großen Becher fallen. Im Dunkeln fahren sie auf der nun verlassenen Straße zurück, die Scheinwerfer schneiden durch den Wald. Cayenne nuckelt an ihrem Daumen. Sie fahren den Highway 1 entlang und biegen nach Norden ab. Der Buckhorn Hill liegt im Süden. Sie fahren in Richtung Stadt.

»Wo fahren wir hin?«

»Ich muss noch was holen«, sagt Turtle.

»Okay«, sagt Cayenne.

»Ist mir grad eingefallen.«

»Was denn?«, fragt Cayenne.

»Nichts Besonderes«, sagt Turtle.

»Julia, bist du schon mal gestochen worden?«

»Nein.«

»Noch nie?«

»Noch nie.«

»Ah.«

Sie fahren schweigend dahin.

»Julia?«

»Ja?«

»Ach, nichts.«

»Was?«

»Ich bin aber schon mal gebissen worden.«

»Ja?«

»Ja. Es gibt so Viecher, die dich beißen und ihre Eier unter deiner Haut ablegen.«

»Wirklich?« Von so etwas hat Turtle noch nie gehört.

»Ja, und ich hatte einen großen Biss, und mein Stiefvater, ich glaube, er ist eigentlich Mamas Freund, aber für mich ist er so eine Art Stiefvater, der hat so eine Bierflasche genommen und sie auf dem Herd erhitzt, du weißt schon, er hat sie erhitzt, bis sie so *richtig* heiß war und die Luft darin richtig heiß war, und dann hat er sie auf meinen Arm gesetzt, und sie hat sich an meinem Arm festgesaugt, und als sie abgekühlt ist, hat sie die ganzen Spinneneier so rausgesaugt. Wie ein Staubsauger. Und sie waren alle so weiß und klebrig. Er hat sie alle rausgesaugt, und danach war's gut.«

»Gott.«

»Was?«

»Einfach nur … Gott. Würde ich sagen.«

»Ist dir das schon mal passiert, Julia?«

»Nein.«

»Wirklich nicht?«

»Ich hatte noch nicht mal von so was gehört.«

»Das passiert andauernd. Gibt's das hier bei euch nicht?«

»Andauernd?«

»Ja. Dass Leute so Viecher unter der Haut haben? Ja.«

»Funktioniert das überhaupt?« Turtle fällt es schwer, sich den Trick mit der heißen Flasche vorzustellen.

»Ja, das funktioniert. Hattest du so was noch nie?«

»Nein.«

»Die sind … du weißt schon.« Das Mädchen kratzt sich am Arm. »Du weißt schon … unter deiner Haut.«

»Nein«, sagt Turtle, »ich wusste nicht mal, dass es so was gibt.«

»Doch. Und die Leute im Krankenhaus glauben einem nicht mal.«

»Ihr seid ins Krankenhaus gefahren?«

»Ja. Ja, klar, andauernd. Wenn man keinen Arzt bezahlen kann, kann man nicht einfach in die Notaufnahme fahren.

Die müssen einen abholen. Das ist ein Gesetz. Hat mein Stiefvater gesagt. Wenn man selbst hinfährt, guckt sich's der Arzt nicht mal an. Die tun einfach so, als wäre nichts passiert. Sie machen keinen CT-Scan und nichts.«

»Hm.«

Sie fahren durch Mendocino und nach Fort Bragg hinauf, wo Turtle den Highway verlässt und auf den Parkplatz der Rite-Aid-Drogerie fährt. Sie lässt Cayenne im Auto sitzen und geht durch die automatische Schiebetür. Es sind keine anderen Kunden im Laden. Die Beleuchtung ist trostlos grell, und am Tresen steht eine einsame Kassiererin. Turtle geht nach hinten in den abgetrennten Apothekenbereich. Sie geht durch die Gänge, bis sie die Schwangerschaftstests gefunden hat. Sie kniet sich davor, nimmt eine rosa Schachtel und geht rasch zurück nach vorn, wo sie bar zahlt, die Scheine mit zittrigen Händen auseinanderpflückend. Die Kassiererin ist eine alte Frau mit rötlichen, gelockten Haaren, und sie sieht Turtle nicht an, sagt aber: »Ist alles gut, Süße?«

Turtle nimmt die Schachtel und steckt sie ein. Sie sagt: »Ja, alles in Ordnung.«

Die Kassiererin sagt: »Bist du sicher, Süße? Brauchst du irgendetwas?«

Turtle dreht sich um und will gehen, und die Frau sagt: »Hast du heute Nacht einen Platz zum Schlafen?«

Turtle dreht sich wieder um. Sie sagt: »Ich komme zurecht. Ja, ich weiß, wo ich schlafen kann.«

Die Frau blickt weiter nach unten, ohne Turtle direkt anzusehen. Sie sagt: »In Ordnung, Süße. Pass auf dich auf. Ich wünsche dir einen schönen Abend.«

Turtle dreht sich um und geht zum Wagen.

Als sie einsteigt, sagt Cayenne: »Was war los?«

»Nichts.«

»Was hast du gekauft?«

»Ich habe nichts gekauft.«

»Ah.«

»Cayenne – wie lange bist du schon bei Martin?«

Cayenne kaut auf ihrer Lippe herum. Sie ist so klein. Ihre Füße reichen nicht bis zum Boden. Sie lässt sie ein wenig baumeln. Sie ist flachbrüstig und scheint nur aus Ellbogen zu bestehen. Einen Moment lang sieht Turtle sie an und denkt: Ich könnte sie bei Anna absetzen. Annas Adresse aus irgendeinem Telefonbuch heraussuchen und sie einfach dort absetzen. Und Martin sagen, dass sie weggerannt ist.

»Wie lange, Cayenne?«

»Ein bisschen mehr als zwei Wochen oder so.«

Turtle knackt mit den Knöcheln.

»Was ist, Julie?«

»Nichts, ich verliere nur meinen Scheißverstand.«

Turtle schaut auf den Parkplatz hinaus.

»Was?«

»Wie war es mit ihm?«

»Gut«, sagt Cayenne.

»Was heißt das?«

»Richtig, richtig gut«, sagt Cayenne.

»Gut?«

»Ja.«

»Es war gut?«

»Wieso denn, Julie?«

»Musst du, ich weiß nicht, zum Arzt oder so?«

»Wegen meinem Finger? Es tut noch weh, aber nicht mehr so wie am Anfang, Julie.«

»Woher kommst du, Cayenne?«

»Aus Washington. Dem Osten von Washington.«

»Ich weiß, aber was ist passiert?«

Cayenne schiebt den Daumen in den Mund und wendet sich ab, um ihr dunkles Spiegelbild im Fenster zu betrachten.

Turtle sitzt verlegen neben ihr. Sie lässt den Motor an, wendet auf dem leeren Parkplatz und fährt auf die Straße. Sie fährt langsam und wartet darauf, dass Cayenne noch etwas sagt, aber sie tut es nicht. Es herrscht Stille, nur unterbrochen von dem Skorpion, der gegen die Seitenwände des Bechers stößt, und Turtle muss an ihren Großvater denken und daran, wie sie mit der Krabbe nach Hause gefahren sind, die immer wieder gegen die Wände ihres Eimers schlug. Sie denkt: Ich wünschte so sehr, er wäre hier; er wüsste, was zu tun ist. Aber, denkt Turtle dann, vielleicht auch nicht, vielleicht wäre er immer noch genauso nutzlos. Es gibt so vieles in ihrem Leben, das sie nicht versteht. Sie weiß, was passiert ist, aber sie weiß nicht, warum es passiert ist und was es bedeutet hat.

Sie fahren wieder auf den Highway. Sie ist sich sicher, dass er Cayenne nicht angerührt hat. Aber Gott, denkt sie, das Problem ist doch, dass du meinst, du wüsstest es, wenn es so wäre. Grandpa konnte es nicht wissen, und du wüsstest es vielleicht auch nicht. Vielleicht fickt er sie ständig, und du merkst es nicht, so wie es bei dir auch keiner gemerkt hat. Sie frisst ihm aus der gottverdammten Hand. Tja, denkt Turtle. Er kann ziemlich überzeugend sein. Und was, wenn sich da, wo sie herkommt, keiner um sie gekümmert hat, und auf einmal war Martin da. Was würdest du tun, wenn es so jemanden vorher nie gegeben hätte? Wenn du ein Kind wärst. Du würdest einiges tun, denkt sie. Du würdest einiges über dich ergehen lassen. Nur um diese Aufmerksamkeit zu bekommen. Nur um diesem großen, gewaltigen, manchmal großzügigen, manchmal furchteinflößenden Geist nahe zu sein. Turtle schaut auf die dunkle Straße. Es sind keine anderen Autos unterwegs. Wer auch immer dieses Mädchen ist, Turtle kann ihr nicht helfen. Turtle hat ihre eigenen Probleme.

Dreiundzwanzig

Zwischen den Fahrspuren hin und her schlingernd, fahren sie die Einfahrt hinauf. Es ist spät, aber Jim Macklemores SUV und Wallace McPhersons Käfer stehen noch neben Martins Wagen. Turtle parkt im Gras, und während Cayenne und sie aussteigen, greift Turtle noch in den Becher und holt den Skorpion heraus. Die Schrotflinte über die Schulter geworfen und den Skorpion am Schwanz haltend, geht sie zum Haus. Das Mädchen folgt ihr mit dem Buch in der Hand. Der Strom geht wieder, aber das Haus ist finster. Die Männer spielen im Schein einer einzigen Lampe Karten.

Sie gehen auf die Veranda und durch die Schiebetür. Cayenne stürmt hinein und rennt zu den Männern, die um den neuen Wohnzimmertisch herumsitzen.

»Martin!«, sagt Cayenne. »Ich habe einen Skorpion gegessen!«

Martin verzieht spöttisch das Gesicht, ohne aufzuschauen.

Jim Macklemore dreht sich um, dick und blond, das dünner werdende Haar über dem geröteten Gesicht zurückgebunden, das Hawaii-Hemd aufgeknöpft, sodass seine speckig glänzende Brust mit der dichten blonden Brustbehaarung und ein kleines silbernes Kreuz zum Vorschein kommen. Er trägt zwei kleine, mit Saphiren verzierte Ohrstecker. Wallace McPherson sitzt ihm gegenüber, bekleidet mit einem weißen Anzughemd, einer schwarzen Seidenweste und Manschettenknöpfen in der Form von X-Wing-Raumjägern, einen Filzhut neben sich auf dem Tisch, die Arme bis zum Handgelenk tätowiert.

»Wir haben einen Skorpion gegessen!«, beharrt Cayenne.

Martin sagt: »Jetzt nicht, Cayenne. Geh in Krümels Zimmer.«

»Julia, du bist aber *groß* geworden«, sagt Jim und streckt lächelnd die Hand aus.

Turtle schiebt sich an ihm vorbei und lässt den Skorpion auf den Pokertisch fallen. Er landet auf einem Haufen 25-Cent-Münzen, den Schwanz erhoben, die Zangen reflexartig durch die Luft rudernd.

»Ach du Scheiße«, sagt Wallace, »ach du Scheiße.«

Martin steckt sich eine Zigarette an.

»Da ist ein Skorpion«, sagt Wallace, »auf dem Tisch.«

»Ich hab's gemacht«, beharrt Cayenne. »Ich habe einen Skorpion gegessen.«

»Nee«, sagt Martin geduldig, nimmt die Zigarette aus dem Mund und beugt sich vor, um das Tier in Augenschein zu nehmen.

»Hat sie wirklich«, sagt Turtle, »und den hier haben wir mitgenommen. Wir dachten, du hättest vielleicht Hunger.«

Martins Gesicht bleibt ruhig, aber er hält den Rauch in der Lunge und stößt ihn dann ruckartig aus.

»Probier doch mal, Marty«, sagt Cayenne.

Wallace sagt: »Du isst den nicht ernsthaft, oder?«

Jim Macklemore legt Turtle die Hand auf die Schulter und sagt: »Was lernt ihr denn gerade in der Schule? Ich persönlich war ja immer an Politik interessiert.«

Turtle duckt sich unter seiner Hand hindurch und fragt Martin: »Isst du ihn oder nicht?«

Martin hält seine brennende Zigarette senkrecht. Die Glut ist im Dunkel gerade eben zu erkennen; darüber der Turm aus Asche. Er dreht sie langsam, betrachtet sie von allen Seiten. Er sagt: »Ich soll diesen Skorpion essen?«

»Probier mal!«, sagt Cayenne.

Turtle merkt, dass das Mädchen das mit ihm teilen will. Es soll etwas sein, das sie alle drei getan haben. Aber Turtle will nicht, dass er es tut. Sie will Cayenne etwas Wichtiges demonstrieren, etwas über ihr eigenes und über Martins Wesen, denn Martin, so glaubt Turtle, hat Angst.

Martin sagt: »Ihr habt keinen Skorpion gegessen.«

»Warum sollten wir uns so einen Scheiß ausdenken?«, fragt Turtle.

Martin zieht an der Zigarette und blickt sie durch den Rauch mit zusammengekniffenen Augen an.

»Es hat scheißlecker geschmeckt«, sagt Turtle.

»Du willst nicht *ernsthaft* den Skorpion essen«, sagt Wallace. »Das wäre verrückt. Den Skorpion zu essen. Das kann nicht gesund sein. Sind die nicht voller Gift?«

»Nein«, sagt Turtle. »Nein, das ist kein Problem.«

»Los, Marty!«, sagt Cayenne.

»Ja«, sagt Turtle, »los, Marty.«

»Wenn ich das kann, kannst du es auch«, sagt Cayenne.

»Da ist was dran«, sagt Jim.

»Sei kein Luder, Marty«, sagt Turtle.

Martin kaut auf seiner Lippe. Schließlich sagt er: Ihr wollt wirklich, dass ich diesen Skorpion esse, hm?«

»Ja, Marty«, sagt Cayenne. »Julia hat auch einen gegessen.«

»Wir müssen das alle machen, hm?«

»Ja!«, sagt Cayenne.

»Okay«, sagt er. Er beugt sich vor, reibt die Hände bedachtsam aneinander. Der Skorpion hockt auf dem Münzhaufen, den Schwanz aufgestellt, die Scheren ausgebreitet.

Martin öffnet Daumen und Zeigefinger, streckt die Hand aus, zieht sie wieder zurück. Er reibt Daumen und Zeigefinger aneinander, wie um sich auf die Oberflächenstruktur des Tiers einzustellen.

»Einfach so«, sagt Turtle. »Einfach so.« Sie zeigt, wie man den Skorpion am Schwanz hochhebt. »Na los«, sagt sie.

Martin streckt wieder die Hand aus. Wallace, der eine Zigarre raucht, beugt sich vor, um besser sehen zu können. Er hält seine Karten noch in der Hand und schüttelt verwundert den Kopf. Martin spreizt Daumen und Zeigefinger, hält direkt über dem Skorpion, der den Schwanz hebt und die geöffneten Scheren ausbreitet, zögernd inne. Sein Mienenspiel jagt zu schnell über sein Gesicht, um es deuten zu können.

»Ihr habt keinen Skorpion gegessen«, sagt er. Er zieht sein Gürtelmesser und stößt die Spitze in den Skorpion. Das Tier windet sich, krümmt gequält den Rücken, stößt den Schwanz gegen den Messerrücken. Es hat die Zangen ausgestreckt, öffnet sie mit sichtlicher, schmerzhafter Anstrengung. Martin hebt das Messer mit dem auf der Spitze aufgespießten Skorpion, und dann streckt er den Arm aus, legt das Messer auf den Boden, streift den verdrehten, angespannten Körper des Skorpions mit seiner Ferse von der Klinge und zerquetscht ihn unter seinem Stiefel. Er wischt das Klingenblatt an der Tischkante ab und wirft das Messer zwischen die Münzen, Karten und Bierdosen.

Cayenne maunzt überrascht auf und hält sich die Hand vor den Mund. Turtle zieht sich einen Stuhl heran und setzt sich. Martin betrachtet sie. In seinem trockenen, leicht begütigenden, nachsichtigen *Jetzt-aber-mal-im-Ernst*-Tonfall sagt er: »Kommt schon, ihr habt keinen Skorpion gegessen.«

Turtle sieht ihn ausdruckslos an.

Jim und Wallace tauschen auf ihren Plätzen Blicke aus.

»Doch, haben wir«, sagt Cayenne. »Das habe ich dir doch gesagt.«

Martin lacht, sein Gelächter spitzt sich beinahe zu einem Kichern zu, und er sammelt die Karten ein und beginnt, sie zu mischen. »Ah, verstehe«, sagt er und lacht wieder. »Das ist so ein krankes Gemeinschaftsritual, und jetzt hab ich's versaut. Tja. Tja. Ihr Fotzen. Mein Gott. Ständig macht ihr Ärger wegen irgendeinem *Scheißdreck*. Nie seid ihr mit irgendwas zufrieden.« Er spricht in gekränktem Tonfall, klopft mit den Karten fest auf die Tischkante, teilt dann den Kartensatz, macht eine Bridge, klopft die Karten wieder auf die Tischkante, teilt sie noch einmal und macht wieder eine Bridge. Alle anderen sitzen schweigend da. Er sagt: »Am *Arsch*. Am *Arsch* lasse ich mich zwingen, so ein *Scheißviech* zu essen. Am *Arsch*. Läuft es nicht immer so? Gott, ihr Luder. Ihr seid alle gleich mit eurer verbitterten weiblichen Art zu denken.«

Martin gibt die Karten aus, und das Spiel kommt wieder in Gang, das schöne handgemachte Daniel-Winkler-Messer auf dem Tisch, noch mit Stücken des Panzers und verschmierten Eingeweiden an der Klinge. Nach dieser Partie, bei der die Mädchen mit am Tisch sitzen, wird das Spiel beendet. Als die Männer ihre Sachen packen, fasst Turtle Wallace am Arm und sagt: »Ich bringe Sie nach draußen.« Wallace nickt, schließt den Deckel seines Joghurtglases voller Kleingeld und geht dann an Turtles Seite zur Tür. Cayenne setzt sich auf den Küchentresen, hält ihre verletzte Hand und sieht den aufbrechenden Pokerspielern zu.

Turtle geht mit Wallace zu seinem Käfer. Sie weiß, dass Wallace einen Abschluss in Philosophie von einem College irgendwo im Norden hat; sie weiß nicht viel darüber, aber sie weiß, dass er anders ist als die anderen, zehn Jahre jünger, Jacob in seinem Weltbild ähnlicher als Martin. Wallace öffnet die Autotür und bleibt stehen. Turtle sagt: »Wallace, ich glaube, Cayenne ist nicht freiwillig hier. Ich glaube, sie sollte nicht da sein. Ich glaube, sie ist hier nicht sicher.«

Wallace lacht überrascht auf. »Du meinst, sie ist gekidnappt worden?« Er lacht noch einmal. »Julia! Hör mal. Wenn sie gekidnappt worden wäre, würde sie dann nicht sagen: ›Rettet mich! Rettet mich!‹? Ich meine … *komm schon.* Es geht ihr doch offensichtlich gut.« Er sieht sie mit zusammengekniffenen Augen an und blickt dann zu Martin hinüber, der Jim lachend beim Einsteigen hilft, freudig auf das Wagendach haut und sagt: »Schlampen! Oder? Bei denen weißt du verdammt noch mal nie!«

Turtle beugt sich zu ihm vor. Sie sagt: »Sie können es doch jemandem sagen, oder?«

Wallace sagt: »Ach, komm schon, Julia. Das geht mich nicht wirklich was an. Wahrscheinlich passt er nur auf sie auf, weil ihre Eltern drogenabhängig sind, oder irgend so ein Scheiß. Er ist ein guter Kerl. Klar, er ist da drin ein bisschen ausgetickt, aber er ist in Ordnung. Außerdem geht es mich nichts an, oder, Süße? Und wem sollte ich es denn sagen? Dem Jugendamt? Komm schon. Hier ist sie besser dran. Ich *kenne* Martin. Er ist ein komischer Typ, aber er würde nie jemandem *wehtun.* Aus dir ist doch auch was geworden, oder? Du bist eine starke junge Frau geworden.«

»Sagen Sie es irgendjemandem, der Polizei, irgendwem, mir ganz egal.«

Wallace lacht und hebt die Hände. »Ja«, sagt er. »Ja, ist klar!«

»Bitte.«

»Klar. Ich rufe die Polizei! Und dann klingelt es mitten in der Nacht, und er steht mit einem M16 vor der Tür, oder?« Die Vorstellung bringt Wallace wieder zum Lachen. Er wird dir nicht glauben, denkt Turtle. Wird er nicht. Er will dir nicht glauben. »Und vielleicht einer Flasche Jim Beam? Nein«, sagt er, noch immer glucksend. »Nein, Julia. Niemand ist *gefangen.*«

Er zieht die Autotür zu und sieht sie durchs Fenster an, und Julia legt eine Hand an die Scheibe. Sie will ihn anbrüllen. Sie will schreien. Sie bleibt im hohen Gras stehen, als Wallace zurücksetzt, den Vorwärtsgang einlegt und die Straße hinunterfährt.

Turtle geht zurück ins Haus und hinauf in ihr Zimmer. Dort stellt sie sich ans Fenster, wo das Mondlicht um sie herum schräg in den Raum fällt, und wendet die rosa Schachtel in ihren Händen. SCHWANGERSCHAFTSFRÜHTEST steht darauf. *Der einzige Test, der ihnen schon 6 TAGE vor Ausbleiben der Regel Klarheit verschafft.* Sie dreht den Rücken zum Fenster, setzt sich aufs Fensterbrett und kaut auf ihrer Lippe. Sie denkt: Könnte Grandpa es gemerkt haben, und könnte er einfach die Augen davor verschlossen haben, und wie konnte ein Mann, den ich geliebt habe, so etwas tun? Sie denkt: Nein, Turtle, du gehst das ganz falsch an. Wenn er je irgendwas hat durchgehen lassen, dann nur weil er wusste, dass dich dein Daddy geliebt hat bis zum Gehtnichtmehr, dass alles, was er dir vielleicht angetan hat, nur ein Tropfen auf dem heißen Stein seiner Liebe war. Grandpa wusste das, also hör auf, darüber nachzudenken, weil es nichts bedeutet, und das, wozu er sich am Ende entschlossen hat, das war nichts Aufgeschobenes, das war etwas, das er nie hätte tun sollen, weder zu dem Zeitpunkt, als er es getan hat, noch davor.

Sie lauscht, bis Martin wieder hereinkommt. Sie hört ihn mit Cayenne reden. Ihre Stimmen raunen und schwellen an. Dann verschwindet er in seinem Zimmer und geht dort auf und ab. Turtle versucht, Cayenne zu hören, aber das Mädchen liegt geräuschlos vor dem Kamin und liest ihr Buch. Turtle macht die Schachtel auf und schüttelt die drei kleinen pinken Plastikpäckchen in ihre Hand. Sie lässt sie vor- und zurückrollen. Sie denkt: Es kann nicht sein. Es kann nicht sein, dass mir das passiert. Turtle könnte die Wände einreißen. Sie ist so voller Wut, dass es ihr die Kehle zuschnürt, als würde sie erdrosselt. Sie denkt: Es kann nicht sein.

Sie hört Martins Schlafzimmertür aufgehen. Sie hört ihn

den Flur herunterkommen. Sie hört seine Schritte auf der Treppe. Verfluchter Dreckskerl, denkt sie. Wir müssen damit aufhören. Das ist zu scheißgefährlich. Es ist jetzt ein ganz anderes Spiel. Er bleibt vor der Tür stehen. Sie drückt den Schlittenfanghebel, zieht die Sig Sauer halb aus dem Holster. Er öffnet die Tür, bleibt im Rahmen stehen. Sie rührt sich nicht. Sie fühlt sich wie gelähmt. Die Welt dreht sich um sie herum. Sie schaut auf seine Stiefel. Ein Zittern läuft ihre Schenkel hinauf. Ihre Rechte umfasst den Polymergriff der Sig Sauer in ihrem Kreuz.

Er kommt ins Zimmer. Er hebt ihr Kinn mit den Knöcheln an, und sie legt einen Arm um ihn und atmet seinen Duft ein, Wolle und Zigaretten und Waffenfett. Ihre Hand liegt immer noch auf der Sig Sauer. Er trägt sie in sein Zimmer, und sie verspürt ein schreckliches Bedürfnis nach ihm. Er ist so groß, dass es sich so kribbelig und gut anfühlt, in seinen Armen zu liegen, so, als würde man nach Hause zurückkehren, als wäre man wieder ein Kind. Martin hält sie in einem Arm, um mit dem anderen den geschliffenen Glasknauf zu drehen, dann stößt er die Tür mit dem Fuß auf und trägt sie in sein Schlafzimmer mit den verstreuten Kleidern auf dem Boden und einem neuen Bett mit neuen Laken und einem neuen Nachttisch. Die Schatten der Erlenblätter und Erlenkätzchen spielen über die Wunden in der Wand, wo sie die Schrauben ausgehebelt und seine Bücherregale umgeworfen hat. Der altbekannte Spalt zwischen der Rigipswand und dem Fußboden, und diese dunkle Linie umgrenzt den Raum, ein unüberbrückbarer Spalt, wo die beiden zusammenlaufen, ein Spalt, der sich in die Finsternis des Fundaments hinein öffnet, das seinen kalten mineralischen und weiblichen Geruch aushaucht, und Turtle kann sich vorstellen, wie die dicken Balken des Fundaments direkt auf dem Sandstein und der Erde unter dem Haus, unter den Dielenbrettern aufliegen, wo Spinnweben wie Schärpen auf den finsteren Orten liegen. Er geht mit ihr zum Bett und wirft sie hoch, und einen Augenblick lang hängt sie, vom silbernen Licht und den gesprenkelten Schatten umgeben, in der Luft, und dann fällt sie aufs Bett, in die Federdecke, die knubbeligen Laken mit seinem nach Tabak duftenden Schweiß und bleibt liegen, wo er sie hingeworfen hat, als könnte sie sich nicht regen, als wäre sie kein Mädchen, sondern eine Puppe, den Kopf in den Nacken gelegt, die Augen geöffnet und auf die Rigipswand gerichtet, und Martin zerrt ihr die Hose herunter und fegt sie beiseite, und dann zieht er ihr auch den Slip aus und wirft ihn weg, während sich die Blätter scharf an der Wand abzeichnen und wieder verschwimmen. Sie will ihre Einsamkeit irgendwie stillen. Sie will daliegen und sich ihre Persönlichkeit bis auf den letzten Rest auspressen lassen. Er kniet sich zwischen ihre Schenkel, und sie legt eine Hand auf sein Haar und weint laut vor Kummer und Selbsthass und vor unterdrücktem und schrecklichem Vergnügen. Anschließend liegt sie aufgelöst und unbewegt in den verknoteten Laken, während Martin keuchend, beinahe schluchzend auf der Bettkante sitzt, auf ein Knie gestützt – sie muss nichts weiter tun, als stumm zu warten, während sich der Fächer ihrer Rippen öffnet und schließt, sich mühen, bis alles, was ihr an ihm heilig war, verschwunden ist, und was dann kommt, weiß sie nicht. Sie warten in der Dunkelheit in den langen Augenblicken nach dem, was sie getan haben, und es ist anders als zuvor, und Turtle spricht nicht und bewegt sich nicht. Es kommt ihr vor, als könnte sie stillhalten, könnte ihre Glieder entspannen, bis alle Spuren ihres Ich daraus gewichen sind. Sie wird keine langen Nächte in der Auseinandersetzung mit sich selbst zubringen, sie wird sich nicht aus diesem Bett erheben oder gestehen müssen, wie sie dort hineingekommen ist, sie kann nichts tun und nichts sein, und sie wird keinen Schmerz spüren. Aber sie spürt ihn, überall im Raum, wie er die Wände hochkriecht, von dem dunklen Spalt zwischen den Dielenbrettern und der Rigipswand ausgehaucht wird, ein brütender Schmerz, der sich sammelt und anwächst und auf sie wartet, der Schmerz, sie selbst zu sein, jeder Augenblick lang und besonders und schrecklich.

»Gottverdammt«, sagt er von der Bettkante aus. Sie sieht ihn nicht an. »Gottverdammt. Deine verfluchten Innereien, Krümel.« Turtle sagt nichts. »In diesen Bauch voller Hass hinein, in den glitschigen, nassen Siff und wieder in den Hass und den Schmutz und ins Nichts.«

»Halt den Mund«, sagt Turtle.

»In den Hass und den Schmutz und ins Nichts«, sagt Martin.

»Halt deinen Scheißmund«, sagt Turtle und setzt sich auf.

Martin sagt: »Nichts als Fäulnis und Verwesung in deinen Innereien, Krümel.«

Turtle steht auf, und er sieht ihr zu. Sie steht mitten im Zimmer und sucht nach ihrem Slip, aber sie kann ihn nicht finden, läuft hin und her, während er vornübergebeugt, breitschultrig, mürrisch, mit Erlenschatten gesprenkelt dasitzt, seine Gestalt riesenhaft, reglos und gekrümmt, und ihr dabei zuschaut, wie sie dunkle Kleidungsstücke aufhebt und auseinanderpflückt, um zu sehen, worum es sich handelt, schließlich ihre Hose findet und unter seinen Blicken anzieht, und sie sieht ihn dabei ruhig und hasserfüllt an, und sie denkt: Ich dachte, du könntest mir wenigstens das geben, wenigstens das könntest du tun, aber in Wirklichkeit gibst du mir gar nichts, denkt sie, zieht ihre Hose hoch, lässt sie über ihre Hüften rutschen und schiebt die Pistole ins Holster, und Martin sieht ihr beim Anziehen zu, und sie denkt: Guck ruhig zu, Arschloch. Ich weiß nicht, wie ich hier wegkomme, und ich weiß nicht, ob ich hier wegkomme, also werden wir es wohl herausfinden. Guck ruhig zu, denkt sie, irgendwas stimmt nicht mit mir, dass ich so ein Risiko eingehe, dass ich dir erlaube, das mit mir zu machen. Er sieht zu, und sie schließt ihre Hose und hält dann inne, bleibt aufrecht stehen und lässt sich von ihm bewundern, und dann geht sie aus dem Zimmer und den Flur entlang und bleibt am Pokertisch stehen. Es gibt eine Regel, denkt sie, die das Leben dich gelehrt hat, die Martin dich gelehrt hat: die Regel, dass jede feuchtschenklige Ritze wie du bekommt, was sie verdient. Gedämpftes Licht dringt durch die Fenster und aus dem Kamin mit dem schwelenden Feuer. Vor dem Feuer weint Cayenne leise, und Turtle denkt: Scheiße.

Sie hat nicht daran gedacht, dass das Mädchen etwas hören könnte, und sie kann es dem Mädchen nicht erklären, also steht sie am Pokertisch und erinnert sich an alles zurück, was Cayenne gehört hat, und denkt: Scheiße, Scheiße, Scheiße. Sie erträgt nicht, dass Cayenne sie hat in dieses Zimmer gehen hören, erträgt nicht, dass Cayenne sie mitmachen gehört hat. Das ist immer eine Sache zwischen ihnen gewesen. Turtle steht da und hört Cayenne zu, die weint und weint. Sie denkt: Ich gehe in mein Zimmer und lasse das Luder heulen. Meinst du, ich gebe einen feuchten Furz auf sie? Meinst du, sie bedeutet mir irgendwas? Sie ist genauso ein Luder wie alle anderen auch, und ihre Weiblichkeit frisst ihr Löcher in den Verstand. Ich habe nichts für sie übrig, sie kann mich nicht haben, und ich habe ihr nichts zu geben, und niemand kann etwas anderes von mir erwarten, niemand kann erwarten, dass ich einen feuchten Furz auf das Mädchen gebe.

Na ja, denkt sie, Jacob würde erwarten, dass du ihr hilfst. Jacob hätte nicht den geringsten Zweifel daran, dass du ihr hilfst. Aber Jacob ist ein selbstgerechtes Stück Scheiße und kapiert nicht, wie tief es manchmal gehen kann. Wie schlimm es sein kann und wie tief die Fäulnis sitzen kann. Geh einfach in dein Zimmer, Turtle, dieses Mädchen bedeutet dir nichts. Aber sie denkt an Jacob und geht zu dem Mädchen und setzt sich und nimmt das Kind in die Arme. Sie empfindet nichts, und von diesem einen Grund abgesehen, weiß sie nicht, warum sie es tut. Sie hält das kleine Mädchen im Arm und denkt: Sie bedeutet mir nichts. Das Luder bedeutet mir nichts. Ich könnte sie umbringen, wenn er es verlangen würde. Das könnte ich, und es würde mich noch ein bisschen weiter runterziehen, aber es wäre nicht mein Ende. Sie beruhigt das Mädchen, und Cayenne sagt: »Ich habe Angst, Julie, ich will zu meiner Mom. Ich will *ganz, ganz unbedingt* zu meiner Mom.« Sie sagt es wieder und wieder, so, als hoffte sie, dass Turtle darauf antwortet, aber Turtle kann sie nur fester an sich drücken.

Schließlich sagt Turtle: »He, Cayenne.«

»Ja?«

»Nenn mich nicht Julie.«

»Nicht?«

»Nein«, sagt Turtle.

»Magst du es nicht?«

»Ich finde es zum Kotzen.«

»Wieso?«

»Ich weiß nicht. Meine Mutter hat mich immer so genannt.«

»Wie denn dann?«

»Turtle.«

»Turtle?«, sagt Cayenne.

»Ja.«

Cayenne schnieft, aber sie ist auch ein wenig amüsiert. Sie saugt an ihren rotzverschmierten Haaren und klemmt sie sich hinter die Ohren, schnüffelt und beäugt Turtle. Auf ihrer Stirn erscheinen abwechselnd Falten der Belustigung und der Wut und verschwinden wieder.

»Aber«, sagt sie, »das ist … Nein, das ist albern. Nein.«

»Nein?«

»Du kannst doch nicht *Turtle* heißen.«

»Warum?«

»Du bist so schön.«

Turtle lacht.

»Bist du wirklich. Du bist *so* schön.«

»Cayenne«, sagt Turtle. »Es gibt ein paar Sachen, die mir wichtig sind. Aber weißt du, was mir scheißegal ist?«

»Was denn?«

»Schönheit.«

»Ah.«

»Was?«

Das Mädchen schüttelt den Kopf.

»Was ist los?«

Das Mädchen fühlt sich zurechtgewiesen. Turtle hält sie, schaukelt mit ihr vor und zurück und fühlt etwas Heftiges, eine Empfindung, die sie überhaupt nicht einordnen kann. Etwas, das Gutwilligkeit sehr ähnlich ist.

»Ist schon okay. Ich ziehe dich bloß auf.«

Cayenne nickt. Sie scheint es immer noch als Tadel aufzufassen.

»Ich meine damit nicht, dass es dir egal sein soll. Ich meine nicht, dass es schlecht ist, das wichtig zu nehmen, oder dass du im Unrecht bist. Ich meine nur. Weißt du. Ich habe andere Sachen.«

»Okay«, sagt Cayenne. Ihre Stimme klingt leise und hell, und es liegt kein Groll darin. Turtle hält das Mädchen und denkt: Ich werde nie zulassen, dass dir wehgetan wird. Der Gedanke kommt ungebeten, und sie weiß, dass es nicht die Wahrheit ist. Aber es gefällt ihr, ihr gefällt, dass sie so ein Mensch sein könnte – und sie denkt es noch einmal, räumt ihren eigenen Unglauben beiseite und legt ihre Wange auf das Haar des Mädchens und sagt: »Ich werde nie zulassen, dass dir etwas zustößt.«

Cayenne weint und weint. Sie sagt: »Wieso hast du das gemacht?«

»Ich weiß es nicht«, sagt Turtle.

Cayenne sagt: »Wieso hast du ihn das machen lassen?«

»Ich weiß es nicht«, sagt Turtle.

»Turtle?«

»Ich glaube, niemand weiß, warum er irgendwas macht. Sie glauben nur alle, sie wüssten es.«

»Echt?«

»Erst wenn es hart auf hart kommt und du merkst, dass du das Falsche tust.«

Cayenne schluchzt. Sie sagt: »Hast du keine Angst?«

»Doch«, sagt Turtle, und erst als sie es ausgesprochen hat, weiß sie, dass es stimmt.

Es bringt Cayenne noch stärker zum Weinen; sie zittert und bebt, und Turtle schließt das Kind in die Arme, zieht das Mädchen in ihren Schoß. Das Mädchen beißt in Turtles Schulter, und Turtle lächelt. Cayenne schüttelt den Kopf wie ein Hund, der eine Ratte beutelt. Turtle hält sie in ihren Armen. Das Mädchen ist klein, mit schmalen Schienbeinen und knochigen kleinen Füßen, und die Haare fühlen sich an Turtles Wange rau und grob an. Sie bleiben an Turtles Lippen haften, und das Mädchen streckt die Arme aus und legt sie um Turtles Hals, und Turtle sagt nichts, aber hält sie fest, und während sie sie festhält, denkt sie: Das ist etwas, das ich kann, und wenn ich dem Mädchen keine Liebe geben könnte, dann könnte ich ihr Fürsorge geben, so viel schaffe ich vielleicht. Ich bin nicht wie er, und ich kann mich um Dinge kümmern, und ich kann mich vielleicht auch um sie kümmern, selbst wenn ich nicht weiß, ob es echt ist, und selbst wenn es mir nicht mehr bedeutet, vielleicht kann ich nur dadurch etwas zurückgewinnen, nur indem ich mich um das Luder kümmere. Sie hält sie fest und summt ein wenig, das Kinn auf Cayennes Kopf gelegt, die Arme um die angezogenen Beine des Mädchens geschlossen.

Vierundzwanzig

Turtle wacht auf, als der Scheinwerfer aufleuchtet. Sie hebt die Schrotflinte von den Wandhaken und streift Jeans und ein weißes T-Shirt über. Sie setzt eine Baseballkappe mit Mesh-Einsatz auf, damit ihr die Haare nicht ins Gesicht fallen, und tapst aus ihrem Zimmer und die Treppe hinunter. Martin steht mit seiner umgebauten AR-15 im Wohnzimmer und schaut durch die Glastür aufs Feld hinaus. Er dreht sich um und sieht sie mit zusammengekniffenen Augen an, als sie die Treppe herunterkommt. Cayenne sitzt aufrecht vor dem nackten, lichtlosen Kamin, noch in ihre Decken gehüllt. Turtle geht hinunter. Martin fährt sich mit dem Daumen über die Bartstoppeln. Er deutet mit einer Hand auf das Panoramafenster, das vom grellen Halogenschein erhellte Feld. Er sagt: »Meinst du, da draußen ist jemand?«

»Nein«, sagt Turtle.

»Nein?«, wiederholt er. »Aber du weißt es nicht. Wir wissen nicht, was da draußen auf dem Feld ist. Oder?«

»Nein«, sagt sie, »wir wissen es nicht.«

Er schüttelt langsam den Kopf, grinst.

»Es ist ein Reh«, sagt sie.

»Ist das nicht herrlich?« Er geht zu der Wand aus Glas, legt die Hand daran, lehnt sich dagegen, das Feld hinter schiefen, nicht zusammenpassenden Schatten und dem grellen Widerschein der Grashalme. »Wir stehen«, sagt er, »am Rand einer Ungewissheit, und wir untersuchen nicht nur die

Besonderheit dieses Augenblicks, sondern aller Augenblicke dieser Art; das, was hinter dem Sichtbaren lauert. Was ist dort im Gras, Krümel? Was ist dort draußen?«

»Nichts, Daddy«, sagt sie.

»›Nichts, Daddy‹«, wiederholt er verärgert, und dann lacht er sie aus, noch immer an die Glastür gelehnt, den Blick durch sein Spiegelbild hindurch auf das Feld gerichtet. Von ihrer Position aus wirkt es, als würde er sich diesem bleichen Abbild seiner selbst entgegenstellen, vornübergekippt und erschöpft auf das Glas gestützt. »Das ist das Problem mit dir, du kleine Fotze: Du meinst, du wüsstest, was da draußen ist. Aber du weißt es nicht. Du hast eine fürchterliche Armut in dir, eine Geistesarmut, eine Armut der Vorstellungskraft, eine *Herzensarmut*. Die Wahrheit ist: Weil wir es nicht wissen, ist für uns sowohl etwas als auch nichts da draußen auf dem Feld. Es ist Schrödingers Eindringling. Die Welt steckt voller Potenzial, Krümel, und im Moment existieren für uns beide Zustände; es ist nichts auf dem Feld, und gleichzeitig ist da draußen etwas Unbekanntes. Höchstwahrscheinlich irgendein Drecksack, der im Begriff ist zu sterben. Vielleicht dieser Junge von dir, und vielleicht ist er jetzt gerade da draußen, dort im Gras, und scheißt sich vor Angst in die Hosen. Er hat sich gedacht, er schaut mal vorbei und sagt Hallo, steht dir in deiner Not bei. Tja. Wir wissen es verdammt noch mal einfach nicht, ehe wir es nicht herausfinden. Für den Augenblick gibt es keine Wahrheit, es ist alles offen, und was du glaubst, sagt gar nichts über die Welt aus, aber alles über dich. Hier kartierst du deinen Weg durchs Leben.«

Turtle geht ans Fenster. Vater und Tochter, Seite an Seite vor ihren unvollständigen Zwillingsreflexionen. Dahinter erhellen die Scheinwerfer das Gras, ein Geflecht aus Schatten und goldenen, sich ineinanderschiebenden Halmen. Gleich hinter dem Fenster scheint ein ergiebiges Potenzial zu liegen. Sie kann den noch verpackten Schwangerschaftstest an ihrem Schenkel fühlen.

Die Lichter gehen aus. Er wuschelt ihr durchs Haar. Ohne ein Wort zu sagen, geht er davon. Sie sieht nichts außer ihrem Atem, der das Glas vor ihr beschlagen lässt. Sie öffnet die Tür, geht auf die kalte, nasse Veranda hinaus und zum Geländer auf der gegenüberliegenden Seite, wo sie den Duft des Felds einsaugt, den Bewegungen des Grases lauscht, den leisen, fernen Seufzern des Ozeans. Die Nacht fühlt sich leer an. Von einer Art Bitterkeit erfüllt, hofft sie beinahe, dass etwas passieren wird. Sie fleht darum, versucht es in Gedanken zu erzwingen.

Scheiß drauf, denkt sie. Scheiß drauf. Da draußen ist nichts. Sie geht die Verandatreppe hinunter, und die Lichter schalten sich mit einem Klicken wieder ein. Sie durchquert die geschotterte Einfahrt und geht zum Rand des Felds. Sie denkt, dass Martin ihr wahrscheinlich vom Fenster aus zusieht, und sie überlegt, wie sie wohl aussehen mag, vom Flutlicht angestrahlt, ein Mädchen im hüfthohen Gras, in ein weißes T-Shirt gekleidet und eine Baseballkappe mit Mesh-Einsatz auf dem Kopf, das eine Schrotflinte am Verschlussgehäuse hält und über einen gleichmäßig geschwungenen Hügel schaut, sich in geduldiger Beobachtung hin- und herdreht.

Sie watet hinaus, und die scharfen Gerüche der niedergedrückten Vegetation, von Ackersenf und Radieschen, dringen zu ihr herauf. Sie geht zum Highway hinunter und stellt sich an den Rand des Asphalts. Neben ihr mündet der Slaughterhouse Creek in eine Rinne mit steilen, orangen Sandsteinwänden, die von einem so dichten Fuchsiengestrüpp überwuchert ist, dass der Bach unsichtbar wird. Sie klettert hinunter, steigt in das knietiefe Wasser. Dem Wasserlauf folgend, muss sie die Fuchsien mit den Händen beiseiteschieben, und ihre Füße werden taub vor Kälte. Sie kommt an einen Rohrdurchlass, der unter der Straße hindurchführt; er ist hoch genug, um darin zu stehen, und das Wasser hallt durch den Tunnel.

Auf der anderen Seite legt sich der Ozean über den Kies. Es ist Ebbe; eine schwarze Geröllebene ist erschienen, und jeder der Steine hat ein Auge aus Mondlicht, und sie wirken weich und nass wie Fleisch, in großer Menge vor ihr ausgebreitet. Der Strand holt Atem wie etwas Lebendiges, und sie kann den schlammigen Gestank der Trichtermündung riechen. Diese Gewässer entspringen an der Quelle des Slaughterhouse Creek, in der großen Steintrommel, und sie münden hier.

An der Mündung des Tunnels zieht sie sich aus. Dann klettert sie nackt, die Schrotflinte in der Hand, in den von Algen glitschigen Durchlass, tastet sich an einer der Wellblechwände entlang über den sandigen Boden. Der Tunnel riecht nach Eisen und hartem Wasser, der Bach wirft fremdartige, sich überschneidende Bänder aus Mondlicht an die Decke. Sie teilt die Vorhänge aus blühender oranger Kapuzinerkresse und springt ins Wasser. Der Grund ist mit kaltem Lehm bedeckt, der ihre Füße abformt. Das Wasser ist brusttief, es atmet um sie herum, lässt das Seegras um ihre Beine hin und her wehen. Turtle wirft sich die Schrotflinte über die Schulter. Ihre Füße drücken warme Stellen in den Schlamm. Sie schiebt dahintreibendes Holz zur Seite und erklimmt einen Sockel aus grobem, kiesigem Stein, um den sich die dunklen Bowlingkugeln gruppieren. Die weiße Schürze der Brandung nähert sich im Dunkel und weicht wieder zurück. Wenn die Wellen sich ausstrecken, schieben sie die Gischt bis zu ihren Füßen. Sie ist voller Mündungsschlamm. Seegrasstücke kleben an ihren Beinen. Der Ozean riecht so satt und penetrant wie ein um sie geöffnetes Maul.

Sie denkt: Turtle Alveston, er hat dich vergewaltigt, und du hast dir noch einen Nachschlag geholt. Entweder bist du schon schwanger, oder du wirst es bald sein. Wenn du verschwindest, geht er ins Wohnzimmer und bringt Cayenne um. Dann fährt er zum Sea Urchin Drive 266 und bringt Jacob um. Du musst erkennen, wo du stehst. Du musst es dir gottverdammt noch mal klarmachen, ohne dir dabei in die Tasche zu lügen.

Sie lässt ein Geschoss aus dem Patronenlager in ihre Hand fallen und wiegt es, rollt es vor und zurück. Es ist ein schlanker grüner Zylinder aus geriffeltem Plastik mit einem flachen Messingrand, schwer für seine Größe. Sie steckt die Patrone wieder in die Kammer und schiebt den Vorderschaft ganz nach vorn, spürt, wie sich der Verschluss über der fest in der Kammer sitzenden Patrone schließt. Sie setzt sich im Schneidersitz auf die nasskalten Steine und steckt sich den Lauf in den Mund, schmeckt die Pulverrückstände, fädelt den Daumen in den Abzugsbügel ein und neigt den Gewehrlauf aufwärts gegen ihren Gaumen. Sie stellt sich vor, den Abzug zu betätigen. Ein Schuss wird sich lösen. Eine Ladung Schrot und granulierter Kunststoffpuffer wird in ihrer Plastikhülse unter Hochdruck den Lauf heraufschießen. Die Hülse wird auf ihrem Gaumen auftreffen und, die Schrotkörner ausspuckend, in einen Fächer aus Plastikfingern zerspringen. Sie stellt sich vor, wie sie steif und aufrecht dasitzt, während sich ihr Verstand aus der gespaltenen, klaffenden Knospe ihres Schädels auffaltet, die groß, rot und nass erblüht, sich einen flüchtigen, tiefen Atemzug lang ausbreitet.

Turtle denkt: Drück ab. Sie sieht keinen anderen Weg nach vorn. Sie denkt: Drück ab. Und wenn du nicht abdrückst, geh diesen Bach wieder hinauf und durch die Tür und hol dir deinen Verstand zurück, deine Tatenlosigkeit bringt dich um. Sie schaut auf den Strand hinaus und denkt: Ich will das überleben. Sie ist überrascht über die Tiefe und Klarheit ihres Verlangens. Ihre Kehle verengt sich, und sie nimmt die Flinte aus dem Mund; Speichelfäden werden mit herausgezogen, und sie wischt sie ab. Sie steht auf und blickt auf die Wellen hinaus, von der Schönheit überwältigt. Ihr Geist fühlt sich roh und aufnahmefähig an. Sie empfindet eine schneidende, allumfassende Dankbarkeit, ein unvermitteltes Staunen über die Welt.

Sie watet durch das Seegras zurück und zieht sich auf den Sockel, das Gewehr über eine Schulter geworfen. Sie durchsucht die Taschen ihrer zusammengelegten Jeans, reißt die pinke Verpackung mit einer Hand auf und nimmt den Schwangerschaftstest heraus. An die Tunnelwand gelehnt, richtet sie das Taktische Licht der Schrotflinte auf die Decke des Tunnels, liest die Gebrauchsanweisung, liest sie noch einmal. Ihr Gesicht ist taub. Ihre Lippen sind taub. Am ganzen Körper zitternd, legt sie die geballte Faust an die Stirn und denkt: Wenn ja, wenn es da drin ist, kommst du auch *damit* klar. Sie schaltet das Licht aus und hockt sich nackt in den Durchlass, und der Bach wirft das silberne Lichtgitter auf sie zurück, als sie auf das dünne Plastikstäbchen pinkelt, barfuß und bis zu den Knöcheln im kalten Wasser. Dann sitzt sie, den Rücken an die gewellte Wand gelehnt, eine Faust in den Mund gesteckt, im Dunkeln, hält den Gewehrlauf tröstend an ihr Gesicht, an ihre Stirn und lässt die Zeit vergehen und wartet darauf, dass die beiden rosa Linien eines positiven Testergebnisses allmählich erscheinen. Sie fühlt die Gewissheit schwer auf sich lasten.

Es passiert nicht. In dem kleinen ovalen Fenster erscheint eine einzelne rosa Linie. Das Ergebnis ist negativ. Sie schaltet das Licht wieder ein und richtet es auf den Test. Das Licht ist so hell, so brutal, dass sie kaum etwas sieht. Es bleibt dabei. Negativ. Sie verspürt keine Erleichterung. Vielleicht stimmt es nicht einmal, vielleicht ist es nur zu früh. Aber wenn es stimmt, denkt sie, wenn es hätte passieren können, aber nicht passiert ist … Sie unterbricht ihre Gedanken. Du hattest Glück, denkt sie. Vergeude das nicht. Sie zittert. Ihr Gesicht verzieht sich zu einer Miene, die sie nicht versteht. Sie lässt sich niedersinken, bis sie mit gespreizten Beinen im Wasser sitzt, die Arme um sich gelegt, innerlich kaputt und leer.

Fünfundzwanzig

Turtle sitzt im Schneidersitz auf dem Fußboden und reinigt die Remington 870, als Martin aus dem Bad kommt und sagt: »Gottverdammt, Krümel«, und dann verstummt er und schaut sie an, als würde er sie zum ersten Mal sehen. Er sagt: »Du putzt schon wieder die Flinte?«

Turtle blickt nicht auf.

»Du könntest damit jahrelang vierundzwanzig Stunden am Tag schießen, bevor das Ding streikt«, sagt er. »Es ist sauber genug. Außerdem. Wann hast du das Ding überhaupt zuletzt abgefeuert? Es ist nicht verschmutzt. Es kann gar nicht verschmutzt sein.«

Turtle blickt noch immer nicht auf.

»Das ist so eine Marotte von dir, oder?«, sagt er, und Turtle seufzt und blickt auf.

»Guck mich nicht so an«, sagt er.

Sie sagt: »Was schert's dich?«

»Es ist mir scheißegal«, sagt er, »aber du bist einfach ständig am Putzen, Putzen, Putzen, und man denkt sich nur: Gott, was soll das? Lass es doch einfach. Waffen werden schmutzig, so ist das eben.«

»Was wolltest du sagen?«

Er geht in die Küche und nimmt ein Bier aus dem Kühlschrank. Er will offenbar etwas sagen, kann es aber anscheinend nicht oder weiß vielleicht nicht, wie er es formulieren soll.

»Es stört mich nicht«, sagt er, »es macht mir nichts aus. Es ist nur …«

Turtle wartet.

Martin deutet verärgert in Richtung des Badezimmers. Er sagt: »Ich weiß nicht, wo das Problem liegt, aber könntest du Cayenne bitte sagen, dass sie ihren Hintern in die Badewanne bewegen soll?«

Turtle steht auf, sammelt Reinigungszeug und Gewehr ein, wirft das Handtuch über die Schulter, geht ins Bad und findet Cayenne mit furchtbar böser Miene und verschränkten Armen mitten im Raum sitzend; die Badewanne ist mit grünblauem Wasser gefüllt, der Porzellanboden voller Sand.

»Ich will nicht baden«, sagt sie zu Turtle.

»Aha?«, sagt Turtle und wirft einen Blick auf die Schwarze Witwe in ihrem Netz hinter den Duscharmaturen, unweit des in der Wand versenkten Boilers. Sie hat beinahe die Farbe von schwarzem Leder, mit einem dicken runden Leib und schmalen, gegliederten Nadeln als Beinen, die bedrohlich auf das Netz stampfen und das ganze Gebilde erzittern lassen. Die rote Sanduhr ist deutlich sichtbar. Ihr verworrenes, willkürlich wirkendes Netz ist voll mit den Hüllen toter Tiere. Turtle legt ihre Sachen auf den Boden. Sie geht zur Wand und greift in das Loch, zerreißt die nassen Fäden mit einem leisen Knistern wie von perlender Kohlensäure. Cayenne sagt: »Nein, Turtle! Warte! Nicht!«

Turtle zieht die Hand aus dem Loch. Ihre Finger sind mit alter Spinnenseide überzogen. Cayenne schlägt die Hände vors Gesicht und sagt: »Lass sie, bitte lass sie.«

Die Spinne rennt über das zerrissene Netz.

Cayenne sagt: »Lass sie.«

Turtle setzt sich neben das Gewehr.

»Bleibst du hier?«, sagt Cayenne.

Als Antwort breitet Turtle das Handtuch aus, legt die Flinte darauf und öffnet die Holzkiste mit dem Reinigungsset. Sie montiert den Lauf ab und legt ihn auf das Handtuch.

»Ich dachte, du machst dir Sorgen um sie«, sagt Turtle.

»Ja«, sagt Cayenne und dreht das heiße Wasser auf. »Ja, mache ich. Wie alt ist sie?«

»Fast zwei Jahre«, sagt Turtle. »Normalerweise leben sie nicht so nah an der Küste. Sie hat im Brennholz gesteckt, das Marty in Comptche geholt hat.«

»Martin mag sie sehr«, sagt Cayenne.

»›Mögen‹ ist vielleicht nicht ganz das richtige Wort.«

Cayenne geht nervös zur Badewanne, beginnt sich auszuziehen und blickt dabei gelegentlich zu der aufgeregten Spinne hinüber. Turtle fängt an, den Lauf mit einer Kaliber-12-Kupferbürste zu reinigen.

»Turtle«, sagt Cayenne.

»Hm?« Turtle stößt die Bürste in den Lauf.

»Turtle?«

»Ja?« Turtle schaut auf.

»Ach, nichts«, sagt Cayenne und schüttelt den Kopf. Sie steigt in die Wanne und setzt sich hinein, legt ihr Kinn auf den Rand und starrt Turtle an.

»Turtle«, sagt Cayenne.

»Hm?«, macht Turtle.

»Wie heißen diese Pilze?«

Turtle sitzt da, den Lauf quer über ihren Schoß gelegt. Cayenne studiert die auf dem Fensterbrett wachsenden Pilze.

»Erzähl mir was über sie«, sagt Turtle.

»Aber wie heißen sie denn?«

»Was spielt das für eine Rolle?«

Das Mädchen überlegt lange, murmelt vor sich hin, macht deutlich hörbare kleine nachdenkliche Geräusche, wendet sich Turtle zu und dann wieder den Pilzen. Turtle bewegt die Bürste im Lauf hin und her.

»Vielleicht will ich ja ein Buch über euch schreiben«, sagt Cayenne, »und ich will darüber schreiben, dass ihr ein Badezimmer hattet und dass das Fenster voller Pilze war und dass es die und die Pilze waren, und dann muss ich den Namen wissen.«

Turtle sagt: »Du schreibst kein Buch.«

»Ich *könnte* aber.«

»Es spielt keine Rolle, wie sie heißen«, sagt Turtle.

»Sie haben kleine Rollos«, sagt Cayenne.

»Hm«, sagt Turtle.

»Wie nennt man die?«

»Kleine Rollos.«

»So heißen sie nicht.«

»Es ist nicht wichtig, wie sie heißen.«

»Mir ist es wichtig«, sagt Cayenne. »Nennt man sie Rollläden?«

»Wir zwei können sie Rollläden nennen.«

»Jalousien«, sagt Cayenne.

»Hast du dir das gerade ausgedacht?«

»Das ist so was wie Rollläden«, sagt Cayenne. »Die gibt es in Schlössern.«

»Ah.«

»Aber wie *heißen* sie?«

»Na ja, wie sehen sie denn noch aus? Wofür sind die da?«

Cayenne verzieht verärgert das Gesicht. Sie drückt ihre Nase nach oben und steckt Turtle die Zunge heraus, und Turtle beugt sich wieder über den Lauf.«

»Sind das Giftpilze?«, fragte Cayenne. »Kann man sie essen?«

Turtle schüttelt den Kopf.

»Ich dachte, Leute essen Pilze, wenn es ums Überleben geht.«

»Pilze zu essen, lohnt sich meist nicht«, sagt Turtle. »Sie sind aus demselben Zeug wie Gras. Das wäre wie Fingernägel essen und würde nichts bringen. Es gibt ganz wenige nahrhafte, aber viele, die giftig sind und sich kaum unterscheiden lassen.«

»Aber wenn man am Sterben wäre«, sagt Cayenne.

»Nur wenn du wirklich wüsstest, was du tust.«

»Erzähl mir was über Pilze«, sagt Cayenne. »Wie man sie isst, um zu überleben.«

Turtle sagt nichts dazu.

»Sag mir, welche Pilze du essen würdest, wenn du müsstest«, sagt Cayenne.

Wieder sagt Turtle nichts. Cayenne schaut zu Turtle herüber, sie scheint nicht so recht zu wissen, wie sie ihr eine Antwort entlocken kann.

»Turtle«, sagt sie.

»Hm?«

»Turtle«, sagt Cayenne.

»Ja?«

»Turtle, sag mir, welche Pilze du essen würdest, wenn du es müsstest, um zu überleben.«

»Gar keine«, sagt sie und stößt die Bürste durch das Rohr.

»Turtle«, sagt Cayenne.

»Jemand anderes würde es vielleicht tun«, sagt sie. »Ich kenne mich mit Pilzen einfach nicht aus.«

»Turtle«, sagt Cayenne eindringlich. »Ich wollte bloß nicht, dass du sie tötest.«

Turtle hebt *Biss zur Mittagsstunde* vom Boden auf, blättert zu einer leeren Seite und blickt durch den Lauf auf das saubere weiße Papier. Das Rohr ist sauber, der Stahl ist nicht angefressen und schimmert dunkel, beugt das Licht entlang seiner Krümmung.

»Weißt du, wieso?«, sagt Cayenne.

»Nein«, sagt Turtle.

»Frag mich mal, wieso«, sagt Cayenne.

»Wieso?«

»Ich finde sie auf eine Art schön. Geht dir das auch manchmal so? Dass du Virginia Woolf auf eine Art schön findest? Und auch auf eine Art unheimlich?«

»Hm«, macht Turtle.

»Turtle?«

»Ja?«

»Weißt du, was ich meine? Dass du sie nicht töten musst, nicht unbedingt?«

Turtle schaut zu Cayenne hinüber. Sie sagt: »Ja, das kann ich verstehen.«

»Hättest du sie einfach so totgemacht? Mit bloßen Händen?«

»Ja«, sagt Turtle.

»Wieso hast du es früher nicht schon gemacht?«

Turtle sagt nichts.

»Turtle?«

»Hmmm?«

»Turtle?«

»Ja.«

»Wieso hast du sie nicht früher schon getötet, wenn du es machen würdest? Wenn es so einfach wäre. Wieso hast du es dann nicht schon früher gemacht?«

»Ich glaube, sie hat mich nie gestört, bis du dich an ihr gestört hast.«

»Dann hättest du sie für mich getötet?«

»Ja.«

»Turtle?«, sagt Cayenne.

»Gott«, sagt Turtle. »Was denn?«

»Nichts«, sagt Cayenne verlegen. Sie lässt sich in die Wanne sinken und verschwindet aus Turtles Blickfeld. Turtle hört auf, das Gewehr zu reinigen, und beginnt es wieder zusammenzusetzen. Das Telefon klingelt.

»Turtle«, sagt Cayenne sanft und setzt sich in der Wanne auf.

Das Telefon klingelt wieder.

»Geh dran«, sagt Cayenne.

»Warum?«, sagt Turtle.

»Darum«, sagt Cayenne. »Ich will wissen, wer da immer wieder anruft.«

»Niemand«, sagt Turtle.

»Turtle«, sagt Cayenne.

»Was?«

»Ich weiß, wer es ist.« Sie sagt es listig, neckend.

Draußen im Wohnzimmer klingelt das Telefon wieder.

»Ich finde, du solltest drangehen«, sagt Cayenne. »Seit Martin das neue Telefon besorgt hat, klingelt es andauernd.«

»Er ist im Kaufrausch«, sagt Turtle. »Tisch, Stühle, neues Bett, neues Telefon.«

Das Telefon klingelt und klingelt.

»Du hast das alte Telefon weggeworfen«, sagt Cayenne bedeutungsvoll.

Turtle bleibt sitzen und putzt weiter.

»Martin sagt, es ist dein *heimlicher* Liebhaber.« Cayenne interessiert sich sehr für Jacob. Turtle steht auf und geht ins Wohnzimmer. Martin steht mit einem Bier am Tresen; er nickt zu dem Telefon an der Wand hinüber.

Turtle geht zum Telefon und nimmt den Hörer von der Gabel.

»Turtle?« Jacobs Stimme ist eine saubere Kupferbürste mit dem genau passenden Durchmesser, die durch ihren Hals in ihre Eingeweide stößt. Sie stützt sich mit dem Handballen an der Wand ab.

»Ich kann nicht mit dir sprechen«, sagt sie.

»Hör zu«, sagt er.

»Du hörst mir zu«, sagt sie. Turtle kann nicht aufhören, ihn zu hassen, und anfangen, ihn zu brauchen, nicht jetzt, und sie weiß nicht, was das für sie bedeuten würde, noch etwas zu brauchen, das nicht erreichbar wäre für sie. Sie erträgt es nicht, an Jacob zu denken, wenn sie glitschig vor Schweiß daliegt und den Schatten der Erlenblätter zusieht, die sich scharf an der Rigipswand abzeichnen und wieder verschwimmen.

Jacob sagt: »Turtle, ich –«

»Nein.«

»Turtle –«

»Nein.«

»Ich liebe dich«, sagt er. »Ich weiß nicht, was –«

Turtle legt auf. Martin legt eine Fingerkuppe an die Holzmaserung des Tresens. Er trägt alle ihr bekannten Wahrheiten in sich, und Turtle kann ihn nicht anschauen, ohne sie in ihm zu sehen.

Sie geht zurück ins Bad, wo Cayenne sich einseift. Turtle setzt sich auf den Wannenrand. Im Raum riecht es nach Pfefferminz. Sie betrachtet die auf dem Fensterbrett wachsenden Pilze, und dann sieht sie Cayenne an, sieht sie wirklich an, und sie merkt, wie sie die Schultern des Mädchens liebt, den sich unter ihrer rötlich-braunen Haut bewegenden Grat ihres Schulterblatts, die haarlosen Schalen ihrer Achselhöhlen, als sie die Arme hebt. Ihr noch immer geschienter und verbundener Finger ist jetzt zusätzlich durch eine Plastiktüte geschützt. Turtle denkt: Ich hoffe, dass dir nie etwas passiert. Ich hoffe, dass du genau so bleibst, und mit diesen Gedanken sitzt sie da und bereut alles und denkt: Gott, dass so einem Mädchen überhaupt etwas zustoßen kann, und schau sie dir an. Schau sie dir doch an.

Cayenne deutet auf die Pilze auf dem Fensterbrett und sagt: »Wie wäre es wohl, ganz klein zu sein, Turtle? Die Pilze wären dann wie Bäume, oder?«

Turtle weiß nicht, was sie sagen soll, und schüttelt nur lächelnd den Kopf, doch dann besinnt sie sich eines Besseren und sagt: »Du würdest in ständiger Furcht vor dem schwarzschwänzigen Wiesel leben.«

»Das unter dem Küchenboden lebt?«

»Genau das.«

Cayenne nickt sehr ernst – sie hat nicht an die Gefahren gedacht, aber erkennt sie jetzt an. Dann sagt sie: »Ich finde, wir sollten dem Wiesel einen Namen geben. Es ist nicht gut, dass es keinen Namen hat.«

»Wie würdest du es denn nennen?«

»Dilbert«, sagt Cayenne.

»Dilbert?«

»Oder Rodrigo.«

Die beiden Mädchen sitzen schweigend da. Turtle nimmt das Gewehr in die Hand und beginnt, mit einem Lappen darüberzuwischen.

»Ich weiß nicht, was es für welche sind«, sagt Turtle.

»Ah«, sagt Cayenne.

Sie harrt jeder von Turtles Bewegungen.

»Turtle«, sagt sie.

»Lamellen«, sagt Turtle.

»Ah«, sagt das Mädchen. »Aber ›Jalousien‹ gefällt mir besser.«

»Mir auch«, sagt Turtle. »Aber ist das nicht ein Ort?«

»Nein«, sagt Cayenne.

»Ah«, sagt Turtle, »ich dachte, das wäre ein Ort.«

»Wo soll der denn liegen, Turtle?«

»Ich weiß nicht.«

»Wo denn, Turtle?«

»Bei San Francisco?«

»Glaubst du, San Francisco ist größer als Wenatchee?«, fragt Cayenne.

»Ich weiß es nicht«, sagt Turtle. »Ich war noch nie dort.«

»In Wenatchee?«, sagt Cayenne.

»Weder noch.«

Nach dem Abendessen sitzen Martin und sie auf der Veranda und reden. Martin raucht eine Zigarre und sucht die Asche im Dunkeln nach der Glut ab. Cayenne liest drinnen. Die Sonne ist untergegangen. Er trinkt, schleudert die leeren Flaschen seitlich auf das Feld hinaus. Turtle sitzt da, den Schaft der Bockbüchse auf ihre Schenkel gestützt, und schießt jede Flasche am Scheitelpunkt ihrer Flugbahn ab. In der Finsternis scheinen die getroffenen Flaschen zu verschwinden, ihre blinkende Reise schlicht abzubrechen.

»Hast du mal von Tieren gehört, die ihre Eier in Menschen ablegen?«

Er nimmt die Zigarre von der Stuhllehne, scheint in sich selbst zu versinken.

»Daddy?«

»Hm, na ja«, sagt er. »Ich weiß nicht.«

»Du hast nie davon gehört?«

»Tja, ich weiß es nicht.«

»Was?«

»Wo hast du das denn gehört?«

Turtle schweigt.

»Krümel, Meth-Junkies glauben, dass sie Tiere unter ihrer Haut haben. Sie kratzen sich die Arme, die Schenkel, die Wangen auf. Manchmal kratzen sie sich die Augen aus. Meinst du das vielleicht?«

»Sonst gibt es das nicht?«

Er schweigt.

»Meinst du, Cayenne könnte auf Meth gewesen sein?«

»Nein, Krümel. Das glaube ich nicht.«

Er trinkt von seiner Flasche. Turtle legt die Flinte über ihren Arm, kippt den Lauf ab und wirft die Patronenhülsen beiseite. Sie steckt zwei Vogelschrotpatronen in die Kammer und schließt das Gewehr.

»Scheiße«, sagt er. »Wer weiß.«

Alles, was sie wissen muss, ist dort in ihm drin.

»Wenn sie die Droge nicht genommen hat und jemand, der sie genommen hat, ihr erzählt hat, sie hätte Tiere unter der Haut, hätte sie das nicht geglaubt«, sagt Turtle. »Wenn sie ins Krankenhaus gefahren wären und die Ärzte ihr gesagt hätten, dass es nicht stimmt. Dann hätte sie gewusst, dass es nicht stimmt. Dass, wer auch immer es ihr erzählt hat, sich geirrt hätte.«

Martin fährt mit dem Daumen über die Mündung der Flasche.

»Du hast es raus, Krümel«, sagt er.

»Habe ich nicht«, sagt sie.

Er sagt: »Probier's mal hiermit.« Er steht auf und schleudert die Flasche aufs Feld hinaus wie ein Diskuswerfer. Turtle schießt, ohne aufzustehen, ohne das Gewehr anzulegen. Die Flasche beschreibt vor dem blauschwarzen Himmel eine Kurve, und dann ist sie einfach verschwunden.

Er grinst. Setzt sich grinsend hin. »Unglaublich«, sagt er.

»Du hast der Schulverwaltung nicht geschrieben.«

»Nein.«

Sie hasst es, ihn das fragen zu müssen.

»Um solche Sachen muss man sich kümmern, sonst merkt es jemand.«

Er kaut auf seiner Lippe herum.

Es kann sein, dass er die Unterlagen nicht ausgefüllt hat, weil er nicht glaubt, dass es mit ihnen noch lange so weitergehen wird, es kann aber auch sein, dass er die Unterlagen nicht ausgefüllt hat, weil er hofft, dass jemand kommt und sie mitnimmt. Wenn er bewusst leichtfertig handelt, muss sie das wissen.

»Daddy.«

»Du glaubst, ich spiele auf Zeit.«

»Ist es so?«

»Nein.«

Sie wartet darauf, dass er weiterspricht. Sie denkt: Ich sage nichts, bevor er nicht etwas sagt.

Sie sagt: »Was, wenn sie jemanden herschicken?«

»Na ja.«

»Was, na ja?«

»Es interessiert keinen, Krümel. Du meinst, da draußen gibt es irgendwen, der dich im Auge hat?« Er fährt sich langsam mit der Zunge über die Lippen, als würde er sie nach einem Riss absuchen. »Wir kriegen das mit deiner Einschreibung schon hin. Irgendwas.«

Nein, denkt sie. Es ist denen nicht egal.

»Was hast du mit Cayenne gemacht?«, sagt sie.

Sie dreht sich um. Er starrt über den Hügel hinweg auf die Buckhorn Bay.

»Na?«

»Was zur Hölle, Krümel?«

»Bevor ihr hergekommen seid. Warum war sie bei dir?«

»Das ist eine Mordsfrage.«

»Und?«

»Gott. Gott im Himmel.«

Sie wartet.

»Scheiße, Krümel, Herrgott noch mal.«

»Was?«

»Scheiße, ich weiß es nicht.«

»Du weißt es nicht? Das ist alles? Du weißt es nicht?«

»Ich habe sie einfach aufgelesen. Das ist alles. Habe sie einfach gefunden und mitgenommen.«

»Und wie?«

»Wie was?«

»Wie hast du sie aufgelesen?«

Er macht eine stumme Geste, wie um zu sagen, dass sie ihm einfach über den Weg gelaufen ist, wie es zehnjährige Mädchen eben so tun. Sie will warten, bis er es ihr erklärt. Es ist mit einem ganz eigentümlichen Gefühl verbunden, ihn etwas zu fragen. Etwas von ihm zu brauchen. Mit einem ganz eigentümlichen Gefühl.

»Wie hast du sie gefunden, Martin?«

»Gott.«

»Wie?«

Sie wartet. Sie kann nicht glauben, dass er es dabei belassen will. Einen Moment lang ist sie fest entschlossen, nicht zu fragen.

»Wie?«, sagt sie.

»Gott noch mal. Wenn es dir wirklich so wichtig ist.«

Er wirft seine Bierflasche in die Finsternis.

»Ja«, sagt sie. »Ist es.«

»Es war gar nichts weiter dabei. Ich war tanken und bin zum Pissen um die Tankstelle herumgegangen, und da war dieser Typ, der Cayenne am Arm hält und auf sie einredet. Er hält sie am Arm und redet auf sie ein. Sonst ist niemand da. Du hättest ihn hören sollen. Es ist zwei Uhr morgens, und er sagt Sachen … Sachen, die an deinen alten Kumpel Grandpa erinnern. Und ich dachte mir, na ja, so läuft das hier verdammt noch mal nicht.«

Er macht eine Handbewegung. Das ist das Ende der Geschichte.

»Du hast sie einfach –«

»Wir sind über diese ganzen alten, überwucherten Straßen durch Washington und nach Idaho gefahren. Sie hat mich Sachen gefragt. Wie funktionieren Autos? Wie werden Münzen gemacht? Wer hat das Geld erfunden? Wer würde bei einem Kampf gewinnen, Soundso oder Soundso? Wir haben angehalten und Steine am Straßenrand hochgehoben, haben Skinke und andere Viecher gefunden. Kröten. Wir haben geangelt und die Fische zum Abendessen gegrillt. Sind ein paar Kilometer am Tag gefahren und haben dann gezeltet. Und da ist es mir klar geworden. Es war falsch von mir, dich sitzen zu lassen. Was mir nicht klar wurde, war, warum ich es getan hatte. Ich muss den Verstand verloren haben.«

»Was wird aus uns?«, sagt sie.

»Ich weiß es nicht.«

»Du weißt es nicht.«

»Scheiße. Wir kommen schon gut zurecht, Krümel.«

»Glaubst du?«

»Scheiße.«

»Das ist alles, was du anzubieten hast? ›Scheiße‹? Das ist alles?«

Er schweigt lange.

Sie denkt: Wir sind noch nie gut zurechtgekommen, und wir werden nie gut zurechtkommen. Sie denkt: Ich weiß nicht mal, wie das aussehen sollte. Ich weiß gar nicht, was das bedeuten soll. Wenn er sein Bestes gibt, kommen wir mehr als gut zurecht. Wenn er sein Bestes gibt, ist er über alles erhaben und besser als alle anderen. Aber er trägt etwas in sich. Einen Makel, der alles vergiftet. Was wird aus uns?

Sechsundzwanzig

Sie hört auf, zu ihm hinunterzugehen. Nacht für Nacht wacht sie auf, und der Wind weht durchs Fenster, ihre Gedanken sind heiß und lebendig, und Wasser gleitet an der schwarzen Fensterscheibe hinab. Unten gibt es einen Raum, in dem alles endet. Sie lässt sich langsam von der Erde umkreisen und denkt: Du tust das nicht ohne Grund, und wenn du nicht siehst, was als Nächstes kommt, dann nimmst du eben jeden Moment, wie er kommt. Morgens beugt sie sich im Schneidersitz über ihren Tee, die frischen Blätter neben sich auf dem Tresen. Sie sind wie riesige grüne, gezahnte Speerklingen mit einem pelzigen Überzug aus Quarznadeln. Als sie Tee in ihren gusseisernen Becher schöpft, kommt Martin, der von seinem Morgenspaziergang am Strand zurückkehrt, die Schotterstraße herauf. Mit Zittergras an den Hosenbeinen betritt er das Haus durch die Glastür und hält einen gepolsterten Umschlag hoch. »Ein Päckchen«, sagt er, »für *Turtle Alveston*. Ohne Absender. Was meinst du, Krümel?« Er reißt den Umschlag auf und zieht ein Buch und einen Brief heraus. »Marc Aurel«, sagt er. »*Selbstbetrachtungen.*« Er blättert darin. »Was für ein Buch. Was für ein verdammtes Buch. *Das* solltest du lesen statt *Lysistrata* oder was auch immer du aufgegabelt hast.« Er lacht bitter auf, leckt sich die Lippen, berührt sie mit dem Daumen und beginnt, den Brief durchzusehen. Er faltet ihn, reißt ihn in Stücke und wirft ihn ins Feuer. Turtle schöpft Tee aus ihrem Teetopf. Martin geht den Flur hinunter und schlägt die Tür zu.

Cayenne sagt: »Turtle?«

»Ja?«

»Ich wusste nicht, dass du ein Buch liest, Turtle.«

»Er ist ein Arschloch.«

»Ah.«

Turtle trinkt ihren Tee.

»Aber liest du trotzdem?«

»Nein.«

Im Licht der Öllampe zerlegt sie die Sig Sauer und reinigt sie. Sie klopft das Magazin hinein, zieht den Schlitten durch und hält sich die Pistole an die Schläfe, um sich daran zu erinnern, dass ihre Situation niemals so ausweglos ist, dass sie nicht flüchten kann. Sie denkt: Du hast deinen Mut verloren, dein Rückgrat, du bist eine Schande, aber du bist immer noch da.

Seit einer Woche ist sie nicht mehr unten in seinem Zimmer gewesen. Wenn sie morgens die Treppe herunterkommt, steht Martin mit herausgeschobener Hüfte am Tresen und rührt in einer abgestoßenen Keramikschüssel Pfannkuchen an, gießt aus seiner Flasche etwas Bier in den Teig, gestikuliert mit dem Pfannenwender. Langsam löst sie den Blick vom Fenster und sieht Martin an, der feixt, der ihr eine Frage gestellt hat. Sie pustet auf ihren Teebecher und betrachtet den sich zerstreuenden und wieder sammelnden Dampf. Sie nimmt die Schrotflinte vom Tresen, springt hinunter und geht davon. Sie sitzt auf der Toilette, die Hose um die Knöchel geschlungen, einen ausgepackten, uringetränkten Schwangerschaftstest in der Hand, den sie zwischen Daumen und Zeigefinger dreht, während sie zusieht, wie in dem kleinen Plastikfenster langsam das negative Resultat erscheint. Überlegt, was es bedeutet. Dreht ihn langsam.

Am Abend liegt die Pistole zerlegt vor ihr, als sie Martin aus seinem Zimmer kommen hört. Turtle hält inne, und es ist, als würde sie über ihren Eingeweiden hängen und die

Welt sich um sie herum erheben, aufsteigen, und sie hört, wie er die Wurzelholzstufen heraufkommt. Sie setzt die Pistole zusammen, Lauf an Verschluss, Feder um Rückstoßbolzen, Rückstoßbolzen gegen Lauf gespannt, Verschluss geöffnet, Schlittenfang arretiert, Magazin in den Schacht, dann befördert sie eine Patrone in die Kammer, indem sie den Verschluss geräuschvoll schließt, sodass Martin es hört. Er bleibt vor der Tür stehen. Sie erwartet ihn. Der Knauf dreht sich. Er kommt herein und wirkt irritiert, als er sie im Schneidersitz dort vor der Öllampe sitzen sieht, um sie herum Flaschen mit Pulverlöser, Entfettungsmittel und Lampenöl.

»Sauber hier drin«, sagt er.

Sie sagt nichts.

»Okay, Krümel«, sagt er. »Okay.«

Sie macht die Tür hinter ihm zu und setzt sich mit dem Rücken zur Tür. Sie hasst ihn. Er wird mich dafür bestrafen, denkt sie. Er will mir eine Lektion erteilen, eine Lektion für das, was ich mache, und ich bin sicher, ich werde sie mir merken.

Turtle kocht ihren Tee, setzt sich auf den Tresen und sieht zu, wie Cayenne sich in ihrem Schlafsack zu regen beginnt. Sie hat ihre Vampirbücher zu Ende gelesen und liest jetzt *Flussfahrt* von James Dickey.

»Wie ist das?«, sagt Turtle.

Cayenne rümpft die Nase. »Komisch.«

»Wie, komisch?«

»Einfach« – sie verzieht das ganze Gesicht – *»komisch.«*

Am Abend sitzt Turtle da und schärft ihr Messer, lauscht dem Flüstern des Poliersteins und bereut alles. Sie denkt: Komm hoch. Ich will, dass du kommst. Es tut mir leid, es tut mir leid, und es tut mir leid, und wenn du kommst, wird alles gut. Es wird so sein wie früher. Sie weiß, was sie tun sollte. Sie sollte in sein Zimmer hinuntergehen. Aber sie bringt es nicht über sich.

Am Morgen ist sein Gesicht düster, traurig und voller Selbsthass. Er öffnet den Kühlschrank, nimmt sich sein Bier heraus, schlägt es auf und geht nach draußen, die Verandastufen hinunter, und sie sieht seinem sich entfernenden Rücken hinterher und denkt: Ich werde nehmen, was kommt.

Lange bleibt er dort draußen und starrt in die Buckhorn Cove. Abends wartet Turtle, nimmt die Sig Sauer auseinander und setzt sie wieder zusammen, die Schrotflinte mit einem 55-Schuss-Patronengurt neben sich, nimmt Marc Aurel zur Hand, schlägt das Buch auf, liest im Licht der Öllampe darin, wirft es beiseite, hebt die Pistole auf, nimmt den Schlitten aus dem Rahmen, sitzt mit beiden Teilen in den Händen da und starrt darauf.

Dann hört sie Martins Schlafzimmertür aufgehen, hört Martin durch den langen Flur ins Wohnzimmer gehen, wo die Treppe zu ihrem Zimmer beginnt. Turtles ganzer Körper kribbelt. Sie lauscht. Er geht ins Wohnzimmer und bleibt am Fuß ihrer Treppe stehen, und sie wartet und denkt: Komm hoch, du Dreckskerl. Du kannst mir wehtun, aber du wirst mich nicht brechen, also komm die Treppe hoch, du Hurensohn, und zeig, was du kannst. Turtles Kopfhaut kribbelt. Es fühlt sich an, als würde die Haut spannen. Die Angst wächst in ihr. Sie hört, wie er flüsternd mit Cayenne spricht, und das raschelnde Geräusch, als er das noch in ihre Decken gewickelte Mädchen aufhebt, und dann seine schweren, ungleichmäßigen Schritte, die sich den Flur hinunter entfernen, als er sie in sein Zimmer trägt.

Turtle denkt: Gott sei Dank trifft es sie und nicht mich. Dann steht sie auf und fasst sich in die Haare. Sie geht zur Tür und legt den Ballen ihrer Faust daran. Es ist nicht deine Schuld, denkt sie. Das geht nicht auf dein Konto. Du schuldest dem Mädchen nichts. Du kannst nichts dagegen machen. Sie geht zurück zum Fenster, setzt sich, kaut auf ihren Knöcheln herum. Wobei Jacob keinen Zweifel daran hätte, dass du das stoppen kannst, so wenig weiß er von dir, und so wenig weiß er vom Leben. Sie nimmt die Sig Sauer, steckt sie in ihr Holster, nimmt das Gewehr und legt sich den Patronengurt um die Schulter, und dann öffnet sie die Tür und denkt: Scheißdreck, was machst du, Turtle, was machst du?

In ihren weichen, gut eingelaufenen Stiefeln geht sie den Flur entlang. Sie bleibt stehen, lauscht nach irgendeinem Geräusch und hört nur ihren eigenen Atem und ihren Herzschlag, und sie denkt: Gott, Mädchen, atme ruhig und gleichmäßig. Sie geht ins Wohnzimmer hinunter. Turtle steht da, die Schrotflinte in der Hand. Am Ende des Flurs quietscht das neue Bett und quietscht noch einmal. Turtle geht an dem Badezimmer zur Linken vorbei, dann an der Diele mit den 22 Bärenschädeln zur Rechten, dann an der Vorratskammer zur Linken, und sie erreicht Martins lichtlose Tür am Ende des Flurs, den Knauf aus geschliffenem Glas.

Im Dunkel nimmt sie ihren eigenen Geruch intensiv wahr. Ihre Knie schlottern; sie legt die Stirn an die Holzplatte. Auf der anderen Seite schmerzerfülltes Keuchen, stoßweises Atmen. Lang gezogene Stille und dann ein weiteres, halb unterdrücktes keuchendes Atemgeräusch. Turtle steht da und denkt: Du kannst jetzt umdrehen, denn du hast keinen Plan, und du kannst nichts tun, und du kannst mit dem Mädchen nirgends hin. Du kannst sie nicht mitnehmen, und du kannst sie nicht in Sicherheit bringen, und wenn du etwas anderes denkst, bist du blind. Überleg mal, wer er ist. Wie viel größer er ist als du. Wie viel stärker und klüger, wie viel erfahrener. Sie denkt: Du wirst sterben. Du wirst es vermasseln und sterben und wofür? In dem Augenblick, in dem du mit dem Mädchen das Haus verlässt, wird er die Küste hoch zu Jacobs Haus fahren und Jacob umbringen. Das setzt du aufs Spiel, Jacobs Leben und dein eigenes. Und er wird dem Mädchen nichts sehr Schlimmes antun. Er wird mit ihr machen, was er jahrelang Nacht für Nacht mit dir gemacht hat, und du bist schließlich noch da.

Dann denkt sie: Aber wenn ich jetzt die Treppe wieder raufgehe, wird da ein Gutteil von mir bleiben, den ich in der Erinnerung im Halbdunkel halten muss, und nie werde ich meinen Frieden damit machen können, aber wenn ich jetzt da reingehe und einfach mein Bestes gebe, dann ist da eine Geschichte, die ich mir selbst erzählen kann, egal wie sie ausgeht. Mehr als alles andere, mehr als das Leben selbst, wünscht sie sich Jacob Learner zurück, wünscht sie sich ihre Würde zurück. Sie denkt: Okay, du Fotze, steck dein Hirn in die Brotdose und mach dich an die Arbeit. Sie denkt: Wenn du das machst, musst du es absolut richtig machen.

Sie prüft, ob sich die Tür öffnen lässt. Dann legt sie den Fanghebel um, zieht den Vorderschaft zurück, um den klaffenden Schlund des Patronenlagers zu öffnen, legt die Türöffnungsmunition ein, schiebt den Vorderschaft nach vorn und spürt, wie sich der Verschlusskopf knirschend schließt. Sie legt das Gewehr an und schießt das Türschloss weg. Ihr durch die Stille geschärfter Hörsinn fällt augenblicklich aus. Sie tritt die Tür ein und lädt beim Betreten des Raums die Flinte durch. Martin taumelt aus den Laken hoch, hechtet zum Beistelltisch und schiebt Flaschen und Zeitschriften zur Seite, als er nach der Colt-Pistole greift, doch Turtle schießt sie vom Tisch; die Schrotflinte spuckt eine Feuerlanze aus, eine Bierflasche wirft ihren gläsernen Hals ab und schäumt über, die ausgeworfene Schrothülse hängt neben Turtle in der Luft, dreht sich und beschreibt einen Bogen ins Dunkel. Martin schüttelt die Decke ab, steigt aus dem Bett und macht einen einzigen Schritt auf sie zu, riesenhaft und nackt, seine gewaltigen Schenkel im Dunkeln schimmernd, seine Brust schwarz und tief vor Haaren, und Turtle hebt die Schrotflinte.

»Warte –«, sagt sie.

Dann ist er bei ihr. Er schlägt ihr mit dem Handrücken ins Gesicht. Sie stößt mit dem Kopf an den Türpfosten und landet ausgestreckt auf dem Flur. Er taucht riesenhaft aus der Finsternis auf, kniet sich über sie, nimmt ihren Hals in beide Hände und drückt sie auf den Boden. Sie gibt ein ersticktes, würgendes Geräusch von sich, dann wird jeder Ton abgeschnürt. Sie packt ihn am Handgelenk und kann seinen Griff so wenig lockern, als hielte ein Gleisnagel sie an Ort und Stelle fest.

»Du schießt auf *mich*?«, sagt er. »Du schießt auf *mich*? Ich habe dich gemacht. Du gehörst *mir*.«

Sie schlagen nicht aufeinander ein, bewegen sich nicht einmal, aber drängen sich dort auf dem Flur gegeneinander. Sein Gesicht ist eine mörderische Fratze. In Turtle macht sich stumme Agonie breit. Sie fühlt, wie seine Finger Kuhlen in ihren Hals drücken, wie das Fleisch fast bis zum Zerreißen gespannt wird. Ihr Gesicht gerinnt zu einer maskenartigen Kruste. Sie nimmt das durch den brüllenden, unfassbaren Luftdurst hindurch wahr, und sie nimmt auch wahr, dass ihr Gaumen zu *jucken* beginnt, dass ihre Augen zu *jucken* beginnen, als Blutgefäße in ihre Haut hineinbluten.

Turtle umklammert seine Finger, die sich in ihr Fleisch eingraben. Es ist, als wollte sie Wurzeln aus steinigem Boden reißen. Sie kratzt Fetzen aus ihrer eigenen Haut. Unter seiner Handfläche erscheint eine Lücke, und sie schiebt ihren Daumen darunter, schneidet mit dem Nagel eine tiefe, blutige Kerbe in ihren Hals. Verzweifelt arbeitet sie sich mit dem Daumen an seiner Handfläche entlang zum kleinen Finger der linken Hand vor. Ihr Mund reckt sich nach Luft. Ihr Gesicht ist angeschwollen, mit Blut gefüllt, ihr Sichtfeld verengt sich, wird grauschwarz und verliert jede Tiefe, tintenschwarze Gefäße breiten sich über die linke Seite aus.

Er hievt sie hoch und schmettert sie zurück auf den Boden, während sie voll verzweifelter Entschlossenheit mit ihrem untergehakten Daumen am kleinen Finger seiner Linken zerrt. Quälend langsam gelingt es ihr, ihn von den übrigen Fingern wegzustemmen. Sie kämpft um Hebelkraft. »Du schießt auf mich, du Luder?«, sagt er. »Ich habe dich *gemacht.*« Er hebt sie hoch und schmettert sie wieder auf den Boden, versucht sie bewusstlos zu schlagen, ihren Griff abzuschütteln. Funken lassen ihr Gesichtsfeld verschwimmen. Sie kann ihre ganze Faust um den Finger schließen, zerrt ihn nach hinten und reißt seine Hand weg. Er springt auf, bevor sie einen seiner kleinen Handknochen brechen kann.

Obwohl sie frei ist, bleibt Turtle der Länge nach liegen. Sie kann nicht aufstehen. Sie kann nicht atmen. Sie weiß nicht, warum. Obwohl er nicht mehr auf ihr ist, bekommt sie keine Luft. Kein Glucksen, kein Luftgeräusch. Es ergibt keinen Sinn. Sie rollt sich auf den Bauch und kriecht über den Boden. Ich sterbe, denkt sie. Ich sterbe verdammt noch mal genau hier. In diesem Flur. Sie will um Hilfe rufen, aber sie kann nicht. In ihrem Hals ist etwas zerquetscht worden. Sie wälzt sich, ringt nach Luft, und dann kommt Martin von hinten und tritt ihr zwischen die Beine.

Sie bäumt sich stumm auf und bricht zusammen. »Du verdammtes *Luder*«, sagt er. »Du verdammtes ... verdammtes ... *du verdammtes Luder.* Du gehörst mir. Mir. Mir«, krächzt er abgehackt. Er scheint nicht einmal zu begreifen, warum sie auf dem Boden liegt. Er hält verdutzt inne. Sie kann noch immer nicht atmen. Ihr Luftdurst ist von überwältigender Dringlichkeit. Er tritt sie noch einmal. In ihrer Qual krallt sie sich in die Dielenbretter. Ihr Zwerchfell zieht sich krampfhaft zusammen. Sie stemmt sich hoch und spürt Luft in ihrem Mund – ein kalter Mundvoll Luft, kalt an ihren Zähnen. Sie greift nach der halb geöffneten Tür der Vorratskammer. Sie denkt: Steh auf, Turtle. Du musst aufstehen. Du musst aufstehen.

Er sagt: »Du Luder. Du *Hure.*«

Sie erhebt sich schwankend auf die Knie, nimmt einen tiefen, blutigen Atemzug, hält sich am Türknauf fest. Sie denkt: Alles klar, du Fotze. Zeig, was du kannst. Sie saugt wieder Luft ein. Kalt und schmerzhaft und gut. Alles klar, denkt sie. Jetzt krieg deinen Arsch hoch.

Martin hebt die Schrotflinte auf, geht zu ihr und sagt: »Mir. Du gehörst mir. Er stellt sich direkt vor sie und hält ihr das Gewehr ins Gesicht. Er ist zu nah dran. Er macht immer alles falsch. Turtle blickt in die große schwarze Mündung der Schrotflinte wie in eine Pupille und denkt: Er hat sich nie vor dir in Acht genommen, er hat nie an dich geglaubt. Alles verschwindet, jede Geste, alles fällt in sich zusammen, frei von Zweifel und Zögern. Sie streckt die Hand aus und ergreift den Lauf der Schrotflinte knapp hinter dem Korn. Dann zieht sie das Gewehr zu sich herunter, als wäre es ein Geländer, mit dessen Hilfe sie eine Treppe erklimmt, den Lauf von sich abgewinkelt. Es kostet sie keine Mühe, sie spürt es nicht. Ihre Absicht setzt sich einfach in Bewegung um.

Ein Schuss fällt. Das Gewehr schleudert eine weiß glühende Lanze aus Lärm und Feuer an ihrer Hüfte vorbei in die Wand. Martin hat den Schaft nicht losgelassen, und er kommt damit auf sie zu, stolpernd, aus dem Gleichgewicht geraten, sein Mund klafft vor Entsetzen. Es geht ihm zu schnell, und er kann nichts tun. Sie zerrt ihn nach unten, wo sie ihn haben will. Dann stemmt sie die Füße auf den Boden und stößt ihren Ellbogen in seinen Kiefer.

Sie empfindet keinen Schmerz, aber sie spürt den Aufprall bis in ihre Fersen hinunter. Martin taumelt zurück. Er stößt gegen die Wand und geht zu Boden.

Turtle dreht das Gewehr in ihren Händen und lädt es durch. Die Hülse wird ausgeworfen und klackert rauchend über die Bohlen. Turtle bleibt stehen, wo sie ist. Mit jedem Atemzug gewinnt die Welt um sie herum an Farbe, an Tiefe. Sie geht nicht auf ihn zu. Blut ist an die Wand gespritzt. Sie versucht zu sprechen, aber es kommt nur ein schmerzhaftes Krächzen heraus. Etwas in ihrem Hals ist beschädigt. Ihre Stimmbänder, irgendetwas. Martin liegt mit dem Gesicht nach unten da.

Bring ihn um, denkt sie. Er wird dich nie gehen lassen. Er stemmt sich hoch und blickt um sich. Ein Stück Zahn liegt auf dem Boden, und sein Blick richtet sich darauf. Blut läuft ihm in triefenden Fäden aus dem Mund. Seine Pupillen sind zu Reifen aufgeblasen. Seine Beine bewegen sich vergeblich. Turtle denkt: Drück einfach ab. Sie könnte es tun, wenn es nötig wäre, aber sie zweifelt an der Notwendigkeit. Er drückt sich hoch, setzt sich auf, den Rücken an die Wand gelehnt, die Beine gerade vor sich ausgestreckt, starrt ins Leere. Seine Arme hängen nutzlos an ihm herab. Seine Brust hebt und senkt sich. Er wirkt wie betäubt.

Sie öffnet den Mund, um ihn etwas zu fragen, und bringt einen spröden, blutigen Laut hervor. Er hebt die Augen vom Boden, und sie versucht, seinen Blick zu deuten, aber er ist leer, beinahe ausdruckslos. Sie schließt die Hände mehrfach um den geriffelten Vorderschaft der Flinte. Seine Schultern mit den kabeldicken Sehnen, den knubbeligen, faustdicken Muskeln. Sein Körper klobig und schattenzerfurcht. Die Muskeln ziehen sich wie Scherpen über seine Rippen, die sich im Rhythmus seines schweren Atems weiten und zusammenziehen. In der gebeugten Haltung wirft sein kräftiger Bauch Falten. Er hat die Beine angezogen, und seine bloßen Füße ruhen flach auf den Bohlen, Adern schlängeln sich darüber, wie ein Fächer ragen die Knochen aus dem stark gewölbten Spann, die Riesenstummel seiner Zehen sind in die Bretter gekrallt. Er wendet den Blick nicht von ihr ab.

Sie wankt an der Wand entlang an ihm vorbei zu Cayenne, die zusammengekauert im Bett liegt, die Finger in die faltigen Laken gekrallt. Turtle streckt ihre linke Hand mit den verkrümmten Fingern aus, und das Mädchen starrt ins Dunkel. Turtle kann kaum stehen. Sie zeigt mit der Schrotflinte auf das Mädchen, schwingt den Lauf, um ihr zu bedeuten, dass sie sich in Bewegung setzen soll, und Cayenne schreit, schlägt die Hände vors Gesicht und verstummt dann abrupt. Turtle steigt ins Bett, packt das Mädchen an den Haaren und zieht sie hinter sich her durch den Flur in die Diele, wobei sie zu verhindern versucht, dass Cayenne Martin ansieht. Die Bärenschädel schimmern gelblich in der Dunkelheit, der Lüster ragt zwischen den von Spinnweben überzogenen Sparren hervor, das Licht spiegelt sich in den massiven Schwanenhälsen. Turtle schwenkt die Schrotflinte mit einer Hand und zerrt mit der anderen das Mädchen hinter sich her.

Er räuspert sich, hustet trocken. »Geh nicht«, sagt er. Seine Stimme klingt zäh und verwaschen.

Turtle richtet die Flinte auf ihn, und Cayenne klammert sich an sie, das Gesicht in Turtles Bauch gedrückt, die Hände um Turtles Rücken geschlungen, ihre kleinen Finger in Unterhemd und Flanellhemd gekrallt. Er breitet die Hände aus, hebt sie in einem stummen Appell. Turtle öffnet die große eichene Eingangstür und schiebt Cayenne auf die Einfahrt hinaus. Sie geht zu Grandpas SUV und öffnet die Beifahrertür, und das Mädchen steigt ein, nackt und ungeschickt, die Arme um sich geschlungen, die Haare zerzaust. Sie dreht sich um und wirft Turtle einen ängstlichen Blick zu. Turtle schlägt die Tür zu und dreht sich um. Sie kann Martin durch die offen stehende Eingangstür sehen. Sie versucht ihm anzusehen, was er tun wird. Falls er es selbst weiß, ist ihm nichts anzumerken. Er scheint auf den Boden oder auf seine geöffneten Hände zu starren. Komm mir bloß nicht nach, denkt sie. Komm mir bloß nicht nach, du Hurensohn.

Sie geht vorn um den Wagen herum und steigt ein. Sie

könnte die Reifen seines Trucks zerschießen, aber wenn er ihr hinterherkommen will, dann soll er es jetzt gleich tun und in einem Fahrzeug, das sie kennt. Der Schlüssel steckt im Zündschloss. Mit schnellen, abgehackten Bewegungen schaltet sie die Scheinwerfer an, legt einen Gang ein und rast die Einfahrt hinunter. Cayenne kriecht über den PVC-Sitz und legt die Wange auf Turtles Schoß, die Augen zugekniffen, zuckend und krampfend, und Turtle legt dem Mädchen eine Hand auf die Haare, auf die andere Wange. Der SUV schleudert auf den schwarzen, vertrauten Highway hinaus, und beim Anblick dieser sauberen Asphaltebene, des gelben Mittelstreifens, der Briefkästen, der kleinen Erhebungen der Fackellilien seufzt sie erleichtert auf. Sie hebt eine Hand und berührt die Soden, die ihre eigenen Fingernägel in ihren Hals gerissen haben. Sie dreht den Rückspiegel. Durch die Strangulation ist ihr Gesicht mit schwarzen Kapillarblutungen marmoriert. Wenn sie den Mund öffnet, sieht man das lilaschwarze Innere, die rosa umrandeten Zähne.

Turtle versucht etwas zu sagen, kann es aber nicht; ihr Mund öffnet und schließt sich mit einem klickenden Geräusch. Cayenne streckt eine Hand nach ihr aus, ergreift den Schenkel von Turtles Hosenbein, ballt die Hand langsam zur Faust, und Turtle blickt zu ihr hinunter. Cayenne presst die Schenkel zusammen, eine Hand auf den eigenen Bauch gelegt. Die Innenbeleuchtung ist ausgeschaltet, das Wageninnere beinahe lichtlos, aber im Scheinwerferlicht entgegenkommender Autos kann Turtle den silbrig schimmernden Umriss des Mädchens erkennen. Sie sieht die halbe Silhouette einer silbrigen Wange, die Sichel einer Augenhöhle, ihren klaffenden halben Mund, und das Licht wird von den Flächen ihres Gesichts eingefangen und von ihrem schwarzen Haar aufgesogen.

Siebenundzwanzig

Nach zwei oder drei Kilometern hält Turtle hinter einer nicht einsehbaren Kurve an. Sie sind auf dem gewundenen, finsteren Highway, der an den Klippen südlich von Mendocino entlangführt. Cayenne richtet sich wortlos auf. Turtle fährt die Kurve im Rückwärtsgang zurück. Sie behält den Rückspiegel genau im Auge. Sie kann den Kopf nicht ausreichend drehen, um über die Schulter zu schauen. Die Böschung zur Rechten liegt im Dunkel. Links fällt das Scheinwerferlicht auf die Leitplanke, die Klippen. Turtle schaltet und fährt wieder um die Kurve, langsam, den Blick auf die Böschung und die Leitplanke, aber nicht auf den bewaldeten Abhang zur Rechten gerichtet. Sie fährt noch hundert Meter weiter, hält dann am linken Straßenrand und sitzt hinter dem Steuer, dem Ticken des Motors lauschend.

»Was denn, Turtle? Was ist los?«, sagt Cayenne.

Turtle kann den Kopf nicht richtig schütteln. Sie bewegt ihn ein kleines Stück nach rechts und ein kleines Stück nach links.

»Was ist, Turtle?«

»Warte hier«, sagt Turtle.

»Was?«

»Warte hier.«

»Turtle, ich kann doch nicht … Was?« Sie weint, schüttelt den Kopf.

Ich lasse nicht zu, dass er irgendwem wehtut, denkt Turtle.

Ich lasse nicht zu, dass er Jacob oder Cayenne angreift, um mich zu bestrafen. Aber ich werde ihn nur verletzen, wenn es nicht anders geht. Sie weiß, dass er Jacobs Adresse hat. Sie glaubt, dass er sie dort zuerst suchen wird. Aus Angst, dass er zu Jacob fährt, ohne dass sie da ist, kann sie sowieso nirgends sonst hin. Er hat ihre Handlungsmöglichkeiten auf genau eine eingeschränkt.

»Turtle?«

Turtle lehnt sich in dem PVC-Sitz zurück. Sie ist erschöpft. Ihr Hals versteift sich. Ihr Mund ist voller Blut von den aufgesprungenen Lippen. Das Schlucken fällt ihr schwer. Sie öffnet den Mund, um zu sprechen, und Blut rinnt heraus und läuft an ihrem Hemd hinunter. Sie versucht, den Kopf zu schütteln, aber ihr Hals ist zu steif. Sie stößt die Tür mit dem Fuß auf, steigt aus, lehnt sich an die Seitenwand des Wagens und massiert einen Muskel an ihrer Leiste.

»Geh nicht weg«, sagt Cayenne. »Nein nein nein, geh nicht weg.«

Turtle greift nach dem Patronengurt und stellt fest, dass sie ihn verloren hat. Sie hat noch vier Patronen in der Schrotflinte, fünf im Munitionsetui und fünfzehn 9-Millimeter-Hohlspitzgeschosse in der Sig Sauer. Sie schlägt die Tür zu, geht über die Straße, drückt dabei die wächsernen, geriffelten Schrothülsen aus der Munitionstasche gegen den gefederten Widerstand des Magazins und spürt, wie die Patronen eine nach der anderen klickend einrasten. Sie erklimmt die Böschung und legt sich zwischen die Baccharissträucher, von wo aus sie durch die Windschutzscheibe in den Truck schießen kann. Sie ist in der Innenkurve. Es ist kein guter Winkel, aber sie liegt nicht im Scheinwerferlicht, und Martin wird geradeaus und nach links schauen. Sie rechnet damit, dass er abbremst, wenn er Grandpas Wagen vor sich sieht. Sie wird einen Schuss auf ihn abgeben können. Vielleicht zwei. Dann wird sie auf die Reifen schießen. Sie kann sich nicht auf den Ellbogen stützen, auf dem ein schwarzer Bluterguss prangt. Sie kann sich an keinen Schmerz erinnern. Es hat sich so mühelos angefühlt. Aber jetzt verkrampft der ganze Arm. Sie denkt: Sobald er um die Kurve kommt, falls er um die Kurve kommt, denk nicht nach. Genau durch die Windschutzscheibe. Wenn er dir die Chance lässt, jag ihm eine zweite Kugel rein. Ihr ganzes Gesicht schmerzt. Sie spürt ihre Lippen nicht. Er hatte sie so fest geschlagen, dass sie zu Boden gegangen war. Sie hatte etwas sagen wollen. Sie war mit der Waffe schneller gewesen und hatte gedacht, er würde aufhören. Sie hatte geglaubt, er würde zurückweichen, die Hände erheben. Aber er war ohne Zögern auf sie losgegangen. In der Brise fröstelnd, blickt sie über das Visier der Flinte hinweg auf die leere Straße. Dieser Fehler hätte sie beinahe das Leben gekostet. Es war verflucht knapp gewesen. Glück, denkt sie. Reines Glück, dass sie wieder atmen konnte. Wenn einem die Luftröhre so zugedrückt wird, ist es nicht gesagt, dass sie wieder aufgeht. Haarscharf war das gewesen. Es sind schon Leute an deutlich weniger gestorben.

Gott, sie wünschte, sie hätte ihre .308 dabei. Aber sie wird mit dem zurechtkommen müssen, was sie hat. Mit der Schrotflinte und einer Seitenwaffe ist sie mehr oder weniger auf den Nahkampf angewiesen. Sie wartet, und die Nacht wird kälter, und in der Brise wird das Gras um sie herum feucht, und sie denkt: Vielleicht, vielleicht. Es kommt kein Auto. Es gibt die Möglichkeit, nur die Möglichkeit, dass er sie hat gehen lassen. Sie hört ein Auto kommen. Sie wartet. Das ist er nicht, sagt sie sich. Das ist er nicht, er hat uns von der Leine gelassen. Zwei, fast drei Stunden sind vergangen. Sie wartet fröstelnd. Sie sieht Grandpas SUV weiter oben an der Straße stehen, aber Cayenne sieht sie nicht. Sie hofft, dass es ihr gut geht. Sie muss Todesängste ausstehen, so allein in dem Wagen, aber sie wird es überleben.

Ein grüner Subaru kommt um die Kurve. Das Scheinwerferlicht fällt auf den SUV, und das Auto bremst ab, als es gerade in Turtles Visier erscheint. Turtle schaut am Gewehr entlang auf die Frau am Steuer. Ein Kind auf dem Rücksitz blickt in den Wald hinaus. Der Atem des Jungen lässt die Scheibe beschlagen, und dann sind sie verschwunden.

Ihr tut alles weh. Sie denkt: Wohin gehst du jetzt? Was machst du jetzt? Aber es gibt nur eine Möglichkeit. Turtle liegt im Gras und wartet darauf, dass er um die Kurve biegt. Komm schon, du Dreckskerl, denkt sie. Er kommt nicht. Nach Stunden des Wartens erhebt sie sich vorsichtig, auf ihren geprellten Hals achtend, und humpelt zurück zum Wagen.

Cayenne hat Grandpas gefütterte Arbeitsjacke gefunden und sie angezogen. Sie liegt zusammengerollt auf dem Sitz, am ganzen Körper zitternd. Zuerst glaubt Turtle, das Mädchen würde schlafen, aber als sie vorsichtig und, soweit es geht, ohne den Kopf zu bewegen einsteigt, sieht sie das Weiße in ihren Augen im Dunkeln schimmern. Turtle legt die Hand an den Anlasser. Vielleicht, denkt sie. Vielleicht. Sie beugt sich zur Seite und spuckt in Grandpas großen Becher. Vielleicht. Sie dreht den Schlüssel.

Sie fahren in nördlicher Richtung durch Mendocino. Dann durch Caspar. Durch Fort Bragg. Leere Parkplätze schießen vorbei, dunkle Gebäude. Sie warten an einer Ampel, das einzige Auto weit und breit. Dann fahren sie weiter nach Norden. Die grüne Digitalanzeige der Uhr blinkt *00:00*, aber es muss beinahe Morgen sein. Die zwischen den Eukalyptushainen auszumachenden Dünen greifen auf die gewundene dunkle Straße aus. Die Uferklippen fallen unter ihnen ab, und sie fahren auf der Ten Mile Bridge über die dunkle, von Unkraut überwucherte Mündung und die Pfosten verrottender Anlegestellen, die aus den schilfigen Ufern und dem großen, sich wälzenden Glanz des Flusses ragen. Dann sind

Turtle und Cayenne über die Brücke hinweg und fahren auf einer frisch asphaltierten Straße entlang an Häusern mit Redwoodverkleidung und dekorativen Mauern aus geschichtetem Schiefer, betonierten, nicht von Reifenspuren verunzierten Einfahrten und kleinen, mit frisch gehäckselten Holzschnitzeln gemulchten Gärten voller Sonnenröschen und Lumholtz-Kiefern.

Sie biegen ab und überfahren beinahe ein Mädchen, das auf dem Rücken eines Jungen sitzt, ihr rotes Rüschenkleid hochgeschürzt. Der Junge trägt einen Anzug und versucht, mit einer Bierdose in der Hand zu krabbeln. Sie blinzeln ins Scheinwerferlicht. Cayenne und Turtle warten schweigend, während das Mädchen, das sich vor Lachen kaum bewegen kann, vom Rücken des Jungen steigt und auf den Bürgersteig fällt. Sie trägt ihre High Heels in einer Hand und winkt ihnen damit entschuldigend zu. Cayenne und Turtle warten. Ein Junge in einem weit geschnittenen weißen Anzug mit Schlag kommt aus den Büschen gerannt, verfolgt von einer Gans. Er bleibt stehen, um dem hingefallenen Mädchen aufzuhelfen, und die Gans spreizt die Flügel und zischt. Der Junge zieht das Mädchen hoch und müht sich, gefolgt von der Gans, an den Straßenrand. Turtle wirft Cayenne einen Blick zu und nimmt dann den Fuß von der Bremse, und der SUV lässt die Teenager hinter sich.

Die Straße spult sich vor ihnen ab, die Scheinwerfer schneiden durch das hohe, goldene, von der Brise geschüttelte Gras. Sie fahren um eine Kurve, und vor ihnen erscheint Jacobs Haus, vor dem an die fünfzehn Autos stehen. Turtle schaltet die Scheinwerfer aus und rollt die Einfahrt hinunter. Ein großes rothaariges Mädchen mit einer Tiara steht auf der Terrasse, die Hände auf das Geländer gelegt, und schaut zu den geparkten Wagen. Auf ihrer silbernen Schärpe steht HOMECOMING. Zwischen zwei Fingern hält sie einen dünnen

Zigarettenstummel. Was zur Hölle, denkt Turtle. Was zur Hölle? Was auch immer das hier ist, es scheint sich dem Ende zuzuneigen.

Turtle parkt hinter einem großen Lieferwagen voller Aufkleber, auf denen REPUBLIKANER FÜR VOLDEMORT, MEIN ANDERES AUTO IST EIN MAGIC MUSHROOM und NICHT WAFFEN TÖTEN MENSCHEN / KLAFFENDE LÖCHER IN LEBENSWICHTIGEN ORGANEN TÖTEN MENSCHEN steht. Drinnen schlafen Highschool-Schüler. Sie aktiviert die Feststellbremse und schaltet den Motor ab. Cayenne beugt sich gekrümmt vor, die Arbeitsjacke um die Schultern gelegt, einen Daumen im Mund, den Blick über das Armaturenbrett hinweg auf das rothaarige Mädchen gerichtet. Turtle öffnet die Tür, hievt ein Bein hinaus. In ihrer Leiste hat sich ein Muskel versteift. Sie verharrt in dieser Position, wartet darauf, dass der Schmerz nachlässt und sie wieder durchatmen kann, steigt dann aus, lehnt sich an den Wagen und massiert ihr Kniegelenk mit den Knöcheln. Unter Mühen geht sie um die Motorhaube herum zu Cayennes Tür, öffnet sie, legt die Schrotflinte auf die Motorhaube, schiebt die Hände unter die Achseln des Mädchens, hebt sie heraus, nimmt die Flinte und führt das Mädchen bei der Hand an den aufgereihten Autos vorbei, rostigen Subarus und Volvos, in deren schwarzen Fenstern sich der im Westen stehende Mond spiegelt, eierschalenfarben und kratergenarbt. Gleich dahinter die farblosen Schatten der Schlafenden. Unter den Blicken der Rothaarigen treten sie auf die Terrasse. Turtle öffnet die Flügeltür zur Eingangshalle. An der Wand hängen zwei Porträts wettergegerbter Männer mit Zottelbärten, der eine mit einem Gewehr aus der Zeit des Sezessionskriegs und der andere mit einer doppelläufigen Schrotflinte in der Hand. EEL-RIVER-INDIANER BEI DER JAGD steht darunter. Ihre Augen wirken glasig.

Ein schmusendes Pärchen lehnt an der Wand, das Mädchen trägt ein riesiges grünes Dinosaurier-Kostüm. Stiefel und Abendschuhe, Tennisschuhe, High Heels liegen auf dem Boden verstreut. Durch eine T-förmige Gabelung betreten sie den Flur mit den deckenhohen Glasvitrinen voller Zeremonialkörbe. Ein Lichtfächer fällt durch die halb geöffnete Tür vor ihnen. Sie können die büchergesäumten Wände dahinter erkennen, ein Stück weißen Teppich, die rote Seidenpfütze eines Kleids auf dem Fußboden. Turtle drückt die Tür langsam mit der Schrotflinte auf, und sie betreten das Wohnzimmer. In der Mitte des Raums spielen sechs Highschool-Schüler Monopoly. Einer von ihnen ist Brett, der in einem braunen Cordanzug mit ledernen Ellbogenflicken auf dem Boden liegt. Die anderen Jungen tragen geliehene Anzüge, die Mädchen Kleider. Geld liegt auf dem Boden verstreut und unter den Ecken des Spielbretts. Panoramafenster gehen auf die umlaufende Terrasse und den Whirlpool hinaus, auf dessen mit Kerzen geschmückten Rand zwei nackte Mädchen sitzen. Ihre Kleider hängen über dem Terrassengeländer, ihre Ballettschuhe stehen nebeneinander auf dem Boden, ihre blassen Rücken wölben sich, die Kämme ihrer Schulterblätter bewegen sich mit ihren Armen. In einer Zimmerecke steht ein Konzertflügel, auf dem ein Paar roter Pumps und eine rote Unterarmtasche liegen.

Eines der Mädchen auf dem Fußboden richtet sich auf. Es ist Rilke aus dem lange zurückliegenden Unterricht bei Anna, von den lange zurückliegenden Busfahrten. Ihre Haare sind zu Locken gedreht, die an ihrem ovalen Gesicht herabhängen. Sie trägt ein trägerloses pinkes Kleid, Strumpfhosen und keine Schuhe. Sie starrt Turtle an, und ihr Mund öffnet sich nach und nach zu einem von Lipgloss gesäumten überraschten O. Turtle führt Cayenne in das Zimmer. Brett blickt auf und erstarrt.

In die erschrockene Stille hinein keucht Turtle Jacobs Namen. Selbst in ihren eigenen Ohren klingt es entsetzlich.

Rilke sagt: »O Gott.«

Brett sagt: »Turtle –«

»O Gott.«

Turtle gestikuliert mit der Schrotflinte. Sie müssen verschwinden, sie alle. Sie weiß nicht, wie sie das bewerkstelligen soll. Sie muss ihn finden. Alles Weitere folgt, sobald sie Jacob gefunden hat. In Gedanken legt sie den Plan fest – Jacob finden. Alle aus dem Haus schaffen. Das Haus verrammeln. Martin kommt entweder, oder er kommt nicht. Aber, denkt sie, er kommt nicht. Wenn er kommen wollte, hätte er diesen Zug schon gemacht. Er würde nicht fast vier Stunden warten, bevor er ihr folgt. Er würde ihr sofort folgen. Das glaubt sie jedenfalls. Und sie kann Jacob beschützen. Da ist sie sich ganz sicher. Zusammen können sie es schaffen.

»Ist sie …?«, sagt eines der Mädchen.

»Turtle«, sagt Brett. »Turtle, du siehst aus wie *erhängt.*«

Sie sagt: »Jacob …« Ihr Stimme bricht und versagt.

»*Was?*«

»Gott, wie sie sich *anhört.*«

»O mein Gott.«

»Turtle, ich verstehe dich nicht. Willst du zu Jacob? Meinst du das? Was – was ist denn passiert? Was ist los?«

Cayenne versteckt sich hinter Turtle, hält ihre Hand fest und umklammert ihr Flanellhemd. Rilke ist aufgestanden; sie starrt Cayenne an und hebt langsam die Hände, um schockiert ihren Mund zu bedecken. »O mein Gott«, sagt sie. Turtle beachtet sie nicht. »Brett«, sagt Rilke zwischen ihren gewölbten Händen hindurch. Als er nicht antwortet, sagt sie es noch einmal: *»Brett.«*

Eines der Mädchen sagt: »Wir brauchen ein Festnetztelefon. Jemand muss die Polizei rufen.«

Es gibt hier keine Mobilverbindung, fällt Turtle ein.

»Wo«, sagt Turtle unter Mühen, »ist Jacob?«

Jacob wird wissen, was zu tun ist. Er wird alle fortschaffen, und dann werden sie es zusammen durchstehen.

»Äh –«, sagt Brett, beißt sich auf die Lippe und sieht sich um, als könnte sich Jacob im Raum befinden. »Ich meine, er könnte überall sein. Aber wo? Ich meine … ich weiß es nicht?«

»Brett«, sagt Rilke leise, aber nachdrücklich. Brett sieht sie an. »Brett, das Mädchen.« Turtle blickt auf Cayenne hinab. Zuerst sieht sie nichts. Dann sieht sie es. An Cayennes Beinen ist Blut. Es ist an den Innenseiten ihrer Knie und an ihren Schienbeinen hinuntergelaufen, und jetzt ist es trocken und verschorft. Es sieht nicht sehr schlimm aus.

»O mein Gott«, sagt Rilke. Sie sinkt auf die Knie. Sie scheint nicht zu wissen, wohin mit ihren Händen. Sie streckt sie nach Cayenne aus, zieht sie wieder zurück und legt sie auf ihren Mund, wie um sich selbst am Schreien zu hindern. Cayenne schreckt vor ihr zurück. »O Gott, o Gott«, sagt Rilke.

Turtle packt Brett, zerrt ihn an sich heran. »Ich muss zu Jacob.« Ihre Stimme klingt rau und spröde.

Brett sagt: »Turtle … Es sieht aus, als würde das Weiße in deinen Augen bluten … Ist alles in Ordnung?«

»Jacob«, wiederholt sie. Es ist alles, was sie sagen kann.

Brett hebt die Arme und lässt sie wieder sinken. »Ich sag's dir doch, Turtle, ich weiß es nicht! In seinem Zimmer ist er nicht. Hier ist er nicht. Ich weiß nur, als Imogen beschlossen hat, diese Party zu feiern, hat er gesagt, er würde nicht kommen. Er wollte, dass ich mit ihm im Inglenook Fen wandern gehe, und ich habe zu ihm gesagt: ›Am Arsch, ich mache Party!‹ Ich dachte, du hättest mit ihm Schluss gemacht. Scheiße, sogar *er* denkt, du hättest mit ihm Schluss gemacht.«

Turtle steht da. Jacob ist nicht da. Sie hat keine Ahnung, was sie machen soll. Sie spürt, wie im Zuge dieser Unmöglichkeit sämtliche Eigendynamik aus ihr entweicht. Die Welt wird grau und flach vor Anstrengung, ihr Gesichtsfeld verengt sich von allen Seiten, als würde der Raum vor ihr zurückweichen, und in diesem Rückzug wird die Szenerie, werden diese Menschen, wird dieses Haus immer fremder, undurchdringlich und unnavigierbar. Der Boden dreht sich, und einen Augenblick lang fürchtet sie zusammenzubrechen.

»Turtle?«, sagt Brett.

Sie starrt mit aufgerissenen Augen in den Raum. Brett spricht mit ihr, und Rilke kniet vor Cayenne und tätschelt sie in dem schwachen Versuch, sie ein wenig zu beruhigen. Leute reden miteinander. Turtle begreift, dass es an ihr ist, all diese Leute aus dem Haus zu bekommen. Sie in Sicherheit zu bringen, falls Martin kommt. Allmählich dämmert ihr, was für einen gigantischen Fehler sie begangen hat, und in zunehmender Panik, die ihr die Luft abzuschnüren droht, überlegt sie, was sie tun soll.

»Turtle?«, sagt Brett wieder.

Sie steht einfach da.

»Turtle – *was ist passiert?*«

Sie geht zum Bücherregal. Neben einer Buchstütze steht ein Tongefäß voller Stifte, und sie stürzt es um, greift sich einen dicken Filzstift, geht damit zur Wand und schreibt:

Schaff alle hier raus

»Was?«, sagt Brett. Er starrt auf die Wörter. »Was?« Sie schreibt.

Haut ab

Ein Halbkreis aus Fremden starrt sie an.

»O nein«, sagt Rilke.

»Du meinst, *jetzt sofort?*«, sagt Brett.

»Das ist nicht gut«, sagt Rilke.

Turtle schwenkt die Schrotflinte in Richtung Tür.

»Warte mal«, sagt Brett. »Wieso denn? Und *wie*? Wir haben alle Autoschlüssel eingesammelt –«

Sie schwenkt wieder die Flinte, aber noch während sie es tut, begreift sie, dass es vergebens ist. Das Haus ist voller schlafender Menschen. Die Einfahrt ist mit Autos verstopft. Sie fasst einen neuen Entschluss. »Ich muss weg«, sagt sie. »Ich muss hier raus.«

»Turtle, ich ... ich verstehe dich nicht.«

Sie dreht sich um und zieht Cayenne zur Tür. Wenn sie sich beeilt, kann sie einen neuen Hinterhalt legen. Direkt vor der Brücke.

»Stopp«, sagt Rilke.

Turtle sieht sie an.

»Du kannst sie nicht mitnehmen«, sagt Rilke.

Turtle legt den Finger an die Lippen. Alle halten inne.

»Brett, sie wurde –«

Turtle macht eine Bewegung mit der Flinte. Rilke verstummt.

»Was zur Hölle, Turtle? Wohin willst du?«, sagt Brett.

Turtle ist totenstill. Sie hört einen Truck in der Einfahrt. Sie hört, wie der Motor abgestellt wird, und sie hört, wie er die Tür mit dem Fuß aufstößt, wie sie zuknallt. Taubheit breitet sich in ihren Eingeweiden aus, ein saugendes, malmendes, kribbelndes, fürchterliches Gefühl, als wären diese klebrigen Windungen Lappen, aus denen das Blut gewrungen wird. Rilke spricht, die Wörter sind bedeutungslos und verzerrt, und auch Brett und die anderen, alle reden sie, und Turtle denkt: Er hat mich nicht gehen lassen. Er hat mich nicht gehen lassen. Er hat darauf gewartet, dass ich zurückkomme, so wie damals, als er das mit Jacob herausgefunden hat. Er hat mir Gelegenheit zur Reue gegeben, weil er eigentlich will, dass ich von selbst zurückkomme. Aber jetzt ist er gekommen. Ihr bleiben Sekunden, um das Richtige zu tun, und wenn sie das nicht schafft, werden Menschen sterben. Scheiße, denkt sie. Scheiße.

Achtundzwanzig

Turtle schubst das Mädchen auf Rilke zu. »Bleib hier«, sagt sie. Cayenne schüttelt den Kopf. Turtle kniet sich hin, sodass sie auf Augenhöhe mit dem Mädchen ist. »Ich komme wieder.« Ihre Stimme ist ein sprödes Krächzen. Das Mädchen schüttelt den Kopf.

Versprochen, formt Turtle stumm mit den Lippen.

»Versprochen?«

Turtle nickt langsam und schmerzvoll.

An die Übrigen gewandt, deutet sie die Treppe hinauf.

»Mh-mh«, macht Brett. »Auf keinen Fall. Ich lasse dich nicht allein.«

»Brett«, sagt Rilke. »Jemand hat versucht, sie umzubringen, und derjenige ist *hier*. Er ist jetzt *hier*.«

»Ist mir egal«, sagt Brett. »Ich lasse sie nicht allein.«

»Brett!« Rilke hält Cayenne fest. »Brett, wir müssen gehen –«

Turtle lässt sie reden, geht durchs Wohnzimmer auf den Flur und schließt die Tür leise hinter sich. Sie hört, wie sich Martins Schritte auf der Terrasse nähern. Sie kommt zu der T-Gabelung, an der der Flur auf die Eingangshalle trifft, legt sich auf den Bauch, um nicht durch die Vitrine auf dem Flur von hinten angeleuchtet zu werden, schlängelt sich über den Boden, schiebt die Schrotflinte langsam um die Ecke in den Eingangsbereich. Das knutschende Pärchen lehnt immer noch an der Wand. Das Mädchen im Dinosaurierkostüm schaut zu

Turtle herüber. Sie will sich gerade eine Haarsträhne aus dem Gesicht streichen, als sie das Gewehr sieht, erstarrt und den Mund öffnet. Turtle legt einen Finger an die Lippen. Die beiden starren sie an. Turtle hebt die Augenbrauen und schaut zur Tür. Sie folgen ihrem Blick.

Martin muss auf der Terrasse genau vor der Tür stehen. Sie hört die Bohlen knarren. Das Mädchen dreht sich leise um und sieht Turtle an. Die Schrotflinte ist eindeutig nicht auf sie gerichtet, aber manche Leute glauben, eine Schrotflinte könne einen ganzen Flur mit Schrotkörnern füllen. Turtle hebt die Hand: *Nicht bewegen.* Sie versucht zu sagen: *Bleibt, wo ihr seid.* Sie will sie wissen lassen, dass sie ihnen nicht wehtun wird. Der Junge wendet den Blick nicht von der Tür ab. Sie warten. Die rückstoßarme Munition, die Turtle verwendet, hat eine Streuung von circa 80 Zentimetern auf jeden Meter Entfernung. Sie ist viereinhalb Meter von der Tür entfernt. Turtle denkt: Komm schon. Komm schon. Ihre Eingeweide entrollen sich in ihr, während sie fest an die Wand gedrückt wartet, halb unter dem Beistelltisch versteckt, das Gewehr im Anschlag. Sie heftet ihre Wange an den Schaft. Der Teppich riecht nach Reinigungsmittel. In der Küche springt der Kühlschrank an. Turtle kann seinen Schatten nicht sehen, aber sie weiß, dass er genau vor der Tür steht, und sie wartet und denkt: Komm jetzt, du Dreckskerl.

Der Türknauf dreht sich, und die Tür schwingt sanft auf. Das Mädchen zuckt überrascht zusammen, bleibt aber stumm. Turtles Finger schließt sich fester um den Abzug, aber in der Tür ist kein Schatten zu sehen, keine Spur von ihm, und sie kann sich ausmalen, wie er sich an die Kante der offenen Tür presst und sie herauszulocken versucht. Er scheint zu überlegen. Komm schon, denkt sie. Komm schon. Wo ihre Wange am Gewehr liegt, ist der Schaft glitschig vor Schweiß. Die Visierperle schimmert. Von der Terrasse fällt ein Fächer aus trübem gelbem Licht auf die Fliesen der Eingangshalle. Ihr Mund ist trocken vor Angst. Sie versucht zu schlucken und kann es nicht.

Der Junge stößt sich von dem Mädchen ab, macht einen Schritt auf Turtle zu, und Turtle schüttelt den Kopf, gibt ihm stumm etwas zu verstehen, und er bleibt stehen. Martin kann durch die Tür in den Flur schießen, und er wird es auch tun, wenn er Schritte hört. Er weiß, dass Turtle möglicherweise auf ihn wartet, und er wird sich der Gefahr bewusst sein, die es bedeutet, das Haus durch die Tür zu betreten. Der Junge zögert. Die Stille dauert an. Das Mädchen steht zitternd da, die Arme um sich gelegt. Der Junge steht teilweise in Turtles Schusslinie, aber er soll sich nicht bewegen. Die Bohlen der Terrasse knarzen, und Turtle löst kurz die linke Hand vom Vorderschaft der Flinte und schließt sie wieder darum.

Ihr kommt die Vermutung, dass sie etwas vergessen hat. Die Stille dauert zu lange an. Turtle setzt den Gewehrschaft auf den Boden auf, stemmt sich damit hoch und denkt: Nein, nein, nein. Sie hinkt zurück zum Wohnzimmer, stützt sich an der Glasvitrine ab, und als sie an der Wohnzimmertür ankommt, fällt ein Schlitz aus Licht darunter hervor. Sie weiß, was das bedeutet: Martin ist um das Haus herumgegangen und auf die Terrasse gestiegen, und er schwenkt das Taktische Licht seiner Waffe durch den Raum, sucht nach einem anderen Weg ins Haus, und dann hört sie das Fauchen der gläsernen Terrassentüren auf ihren Gleitschienen und das doppelte Kussgeräusch, als sie sich wieder schließen, und Turtle denkt: Scheiße, Scheiße, Scheiße. In dem anderen Raum, direkt hinter der Tür, schreit Cayenne, und Turtle hört Martins Stimme gedämpft durch Cayennes lang gezogenes, von Schluchzen unterbrochenes Gekreische hindurch, aber sie bleibt, wo sie ist. Geh durch diese Tür, und du stirbst, denkt sie. Geh durch diese Tür, und du wirst verdammt noch mal einfach sterben. Cayennes Schreie verstummen.

»Krümel«, sagt Martin.

Turtle geht durch die Tür. Martin steht mitten im Raum. Er hält sein kurzläufiges, zur Vollautomatik umgebautes AR-15. Zwei Magazine mit je dreißig Schuss sind an den Enden mit Klebeband verbunden. Hinter seinem Gürtel werden noch weitere Magazine stecken. Seine Lippen sind aufgesprungen. Rilke hält Cayenne im Arm.

»Was hast du getan?« Er breitet die Hände aus. Da wird es ihr erst bewusst. Es gibt kein Zurück mehr. Jetzt nicht mehr, da es Zeugen gibt.

Turtle öffnet den Mund, kann nicht sprechen.

»Krümel«, sagt er und schürzt die Lippen. Seine Arme sind ausgestreckt.

Turtle steht da.

»Jetzt, Krümel«, sagt er. Er spuckt Blut auf den weißen Teppich. Als Turtle nichts sagt, blickt sich Martin um. Er sagt: »Vielleicht könnt ihr uns mal einen Moment allein lassen.«

Die anderen Highschool-Schüler rennen zur Tür. Brett und Rilke bleiben, wo sie sind. Brett hat die Hände erhoben, Rilke hält Cayenne. Einer der anderen wird die Polizei rufen. Vielleicht hat es schon jemand getan. Turtle fragt sich, was aus Cayenne wird, wenn sie mit ihm geht.

Turtle versucht zu sprechen. Sie kann es nicht. Sie schluckt, versucht es noch einmal. »Das Mädchen?«

Martin sagt: »Lass sie hier.«

»Nein nein nein nein«, sagt Cayenne. »Nein nein nein, er bringt dich um. Er wird sie umbringen.«

Turtle hält die Schrotflinte mit einer Hand, lässt sie an ihrem Bein hinabhängen.

»Krümel«, sagt Martin. Er geht auf sie zu. Er stößt das Monopoly-Brett mit dem Fuß beiseite. In einer Geste der

Vernunft breitet er die Hände aus, lässt das Gewehr lose von einer herabbaumeln und sagt: »Hör zu, Krümel. Hör zu. Du musst mit mir kommen.«

Cayenne wimmert: »Nein nein nein nein nein nein nein.«

Martin sagt: »Ich liebe dich zu sehr, um dich gehen zu lassen. Niemals. Du hast einen Fehler gemacht. Vielleicht hast du vergessen, dass wir das schon mal versucht haben.« Er lächelt, verstummt, dann gestikuliert er, als kämpfte er stumm gegen die Grenzen der Sprache an. »Wir haben es versucht, und wir haben gemerkt, dass wir nichts sind ohne einander. Wir können das nicht noch mal machen. Das geht einfach nicht. Das muss dir doch klar sein. Und all die anderen ...« Er macht wieder eine Handbewegung. Requisiten. Objekte. Das ist ihr Fehler. An eine Welt außerhalb von ihm zu glauben. Er macht den letzten Schritt auf sie zu, lässt sich auf die Knie fallen und legt die Arme um sie, drückt seine Wange an ihr Becken. Brett und Rilke sehen schweigend zu, Cayenne schließt die Augen. Turtle hebt die Arme wie ein Mädchen, das hüfttief in kaltem Wasser steht. Sie denkt: Bring ihn um. Bring ihn jetzt sofort um. Tu es, bevor er dich umbringt oder Cayenne oder Jacob oder Brett. Aber sie kann sich nicht überwinden, ihn hier auf seinen Knien zu töten, und sie denkt: Wofür würde Brett dich dann halten, wofür würde Cayenne dich halten, für eine Mörderin, eine Scharfrichterin, und ist das das Ende? Sie weiß, dass es das nicht sein muss. Zumindest spricht er.

Martins Schultern zucken. Er umklammert sie, kneift die Augen zusammen, dass Falten in den Augenwinkeln erscheinen, und sagt: »Ich liebe dich. Verdammt.« Sein Griff wird noch fester. Sie weiß nicht, was sie sagen soll. Sie wirft Brett über ihn hinweg einen stumm flehenden Blick zu, aber Brett geht nicht. Martins zerfurchtes Gesicht spiegelt die Heftigkeit seiner Gefühle wider, und Turtle öffnet den Mund, um zu sprechen, kann es aber nicht. »Scheiße!«, schreit Martin.

»Scheiße! Schau dich an! Scheiße! Scheiße!« Er hält inne, und in der Stille betrachtet er sie. Dann steht er auf. »Komm mit, Krümel.«

Sie rührt sich nicht.

»Raus hier«, sagt er. »Alle.«

Niemand bewegt sich.

»Raus hier, verdammt noch mal!«, sagt er. »Alle.«

Brett sagt: »Nein, Mann. Nein, das glaube ich eher nicht.«

Martin wendet sich ihm zu. Er sagt: »Du bist Carolines Junge, oder?«

»So ist es«, sagt Brett.

»Dann verpisst du dich jetzt besser« – Martin wedelt mit dem Gewehr –, »bevor du erschossen wirst.«

Brett bleibt mit erhobenen Händen stehen. »Ich kann nicht. Tut mir leid. Ich bin ihr Freund.«

»Du und ich, Krümel. Was sagst du?«

Turtle breitet die Arme aus, leer, hilflos. »Okay.«

»Okay?«

»Geh nicht, Turtle«, sagt Brett. »Wir lassen nicht zu, dass dich dieses Arschloch mitnimmt.«

Martin sieht sie prüfend an, ein Auge stärker zusammengekniffen als das andere.

»Ich gehe mit ihm«, sagt sie. Sie weiß nicht, was das bedeutet. Entweder wird sie ihn begleiten, oder sie wird mit ihm in den Flur gehen und ihn dort umbringen. Sie muss ihn weiter von Brett und Cayenne wegbekommen.

Er taxiert sie, macht eine Kopfbewegung in Richtung der Schrotflinte. »Lass sie fallen.«

Sie zögert. Sie versucht zu sprechen. Ihre Stimme bricht. Sie erwägt die Wahrscheinlichkeit, dass er sie alle umbringt, wenn sie die Flinte fallen lässt.

Er wendet sich von ihr ab. Er schaut zur Wand. Er schaut sich im Zimmer um. Er schürzt die Lippen zu einer Art nachdenklichen Grimasse und fährt sich mit der Hand übers Gesicht. Er überlegt, was er tun soll.

Sie sagt: »Ich komme mit.«

Er grinst sie wissend an und schüttelt den Kopf. Sein Kiefer verkrampft sich, und sein Grinsen gerinnt zu einem hasserfüllten, bitteren, düster brütenden Ausdruck. Er fährt sich mit dem Daumen über die Lippen. Dann muss er etwas in ihrem Gesicht gesehen oder zu einer Entscheidung gelangt sein.

»Lass sie fallen, Krümel.«

Turtle lässt den Riemen der Schrotflinte los und wirft sie auf den Boden.

Brett tritt vor. Er sagt: »Du nimmst sie nicht mit.«

Martin ignoriert ihn. Er sieht Turtle an. Er sagt: »Komm, Krümel.«

Brett tritt zwischen sie, legt Martin die Hand auf die Brust. »Nein«, sagt er, »ich lasse nicht zu –«

Turtle sieht Martins Gesicht. Sie greift nach der Sig Sauer. Ihr rechter Arm funktioniert nicht so, wie er sollte. Sie fischt verzweifelt nach der Pistole, und einen schrecklichen Augenblick lang ist ihr Hemd im Weg, das sich über dem Druckknopf des Holsters ballt, sie bekommt die Pistole nicht heraus, sie scharrt ungläubig danach, während sie zusieht, wie Martin zurücktritt, um Abstand zwischen sich und Brett zu bringen, dessen Hände erhoben und seitlich ausgestreckt sind, und dann sieht sie das helle Mündungsfeuer. Brett krümmt sich, beugt sich vornüber, sein Rücken wölbt sich hinter ihm, und die Kugel bläht sein T-Shirt wie ein Segel. Martin schaut an Brett vorbei zu Turtle. Sie sieht das Mündungsfeuer des zweiten Schusses, und die Kugel trifft sie wie ein Vorschlaghammer an der Wange. Sie fällt, sieht Sterne, blind auf dem linken Auge, ihr Gesicht weiß vor Schmerz, und kommt genau auf ihrer Schrotflinte zu liegen. Cayenne schreit, läuft über den Teppich zu ihr. Dann ist Turtle auf den Beinen und rennt, die

Schrotflinte in den Händen. Etwas trifft sie ins Kreuz, und sie sieht den Nebel aus Blut, der vor ihr an die Wand geworfen wird und in dessen Mitte das gekräuselte Einschussloch erscheint, klein wie das Brandloch einer Zigarette. Sie kracht durch die Tür und schwankt den Flur entlang, ihre Gedanken gelb und grün vor Furcht. Sie wirft einen Blick über die Schulter und sieht ein aufflammendes Licht wie von einem angerissenen Streichholz. Muster aus grünen und roten Punkten erscheinen vor ihren Augen, aufspritzende Nachbilder, und etwas trifft sie direkt unter dem rechten Schulterblatt. Sie hört das *pock* des Schusses; es wirkt kleiner und weniger folgenreich, als es sollte, und der Aufprall geht dem Klang voraus. Sie landet auf allen vieren in der Küche. Sie greift nach ihrem Bauch, und ihre Hände sind mit heißem Blut getränkt. Sie hört das *pock pock* weiterer Schüsse, aber es verwirrt sie völlig. Sie weiß nicht, wo die Kugeln einschlagen, ob sie in ihr einschlagen. Sie kann nicht tief Luft holen.

Sie kriecht über den Küchenboden und denkt: Du musst aufstehen. Sie atmet in flachen, keuchenden Zügen. Cayenne zieht an ihr. Turtle stützt sich auf eine Blutpfütze, und ihre Hand rutscht unter ihr weg. Sie liegt mit dem Gesicht auf der Granitkachel. Das Mädchen zerrt an Turtles Hemd. Turtle sieht die Schrotflinte neben sich auf dem Boden liegen. Sie rollt sich auf den Rücken, zieht die Knie an, zieht die Sig Sauer aus dem Holster und hebt sie. Die Waffe schwankt wild hin und her, ihr Blick verschwimmt, das linke Auge ist voller Blut, und sie schließt es. Sie klemmt gerade die Handgelenke zwischen die Schenkel, als Martin in Sicht kommt. Sie schießt, und er hechtet hinter die Wand. Sie schießt durch den Rigips, um ihn tiefer in den Flur zu treiben.

Cayenne fasst Turtle am Arm und versucht, sie über den Boden zu schleifen, und obwohl ihre Stiefel und Hände auf den vom Blut glitschigen Fliesen abrutschen, stemmt sich

Turtle hoch, hebt die Schrotflinte auf und humpelt zu der Tür, die auf die hintere Terrasse hinausgeht. Dann hält sie inne. Sie sieht den Küchentresen an, und dann macht sie einen Satz darauf zu, stützt sich mit einer Hand auf der Kücheninsel ab, die andere mit dem Riemen der Schrotflinte darum auf den Bauch gepresst wie eine Läuferin mit Seitenstechen, das Blut zwischen den nassen Fingern hervorsprudelnd. Ihr Hemd ist durchweicht, und wenn es gegen ihren Bauch schwingt, entsteht ein hässliches Klatschgeräusch. Sie kann nicht tief einatmen.

»Wir müssen weg!« Cayenne schreit. »Turtle! Komm!«

Turtle öffnet die Schublade, und da liegt alles: Glühbirnen, Schraubenzieher, Schlichthammer, Nägel, Klebeband. Blut tropft von ihrem Gesicht in die Schublade. Es ist nur ein Kratzer, sagt sie sich. Es fühlt sich nicht wie ein Kratzer an. Sie zieht das Hemd hoch. Es ist alles gut, sagt sie sich. Du musst nichts weiter tun, als alles richtig zu machen. Und das kriegst du schon hin.

Martin kommt um die Ecke. Turtle hebt die blutige Schrotflinte mit einer Hand und schießt genau in dem Moment ein Loch in die Wand, als er sich wieder zurückzieht. Er schiebt das Gewehr um die Ecke und schießt blind in die Küche, bespritzt die Wand mit Maschinengewehrfeuer, und Turtle zielt und schießt noch einmal. Die Schrotmunition durchschlägt die Fliesen, legt Schrauben, Kabel, Dämmmaterial frei und tritt wieder aus der Wand aus, und sie hört die Vitrine splittern, hört ihn durch die Scherben von ihr wegkrabbeln. Sie schwingt die Flinte nach oben und schießt die Deckenlampe der Küche aus. Sie versinken im Dunkel. Dann knipst Turtle das auf die Flinte montierte Stroboskoplicht an. Blendend helles, blitzendes Licht erfüllt den Raum. Es flacht alle Schatten zu harten Linien ohne Tiefe und alle Farben zu weiß glänzenden Folien ab. Sie weiß aus eigener Erfahrung, wie schwierig es ist, in dieses Blitzen hineinzuschießen. Die Lampe ist mit Laschen am Lauf befestigt, und sie zieht sie ab und lässt sie über die Kücheninsel rollen, bis sie drei Meter von ihr entfernt und auf die Flurtür gerichtet zum Liegen kommt.

In dem übelerregenden Blitzlicht zieht sie ihr Hemd wieder hoch. Sie kann die Bauchwunde sehen. Das Blut ist an ihr hinuntergelaufen, hat ihre Jeans getränkt und schwappt in ihren Stiefeln. Sie reißt einen Streifen von ihrem Hemd, knüllt ihn über der Wunde zusammen und beginnt, ihn mit Klebeband zu fixieren. Sie hat Glück, dass Martin ein kurzläufiges Gewehr benutzt. Dem Aussehen der Austrittswunde nach hat die Kugel sie sauber durchbohrt, ohne zu splittern oder von ihrem Kurs abzuweichen. Bei einem längeren Lauf und einer höheren Geschwindigkeit können sich diese 5.56-Kugeln spalten oder ins Trudeln geraten. Er ist leichtsinnig, denkt sie. Er achtet nicht auf solche Details, er hat es nie getan. Martin schießt auf das Blitzlicht. Turtle schenkt ihm keine Beachtung. Das Klebeband wird nicht viel helfen, aber es wird ein bisschen helfen. Das stimmt nicht. Dort, wo sie hingeht, wird es ihr das Leben retten.

»Turtle!«, schreit Cayenne.

Turtle beachtet sie nicht; sie wickelt es aufwärts um ihren Bauch und ihre Brust, eine feste Korsage aus Klebeband. Etwas blitzt auf, und Turtle hebt den Kopf. Der Granitfliesenspiegel hinter ihr löst sich und zerplatzt in Scherben, die von der Wand wegstieben. Im Licht des Stroboskops gibt es keine Bewegung. Nur einzelne, weiße Blitze. Er schießt nicht mehr von der Tür aus. Er ist im Nebenzimmer und schießt durch die Wand direkt neben ihr. Turtle macht einen Hechtsprung und drückt Cayenne auf den Boden. Über ihnen hängen Fliesen- und Glassplitter wie ein Sternbild in der Luft. Schmutzpartikel rollen sich zu den Seiten ab. Die Mädchen kauern hinter der Insel auf dem Boden, Cayenne schreit und schreit, das Gesicht auf die Fliesen gedrückt. Die Kücheninsel ist keine echte Deckung. Die 5.56-Geschosse mögen zwar klein sein, nicht größer und kaum schwerer als .22-Randfeuerpatronen, aber sie durchschlagen sie trotzdem. Turtle richtet sich auf, stützt sich am Küchenschrank ab und umwickelt sich weiter mit Klebeband. Sie will nicht versuchen, das Feuer durch die Wand zu erwidern. Sie hat schlicht nicht genügend Munition, und sie weiß nicht, wer außer ihm noch in dem Raum ist. Dann verstummen die Schüsse, und Turtle hört, wie er das Magazin fallen lässt und das neue Magazin in den Schacht schiebt und dann den Stahl-auf-Stahl-Klang des vorspringenden Schlosses, aber etwas funktioniert nicht richtig. Die Waffe blockiert. Du Hurensohn, denkt sie, du unfähiger Wichser. Wahrscheinlich hat er beim Hochrüsten des Gewehrs zur Vollautomatik Mist gebaut, und jetzt klemmt es. Cayenne scheint am Boden festzukleben; die Augen fest zugekniffen, krümmt sie sich wortlos und krallt die Hände in die Fliesen. Turtle zieht sie an den Haaren hoch, und das Mädchen umfasst ihr Handgelenk mit beiden Händen, und so wanken sie zur Terrassentür. Das Stroboskoplicht zerstört jede Tiefenwahrnehmung, sodass sie halb blind durch den Raum taumeln, und Turtle schießt in die Tür vor ihnen, stößt sie mit dem Fuß auf und tritt hindurch. Weitere Schüsse durchforsten die Küche, und sie lassen sich auf die Terrasse fallen und kriechen gekrümmt auf die Treppe zu. Das Stroboskoplicht wird ihn noch einige Sekunden lang aufhalten. Turtle umfasst das Geländer und lässt sich auf die Treppe hinunter, und sie steigen zu einem felsigen Stück Strand hinab, das mit getrockneten Braunalgen bedeckt ist, die unter ihren Füßen hohl knacken. Ein steifer Wind weht von Norden her, und er hebt ihre Haare und zieht sie ihnen wie Luftschlangen durch die Gesichter.

Neunundzwanzig

Turtle schleppt sich mühsam voran; ihre Schritte pressen Wasser aus dem Sand zu schimmernden Glorienscheinen. Den Fluss vor ihr säumen schlafende Gänse. Es scheinen Hunderte zu sein. Turtle stolpert vorwärts, auf das Mädchen gestützt, Hüpfer und Schritt, Hüpfer und Schritt. Das Klebeband drückt im Rhythmus ihres Herzschlags zu, und ihr wird bewusst, dass die Rolle noch an ihr hängt, an einem langen Schwanz aus Klebeband herabbaumelt. Sie wickelt es noch einige Male um ihren Bauch, reißt die Rolle ab und lässt sie in den Sand fallen. Sie atmet in raschen, harten Japsern, scheint aber nie genug Luft zu bekommen.

Die Uferklippen sind nicht hoch. Der Fluss fließt noch etwa zwanzig Meter unter ihnen dahin, dann fallen die Klippen ab. Die flache Flussmündung dahinter ist mit Treibholzstämmen, Sandbänken und Haufen gestrandeter Braunalgen übersät, 35 Meter vor der Flutlinie, wo drei Felsnadeln als schwarze Umrisse stehen und die Brecher weiß zerschellen und über ein ebenes Stück Strand hereinrollen, das sich von Norden nach Süden über den Horizont erstreckt; jede Welle walzt mit einer Ladung Wasser und Sand herein, die die Luft erzittern lässt. Jacobs Haus in der Ecke der Uferklippen oberhalb von ihr überblickt sowohl den Fluss als auch den Strand. Turtle und Cayenne taumeln voran, um sie herum stiebt der Schwarm auf. Turtle erreicht das Flussufer und zieht das Mädchen ins kalte Wasser, wo sie durch ein hüfttiefes Gewirr aus schlagenden

Flügeln waten und sich in die Strömung werfen. Dann lässt Turtle los und schwimmt mit festen Zügen über den sandigen Grund. Der Fluss ist nur um die zwei Meter tief, aber er trägt sie mit überraschender Kraft voran. Einmal bricht sie zum Atemholen durch die Oberfläche, und die Gänse stieben noch immer überall entlang des Flusses auf, der Blick auf das Haus ist verdeckt, und sie taucht wieder unter und schwimmt weiter. Sie schwimmt an den Uferklippen vorbei, erreicht einen Treibholzstamm, der vom Ufer ins Wasser ragt, hält sich daran fest und taucht hinter ihm auf. Sie zieht das Mädchen aus der Strömung auf die geneigte, kantige Front des Flussufers hinter dem Baumstamm.

In vierzig Metern Entfernung kommt Martin auf die Terrasse und schwenkt das Taktische Licht seines Gewehrs über den Strand; in spitzem Winkel durchschneidet es die Oberfläche des Flusses. Gesprenkelte Reflexionen kreiseln über die Stirnseite der Klippen. Turtle und Cayenne liegen hinter dem Stamm, bis zum Kinn im Wasser, gegen das sandige Ufer abgeschirmt. Er hat einen leichten Höhenvorteil – die Terrasse ist sieben, acht Meter hoch, und man kann von dort aus den gesamten Strand überblicken.

Sie hat nur Schrotmunition in der Flinte. Er steht genau am Rand ihrer Reichweite. Hätte sie eine Flintenkugel, könnte sie ihn auf der Treppe erreichen und sein Leben einfach so beenden. Ihre Gedanken stellen sich langsam ein, die Ränder ihres Gesichtsfelds verengen sich, die Welt wirkt hohl und von allem Gefühl befreit. Sie packt das Mädchen und deutet den Fluss hinunter, aber Cayenne schüttelt den Kopf. Bis dorthin, wo der Fluss ins Meer mündet, sind es noch einmal um die zwanzig Meter. Das Mädchen soll dem Fluss ins Meer folgen und sich dann entlang der Flutlinie nach Süden vorkämpfen. Es ist ihre größte Chance. Turtle hält drei Finger hoch – *Auf drei* – und sieht das Mädchen bedeutungsvoll an, und Cayenne schüttelt den Kopf, und Turtle zieht sie an sich heran und küsst sie aufs Haar, und dann stößt sie sie von sich, und sie atmen beide stoßweise, das Wasser und das kantige Ufer scheinen ihre Atemgeräusche zu verstärken, und Turtle dreht sich um und zieht die Sig Sauer, aus deren Magazin und Lauf Wasser rinnt, setzt sie auf den Stamm auf, blickt durch das schimmernde Tritium-Visier, richtet es auf Martin, der mit seinem Licht den Strand absucht, und schießt.

Martin muss ihr Mündungsfeuer gesehen haben, denn sein Taktisches Licht schwenkt über den Strand auf sie, und er beginnt zurückzuschießen. Wasserhosen springen in die Luft und flackern schwarz und nebulös in der sonnengleichen Erscheinung des Taktischen Lichts, und Holzschnitzel schießen geysirartig von dem Stamm auf und werden ins Dunkel gerissen. Turtle zielt genau in die vernichtende Grelle. Die Schatten ihres Visiers ragen wie die Zeiger einer Sonnenuhr über den Schlitten der Pistole und über ihren Arm, und die Sig Sauer verdunkelt das Licht und wirft ihren schlanken Schatten auf Turtles rechtes Auge, das Visier selbst von einem Kranz aus glänzend weißem Licht umgeben, und sie drückt ab. Das Licht verlischt. Turtle schießt weiter, horcht genau auf das Klicken, mit dem der Abzug freigegeben wird, ihr Blick wird von Nachbildern überschwemmt. Dann bleibt der Verschluss der Sig Sauer geöffnet, und sie wirft die Pistole ins Wasser, wo sie zischend versinkt. Sie schließt die Augen, ihr Bewusstsein liegt glitschig in ihren Händen, und sie denkt: Du musst aufstehen, Turtle. Du musst aufstehen.

Cayenne ist verschwunden. Das hat immerhin geklappt. Das Mädchen ist entkommen. Turtle kann sich kaum mehr erinnern, was sie vorhat; sie kriecht auf Ellbogen und Knien am sandigen Ufer entlang durch den Fluss, der um sie herum breiter und flacher zugleich wird. Vor ihr bildet ein Hügel aus Braunalgen eine Insel im Flusslauf. Turtle gleitet bäuchlings darauf zu. Eine Sandbank liegt dort, voller Seetang und Treibholz. Sie kriecht in den Tang hinauf. Um sie herum schrecken Fliegen und Sandflöhe hoch. Es riecht nach Salz und Fäulnis. Sie zieht die Schrotflinte an ihrer Schlinge hinter sich her, schnappt in raschen, unkontrollierbaren Zügen nach Luft. Sie streckt sich aus, zitternd vor Kälte und vor Angst. Neben ihr eine zerknautschte, violett gesäumte Qualle, die Glieder ein Gewirr klebriger Schnüre, die Hohlräume voller wimmelnder Sandflöhe, geschwollen und vergrößert durch ihren linsenartigen Leib. Das Wasser ist brackig. Flussströmung und Wellen tauschen miteinander, ändern immer wieder die Richtung. Die Brandung rollt mit einem kakophonischen Mahlen auf sie zu, das im Wasser und dem sandigen Bett darunter spürbar ist, in Turtles Eingeweiden, die sich in ihrem zerrissenen, schleimigen Sack wälzen, und jede brechende Welle sendet einen Wasserschwall, der sich um sie erhebt und dann abfließt. Sie liegt da und fischt nach öligen Gedanken, als würde sie Seegras nach Aalen durchkämmen, und sie denkt: Ich könnte die Augen schließen, und das hier, das alles wäre vorbei. Dann denkt sie: Nein, am Arsch – du hattest deine Chance, du Fotze, und jetzt hängst du drin.

Turtle richtet sich langsam auf und blickt durch den Seetang zu ihm. Martin hinkt den Strand neben dem Flusslauf entlang, und in Turtle brandet eine schreckliche Freude auf. Sie hat ihn getroffen, Scheiße noch mal, über eine Entfernung von wer weiß wie vielen Metern, sie mit ihrer 9-Millimeter, von seinem Licht geblendet, und er mit seinem AR-15 in erhöhter Position, und sie hat ihn getroffen. Sie hat auch die Lampe getroffen, sonst würde er sie einsetzen. Komm nur, denkt sie. Komm im Dunkeln zu mir, du Wichser. Komm zu mir und stirb. Sie lässt sich ins Wasser gleiten, das über ihre Augen steigt, und zieht sich tiefer in das schwere, ölige Gewirr aus Seetang.

Er braucht lange für seinen Weg den Strand hinunter, und sie liegt reglos da, keuchend, schwindelig, ihre Herzschläge ziehen ihren ganzen Körper zusammen, und sie denkt: Nur noch ein bisschen, Turtle. Halt dich an der Welt fest und lass nicht los und bau jetzt keinen Scheiß.

Martin geht am Fluss entlang. Er glaubt offenbar, sich auf dieser weiten, flachen Strandebene nicht verstecken zu können. Gegenüber der Stelle, an der sie in ihrem Seetanghaufen liegt, bleibt er stehen. Wie sie wartet er darauf, dass sich seine Augen an die Dunkelheit gewöhnen. Mit dem Blinzeln von jemandem, der im Dunkeln nicht gut sehen kann, sucht er den Fluss nach irgendeiner Art von Bewegung ab. Das Gewehr liegt an seiner Schulter. Die Schrotflinte ist unter ihr gefangen. Sie will sich nicht bewegen, um sie herauszuziehen. Sie will, dass er vorbeigeht. Sie wird sich bewegen, wenn sie muss, aber die Chancen stehen ihr nicht gut genug. Sie will, dass er vorbeigeht. Er blickt weiter zur Flussmündung hinaus, wo die drei Inseln in der Brandung liegen. Aber er will den Seetanghaufen nicht im Rücken haben. Turtle schließt die Augen. Nein, denkt sie. Er hebt das Gewehr und schießt, durchforstet den Tanghaufen mit Maschinengewehrfeuer, und Turtle liegt da, die Augen geschlossen, die Zähne aufeinandergebissen, während die Kugeln in den Seetang einschlagen, aber es passiert nichts. Er trifft sie nicht. Dann entscheidet er sich. Er schwenkt das Gewehr in Richtung der Brandung und geht weiter.

Turtle stößt den Atem aus, die Knöchel an den Mund gedrückt, um nicht laut aufzuschluchzen. Dann zieht sie sich schlängelnd unter dem Seetang hervor, die sandige Schrotflinte kommt frei, und sie steht auf und humpelt ihm durch den seichter werdenden Flusslauf hinterher und denkt: Es ist nicht mehr weit, Turtle, sieh bloß zu, dass es dich nicht von den Füßen haut, du Luder. Halb hüpfend, halb gehend, arbeitet sie sich im schienbeintiefen Wasser voran, und es fühlt sich an, als hätte Gott sie am Bauch gepackt und würde zudrücken, und der Strand verliert alle Farbe, verliert jedweden Geruch und Klang, eine schwarz-weiße Platte, das Weiß der Wellen, die Umrisse der Inseln und Martin.

Vor ihr nähert er sich einem schmalen, höhlenartigen und gewundenen Korridor zwischen zwei Inseln. Er vermutet sie dort, in einem irgendwo vor ihm liegenden Versteck. Turtles Gesichtsfeld verengt sich zu einem einzigen entschlossenen Gedanken. Er steht am Rand der Brandung, knietief im Wasser, das Gesicht dem Ozean zugewandt. Der vor ihm stehende Mond berührt die Horizontlinie und macht ihn im Gegenlicht sichtbar. Wasser läuft aus dem Magazinschacht, als sie die Schrotflinte hebt und nicht weiß, ob sie noch schussfähig ist.

»Daddy«, sagt sie leise hinter ihm, und er wirbelt herum, und das kreiselnde Blitzen des Mündungsfeuers spaltet die Nacht. Turtle drückt ab. Ihr eigenes Mündungsfeuer bildet einen vom Umriss der Schrotflinte durchbrochenen Dreiviertelkranz aus Licht, eine lange Feuerlanze streckt sich nach ihm aus, und sie sieht seine Gestalt und dann Dunkelheit. Sie sieht ihn nicht fallen. Der Klang der Schrotflinte rollt über den Strand, alles ist ausgelöscht, verschwunden, die Nachbilder sind weiß, grün und rot, und jedes behält den Eindruck von Farbe bei, aber jedes ist dunkel wie Schwärze. Sie lässt sich auf Hände und Knie sinken, kriecht auf ihn zu, legt die Hand auf sein Bein. Seine Jeans sind durchnässt und sandverkrustet, und sie umfasst seine Schulter und zieht ihn zu sich heran.

Seine riesenhafte schwielige, sandbedeckte Hand klammert sich an sie, er ist nicht weniger stark als in ihrer Erinnerung. Sie hievt ihn auf ihren Schoß und beugt sich über ihn, heiß und lebendig im kalten Wasser, seine mühsamen Atemzüge von einem schmatzenden Sauggeräusch begleitet. Turtle legt ihm eine Hand aufs Gesicht und hält seinen Kiefer. Sein Mund öffnet sich krampfhaft, und sie glaubt, er wird etwas sagen, aber er ringt nur nach Atem, zieht Luft durch eine Kuhle in seiner Brust, und sie bedeckt sie mit ihrer Hand und spürt, wie sich die Wunde flach an ihre Handfläche hebt und er einen Atemzug nimmt. Sie glaubt, er wird sprechen, aber er tut es nicht. Sie sagt: »Ich liebe dich.«

Seine Beine treten im Sand um sich, eine reflexartig zuckende Bewegung, und als die Wellen über ihnen brechen, hebt sich sein Körper in ihren Armen, das Wasser zerrt an seinen und ihren Kleidern, saugt den Sand unter ihr heraus und lässt sie beide halb im nassen Bodensatz versunken zurück. Sein Kiefer bewegt sich, und dann sagt er immer wieder: »Ich … ich … ich …«, aber er kommt nicht weiter als bis zu diesem ersten Wort, und sie kann die gewaltigen Sehnen seines Halses sehen, die Struktur seiner Haut, dunkle Sommersprossen, Bartstoppeln, gewundene Adern, so dick wie ein Fingerabdruck von ihr, seinen Adamsapfel, der einem festen Knoten gleicht, die beiden Stränge, die wie Kabel links und rechts der Vertiefung hervortreten, und was er noch hätte sagen wollen, wird vom Donnern der Brandung verschluckt, und er legt die Hände um ihre Handgelenke, um sie abzuwehren, und sie stößt die Klinge durch die lederne Haut. Die groben weißen Sehnenstränge blitzen einmal auf, eine Gischt aus Blut schießt hoch und trifft ihr Gesicht, sein Rücken versteift sich, und er bäumt sich auf, seine Hüften erheben sich aus dem Sand, die Luftröhre klafft schwarz unter ihrem Messer, und dann bricht eine weitere Welle über ihnen, und sie spürt die heiße Unterströmung des Bluts. Die Klinge ist in einer harten, knochigen Verknotung stecken geblieben, und sie bewegt das Messer vor und zurück, und es durchbricht seinen Hals und stößt in ihren Schenkel, und in dem flauen Moment, bevor sich die Welle zurückzieht, sitzt sie in einer Pfütze, der Mond scheint durch die Lücke zwischen den Inseln, und unter Wasser hält sie Martin still, dessen Finger sich in seinem Ringen zuckend öffnen und schließen. Das heiße arterielle Pumpen wühlt die Oberfläche auf. Sie versucht, das Messer aus seinem Hals zu ziehen, und schafft es nicht. Sie zerrt daran, die Zähne aufeinandergebissen, aber sie bekommt es nicht heraus. Dann weicht die Welle zurück, und sie sieht sein Blut in dicken schwarzen Seilen über den nassen Sand laufen. Sie beugt sich über ihn, er ist unwiederbringlich fort. Es ist derselbe Körper in ihren Armen, und sie nimmt sein Flanellhemd, und es ist sein Flanellhemd, es sind seine durchnässten Jeans, seine Stiefel, die aus dem Sand ragen, aber er ist nicht mehr bei ihr. Aus der dunklen Gasse zwischen den Inseln kommt Cayenne auf sie zu und legt die Arme um Turtles Hals und die Wange an Turtles Schulter, und Turtle lässt sie gewähren, nimmt aber nicht die Hände von ihm. Cayenne zieht an Turtles Hemd, und Turtle hebt den Kopf und blickt auf den Strand hinaus. Die Wellen legen sich über den Sand, und der Mond berührt den Wasserspiegel, und sie denkt: Scheiße noch mal, wenn das nichts ist.

Dreißig

Turtle sitzt auf der Kante eines erhöhten Gartenbeets, der Wald liegt still um sie herum, die Redwoodbäume messen zwischen 45 und 90 Zentimetern im Querschnitt, Sekundärwuchs aus den Maserknollen riesiger mulmgefüllter Stümpfe, von denen die größten vor langer Zeit zu aschegeschuppten Kesseln mit einem Durchmesser von viereinhalb Metern niedergebrannt worden sind. Am Rand der Lichtung wachsen Fichtenspargel, Schwertfarne und Erdbeerbäume. Darüber thront Annas kleines Landhaus, große Fenster nach Süden, selbst gemachtes Buntglas in der Küche und ein Traumfänger im Schlafzimmer im ersten Stock, auf dem Dach Solarkollektoren, Gebäude und Land das Erbe von Annas Großmutter. Seit das Haus gebaut wurde, hat sich der Wald immer näher und dunkler herangedrängt. Zaki, Annas Katze, sitzt auf dem Terrassengeländer, schaut auf Turtle hinunter, schließt und öffnet zustimmend ihre blauen Augen.

Turtle steckt ihre behandschuhte Hand in die Erde des Beets, die nach dem jüngsten Regen satt und schwarz ist. Sie muss nicht lange nach den Wurzeln graben. Sie lässt sich auf alle viere nieder. Das Beet ruht auf fünfzehn Zentimeter hohen Betonplatten. Ein gekrümmter Finger aus Nährwurzeln ist aus der Erde geklettert, der Spur des tropfenden Wassers gefolgt, hat den Spalt zwischen Erde und Beet überquert und sich durch eines der Wasserablauflöcher geschlichen.

Vor acht Monaten hat Turtle mit dem Gärtnern begonnen,

jede Bewegung durch Schmerzen und ihren Stomabeutel behindert. Eine der Kugeln hatte sie ins Kreuz getroffen, war zwischen zwei Interkostalarterien hindurchgeflogen, hatte ihren Leerdarm durchschlagen und war links unten ausgetreten, eine zweite war an ihrem linken Wangenknochen entlanggeschrammt und die dritte von der siebten Rippe auf der rechten Seite abgeprallt. Die Rippe hatte das Brustfell um die Lungen herum durchstochen, und als sich der Hohlraum mit Luft füllte, war der rechte Lungenflügel kollabiert. »Nur ein kleiner Pneumothorax«, hatte Dr. Russell gesagt, Daumen und Zeigefinger minimal gespreizt, um die Größe anzudeuten. »Nur ein ganz kleiner.« Dr. Russell war ein schmaler, stiller und gewissenhafter Mann mit blasser, fleckiger Haut und Halbglatze. Beim Sprechen beugte er sich zu ihr vor, drückte Daumen und Zeigefinger wie eine Pinzette zusammen, als wollte er die Struktur ihrer Stimme damit greifen, und wiederholte seine Frage: »Wie bist du darauf gekommen, das so abzukleben, Turtle?«, und Turtle schüttelte den Kopf, weil sie es nicht wusste, und er lächelte und lehnte sich zurück. Er fand ihren Fall und ihre Verletzungen spannend, und das gefiel Turtle. Sie merkte, dass er diesen Teil seines Berufs liebte. Ihre kleinen Gedärme hatten ihren Inhalt in die Bauchhöhle entleert, und nach der ersten stabilisierenden Operation waren zwei größere medizinische Eingriffe notwendig gewesen, um Infektionsherde zu beseitigen. Hätte ihr Klebeverband nicht gehalten, hätte Turtle womöglich nicht überlebt. Meerwasser, sagte Dr. Russell immer wieder, sei übles Zeug. Es verblüffte ihn, dass sie überlebt hatte.

Die Chirurgen hatten eine Darmschlinge durch die Haut über der Leiste auf ihrer linken Seite geführt, wodurch ein runzliges rotes Arschloch an ihrer Hüfte entstanden war, und sechs Monate lang hatte sie durch dieses Loch gekackt oder eher gekleckert. Auf das Stoma war ein biegsames Patch mit einem Dichtungsring geklebt worden, an dem die Beutel mit einem Schnappverschluss befestigt wurden. Turtle wachte mitten in der Nacht davon auf, dass sie an dem Flansch herumkratzte, der den Beutel mit der Grundplatte verband, und eines Nachts hatte sie ihn beinahe abgezogen, doch sie war gerade noch rechtzeitig aufgewacht und ins Bad gewankt, wo sie am Waschbecken gestanden und sich vorgestellt hatte, sie zöge durch ein Schlüsselloch in ihrer Seite ein dreißig Zentimeter langes Stück rosa Gedärm heraus, vor Schmerz keuchend die Waschkommode umklammert, in den Spiegel gesehen, den Kopf geschüttelt und gedacht hatte: Martin hat es dir zu sagen versucht, er hat dir zu sagen versucht, dass du eines Tages mehr sein müsstest als ein ängstliches kleines Luder mit gutem Zielauge, dass du eines Tages radikal überzeugt sein müsstest, dass du wie ein Scheißengel kämpfen müsstest, der auf die Scheißerde gestürzt ist, mit bedingungslosem Herzen, und das hast du nicht geschafft. Du warst bis zum Ende voller Zweifel und Ausflüchte. Sie hatte am Waschbecken gestanden und gedacht: Du hast nie genügt, und du wirst nie genügen. An jenem Tag hatte sie darauf gewartet, dass Anna nach Hause kam, und als Anna die Autotür öffnete, hatte Turtle gesagt: »Ich will einen Garten anlegen«, und Anna hatte mit ihrem Pappkarton voller zu korrigierender Tests dagestanden, sichtlich erschöpft an den Saturn gelehnt, und hatte den Karton wieder ins Auto gestellt, und Turtle war auf der Beifahrerseite eingestiegen und hatte die Tür mit dem Gummiseil geschlossen.

Gemeinsam hatten sie bei Rossis Holzlager sechzig Zentimeter mal 3,60 Meter große Bretter hochgehievt und nach Ästen abgesucht, sie auf die Seite gedreht, um zu sehen, ob sie verzogen waren, und die Bretter, die ihnen gefielen, beiseitegelegt, und dann hatte ein Mann mit dickem Bauch in Jeans, Flanellhemd und Hosenträgern mit Maßbandaufdruck die

Bretter zu je 2,40 Meter und 1,20 Meter Länge zugeschnitten, woraufhin er, den Blick noch immer auf Turtle gerichtet, die Handschuhe ausgezogen, sie in die linke Handfläche geklatscht und die Rechte ausgestreckt hatte. Die unbehandschuhte Hand des Mannes war riesig, und er drückte die ihre fest, beinahe schmerzhaft.

Sie gingen in den Baumarkt, um die Bretter, die galvanisierten Nägel und die Blumenerde zu bezahlen. An der Kasse stand eine Frau in einer orangen Warnweste mit blondierten Haaren und dunkelbraunem Ansatz, deren Hände reglos auf dem Tresen lagen und die eindrucksvoll auf einem Kaugummi herumkaute. Auf ihrem Namensschild stand CINDY. Sie glotzte die beiden an. Anna hatte die Maße der Leisten in ein kleines Notizbuch geschrieben, das sie in ihrer Gesäßtasche trug und überallhin mitnahm, weil sie sich Notizen für einen Roman machte, den sie schreiben wollte, und nie wusste, wann ihr Ideen dazu kämen. Jetzt zog sie das Notizbuch heraus und sagte: »Acht Redwoodlatten, sechzig mal 3,60.«

»Mhm«, machte die Frau und tippte es ein.

»Acht Säcke Premium-Blumenerde.«

»Mhm«, machte die Frau.

»Ein Pfund galvanisierte Nägel.«

»Mhm«, machte die Frau, und ihr Tonfall ließ Anna jedes Mal aufblicken und sich fragen, ob etwas Feindseliges darin lag.

»Das war's«, sagte Anna.

»Mhm«, machte die Frau. Sie legte die Hände wieder auf den Tresen und beugte sich vor.

»Und«, sagte Anna und nahm ihr Portemonnaie heraus, »was bin ich Ihnen schuldig?«

»Nichts«, sagte die Frau.

»Nichts?«, wiederholte Anna.

»Mhm«, machte die Frau.

»Für die Redwoodbretter?«

»Mhm«, machte die Frau. Es lag nichts Einladendes oder Freundliches darin.

»Ich würde gern bezahlen«, sagte Anna, das geöffnete Portemonnaie in der Hand.

»Mhm«, machte die Frau und nickte.

»Also, was schulde ich Ihnen?«

»Nichts«, sagte die Frau.

»Ich verstehe nicht.«

»Mhm«, machte die Frau.

»Sie sehen doch, dass ich *bezahlen möchte*, oder?«

»Mhm«, machte die Frau.

»Also«, sagte Anna, »ich bestehe darauf. Was bin ich schuldig?«

Die Frau beugte sich über den Tresen. Stützte die Ellbogen auf. Sie war breitschultrig. Ihr Dekolletee war ledrig rot und sonnenverbrannt. Sie sagte: »Das hier ist immer noch eine Kleinstadt, auch wenn es sich nicht immer so anfühlt. Sie brauchen das Holz nicht zu bezahlen.«

»Nun, vielen Dank«, sagte Anna.

»Mh-mh«, machte die Frau. »Bedanken Sie sich nicht. Sie wird noch mehr Erde brauchen, als sie da haben, und es wird nicht immer umsonst sein.«

»Na ja, trotzdem danke«, sagte Anna.

Cindy sah Turtle und Anna hinterher, als sie hinausgingen. Anna schüttelte nur den Kopf.

Sie waren an der North-Star-Baumschule angekommen, als diese gerade schloss. Das Tor war geschlossen, und ein junger Mann in grünem Pullover, Jeans und schlammverschmierten Arbeitsstiefeln ging gerade zu seinem Truck, als sie vorfuhren. Er sah zu ihnen herüber, und als Anna parkte und ausstieg, kam er zu ihrem Saturn herüber. »Anna?«, sagte er, und Anna sagte: »Tim?«, und sie umarmten sich, und dann sah er Turtle an und sagte: »Das ist sie also«, und Turtle schaute nach Westen, zu den Wolken über dem Ozean. Sie fragte sich, wo Cayenne jetzt gerade war und ob sie in Sicherheit war. Sie war zu ihrer Tante gezogen. Turtle hatte am Telefon mit der Frau gesprochen, hatte zu ihr gesagt: »Ich will jede Woche mit dem Mädchen sprechen, und ich will an ihrer Scheißstimme hören, dass es ihr gut geht, und wenn nicht, werde ich es merken«, und die Frau hatte kurz geschwiegen, und dann hatte sie gesagt: »Alles klar ...«, hatte es spöttisch und mürrisch zugleich gesagt, die Wörter in passiv-aggressiver Resignation lang gezogen und in einem Tonfall unterdrückter Überlegenheit geendet, als fände sie Turtle lächerlich. Genau so hatte Cayenne gesprochen, wenn sie besonders mürrisch war, und ein Schreck des Wiedererkennens hatte Turtle durchfahren, hatte ihr ins Gedächtnis gerufen, wie sie über der lesend auf dem Boden liegenden Cayenne gestanden und versucht hatte, sie zur Skorpionsuche zu bewegen. Sie wusste, dass das Mädchen in keinem guten Zuhause aufwuchs, aber was hätte sie schon tun können? Bei ihr war Cayenne schließlich auch nicht gerade sicher gewesen.

Tim schloss ihnen die Baumschule auf, und Turtle nahm einen kleinen roten Wagen, den sie hinter sich herzog, während Tim und Anna am Tor standen und redeten. Die Baumschule hatte einen umzäunten Hof mit Lattentischen voller Anzuchtschalen aus schwarzem Plastik und sonstiger Behälter und Gefäße. Es war früh am Abend, und der Himmel war violett. Turtle rollte ihr rotes Wägelchen über die geschotterten Wege der Baumschule. Tim wollte zu ihr kommen und mit ihr reden, man sah es seiner Haltung an, aber er blieb mit Anna am Zaun stehen und sah ihr nur zu. Alle glaubten, dass sie nicht mit Männern reden wollte, aber das stimmte nicht. Sie nahm schwarze Plastikschalen mit Zuckererbsen hoch, sie liebte ihre saftig grünen Blätter, die schwarze Erde. Wenn sie sie an die Brust drückte und über all die Tische voller Pflanzen schaute, schien alles möglich zu sein. Es gab einen ganzen Tisch voller Salatköpfe in Viererpackungen: Rossa di Trento, Buttersalat, Eichblattsalat, Forellenschluss. Sie wollte Grünkohl, Mangold, die Zuckerschoten, Knoblauch und Artischocken, und sie wollte Erdbeerbeete. Sie wollte alles. Es war Mitte Februar und noch kalt, aber Anna war der Meinung, wo sie wohnte, könne man das ganze Jahr über Salat ziehen. Artischocken oder Zuckererbsen würden gut zurechtkommen. Alle Kreuzblütler. Mit Tomaten solle sie besser warten.

Drinnen bezahlten sie die Pflanzen, nachdem sich Tim über Turtles roten Wagen gebeugt, mühsam Nummern in eine Registrierkasse eingetippt und dabei hin und wieder laminierte Listen konsultiert hatte. Turtle hatte eine Narbe an der linken Wange, ein dicker Kiel aus starrem, empfindungslosem Gewebe, den sie geistesabwesend berührte, wenn sie nachdenklich war. Drinnen gab es Zierpflanzen und Wasserspiele, aber die Pumpen und Lichter waren ausgeschaltet. Anna und Turtle standen zusammen an der Kasse. Auf dem Tresen vor ihnen klebte ein schwarz-weißer Zettel, auf dem Turtle abgebildet war, wie sie auf Cayenne gestützt aus den Wellen herauskam, die Schrotflinte in der Hand. Turtle konnte sich nicht erinnern, den Strand zu Fuß verlassen zu haben. Auf dem Zettel stand UNTERSTÜTZT TURTLE ALVESTON. Einer der Sanitäter hatte das Foto gemacht. Das Plakat wellte sich, eine frisch gegossene Pflanze, die am Tresen getropft hatte, musste die Flecken hinterlassen haben. Sie sei, erklärte man ihr immer wieder, dreifach angeschossen worden, habe an jenem Abend alle im Haus gerettet und sei aus eigener Kraft vom Strand marschiert. Sie sei eine Heldin. Das liebten sie an ihr. Du bist *zu Fuß* vom Strand marschiert, erzählten ihr die Leute, Ärzte, Schwestern, MTAs, Fremde. Als Brett sie besuchte, hatte er es gesagt. *Du bist eine Heldin, Turtle.* In seinem Operationshemd, im Rollstuhl mit einer Schwester an seiner Seite. Er hatte einen Brusttreffer erlitten. Aber im Gegensatz zu ihrem Pneumothorax war seiner gravierend gewesen. Der rechte Lungenflügel war völlig kollabiert, mit Lufteintritt auf beiden Seiten. »Du bist … *voll die Heldin*«, hatte Brett gesagt. »Ich meine, *Alter* … dass du überhaupt noch stehen konntest! Ich habe keine Ahnung, wie du von dem Strand abmarschieren konntest.« Er lächelte sie verwundert an. Das hatte sie vermisst. Sie hatte ihn vermisst. Er sagte: »Wenn alles zu Ende geht, dann kommst du mich abholen. Du kommst mich abholen, okay?«

»Okay«, sagte Turtle. Sie lag im Bett, die Pleuradrainage klebte an ihrer Seite, und aus den Schläuchen tropfte serössanguinolente Flüssigkeit. »Okay. Ich komme dich abholen.« Sie hielt nichts davon für wahr. Sie wollte seine Langzeitprognose wissen. Wollte wissen, wie beeinträchtigt er sein würde. Sie war keine Heldin. Sie hatte Cayenne im Stich gelassen, hatte sich selbst, hatte Martin im Stich gelassen, sie hatte alle dort in Gefahr gebracht, war wieder und wieder gescheitert, war von Zimmer zu Zimmer gestolpert, hatte einen dummen Fehler nach dem anderen gemacht, hatte versucht, eine unkontrollierbare Situation zu kontrollieren, und war gescheitert, und sie konnte sich nicht erinnern, den Strand zu Fuß verlassen zu haben, und wofür das alles? Für ein Leben ohne ihn, das sie nicht wollte, das sie nicht begriff. Wenn sie gewusst hätten, dass sie die Tür aufgetreten und ihn mit Cayenne vorgefunden hatte und dass sie alles hätte beenden können, bevor es richtig anfing, dass sie nicht abgedrückt hatte. Sie hatte Brett angesehen und ihm nichts davon erklären können. Sein Leben würde nie wieder dasselbe sein. Niemals. Übe dich in absoluter Entschlossenheit, hatte Martin gesagt, und sie hatte es nicht getan.

»So«, sagte Tim, »das macht dann zweiundzwanzig Dollar.«

Anna sagt: »Wirklich? Das klingt ein bisschen wenig.«

»Ach ja?«, sagte er und schaute auf die Pflanzen.

Sie fing noch am selben Abend mit dem Beet an, rannte ins Haus und steckte das Ladegerät für Annas Akkuschrauber in die Steckdose. Anna hatte sich einen ganzen Satz Werkzeuge gekauft, als sie beschlossen hatte, allein in Comptche zu leben, aber sie benutzte sie nie, weil sie Angst vor den Elektrowerkzeugen hatte. Sie sagte: »Du willst den Akkuschrauber benutzen?«, und Turtle nickte und zog eine Carhartt-Hose über ihre lange Unterhose, und Anna sagte: »Weißt du denn, wie er funktioniert?«, und Turtle nickte, und Anna sagte: »Du bist doch vorsichtig?«, und Turtle sagte: »Ich bin vorsichtig«, und Anna sagte: »Du bohrst dir kein Loch in den Finger oder so?«, und Turtle sagte: »Nein, das werde ich nicht tun.« Sie trug eine Stirnlampe, ihren Wollpullover und ihre alten Kampfstiefel, und sie sah Anna unschuldsvoll in die Augen, weil Anna verlegen und nervös war und Turtle Anna zeigen wollte, dass sie sie alles fragen konnte.

»Na schön«, sagte Anna leicht beschämt. »Na schön.«

Turtle hatte Dr. Russell von der Operation erzählt, die sie an Cayennes Finger durchgeführt hatten, und ihm alles auf einem Blatt Papier aufgemalt. Dr. Russell sagte, die Amputation sei in einer sterilen Umgebung sinnvoll, aber es sei nicht sinnvoll, sie zu Hause auf dem Wohnzimmerfußboden vorzunehmen. Obwohl er diese Art von Operation häufig durchführe, sagte er, sei sie eigentlich gar nicht notwendig. Die Haut würde epithelialisieren – sie würde wieder über der Fingerspitze zusammenwachsen, wenn man die Verbände nur regelmäßig wechselte. Und als Turtle sagte, sie seien unter den Knöchel gegangen, hätten den nächsten Knochen zurückgestutzt, war Dr. Russell ganz kurz verstummt, hatte den Kopf schief gelegt und dann gesagt: »Nun ja … in der Situation war es vielleicht sinnvoll«, und Turtle verstand, was er nicht aussprach. Sie hatte den Knochen selbst abgetrennt, und dass es sein musste, hatte Martin vielleicht nur erfunden.

Turtle trug die Latten den Hügel hinunter, arrangierte sie auf der Lichtung und kniete sich in das nasse Laubstreu, um die Löcher vorzubohren. Was früher einmal die Arbeit eines einzigen Abends gewesen wäre, war jetzt ein mehrtägiges Projekt. Wenn sie nur den Hügel hinunterlief, verzog sie das Gesicht vor Schmerzen. Dr. Russell hatte gesagt, der Schmerz werde periodisch kommen und gehen, aber sie werde höchstwahrscheinlich bis an ihr Lebensende unter chronischen Schmerzen leiden, und sie könne Medikamente dagegen nehmen oder auch nicht. Turtle entschied sich dagegen. Das Plastik des Stomabeutels klebte verschwitzt an ihrer Seite. Sie klemmte sich das 2,40 Meter lange Brett zwischen die Beine, hielt das 1,20 Meter lange in rechtem Winkel daran und verschraubte sie. Das Haar fiel ihr in die Stirn, und sie grinste in sich hinein, ihr ganzer Körper schmerzte allein von der Anstrengung, den Bohrer gerade zu halten.

Tags darauf karrte sie die 50-Pfund-Säcke mit Erde einen nach dem anderen schwitzend, fluchend und grinsend in der Schubkarre hinunter, warf sie Stück für Stück auf das Laubstreu neben den Brettern und stand dann da, fuhr sich mit dem Handrücken übers Gesicht und grinste, glücklicher, als sie es seit Monaten gewesen war. Sie legte sich in die Schubkarre, starrte in den Himmel hinauf und atmete einfach nur. Hoch über ihr schwankten die Spitzen der Redwoodbäume im Wind, und sie waren von einem zarten Grün, und Turtle war lebendig. Grotesk lebendig, angesichts all der Fehler, die sie gemacht hatte.

Sie schnitt die Säcke auf, füllte ihre Beete mit Mutterboden, und hob dann die Löcher mit bloßen Händen aus, jeder

Setzling eine Handvoll schwarzer Erde und ein Gewirr aus weißen Wurzeln. Als sie am Tag darauf erwachte, sich Haferbrei kochte und damit mit einem Klecks Honig obendrauf in der warmen Tonschale hinunterkam, stieg Nebel vom Waldboden auf, und es war so, so gut. Als sie am Tag darauf morgens hinauskam, stellte sie fest, dass die Rehe alle Pflanzen außer dem Kürbis bis auf den Stumpf abgeweidet hatten. Sie hatte in ihrer langen Unterhose, dem übergroßen Schlaf-T-Shirt und dem Wollpullover dagestanden und sich gefragt, was passiert wäre, wenn sie nicht zu Jacob gefahren wäre, wenn sie einfach weitergefahren wäre, wohlwissend, dass Martin Jacobs Adresse hatte und dass er dorthin fahren würde, ganz gleich ob sie hinfuhr oder nicht, und sie denkt: Wenn er am Haus angekommen wäre, und Grandpas Wagen hätte nicht davor gestanden – was hätte er dann getan? Wäre er weitergefahren? Oder hätte er geparkt und wäre, rote Partybecher mit dem Fuß zur Seite stoßend, auf die Terrasse gestiegen? Manchmal denkt sie, alles wäre gut gewesen, wenn sie nur weitergefahren wäre. Sie kann kein deutliches Bild von ihm heraufbeschwören, nicht von seinem Gesicht, nur von seinem Rücken, breit, voller Schatten. Sie hatte mit ihm gerechnet, als sie im Krankenhaus aufgewacht war. Direkt nach der ersten Operation. Anna war dort gewesen, verheert, rot geweint, und Jacob mit einem Buch. Martin war nicht dort gewesen, und sie hatte gedacht: Er wird so scheißsauer sein. Dann war es ihr eingefallen.

Nachdem die Rehe in ihrem Garten gewesen waren, war sie noch einmal in den Baumarkt gegangen und hatte zwei Rollen zweieinhalb Meter hohen Hühnerdraht, Zaunpfähle und eine Handramme gekauft, und weil die Pfähle und die Drahtrollen nicht in den Saturn passten und Turtle sie nicht tragen konnte, hatte sie sie gegen Bezahlung liefern lassen und dann versucht, die ganze Arbeit selbst zu machen. Sie hatte einen 45 Zentimeter tiefen Graben um den gesamten Garten gezogen, aber dann feststellen müssen, dass sie die Handramme nicht heben konnte, also waren Jepson und Athena, die Kinder ihrer Nachbarin Sarah, herübergekommen, um ihr beim Einschlagen der Pfähle und dem Spannen des Drahts zu helfen. Sie waren altersmäßig ein Jahr auseinander, gingen beide zur Highschool und begegneten ihr vorsichtig. Sie hatte alle Pflanzen noch einmal bei Tim in der North-Star-Baumschule gekauft, sie wieder eingepflanzt und ein Bambusspalier für ihre Zuckererbsen gebaut, und sie war so *stolz* gewesen, als sie das Spalier mit Zwirn verknotete und sich vorstellte, wie die Erbsen daran emporwachsen würden, und dann war sie herausgekommen und hatte gesehen, dass Waschbären das Spalier umgeworfen und ihren öligen, stinkenden schwarzen Kot überall auf den Beeten verteilt hatten und dass Raben die Setzlinge gefressen hatten und Stare auf der Suche nach Nistmaterial die Schnur zerpflückten, und Turtle machte weiter, pflanzte neu und hoffte auf das Beste, und allmählich begannen die Pflanzen zu überleben.

Dann kam Turtle eines Morgens in den Garten, und ein Rehkitz war innerhalb des Zauns gefangen. Die Ricke wartete ängstlich am Rand der Lichtung, rannte davon und kam wieder zurück, und das Kitz sprang immer wieder gegen den Zaun, ohne ihn zu überwinden, sprang dagegen, bis sich der Zaunpfahl neigte und es sich mit einem Bein im Draht verfing und um sich trat, verzweifelt, in die Enge getrieben. Turtle ging zum Werkzeugschuppen, um ihre Drahtschere und ein Stück Seil zu holen. Sie legte einen Ankerstich um seine Hinterläufe, wand das Seil noch viermal darum und verknotete es mit einem weiteren Ankerstich, einem nicht allzu festen Knoten, der das Kitz aber am Auskeilen hindern würde. Dann nahm sie das strampelnde, schnaufende Tier in die Arme, das Kitz überraschend warm, klein wie ein Hund, hämmerndes

Herz unter bebenden Rippen, legte einen Arm um den keuchenden Hals des Kitzes und bewegte mit dem anderen die Drahtschere, atmete dabei in das rotbraune Fell des Kitzes hinein, roch seinen wilden, muffigen Geruch, und schließlich hob sie das Kitz hoch, trug es aus dem Garten, setzte es ab und band seine Beine los. Das Kitz konnte nicht laufen. Es konnte kurz stehen und brach dann zusammen, stand auf und brach zusammen. Turtle ließ es über Nacht vom Kopf bis zum Schwanz zusammengerollt dort liegen, und als sie am Morgen zurückkam, war das Kitz noch da, aber die Ricke war verschwunden. Turtle stand da, das zusammengerollte Kitz zu ihren Füßen. Schauder jagten über seine kleinen Flanken. Turtle setzte sich neben ihm auf den Boden und dachte: Steh auf, gottverdammt, aber das Kitz blieb liegen.

Am Abend dann zog Turtle die Spitze von der Hacke und ging nur mit dem Stiel hinaus. Das Kitz war unverändert vom Kopf bis zum Schwanz zusammengerollt, zitterte jetzt am ganzen Körper und blies Rotz aus den Nüstern. Es drehte den Kopf und sah Turtle mit einem großen Auge an, so dunkel, dass es fast schwarz war bis auf die untere Sichel der braunen Iris, und Turtle tötete es mit einem einzigen Hieb. Dann setzte sie sich mit gespreizten Beinen in den Mulm, den Stiel der Hacke noch in der Hand, betrachtete den kleinen Kadaver und wusste nicht, was sie tun sollte, und wenn doch, wusste sie nicht, ob sie es schaffen würde. Sie warf ein Seil über einen Erdbeerbaum, zog den kindsgroßen Kadaver in den Baum hinauf, nahm ihr Messer vom Gürtel, stand am ganzen Körper zitternd davor, ließ das Messer fallen, setzte sich und stand wieder auf, ging davon und kam wieder zurück und nahm das Messer und schlitzte das Kitz vom Arschloch bis zum Hals auf, und es war so schlimm, wie sie erwartet hatte, die Art und Weise, wie sich das Fleisch unter dem Messer anfühlte, und sie lief weg und erbrach sich vornübergebeugt in die Heidelbeeren, und dann öffnete sie die ledrige Haut und zog die blutigen Gedärme heraus, sie hörte nicht auf, und sie dachte nicht darüber nach, was sie tat. Sie zerschnitt das Kitz zu Steaks, legte sie in den Eisschrank und dann stand sie in der Küche und wusch ihre Hände im Spülbecken. Mit Athenas Hilfe riss sie den Zaun nieder und trug den aufgerollten Draht und die Pfähle in den Schuppen.

An schattigen, nebligen Frühlingstagen lief Turtle durch die Gänge von North Star, bewegte sich, in Wolle eingepackt und die Hände unter die Achseln geschoben, zwischen den inzwischen vertrauten Tischen hindurch und stellte Pflanzen auf ihren roten Wagen, eine Handlung, die nichts von ihrer Herrlichkeit eingebüßt hatte und allmählich die Freuden des Neuen durch die Freuden der Vertrautheit ersetzte, und auch an den klaren, warmen Sommertagen suchte sie in kurzen Ärmeln und Carhartt-Hose noch weiter. Anna wartete solange in einem Liegestuhl und las *Auf der Suche nach der verlorenen Zeit*, im Rahmen ihres Lektüreprojekts der »Großen Werke«, die ihr auf dem College entgangen waren, als sie, wie sie sagte, hauptsächlich mit Kajakfahren und Jungs beschäftigt gewesen war. Sie hatte *Krieg und Frieden*, *Moby-Dick*, *Unendlicher Spaß* und *Die Brüder Karamasow* gelesen und mit *Auf der Suche nach der verlorenen Zeit* begonnen. Anna hatte keine Geduld für die Autoren, die sie die »Männleins« nannte, womit Hemingway und Faulkner gemeint waren. Direkt neben der Baumschule lag eine Art Tümpel mit einer kleinen grünen Insel und trübem, überwuchertem Wasser und dahinter ein Baumdickicht, und manchmal zog Turtle ihren roten Wagen voller Pflanzen bis ans Tor der Baumschule und stand dort, den Blick hinaus auf das wilde, verwachsene Wäldchen gerichtet, und ein Gefühl, das sie nicht benennen konnte, erfüllte ihren ganzen Körper. Ihre Angst und ihr Staunen mischten sich mit dem Sonnenschein und den Gängen mit

Pflanzen und dem Knirschen des Schotters, mit ihrem neuen Leben hier inmitten dieser Menschen, mit Anna, die in ihrem Liegestuhl Proust las.

Wenn Anna zu viel zu tun hatte, ging Turtle durch die Redwoodbäume zu Sarahs Haus, das diese Ende der Siebzigerjahre gemeinsam mit ihrem Mann gebaut hatte, und klopfte an die Tür, und Sarah ließ sie herein, und dann setzte Turtle sich in der dunklen Küche – Sarahs Haus war auch vom Versorgungsnetz abgekoppelt, und sie verbrauchten so wenig Strom wie möglich – an den Tresen und knackte Walnüsse aus einem großen geflochtenen Seegraskorb, und Sarah erzählte ihr von der Schulbehörde von Mendocino oder dem Stichwahlverfahren bei der zu besetzenden Stelle im Abwasserzweckverband, und Turtle lauschte schweigend, sah nur zu, wie diese Frau mit dem vorzeitig ergrauten Haar und der künstlichen Hüfte energiegeladen und unaufhaltsam durch ihr Zuhause stapfte, und wenn Sarah mit dem Putzen oder Backen fertig war, stützte sie sich auf den Tresen und sagte: »Du willst bestimmt in die Baumschule, Süße«, und Turtle nickte, und sie stiegen ins Auto, und Sarah fuhr sie nach Fort Bragg und stand dann am Tor, wo sie sich mit allen, die vorbeikamen, über die Schulbehörde von Mendocino oder die globale Erwärmung unterhielt oder darüber, wie man sein Haus mit Solarenergie versorgte, immer mit ihrem unaufhaltsamen Elan, und Turtle zog ihren roten Wagen durch die Gänge mit den Pflanzen, betrachtete sie und dachte: Ja. Ja.

Manchmal, wenn sie zusah, wie Sarah mit verschränkten Armen ihre Reden schwang oder Anna eine Seite umschlug, kam es Turtle vor, als betrachtete sie diese Menschen durch einen schleudernden Ring aus quecksilbrigem Wasser, und sie wollte nichts lieber, als hindurchzukriechen, wusste aber nicht, wie das ging. Sie erwachte mitten in der Nacht in ihrem kleinen Schlafzimmer unter dem Dach, tastete sich ungläubig am Fenster entlang, verblüfft, ohne zu begreifen, und dachte: Das ist doch nicht mein Schlafzimmer, und dann dachte sie: Er kommt Cayenne holen, ich muss zu ihr, ich muss sie und Jacob und Brett finden, und sie tastete sich an der Wand entlang, ohne an die Taschenlampe zu denken, die Anna ihr ans Bett gestellt hatte, blind vor Panik, und dachte: Ich muss hier raus, sie brauchen mich, sie brauchen mich, und sie versuchte, nicht durchzudrehen, und ihre Augen suchten die Täfelung nach etwas Vertrautem ab, und sie sagte sich: Dreh nicht durch, Turtle, dreh nicht durch, und dann fand sie den Lichtschalter und kauerte sich schluchzend mit dem Rücken zur Wand auf den Boden, und sie konnte nicht mehr einschlafen, hockte keuchend und verängstigt da und dachte: Was stimmt nicht mit dir, warum hast du Angst, du bist in Comptche, du bist bei Anna zu Hause, und du bist in Sicherheit, und Cayenne ist in Yakima bei ihrer Tante, und Brett ist nicht weit von hier, er ist mit Caroline zusammen in der Flynn Creek Road, und Jacob ist in Ten Mile, schläft in seinem Schlittenbett aus Mahagoni, wo das Rauschen der Mündung durch sein Fenster dringt, und du bist hier und versuchst, gesund zu werden. Martin ist tot, und du lebst. Tagsüber kommen ihr diese nächtlichen Schrecken weit entfernt vor, genauso wie jeder Glaube daran, dass Martin noch am Leben sein könnte, und trotzdem ist sie nicht in Mendocino, nicht auf dem Buckhorn Hill, nicht wieder ganz zu Hause, noch nicht, und am ehesten fühlt sie sich bei den Pflanzen in ihren Plastikschalen heimisch und wenn sie sie aus dem Plastik schneidet und die Erde lose am zarten Gewirr weißer Wurzeln hängt.

Sechs Monate nach ihrer Entlassung aus dem Krankenhaus und zwei Monate nachdem sie mit dem Garten begonnen hatte, wurde Turtle operiert, um die Ileostomie rückgängig zu machen. Die Ärzte wollten nun den Versuch wagen, Turtles Gedärme wieder miteinander zu verbinden, und weil sie jung und stark war, waren sie sehr zuversichtlich, dass es gelingen würde, was es auch tat. Dr. Russell ermahnte sie, ihr Essen gut zu kauen. »Kauen und kauen und *kauen*«, sagte er. Er saß an ihrem Bett und sah sie auf seine staunende Art an, beeindruckt und besorgt und ein wenig erfreut, rieb Daumen und Zeigefinger aneinander und sagte schließlich: »Nun, Turtle, ich würde dich gern einmal wiedersehen, aber ich würde dich ungern *hier* wiedersehen«, und sie kam aus der Kinderklinik der Stanford University zurück und stellte fest, dass die Pflanzen alle tot waren. Redwoodwurzeln hatten die Erde völlig durchdrungen. Es war über Monate hinweg geschehen, aber zuletzt musste es sehr schnell gegangen sein. Sie zerlegte die Umrandung der Beete, und die Erde darin war so von Wurzeln durchzogen, dass sie ihre Form behielt, nachdem die Bretter entfernt waren. Turtle musste sie mit einer Spitzhacke auseinanderhacken. Meterweise Erde und Kompost waren rettungslos verloren gewesen.

Ihre Lösung war, die Beete auf erhöhten Betonplatten mit hineingebohrten Abflusslöchern wiederaufzubauen. Sie hatte die Gussformen gebaut, den Beton gemischt und gegossen, Schweißgitter über die Abflüsse gelegt und die Böden der Beete aufgelockert. Dann hatte sie Erde für siebzig Dollar pro Meter zuzüglich sechzig Dollar Lieferkosten bestellt, die sie anschließend mit der Schubkarre von dem angelieferten Haufen zu ihren neuen Beeten bringen musste. Sie war sich so sicher gewesen, dass es dieses Mal klappen würde. Sie legte sich ihren kleinen Garten an, und dies war er, und eine Zeit lang blieb er es auch.

Dienstags war Turtles Stadttag. Sie fuhr morgens um halb fünf mit Anna hinein, die dann gern an den Strand ging, und während Anna surfte, ging Turtle zu Lipinskis Juice Joint, wo sie an einem wild bemalten Holztisch saß und grünen Tee trank. Um acht Uhr ging sie dann zum Selbststudienzentrum, einem flachen Redwoodbau in einem wenig frequentierten Teil des Schulgeländes gegenüber der Aula. Dort traf sie sich mit Ted Holloway, einem ruhigen Mann, der selbst Weizen und Hafer anbaute und mahlte und damit sein eigenes Brot backte. Er war geduldig und sprach mit sanfter Stimme. Turtle saß mit ihm in seinem Büro, durch dessen Fenster man auf das stets verwaiste, stets von Erdhörnchenhöhlen durchzogene, stets regengetränkte Feld blickte, und sie redeten und gingen ihre Arbeitshefte durch, und er beurteilte ihre Fortschritte. Er behandelte sie ganz normal, und das gefiel ihr; sie wollte einfach als die wahrgenommen werden, die sie war. Sie war jeden Dienstag von acht bis neun Uhr mit Ted verabredet, aber oft dauerten ihre Gespräche viel länger. Turtle achtete jedoch darauf, vor halb zwölf zu gehen, weil Jacob oft zum Mittagessen vorbeikam, um im Selbststudium Attisches Griechisch zu lernen, und sie wollte ihn nicht treffen und auch nicht von ihm gesehen werden. Sie wusste nicht, wovor sie sich fürchtete, konnte es nicht formulieren, auch nicht für sich, nicht präzise, doch der Gedanke, ihn zu sehen, war ihr unerträglich, der Gedanke an alles, was sie verlieren könnte, unerträglich, denn sie hatte das Gefühl, ihn schon verloren zu haben, schon so viel verloren zu haben und konnte sich nicht vorstellen, dass Jacob sich seinen Glauben an sie bewahrt hatte, und sie dachte, Jacob zu sehen, würde nur die Gewissheit bringen, wie viel sie verloren hatte.

Als Ted Geburtstag hatte, schenkte sie ihm eine Getreidemühle mit Steinmahlwerk von Country Living. Sie stand bei ihr zu Hause im Keller, und Turtle benutzte sie nie, und sie mochte die Gespräche mit Ted. Die Mühle war teuer, und er wollte sie zuerst nicht annehmen, aber schließlich nahm er sie doch. Nach dem Treffen mit Ted hatte sie in einem Dojo in der Stadt vier Stunden Einzelunterricht in Shōtōkan-Karate, und von dort aus ging Turtle die Little Lake Road hinauf und traf sich mit Anna an deren Auto. Ihre Kürbispflanzen wurden unterdessen riesig und sahen prähistorisch aus, dicke, grüne, sternenförmige Stängel mit einem Pelz aus stoppeligen Haaren.

Auf der Lichtung beginnt Turtle jetzt, Erde aus dem zerstörten Beet auf die Plane zu schaufeln. Sie arbeitet kontinuierlich, ohne Pausen, und sie geht behutsam mit der Erde um und achtet darauf, die Innenseiten der Bretter nicht zu zerkratzen. Je tiefer sie gräbt, desto mehr Wurzeln findet sie. Ab fünfzehn Zentimetern Tiefe muss sie die Dechsel benutzen. Die Wurzeln überziehen den Boden des Beets wie ein Geflecht von Adern. Nachdem die ersten, ebenerdigen Beete nicht standgehalten hatten, war Turtle sich so sicher gewesen, dass es mit den Hochbeeten funktionieren würde. Die Betonplatten waren ihr wie eine stabile, dauerhafte Lösung erschienen. Jetzt geht sie zum nächsten Beet, kniet sich hin und schaut darunter. Sie sieht einen über die Erde erhobenen Wald aus Wurzeln, lange braune Rüssel, die sich durch die Abflusslöcher schlängeln und jede Lücke verfugen. Sie setzt sich hin, lehnt sich an die Seite des Beets. Scheiße, denkt sie. Die Beete sind verloren. Sie müssen alle geleert und neu bepflanzt werden, und von nun an wird sie jedes Beet nach Wurzeln absuchen müssen. Sie will doch nur die Sache mit dem Garten hinbekommen. Sie will nur einen Garten anlegen und wässern, und alles soll lebendig bleiben, sie will sich nicht besiegt fühlen. Sie will eine Lösung, die sich wie eine Lösung anfühlt, eine bleibende Lösung. Sie will Gartenbeete auf einem nicht eingehegten sonnigen Fleckchen Erde nahe dem Landhaus, und sie möchte Erbsen, Kürbisse, grüne Bohnen, Knoblauch, Zwiebeln, Kartoffeln, Salat und Artischocken anpflanzen.

Einunddreißig

Am Zaunpfahl dreht Zaki den Kopf, und Turtle blickt auf und hört das Tor der Forstverwaltung rostig kreischen. Dann das Geräusch des Saturns, der über die ausgefahrene Straße am Pumpenhaus vorbeifährt. Turtle steht auf und geht zur Einfahrt, um Anna zu begrüßen. Anna steigt erschöpft aus, lehnt sich an den Wagen und reibt sich die Augen, begleitet von einem unangenehm schmatzenden Geräusch. Haarsträhnen hängen ihr ins Gesicht, und sie spitzt die Lippen und pustet die verirrten Strähnen weg. Turtle lächelt sie an, ebenfalls müde, öffnet die hintere Autotür und nimmt einen Pappkarton voller Papier heraus. Am Abend findet der Abschlussball statt, fast auf den Tag genau ein Jahr nach der Schießerei, und Turtle weiß, dass Mendocino voller Highschool-Schüler sein wird, die dorthin unterwegs sind. Anna neigt den Kopf in Richtung des Hauses, und sie gehen zusammen los. Im Vorgarten gibt es eine Sonnenterrasse mit einer kleinen Außendusche und einer Markise, unter der Surfbretter und Kajaks an der Wand lehnen. Turtle stützt den Karton auf ihre Hüfte und macht Anna die Tür auf, dann trägt sie den Karton durch das Wohnzimmer mit seinen großen nach Süden hinausgehenden Fenstern ins Arbeitszimmer. Auf die blau gestrichenen Wände wurden mit einem Schwamm weiße Wolken getupft, ein Hobbitstuhl mit einem Schafsfellüberwurf und ein großer Eichenschreibtisch stehen darin, und an der Wand hängt ein *SurfGirl*-Kalender. Turtle stellt den Karton ab und kommt zurück ins Wohnzimmer. Anna liegt wie hingegossen auf der grünen Samtcouch und sieht Turtle zutiefst erheitert und erschöpft an. Zaki schießt durch die Katzenklappe herein, wuselt durch den Raum und nimmt ihren Platz auf der Ecke des Sofas ein. Sie schaut zwischen ihnen hin und her und senkt zustimmend die Lider.

»Abendessen?«, fragt Turtle. Ihre Stimme klingt heiser.

»Abendessen«, sagt Anna.

Turtle geht in die Küche und dreht den avocadofarbenen Gasherd auf, der mehrmals klickt, bevor er funkenschlagend zum Leben erwacht. Sie setzt etwas Quinoa auf und gibt Olivenöl und Butternusskürbis in eine Pfanne. Sie steht da und sieht dem Kürbis beim Braten zu. Sie spaltet einen Granatapfel, und als sie das Wasser aufdreht, um eine Schüssel zu füllen, hört sie Zaki, die Wasser aus irgendeinem Grund faszinierend findet, vom Sofa hüpfen und zuerst klickend über die Fliesen laufen und dann um die Ecke schleudern, was ungefähr wie *galopp galopp galopp – Quiiiiieeeetsch! – galopp galopp galopp* klingt.

Zaki springt auf den Tresen, rollt den Schwanz um die Füße und starrt auf das laufende Wasser. Turtle versenkt ein Sieb in der Schüssel und beginnt, die rubinrote Schale des Granatapfels und das schwere weiße Mark mit den Händen auseinanderzubrechen. Zaki gähnt herzhaft, lässt sich vom Tresen gleiten und stolziert mit hochgerecktem Schwanz, dessen Spitze hin und her schnellt, davon. Im Nebenzimmer seufzt Anna. Dann seufzt sie noch einmal, steht auf, trottet in die Küche, zieht sich einen mit Schraubverschluss versehenen Zwanzig-Liter-Eimer braunen Reis heran und setzt sich darauf. Sie kaufen ihre Lebensmittel en gros und benutzen die Zehn- und Zwanzig-Liter-Eimer als Möbel. Turtle holt Anna eine Flasche Rotwein aus dem Schrank und gießt ihr ein Glas ein, und Anna nimmt es und lächelt. Sie schwenkt ihren Wein, und Turtle rührt in der Pfanne herum, schneidet Grünkohl und misst eine Handvoll Kürbiskerne ab.

Anna sagt: »Na, wie war dein Tag?«

Turtle schaut in die Pfanne und kaut dann auf ihrer Lippe und sagt: »Die Wurzeln sind in eins der Beete gekommen.«

»Aber sie stehen doch auf Platten«, sagt Anna.

»Ja.«

»Ach, Schatz«, sagt Anna.

»Ich weiß nicht, was ich machen soll«, sagt Turtle. Sie beginnt zu weinen und wird rot vor Ärger. In letzter Zeit fängt sie wegen jeder Kleinigkeit zu weinen an. Vor einer Woche hatte sie im Wohnzimmer für ihr Selbststudium gelernt, als Anna unter der Dusche geschrien hatte. Das Blut war aus Turtle gewichen, war aus ihrem Gesicht und ihren Eingeweiden in ihre Füße gesackt, und ihr war unmittelbar kalt geworden, und irgendwie, ohne eine Erinnerung daran, wie sie den Zwischenraum überbrückt hatte, hatte Turtle vor der Tür gestanden, und die Tür war verschlossen gewesen, und auf der anderen Seite hatte Anna gerufen: »Halt, Turtle, ist schon gut! Ist schon gut!«, und Turtle war einen Schritt zurückgetreten und hatte gedacht: Du musst durch diese Tür durch, und der Türpfosten war aus der Verankerung gerissen, und dann hatte sie in dem dampfgefüllten Badezimmer gestanden, und Anna hatte um den Duschvorhang geschaut und gesagt: »Turtle, es war bloß eine Spinne. Es war bloß eine Spinne, und ich habe mich erschreckt«, und Turtle hatte sich an die Wand gelehnt und auch da geweint, und ihr Herz hatte gehämmert und gehämmert, und Anna war aus der Dusche gekommen, hatte alles vollgetropft und sich neben Turtle gekniet und ihren Kopf an Turtles Kopf gelegt und immer wieder gesagt: »Alles gut, Turtle, alles gut. Niemand will dir was tun«, und Turtle war unfähig gewesen, irgendetwas zu sagen, sie konnte nicht einmal sagen, was ihr Angst machte, sie wollte sagen: Ich weiß, ich weiß, dass mir niemand was tun will, aber sie hatte nicht aufhören können zu weinen.

In der Küche nimmt Anna Turtle jetzt in den Arm, stößt mit ihrer Stirn sanft gegen Turtles, und sie sagt: »Turtle, wir kriegen das hin. Wir kriegen das hin, okay? Das mit dem Gartenbeet tut mir leid, aber es gibt eine Lösung dafür, und sie ist ganz einfach.« Turtle schüttelt bereits den Kopf, reibt ihn an Annas Stirn und sagt: »Es gibt keine Lösung. Es gibt keine Lösung. Wie kannst du das behaupten?« Es fühlt sich an, als würde Anna sie anlügen, denn wie kann Anna, die Turtles Leben kennt, wie kann sie behaupten, dass alles gut werden wird? Die Wahrheit ist, dass überhaupt nichts gut wird, dass es keine Lösungen gibt, und es kann ein Jahr vergehen, ein ganzes Jahr, ohne dass es dir besser geht, ohne dass du gesund wirst, es geht dir vielleicht sogar schlechter, und du bist so schreckhaft, dass du dich, wenn du mit Anna die Straße entlanggehst und jemand eine Autotür aufmacht, aussteigt und die Tür hinter sich zuschlägt, umdrehst und ernsthaft bereit bist, ihn umzubringen, dich so schnell umdrehst, dass Anna, die weiß, was los ist, nicht mal rechtzeitig den Mund aufbekommt, und dann stehst du weinend da, und ein Typ in Lederjacke und Filzhut steigt aus seinem VW Rabbit und starrt dich an, als wollte er sagen: *Ist mit dem Mädchen alles in Ordnung?*, und du willst nur sagen: *Nein, mit dem Mädchen ist nicht alles in Ordnung, mit dem Mädchen wird nie alles in Ordnung sein.*

Turtle will nur das mit dem Garten hinbekommen. Sie hat Jacob ein Jahr gegeben. Sie hatten sie von der Notaufnahme in die Kinderchirurgie verlegt, und als die Schwellung in ihren lädierten Stimmbändern zurückgegangen war, hatte sie ihm mit ihrer rau krächzenden Stimme gesagt, sie wolle ihn ein Jahr lang nicht sehen. Sie wollte nicht, dass er sie so gebrochen und nutzlos sah, ausgeweidet, in ihrem Operationshemd im Bett liegend und eitrige Flüssigkeit durch lange durchsichtige, aneinandergebundene Schläuche in gestaffelte Plastikbeutel und Sammelbehälter vergießend. Sie wollte sich nicht den äußeren Bedingungen unterwerfen. Sie wollte nicht mit ihm sprechen und ihn nicht sehen und nicht an ihn denken, und wenn man den Abschlussball als Jahrestag betrachtete, dann war heute genau ein Jahr vergangen, und wenn man vom Kalenderdatum ausging, blieben ihm noch zwei Tage, und wenn man den Tag nahm, an dem sie das Gespräch geführt hatten, dann blieb ihm noch länger, und sie wünschte, sie hätte sich deutlicher ausgedrückt, aber es war ihr falsch vorgekommen, die Details so genau festzuklopfen. Es spielt ohnehin keine Rolle, denn sie ist sich sicher, dass er nicht kommen wird, und wenn man sich ernsthaft fragte, ob die Leute es ernst meinten, wenn sie sagten, es werde *alles gut werden,* dann läge der Beweis darin, dass Jacob zurückkäme, dass Jacob glaubte, es würde alles gut werden, und noch mehr als seine Rückkehr braucht sie seinen Glauben an sie.

Turtle gleitet am Kühlschrank hinunter auf den Boden, und sie sitzen gemeinsam in der engen kleinen Küche, auf deren Fensterbrettern sich Einmachgläser mit Schösslingen aneinanderreihen, und Turtle schluchzt und rotzt alles voll, während Anna sie im Arm hält und sagt: »Turtle, es tut mir leid, dass die Wurzeln ins Beet gekommen sind. Das ist frustrierend.« Turtle weint noch stärker, denn sie will nur ein Fleckchen Erde, auf dem sie etwas anbauen kann, auf dem sie Unkraut jäten und die Salatköpfe von Erbsen umranken und Kürbisse riesenhaft wuchern lassen kann, und es klappt einfach nicht. Andere schaffen es doch auch, warum sie nicht? Die Rehe. Die Waschbären. Die Raben, die Stare, die Ohrwürmer, die Bananenschnecken und die sich gierig nach den Böden der Beete streckenden Wurzeln. Sie will keinen aussichtslosen Kampf gegen alles hier führen, gegen *alles*, und sie hasst sich selbst, hasst den weinerlichen, erfolglosen Menschen, der sie geworden ist, hasst es, wie verletzt sie ist, zutiefst und auf schreckliche Weise verletzt, und wie lang sich der Weg nach Hause hinziehen wird.

»Turtle«, sagt Anna, »es tut mir leid, aber ich muss gehen.«

»Was?«, sagt Turtle und hebt den Kopf. Sie hört den Kohl in der Pfanne brutzeln. »Was?«

»Beim Abschlussball wird noch eine Aufsicht gebraucht. Ein paar Lehrer haben die Grippe, und ich muss rüberfahren und den Ball beaufsichtigen.«

»Was?«, sagt Turtle ungläubig. »Nein.«

»Ich muss«, sagt Anna. »Kann ich dich heute Abend allein lassen?«

»Was?«, sagt Turtle. »Ich will nicht hierbleiben.«

Anna lehnt sich zurück und schürzt die Lippen. Diesen Blick setzt sie immer auf, wenn sie ein Zugeständnis machen muss, zu dem sie bereit ist, mit dem sie aber nicht gerechnet hat, und Turtle sieht, dass Anna nachgeben wird, dass sie jemanden anrufen und sagen wird, es gehe einfach nicht, Turtle brauche sie, Turtle könne an diesem Abend einfach nicht allein sein, und Turtle beginnt, den Kopf zu schütteln, weil sie es *hasst*, für Anna ein solcher Mensch zu sein.

»Nein, du musst gehen. Du musst.«

»Ich bleibe hier, Turtle. Wenn du mich brauchst, bleibe ich.«

»Nein, ist schon gut«, sagt Turtle.

»Sie brauchen *wirklich* noch eine Aufsicht«, sagt Anna.

»Aber du bist doch so müde«, sagt Turtle. Sie sitzen zusammen auf dem Boden, Knie an Knie, Kopf an Kopf, und Turtle steht auf. Der Kohl ist zum großen Teil verbrannt, und sie pflückt die schlimmsten Stücke heraus. Die Kürbiskerne sind auch dunkler geworden, als sie wollte. Sie nimmt Annas handgetöpferte Keramikschalen aus dem Regal, verteilt Quinoa,

Kohl, Kürbis, die geschwärzten Kürbiskerne und den roten Granatapfel darauf, und dann sitzen sie an die Schränke gelehnt auf dem Küchenboden und essen, und Turtle muss sich in Erinnerung rufen, dass er nicht dort ist, dass keine Kugeln durch die Wände fliegen werden, dass das Haus Augenblick um Augenblick still bleiben wird. Sie stochert mit Essstäbchen in ihrem Gemüse. Anna, die mit gespreizten Beinen neben ihr sitzt, sagt: »Ich sollte wirklich besser nicht gehen, oder? Das ist echt mies von mir, Turtle, es tut mir leid. Ich habe einfach ... ich habe nicht nachgedacht.«

»Nein«, sagt Turtle. »Du solltest gehen. Ich komme schon klar.«

Anna lehnt den Kopf an den Schrank. Sie dreht sich zu Turtle und sieht sie an, lächelt sie an und lacht, und Turtle lacht, und Anna sagt: »Sieh uns nur an. Das ist ein bisschen traurig, Turtle.«

Turtle sagt: »Wenn ich zum Ball wollte, könnte ich dann gehen?«

Anna verzieht das Gesicht, als wollte sie eine ganze Reihe von Gesichtsausdrücken ausprobieren, und sie sagt: »Ja, wenn du wolltest, könntest du schon. Aber, Turtle –«

Turtle sagt: »Ich weiß.«

»Die Musik –«, sagt Anna.

»Ja.«

»Es wird richtig laut.«

»Das stimmt.«

Anna stößt ihren Hinterkopf frustriert gegen den Schrank. Sie sitzt da und schaut zu dem Fenster über ihnen mit den aufgereihten Schösslingen in ihren Einweckgläsern hinauf. Statt der Deckel befinden sich an den Gläsern oben Gitter. Beim Wachsen verheddern sich die Schösslinge ineinander. Es ist Turtles Aufgabe, sie zweimal am Tag zu säubern und zu entwirren.

»Es sind viele Leute dort«, sagt Anna.

»Vielleicht ein anderes Mal«, sagt Turtle.

Anna nickt. »Vielleicht ein anderes Mal.«

»Es gibt ein paar neue Netflix-Filme«, sagt Anna.

»Oh. Was denn?«, sagt Turtle.

»Ich weiß es nicht genau.«

»Ich schau mal nach.«

»Nein, ich gehe schon.«

Sie sitzen beide auf dem Küchenboden. Anna trinkt von ihrem Wein und stellt ihn beiseite und stellt ihre Schüssel beiseite, als wollte sie aufstehen und nach den Netflix-Filmen sehen, aber sie steht nicht auf.

Turtle sagt: »Wenn ich doch zum Ball gehe und es mir zu viel wird, könntest du mir auch einfach den Schlüssel geben, und ich warte im Auto.«

Anna zögert. Sie sagt: »Ich glaube, einer war *Die Nacht vor der Hochzeit* oder so. Hast du davon schon mal gehört?«

»Den kenne ich nicht«, sagt Turtle.

»Ich wünschte, du hättest meine Großmutter kennenlernen können. Ich wünschte, sie wäre hier.«

»Ich auch.«

»Sie hätte bestimmt gewusst, wie man hier draußen einen Garten anlegt.«

»Aber das würde doch gehen, oder?«, sagt Turtle. »Ich könnte hingehen, und wenn ich merke, ich schaffe es nicht, könnte ich im Auto warten.«

»Ich halte es für keine gute Idee, im Auto zu warten, Turtle. Ich glaube, wenn du hingehst und es schlimm wird … Ich glaube, dann willst du nicht in einem dunklen Auto vor einer Party warten. Ich weiß nicht, ob das eine gute Idee ist. Das könnte alles Mögliche auslösen.«

»Ich weiß«, sagt Turtle.

»Ein anderes Mal«, sagt Anna.

»Ein anderes Mal«, sagt Turtle und nickt.

»Mach's dir einfach kuschlig und schau ein paar Filme.«

»Was, wenn es nie einfacher wird?«

»Das wird es.«

»Was, wenn nicht?«

Anna dreht den Kopf, noch immer an den Schrank gelehnt. Sie sagt: »Turtle. Es tut mir so leid. Es tut mir so leid, was passiert ist. Ich wünschte, ich hätte es gewusst. Oder irgendetwas getan.«

»Nein«, sagt Turtle, denn sie besprechen das nicht zum ersten Mal, und es bringt nichts. Turtle findet Annas Schuldgefühle kraftraubend und unangebracht.

»Gott«, sagt Anna. »Ich wünschte es so sehr.«

»Du hättest nichts tun können.«

»Das stimmt nicht«, sagt Anna.

»Doch«, sagt Turtle.

»Ich habe es verkackt«, sagt Anna. »Ich wusste es. Ich hatte keine Beweise, aber ich wusste es, und ich habe es verkackt. Ich habe Mist gebaut. Und ich wünschte, es wäre nicht passiert. Und ich glaube daran, Turtle, dass alles wieder in Ordnung kommt. Und das Problem ist, dass du willst, dass *sofort* alles wieder in Ordnung ist. Wir werden es schaffen, aber heute Abend …« Sie stößt Luft durch die geschürzten Lippen aus. »Heute ist einfach nicht der richtige Abend.«

»Nein«, sagt Turtle.

»Ist das in Ordnung? Siehst du das auch so?«

Turtle blickt sich in der Küche um.

Anna sagt nichts, und Turtle weiß, dass sie im Kopf alle Gründe dafür durchgeht, dass Turtle noch nicht so weit ist, alle Anzeichen dafür, dass mit Turtle nicht *alles in Ordnung* ist, und dass sie es nicht aussprechen kann, und es macht Turtle wütend, dass Annas Einschätzung negativer ausfällt als ihre, dass selbst Anna, die an Turtle glaubt, die der einzige

Mensch auf der Welt ist, von dem Turtle weiß, dass er *sicher daran glaubt*, dass für Turtle alles wieder in Ordnung kommt, dass selbst Anna findet, Turtle sei noch nicht so weit, und Turtle sitzt neben ihr in der Küche, und sie denkt: Turtle, es geht dir noch schlechter, als dir selbst bewusst ist, und sie will es dir nicht sagen.

»Wieso kann ich nicht darum kämpfen?«, sagt Turtle.

»Ich –«, setzt Anna zaghaft an.

»Ich will hingehen«, sagt Turtle.

»Warum?«, sagt Anna. »Du musst das nicht tun. Turtle, du *solltest* es nicht tun.«

»Das ist mir egal. Ich will es probieren.«

»Jacob wird auch dort sein«, sagt Anna warnend.

»Ich weiß.«

»Turtle«, sagt Anna, »mit der Zeit wirst du es schaffen.«

»Wirklich?«

»Ich glaube schon«, sagt Anna.

Turtle sagt nichts.

»Und wenn du so weit bist, gehen wir. Aber das kommt mir überstürzt vor.«

Sie warten schweigend. Turtle erhebt sich, dreht den Wasserhahn auf, füllt ihr Glas wieder mit Wasser, und Zaki rappelt sich vom Sofa auf, galoppiert den Flur entlang, kommt mit erhobenem Schwanz angerannt, setzt sich den beiden Frauen gegenüber, sieht sie an, gähnt herzhaft und fährt sich mit der Zunge über die Lippen, offenbar tief zufrieden, senkt und hebt die Lider im langsamsten, selbstzufriedensten Ausdruck trägen Einverständnisses, rollt den Schwanz um ihre Pfoten, lässt ihn noch einmal hochschnippen und wieder sinken.

»Zaki meint auch, ich sollte hingehen«, sagt Turtle zu Anna, und Anna lacht und liegt da, als könnte sie nicht mehr aufstehen.

»Ich bin so müde«, sagt Anna. Dann sieht sie Turtle an. »Du willst *wirklich* hingehen?«

»Ich will es probieren«, sagt Turtle.

»Okay«, sagt Anna.

Turtle wartet neben ihr in der kleinen Redwoodküche, beide auf dem Boden sitzend, Anna mit ihrem Wein, Turtle immer noch mit ihrer Schüssel, und keine von ihnen steht auf. Sie warten einfach nur, ineinander versunken.

Danksagung

Meiner Agentin Joy Harris, der unerschütterlichsten und besten Verbündeten, möchte ich dafür danken, dass sie mir den Weg gewiesen hat. Michelle Latiolais für ihre Ratschläge und Hinweise. Meiner Lektorin Sarah McGraw für die harte Arbeit, das Verständnis und die Unerschrockenheit. Jynne Martin für ihren flammenden Intellekt und ihre Überzeugungen. Danya Kukafka für all die Hilfe. William Daniel Hough dafür, dass er als Erster daran geglaubt hat. Shannon Pufahl für ihren Scharfsinn. Scott Hutchins für die Aufmerksamkeit und die Unterstützung. Charles und Philip Hicks für ihre Freundschaft. Ray Tallent dafür, dass er seine Liebe zur Natur mit mir geteilt hat. Weiterhin möchte ich Teresa Sholars für die Geduld danken, mit der sie Fragen zur Botanik und Phänologie beantwortet hat. Meghan Chandra für Unterrichtsfragen. Steve Santora, Ross Greenlee und Patricia Greenlee für medizinische Fragen. Neben den technischen Hinweisen muss ich Ross und Patricia Greenlee außerdem für ihre Liebe und Unterstützung danken. Die zahlreichen Fehler sind allein mir zuzuschreiben. Christie Olson Day und dem Gallery Bookshop dafür, die besten Bücher im Sortiment zu haben. Ich möchte einigen Lehrern danken, die mir unendlich viel bedeuteten: Jenny Otter, Derek Hutchinson, Ryan Olson Day, Tobias Menely, Mike Chasar und Gretchen Moon. Meinen Eltern Gloria und Elizabeth für mehr, als sich mit Worten sagen lässt. Und schließlich Harriet, die mich auffängt, wenn ich falle.